ANNA TODD

AFTER

DEPOIS DA PROMESSA

Tradução

CAROLINA CAIRES COELHO

paralela

Copyright © 2014 by Anna Todd

Todos os direitos reservados.
Publicado em Língua Portuguesa por acordo com Gallery Books, um selo da Simon and Schuster, Inc.

A Editora Paralela é uma divisão da Editora Schwarcz S.A.

Grafia atualizada segundo o Acordo Ortográfico da Língua Portuguesa de 1990, que entrou em vigor no Brasil em 2009.

TÍTULO ORIGINAL After Ever Happy
CAPA Tamires Cordeiro/ Inspirada no design da capa do Grupo Planeta, Espanha
IMAGEM DE CAPA © Shutterstock
IMAGEM DE MIOLO Departamento de Arte do Grupo Planeta, Espanha
PREPARAÇÃO Alexandre Boide
REVISÃO Renata Lopes Del Nero e Adriana Bairrada

Dados Internacionais de Catalogação na Publicação (CIP)
(Câmara Brasileira do Livro, SP, Brasil)

Todd, Anna
   After : depois da promessa / Anna Todd ; tradução Carolina Caires Coelho. — 1ª ed. — São Paulo : Paralela, 2015.

   Título original: After Ever Happy.
   ISBN 978-85-8439-000-7

   1. Ficção norte-americana I. Título.

15-06397   CDD-813.5

Índice para catálogo sistemático:
1. Ficção : Literatura norte-americana   813.5

10ª reimpressão

[2021]
Todos os direitos desta edição reservados à
EDITORA SCHWARCZ S.A.
Rua Bandeira Paulista, 702, cj. 32
04532-002 — São Paulo — SP
Telefone: (11) 3707-3500
editoraparalela.com.br
atendimentoaoleitor@editoraparalela.com.br
facebook.com/editoraparalela
instagram.com/editoraparalela
twitter.com/editoraparalela

"A escrita da Anna Todd é viciante!"
— *Blog A culpa é dos leitores*

"Você vai sofrer junto com o casal, muitas vezes vai sentir vontade de falar com os personagens, de tanto que a história te prende e te envolve!"
— *Blog Livros e Chocolate Quente*

"Sentimentos conflitantes de amor e ódio vão te dominar ao longo de toda a série!"
— *Blog Paradise Books*

"Acabou o livro. Gente, como assim?? Como você pode fazer isso com a gente, Anna Todd?!?!?!"
— *Blog Livros e Blablablá*

"É impossível parar de ler!"
— *Blog Três Coisas*

"*After* vai te fazer sorrir, sentir muita raiva e, a cada reconciliação, mais apaixonada por esse casal maluco!"
— *Blog Love, Books and Cupcakes*

Também de Anna Todd:

After
After – Depois da verdade
After – Depois do desencontro
After – Depois da esperança
Before – A história de Hardin antes de Tessa

A todos que já lutaram por alguém ou algo em que acreditam.

Prólogo

HARDIN

Muitas vezes na vida eu me senti indesejado, deslocado da pior maneira. Tive uma mãe que se esforçou de verdade, tentou mesmo, mas não foi suficiente. Ela trabalhava demais; dormia durante o dia porque passava as noites acordada. Trish tentou, mas um menino, principalmente um menino perdido, precisa de um pai.

Eu sabia que Ken Scott era um homem problemático, um eterno frustrado que nunca se contentava nem se impressionava com nada que o filho fizesse. O pequeno Hardin, patético em suas tentativas de impressionar aquele homem alto cujos berros e tropeços dominavam os cômodos apertados de nossa casinha horrorosa, ficaria feliz com a possibilidade de alguém assim tão frio não ser seu pai. Ele soltaria um suspiro, pegaria o livro da mesa e perguntaria à mãe quando Christian, o cara legal que o fazia rir recitando trechos de livros antigos, chegaria.

Mas Hardin Scott, o adulto que luta contra o vício e a raiva e que teve um pai de merda, está furioso. Estou me sentindo traído, muito confuso e irritado. Não faz sentido, aquele enredo babaca dos pais trocados que tem em toda novela de merda não podia ser a minha vida. Lembranças enterradas ressurgem.

Minha mãe, ao telefone na manhã logo após uma de minhas redações ter sido escolhida pelo jornal do bairro: "Só queria que você soubesse que o Hardin é brilhante. Como o pai", disse ela baixinho.

Olhei ao redor na pequena sala de estar. O homem de cabelos pretos, desmaiado na poltrona com uma garrafa de bebida marrom aos pés, não era brilhante. *É um bosta*, pensei quando ele se remexeu na cadeira, e minha mãe logo desligou o telefone. Muitos momentos como esse aconteceram, numerosos demais para contar, mas eu era muito burro e muito novo para entender por que Ken Scott era tão distante comigo, por que nunca me abraçava como os pais de meus amigos faziam com os filhos. Ele nunca jogava bola comigo nem me ensinava nada além de como ser um bêbado de merda.

Tudo aquilo tinha sido um desperdício? Christian Vance é mesmo meu pai?

A sala está girando, e eu olho para ele, o homem que supostamente é meu pai, e vejo algo familiar em seus olhos verdes, no contorno de seu maxilar. Suas mãos tremem quando ele afasta os cabelos da testa, e eu fico paralisado quando me dou conta de que estou fazendo exatamente a mesma coisa.

1

TESSA

"Não é possível."

Eu me levanto, mas logo me sento no banco, onde a grama sob meus pés parece tremer sem parar. O parque está se enchendo de gente agora. Famílias com crianças pequenas, carregando balões e presentes, apesar do tempo frio.

"É verdade, o Hardin é filho de Christian", Kimberly confirma, com seus olhos azul-claros e focados.

"Mas Ken... o Hardin é a cara dele." Eu me lembro da primeira vez em que vi Ken Scott em uma sorveteria. Soube na hora que ele era o pai de Hardin; os cabelos escuros e a altura me levaram à conclusão fácil.

"Parece? Não consigo ver isso assim tão bem, só a cor do cabelo é a mesma. Hardin tem os mesmos olhos de Christian, a mesma estrutura facial."

Tem mesmo? Eu me esforço para visualizar os três rostos. Christian tem covinhas como Hardin e os mesmos olhos... mas não faz sentido: o pai de Hardin é Ken Scott — só pode ser. Christian parece ser bem mais jovem que Ken. Sei que eles têm a mesma idade, mas o alcoolismo de Ken pesou em sua aparência. Ele ainda é um homem bonito, mas dá para ver que o álcool o envelheceu.

"Isso é..." Luto para encontrar palavras e para respirar.

Kimberly olha para mim como se pedisse desculpas.

"Eu sei. Queria muito contar para você. Não gostei de guardar esse segredo, mas não era meu papel revelar." Ela pousa a mão sobre a minha e aperta com delicadeza. "Christian me garantiu que, assim que Trish desse permissão, ele contaria para Hardin."

"Eu..." Respirei fundo. "É isso o que o Christian está fazendo? Contando para o Hardin *agora mesmo*?" Eu me levanto de novo, e Kimberly afasta a mão. "Preciso encontrá-lo. Ele vai..." Não consigo nem começar a

9

pensar em como Hardin vai reagir a essa notícia, principalmente depois de ter visto Trish e Christian juntos ontem à noite. Vai ser demais para ele.

"Isso mesmo." Kim suspira. "Trish não concordou totalmente, mas Christian disse que ela estava por perto, e que as coisas estavam fugindo do controle."

Ao pegar meu telefone, só consigo pensar que não acredito que Trish escondeu isso de Hardin. Eu a considerava quase uma mãe, e agora tenho a sensação de que nunca a conheci de verdade.

O telefone já está pressionado contra meu rosto, ligando para Hardin, quando Kimberly diz: "Eu falei para Christian que era melhor não separar vocês dois quando contasse para o Hardin, mas Trish recomendou que, se era para fazer isso, que fizesse quando os dois estivessem sozinhos..." Kimberly contrai os lábios e olha ao redor no parque, e então para o céu.

A chamada cai na mensagem de voz de Hardin. Ligo de novo enquanto Kimberly permanece sentada em silêncio, mas a ligação vai para a caixa postal de novo. Guardo o telefone e começo a remexer as mãos. "Pode me levar até ele, Kimberly? Por favor?"

"Sim, claro." Ela se levanta, chamando Smith.

Ao ver o menininho caminhar na nossa direção com seu jeitinho engraçado, me ocorre que Smith é filho de Christian... e irmão de Hardin. Hardin tem um irmãozinho. E então, eu penso em Landon... o que isso significa para Landon e Hardin? Hardin vai querer manter contato com ele agora que sabe que os dois não têm nenhuma ligação familiar? E Karen, como fica a doce Karen com seus quitutes? Ken — e o homem que tenta tanto compensar a infância terrível de um menino que não é seu filho? Será que *Ken* sabe? Minha cabeça está girando, e preciso ver o Hardin. Preciso mostrar que estou aqui ao lado dele, e que daremos um jeito nisso juntos. Não consigo imaginar como ele se sente agora; deve estar passado.

"O Smith sabe?", pergunto.

Depois de alguns instantes de silêncio, Kimberly diz:

"Achávamos que ele sabia, pelo modo com que age com Hardin, mas não teria como saber."

Sinto muito por Kimberly. Ela já tem que lidar com a infidelidade do noivo, e agora isso. Quando Smith se aproxima, ele para e olha para nós de um modo misterioso, como se soubesse exatamente sobre o que conversávamos. Não que seja possível, mas a maneira como ele parte na frente e vai para o carro sem dizer nada faz com que eu fique na dúvida.

Enquanto dirigimos por Hampstead para encontrar Hardin e seu pai, o pânico em meu peito aumenta e diminui, aumenta e diminui.

2

HARDIN

O barulho da madeira estalando ressoa pelo bar.

"Hardin, para!" A voz de Vance ecoa pelo salão, vinda de algum ponto.

Mais uma batida, seguida pelo som de vidro quebrado. O barulho me agrada, aumentando minha sede por violência. Preciso quebrar coisas, machucar algo, ainda que seja um objeto.

E é isso que faço.

Gritos são ouvidos, interrompendo meu transe. Olho para as mãos e vejo a perna de uma cadeira cara quebrada. Vejo rostos desconhecidos e assustados, buscando um rosto específico: o de Tessa. Ela não está aqui, e, nesse momento de ira, não consigo decidir se isso é bom ou ruim. Ela sentiria medo; ela se preocuparia comigo, entraria em pânico e gritaria meu nome para abafar o berreiro nos meus ouvidos.

Solto a madeira depressa, como se tivesse queimado minha pele. E sinto braços ao redor de meus ombros.

"Tira ele daqui antes que eu chame a polícia!", diz Mike, falando alto como eu nunca tinha ouvido.

"Me larga, caralho!" Eu me livro de Vance e olho para ele com a ira tomando conta do meu campo de visão.

"Quer ir para a cadeia?", ele grita, a poucos centímetros de meu rosto.

Quero empurrá-lo e derrubá-lo, esganá-lo...

Mais algumas mulheres gritam, o que interrompe meus pensamentos raivosos. Olho ao redor no bar elegante, notando os pedaços de madeira no chão, a cadeira quebrada, as expressões de horror diante do acontecido. Serão apenas momentos até que o choque dessas pessoas se transforme em raiva por eu ter atrapalhado a dispendiosa busca pela felicidade na qual estão envolvidas.

Christian está do meu lado de novo quando passo pela recepcionista e saio do local.

"Entra no meu carro e explico tudo para você", ele bufa.

Preocupado com a possibilidade de a polícia aparecer a qualquer momento, faço o que ele diz, mas não sei bem o que sentir nem como agir. Apesar da confissão dele, não consigo entender nada. O absurdo da situação torna tudo muito ridículo.

Eu me ajeito no assento do passageiro enquanto ele assume o volante. "Você não pode ser meu pai, não é possível. Não faz o menor sentido... nada disso." Olhando para o carro alugado e caro, eu me pergunto se isso quer dizer que Tessa está presa naquele maldito parque onde eu a deixei. "Kimberly está de carro, certo?"

Vance olha para mim sem acreditar. "Sim, claro que sim." O ronronar baixo do motor fica mais alto enquanto ele entra no trânsito. "Eu lamento que você tenha descoberto desse modo. Tudo parecia estar se ajeitando durante um tempo, mas as coisas começaram a sair dos trilhos." Ele suspira.

Permaneço em silêncio, sabendo que vou perder o controle se abrir a boca. Aperto as pernas com os dedos; a dor leve me mantém calmo.

"Vou explicar tudo, mas você precisa manter a mente aberta, tudo bem?" Ele olha para mim, e consigo ver a dor em seus olhos.

Não posso me deixar afetar. "Não fala comigo como se eu fosse criança, porra", retruco.

Vance olha para mim, e então para a rua.

"Você sabe que eu cresci com seu pai, o Ken... somos amigos desde que me entendo por gente."

"Na verdade, eu *não* sabia disso", respondo, arregalando os olhos para ele. Em seguida me viro para observar a paisagem do lado de fora. "Não sei nada sobre nada, pelo jeito."

"Bom, é verdade. Fomos criados quase como irmãos."

"E aí você comeu a mulher dele?", pergunto, interrompendo a historinha para boi dormir.

"Olha aqui", ele quase rosna. Suas mãos estão brancas pela pressão com que segura o volante. "Estou tentando explicar, então, por favor, me deixa falar." Ele respira fundo para se acalmar. "Respondendo à sua pergunta, não foi nada disso. Sua mãe e Ken começaram a namorar no colégio, quando ela se mudou para Hampstead. Ela era a menina mais linda que eu já tinha visto."

Sinto o estômago embrulhar ao me lembrar dos dois se beijando.

"Mas o Ken a ganhou logo de cara. Eles passavam todos os dias juntos, o dia todo, como Max e Denise. Nós cinco éramos uma panelinha, digamos assim." Perdido na lembrança ridícula, ele suspira, e sua voz se torna distante. "Ela era esperta, engraçada e louca pelo seu pai... porra. Não vou conseguir parar de me referir a ele desse jeito..." Tamborila os dedos no volante como se estivesse se preparando para continuar.

"Ken era inteligente — brilhante, na verdade — e quando entrou na universidade com uma bolsa de estudos integral, com admissão antes da data, passou a ficar ocupado. Ocupado demais para ela. Em pouco tempo, nós quatro começamos a andar sem ele, e as coisas entre mim e sua mãe... bem, meus sentimentos cresceram demais, e os dela afloraram."

Vance faz uma pausa momentânea para trocar de faixa e vira a entrada de ar para ventilar melhor o interior do veículo. O ar ainda está pesado, e minha mente está a mil quando ele volta a falar.

"Eu sempre a amei, ela sabia disso, mas ela era apaixonada por ele, que era meu melhor amigo." Vance engole em seco. "Conforme os dias e as noites foram passando, nós ficamos mais... íntimos. Não sexualmente ainda, mas começamos a deixar nossos sentimentos rolarem sem freios."

"Me poupe dos detalhes." Cerro os punhos no colo, forçando minha boca a se fechar para ele poder terminar.

"Tudo bem, tudo bem." Ele olha pelo para-brisa. "Bem, uma coisa levou à outra, e estávamos tendo um caso. Ken nem imaginava. Max e Denise estavam desconfiados, mas ninguém dizia nada. Eu implorei para que sua mãe o largasse, porque ele não a tratava direito. Sei que é loucura, mas eu estava apaixonado."

Ele franze o cenho. "Ela era a única escapatória que eu tinha de meus comportamentos autodestrutivos. Eu gostava do Ken, mas não conseguia ver nada além de meu amor por ela. Nunca consegui ver nada além." Ele solta o ar com força.

"E..." Pressiono depois de alguns segundos de silêncio.

"Sim... Bom, então, quando ela anunciou que estava grávida, pensei que eles fugiriam juntos e que ela se casaria com ele e não comigo. Prometi que, se ela me escolhesse, eu pararia de fazer besteiras e estaria a seu lado sempre... por você."

Senti os olhos dele em mim, mas me recusei a olhar dentro deles.

"Sua mãe achava que eu não era estável o suficiente para ela, e eu fiquei parado, mordendo a língua enquanto ela e seu... o Ken... anunciavam que estavam esperando um bebê e que se casariam naquela mesma semana."

Como assim? Olhei para ele, que estava perdido no passado e só olhava para o trânsito mais à frente.

"Eu queria o melhor para ela, e não poderia arrastá-la na lama e acabar com a reputação dela contando para Ken ou quem quer que fosse sobre o que tinha acontecido entre nós. Eu dizia para mim mesmo que, no fundo, ele sabia que o bebê não era dele. Sua mãe jurou que ele não a tocava fazia meses." Os ombros de Vance chacoalharam levemente, e um tremor tomou seu corpo. "Compareci ao casamento deles de terno, como padrinho. Eu sabia que ele daria a ela o que eu não podia dar. Eu nem planejava fazer faculdade. A única coisa que fazia da vida era correr atrás de uma mulher casada e memorizar páginas de romances antigos que nunca virariam realidade para mim. Não tinha aspirações para o futuro nem dinheiro, e ela precisava das duas coisas." Ele suspira, tentando escapar da lembrança.

Ao observá-lo, fico surpreso com o que me ocorre e com o que sinto vontade de dizer. Cerro o punho, mas relaxo, tentando resistir. Cerro o punho de novo, e não reconheço minha voz ao perguntar: "Então, basicamente, minha mãe usou você para se divertir e depois caiu fora porque não tinha dinheiro?".

Vance suspira. "Não. Ela não me usou." Ele olha na minha direção. "Sei que parece isso, e que a situação é bem maluca, mas ela tinha que pensar em você e no seu futuro. Eu era um fracasso... um lixo completo, sem perspectiva nenhuma na vida."

"E agora você é milionário", comento com amargura. Como ele pode defender minha mãe depois de toda essa merda? Qual é o problema dele? Mas então algo vira dentro de mim, e eu penso na minha mãe perdendo dois caras que mais tarde ficaram ricos, enquanto ela rala no emprego e vive em uma casa caindo aos pedaços.

Vance balança a cabeça. "Sim, mas eu não tinha como saber que ia ser bem-sucedido. Ken estava bem encaminhado, eu não. Ponto final."

"Até ele começar a encher a cara toda noite." Minha raiva começa a crescer de novo. Tenho a sensação de que nunca me livrarei desse sentimento, pois a pontada de traição dói no meu peito. Passei a infância com um maldito bêbado enquanto Vance vivia a vida boa.

"Foi outro de meus erros", diz o homem que eu tinha certeza de que conhecia *de verdade*. "Fiz um monte de merdas depois que você nasceu, mas me matriculei na faculdade e continuei amando sua mãe de longe..."

"Até?"

"Até você ter uns cinco anos. Era seu aniversário, e estávamos todos reunidos para a sua festa. Você entrou gritando na cozinha, gritando e chamando seu pai..." A voz de Vance falha, e eu aperto o punho cerrado ainda mais. "Você estava com um livro contra o peito, e por um segundo eu me esqueci de que não estava falando comigo."

Bato o punho no painel.

"Quero descer", exijo. Não posso mais ouvir isso. É muito maluco. É coisa demais de uma vez só.

Vance ignora meu acesso de raiva e continua dirigindo por uma rua residencial.

"Perdi o controle naquele dia. Exigi que sua mãe contasse a verdade para Ken. Estava cansado de não participar da sua vida, e naquela época eu já tinha planos de me mudar para os Estados Unidos. Implorei para ela ir comigo, para levar você, meu filho."

Meu filho.

Sinto meu estômago se revirar. Eu deveria pular para fora do carro, mesmo em movimento. Olho para as casinhas bonitas pelas quais passamos, e só consigo pensar que prefiro mil vezes uma dor física a uma situação como esta.

"Mas ela se recusou e me disse que tinha feito um exame e que... que você não era meu filho."

"O quê?" Levo as mãos às têmporas. Eu racharia o painel com uma cabeçada se achasse que resolveria alguma coisa.

Olho para ele e o vejo olhando rapidamente para a esquerda e para a direita. Então noto a velocidade em que estamos e percebo que ele está passando por todos os semáforos fechados para não ter que parar e permitir que eu salte do carro. "Acho que ela entrou em pânico. Não sei."

Ele olha para mim. "Eu sabia que ela estava mentindo — ela admitiu anos depois que não tinha feito exame nenhum. Mas na época, ela foi firme; disse que eu deveria deixá-la em paz e se desculpou por me fazer pensar que você era meu filho."

Eu me concentro em meu punho. Flexiono, solto, flexiono, solto...

"Mais um ano se passou, e começamos a conversar de novo...", ele começa, mas algo me parece estranho.

"Ou seja, vocês começaram a *transar* de novo."

Mais um suspiro escapa de seus lábios.

"Sim... sempre que estávamos perto um do outro, cometíamos o mesmo erro. Ken trabalhava muito, estava fazendo mestrado naquela época, e ela ficava em casa com você, que sempre foi muito parecido comigo. Sempre que eu aparecia, você estava com a cara enfiada nos livros. Não sei se você se lembra, mas eu sempre levava livros nas minhas visitas. Dei para você um exemplar de *O grande Gats*..."

"Para." Eu me retraio ao ouvir a voz dele enquanto lembranças distorcidas turvam minha mente.

"Continuamos nesse vaivém por anos, achando que ninguém sabia. Foi minha culpa. Eu não consegui deixar de amá-la. Por mais que eu tentasse, ela estava sempre na minha cabeça. Eu me mudei para mais perto da casa de vocês, do outro lado da rua. Seu pai sabia; não sei como ele descobriu, mas estava na cara que sabia." Depois de uma pausa e ao virar em outra rua, Vance acrescenta: "Então ele começou a beber".

Eu me inclino no assento, batendo as palmas das mãos no painel. Ele não esboça nenhuma reação. "Então você me deixou com um pai alcoólatra que só virou alcoólatra por causa de você e da minha mãe?" A raiva em minha voz se espalha pelo carro, e mal consigo respirar.

"Eu tentei convencer sua mãe, Hardin. Não quero que você a culpe, mas tentei pedir para que ela levasse você para morar comigo, mas ela não quis." Ele passa as mãos pelos cabelos, puxando as raízes. "Ele começou a beber mais e mais a cada semana, mas ainda assim ele não admitia que você era meu — nem mesmo para mim —, então fui embora. Eu precisava ir."

Ele para de falar e, quando me viro para ele, seus olhos estão piscando depressa. Levo a mão à porta, mas ele acelera e aperta os botões que travam as portas várias vezes seguidas, e o *clique-clique* parece ecoar pelo carro.

A voz dele está rouca quando começa a falar de novo. "Eu me mudei para os Estados Unidos e passei anos sem notícias de sua mãe, até Ken se separar dela. Ela estava sem grana, se matando de trabalhar. Eu já tinha começado a ganhar dinheiro, não tanto quanto agora, mas o suficiente para fazer certos gastos. Voltei para cá e comprei uma casa para nós, para nós três, e cuidei dela na ausência dele, mas ela foi ficando cada vez mais distante. Mesmo depois de Ken dar entrada no divórcio ela não queria nada comigo." Vance franze o cenho. "Depois de tudo o que fiz, eu ainda não era bom o bastante."

Eu me lembro de quando ele nos acolheu depois que meu pai foi embora, mas nunca pensei que tivesse alguma coisa por trás disso. Não fazia ideia de que ele tinha uma história com a minha mãe ou que eu podia ser seu filho. A visão já não muito favorável que tenho de minha mãe está totalmente arruinada agora. Perdi todo o respeito por ela.

"Então, quando ela quis voltar para aquela casa, continuei ajudando vocês dois financeiramente, mas voltei para os Estados Unidos. Sua mãe começou a devolver meus cheques todos os meses e não atendia meus telefonemas, então comecei a pensar que tinha conhecido outra pessoa."

"Ela não conheceu ninguém. Passava todas as horas de todos os dias trabalhando." Meus anos de adolescência foram solitários em casa; por isso fiz amizade com as pessoas erradas.

"Acho que ela tinha esperança de ele voltar", Vance diz, depressa, e então para. "Mas isso não aconteceu. Continuou bebendo ano após ano até algo fazer com que ele finalmente percebesse que não podia continuar assim. Passei anos sem falar com Ken até ele entrar em contato comigo quando se mudou para os Estados Unidos. Estava sóbrio, e eu tinha acabado de perder Rose. Rose foi a primeira mulher para quem eu conseguia olhar e não ver o rosto de Trish. Era a mulher mais doce que conheci, e me fez feliz. Eu sabia que nunca amaria ninguém como amei sua mãe, mas estava satisfeito com Rose. Éramos felizes, e eu estava construindo uma vida com ela, mas não tive sorte... e ela acabou doente. Quando teve Smith eu a perdi...."

Eu me assusto ao ouvir isso. "Smith." Estava ocupado demais para pensar no menino. O que isso quer dizer? *Porra.*

"Vi naquele geniozinho a minha segunda chance de ser um pai. Ele me fez voltar a viver depois que a mãe dele morreu. Sempre pensava em você pequeno; ele é igual a você quando criança, mas com cabelos e olhos mais claros."

Eu me lembro de Tessa dizendo a mesma coisa quando conhecemos o menino, mas não consigo ver a semelhança. "Isso... isso é loucura", é só o que consigo dizer. Meu telefone vibra no bolso, mas só olho para minha perna, como se fosse uma sensação-fantasma, e não consigo me mexer para atender.

"Sei que é, e sinto muito. Quando você se mudou para os Estados Unidos, pensei que poderia tê-lo por perto, mesmo sem ser uma figura paternal. Mantive o contato com sua mãe, contratei você para trabalhar na Vance e tentei me aproximar o máximo possível, o máximo que você permitia. Reconstruí minha relação com Ken, mesmo sabendo que sempre vai existir algum nível de hostilidade. Acho que ele ficou com pena de mim depois que perdi minha esposa, e naquela época já tinha mudado muito. Eu só queria ficar perto de você... eu me contentaria com o que conseguisse. Sei que você me odeia agora, mas gosto de saber que consegui ser próximo por um tempo, pelo menos."

"Você mentiu para mim a vida toda."

"Eu sei."

"Assim como a minha mãe e meu... o Ken."

"Sua mãe ainda está em negação", Vance diz, mais uma vez inventando uma desculpa para ela. "Não consegue admitir totalmente nem mesmo hoje. E, quanto a Ken, ele sempre desconfiou, mas sua mãe nunca confirmou. Acredito que ele ainda se apega à pequena chance de você ser filho dele."

Reviro os olhos ao ouvir o absurdo que ele acabou de dizer.

"Está me dizendo que Ken Scott é burro o suficiente para acreditar que eu sou filho dele depois de todos esses anos com vocês dois transando pelas costas dele?"

"Não." Ele encosta o carro, põe o câmbio em ponto morto e olha para mim, sério e intenso. "Ken *não é* burro. Ele tem esperança. Ele amava você, e ainda ama, e você é o único motivo por que ele parou de beber e voltou a estudar. Apesar de saber que existia a possibilidade, ele ainda assim fez tudo isso por você. Ele se arrepende de todo o inferno que causou na sua vida e de toda aquela merda que aconteceu com sua mãe."

Eu me retraio quando as imagens que assombram meus pesadelos aparecem em minha mente. Enquanto revivo o que aqueles soldados bêbados fizeram com ela muitos anos atrás.

"Não fizeram nenhum exame? Como você sabe que é meu pai?" Não consigo acreditar que estou perguntando isso.

"Eu sei. Você também sabe. Todo mundo sempre disse que você se parecia com o Ken, mas sei que é meu sangue que corre nas suas veias. A cronologia da coisa não aponta para ele como seu pai. Não tem como ela ter engravidado dele."

Eu olho para as árvores do lado de fora, e meu telefone começa a tocar de novo.

"Por que agora? Por que está me dizendo isso agora?", pergunto, elevando o tom de voz, e minha pouca paciência desaparece de vez.

"Porque sua mãe ficou paranoica. Ken falou comigo duas semanas atrás, pedindo para você fazer um exame de sangue para ajudar Karen, e eu comentei com sua mãe..."

"Exame do quê? O que a Karen tem que ver com isso?"

Vance olha para a minha perna, e então para o próprio celular no meio do console.

"Acho melhor você atender. A Kimberly também está me ligando."

Mas eu balanço a cabeça, negando. Vou ligar para a Tessa assim que sair deste carro.

"Lamento muito por tudo isso. Não sei em que diabos estava pensando quando fui à casa dela ontem à noite. Ela me ligou, e eu simplesmente... não sei. Vou me casar com a Kimberly. Eu a amo mais do que qualquer coisa, até mais do que amei sua mãe. É um tipo diferente de amor; é recíproco, e ela é tudo para mim. Cometi um enorme erro ao ver sua mãe de novo, e vou passar a vida tentando compensá-lo. Não vou me surpreender se a Kim me deixar."

Ah, para com essa palhaçada. "Pois é, Senhor Obviedade. Você provavelmente *não deveria* ter tentado comer a minha mãe no balcão da cozinha."

Ele olha feio para mim. "Ela parecia estar em *pânico*, e disse que queria ter certeza de que o passado tinha ficado para trás antes de se casar, e eu sou famoso por tomar atitudes idiotas." Ele tamborila os dedos no volante, com a vergonha evidente na voz.

"Eu também", digo a mim mesmo, e levo a mão à maçaneta.

Ele toca meu braço. "Hardin."

"*Nem vem*." Eu livro o braço de seu toque e saio do carro. Preciso de tempo para digerir toda essa merda. Fui bombardeado com muitas respostas a perguntas que nem sequer fiz. Preciso respirar, preciso me acalmar. Preciso sair de perto dele e encontrar minha menina, minha salvação.

"Preciso que você fique longe de mim. Nós dois sabemos disso", digo quando ele não parte com o carro. Ele olha para mim por um momento, e então assente, deixando-me na rua.

Olho ao redor e vejo uma loja conhecida no meio do quarteirão, o que quer dizer que estou perto da casa da minha mãe. O sangue lateja atrás de minhas orelhas quando enfio a mão no bolso para pegar o telefone. Preciso ouvir a voz dela. Preciso que ela me traga de volta à realidade.

Enquanto observo o prédio, esperando que ela atenda, meus demônios lutam dentro de mim, me puxam para dentro da confortável escuridão. O puxão é mais forte e mais intenso a cada toque não atendido, e logo percebo que meus pés me levam para o outro lado da rua.

Enfiando o celular de novo no bolso, abro a porta e entro num cenário familiar de meu passado.

3

TESSA

O vidro quebrado é triturado pelos meus pés enquanto me remexo de um lado para o outro, esperando pacientemente. Ou o mais perto que consigo chegar de uma espera paciente.

Finalmente, quando Mike termina de falar com a polícia, vou até ele.

"Cadê o Hardin?", pergunto com um tom bem seco.

"Foi embora com Christian Vance." Os olhos de Mike não demonstram nenhuma emoção. Seu olhar me acalma um pouco, e reconheço que não é culpa dele. É o dia do seu casamento, e foi arruinado.

Olho ao redor e ignoro os sussurros dos intrometidos. Meu estômago está revirado, e tento manter o controle. "Aonde eles foram?"

"Não sei." Ele cobre a cabeça com as mãos.

Kimberly dá um tapinha em meu ombro.

"Olha, quando a polícia terminar de falar com esses caras, se esperarmos, pode ser que eles queiram falar com você também."

Olho de um lado a outro, da porta para Mike. Balanço a cabeça, concordando, e então vou com Kimberly para fora para evitar chamar a atenção da polícia para mim.

"Pode tentar ligar para o Christian de novo? Desculpa, mas preciso conversar com o Hardin." Eu me estremeço com o ar frio.

"Vou tentar de novo", ela promete, e atravessamos o estacionamento até o carro alugado.

Sinto um peso no estômago enquanto observo outro policial entrar no carro. Estou morrendo de preocupação com o Hardin, não por causa da polícia, mas porque não sei como ele vai lidar com tudo isso quando estiver sozinho com Christian.

Vejo Smith sentado em silêncio no banco de trás do carro, apoio os cotovelos no capô e fecho os olhos.

"Como assim, você não sabe?", Kimberly grita, interrompendo

meus pensamentos. "Bom, então *nós* vamos encontrá-lo!", ela diz e termina a ligação.

"O que está acontecendo?" Meu coração bate tão forte que receio não ouvir a resposta.

"Hardin saiu do carro e Christian o perdeu de vista."

Ela prende o cabelo em um rabo de cavalo.

"Já está quase na hora do maldito casamento", ela diz, olhando na direção da porta onde Mike está sozinho.

"Que desastre", resmungo, rezando para que Hardin esteja vindo para cá.

Pego o telefone de novo, e um pouco do pânico diminui quando vejo o nome dele na lista de chamadas não atendidas. Com as mãos trêmulas, ligo para ele e espero. E espero. E ninguém atende. Ligo de novo várias vezes, mas as chamadas só caem na caixa de mensagens.

4

HARDIN

"Uísque e coca-cola", resmungo.

O barman careca arregala os olhos para mim ao pegar um copo vazio da prateleira e encher com gelo. Pena que não pensei em convidar Vance; poderíamos ter feito um brinde de pai e filho.

Porra, isso tudo é loucura. "Duplo, na verdade", digo, modificando o pedido.

"Falou", o grandalhão responde com sarcasmo. Meus olhos se voltam para a televisão antiga na parede, e leio as legendas na parte inferior da tela. O comercial é de uma seguradora, e a tela é tomada por um bebê risonho. Nunca vou entender por que colocam bebês em todos os malditos comerciais.

O barman, sem dizer uma palavra, empurra meu copo pelo balcão de madeira enquanto o bebê faz um som que, presume-se, é para ser ainda mais "fofinho" do que uma risadinha, e eu levo o copo aos lábios, permitindo que minha mente me carregue para longe daqui.

"Por que você trouxe produtos de bebê para casa?", eu tinha perguntado.

Ela se sentou na borda da banheira e prendeu os cabelos em um rabo de cavalo. Comecei a temer que ela tivesse obsessão por crianças... porque era bem o que parecia.

"Não é produto de bebê", Tessa disse e deu risada. "Só tem um bebê e um pai impressos na embalagem."

"Não consigo entender qual é o apelo aqui." Levantei a caixa de produtos para barbear que Tessa havia levado para casa para me dar, examinando o rosto gordinho de um bebê e me perguntando o que diabos tem a ver com um kit de barbear.

Ela deu de ombros. "Também não sei, mas tenho certeza de que usar a imagem de um bebê ajuda nas vendas."

"Talvez para mulheres que compram coisas para os namorados ou maridos", corrigi. Nenhum homem em sã consciência teria pegado isso da prateleira.

"Não, tenho certeza de que os pais também comprariam."

"Sei." Rasguei a caixa e coloquei o conteúdo à minha frente, e então fiz contato visual com ela pelo espelho. "Uma tigela?"

"Sim, para o creme de barbear. Você vai se barbear melhor se usar o pincel."

"E como você sabe disso?" Ergui uma sobrancelha para ela, torcendo para que não fosse pela experiência com Noah.

Ela abriu um sorrisão. "Eu pesquisei!"

"Claro que pesquisou." Meu ciúme desapareceu, e ela encostou os pés em mim. "Já que pelo jeito você é uma especialista na arte de barbear, vem me ajudar."

Eu sempre tinha usado apenas uma lâmina simples com espuma, mas, como ela havia se dado ao trabalho, eu não recusaria. E, para ser sincero, pensar nela fazendo a minha barba era muito excitante. Tessa sorriu e ficou de pé, aproximando-se de mim na frente da pia. Pegou o tubo de creme e encheu a tigela antes de passar o pincel para fazer espuma.

"Pronto", ela disse sorrindo, e me deu o pincel.

"Não, faz você." Devolvi o pincel e envolvi sua cintura com minhas mãos. "Vamos lá." Eu a coloquei sobre a pia. Assim que ela se acomodou, abri suas pernas e fiquei de pé entre elas.

Sua expressão era cautelosa e concentrada ao enfiar o pincel no creme e espalhá-lo por meu rosto.

"Não quero ir a lugar nenhum hoje à noite", disse a ela. "Estou cheio de trabalho para fazer. Você anda me distraindo." Agarrando seus seios, eu os apertei com delicadeza.

Sua mão perdeu o controle, e ela passou um pouco do creme em meu pescoço.

"Que bom que a lâmina não estava na sua mão", eu disse, brincando.

"Que bom", ela repetiu, e pegou a lâmina nova. Então mordeu os lábios carnudos e perguntou: "Tem certeza de que quer que eu faça isso? Estou com medo de cortar você sem querer".

"Para de se preocupar", respondi. "Tenho certeza de que você já pesquisou essa parte na internet."

Ela mostrou a língua de modo infantil, e eu me inclinei para a frente para beijá-la antes que começasse. Ela não disse nada, porque eu estava certo.

Ela me deu mais uma bronca. "Fica parado, por favor." Sua mão ainda estava levemente trêmula, mas logo ficou mais firme quando ela arrastou a lâmina pelo meu rosto.

"Você deveria ir sem mim", eu disse e fechei os olhos. Ter Tessa me barbeando era reconfortante e surpreendentemente calmante. Eu não queria ir à casa do meu pai para jantar, mas Tessa não aguentava mais ficar o tempo todo no apartamento, então, quando Ken ligou para nos convidar, ela aceitou na hora.

"Se ficarmos em casa hoje, quero remarcar para o fim de semana. Até lá, você terá terminado seu trabalho?"

"Acho que sim...", reclamei.

"Você pode ligar e combinar com eles, então. Vou começar a fazer o jantar daqui a pouco, e você pode trabalhar." Ela tocou meu lábio superior com o dedo, um sinal para que eu fechasse a boca, e assim pôde passar a lâmina ao redor dos meus lábios.

Quando ela terminou, eu disse: "Você deveria beber o resto daquele vinho na geladeira, porque a rolha saiu há dias. Vai virar vinagre daqui a pouco".

"Eu... não sei", ela respondeu, hesitante. Eu sabia o motivo. Abri os olhos e ela levou a mão às costas para abrir a torneira e molhar uma toalha.

"Tess...", pressionei os dedos embaixo de seu queixo. "Pode beber na minha frente. Não sou um alcoólatra inveterado."

"Eu sei, mas não quero criar uma situação chata para você. Não preciso ficar bebendo vinho toda hora. Se você não está bebendo, eu não preciso beber."

"Meu problema não é beber. Só quando estou irritado e bebo... aí, sim, tenho problemas."

"Eu sei." Ela engoliu em seco.

E sabia mesmo.

Passou a toalha quente pelo meu rosto, tirando o excesso de creme de barbear.

"Só sou um idiota quando bebo para tentar resolver as coisas, e ultimamente não ando tendo nada para resolver, então estou bem." Até mesmo eu sabia que isso não era garantia de nada. "Não quero ser um daqueles idiotas, como o meu pai, que bebem pra caramba e colocam em risco as pessoas. E, como você é a única pessoa com quem me importo, não quero mais beber quando estivermos juntos."

"Amo você", ela respondeu.

"E eu amo você."

Quebrando o clima sério do momento, e porque eu não queria mais falar sobre aquilo, olhei para o corpo dela sobre a pia. Ela estava com uma de minhas camisetas brancas, com nada além de uma calcinha preta por baixo.

"Talvez eu tenha que manter você por perto, agora que sei que sabe me barbear. Você cozinha, limpa..."

Ela me deu um tapinha e revirou os olhos.

"E o que ganho com isso? Você é bagunceiro; só me ajuda a cozinhar uma vez por semana, no máximo. É mal-humorado de manhã..."

Eu a interrompi colocando a mão entre suas pernas e puxando sua calcinha para o lado.

"Pensando bem, você é bom em uma coisa." Ela sorriu quando escorreguei um dedo para dentro dela.

"Só uma coisa?", acrescentei mais um, e ela gemeu, jogando a cabeça para trás.

A mão do barman dá um tapa no balcão à minha frente.

"*Vou repetir*: você quer outra bebida?"

Pisco algumas vezes e olho para o bar, e então para ele.

"Quero." Entrego o copo, e a lembrança some enquanto espero por mais uma dose. "Mais um duplo."

Enquanto o idiota velho e careca vai pegar a garrafa, ouço a voz surpresa de uma mulher.

"Hardin? Hardin Scott?"

Viro a cabeça e vejo o rosto meio familiar de Judy Welch, a amiga de minha mãe.

"Sim", digo, balançando a cabeça, notando que a passagem do tempo não tem sido muito generosa com ela.

"Minha nossa! Há quanto tempo não nos vemos... seis anos? Sete? Você está aqui sozinho?" Ela pousa a mão em meu ombro e se senta no banco ao meu lado.

"Sim, por aí, e sim, estou aqui sozinho. Minha mãe não vai vir atrás de você."

Judy tem a cara triste de uma mulher que bebeu demais na vida. Os cabelos continuam do mesmo loiro quase branco de quando eu era adolescente, e seus implantes de silicone parecem grandes demais para o corpo pequeno. Eu me lembro da primeira vez em que ela me tocou. Eu me senti como um homem — comendo a amiga de minha mãe. E agora, olhando para ela, eu não a foderia nem se fosse o barman careca.

Ela pisca para mim.

"Você cresceu mesmo."

Minha bebida está à minha frente, e eu viro tudo de uma vez em segundos.

"Falante como sempre." Ela dá um tapinha em meu ombro de novo, pedindo sua bebida ao barman. Então, ela se vira para mim. "Está aqui afogando as mágoas? Problemas no amor?"

"Nem uma coisa, nem outra." Giro o copo entre meus dedos, ouvindo o gelo tilintar contra o vidro.

"Bem, eu estou aqui para afogar muito das duas coisas. Então, vamos beber uma", Judy diz com um sorriso que eu me lembro do passado, e pede uma rodada de uísque barato para nós dois.

5

TESSA

Kimberly grita tanto com Christian pelo telefone que, logo depois, precisa parar e recuperar o fôlego. Ela estende uma mão para pousar em meu ombro.

"Espero que o Hardin só esteja andando por aí para clarear a mente. Christian disse que queria dar um tempo a ele." Ela resmunga, insatisfeita.

Mas eu conheço Hardin, e sei que ele não "clareia a mente" simplesmente caminhando por aí. Tento ligar para ele de novo, mas a ligação cai direto na caixa de mensagens. Ele desligou o telefone de vez.

"Você acha que ele poderia ir ao casamento?", Kimberly pergunta olhando para mim. "Sabe como é, para fazer um escândalo?"

Quero dizer que ele não faria isso, mas, com todo esse peso em cima dele, não posso negar que seja uma possibilidade.

"Não acredito que estou sugerindo uma coisa dessas", Kimberly diz delicadamente. "Mas talvez seja bom você ir ao casamento, no fim das contas, pelo menos para garantir que ele não interrompa nada. Além disso, é possível que ele esteja tentando encontrar você e, se não conseguir falar com ninguém, talvez seja onde procure primeiro."

Pensar que Hardin pode aparecer na igreja fazendo um escândalo me deixa nauseada. Mas, sendo bem egoísta, espero que ele vá para lá, caso contrário quase não terei chance de encontrá-lo. O fato de ele ter desligado o telefone me deixa preocupada, porque fico achando que não quer ser encontrado.

"Acho que sim. Que tal eu ir e ficar do lado de fora, na frente?", sugiro.

Kimberly concorda, compreensiva, mas sua expressão se torna mais séria quando uma BMW preta entra no estacionamento, parando ao lado do carro alugado para Kimberly.

Christian desce, vestindo um terno.

"Alguma notícia dele?", ele pergunta quando se aproxima. Inclina-se para beijar Kimberly no rosto — por hábito, acho —, mas ela se afasta antes de ele encostar os lábios em sua pele.

"Desculpa", ele sussurra para ela, e eu ouço.

Ela balança a cabeça e volta sua atenção para mim. Meu coração fica apertado por ela, que não merece ser traída. Acho que o problema da traição é que não faz distinção e atinge quem menos espera ou merece.

"Tessa vai conosco, e vai ficar de olho para ver se Hardin aparece no casamento", ela começa a explicar. Em seguida, olha nos olhos de Christian. "Para que, enquanto estivermos lá dentro, ela possa garantir que nada atrapalhe esse dia festivo." O veneno em seu tom é claro, mas ela permanece calma.

Christian balança a cabeça para a noiva.

"Não vamos àquele maldito casamento. Não depois de toda essa merda."

"Por que não?", Kimberly pergunta sem emoção no olhar.

"Por causa disto", Vance faz um gesto entre nós duas, "e porque meus dois filhos são mais importantes do que qualquer casamento, principalmente este. Não posso querer que você fique sorrindo no mesmo ambiente que ela."

Kimberly parece surpresa, mas pelo menos se mostra mais calma depois de escutar as palavras dele. Observo e fico calada. Ouvir Christian se referir a Hardin e a Smith como seus "filhos" pela primeira vez me irritou. Há muitas coisas que eu poderia dizer a esse homem, muitas palavras furiosas que quero muito jogar na cara dele, mas sei que não devo. Não vai adiantar nada, e preciso me concentrar em descobrir o paradeiro de Hardin e saber como ele está lidando com essas notícias.

"As pessoas vão comentar. Principalmente a Sasha." Kimberly fecha a cara.

"Não dou a mínima para a Sasha nem para o Max, nem para ninguém. Deixem que falem. Vivemos em Seattle, não em Hampstead." Ele segura as mãos dela, que permite. "Consertar meu erro é minha única prioridade neste momento", ele diz com a voz trêmula. Minha raiva em relação a ele começa a derreter, mas só um pouco.

"Você não podia ter deixado Hardin sair do carro", Kimberly diz, com as mãos ainda nas de Christian.

"Não pude impedi-lo. Você conhece o Hardin. E meu cinto de segurança ficou preso, não vi para onde ele foi... droga!", ele diz, e Kimberly balança a cabeça, mostrando que entende.

Finalmente, percebo que minha vez de falar chegou.

"Aonde você acha que ele foi? Se ele não aparecer no casamento, onde posso procurar?"

"Bem, eu olhei em dois bares que conheço e que sei que abrem cedo", Vance diz, franzindo o cenho. "Só para garantir." Sua expressão fica mais suave quando ele olha para mim. "Agora eu entendi por que não deveria ter separado vocês dois na hora de contar. Foi um erro enorme, e sei que ele precisa de você agora."

Sem conseguir pensar em nada educado a dizer a Vance, eu simplesmente balanço a cabeça e tiro o telefone do bolso para tentar falar com Hardin de novo. Sei que o celular dele vai estar desligado, mas tenho que tentar. Enquanto ligo, Kimberly e Christian olham um para o outro em silêncio, de mãos dadas, um procurando algum sinal nos olhos do outro. Quando desligo, ele olha para mim e diz: "O casamento começa em vinte minutos. Posso levar você lá, se quiser".

Kimberly levanta a mão.

"Posso levá-la. Você pega o Smith e volta para o hotel."

"Mas...", ele começa a discutir, mas, ao ver a cara dela, escolhe se calar. "Você vai voltar ao hotel, certo?", ele pergunta, os olhos cheios de medo.

"Sim." Ela suspira. "Não vou sair do país."

O alívio substitui o pânico, e ele solta as mãos de Kimberly.

"Tome cuidado, e ligue se precisar de alguma coisa. Você sabe o endereço da igreja, não?"

"Sim. Quero as chaves." Ela estende uma mão. "Smith dormiu, e não quero acordá-lo."

Eu admiro seu comportamento firme. Eu estaria arrasada se fosse ela. *Estou* arrasada agora, por dentro.

Menos de dez minutos depois, Kimberly me deixa na frente de uma igreja pequena. A maioria dos convidados já entrou, e poucas pessoas permanecem nos degraus de fora. Eu me sento em um banco e observo a rua à procura de algum sinal de Hardin.

De onde estou sentada, consigo ouvir a marcha nupcial começando a tocar dentro da igreja, e imagino Trish com seu vestido de noiva, percorrendo a nave até o altar, para encontrar o noivo. Ela está sorrindo, radiante e bonita.

Mas a Trish de minha mente não combina com a mãe que mente a respeito do pai de seu único filho.

Os degraus ficam vazios, e os últimos convidados entram para ver Trish e Mike se casando. Os minutos se passam, e consigo ouvir quase todos os sons que vêm de dentro da pequena construção. Meia hora depois, os convidados aplaudem quando a noiva e o noivo são declarados marido e mulher, e percebo que é o momento de sair. Não sei aonde vou, mas não posso ficar aqui esperando. Trish vai sair da igreja logo, e a última coisa de que preciso é de um encontro constrangedor com a noiva recém-casada.

Começo a voltar pelo caminho que percorri ao chegar, ou pelo menos acho que é isso que estou fazendo. Não me lembro exatamente, mas não tenho lugar nenhum para ir. Pego meu telefone de novo e volto a ligar para Hardin, mas o celular dele continua desligado. Meu aparelho está com menos da metade da bateria, mas não quero desligá-lo, porque Hardin pode tentar ligar.

Enquanto continuo procurando, caminhando sem rumo pelo bairro e olhando dentro de todos os bares e restaurantes aqui e ali, o sol começa a se pôr no céu londrino. Eu deveria ter pedido emprestado um dos carros alugados de Kimberly, mas não estava pensando com muita clareza, e ela tem outras coisas com que se preocupar no momento. O carro alugado de Hardin ainda está estacionado no Gabriel's, mas não tenho uma chave extra.

A beleza e a graça de Hampstead diminui a cada passo que dou para o outro lado da cidade. Meus pés estão doendo, e o ar primaveral está cada vez mais frio conforme o sol se põe. Eu não deveria ter escolhido esse vestido nem esses sapatos idiotas. Se soubesse como seria o dia de hoje, teria usado roupas de ginástica e tênis para facilitar minha procura por Hardin. No futuro, se eu voltar a viajar com ele, só vou usar roupas desse tipo.

    Depois de um tempo, não consigo determinar se minha mente está brincando comigo ou se a rua na qual entrei realmente é familiar. É pontuada por casas pequenas muito parecidas com a de Trish, mas eu estava cochilando quando Hardin entrou na cidade, e não confio na minha memória agora. Fico feliz por ver que as ruas estão quase vazias, e que todos os moradores parecem estar dentro de casa. Andar nas ruas com gente saindo dos bares me deixaria ainda mais paranoica. Quase começo a chorar de alívio quando vejo a casa de Trish alguns metros à frente. Já escureceu, mas as lâmpadas da rua estão acesas, e quando me aproximo tenho cada vez mais certeza de que é a casa dela. Não sei se Hardin está lá, mas torço para que, se não estiver, pelo menos a porta esteja destrancada, para eu poder me sentar e beber um pouco de água. Estou andando sem rumo pelos quarteirões há horas. Tenho sorte de ter chegado à única rua nesse bairro que pode me ser útil.

    Conforme me aproximo da casa de Trish, uma placa brilhante no formato de uma cerveja me distrai. O pequeno bar fica entre uma casa e uma viela. Sinto um arrepio percorrer minha espinha. Deve ter sido difícil para Trish permanecer na mesma casa, tão perto do bar de onde seus agressores saíram para encontrar Ken. Hardin me contou certa vez que ela simplesmente não tinha dinheiro para se mudar. A maneira como ele falou, sem dar muita importância ao fato, me surpreendeu. Mas infelizmente dinheiro é uma coisa complicada.

    Ele está ali, eu sei.

    Eu me aproximo do pequeno estabelecimento, e quando empurro a porta de ferro sinto vergonha da minha roupa no mesmo instante. Eu pareço uma maluca entrando nesse tipo de bar com um vestido e descalça, com os sapatos nas mãos. Desisti de andar com eles há uma hora. Coloco os sapatos no chão e deslizo os pés para dentro deles, fazendo uma careta de dor quando as tiras raspam nas áreas sensíveis da pele dos calcanhares.

    O bar não está lotado, e não demorou muito percorrer o salão e encontrar Hardin sentado no balcão, levando um copo à boca. Meu coração vai parar na boca. Eu sabia que o encontraria desse jeito, mas minha confiança nele sofre um baque. Esperava, do fundo da alma, que ele não buscasse na bebida a cura para a dor. Respiro fundo antes de me aproximar dele.

"Hardin." Dou um tapinha em seu ombro.

Ele se vira no banco para olhar para mim, e meu estômago se revira com o que vejo. Seus olhos estão muito vermelhos, com linhas escuras tão grossas que a parte branca quase não aparece. Seu rosto está corado, e o cheiro da bebida é tão forte que dá até para sentir o gosto. As palmas das minhas mãos começam a suar, e minha boca seca.

"Olha só quem está aqui", ele diz, arrastando as palavras. O copo em sua mão está quase no fim, e eu faço uma careta ao ver três outros vazios à frente dele. "Como me encontrou?" Ele joga a cabeça para trás e bebe o resto do líquido marrom antes de gritar para o homem atrás do balcão. "Mais uma!"

Eu me posiciono bem na frente dele, para que não consiga desviar o olhar. "Lindo, você está *bem*?" Sei que não está, mas não sei como lidar com ele até conseguir avaliar sua condição e o tanto de álcool que consumiu.

"Lindo", ele diz misteriosamente, como se estivesse pensando em outra coisa enquanto fala. Mas então se dá conta e abre um largo sorriso. "Sim, sim, estou bem. Senta aqui. Quer beber? Vamos beber... *mais uma!*"

O barman olha para mim, e eu balanço a cabeça indicando que não vou beber. Sem perceber essa comunicação, Hardin puxa o banco ao lado dele e dá um tapinha no assento. Eu olho ao redor do pequeno bar e me sento.

"E aí, como me encontrou?", ele pergunta de novo.

Estou confusa e tensa com o comportamento dele. É óbvio que ele está bêbado, mas não é isso o que me incomoda. É a calma por trás de sua voz. Já ouvi isso antes, e nunca levou a coisas boas.

"Estou andando há horas, e reconheci a casa de sua mãe do outro lado da rua, então soube... bom, soube que deveria procurar aqui." Eu me estremeço ao lembrar de Hardin me contando histórias de noites e noites que Ken passou nesse mesmo bar.

"Minha detetive", ele diz baixinho enquanto levanta uma das mãos para prender meus cabelos atrás da orelha. Não me afasto, apesar de estar cada vez mais ansiosa.

"Vem comigo. Quero voltar para o hotel, para podermos ir embora amanhã cedo."

Nesse momento, o barman traz a bebida, e Hardin olha para o copo com seriedade.

"Ainda não."

"Por favor, Hardin." Encaro seus olhos vermelhos. "Estou muito cansada, e sei que você também está." Tento usar minha fraqueza contra ele sem falar de Christian nem de Ken. Eu me aproximo. "Meus pés estão me matando, e estou com saudade. Christian tentou encontrar você e não conseguiu. Estou andando há um tempão, e quero muito voltar ao hotel. Com você."

Eu o conheço bem o bastante para ter certeza de que, se começar a reclamar demais a respeito de qualquer coisa, ele vai perder a paciência, e essa calma toda vai desaparecer em segundos.

"Ele não procurou direito. Comecei a beber...", Hardin ergue o copo, "no bar do outro lado da rua onde ele me deixou."

Eu me encosto nele, e ele começa a falar de novo antes que eu possa pensar em algo a dizer.

"Bebe uma dose. Minha amiga está aqui, ela vai pagar." Ele balança uma das mãos para os copos no bar. "Nós nos encontramos naquele outro ótimo estabelecimento, mas aí, como esse encontro parecia uma noite do passado, decidi que viríamos para cá. Pelos bons tempos."

Meu estômago se revira.

"Amiga?"

"Uma amiga antiga da família." Ele indica com a cabeça uma mulher que está saindo do banheiro. Parece ter quase quarenta anos, ou quarenta e poucos, e tem cabelos loiros oxigenados. Fico aliviada por não ser jovem, já que pelo jeito Hardin está bebendo com ela há um tempo.

"Acho que precisamos ir", pressiono, e pego a mão dele.

Ele se afasta. "Judith, esta é a Theresa."

"Judy", ela o corrige ao mesmo tempo em que eu digo: "Tessa".

"Prazer em conhecê-la." Forço um sorriso e me viro de novo para Hardin. "Por favor", imploro de novo.

"Judy sabia que minha mãe era uma piranha", Hardin diz, e o cheiro de uísque toma meus sentidos de novo.

"Eu não disse isso." A mulher ri. Está vestida com roupas que não são muito adequadas para sua idade. A blusa é decotada, e a calça jeans *flare* é apertada demais.

"Ela disse isso, sim. Minha mãe odeia a Judy!", Hardin sorri.

A mulher desconhecida também sorri. "Por que será?"

Começo a sentir que estou sendo excluída de uma piada interna entre eles. "Por quê?", pergunto sem pensar.

Hardin olha feio para ela para alertá-la e faz um aceno com a mão, ignorando minha pergunta. Preciso de todo o autocontrole para não derrubá-lo do banco. Se eu não soubesse que ele só está tentando esconder sua dor, faria exatamente isso.

"É uma longa história, querida." A mulher acena para o barman. "Olha, você está com cara de quem ficaria melhor tomando uma tequila."

"Não, estou bem." A última coisa que quero é uma bebida.

"Relaxa, linda." Hardin se recosta em mim. "Não foi você quem acabou de descobrir que sua vida inteira é uma porra de uma mentira, então relaxa e vem beber comigo."

Sinto um aperto no peito por ele, mas beber não é a resposta. Preciso tirá-lo daqui. Agora.

"Você prefere a margarita frozen ou com gelo? Este lugar não é chique, então não dá para escolher muito", Judy diz para mim.

"Eu disse que não quero beber *merda nenhuma*", rebato.

Ela arregala os olhos, mas se recupera depressa. Fico quase tão surpresa com minha explosão quanto ela. Hardin ri ao meu lado, mas eu fico de olho na mulher, que claramente gosta de guardar segredinhos.

"Tudo bem, então. Mas alguém aqui precisa relaxar." Ela enfia a mão na bolsa. Pega um maço de cigarros e um isqueiro da bolsa grande e acende. "Quer?", ela pergunta a Hardin.

Olho para ele e, para a minha surpresa, ele aceita. Judy estende a mão por trás de mim para entregar a ele o cigarro aceso de sua boca. Quem diabos é essa mulher?

Hardin encaixa o cigarro nojento entre os lábios e traga. A fumaça dança entre nós, e eu cubro a boca e o nariz.

Olho feio para ele. "Desde quando você fuma?"

"Sempre fumei, parei quando entrei na WCU." Ele traga de novo. A ponta vermelha do cigarro me irrita, e eu o puxo da boca de Hardin e enfio dentro do copo, que está pela metade.

"*Que porra é essa?*", ele quase grita, olhando para a bebida estragada.

"Vamos embora. Agora." Eu desço do banco, seguro a manga de Hardin e o puxo.

"Não, não vamos." Ele desvia da minha mão e tenta chamar a atenção do barman.

"Ele não quer ir embora", Judy se intromete.

Minha raiva está fervilhando, e essa mulher está me tirando do sério. Olho bem dentro de seus olhos, que mal consigo encontrar por causa da camada indecente de rímel que ela passou. "Não me lembro de ter perguntado nada pra você. Cuida da sua vida e procura um novo amiguinho de bebedeira, porque nós vamos *embora!*", grito.

Ela olha para Hardin, esperando que ele a defenda — e nesse momento a história sórdida dos dois fica bem clara para mim. Essa não é a maneira como uma "amiga da família" se comportaria com o filho da amiga, que tem metade de sua idade.

"Eu *já falei* que não quero ir embora", Hardin insiste.

Tentei de todas as formas, mas ele não quer ouvir. Minha última opção é me aproveitar do ciúme que ele sente — um golpe baixo, principalmente no estado em que está, mas não me sobrou alternativa.

"Bem", digo quando começo a esquadrinhar o bar com os olhos com movimentos exagerados, "se você não me levar de volta ao hotel, vou ter que encontrar alguém que me leve." Olho para o homem mais jovem do bar, que está numa mesa com os amigos. Dou a Hardin alguns segundos para reagir e, como ele não se mexe, começo a caminhar na direção do grupo de rapazes.

Hardin segura meu braço em segundos. "Pode esquecer. Não vai, não."

Eu me viro, olhando para o banco que ele derrubou na ânsia de me segurar, e vejo as tentativas ridiculamente descoordenadas de Judy, que tenta colocá-lo de pé.

"Então me leva de volta", respondo, inclinando a cabeça.

"Estou bêbado", ele diz, como se isso justificasse tudo.

"Eu sei. Podemos chamar um táxi para voltar ao Gabriel's, e eu dirijo o carro até o hotel." Em silêncio, rezo para que isso dê certo.

Hardin estreita os olhos na minha direção por um segundo. "Você já pensou em tudo, não é?", ele murmura sarcasticamente.

"Não, mas ficar aqui não está sendo bom, então ou você vai pagar sua bebida e me tirar daqui, ou vou embora com outra pessoa."

Ele solta meu braço e se aproxima. "Não me ameace. Eu também poderia ir embora com outra pessoa", Hardin diz, a poucos centímetros de meu rosto.

Sinto uma pontada de ciúme, mas ignoro. "Vai em frente. Pode ir embora com essa Judy. Sei que você já dormiu com ela. Está na cara." Mantenho a coluna ereta e a voz firme enquanto o desafio.

Ele olha para mim, e então para ela, e sorri um pouco. Eu me retraio, e ele franze o cenho. "Não foi nada de mais. Nem lembro direito." Ele está tentando fazer com que eu me sinta melhor, mas suas palavras têm o efeito contrário.

"E então, o que vai ser?" Ergo a sobrancelha.

"Droga", ele resmunga, e então sai cambaleando até o bar para pagar a conta. Pelo jeito ele simplesmente esvazia os bolsos no bar e, depois que o barman pega umas notas, ele joga o resto na direção de Judy. Ela olha para ele e então para mim, abaixando-se um pouco como se algo tivesse murchado dentro dela.

Quando saímos do bar, Hardin diz: "A Judy disse tchau", e isso me deixa a ponto de explodir.

"Não fale sobre ela comigo", esbravejo.

"Está com ciúme, Theresa?", ele pergunta e me abraça. "Porra, eu odeio este lugar, este bar, aquela casa." Ele faz um gesto em direção à casinha do outro lado da rua. "Ah! Quer ouvir uma coisa engraçada? O Vance morou ali." Hardin aponta para a casa de tijolos aparentes bem do lado do bar. Uma luz fraca está acesa no andar de cima, e tem um carro estacionado na garagem. "Fico me perguntando o que ele estava fazendo na noite em que aqueles homens entraram na merda da nossa casa." Hardin olha para o chão e se abaixa. Quando percebo, está com o braço levantado atrás da cabeça, segurando um tijolo.

"Hardin, não!", grito e agarro o braço dele. O tijolo cai no chão e escorrega pelo concreto.

"Porra." Ele tenta pegá-lo, mas eu fico na frente dele. "*Foda-se tudo isso! Foda-se essa rua! Foda-se esse bar e foda-se essa casa! Foda-se todo mundo!*"

Ele tropeça de novo e começa a atravessar a rua. "Se você não me deixar destruir a casa..." Ele para de falar, e eu tiro os sapatos dos pés para segui-lo até o outro lado, e entramos no quintal de sua casa de infância.

6

TESSA

Tropeço em meus próprios pés descalços ao correr atrás de Hardin, que entra no quintal da casa onde passou sua dolorosa infância. Acabo caindo de joelhos, mas logo me levanto e volto a correr. A tela da porta da frente está aberta, e ouço Hardin mexendo na maçaneta por um momento antes de bater o punho na madeira, frustrado.

"Hardin, por favor. Vamos para o hotel", tento convencê-lo quando me aproximo.

Ignorando totalmente minha presença, ele se abaixa para pegar algo do lado da varanda. Penso ser uma chave, mas logo vejo que estou errada, quando ele joga uma pedra do tamanho de um punho fechado pelo vidro da porta. Hardin enfia o braço pela abertura e felizmente consegue desviar das pontas do vidro quebrado para destrancar a porta.

Olho ao redor na rua silenciosa, mas nada parece diferente. Ninguém saiu para ver nossa invasão, e nenhuma luz se acendeu ao som do vidro quebrando. Torço para Trish e Mike não estarem na casa de Mike, logo ao lado, para que tenham ido passar a noite em algum hotel bacana, já que nenhum dos dois tem dinheiro suficiente para uma lua de mel extravagante.

"*Hardin*." Estou pisando em ovos, fazendo o melhor que posso para não causar uma explosão. Se eu cometer um erro que seja, a coisa toda vai pelos ares.

"Esta casa maldita nunca foi nada para mim além de um tormento enorme", ele resmunga, tropeçando com suas botas. Ele se segura no braço de uma poltrona pequena antes de cair. Dou uma olhada na sala de estar, e fico contente por ver que a maioria das coisas já foi encaixotada e retirada da casa para a demolição, assim que Trish se mudar.

Ele estreita os olhos e se concentra no sofá. "Este sofá aqui", ele pressiona os dedos na testa antes de terminar, "foi aqui que aconteceu, sabia? Nesta sofá de merda."

Eu sabia que ele estava alterado, mas com isso ele me deu uma confirmação. Eu me lembro de ele ter dito, meses antes, que tinha destruído aquele sofá. "Aquela porcaria foi fácil de destruir", ele se gabou.

Olho para o sofá à nossa frente, que obviamente é novo, pois as almofadas estão firmes e o tecido não tem marcas. Meu estômago se revira. Tanto pela lembrança como por pensar no que está acontecendo dentro de Hardin.

Seus olhos se fecham momentaneamente. "Talvez um dos merdas dos meus dois pais poderia ter pensado em comprar uma casa nova."

"Sinto muito. Sei que isso tudo é demais para você no momento." Tento consolá-lo, mas ele continua me ignorando.

Ele abre os olhos e entra na cozinha, e eu vou atrás, mantendo uma certa distância. "Onde está...", ele murmura e cai de joelhos para olhar dentro do armário embaixo da pia. "Achei." Pega uma garrafa de bebida. Não quero perguntar de quem era — ou é — e como ela foi parar ali. Ao ver a fina camada de poeira que aparece na camiseta preta de Hardin quando ele esfrega a garrafa contra o tecido, imagino que esteja escondida ali há alguns meses.

Eu o sigo quando ele entra na sala de estar, sem saber o que fará em seguida.

"Sei que você está bravo, e tem todos os motivos para isso." Fico na frente dele em uma tentativa desesperada de chamar sua atenção. Ele se recusa a sequer olhar para mim. "Mas podemos, *por favor*, voltar para o hotel?" Seguro sua mão, mas ele se afasta. "Podemos conversar, e você pode ficar sóbrio, por favor. Ou você pode dormir, o que quiser, mas, por favor, precisamos sair daqui."

Hardin desvia de mim e caminha até o sofá, apontando. "Ela estava aqui..." Ele aponta o sofá com a garrafa de destilado. Meus olhos estão ardendo por causa das lágrimas, mas eu as controlo. "E ninguém veio interromper o que estava acontecendo. Nenhum daqueles desgraçados". Ele cospe e gira a tampa da garrafa cheia. Leva a garrafa aos lábios e joga a cabeça para trás, engolindo o líquido.

"Chega!", eu grito, e me aproximo dele. Estou totalmente preparada para arrancar aquela garrafa das mãos dele agora mesmo e quebrá-la no chão da cozinha. Qualquer coisa para que ele não beba. Não sei quanto álcool o corpo dele ainda aguenta antes de apagar.

Hardin toma mais um gole antes de parar. Usa as costas da mão para secar o excesso de bebida da boca e do queixo. Ele sorri e olha para mim pela primeira vez desde que entramos na casa. "Por quê? Quer um pouco?"

"Não... *sim*, na verdade, eu quero", minto.

"Que pena, Tessie, não tem o suficiente para nós dois", ele diz, segurando a garrafa grande. Eu me retraio ao ouvi-lo usar o apelido que meu pai usa para falar comigo. Deve ter mais de um litro de bebida ali; o rótulo está puído e meio rasgado. Fico tentando imaginar há quanto tempo ele a escondeu ali. Será que foi durante os onze piores dias da minha vida inteira? "Aposto que você está adorando isso."

Dou um passo para trás e tento pensar em um plano de ação. Não tenho muitas opções no momento, e estou ficando com um pouco de medo. Sei que ele nunca me machucaria fisicamente, mas não sei como vai tratar a si mesmo, e não estou emocionalmente preparada para outro ataque. Acabei me acostumando com o Hardin controlado dos últimos tempos: sarcástico e de humor instável, mas não mais cheio de ódio. O brilho de seus olhos vermelhos é familiar demais para mim, e consigo ver a maldade crescendo dentro deles.

"Por que eu adoraria isso? Odeio ver você assim. Não quero que você se machuque mais desse jeito, Hardin."

Ele sorri e acaba rindo, mas em seguida ergue a garrafa e despeja um pouco da bebida nas almofadas do sofá. "Você sabia que o rum é um dos destilados mais inflamáveis?", pergunta ele com seriedade.

Sinto meu sangue gelar. "Hardin, eu..."

"Este rum aqui é prova total disso. É bem alto." A voz dele está preguiçosa, lenta e assustada enquanto ele continua a molhar o sofá.

"Hardin!", digo com a voz muito mais alta. "O que você vai fazer? Incendiar a casa toda? Isso não vai mudar nada!"

Fazendo um aceno de mão para mim, ele ri. "É melhor você ir embora. Não é permitida a presença de crianças."

"Não fala comigo assim!" Com coragem e um pouco de receio, eu pego a garrafa pelo gargalo.

As narinas de Hardin se dilatam, e ele tenta tirar da minha mão. "Solta isso. Agora", ele diz entredentes.

"Não."

"Tessa, não me provoca."

"O que você vai fazer, Hardin? Brigar comigo por causa de uma garrafa de álcool?"

Seus olhos se arregalam; a boca se abre de surpresa quando ele olha para as nossas mãos brincando de cabo de guerra.

"Me dá a garrafa", digo, apertando o gargalo. A garrafa é pesada, e Hardin não está facilitando as coisas, mas minha adrenalina está correndo e me dando a força de que preciso. Xingando baixo, ele tira a mão. Não pensei que ele fosse desistir tão facilmente, então, quando afasta a mão, a garrafa escorrega para o chão à nossa frente, e o líquido vaza na madeira envelhecida.

Eu me abaixo para pegá-la enquanto digo para ele fazer o contrário. "Deixa essa garrafa aí."

"Não sei por que esse escândalo todo." Ele pega a garrafa antes de mim e despeja mais líquido no sofá, e então caminha em círculo pela sala, deixando um rastro de rum inflamável por onde passa. "Este buraco vai ser demolido mesmo. Estou fazendo um favor aos novos donos." Ele olha para mim e encolhe os ombros de modo brincalhão. "E assim provavelmente sai mais barato."

Eu me viro de costas e remexo na bolsa para pegar o telefone. O símbolo de aviso de fim de bateria está piscando, mas teclo o único número que talvez possa nos ajudar nesse momento. Com o telefone na mão, eu me viro a Hardin. "A polícia vai aparecer na casa da sua mãe se você fizer isso. E você vai ser preso, Hardin." Rezo para que a pessoa do outro lado da linha possa me ouvir.

"Não estou nem aí", ele resmunga, com a mandíbula tensa. Ele se vira para o sofá, os olhos observando o presente para se lembrarem do passado. "Eu ainda consigo ouvir os gritos dela. Ela gritava como um animal ferido. Você sabe como é para um menino pequeno ouvir isso?"

Sinto pena dele, das duas versões — do menininho inocente que foi forçado a ver a mãe apanhar e ser violentada, e do homem irado e magoado que acha que seu único recurso é queimar a casa toda para se livrar da lembrança.

"Você não quer ser preso, quer? Para onde eu iria? Eu ficaria perdida." Não estou nem um pouco preocupada comigo, mas espero que dizer isso faça com que ele repense suas atitudes.

Meu lindo príncipe olha para mim por um momento, e minhas palavras parecem ter mexido com ele.

"Chama um táxi agora. Vai até o fim da rua. Não vou fazer nada enquanto você estiver aqui." A voz dele está mais clara agora do que deveria, considerando a quantidade de álcool em seu sangue. Mas só consigo ouvir que ele está tentando desistir de si mesmo.

"Não tenho como pagar um táxi." Abro a carteira e mostro a ele que só tenho dólares americanos.

Ele fecha os olhos e joga a garrafa contra a parede. Ela se despedaça, mas eu nem me mexo. Já vi e ouvi isso muitas vezes nos últimos sete meses para me deixar afetar.

"Pega a merda da minha carteira. *E some daqui, caralho!*" Num movimento rápido, ele pega a carteira do bolso de trás e a joga no chão à minha frente.

Eu me abaixo para pegá-la e a enfio em minha bolsa. "Não, preciso que você venha comigo", digo baixinho.

"Você é tão perfeita... você sabe disso, não sabe?" Ele dá um passo em minha direção e levanta a mão para acariciar meu rosto. Eu me retraio com o contato, e ele franze o cenho de seu rosto lindamente atormentado. "Você não sabia que é perfeita?" A mão dele está quente em meu rosto, e o polegar começa a acariciar minha pele.

Sinto meus lábios tremerem, mas mantenho a expressão séria. "Não, não sou perfeita, Hardin. Ninguém é", respondo, olhando em seus olhos.

"Você é. Perfeita demais para mim."

Sinto vontade de chorar — *voltamos a isso?* "Não vou deixar você me afastar. Sei o que você está fazendo. Está bêbado e está tentando justificar isso comparando nós dois. Sou problemática pra cacete, tanto quanto você."

"Não fala isso." Ele franze o cenho de novo, levando a outra mão ao meu queixo e puxando meus cabelos. "Não combina com essa boca linda." Ele passa o polegar pelo meu lábio inferior, e percebo o contraste entre a dor e a fúria em seus olhos e seu toque leve e delicado.

"Eu amo você, e não vou a lugar nenhum", digo, rezando para que ele saia dessa embriaguez. Procuro naqueles olhos algum sinal do meu Hardin.

"Se duas pessoas se amam, não pode haver um final feliz", ele responde baixinho.

Reconhecendo as palavras no mesmo instante, eu desvio os olhos. "Não venha citar Hemingway para mim", digo. *Será que ele pensou que eu não entenderia e não saberia o que está tentando fazer?*

"Mas é verdade. Não existe final feliz... não para mim, pelo menos. Sou problemático demais." Ele abaixa a mão e dá as costas para mim.

"Não, você não é! Você..."

"Por que está fazendo isso?", ele pergunta, o corpo balançando de um lado a outro. "Por que sempre tenta encontrar meu lado bom? Acorda, Tessa! *Não tenho lado bom nenhum!*", ele grita, e bate as duas mãos no peito. "Sou um nada! Sou um merda com pais fodidos e uma cabeça fodida! Tentei alertar você, tentei afastar você antes de acabar com a sua vida..." Sua voz se torna mais baixa, e ele enfia a mão no bolso. Reconheço o isqueiro roxo de Judy, do bar.

Hardin não olha para mim ao acender a chama.

"Meus pais também são problemáticos! Meu pai está na reabilitação, pelo amor de Deus!", grito para ele.

Eu sabia que isso aconteceria — sabia que a confissão de Christian acabaria com Hardin. As pessoas têm limites, e Hardin já estava bem fragilizado.

"Esta é sua última chance de sair antes que a casa pegue fogo", ele diz sem olhar para mim.

"Você incendiaria a casa comigo dentro?", pergunto. Estou chorando agora, mas não lembro quando comecei.

"Não." Ele atravessa a sala batendo os pés; minha cabeça está girando, meu coração está doendo, e receio ter perdido o senso de realidade. "Vamos." Ele estende a mão para mim, pedindo para eu pegá-la.

"Me dá o isqueiro."

"Vem aqui." Ele abre os braços para mim. Estou soluçando alto agora. "Por favor."

Me esforço para ignorar esse gesto familiar, por mais que me doa. Quero correr para os braços dele e tirá-lo daqui. Mas não estou em um romance de Austen com final feliz e boas intenções. Estou em uma história de Hemingway, na melhor das hipóteses, e consigo enxergar além do gesto dele. "Me dá o isqueiro e podemos sair juntos."

"Você quase me fez acreditar que eu podia ser normal." O isqueiro ainda está na palma da mão dele.

"Ninguém é normal!", grito. "Ninguém é normal... e eu não quero ser. Eu amo você agora, e todo o resto também!" Olho ao redor da sala de estar e para Hardin.

"Impossível. Ninguém amaria e ninguém amou. Nem mesmo a minha mãe."

Quando as palavras escapam de seus lábios, o barulho da porta se abrindo me sobressalta. Olho na direção do barulho e me sinto aliviada quando Christian entra na sala de estar. Está sem fôlego e em pânico. Ele se detém assim que vê o estado da pequena sala, com o destilado cobrindo cada centímetro.

"O que..." Christian estreita os olhos ao ver o isqueiro na mão de Hardin. "Ouvi sirenes enquanto vinha para cá. Precisamos ir embora, *agora*!", ele grita.

"Como você..." Hardin olha para Christian e para mim. "Você ligou para ele?"

"Claro que ligou! O que ela poderia fazer? Deixar você incendiar a casa e ser preso?", Christian grita. Hardin ergue as mãos, ainda segurando o isqueiro.

"Fora daqui, caralho! Os dois!"

Christian se vira para mim. "Tessa, saia."

Mas eu permaneço firme. "Não vou deixá-lo aqui dentro." Será que Christian não aprendeu que Hardin e eu não devemos ser separados?

"Vai", Hardin diz, dando um passo em minha direção. Ele passa o polegar pelo metal do isqueiro, fazendo surgir a chama. "Leva a Tessa lá para fora", ele fala, arrastando as palavras.

"Meu carro está estacionado na viela do outro lado da rua — vá até lá e espere por nós", Christian me instrui. Quando olho para Hardin, ele está voltado para a chama branca, e eu o conheço bem o suficiente para saber que vai fazer isso comigo lá dentro ou não. Está bêbado demais e transtornado demais para parar.

Um chaveiro frio é colocado em minha mão, e Christian se aproxima. "Não vou deixar que nada aconteça com ele."

Depois de um momento de hesitação, pego as chaves e saio pela porta sem olhar para trás. Atravesso a rua correndo e torço para que as sirenes à distância estejam seguindo para outro destino.

7

HARDIN

Assim que Tessa sai pela porta da frente, Vance começa a balançar as mãos à frente do rosto e grita: "Vá em frente! Vá em frente! Vá em frente!".

Do que ele está falando — e por que está aqui, porra? Que ódio de Tessa por ter ligado para ele. Retiro o que disse; eu jamais a odiaria, mas, *porra*, ela me irrita.

"Ninguém quer você aqui", digo, sentindo minha boca adormecida ao falar com esse homem.

Meus olhos estão ardendo. *Onde está Tessa? Ela foi embora?* Pensei que tivesse ido, mas agora estou confuso. *Há quanto tempo ela esteve aqui? Se é que esteve. Não sei.*

"Acenda o isqueiro."

"Por quê? Você quer que eu incendeie a casa?", pergunto. Uma versão mais jovem dele recostado na lareira da casa da minha mãe toma minha mente. Ele estava lendo para mim. "Por que ele estava lendo para mim?"

Eu disse isso em voz alta? Não faço a menor ideia. O Vance atual olha para mim, esperando algo.

"Todos os seus erros desapareceriam se eu desaparecesse também." O metal do isqueiro esquenta a pele ferida do meu polegar, mas continuo a passar o dedo por ele.

"Não, eu quero que você incendeie a casa. Talvez assim consiga um pouco de paz."

Acho que ele pode estar gritando comigo, mas mal consigo pensar direito, muito menos medir o volume de sua voz. Ele está me dando permissão para incendiar essa merda?

Quem disse que eu preciso de permissão?

"Quem é você para me dar permissão? Não estou pedindo *porra ne-nhuma*!" Abaixo a chama em direção ao braço do sofá e espero que se incendeie. Espero que o fogo consuma tudo, destrua o lugar.

Nada acontece.

"Eu sou uma peça rara, não?", digo ao homem que afirma ser meu pai.

"Não vai dar certo", responde ele. Ou talvez seja eu falando — não sei de mais nada.

Pego uma revista velha que está em cima de uma das caixas e encosto a chama no canto das folhas, que se inflamam no mesmo instante. Vejo as chamas subirem pelas páginas e jogo a revista no sofá. Fico impressionado ao ver a rapidez com que o fogo toma o sofá, e juro que consigo sentir as lembranças queimando junto com aquela merda.

A trilha de rum vem depois — está queimando em uma trilha torta. Meus olhos mal conseguem acompanhar as chamas que dançam pelo piso de madeira, estalando e brilhando, criando os sons mais desconfortáveis. As cores são fortes, muito malucas, e começam a atacar o resto da sala.

Acima do som das chamas, Vance grita: "Está *satisfeito*?".

Não sei se estou.

Tessa não estaria, destruir a casa a deixaria triste.

"Onde ela está?", pergunto, procurando dentro da sala que se tornou um borrão e que se enche de fumaça.

Se ela estiver aqui dentro e algo acontecer...

"Está lá fora. Em segurança", Vance me garante.

Posso confiar nele? Eu odeio esse cara. Isso tudo é culpa dele. Tessa ainda está aqui dentro? Ele está mentindo?

Mas então percebo que Tessa é esperta demais para isso. Ela já teria saído. Já teria se afastado dessa situação. Já teria se afastado de minha destruição. E, se esse homem tivesse me criado, eu não teria me tornado essa pessoa ruim. Não teria magoado tanta gente, principalmente Tessa. Nunca quis fazer isso, mas sempre acontece.

"Onde você estava?", pergunto a ele. Gostaria que as chamas crescessem. Pequenas como estão, nunca vão incendiar a casa totalmente. Devo ter guardado outra garrafa em algum lugar. Não consigo pensar claramente para me lembrar. O fogo não parece muito grande. As chamas não combinam com o tamanho da minha raiva, e preciso de mais.

"Eu estava no hotel com Kimberly. Vamos sair antes que os bombeiros cheguem, ou que você se machuque."

"Não... onde você estava *naquela noite*?" A sala está começando a girar, e o calor está me sufocando.

Vance parece se assustar e para onde está, endireitando o corpo. "*O quê?* Eu não estava aqui, Hardin! Estava nos Estados Unidos. Jamais permitiria que algo assim acontecesse com sua mãe! Mas, Hardin... precisamos ir!", ele grita.

Por quê? Quero ver essa merda queimar.

"Bom, mas aconteceu de qualquer maneira", digo, sentindo meu corpo cada vez mais pesado. Eu provavelmente deveria me sentar, mas, se tenho que ver essas cenas em minha mente, quero que ele também veja. "Ela apanhou demais. Cada um deles teve seu tempo com ela, fodendo sem parar, sem parar..." Meu peito dói tanto que gostaria de poder enfiar a mão dentro dele e arrancar tudo. Tudo era mais fácil antes de conhecer a Tessa, nada me atingia. Nem mesmo essa merda toda me machucava desse jeito. Eu havia aprendido a reprimi-la até que ela me fez... ela fez com que eu sentisse umas merdas que nunca quis sentir, e agora não consigo mais desligar tudo isso.

"Sinto muito! Sinto muito pelo que aconteceu! Eu teria impedido!"

Olho para a frente, e ele está chorando. *Como ele ousa chorar se ele nem teve que ver tudo — ele não teve que reviver a coisa toda quando fechava os olhos para dormir, ano após ano após ano.*

Luzes azuis aparecem nas janelas, espalham-se pelo vidro da sala, interrompendo minha fogueira. As sirenes são muito altas — caralho, como são altas!

"Sai!", Vance grita. "Sai agora! Sai pela porta dos fundos e entra no meu carro! Vai!", ele grita desesperadamente.

Que drama.

"Vá se foder", respondo; a sala está girando mais depressa agora, e as sirenes fazem meus ouvidos doerem.

Quando me dou conta, ele está me segurando e empurrando meu corpo bêbado para os fundos da sala de estar, para dentro da cozinha e para fora da casa. Tento resistir, mas meus músculos se recusam a cooperar. O ar frio me atinge, me deixa zonzo, e caio de bunda no cimento.

"Vai para a viela e entra no meu carro." Acho que foi isso que ele disse antes de desaparecer.

Eu me levanto depois de cair algumas vezes e tento abrir a porta dos fundos, mas está trancada. Do lado de dentro, ouço muitas vozes, todas gritando, e também um zunido. *Que merda é essa?*

Pego meu telefone do bolso e vejo o nome de Tessa brilhando na tela. Posso encontrar o carro dele na viela e encará-la, ou posso entrar e ser preso. Olho para o rosto embaçado de Tessa na tela, e a decisão está tomada.

Não sei, nem imagino, como vou fazer para atravessar a rua sem que os policiais me vejam. A tela do telefone está duplicada e embaçada, mas consigo ligar para Tessa, de alguma maneira.

"Hardin! Você está bem?", ela grita ao atender.

"Me pegue no fim da rua, na frente do cemitério."

Ergo a trava do portão do vizinho e finalizo a ligação. Pelo menos, não tenho que atravessar o quintal de Mike.

Ele se casou com minha mãe hoje? Pelo bem dele, espero que não.

"*Você não gostaria que ela ficasse sozinha para sempre. Sei que você a ama. Ela continua sendo sua mãe*", a voz de Tessa ressoa em minha mente. Ótimo, agora estou ouvindo vozes.

"*Não sou perfeita. Ninguém é*", sua linda voz me faz lembrar. Mas ela está enganada, muito enganada, é muito ingênua e perfeita.

Eu me vejo na esquina da rua de minha mãe. O cemitério atrás de mim está escuro; a única luz são as azuis que brilham à distância. O Beemer preto para momentos depois, e Tessa para na minha frente. Entro no carro sem dizer nada, e nem fechei a porta quando ela pisa no acelerador.

"Para onde eu vou?" Sua voz está rouca, e ela está tentando parar de soluçar, mas não consegue.

"Não sei... Não tem muitos...", meus olhos estão pesados, "... lugares aqui, é tarde da noite... não tem nada aberto..."

Fecho os olhos e tudo desaparece.

O som das sirenes me desperta. Eu me sobressalto com o barulho alto, e minha cabeça bate no teto do carro.

Carro? Por que diabos estou dentro de um carro?

Olho para o lado e vejo Tessa sentada ao banco do motorista, os olhos fechados e as pernas encolhidas embaixo do corpo. No mesmo momento, penso em uma gatinha adormecida. Minha cabeça está me matando. Bebi demais, que merda.

É dia, o sol está escondido atrás das nuvens, deixando o céu cinzento e assustador. O relógio no painel informa que faltam dez minutos para as sete. Não reconheço o estacionamento onde estamos, e tento me lembrar de como entrei no carro, para começo de conversa.

Não ouço carros de polícia nem sirenes... as que ouvi deviam fazer parte de meu sonho. Minha cabeça está latejando e, quando puxo a camisa para secar o rosto, o cheiro forte de fumaça invade minhas narinas.

Relances de um sofá em chamas e de Tessa chorando aparecem em minha mente. Tento juntar as imagens; ainda estou meio bêbado.

Ao meu lado, Tessa se remexe, e suas pálpebras tremem antes de se abrirem. Não sei o que ela viu ontem à noite. Não sei o que eu disse nem o que fiz, mas, pelo jeito como ela está me olhando no momento, chego a desejar que eu tivesse pegado fogo... junto com aquela casa. Imagens da casa de minha mãe surgem em minha mente.

"Tessa, eu..." Não sei o que dizer a ela; minha cabeça não está funcionando, nem a porcaria da minha boca.

Os cabelos descoloridos de Judy e Christian me empurrando porta afora na casa da minha mãe preenchem algumas das lacunas da minha memória.

"Você está bem?" O tom de voz de Tessa é suave e áspero ao mesmo tempo. Percebo que ela quase perdeu a voz.

Ela quer saber se estou bem?

Observo seu rosto, confuso com a pergunta. "Hã, sim. E você?" Posso não me lembrar da maior parte da noite... droga, nem do dia nem da noite, mas sei que ela deve estar brava comigo.

Ela balança a cabeça lentamente, os olhos observando da mesma maneira que os meus.

"Nós estamos... bom, não sei bem onde estamos." Ela dá uma tossida e olha diretamente para a frente pelo para-brisa. Deve ter gritado muito. Ou chorado, ou as duas coisas, porque mal consegue falar. "Eu não sabia aonde ir, e você dormiu, então continuei dirigindo, mas estava muito cansada. Tive que encostar o carro, no fim das contas." Seus olhos estão inchados e vermelhos; a maquiagem escura está borrada embaixo deles, e seus lábios estão secos e rachados. Ela está quase irreconhecível. Ainda está linda, mas eu a esgotei.

Olhando para ela agora, consigo ver o tom rosado de suas faces, o olhar sem esperança, a felicidade desaparecida de seus lábios carnudos. Peguei uma menina linda que vive pelos outros, uma menina que sempre viu o lado bom em tudo, até em mim, e a transformei em um caco cujos olhos vazios me encaram agora.

"Vou vomitar", digo, abrindo a porta do passageiro. Todo o uísque, todo o rum e todos os meus erros se espalham pelo cimento, e eu vomito sem parar até não sobrar nada dentro de mim além da culpa.

8

HARDIN

A voz de Tessa aparece suave e rouca em meio a minha respiração ofegante. "Para onde eu vou?"

"Não sei." Uma parte de mim tem vontade de dizer para ela pegar sozinha o próximo avião para longe de Londres. Mas a parte egoísta — e muito mais forte — sabe que, se ela fizesse isso, eu não conseguiria passar a noite sem me embebedar. De novo. Sinto gosto de vômito na boca, e minha garganta arde por causa do modo brutal com que meu organismo expeliu aquela bebida.

Abrindo o console central entre nós, Tessa pega um guardanapo e começa a limpar os cantos de minha boca. Seus dedos mal tocam minha pele, e me retraio ao sentir seu toque gelado.

"Você está congelando. Liga o carro." Mas não espero. Me inclino para a frente e viro a chave na ignição, e o ar começa a sair das passagens. Frio a princípio, mas esse carrão caro tem um mecanismo especial e o calor logo se espalha pelo espaço pequeno.

"Precisamos abastecer. Não sei por quanto tempo dirigi, mas a luz do combustível está acesa, e no painel também mostra que estamos sem gasolina." Ela aponta a tela do sofisticado computador de bordo.

O som da voz dela está me matando. "Você está sem voz", digo, apesar de ser incrivelmente óbvio. Ela assente e vira a cabeça para o outro lado. Envolvo seu queixo com meus dedos e puxo sua cabeça para a minha direção. "Se você quiser ir embora, vou entender. Levo você ao aeroporto agora mesmo."

Ela me lança um olhar confuso e abre a boca. "Você vai ficar aqui? Em Londres? Nosso voo é hoje à noite, pensei que..." A última palavra sai mais parecida com um grito do que qualquer outra coisa, e ela começa a tossir.

Olho os porta-copos para ver se encontro água ou qualquer outro líquido, mas estão vazios.

Esfrego suas costas até ela parar de tossir e, então, mudo de assunto. "Vamos trocar de lugar. Eu dirijo até lá." Meneio a cabeça em direção ao posto de gasolina do outro lado da rua. "Você precisa de água e de alguma coisa para sua garganta."

Espero Tessa sair do banco do motorista, mas ela me observa e engata a marcha, saindo do estacionamento.

"Você ainda está além do limite permitido", ela sussurra, tomando o cuidado de não forçar a voz já inexistente.

Não tenho o que argumentar. As poucas horas de cochilo dentro do carro não curaram minha embriaguez. Bebi destilado suficiente para apagar a maior parte da noite, e a dor de cabeça que veio com a bebedeira é insuportável. Provavelmente vou passar o dia todo bêbado, ou pelo menos metade. Não sei. Nem consigo me lembrar do quanto bebi...

Minha contagem incerta é interrompida quando Tessa estaciona na frente de uma bomba de gasolina e leva a mão à porta.

"Vou lá pra dentro." Saio do carro depressa, e ela não tem tempo de dizer nada.

Não tem muita gente na loja de conveniência tão cedo, só homens vestidos para trabalhar. Estou com as mãos cheias de aspirina, garrafas de água e pacotes de salgadinho quando Tessa entra. Observo quando todos se viram para olhar a beldade desalinhada naquele vestido branco e sujo. Os olhares dos homens me deixam ainda mais enjoado.

"Por que não ficou no carro?", pergunto quando ela se aproxima.

Ela balança um objeto preto de couro diante de meus olhos. "Sua carteira."

"Ah."

Ela me entrega a carteira e desaparece por um momento, mas volta para meu lado quando chego ao caixa, trazendo dois copos grandes e fumegantes de café.

Coloco o monte de coisas que peguei no balcão. "Você pode conferir a nossa localização no seu celular enquanto eu pago?", pergunto, pegando os copos grandes de suas mãos pequenas.

"O quê?"

"Vê o mapa do seu telefone, para podermos ver onde estamos."

Pegando o frasco de aspirina e o chacoalhando antes de passar pelo scanner, o homem alto atrás do balcão diz: "Allhallows. É onde vocês estão". Ele balança a cabeça para Tessa, que educadamente sorri.

"Obrigada." Ela sorri ainda mais, e o idiota fica vermelho.

Sim, eu sei que ela é gostosa. Agora desvia o olhar antes que eu arranque seus olhos da cabeça, é o que sinto vontade de dizer a ele. *E da próxima vez em que fizer um barulho do inferno quando eu estiver de ressaca, como esse que fez com o frasco de aspirina, você já era*. Depois de ontem à noite, fiquei meio sem controle, e não estou a fim de ver esse imbecil olhando para os peitos de minha namorada às sete da manhã, porra.

Se eu não tivesse visto a falta de emoção nos olhos dela, provavelmente teria arrancado o cara de trás do balcão, mas o sorriso falso dela, os olhos contornados com lápis, e o vestido com manchas de sujeira me fazem parar e interrompem meus pensamentos violentos. Ela parece muito perdida, muito triste, perdida demais.

O que eu fiz com você?, pergunto sem emitir nenhuma palavra.

Ela olha para a porta, por onde uma mulher jovem e uma criança estão entrando, de mãos dadas. Eu a observo enquanto ela os observa, seguindo seus movimentos com atenção demais para o meu gosto; é quase assustador. Quando a menininha olha para a mãe, o lábio inferior de Tessa treme.

Por que isso agora? Porque eu dei um escândalo com a nova revelação na minha família?

O atendente guardou todas as minhas coisas e me entrega a sacola de um jeito meio grosseiro para chamar minha atenção. Parece que, assim que a Tessa parou de olhar para ele, o cara decidiu que podia ser grosso comigo.

Pego a sacola de plástico e me inclino na direção de Tessa. "Está pronta?", pergunto, encostando meu cotovelo em seu braço.

"Sim, desculpa", ela murmura e pega os cafés do balcão.

Abasteço o tanque, pensando nas consequências de jogar o carro alugado de Vance dentro do mar. Se estamos em Allhallows, estamos bem perto da praia; não seria difícil.

"Estamos muito longe do Gabriel's?", Tessa pergunta quando entro no carro com ela. "É onde o carro está."

"Mais ou menos uma hora e meia, levando em conta o trânsito." *O carro lentamente afundando no mar, custando a Vance dezenas de milhares de dólares; pegamos um táxi até o Gabriel's por algumas centenas. Bom negócio.*

Tessa abre a tampa do pequeno frasco de aspirina e coloca três comprimidos na minha mão, e então franze o cenho e olha para a tela do celular, que começou a se iluminar. "Quer conversar sobre ontem à noite? Acabei de receber uma mensagem de texto de Kimberly."

Perguntas começam a aparecer entre as imagens embaçadas e vozes de ontem à noite, e sobem à superfície de minha mente... Vance me trancando do lado de fora e voltando para dentro da casa em chamas... Enquanto Tessa continua olhando para o telefone, eu me preocupo cada vez mais.

"Ele não está..." Não sei como fazer a pergunta, que parece não passar pelo nó em minha garganta.

Tessa se vira para mim, e seus olhos começam a ficar marejados.

"Ele está vivo, claro, mas..."

"O quê? O que ele tem?"

"Ela disse que ele se queimou."

Uma dor leve e nada bem-vinda tenta atravessar as frestas das minhas defesas. Frestas que ela causou, para começo de conversa.

Ela seca um dos olhos com as costas da mão. "Só em uma perna. A Kim disse uma perna, e que ele vai ser preso assim que sair do hospital, o que deve acontecer em breve, a qualquer momento."

"Preso por quê?" Sei a resposta antes que ela a diga.

"Ele disse à polícia que provocou o incêndio." Tessa levanta o telefone e o coloca na frente de meus olhos, para que eu possa ler a mensagem de texto de Kimberly.

Leio tudo, não vejo nada novo, mas entendo o pânico de Kimberly. Não digo nada. Não tenho nada a dizer.

"E então?", Tessa pergunta baixinho.

"E então o quê?"

"Não está nem um pouco preocupado com seu pai?" E, ao ver meu olhar matador, ela acrescenta. "Digo, com o Christian?"

Ele se machucou por minha causa. "Ele não deveria ter aparecido lá."

Tessa parece indignada com minha atitude. "*Hardin*. Aquele homem foi até lá para me ajudar... para ajudar você."

Percebendo o início de uma bronca, eu a interrompo. "Tessa, eu sei..."

Mas ela me surpreende ao levantar uma das mãos e me silenciar. "Ainda não terminei. Sem falar que ele levou a culpa por um incêndio que você causou, e se *machucou*. Amo você e sei que está com ódio dele agora, mas eu conheço você, sei quem é de verdade, então não fique sentado aí como se não estivesse dando a mínima com o que acontece com ele, porque sei muito bem que se importa, sim." A tosse forte começa assim que ela termina de falar, e eu encosto a garrafa de água em sua boca.

Por um momento, penso no que ela disse. Ela está certa, claro que está, mas não estou pronto para encarar nenhuma das coisas que acabou de mencionar. Não estou pronto para admitir que ele fez algo por mim — não depois de todos esses anos. Não estou pronto para que ele de repente se torne um pai para mim. De jeito nenhum. Não quero que ninguém, muito menos ele, pense que isso zera as coisas, que vou esquecer todas as merdas que ele perdeu, todas as noites que passei ouvindo meus pais gritarem um com o outro, todas as vezes em que subi a escada correndo ao ouvir a voz de bêbado de meu pai — por ele *saber* e não ter me contado.

Não, foda-se. Não está zerado, e nunca vai estar. "Você acha que, só porque ele queimou a perna e *escolheu* assumir a culpa, eu vou perdoá-lo?" Passo as mãos pelos cabelos. "Depois de ter mentido para mim por vinte e um anos?", pergunto, minha voz muito mais alta do que eu pretendia.

"Não, claro que não!", ela diz, erguendo a voz para mim também. Estou com medo de que ela estoure uma corda vocal ou qualquer coisa assim, mas ela não para. "Mas me recuso a permitir que você considere isso que ele fez como algo pequeno. Ele vai ser preso por sua causa, e você age como se não estivesse nem aí. Um pai ausente e mentiroso ou não, ele ama você, e salvou sua pele ontem à noite."

Isso é besteira. "De que lado você está, porra?"

"Não tem lado *nenhum*!", ela grita, e sua voz ecoa no pequeno espaço, o que não ajuda em nada com minha cabeça que só lateja. "*Todo mundo* está do seu lado, Hardin. Sei que parece que é você contra o mundo, mas olhe ao redor. Eu estou aqui, e seu pai... os dois. Tem a Karen, que ama você como se fosse filho dela, tem o Landon, que gosta de você muito mais do que vocês dois admitem." Tessa sorri ao tocar no nome de seu melhor amigo, mas continua com a ladainha. "Kimberly pode ser irritante, mas ela também se importa com você, e o Smith, você é, literalmente, a única pessoa de quem aquele menininho gosta."

Ela pega minhas mãos com as dela, que tremem, e passa os polegares pelas palmas das minhas mãos, num carinho.

"Mas que ironia; o homem que odeia o mundo é o mais amado por ele", ela sussurra, os olhos reluzentes e cheios de lágrimas. Lágrimas por mim, muitas lágrimas por mim.

"Linda." Eu a puxo para meu assento, e ela encaixa as pernas ao redor de minha cintura. Tessa me abraça pelo pescoço. "Minha menina altruísta."

Enterro o rosto no pescoço dela, quase tentando me esconder em seus cabelos despenteados.

"Deixa as pessoas se aproximarem, Hardin. A vida fica mais fácil assim." Ela acaricia minha cabeça como se eu fosse um cachorrinho... mas eu adoro.

Eu aperto o rosto ainda mais contra sua pele. "Não é tão fácil." Minha garganta arde, e a impressão que tenho é que só consigo respirar quando sinto o cheiro dela. Está misturado a um odor leve de fumaça e fogo que percebi ter entrado no carro, mas ainda assim me acalma.

"Eu sei." Ela continua a passar as mãos pelos meus cabelos, e eu *quero* acreditar nela.

Por que ela é sempre tão compreensiva quando não mereço?

A buzina de um carro me tira de meu esconderijo e me faz lembrar que estamos nas bombas de combustíveis. Parece que o cara do caminhão atrás de nós não gosta nem um pouco de esperar. Tessa sai de meu colo, volta para o assento do passageiro e prende o cinto.

Penso em deixar o carro parado aqui só para ser idiota, mas ouço o estômago de Tessa roncar, e reconsidero. Quando foi a última vez que ela comeu? O fato de eu não conseguir me lembrar indica que faz muito tempo.

Eu me afasto das bombas e entro no estacionamento vazio do outro lado da rua, onde dormimos ontem à noite. "Come alguma coisa." Eu dou a ela uma barra de cereal. Vou até o fundo do estacionamento, perto das árvores, e ligo o aquecedor. Estamos na primavera, mas o ar da manhã está fresco, e Tessa está tremendo. Eu a abraço e faço um gesto como se oferecesse o mundo a ela. "Poderíamos ir a Haworth, para ver a propriedade dos Brontë. Poderia mostrar os campos selvagens para você."

Ela me surpreende dando risada.

"O que foi?" Ergo a sobrancelha e mordo um muffin de banana.

"Depois da noite que você teve...", ela tosse, "quer me levar para ver os campos selvagens?" Ela balança a cabeça e pega o café quente.

Dou de ombros, mastigando e pensando.

"Não sei..."

"Fica muito longe?", ela pergunta, bem menos entusiasmada do que pensei que ficaria. Certo, se esse fim de semana não tivesse sido tão ruim, ela provavelmente ficaria mais animada. Prometi levá-la a Chawton também, mas os campos selvagens parecem mais adequados com o meu humor no momento.

"Mais ou menos quatro horas até Haworth."

"É uma viagem longa", ela diz e bebe café.

"Pensei que você quisesse ir." Meu tom de voz é áspero.

"Eu gostaria..."

Consigo perceber claramente que algo em minha sugestão a perturba. Droga, quando é que consigo não criar problemas naqueles olhos acinzentados?

"Por que está reclamando do tempo de viagem, então?" Termino o muffin e começo a abrir outro.

Ela parece um tanto ofendida, mas sua voz continua suave e rouca. "Só queria saber por que você quer dirigir até Haworth para ver os campos." Ela prende uma mecha de cabelos atrás da orelha e respira fundo. "Hardin, conheço você o suficiente para saber quando está remoendo alguma coisa e se afastando de mim." Ela solta o cinto e vira o corpo para me olhar. "Só o fato de você querer me levar para ver o local que inspirou *O morro dos ventos uivantes*, e não algum lugar de algum romance de Austen, me deixa apreensiva, mais do que já estou."

Ela consegue me entender perfeitamente. *Como consegue fazer isso todas as vezes?*

"Não", eu minto. "Só estava pensando que você gostaria de ver os campos e a propriedade dos Brontë. Qual é o mal nisso?" Reviro os olhos para evitar aquele maldito olhar dela, sem querer admitir que ela está certa.

Ela mexe na embalagem da barra de cereal. "Bom, prefiro não fazer isso, sinceramente. Quero ir para casa."

Solto um suspiro e pego a barra de suas mãos, abrindo a embalagem.

"Você precisa comer alguma coisa. Parece que vai desmaiar a qualquer momento."

"É assim que estou me sentindo", ela diz baixinho, mais para si mesma do que para mim, pelo jeito.

Estou pensando em enfiar a maldita barrinha em sua boca, mas ela a pega de minha mão e dá uma mordida.

"Então você quer ir para casa?", pergunto finalmente. Não quero nem saber exatamente o que seria "casa" para ela.

Ela faz uma careta. "Sim, seu pai tinha razão. Londres não é como imaginei."

"Porque eu estraguei tudo."

Ela não nega, mas também não confirma. Seu silêncio, e o modo como olha para as árvores, me faz dizer o que é preciso. É agora ou nunca.

"Acho que eu deveria passar um tempo aqui...", digo para o espaço entre nós.

Tessa para de mastigar e se vira, estreitando os olhos para mim. "Por quê?"

"Não faz muito sentido voltar para lá."

"Não, não faz sentido você ficar aqui. Por que pensaria uma coisa dessas?"

Feri seus sentimentos, como sabia que aconteceria — mas que outra opção eu tenho?

"Porque meu pai não é meu pai de verdade, minha mãe é uma mentirosa..." Eu me seguro para não xingá-la de algo pior. "E meu pai biológico vai para a prisão porque eu incendiei a casa dela. Isso por si só já é tipo uma série de drama ridícula." Então, para tentar conseguir uma reação por parte dela, acrescento: "Só precisamos de um elenco de meninas com maquiagem demais e roupas de menos, e seria um sucesso".

Os olhos tristes dela observam os meus. "Ainda não consigo entender por que essas coisas fariam com que você quisesse ficar aqui. Aqui, longe de mim... é isso que você quer, não? Ficar longe de mim." Ela diz a última parte como se, dizendo em voz alta, fosse verdade.

"Não é isso...", começo, mas paro. Não sei como expressar meus pensamentos com palavras — esse é sempre meu maior problema. "Só acho que, se ficássemos um tempo separados, você poderia ver o que estou fazendo com a sua vida. Olha só a sua situação." Ela se retrai, mas eu me forço a continuar. "Você está lidando com problemas que nunca teria que enfrentar se não fosse por minha causa."

"Nem *tenta* agir como se estivesse fazendo isso por mim", ela diz, a voz fria como gelo. "Você é muito autodestrutivo, é *isso* que está por trás de toda essa situação."

Eu sou. Sei que sou. É o que faço: machuco outras pessoas, e então me machuco antes que alguém consiga me atingir. Sou problemático; é assim que as coisas são.

"Quer saber de uma coisa?", ela pergunta depois que se cansa de me esperar para falar. "Tudo bem. Vou deixar você magoar nós dois nessa sua missão..."

Levo as mãos aos seus quadris e a puxo para meu colo antes que ela consiga terminar. Tessa tenta sair de cima de mim, arranhando meus braços quando não permito.

"Se não quer ficar comigo, então me deixa", ela diz. Sem lágrimas, só raiva. Consigo lidar com sua raiva; são as lágrimas que me matam. A raiva as seca.

"Para de brigar comigo." Seguro seus dois pulsos para trás com só uma das mãos. Ela fecha a cara, e seus olhos dão o alerta.

"Você não pode fazer isso sempre que acontece alguma coisa ruim. Não pode decidir que eu sou boa demais para você!" Ela grita na minha cara.

Eu a ignoro e encosto os lábios na curva de seu pescoço. Seu corpo se sobressalta de novo, dessa vez de prazer, não de raiva.

"Para...", ela diz sem nenhuma convicção. Está tentando me afastar porque acha que precisa fazer isso, mas nós dois sabemos do que precisamos. Precisamos da proximidade física que nos permite uma profundeza emocional que nenhum de nós consegue explicar nem negar.

"Amo você, e você sabe disso." Chupo a pele macia na base de seu pescoço, adorando vê-la cor-de-rosa pela sucção de meus lábios. Continuo a chupar e a mordiscar a pele, o suficiente para criar uma série de marcas, mas não com força suficiente para fazer com que durem mais do que alguns segundos.

"Você não está agindo como se me amasse." Sua voz está grave, e os olhos seguem minha mão livre que passa por cima de sua coxa exposta. O vestido está levantado até a cintura do modo mais enlouquecedor possível.

"Tudo o que faço é porque amo você. Até mesmo as besteiras."

Levo a mão à renda de sua calcinha, e ela puxa o ar quando corro um único dedo pela umidade já reunida entre suas pernas. "Sempre tão molhada para mim, até numa hora dessas."

Puxo a calcinha para o lado e enfio dois dedos em sua carne molhada. Ela geme e arqueia as costas contra o volante, e sinto seu corpo relaxando. Eu afasto o banco ainda mais para nos dar mais espaço dentro do carro pequeno.

"Você não pode me distrair com..."

Tiro os dedos de dentro dela e volto a penetrá-los, detendo as palavras antes que possam ser ditas. "Sim, linda, eu posso." Levo os lábios à orelha dela. "Pode parar de brigar comigo se eu soltar suas mãos?"

Ela assente. Assim que as solto, ela puxa meus cabelos.

Seus dedos se enterram entre os fios densos, e eu abaixo a parte da frente de seu vestido com uma das mãos.

Seu sutiã branco de renda é pecaminoso, apesar da cor pura. Seus cabelos loiros e a pele branca contrastam fortemente com meus cabelos escuros e as roupas pretas. Algo nesse contraste é altamente erótico: as tatuagens em meus pulsos enquanto meus dedos desaparecem dentro dela de novo, a pele clara de suas coxas, o modo como seus gemidos baixos preenchem o ar enquanto meus dedos percorrem, sem pudor, sua barriga e seus seios. Afasto os olhos de seus seios perfeitos por tempo suficiente para observar o estacionamento. Os vidros da janela são escuros, mas quero ter certeza de que ainda estamos sozinhos desse lado da rua. Abro seu sutiã com apenas uma mão, e diminuo o ritmo da outra. Ela resmunga em protesto, mas não tento esconder meu sorriso.

"Por favor", ela implora para que eu continue.

"Por favor o quê? Me diz o que você quer", eu a oriento como tenho feito desde o começo de nosso relacionamento. Sempre tive a sensação de que, se ela não dissesse as palavras em voz alta, não podiam ser verdade. Ela não poderia me querer do jeito como eu a quero.

Ela abaixa a mão e enfia minha mão entre suas pernas de novo. "Me toca."

Ela está inchada, toda molhada à minha espera, ela me quer, precisa de mim, e eu a amo mais do que ela pode imaginar. Preciso disso, preciso que ela me distraia, que me ajude a escapar dessa merda, ainda que por pouco tempo.

Dou o que ela quer, e ela geme meu nome em aprovação, prendendo meu lábio entre os dentes. Sua mão passa para baixo da minha para me segurar pela calça jeans. Estou tão duro que chega a doer, e os toques e apertões de Tessa não estão ajudando.

"Quero foder você. Agora. Preciso disso." Passo a língua por um de seus seios. Ela assente, os olhos revirando nas órbitas, e chupo a ponta sensível do mamilo enquanto massageio o outro com a mão que não está entre as pernas dela.

"*Hardin*...", ela geme. Suas mãos estão dispostas a abrir minha calça e a chegar à cueca. Ergo o quadril o suficiente para que ela puxe a calça jeans para baixo. Meus dedos ainda estão dentro dela, num ritmo mais leve, o suficiente para deixá-la maluca. Tiro os dedos de dentro dela e os levo aos seus lábios carnudos, pressionando-os. Ela os chupa, passando a língua lentamente por meus dedos, e eu solto um gemido e os afasto antes que goze só de ver isso. Eu a levanto pelo quadril e a encaixo em mim.

Gememos juntos, aliviados, desesperados um pelo outro.

"Não é uma boa ideia ficarmos separados", ela diz, e me puxa pelos cabelos até meus lábios ficarem na mesma altura que os seus. Ela consegue sentir o gosto do adeus covarde em minha respiração?

"Temos que ficar", digo quando ela começa a mexer o quadril. *Porra*.

Tessa se ergue lentamente. "Não vou forçar você a me querer. Não mais." Começo a entrar em pânico, mas meus pensamentos todos se perdem quando ela desce de novo, se afasta e repete o mesmo movimento torturante. Ela se inclina para a frente para me beijar, passando a língua pela minha ao assumir o controle.

"Quero você", digo. "Sempre quis, e você sabe disso." Solto um gemido quando ela apressa os movimentos. Caralho, ela vai me matar.

"Você vai me deixar." Ela passa a língua por meu lábio inferior, e levo a mão ao ponto em que nossos corpos se unem e posiciono o clitóris dela entre meus dedos.

"Amo você", digo, sem conseguir dizer mais nada, e ela se cala ao sentir meu toque naquele ponto cheio de terminações nervosas.

"Ai, Meu Deus." Ela repousa a cabeça em meu ombro, e envolve meu pescoço com os braços. "Amo *você*." Ela praticamente chora enquanto goza, e me aperta.

Eu vou logo depois dela, enchendo-a com cada gota de mim, literal e metaforicamente.

Minutos de silêncio se passam, e eu mantenho os olhos fechados e os braços envolvendo as costas dela. Estamos cobertos de suor; o ar quente ainda entra pelas passagens de ar, mas não quero soltá-la por tempo suficiente para desligar o aquecedor.

"Em que está pensando?", pergunto, finalmente.

A cabeça dela está apoiada em meu peito, e sua respiração está lenta e constante. Ela não abre os olhos para responder. "Que eu gostaria que você ficasse comigo para sempre."

Para sempre. E eu já quis menos que isso com ela?

"Eu também", digo, desejando poder dar a ela a promessa de futuro que merece.

Depois de alguns minutos de silêncio, o telefone de Tessa vibra no chão do carro e, por instinto, estico o braço e o pego, movimentando o corpo dela com o meu.

"É a Kimberly", digo e entrego o aparelho a ela.

Duas horas depois, estamos batendo à porta do quarto de hotel de Kimberly. Estou quase convencido de que estamos no quarto errado, mas então vejo a cara de Kimberly. Seus olhos estão inchados, e ela não está usando nem um pingo de maquiagem. Prefiro seu rosto assim, mas ela parece totalmente arrasada no momento, como se tivesse chorado todas as suas lágrimas e também as de outra pessoa.

"Entrem. Foi uma manhã bem longa", diz ela, sem sinal da alegria de sempre.

Tessa a abraça no mesmo instante, passando os braços pela cintura da amiga, e Kimberly começa a soluçar. Eu me sinto incrivelmente desconfortável, de pé na porta, já que Kim me irrita demais e não é o tipo de pessoa que gosta de plateia quando está vulnerável. Eu deixo as duas dentro da sala de estar da suíte e vou para a cozinha. Encho uma xícara com café e fico olhando para a parede até os soluços se transformarem em vozes abafadas na outra sala. Vou manter distância por enquanto.

"Meu pai vai voltar?" Ouço uma voz fina vinda de algum lugar, que me causa um sobressalto.

Olho para baixo e vejo Smith e seus olhos verdes, sentado em uma cadeira de plástico ao meu lado. Eu nem ouvi sua aproximação.

Encolho os ombros e me sento ao lado dele, sem desviar os olhos da parede. "Sim, acho que sim." Eu deveria dizer que o pai dele é uma merda... *nosso* pai, na verdade...

Cacete.

Esse molequinho esquisito é meu irmão. Simplesmente não consigo conceber essa ideia. Eu me viro para Smith, o que ele interpreta como sinal para continuar com as perguntas.

"A Kimberly disse que ele está em apuros, mas que pode pagar para se livrar. Como assim?"

Não consigo conter a reação de surpresa ao ouvir o que ele diz depois de ter escutado certas conversas e feito certas perguntas. "Com certeza é o que vai acontecer", digo. "Ela quer dizer que ele vai se livrar dos problemas em breve. Por que não vai ficar com a Kimberly e com a Tessa?" Meu peito arde ao dizer o nome dela.

Ele olha na direção das vozes, e então me avalia com interesse. "Elas estão bravas com você. Principalmente a Kimberly, mas está mais brava com o meu pai, então você não vai ter problemas."

"Um dia você vai aprender que as mulheres sempre estão bravas."

Ele concorda. "A não ser que morram, como a minha mãe."

Fico boquiaberto e olho para o rosto dele. "Você não deveria dizer coisas assim. As pessoas acham... estranho."

Ele dá de ombros, como se quisesse dizer que as pessoas já o consideram estranho. O que deve ser verdade.

"Meu pai é legal. Ele não é mau."

"É mesmo?" Olho para a mesa para evitar encarar aqueles olhos verdes.

"Ele me leva a um monte de lugares e diz coisas legais para mim." Smith coloca um trem de brinquedo na mesa. Por que os garotinhos gostam tanto de trens?

"E...", digo, engolindo os sentimentos que surgem com as palavras dele. *Por que ele está falando sobre isso agora?*

"Ele também vai levar você a um monte de lugares e também vai dizer coisas legais para você."

Olho para ele. "E por que eu ia querer isso?", pergunto, mas seus olhos verdes me dizem que ele sabe muito mais do que pensei.

Smith inclina a cabeça e engole em seco, me observando. É a expressão mais cientificamente desapegada e mais vulneravelmente infantil que já vi no maluquinho. "Você não quer que eu seja seu irmão, não é?"

Droga. Procuro Tessa desesperadamente, esperando que ela me salve. Ela deve saber exatamente o que dizer.

Olho para ele, tentando parecer calmo, mas sem dúvida estou fracassando. "Nunca disse isso."

"Você não gosta do meu pai."

Nesse momento, Tessa e Kimberly entram e me salvam de ter que responder a essa pergunta, graças a Deus.

"Você está bem, querido?", Kimberly pergunta a ele, despenteando seus cabelos.

Smith não diz nada. Só assente uma vez, arruma os cabelos e leva o trem para outro cômodo.

9

TESSA

"Usa o chuveiro aqui... você está um caco, menina", Kimberly diz com uma voz gentil, apesar das palavras nada agradáveis.

Hardin ainda está sentado à mesa, com uma xícara de café entre as mãos. Mal olhou para mim desde que entrei na cozinha e o vi conversando com Smith. Pensar que os dois estão juntos como irmãos aquece meu coração.

"Todas as minhas roupas estão no carro alugado, que ficou naquele bar", digo a ela. Não há nada que eu deseje mais do que um banho, mas não tenho nada para vestir.

"Pode usar alguma coisa minha", ela sugere, apesar de nós duas sabermos que as roupas dela não serviriam em mim. "Ou do Christian. Ele tem um short e uma camiseta que você..."

"Não, de jeito nenhum", Hardin interrompe, lançando um olhar gelado para Kimberly quando se levanta. "Vou buscar suas coisas. Você *não vai* vestir as roupas dele."

Kimberly abre a boca para resmungar, mas fecha antes de dizer qualquer coisa. Olho para ela com olhos agradecidos, aliviada por ver que uma guerra não vai começar na cozinha do quarto de hotel.

"Onde fica o Gabriel's?", pergunto, esperando que um deles saiba a resposta.

"A dez minutos daqui." Hardin estende a mão para pegar a chave do carro.

"Você pode dirigir?" Eu voltei dirigindo de Allhallows porque ele ainda estava embriagado, e seus olhos ainda estavam opacos.

"Sim", ele responde, tenso.

Ótimo. A sugestão de Kimberly para que eu vestisse as roupas de Christian levou Hardin da apatia à raiva em questão de segundos.

"Você quer que eu vá junto? Posso dirigir o carro alugado, já que você vai pegar o do Christian...", começo, mas logo sou interrompida.

"Não, tudo bem."

Não gosto desse tom impaciente dele, mas mordo a língua, literalmente, para me controlar e não responder. Não sei o que vem acontecendo comigo ultimamente, mas tenho cada vez mais dificuldade em me calar. Isso pode até ser bom para mim — talvez não para Hardin, mas certamente é bom para mim.

Ele sai do quarto sem dizer mais nada nem olhar para mim. Olho para a parede por longos e silenciosos minutos até a voz de Kimberly me tirar do transe.

"Como ele está lidando com a situação?" Ela me leva até a mesa.

"Nada bem." Nós nos sentamos.

"Estou vendo. Incendiar uma casa provavelmente não é o modo mais saudável de lidar com a raiva", ela diz sem nenhum vestígio de julgamento nas palavras.

Olho para a madeira escura da mesa, sem querer encarar minha amiga. "Não tenho medo da raiva dele. Sinto que ele está se retraindo a cada minuto. Sei que é infantil e egoísta de minha parte conversar com você sobre isso, por causa de tudo o que está passando, e a situação do Christian..."

Provavelmente seja melhor eu guardar para mim meus pensamentos egoístas.

Kimberly pousa a mão na minha. "Tessa, não existe uma regra que determine que só uma pessoa pode sentir dor por vez. Você está sofrendo tanto quanto eu."

"Eu sei, mas não quero importunar você com meus proble..."

"Você não está me importunando. Fala logo."

Olho para ela com a intenção de ficar calada, de manter minhas reclamações para mim, mas ela balança a cabeça como se pudesse ler minha mente.

"Ele quer ficar aqui em Londres, e eu sei que se permitir vai ser o fim."

Ela sorri. "Vocês dois parecem ter uma definição diferente de 'fim' do restante das pessoas." Sinto vontade de abraçá-la por abrir um sorriso tão caloroso no meio do inferno.

"Sei que é difícil acreditar em mim levando em consideração o nosso... histórico, mas essa coisa toda com o Christian e a Trish vai ser o prego no caixão ou nossa salvação. Não consigo ver nenhum outro resultado, e agora acho que tenho medo do que vai acontecer."

"Tessa, tem muita coisa pesando em suas costas. Pode se abrir. Pode falar mais. Nada do que você disser vai mudar minha opinião a seu respeito. Por ser egoísta, preciso dos problemas de outra pessoa para me distrair dos meus neste momento."

Começo a falar imediatamente, antes que Kimberly mude de ideia. Na verdade, as palavras vêm como uma avalanche sem controle. "Hardin quer ficar em Londres. Quer ficar aqui e me mandar de volta para Seattle como se eu fosse uma carga que ele está ansioso para despachar. Está se afastando de mim, como sempre faz quando se sente magoado, e agora ele chegou ao fundo do poço, incendiou aquela casa e não se arrepende de nada. Sei que ele está bravo e nunca diria isto a ele, mas na verdade só está piorando as coisas. Se ele soubesse lidar com a raiva e admitir que pode sentir dor, admitir que outra pessoa além dele próprio ou de mim é importante no mundo, ia conseguir superar toda essa situação. Ele me deixa louca, porque diz que não sabe viver sem mim e que prefere morrer a me perder, mas quando as coisas ficam ruins o que ele faz? Me afasta. Não vou desistir dele, estou muito envolvida agora para conseguir fazer isso. Mas às vezes eu me sinto tão cansada de lutar que começo a pensar em como minha vida teria sido sem ele." Olho para Kimberly. "Mas, só de pensar nisso, quase desmorono de tanta dor." Pego a xícara meio vazia de café de cima da mesa e bebo. Minha voz está melhor do que há poucas horas, mas minhas reclamações fazem a garganta arder.

"Não faz sentido para mim, depois de todos esses meses, depois de toda essa confusão, que eu ainda prefira estar no meio de tudo isso", gesticulo de um modo dramático, "a estar sem ele. O pior dos momentos com ele não foi nada comparado com o melhor. Não sei se estou me iludindo ou enlouquecendo. Talvez as duas coisas. Mas eu o amo mais do que a mim mesma, mais do que pensei ser possível, e quero que ele seja feliz. Não por mim, mas por ele. Quero que se olhe no espelho e sorria, não faça cara feia. Preciso que ele pare de se ver como um monstro. Preciso que ele veja quem é de verdade porque, se não sair do papel do vilão, esse papel vai destruí-lo, e eu acabaria em cinzas. Por favor, não conta nada disso nem para ele nem para o Christian. Só precisava colocar tudo para fora porque sinto que estou me afogando, e é difícil manter a calma, principalmente porque estou nadando contra a corrente para salvar o Hardin, não a mim."

Minha voz fica embargada no fim da frase, e eu começo a tossir sem parar. Sorrindo, Kimberly abre a boca para falar, mas eu levanto um dedo.

Eu limpo a garganta. "Tem mais. Ainda por cima, eu fui ao médico para pegar... a pílula", digo, quase sussurrando as últimas palavras.

Kimberly faz o melhor que pode para não rir, mas não consegue. "Não precisa sussurrar. Fala, menina!"

"Tudo bem." Sinto o rosto corar. "Peguei a pílula e o médico fez um exame rápido do colo do meu útero. Disse que ele é curto, mais curto do que o normal, e que quer que eu volte para fazer mais exames, mas não descarta a infertilidade."

Olho para ela e vejo seu olhar solidário. "Minha irmã tem a mesma coisa; isso se chama insuficiência do colo uterino, acho. Que termo horrível. *Insuficiência* faz parecer que sua vagina tirou zero em matemática ou é uma advogada incompetente ou coisa do tipo."

A tentativa de Kimberly para me animar — e o fato de ela conhecer alguém com o mesmo problema que eu posso ter — me deixa melhor, pelo menos um pouco.

"E ela tem filhos?", pergunto, mas logo me arrependo ao ver sua cara triste.

"Não sei se é hora de falar sobre isso. Posso contar num outro momento."

"Pode falar." Talvez eu não devesse querer ouvir, mas não consigo me controlar. "Por favor."

Kimberly respira fundo.

"Ela se esforçou para engravidar durante anos; foi terrível. Eles tentaram tratamentos de fertilidade. Tudo o que você pode encontrar no Google ela e o marido tentaram."

"E?" Eu a pressiono, pensando que estou agindo como Hardin no momento, interrompendo-a de modo grosseiro. Espero que ele volte logo. No estado em que se encontra, ele não pode ficar sozinho.

"Bom, ela finalmente conseguiu engravidar, e foi o dia mais feliz de sua vida." Kimberly desvia o olhar, e sei que está mentindo ou deixando de contar algo.

"O que aconteceu? Quanto tempo tem o bebê hoje?"

Kimberly une as mãos e me olha nos olhos.

"Ela estava de quatro meses quando sofreu um aborto. Mas isso aconteceu com *ela*, não se deixe abalar com essas histórias. Talvez você não tenha a mesma coisa. E, se tiver, com você pode ser diferente."

Com os ouvidos zunindo, digo: "Tenho a sensação, é uma impressão, de que não vou conseguir engravidar. Assim que o médico falou em infertilidade, parece que ouvi um clique".

Kimberly pega na minha mão sobre a mesa. "Você não tem como ter certeza. E, sem querer desanimar ninguém, mas o Hardin não quer filhos, certo?"

Mesmo com a dor que sinto diante de suas palavras, eu me sinto melhor agora que contei minhas preocupações a alguém. "Não, não quer filhos nem se casar comigo."

"Você pensou que faria com que ele mudasse de ideia?" Ela aperta minha mão.

"Sim, infelizmente. Tinha quase certeza de que ele mudaria de ideia. Não agora, claro, mas daqui a alguns anos. Pensei que talvez, quando ele ficasse mais velho, e depois de terminarmos a faculdade, ele acabaria pensando melhor. Mas agora isso parece ainda mais difícil do que antes." Sinto o rosto corar de vergonha. Não acredito que estou dizendo essas coisas em voz alta. "Sei que estou sendo ridícula por pensar em filhos com a minha idade, mas sempre quis ser mãe, desde que me entendo por gente. Não sei se é porque meus pais não cumpriram muito bem seus papéis, mas sempre senti uma vontade, uma necessidade de ser mãe. Não só mãe, mas uma mãe muito boa, uma mãe que ama seus filhos incondicionalmente. Que nunca os julgaria nem diminuiria. Que nunca os pressionaria nem humilharia. Não tentaria moldá-los para que fossem uma versão melhor de mim mesma."

A princípio, falar sobre isso parecia loucura. Mas Kimberly está concordando com tudo o que digo, me fazendo perceber que talvez eu não seja a única a me sentir assim. "Acho que eu seria uma boa mãe se tivesse a chance, e pensar em uma menininha de cabelos castanhos e olhos acinzentados correndo para os braços de Hardin faz meu coração acelerar. Imagino isso às vezes. Sei que é idiota, mas de vez em quando, eu os imagino sentados juntos, os dois com os cabelos despenteados." Dou risada ao descrever a imagem, algo que imaginei muito mais vezes do que poderia considerar normal. "Ele leria para ela e a carregaria nos ombros, e ela o teria na palma da mão."

Forço um sorriso, tentando apagar a linda imagem da minha mente. "Mas ele não quer isso e, agora que descobriu que Christian é seu pai, sei que nunca vai querer."

Prendendo uma mecha de cabelos atrás da orelha, fico surpresa e muito orgulhosa de mim mesma por ter dito tudo isso sem derramar nenhuma lágrima.

10

HARDIN

"Gostaria que você ficasse comigo para sempre."

Tessa disse isso com a cabeça em meu peito. Era o que eu queria ouvir. É o que preciso ouvir para sempre.

Mas por que ela desejaria ficar comigo para sempre? Como seria isso? Tessa e eu com quarenta e poucos anos, sem filhos, sem casamento — só nós dois?

Para mim, seria perfeito. Seria meu futuro ideal, mas sei que nunca bastaria para ela. Já tivemos a mesma discussão várias vezes, até perdi a conta, e sei que ela seria a primeira a ceder, porque eu não cederia. Sou um babaca, portanto, o mais teimoso. E ela abriria mão de ter filhos e um casamento por mim.

Além disso, que tipo de pai eu seria? Um pai de merda, com certeza. Não consigo pensar nisso sem dar risada. Chega a ser ridículo só de pensar. Por mais cagada que essa viagem esteja sendo, também pode servir como um grande alerta para mim no que diz respeito a meu relacionamento com a Tessa. Sempre tentei avisá-la, sempre tentei evitar que ela se afundasse comigo, mas nunca me esforcei muito para isso. Para ser sincero, sei que poderia ter me esforçado mais para protegê-la de mim mesmo, mas, por ser egoísta, não consegui. Agora, ao ver como a vida dela pode ser comigo, não tenho outra escolha. Essa viagem clareou a névoa romântica em minha mente, e milagrosamente ganhei a chance de sair dessa com facilidade. Posso mandá-la de volta para os Estados Unidos para seguir com sua vida.

O futuro de Tessa comigo não passa de um buraco negro e solitário para ela. Eu teria tudo o que quisesse dela — seu amor e sua afeição constante por anos e anos —, mas ela ficaria insatisfeita, mais e mais a cada ano que passasse, e se ressentindo cada vez mais por eu ter impedido que tivesse o que verdadeiramente queria. Então, é mais fácil acabar por aqui mesmo, para ela não perder tempo.

Quando chego ao Gabriel's, jogo a bolsa de Tessa depressa no assento de trás e volto para o hotel de Kimberly. Preciso de um plano, um plano bem firme para seguir. Ela é teimosa demais, e me ama demais para simplesmente desistir de mim.

Este é o problema dela: é uma pessoa que dá sem receber, e a verdade, por mais feia que seja, é que pessoas como ela são presas fáceis para alguém como eu, que suga os outros até não restar mais nada. É o que tenho feito desde o começo, e o que vou continuar fazendo.

Ela vai tentar me convencer do contrário; sei que vai, dizendo que o casamento não importa mais, mas só estaria mentindo a si mesma para me manter por perto. Isso diz muito a meu respeito. Eu a manipulei para que me amasse de um jeito tão incondicional. O masoquista que existe dentro de mim começa a duvidar do amor dela enquanto dirijo.

Ela me ama tanto quanto diz ou está viciada em mim? Existe uma grande diferença e, quanto mais merdas ela tolera por minha causa, mais parece um vício, a adrenalina de esperar até eu foder tudo de novo para ela poder entrar em cena e consertar as coisas.

É isso mesmo: ela deve me ver como um projeto, alguém que ela pode consertar. Essa conversa já veio à tona antes, mais de uma vez, mas ela se recusou a admitir.

Busco lembranças de um momento em minha mente e finalmente o encontro flutuando em meu cérebro perturbado e tomado pela ressaca.

Foi logo depois de minha mãe voltar para Londres depois do Natal. Tessa olhou para mim com olhos preocupados.

"Hardin?"

"O que foi?", perguntei, falando com a caneta presa entre meus dentes.

"Você pode me ajudar a desmontar a árvore quando acabar o trabalho?"

Eu não estava trabalhando; estava escrevendo, mas ela não sabia disso. Nosso dia tinha sido longo e interessante. Eu a havia flagrado voltando do almoço com o maldito Trevor, e então a deitei sobre a mesa e a fodi até fazê-la perder a cabeça.

"Sim, só um minuto." Guardei as folhas, com medo de que ela as visse enquanto arrumasse a casa, e me levantei para ajudá-la a tirar a árvore pequena que ela havia decorado com a minha mãe.

"O que está fazendo dessa vez? É um trabalho legal?" Ela pegou o fichário puído do qual sempre reclamava, porque eu sempre o deixava espalhado pela casa. As marcas de copos e de caneta na capa de couro a deixavam puta da vida.

"Nada." Eu o arranquei de suas mãos antes que ela pudesse abri-lo.

Ela se afastou, claramente surpresa e um pouco chateada com minha atitude. "Desculpa", ela disse baixinho, franzindo a testa. Joguei o fichário no sofá e segurei suas mãos. "Só estava perguntando. Não queria xeretar nem chatear você."

Porra, como eu era escroto.

Ainda sou.

"Tudo bem, só não mexe no meu trabalho. Eu não..." Não consegui pensar numa desculpa, já que nunca tinha agido assim antes. Sempre que fazia um texto e achava que ela se interessaria, eu mostrava a ela, que adorava quando eu fazia isso, e agora eu a estava repreendendo por mexer nas minhas coisas.

"Certo." Ela deu as costas para mim e começou a tirar os enfeites da árvore horrorosa.

Olhei para ela de costas por alguns minutos, tentando entender por que eu estava tão bravo. Se ela lesse o que eu estava escrevendo, como se sentiria? Acharia bacana? Ou ficaria abismada e faria um escândalo? Eu não sabia, e ainda não sei, por isso ela não faz ideia até hoje de que escrevo.

"'Certo'? É só o que tem a dizer?" Eu a provoquei, pedindo briga. Brigar era melhor do que ignorar; os gritos eram melhores que o silêncio.

"Não vou mais mexer nas suas coisas", ela disse sem se virar para olhar para mim. "Não sabia que você ficaria tão bravo."

"Eu..." Fiquei me esforçando para encontrar algo sobre o que brigar. Então, fui direto ao alvo. "Por que você está comigo?" Perguntei de maneira grosseira. "Depois de tudo o que aconteceu... você curte um drama?"

"O quê?" Ela se virou, segurando um enfeite de floco de neve. "Por que está querendo brigar? Eu disse que não vou mais mexer nas suas coisas."

"Não estou querendo brigar", menti. "Só quero saber, porque parece que você é viciada no drama e nos altos e baixos mais do que qualquer outra coisa." Eu sabia que aquilo não era justo, mas disse mesmo assim. Estava determinado, e queria que ela mordesse a isca.

Ela deu um passo na minha direção, jogando o enfeite dentro da caixa ao lado da árvore. "Você sabe que não é nada disso. Amo você, mesmo quando começa a procurar briga. Odeio o drama, você sabe. Amo você pelo que é, fim de papo." Ela ficou na ponta dos pés para beijar meu rosto e eu a abracei.

"Mas por que me ama? Não faço nada por você", argumentei. O escândalo que eu havia causado na Vance naquele mesmo dia ainda estava fresco na memória.

Ela respirou fundo para não perder a paciência e encostou a cabeça em meu peito. "Por causa disso", ela encostou o dedo indicador em meu peito, na região do coração. "É por causa disso. Agora, por favor, para de tentar arrumar briga. Tenho um trabalho para fazer, e esta árvore não vai se guardar sozinha."

Ela era muito delicada comigo, muito compreensiva, mesmo quando eu não merecia.

"Te amo", eu disse com a boca encostada em seus cabelos, e levei as mãos a seu quadril. Ela pressionou o corpo contra o meu, deixando que eu a erguesse, e envolveu minha cintura com as pernas enquanto eu atravessava a sala de estar com ela, em direção ao sofá.

"Eu amo você, sempre. Não duvida de mim, sempre vou amar", ela disse, e me beijou.

Eu a despi lentamente, saboreando cada centímetro de suas curvas sensuais. Adorava o jeito como ela arregalava os olhos quando eu colocava a camisinha. Naquela mesma tarde, ela ficou tensa por causa do sexo durante a menstruação, mas sua respiração ficou ofegante quando viu que eu me tocava na frente dela. Uma expressão impaciente e um gemidinho bastaram para que eu parasse de provocá-la. Eu me posicionei no meio de suas coxas e a penetrei lentamente; ela estava muito úmida e apertada. Eu me perdi em seu corpo e ainda não consigo me lembrar de como aquela merda de árvore acabou sendo guardada.

Tenho feito isso com muita frequência ultimamente, resgatando lembranças felizes dos momentos vividos com ela. Minhas mãos tremem, segurando o volante com força enquanto tento afastar os pensamentos; seus gemidos e gritinhos desaparecem quando volto ao presente.

Estou numa fila de carros que se movem lentamente, a poucos quilômetros de Tessa. Preciso fortalecer meu plano e cuidar para que ela vá embora hoje à noite. O voo sai tarde, só às nove, portanto ela tem tempo de sobra para chegar ao aeroporto. Kimberly vai levá-la para lá, sei que vai. Minha cabeça ainda está doendo; o destilado está saindo aos poucos de meu corpo, e ainda me sinto meio alterado. Não tanto a ponto de não conseguir dirigir, mas ainda não estou totalmente consciente.

"Hardin!" Ouço uma voz familiar. Está abafada pelo vidro da minha janela, que logo desço. Em todos os lugares vejo alguém de meu passado, chamando meu nome.

"Puta merda!", grito para o carro ao meu lado. Meu velho amigo Mark está na faixa ao lado. Se isso não é um sinal do céu, não sei o que pode ser.

"Encosta aí!", ele grita, abrindo um sorriso largo.

Paro o carro alugado de Vance no estacionamento de uma sorveteria, e ele estaciona ao meu lado. Ele desce do carro velho antes de mim e se aproxima para abrir minha porta.

"Você voltou e não me disse?", ele grita, dando um tapinha em meu ombro. "E, caramba, me diz que esse Beemer é alugado. Ou ficou rico?"

Reviro os olhos. "Longa história, mas é alugado."

"Você voltou para ficar?" Seus cabelos castanhos estão curtos agora, mas os olhos estão tão vidrados como sempre foram.

"Sim, voltei para ficar", respondo, decidido. Vou ficar aqui e ela vai voltar, simples assim.

Ele me observa. "Cadê os piercings? Você tirou?"

"Sim, cansei deles." Dou de ombros, mas observo o rosto dele. Quando ele vira a cabeça um pouco, a luz se reflete em dois piercings pequenos embaixo de seus lábios. Porra, curti.

"Nossa, Scott, você está tão diferente. Que louco. Faz o quê? Dois anos?" Ele levanta as mãos. "Três? Porra, estou doidão há dez anos, então não sei muito bem." Ele ri e enfia a mão no bolso para pegar um maço de cigarros. Eu recuso quando ele me oferece um, e ele ergue a sobrancelha. "Qual é, ficou careta?"

"Não, só não quero fumar, porra", rebato.

Ele ri como sempre ria quando eu agia assim. Ele sempre foi o líder de nosso grupinho de delinquentes, e é um ano mais velho do que eu. Sempre o admirei, e queria ser como ele. Foi por isso que, quando um cara ainda mais velho chamado James apareceu, e ele e Mark começaram as brincadeiras, eu entrei na hora. Não me incomodava o modo como eles tratavam as garotas, mesmo quando as filmavam sem que elas soubessem.

"Você virou um frouxo mesmo, né?" Ele sorri com o cigarro aceso entre os dentes.

"Vai se foder. Você está bem louco, né?" Eu sabia que ele sempre seria assim, chapado e preso aos dias de glória nos quais transava com um monte de meninas e se drogava.

"Não, mas estou voltando de uma baita noitada." Ele sorri, obviamente orgulhoso ao se lembrar do que fez na noite passada, e com *quem*. "Para onde você está indo? Está na casa da sua mãe?"

Sinto um aperto no peito ao ouvi-lo falar da minha mãe e da casa que incendiei. Consigo sentir a fumaça quente no rosto e vejo as chamas engolindo tudo quando olhei para trás antes de entrar no carro com Tessa. "Não, estou na casa de um e de outro."

"Ah, saquei." Mas ele não entende. "Se precisar de um lugar para dormir, pode ir para a minha casa. Estou morando com James agora. Ele ia gostar de ver você também. Todo americanizado, coisa e tal."

Consigo ouvir a voz de Tessa em minha mente agora, implorando para que eu não siga por esse caminho familiar e fácil, mas ignoro seus protestos e digo a Mark: "Estou precisando de um favor, na verdade."

"Posso conseguir o que você precisar... o James está vendendo agora!", Mark responde com certo orgulho.

Reviro os olhos. "Não estou falando disso. Preciso que você me siga até meu hotel para eu poder deixar uma coisa, e depois me leve até o Gabriel's para pegar meu carro."

Vou estender o aluguel, se for possível. Decido ignorar o fato de ter um apartamento e um carro só para mim em Washington. Cuido dessas merdas depois.

"Então você vai para o meu apartamento?" Ele para. "Espera, pra quem você vai entregar uma coisa?" Mesmo drogado, ele não deixa esse detalhe passar.

Não vou falar sobre Tessa para Mark, nem fodendo. "Uma mina aí." Sinto a garganta arder ao mentir a respeito de quem Tessa é para mim, mas preciso protegê-la disso tudo.

Ele volta para o carro e faz uma pausa antes de entrar. "É gostosa? Posso esperar do lado de fora se quiser dar mais uma. Ou de repente, se ela quiser..."

Minha visão escurece e respiro fundo algumas vezes para me acalmar. "Não, de jeito nenhum. Não vai rolar. Você fica no carro. Eu nem vou entrar." Ele não parece convencido, então acrescento: "Estou falando sério. Se você sair da merda do carro e chegar perto..."

"Cara, relaxa, vou ficar no carro!", ele grita, e ergue as mãos como se eu fosse um policial.

Ainda está rindo e balançando a cabeça quando me segue e saímos do estacionamento.

11

TESSA

Olho para meu telefone, conectado à tomada na parede. "Ele saiu há mais de uma hora." Tento ligar para ele de novo.

"Ele deve ter aproveitado para dar uma volta", Kimberly diz, mas vejo a dúvida em seus olhos enquanto tenta me consolar.

"Ele não está atendendo. Se tiver voltado para aquele bar..." Eu me levanto e começo a andar de um lado a outro.

"Ele já deve estar para chegar." Ela abre a porta e espia lá fora, olha para a esquerda e para a direita, e depois para baixo. Diz meu nome baixinho, mas sua voz está esquisita. Alguma coisa aconteceu.

"O que foi? O quê?" *Hardin está no corredor?* Eu me aproximo de onde Kimberly está quando ela se abaixa... e pega minha mala.

O medo toma conta de mim, e caio de joelhos. Mal sinto os braços de Kimberly ao redor de meu corpo quando abro o zíper da frente da mala. Uma passagem de avião, uma única passagem de avião, está ali. Ao lado, o chaveiro de Hardin com as chaves de seu carro e do apartamento ainda presas.

Eu sabia que isso aconteceria. Eu sabia que ele se afastaria de mim assim que pudesse. Hardin não sabe lidar com nenhum tipo de trauma emocional, simplesmente não consegue. Eu poderia — e deveria — estar preparada para isso, então por que essa passagem pesa tanto na minha mão e meu peito parece estar em chamas? Estou com ódio dele por fazer isso comigo, tão depressa e de cabeça quente, e de mim mesma por não ter me preparado. Eu preciso ser forte agora; reunir o resto da minha dignidade e levantar a cabeça. Deveria pegar essa passagem, pegar a maldita mala e ir embora de Londres. É o que qualquer mulher que se preze faria. Muito simples, não? Fico pensando nisso enquanto meus joelhos cedem, minhas mãos tremem, cobrindo a vergonha em meu rosto quando começo a chorar por esse homem, de novo.

"Ele é um idiota", Kimberly esbraveja, como se eu não soubesse que Hardin é um idiota. "Você sabe que ele vai voltar. Sempre volta", ela diz com os lábios em meus cabelos. Eu olho para ela, e consigo ver a raiva e a vontade de me proteger em seus olhos.

Eu me afasto de seus braços delicadamente e balanço a cabeça. "Estou bem, está tudo bem", digo, mais para mim mesma do que para Kim.

"Não está, não", ela me corrige, prendendo uma mecha rebelde dos meus cabelos atrás da orelha.

Vejo as mãos de Hardin fazendo o mesmo gesto, e me afasto. "Preciso de um banho", digo à minha amiga antes que acabe perdendo o controle.

Não, não estou arrasada. Estou me sentindo derrotada. A sensação que me domina no momento é de derrota pura. Passei meses e meses lutando contra o inevitável, nadando contra uma corrente que era grande demais para ser vencida sozinha, e agora fui engolida para dentro dela sem colete salva-vidas à vista.

"Tessa? Tessa, você está bem?", Kimberly grita do lado de fora do banheiro.

"Estou bem", consigo dizer, e as palavras saem tão fracas quanto me sinto. Apesar de parecer estar sem força nenhuma, posso tentar esconder parte da fraqueza.

A água está fria agora, já esfriou há um tempo... talvez até uma hora. Não faço ideia de quanto tempo passei aqui, abaixada no chão do chuveiro, os joelhos dobrados contra o peito, a água fria caindo em mim. Estava doendo até pouco tempo, mas meu corpo ficou amortecido.

"Você precisa sair desse chuveiro. Não pense que não vou conseguir derrubar a porta."

Não duvido nem por um segundo que ela seja capaz disso. Já ignorei suas ameaças algumas vezes, mas agora estendo o braço e fecho o chuveiro. Ainda assim, não faço mais nenhum movimento para me levantar do chão.

Aparentemente satisfeita por perceber que o chuveiro foi desligado, não ouço a voz dela por um tempo. Mas, assim que ela bate de novo, digo: "Estou saindo".

Quando me levanto, minhas pernas estão trêmulas e os cabelos, quase secos. Procuro dentro da bolsa e sigo a mecânica de vestir a calça, uma perna, depois a outra, levanto os braços e ponho a camiseta. Eu me sinto como um robô e, quando passo a mão no espelho, vejo que também pareço um.

Quantas vezes ele ainda vai fazer isso? É o que pergunto silenciosamente ao meu reflexo.

Não, quantas vezes eu ainda vou permitir que ele faça isso? Essa é a verdadeira pergunta.

"Já chega", digo em voz alta para a desconhecida que me encara. Vou encontrá-lo uma última vez, e só por causa da família dele. Vou arrancá-lo de Londres e fazer o que deveria ter feito há muito tempo.

12

HARDIN

"Caramba, Scott, olha só... Você virou um troglodita, porra!" James se levanta do sofá e caminha na minha direção. É verdade. Comparado com ele e com Mark, estou enorme. "Quanto está medindo? Mais de um e noventa?" Os olhos de James estão vidrados e vermelhos. Ainda é só uma da tarde.

"Um e oitenta e sete", corrijo, e recebo o mesmo cumprimento simpático que Mark me ofereceu pouco antes, com uma mão firme em meu ombro.

"Que demais! Precisamos espalhar a notícia de que você voltou. Todo mundo ainda está aqui, cara." James esfrega as mãos uma na outra como se planejasse algo grande, e eu nem quero saber do que se trata.

Será que Tessa já encontrou a bolsa do lado de fora do quarto? O que ela pensou? Chorou? Ou será que já passou dessa fase?

Com certeza, não quero a resposta para essa pergunta. Não quero imaginar seu rosto quando abriu a porta. Nem quero pensar em como ela se sentiu quando viu uma única passagem enfiada no bolso da frente da mala. Todas as minhas roupas foram tiradas dali e jogadas no banco de trás do carro alugado.

Eu a conheço bem o suficiente para saber que vai esperar uma despedida. Vai tentar me encontrar até não poder mais. Mas, depois desse último esforço, vai *desistir*. Não vai ter escolha, porque não vai conseguir me encontrar antes do voo, e amanhã vai estar longe, bem longe de mim.

"Cara!" A voz de Mark é alta, e ele balança a mão na frente de meu rosto. "Está viajando, porra?"

"Foi mal", digo, encolhendo os ombros. E então penso: se Tessa se perder em Londres enquanto me procura, o que vou fazer? Alguma coisa? Mark me abraça e me puxa para a conversa entre ele e James, decidindo quem devem convidar para ir até lá. Dizem um monte de nomes conhecidos e alguns que nunca ouvi, e começam a dar telefonemas para uma festa no meio do dia, gritando o horário e pedindo para que tragam bebida.

Eu me afasto e entro na cozinha à procura de um copo para beber um pouco de água, olhando ao redor pela primeira vez desde que entrei. Está uma bagunça. Faz com que eu me lembre da casa da fraternidade toda manhã de sábado e domingo. Nosso apartamento nunca ficou assim, não com Tessa por lá, pelo menos. Os balcões nunca ficaram cheios de caixas de pizza, e na mesa, não havia garrafas e cachimbos. Estou regredindo, e sei bem disso.

Por falar em cachimbos, nem preciso olhar para Mark e James para saber o que estão fazendo agora. Ouço o barulho de água borbulhando no cachimbo, e o cheiro de maconha começa a preencher o ar.

Por ser masoquista, pego o telefone do bolso para ligá-lo. A foto que coloquei como proteção de tela é a minha nova preferida de Tess. Por ora, pelo menos. Minha preferida muda toda semana, mas essa é perfeita. Seus cabelos loiros estão soltos, cobrindo os ombros e, iluminada pela luz, ela brilha. Um sorriso sincero domina seu rosto, e os olhos estão fechados com força, o nariz enrugado do jeito mais adorável do mundo. Ela estava rindo para mim, ou me repreendendo, na verdade, por ter dado um tapa em seu traseiro na presença de Kimberly, e eu tirei a foto quando começou a rir, depois que sussurrei em seu ouvido todas as outras coisas muito mais pesadas que poderia fazer na frente de sua amiga chata.

Volto para a sala de estar, e James pega o telefone da minha mão. "Me dá um pouco do que você está curtindo!"

Sou rápido e tiro o telefone da mão dele antes que possa ver a foto.

"Quanta frescura", James ironiza enquanto eu mudo a foto de fundo. Não posso dar mais combustível para esses idiotas.

"Convidei a Janine", Mark diz, rindo com James.

"Não sei por que vocês estão rindo." Aponto para Mark. "Ela é *sua* irmã." E então, aponto para James. "E *você* transou com ela." Uma informação nada surpreendente: a irmã de Mark é conhecida por transar com todos os amigos de seu irmão mais novo.

"Vai se foder, cara!" James dá mais uma tragada no cachimbo e passa para mim.

Tessa me mataria. Ficaria muito desapontada, não gosta quando bebo, e ia gostar muito menos que eu fumasse maconha.

"Fuma logo ou passa", Mark me apressa.

"Se a Janine está vindo, você vai precisar. Ela ainda está gostosa pra caralho", James diz para mim, e Mark olha feio para ele. Dou risada.

As horas vão passando desse jeito, com maconha, besteiras, bebida, besteiras, maconha e, quando me dou conta, o lugar está cheio de gente, incluindo a garota em questão.

13

TESSA

Posso não ter muito, mas ainda me resta um pouco de orgulho, e prefiro encarar Hardin sozinha e ter essa conversa cara a cara. Sei exatamente o que ele vai fazer. Vai me dizer que sou muito boa para ele e que não serve para mim. Vai dizer algo que me magoe, e eu vou tentar convencê-lo do contrário.

Sei que Kimberly deve achar que sou uma tonta por correr atrás dele depois desse gesto de afastamento tão frio, mas sou apaixonada por ele, e é isso que fazemos quando amamos alguém: lutamos por essa pessoa, e vamos atrás dela quando sabemos que ela precisa de nós. Nós a ajudamos a lutar contra si mesma, e nunca desistimos dela, mesmo quando ela própria desiste.

"Estou bem. Se eu encontrá-lo e você estiver comigo, ele vai se sentir acuado, as coisas vão ficar ainda piores", digo a Kimberly pela segunda vez.

"Tome cuidado, por favor. Não quero ter que matar aquele moleque, mas no momento nada está descartado." Ela sorri para mim. "Espere, mais uma coisa." Kimberly ergue um dedo e vai até a mesa de centro na sala. Procura algo na bolsa e faz um gesto para que eu me aproxime.

Kimberly, por ser quem é, passa um brilho labial sem cor em meus lábios e me dá um rímel. Ela sorri. "Você quer estar bem, não é?"

Apesar da dor que sinto no peito, sorrio pelo esforço que ela faz para me ajudar a ficar bonita. Isso para ela é o mais natural, *obviamente*.

Dez minutos depois, meu rosto não está mais vermelho de tanto chorar. O inchaço ao redor dos olhos está menos visível, graças ao corretivo e a um pouco de sombra. Meus cabelos estão penteados e razoavelmente controlados em ondas compridas. Kimberly desistiu depois de alguns minutos, suspirando, e então disse que "ondas de praia" são tendência agora. Não me lembro do momento em que ela tirou minha camiseta e me vestiu com uma blusinha e um cardigã, mas ela me transformou; deixei de ser zumbi e fiquei apresentável em pouco tempo.

"Prometa que vai me ligar se precisar de mim", ela insiste. "Não pense que não vou atrás de você."

Concordo, sabendo que ela não vai hesitar. Ela me abraça duas vezes antes de entregar as chaves do carro alugado de Christian, que Hardin deixou no estacionamento.

Quando entro no carro, ligo o telefone no carregador e desço os vidros. Ainda sinto o cheiro de Hardin, e os copos de café de hoje cedo ainda estão nos porta-copos, me fazendo lembrar que ele fez amor comigo horas antes. Foi sua despedida — percebo agora que uma parte de mim sabia, mas não estava pronta para aceitar. Não quis admitir a derrota que me espreitava, esperando para me derrubar. Não parece possível ser quase cinco da tarde. Tenho menos de duas horas para encontrar Hardin e convencê-lo a voltar para casa comigo. O embarque é às oito e meia, mas temos que chegar um pouco antes das sete para passar pela segurança, só para garantir.

Será que vou para casa sozinha?

Olho no espelho retrovisor, encarando aquela mesma menina que teve que se levantar do chão do banheiro. Reconheço a sensação de enjoo me dizendo que estarei sozinha no avião. Só sei de um lugar onde posso encontrá-lo e, se ele não estiver lá, não faço ideia do que fazer. Ligo o carro, mas paro com a mão no câmbio. Não posso andar sem rumo por Londres sem dinheiro e sem ter aonde ir.

Desesperada e preocupada, tento ligar para ele de novo, e quase começo a chorar quando ele atende.

"Alôôôô, quem é?" Quem atende é um homem cuja voz não reconheço. Afasto o telefone do rosto para ter certeza de que liguei para o número certo, mas o nome de Hardin aparece claramente na tela.

"Alôôôô", o homem diz mais alto, esticando a palavra de novo.

"Hã, oi, o Hardin está?" Meu estômago se revira. Sinto que esse cara não é um bom sinal, apesar de não saber de quem se trata.

Ouço muitas risadas e vozes ao fundo; várias são de mulheres.

"Scott está... disposto no momento", ele me diz.

Disposto?

"É *indisposto*, idiota", uma mulher grita ao fundo, aos risos.

Ai, Deus. "Onde ele está?" Percebo que a ligação está no viva-voz, porque o barulho muda.

"Ele está ocupado", outro cara diz. "Quem é? Você vem à festa? Foi por isso que ligou? Gostei do seu sotaque americano, gracinha, e se você é amiga do Scott..."

Uma festa? Às cinco da tarde? Tento me concentrar nesse fato inútil e não nas vozes de mulheres que ouço e no fato de Hardin estar "ocupado".

"Vou, sim", respondo antes de meu cérebro acompanhar. "Só preciso do endereço de novo."

Minha voz está trêmula e intranquila, mas eles não parecem perceber.

O homem que atendeu ao telefone me dá um endereço, que eu digito depressa no GPS do celular. A ligação falha duas vezes, e tenho que pedir para que ele repita, o que ele faz antes de pedir que eu vá logo, ostentando com orgulho o fato de ter muita bebida por lá, mais do que já vi na minha vida inteira.

Vinte minutos depois, estou no estacionamento ao lado de um prédio baixo e velho. As janelas são grandes, e três delas estão cobertas pelo que parece ser fita branca, ou talvez sacos de lixo. O estacionamento está cheio de carros. A BMW que dirijo chama a atenção demais. O único veículo mais ou menos parecido é o carro alugado de Hardin. Está perto da entrada, bloqueado, o que quer dizer que ele está aqui há mais tempo do que a maioria das outras pessoas.

Quando chego à porta do prédio, respiro fundo para reunir forças. O desconhecido ao telefone disse que era a segunda porta do terceiro andar. O prédio velho não parece grande o bastante para ter três andares, mas, quando subo a escada, vejo que estou enganada. Vozes altas e o cheiro forte de maconha vêm até mim antes de eu chegar ao topo da escada no segundo andar.

Olho para cima e me pergunto o que Hardin estaria fazendo aqui. Por que viria até um lugar como este para lidar com seus problemas?

Quando chego ao terceiro andar, meu coração está acelerado, e sinto meu estômago embrulhar ao pensar em todas as coisas que poderiam estar acontecendo atrás da porta marcada e pichada número dois.

Balanço a cabeça, afastando todas as dúvidas. Por que estou tão paranoica e nervosa? Estou falando de Hardin, o meu Hardin. Mesmo irritado e retraído, além das coisas cruéis que diz, ele nunca faria nada de propósito para me magoar. Está passando por um momento difícil com tantas questões familiares vindo à tona, só precisa que eu entre ali e o leve para casa comigo. Estou me preocupando e me exaltando por nada.

A porta se abre antes que eu consiga me aproximar para bater, e um cara sai todo vestido de preto, sem parar nem fechar a porta. Nuvens de fumaça chegam ao corredor, e tenho que me controlar para não cobrir o nariz e a boca. Entro tossindo.

E paro ao ver a cena a minha frente.

Chocada ao ver uma garota seminua no chão, olho ao redor e percebo que quase todo mundo também está.

"Tira a blusa", um cara de barba diz a uma garota de cabelos tingidos de loiro. Ela revira os olhos, mas logo obedece, ficando apenas de calcinha e sutiã.

Ao olhar para a cena durante mais um tempo, percebo que eles estão disputando um jogo de cartas que envolve tirar as roupas. Isso é melhor do que a primeira conclusão a que cheguei, mas só um pouco.

Fico levemente aliviada ao ver que Hardin não está no grupo de jogadores cada vez mais nus. Olho ao redor da sala de estar lotada, mas não o vejo.

"Você vem ou não?", alguém pergunta. "Fecha a porta quando entrar", ele acrescenta ao se colocar na frente de alguém à minha esquerda. "Já vi você antes, gatinha?"

Ele ri e eu mudo de posição, desconfortavelmente, enquanto ele passa os olhos vermelhos por meu corpo, demorando demais no meu peito, de um modo vulgar. Não gostei do apelido que ele escolheu para o momento, mas não consigo pensar numa maneira de dizer meu nome verdadeiro. Pela voz, tenho certeza de que foi ele quem atendeu ao telefone de Hardin.

Balanço a cabeça, negando; todas as palavras se dissolveram em minha língua.

"Mark", ele se apresenta, estendo a mão, mas eu me afasto. Mark... reconheço esse nome pelo que Hardin escreveu para mim na carta, e também de outras histórias que me contou. Ele é bem simpático, mas sei bem de quem se trata. Sei o que ele fez com todas aquelas garotas. "Este é o meu apartamento. Quem convidou você?"

A princípio, penso que ele está bravo, mas na verdade só está curioso. Seu sotaque é pesado, e ele é bonito. Meio assustador, mas bonito. Os cabelos castanhos são arrepiados na frente, e os pelos faciais estão sob controle, um look meio "nerd, hipster", como diz Hardin, mas acho bacana. Não há tatuagens em seus braços, mas vejo dois piercings embaixo do lábio inferior.

"Eu... hã..." Tenho que me esforçar para me controlar.

Ele ri de novo e segura minha mão. "Bom, gatinha, vou pegar uma bebida para você relaxar." Ele sorri. "Você está me deixando inquieto."

Enquanto ele me leva para a cozinha, começo a pensar que Hardin pode não estar ali. Talvez tenha deixado o carro e o telefone antes de ir a outro lugar. Talvez esteja no carro. Por que não olhei? Eu deveria descer e fazer isso; ele estava tão cansado que pode estar cochilando...

E então perco o fôlego.

Se alguém me perguntasse como me sinto nesse momento, não sei o que diria. Acho que não teria uma resposta. Sinto dor, decepção, pânico e rejeição, mas ao mesmo tempo me sinto amortecida. Não sinto nada e sinto tudo ao mesmo tempo, e é a pior sensação que já tive.

Recostado no balcão com um baseado entre os lábios e uma garrafa de destilado numa mão, lá está Hardin. Mas não é isso o que faz meu coração parar. O que me tirou o ar é a mulher sentada no balcão logo atrás, com as pernas nuas envolvendo sua cintura, o corpo todo grudado no dele como se fosse a coisa mais natural do mundo.

"Scott! Me dá a vodca, porra. Preciso preparar uma bebida para a minha nova amiga, a gatinha aqui", Mark grita.

Voltando os olhos vermelhos para Mark, Hardin sorri de um jeito malicioso, um olhar estranho que nunca vi. Quando ele se vira para mim, para ver quem é a gatinha, estou perto o suficiente para ver suas pupilas dilatadas se arregalarem ainda mais, espantando na hora aquela expressão desconhecida.

"O que... o que você..." Ele procura palavras. Seus olhos descem por meu braço e conseguem ficar ainda maiores quando vê a mão de Mark na minha. A raiva em estado bruto toma conta de seu rosto, e eu afasto a mão.

"Vocês se conhecem?", meu anfitrião pergunta.

Não respondo. Em vez disso, fixo o olhar na mulher cujas pernas ainda envolvem o corpo de Hardin. Ele ainda não se moveu para afastá-la. Ela está só de calcinha e camiseta. Uma camiseta preta lisa.

Hardin está usando a blusa de moletom preta, mas não vejo a borda familiar de uma camiseta desbotada por baixo. A garota está alheia à tensão, concentrada apenas no baseado que acabou de tirar da boca de Hardin. Até chega a sorrir para mim, um sorriso obviamente drogado.

Fico em silêncio. Surpresa até de imaginar que posso conhecer essa pessoa que está à minha frente. Acho que não conseguiria falar nem se quisesse. Sei que Hardin está passando por um momento difícil, mas vê-lo assim, drogado, bêbado e com outra mulher, é demais para mim. É demais mesmo, e só consigo pensar em me afastar o máximo que puder.

"Vou entender isso como um sim." Mark ri e pega a garrafa de bebida da mão de Hardin.

Hardin ainda não disse nada. Só está olhando para mim como um fantasma, como se eu já fosse uma lembrança esquecida que ele não esperava ter que relembrar.

Eu me viro e empurro todo mundo que entra no meu caminho para fora daquele inferno. Depois de descer um lance de escada, eu recosto na parede e deslizo até o chão, sem folego. Meus ouvidos estão zumbindo, e o peso dos últimos cinco minutos está me derrubando... Não sei como vou sair desse prédio.

Ouço, impotente, o som de botas batendo nos degraus de aço, e cada minuto em silêncio machuca mais que o anterior. Ele nem sequer veio atrás de mim. Ele permitiu que eu o visse daquele jeito e não se deu o trabalho de correr atrás de mim para se explicar.

Não tenho mais lágrimas para chorar por ele, não hoje; mas acontece que o choro sem lágrimas é muito mais doloroso do que com elas, e impossível de controlar. Depois de tudo, das brigas, de todas as risadas, de todo o tempo que passamos juntos, é assim que ele decide terminar as coisas? É assim que ele me descarta? Ele tem tão pouco respeito por mim que está se drogando e deixando aquela mulher tocá-lo e usar suas roupas, depois de fazer só Deus sabe o que com ela?

Não posso nem sequer especular essa ideia — ela vai acabar comigo. Sei o que vi, mas saber e aceitar são coisas diferentes.

Sou boa em criar desculpas para explicar o comportamento dele. Aperfeiçoei esse talento durante os longos meses de nosso relacionamento, e venho me apegando a essas desculpas, sou culpada por isso. Mas agora não tem desculpa. Nem mesmo a dor pela traição da mãe e de Christian dá a ele passe livre para me magoar desse jeito. Não fiz nada para merecer o que ele está fazendo agora. Meu único erro foi tentar estar ao seu lado e suportar sua raiva desmedida por tempo demais.

A humilhação e a dor se transformam em raiva conforme vou passando mais tempo na escada vazia. É uma raiva pesada, densa, intolerável — e não vou mais inventar desculpas por ele. Não vou mais permitir que ele faça merda e se safe com apenas um pedido de desculpa e uma promessa de mudança.

Não. De jeito nenhum.

Não vou embora sem brigar. Eu me recuso a deixar que ele pense que não tem problema tratar as pessoas desse jeito. Está na cara que ele não tem respeito por si mesmo — e nem por mim, no momento —, e com os pensamentos raivosos tomando conta da minha mente não consigo me controlar. Subo aquelas escadas de merda pisando duro e volto para dentro daquele apartamento do inferno.

Empurrando a porta sem me preocupar se vai bater em alguém, volto para a cozinha. Minha raiva aumenta quando vejo Hardin ainda no mesmo lugar, ainda com a mesma vaca grudada em suas costas.

"Ninguém, cara. Ela é só uma...", ele está dizendo a Mark.

Não consigo nem enxergar direito, de tanta raiva que sinto. Antes que Hardin se dê conta, pego a garrafa de bebida da mão dele e a destruo contra a parede. Ela se espatifa, e todo mundo fica em silêncio. Eu me sinto fora do meu corpo; estou observando uma versão irada e ousada de mim mesma perdendo as estribeiras, e não consigo controlá-la.

"Que *porra* é essa, gatinha?", Mark grita.

Eu me viro para ele. "Meu nome é Tessa!", grito.

Os olhos de Hardin se fecham e eu observo, esperando que diga alguma coisa.

"Bom, *Tessa*. Você não precisava quebrar a garrafa de vodca!", Mark responde com sarcasmo. Está drogado demais para sequer se incomodar com o estrago que causei. Parece que sua única preocupação era a bebida.

"Aprendi com um especialista em destruir garrafas na parede." Arregalo os olhos para Hardin.

"Você não me disse que tinha namorada", a piranha grudada em Hardin diz.

Olho para Mark e para a mulher. Existe uma semelhança clara... e li aquela maldita carta tantas vezes que já sei quem ela é.

"Só o Scott, mesmo, para trazer uma mina americana muito louca para dentro do meu apartamento, quebrando garrafas e essa merda toda", comenta Mark, achando graça.

"Para", Hardin diz, andando em nossa direção.

Faço a melhor cara de paisagem que consigo. Meu peito sobe e desce com a respiração ofegante, em pânico, mas meu rosto é uma fachada, uma máscara sem emoção. Como o dele.

"Quem é essa garota?", Mark pergunta a Hardin como se eu não estivesse ali.

Hardin me ignora de novo dizendo: "Eu já falei", sem ter a coragem de olhar para mim enquanto me degrada na frente de um monte de gente.

Mas eu cansei. "Qual é o seu *problema, porra*?", começo a gritar. "Acha que pode se enfiar aqui e fumar maconha o dia todo para se esquecer dos seus problemas?"

Sei que estou agindo como uma louca, mas, pela primeira vez, não me importo com o que vão pensar de mim. Não dou chance para ele responder, e continuo. "Você é tão egoísta! Acha que me afastar e se fechar é bom para mim? Você já sabe muito bem como as coisas são! Não vai conseguir ficar sem mim... vai virar um infeliz, assim como eu. Você não está me fazendo bem nenhum me magoando desse jeito, e eu ainda encontro você *nessa* situação?"

"Você não sabe do que está falando", Hardin murmura com uma voz baixa e intimidante.

"Não sei?" Levanto as mãos. "Ela está usando a merda da sua camiseta!", grito e aponto para a vaca maldita, que desce do balcão, puxando a barra da camiseta de Hardin para cobrir as coxas. Ela é muito mais baixa do que eu, e a camiseta fica gigante nela. Essa imagem vai ficar na minha memória até meu último dia de vida, sei disso. Consigo sentir a lembrança queimando em mim agora, meu corpo todo está ardendo, furioso, e nesse momento de pura raiva... tudo se encaixa.

Tudo passa a fazer sentido. Minha ideia a respeito do amor e de não desistir de quem amamos não poderia estar mais distante da verdade. Eu me enganei durante todo esse tempo. Quando amamos alguém, não deixamos essa pessoa nos destruir, não permitimos que nos arrastem na lama. Tentamos ajudar, tentamos salvá-la, mas quando o amor se torna uma via de mão única, se continuarmos tentando, estamos fazendo papel de bobos.

Se eu o amasse, não permitiria que ele acabasse comigo também.

Insisti muito com Hardin. Dei a ele muitas chances, e dessa vez pensei que tudo ficaria bem. Pensei que daria tudo certo. Pensei que, se o amasse o suficiente, se tentasse mais, tudo se resolveria e poderíamos ser felizes.

"Por que você está aqui?", ele pergunta, interrompendo minha epifania.

"O quê? Você achou que eu ia deixar você se safar assim depois de ser tão covarde?" Atrás da dor, a raiva começa a fervilhar. Estou aterrorizada com a desistência dele, mas no fim quase a recebo de bom grado. Nos últimos sete meses, fui enfraquecida pelas palavras de Hardin e por seu ciclo de rejeição, mas agora consigo ver nosso relacionamento volátil como realmente é.

Inevitável.

Sempre foi inevitável, e não acredito que demorei todo esse tempo para entender isso, para aceitar.

"Vou dar uma última chance para você ir embora comigo agora e ir para casa, mas, se eu sair por essa porta sem você, é o fim."

Seu silêncio e o olhar inabalado me deixam com ainda mais raiva.

"Foi o que pensei." Não estou mais gritando. Não tenho por quê. Ele não está ouvindo. Nunca me ouviu. "Quer saber de uma coisa? Pode ficar assim mesmo. Pode beber e fumar até morrer." Eu me aproximo e paro a poucos metros dele. "Mas é só isso que você vai ter na vida. Então, espero que aproveite enquanto durar."

"Vou aproveitar", ele responde, acabando comigo. De novo.

"Então, se ela não é sua namorada...", Mark diz a Hardin, fazendo com que eu lembre que não estamos sozinhos ali.

"Não sou a namorada de *ninguém*", rebato.

Minha atitude parece animar Mark ainda mais; ele sorri mais e põe a mão nas minhas costas numa tentativa de me levar de volta para a sala de estar. "Ótimo, está tudo resolvido, então."

"Tira a mão dela!" Hardin empurra Mark pelas costas, não com força suficiente para derrubá-lo, mas apenas para afastá-lo de mim. "Lá fora, agora!", Hardin diz enquanto passa por mim atravessando a sala e saindo pela porta. Eu o sigo até o corredor e bato a porta.

Ele puxa os cabelos, e sua impaciência aumenta. "Que merda foi aquilo?"

"Que merda foi *o quê*? Eu mostrar o que você está fazendo? Você pensa que pode simplesmente enfiar uma passagem de avião numa mala para que eu suma?" Eu o empurro contra a parede com as mãos em seu peito. Quase peço desculpas, quase me sinto culpada por empurrá-lo, mas quando vejo seus olhos dilatados todo vestígio de remorso desaparece. Ele está fedendo a maconha e bebida; não há sinal do Hardin que amo.

"Estou com a cabeça tão fodida agora que não consigo nem pensar direito, muito menos dar uma maldita explicação pela milésima vez, porra!", ele grita, batendo o punho na parede, rachando o reboco vagabundo.

Já testemunhei essa cena muitas vezes. Essa será a última. "Você nem tentou! Eu não fiz nada de errado!"

"Do que mais você precisa, Tessa? Quer que eu soletre para você? Some daqui... volta para onde veio! Você não tem o que fazer aqui, não tem nada a ver com este lugar." Quando ele diz a última palavra, sua voz está neutra — suave, até. Quase desinteressada.

Não tenho mais forças para lutar. "Está feliz agora? Você venceu, Hardin. Você venceu de novo. Sempre vence, não é?"

Ele se vira, olhando diretamente em meus olhos. "Você sabe disso melhor do que qualquer um, não acha?"

14

TESSA

Não sei como consigo chegar ao Heathrow a tempo, mas chego.

Kimberly se despede com um abraço quando me deixa lá, acho. O que eu lembro com certeza é de Smith me observando, como se calculasse algo indecifrável.

E aqui estou no avião, com um assento vago ao meu lado, a mente vazia e o coração vazio. Eu me enganei muito em relação a Hardin, e isso serve para me mostrar que só as próprias pessoas podem mudar a si mesmas, por mais que tentemos. Elas precisam querer isso tanto quanto nós, ou não há esperança.

É impossível mudar as pessoas que estão convictas do que são. Todo nosso apoio não basta para compensar as baixas expectativas que têm de si mesmas.

É uma luta perdida, e finalmente, depois de todo esse tempo, estou pronta para desistir.

15

HARDIN

A voz de James arde meu ouvido, e ele passa o pé descalço no meu rosto. "Cara! Levanta! A Carla está quase chegando, e você está ocupando o único banheiro."

"Vai se foder", resmungo, fechando os olhos de novo. Se eu *conseguisse* me mexer, quebraria os dedos do pé dele.

"Scott, sai daqui, porra. Pode deitar no sofá, mas você é gigante, e eu preciso mijar e pelo menos tentar escovar os dentes." Seus dedos pressionam minha testa, e eu tento me sentar. Meu corpo mais parece um saco de tijolos, e os olhos e a garganta estão ardendo.

"Ele está vivo!", James grita.

"Cala a boca." Cubro as orelhas e passo por ele, indo para a sala de estar. Garrafas vazias de cerveja e copos vermelhos estão sendo jogados dentro de sacos de lixo por Janine, que está seminua, e por Mark, exageradamente entusiasmado.

"E aí, como estava o chão do banheiro?" Mark pergunta com o cigarrinho entre os lábios.

"Uma beleza." Reviro os olhos e me sento no sofá.

"Você estava *estragado*", ele diz com orgulho. "Quando foi a última vez que bebeu desse jeito?"

"Não sei." Esfrego as têmporas, e Janine me dá um copo. Balanço a cabeça, mas ela insiste.

"É só água."

"Não quero." Não quero ser cuzão com ela, mas, porra, que menina irritante.

"Você estava mal", continua Mark. "Pensei que aquela americana... qual é o nome dela? Trisha?" Meu coração dispara com a menção ao nome dela, ainda que ele tenha errado. "Pensei que ela fosse destruir tudo aqui! Que criaturinha mais furiosa!"

Imagens de Tessa gritando comigo, jogando uma garrafa na parede e saindo do apartamento tomam minha mente. O peso da dor nos olhos dela me faz afundar ainda mais no sofá, e tenho a sensação de que vou vomitar de novo.

É pelo bem dela.

É, sim.

Janine revira os olhos. "Criaturinha? De pequena ela não tinha nada."

"Você *não vai* fazer nenhuma insinuação sobre a aparência dela", digo com calma, apesar da vontade que sinto de jogar o copo de água na cara da Janine. Se ela acha que é bonita perto de Tessa, está cheirando mais cocaína do que eu pensava.

"Ela não é tão magra como eu."

Mais um comentário idiota, Janine, e vou acabar com sua autoconfiança.

"Maninha, sem querer ofender, mas aquela mina era bem mais gostosa do que você. Provavelmente é por isso que Hardin está tããããão apaixonado", diz Mark, exagerando na ênfase.

"*Apaixonado?* Para com isso! Ele pôs a menina para correr daqui ontem à noite." Janine ri, e sinto uma apunhalada no estômago.

"Não estou..." Não consigo nem terminar a frase com a voz calma. "Não falem sobre ela de novo. Estou falando sério", ameaço.

Janine resmunga, e Mark ri enquanto esvazia o cinzeiro dentro de um saco de lixo. Eu apoio a cabeça na almofada atrás de mim e fecho os olhos. Nunca vou conseguir ficar sóbrio. Não se quiser que essa dor vá embora; não se tiver que ficar aqui com o peito vazio e dolorido.

Estou ansioso e impaciente, enjoado e exausto, e é a pior combinação que existe.

"Ela chega em vinte minutos!", avisa James. Abro os olhos e o vejo vestido e dando voltas na pequena sala de estar.

"A gente já sabe. Cala essa boca. Todo mês é a mesma coisa." Janine acende um baseado, e eu o pego assim que ela solta a fumaça.

Tenho que me automedicar; não existe outra opção para um covarde como eu, acuado e tentando fugir da dor absurda de sentir minha razão de viver arrancada de mim.

Dou uma tossida no primeiro trago. Meus pulmões não queriam mais sentir a ardência por forçar maconha demais para dentro deles.

Depois do terceiro tapa, a dor passa, a sensação de entorpecimento toma conta. Não totalmente como deveria, mas chego lá. Estou voltando à ativa.

"Me dá isso aqui também." Pego a garrafa da mão de Janine.

"Ainda não é nem meio-dia", ela diz, girando a tampa.

"Não perguntei a hora nem o clima. Pedi a vodca." Puxo a garrafa da mão dela, que bufa, irritada.

"Então, você abandonou a faculdade?", Mark pergunta, soprando um círculo com a fumaça que sai de sua boca.

"Não..." *Merda.* "Não sei. Não cheguei nesse ponto ainda." Eu tomo um gole da bebida e aprecio a ardência descendo pelo meu corpo vazio. Não faço ideia do que fazer em relação aos estudos. Só falta meio semestre para me formar. Já entreguei a papelada da formatura e optei por não participar da cerimônia. Também tenho um apartamento com todas as minhas coisas e um carro estacionado no aeroporto Sea-Tac.

"Janine, vai dar um jeito nos pratos da pia", Mark diz.

"Não, eu sempre acabo tendo que lavar a merda da sua louça..."

"Eu pago seu almoço. Sei que você está sem grana", ele sugere, e funciona. Ela nos deixa sozinhos na sala de estar. Consigo ouvir James dentro do quarto; parece até que ele está redecorando o cômodo.

"Quem é essa tal de Carla?", pergunto a Mark.

"É a namorada do James. Ela é muito legal, mas é meio fresca. Não fica pegando no pé nem nada, só não curte essa merda toda aqui." Mark faz um aceno com a mão, indicando o apartamento. "Ela estuda medicina, e os pais têm dinheiro, coisa e tal."

Dou risada. "Então por que está com o James? Qual é o problema dela?"

"Estou ouvindo vocês, filhos da puta!", James grita do quarto.

Mark está rindo agora, muito mais do que eu. "Não sei, mas ele está todo caidinho, e entra em pânico sempre que ela vem. Ela mora na Escócia, então só aparece uma vez por mês, mas é sempre assim. Ele está sempre tentando impressioná-la. Por isso vai para a faculdade, apesar de já ter bombado em duas matérias."

"E é por isso que ele transa com sua irmã o tempo todo?" Ergo uma sobrancelha. James nunca foi um cara de uma mulher só, com certeza.

James põe a cabeça para fora para se defender. "Só vejo a Carla uma vez por mês, e faz semanas que não transo com a Janine!" Ele some de novo. "Agora parem de falar merda antes que expulse os dois daqui!"

"Beleza, vai depilar o saco ou coisa do tipo", Mark provoca e passa o baseado para mim. Ele toca o rótulo da garrafa de vodca entre minhas pernas. "Olha, Scott, esse lance de relacionamento, esse drama todo, isso tudo não é a minha, mas você não está enganando ninguém aqui com essa encenação."

"Não é encenação", esbravejo.

"Claro, claro. Só estou dizendo que você apareceu em Londres do nada depois de passar três anos fora, isso sem falar naquela mina que você trouxe." Ele desvia os olhos do meu rosto e olha para a garrafa, e depois para o baseado. "E você está enchendo a cara. Além disso, acho que sua mão está quebrada."

"Não é da sua conta. Desde quando você liga se eu encho a cara? Você faz isso todos os dias." Estou ficando cada vez mais irritado com Mark e com a necessidade repentina que ele sente de se meter na minha vida. Ignoro o comentário a respeito da minha mão, que está ficando roxa e verde. Mas aquela merda de reboco não pode ter quebrado minha mão.

"Para de ser babaca. Pode fazer o que quiser. Não me lembro de você ser tão sensível assim."

"Não estou sendo sensível. Você é que está inventando coisas. Aquela mina é da faculdade dos Estados Unidos. A gente se conheceu e eu transei com ela. Ela queria conhecer a Inglaterra, então pagou para a gente vir para cá, e deu para mim de novo na terra da rainha. Fim de papo." Tomo mais um gole da vodca para afogar as merdas que estou dizendo.

Mark ainda não parece convencido. "Sei." Ele revira os olhos — um hábito irritante que pegou da irmã.

Irritado, eu me viro e olho para ele, mas, antes mesmo de falar, sinto a bile subindo pela minha garganta. "Olha, quando a gente se conheceu, ela era virgem, e eu transei com ela para ganhar uma aposta e levar uma boa bolada, então, não, não sou sensível. Ela não é ninguém para mim..."

Dessa vez, não consigo me controlar. Levo a mão para cobrir a boca e passo por James, que me xinga por vomitar no chão do banheiro.

16

TESSA

"Essa coisa parece um laptop pequeno." Pressiono outro botão em meu novo aparelho. Meu novo iPhone tem mais funções do que um computador. Passo o dedo pela tela grande, tocando todos os quadradinhos. Ao encostar no ícone da câmera, eu me sobressalto quando um ângulo desfavorável de mim aparece. Fecho depressa e pressiono o ícone do navegador Safari. Digito Google porque, bom, porque é o meu primeiro impulso. Esse telefone é muito esquisito. É mais do que confuso, mas não estou com pressa para aprender tudo. Só está comigo há dez minutos, e ainda nem saí da loja. Todo mundo faz parecer tão simples, tocando e deslizando o dedo pela tela enorme, mas há muitas opções. Opções demais, na verdade.

Ainda assim, acho divertido ter tantas coisas para ocupar o tempo. Essa coisa pode me manter ocupada por horas, talvez dias. Analiso as opções de músicas e fico encantada com a ideia de ter inúmeras canções ao alcance de um dedo.

"Quer que eu ajude você a transferir seus contatos, fotos e outras coisas para o aparelho novo?", a jovem atendente pergunta. Eu tinha me esquecido de que ela e Landon estavam aqui; fiquei muito distraída tentando aprender a usar esse telefone.

"Hum, não, obrigada", recuso com educação.

"Tem certeza?" Seus olhos delineados a lápis estão surpresos. "Não demora nada." Ela está mascando chiclete.

"Eu sei de cor todos os números de que preciso."

Ela dá de ombros e olha para Landon.

"Preciso do seu", digo a ele. O da minha mãe e o de Noah sempre foram os únicos de que eu precisava. Tenho que começar do zero, um novo começo. Meu telefone novo em folha com apenas alguns números salvos ajudará nisso. Por mais que eu sempre tenha me recusado a comprar um celular novo antes, estou feliz por ter feito isso agora.

É surpreendentemente bom começar de novo: nenhum contato, nenhuma foto, nada.

Landon me mostra como salvar um novo número, e saímos da loja.

"Vou ensinar você a recuperar suas músicas. É mais fácil nesse telefone", Landon diz, sorrindo quando entra na via expressa. Estamos voltando do shopping, onde tive que gastar muito dinheiro em roupas para uma semana inteira.

Um recomeço, é o que precisa ser. Sem lembranças, sem ficar repassando fotos e mais fotos. Não sei aonde ir, o que fazer em seguida, mas sei que me agarrar a algo que nunca foi meu só vai me machucar mais.

"Você sabe como anda o meu pai?", pergunto a Landon durante o almoço.

"Ken ligou no sábado, e na clínica disseram que Richard está se adaptando. Os primeiros dias são os piores." Landon estica o braço para roubar batatas fritas de meu prato.

"Você sabe quando posso visitá-lo?" Se tudo o que tenho é o pai desaparecido que voltou há um mês e Landon, quero manter os dois o mais próximo possível de mim.

"Não sei exatamente, mas vou perguntar quando voltar para casa." Landon olha para mim. Eu estou com o celular novo na mão, e o levo ao peito sem pensar. Os olhos de Landon se enchem de solidariedade.

"Sei que só faz um dia, mas já pensou em Nova York?", ele pergunta com cautela.

"Sim, um pouco."

Estou esperando para tomar a decisão quando falar com Kimberly e Christian pessoalmente. Conversamos hoje cedo, e ela me disse que eles voltam da Inglaterra na quinta-feira. Ainda estou tentando entender como pode ser só terça-feira. Parece que faz muito mais que dois dias que vim embora de Londres.

Minha mente se volta para *ele* e para o que está fazendo... ou com quem está. Está tocando aquela garota agora? Ela está usando a camiseta dele de novo? Por que estou me torturando pensando nele? Tenho evitado pensar, e agora consigo ver seus olhos vermelhos, sinto seus dedos tocando meu rosto.

Eu me senti triste e ridiculamente aliviada quando encontrei uma camiseta preta usada enquanto mexia em minha mala no Chicago O'Hare. Comecei a procurar o carregador do meu celular e acabei encontrando papéis que ele usou. Não consegui, por mais que tentasse, jogar tudo no lixo. Não consegui. Então enfiei tudo de volta na mala e escondi embaixo de minhas roupas.

E eu queria um recomeço, mas estou me dando um tempo, porque tudo isso é muito difícil. Meu mundo inteiro foi destruído, e agora tenho que juntar os pedaços...

Não. Como decidi no avião, não vou pensar nessas coisas. Esses pensamentos não estão me levando a lugar nenhum. Sentir pena de mim só piora as coisas.

"Estou pensando sobre Nova York, mas preciso de um pouco mais de tempo para decidir", digo a Landon.

"Ótimo." O sorriso dele é contagioso. "A gente iria daqui a umas três semanas, no fim do semestre."

"Espero que sim", suspiro, querendo que o tempo passe logo. Um minuto, uma hora, um dia, uma semana, um mês, qualquer tempo que passe pode fazer bem para mim neste momento.

O tempo passa, e eu vou me movendo junto com ele. Só não decidi se isso é bom ou não.

17

HARDIN

Ao abrir a porta da frente do apartamento, eu me surpreendo ao ver todas as luzes acesas. Tessa não costuma deixar tudo aceso desse jeito; ela sempre se esforça para economizar na conta de luz.

"Tess, estou em casa. Você está no quarto?", pergunto. Consigo sentir o cheiro do jantar no forno, e uma música suave toca no nosso pequeno aparelho de som.

Jogo o fichário e as chaves na mesa e saio à procura dela. Logo percebo que a porta do quarto está levemente aberta, e então ouço vozes pela abertura, como se estivessem sendo levadas pela música no corredor. Assim que ouço a voz dele, abro a porta com raiva.

"*Que porra é essa?*", grito, e minha voz ressoa pelo pequeno quarto.

"Hardin? O que você está fazendo aqui?", Tessa pergunta como se eu estivesse invadindo a casa.

Ela puxa o edredom para cobrir seu corpo nu, com um leve sorriso.

"O que estou fazendo aqui? O que *ele* está fazendo aqui?", aponto para Zed, que sai da cama e começa a vestir a cueca.

Tessa continua olhando para mim como se eu fosse um maluco que não tinha motivo nenhum para estar ali.

"Você não pode continuar vindo aqui, Hardin." O tom de sua voz é muito sarcástico. "É a terceira vez este mês." Ela suspira, abaixando a voz. "Você andou bebendo de novo?" Seu tom é de solidariedade e irritação.

Zed passa na frente da cama e, de um jeito protetor, se coloca na frente dela, cobrindo-a com os braços... a barriga inchada dela.

Não...

"Você está...?", pergunto. "Você está... você e ele?"

Ela suspira de novo, enrolando-se nas cobertas. "Hardin, já passamos por isso muitas vezes. Você não vive mais aqui. Você não mora aqui há... sempre me esqueço, mas há mais de dois anos." Ela fala disso com naturalidade, e o modo como olha para Zed, como se estivesse pedindo ajuda para se livrar da invasão, não passa despercebido por mim.

Confuso, sem fôlego, eu me ajoelho na frente dos dois. E então sinto uma mão em meu ombro.

"Desculpa, mas você precisa ir embora. Você está incomodando." A voz de Zed é levemente sarcástica.

"Você não pode fazer isso comigo", digo a ela, levando a mão na direção de sua barriga. Não pode ser verdade. Não pode ser verdade.

"Quem fez isso tudo consigo mesmo foi você", ela diz. "Desculpa, Hardin, mas foi você que provocou isso."

Zed esfrega os braços dela para acalmá-la, e a raiva toma conta de mim.

Enfio a mão no bolso e pego meu isqueiro. Nenhum dos dois percebe; eles simplesmente se abraçam enquanto meu polegar aciona o mecanismo. A pequena chama é familiar, uma velha amiga agora, e eu a aproximo da cortina. Meus olhos se fecham quando o rosto de Tessa é iluminado pelas labaredas altas que consomem o quarto.

"Hardin!" O rosto de Mark é a primeira coisa que eu vejo quando meus olhos se abrem. Empurro o rosto dele e saio do sofá, caindo no chão, em pânico.

Tessa estava... e eu estava...

"Você estava tendo um puta pesadelo, cara." Mark balança a cabeça olhando para mim. "Está tudo bem? Você está encharcado de suor."

Pisco algumas vezes e passo as mãos por meus cabelos suados. Minha mão está me matando. Pensei que o hematoma diminuiria, mas não rolou.

"Você está bem?"

"Eu..." Preciso sair daqui. Preciso ir a outro lugar fazer alguma outra coisa. A imagem da sala em chamas não sai da minha cabeça.

"Toma um desses aqui e volta a dormir; são quatro da manhã." Ele tira a tampa de um frasco plástico e despeja um único comprimido na palma suada de minha mão.

Eu aceito, sem conseguir falar. Engulo o comprimido com a saliva e me deito no sofá. Dando uma última olhada para mim, Mark volta para o quarto, e eu pego o telefone do bolso e olho para a foto de Tessa.

Sem conseguir me controlar, passo o dedo por cima do botão de ligar. Sei que não deveria, mas se puder ouvir a voz dela só uma vez, talvez durma em paz.

"Este número de telefone não existe...", uma voz robótica informa com frieza. *O quê?* Olho para a tela e tento de novo. Mesma mensagem. Várias vezes.

Ela não pode ter mudado o número. Não faria isso...

"Este número de telefone não existe..." Ouço a gravação pela décima vez.

Tessa mudou seu número. Trocou o número do celular para que eu não consiga falar com ela.

Quando volto a dormir, horas depois, tenho mais um sonho. Começa igual, comigo entrando naquele apartamento, mas dessa vez não tem ninguém em casa.

18

HARDIN

"Você ainda não me deixou terminar o que comecei no domingo." Janine se inclina sobre mim, encostando a cabeça no meu ombro. Eu me afasto um pouco no sofá, mas, pensando se tratar de um sinal de que vamos nos deitar juntos ou qualquer coisa assim, ela se aproxima ainda mais.

"Tô de boa." Eu a rejeito pela centésima vez nos últimos quatro dias. Já faz quatro dias?

Porra.

O tempo precisa passar mais depressa, ou não sei se vou sobreviver.

"Você precisa relaxar. Posso ajudar nisso." Seus dedos descem por minhas costas nuas. Há dias não tomo banho, nem visto uma camiseta. Não consegui voltar a vesti-la depois de Janine tê-la usado. Estava com o cheiro dela, não o do meu anjo.

Porra, Tessa. Estou enlouquecendo. Consigo sentir que as peças que mantêm meu cérebro funcionando estão sob pressão, prestes a estourar de vez.

É isso o que acontece sempre que fico sóbrio — ela entra na minha mente. O pesadelo que me torturou ontem à noite ainda me assombra. Eu nunca a machucaria, não fisicamente. Eu a amo. Eu a amei. Porra, eu ainda a amo e sempre vou amar, mas não tem merda nenhuma que eu possa fazer em relação a isso.

Não posso lutar todos os dias da minha vida para ser perfeito para ela. Não sou o que ela precisa, e nunca vou ser.

"Preciso de uma bebida", digo a Janine. Ela se levanta do sofá devagar e entra na cozinha. Mas, quando outro pensamento indesejado sobre Tessa me invade de novo, eu grito: "Anda logo!".

Ela vem trazendo uma garrafa de uísque, mas para e olha para mim. "Com quem você acha que está falando? Se quer ser escroto, pelo menos faça valer a pena para mim."

Não saí deste apartamento desde que cheguei, nem mesmo para descer e pegar uma troca de roupa no carro alugado.

"Ainda acho que sua mão está quebrada", James diz quando entra na sala de estar, interrompendo meus pensamentos. "A Carla sabe do que está falando. É melhor você passar no pronto-socorro."

"Não, estou bem." Fecho a cara e estendo os dedos para provar o que digo. Faço uma careta e solto um palavrão por causa da dor. Sei que está quebrada, só não quero fazer nada a respeito. Estou me automedicando há quatro dias; mais alguns não vão ser problema.

"Desse jeito nunca vai sarar. Vai logo, e quando voltar pode pelo menos segurar a garrafa sozinho", James insiste. Eu sinto falta do James cabeça oca. O James que transava com uma garota e mostrava a fita ao namorado dela uma hora depois. Esse James preocupado com minha saúde é muito irritante.

"Pois é, Hardin, ele tem razão", Janine se intromete, colocando a garrafa atrás das costas.

"Tudo bem! Porra!", resmungo. Pego minhas chaves, meu celular e saio do apartamento. Apanho uma camisa do banco de trás do carro e a visto antes de ir ao hospital.

A sala de espera está lotada de crianças barulhentas, e estou sentado no único assento vazio, que fica ao lado de um morador de rua resmungão cujo pé está machucado porque um carro passou por cima dele.

"Há quanto tempo está esperando?", pergunto ao homem.

Ele fede a lixo, mas não posso dizer nada, porque provavelmente meu cheiro esteja pior do que o dele. Ele me lembra Richard, e tento imaginar como ele está se saindo na reabilitação. O pai de Tessa está internado, e estou aqui me afogando em bebida e enchendo a cabeça com uma quantidade absurda de maconha e comprimidos que Mark me dá de vez em quando. O mundo é um lugar incrível.

"Duas horas", o homem responde.

"Caralho", digo a mim mesmo e olho para a parede. Eu deveria saber que não poderia vir aqui às oito da noite.

Trinta minutos depois, o nome de meu companheiro desabrigado é chamado, e fico aliviado por poder voltar a respirar pelo nariz.

"Minha noiva está em trabalho de parto", um homem diz quando entra na sala de espera. Está usando uma camisa de botões bem passada e calça cáqui. Ele me parece estranhamente familiar.

Quando uma morena baixinha e grávida sai de trás dele, eu me afundo mais na cadeira de plástico. Claro que isso aconteceria. Quando eu estivesse bem ferrado, examinando minha mão quebrada, exatamente nesse momento *ela* entraria em trabalho de parto e chegaria ao hospital.

"Alguém pode nos ajudar?", ele diz, andando de um lado a outro, sem parar. "Ela precisa de uma cadeira de rodas! A bolsa estourou há vinte minutos, e as contrações estão acontecendo a cada cinco minutos!"

A atitude dele está deixando os outros pacientes na sala de espera meio apreensivos, mas a mulher grávida só ri e abraça o sujeito. Natalie é assim mesmo.

"Eu posso andar. Estou bem. Está tudo bem." Natalie explica para a enfermeira que seu noivo, Elijah, está mais assustado do que o necessário. Enquanto ele continua a andar de um lado a outro, e ela se mantém calma, praticamente recepcionando as pessoas que chegam, eu dou risada de minha cadeira, e Natalie me pega olhando.

Ela abre um sorrisão. "Hardin! Que coincidência!" Então esse é o tal brilho de mulher grávida sobre o qual as pessoas sempre comentam?

"Oi", digo, olhando para todos os lados, menos na cara do noivo dela.

"Espero que você esteja bem." Ela se aproxima de mim enquanto o cara fala com a enfermeira. "Conheci sua Tessa esses dias. Ela está aqui com você?", Natalie pergunta, procurando.

Ela não deveria estar gritando de dor? "Não, ela, hã...", comecei a dar uma explicação, mas nesse momento outra enfermeira sai de trás do balcão e diz: "Senhora, já está tudo pronto para a sua admissão".

"Ah, ouviu isso? O show tem que continuar." Natalie se vira, mas então olha para trás e acena para mim. "Foi bom ver você, Hardin!"

Eu fico sentado, com a boca aberta.

Deve ser alguma piada vinda de cima. Eu me sinto meio feliz por ela; sua vida não foi totalmente arruinada por mim... Aqui está ela, sorrindo e apaixonada, pronta para ter seu primeiro filho enquanto eu estou sozinho, fedendo e machucado na sala de espera.

O carma finalmente me pegou.

19

TESSA

"Obrigada por ter me acompanhado até aqui. Só queria deixar o carro e pegar o resto das minhas coisas", digo a Landon pela janela do passageiro.

Fico num dilema na hora de deixar o carro. Não queria deixá-lo estacionado na casa de Ken, porque fiquei com medo do que Har... *ele* vai dizer ou fazer quando aparecer para pegá-lo. Deixá-lo na vaga de visitantes do prédio faz mais sentido; é um bairro seguro e com bom policiamento, e acho que ninguém mexeria no veículo, pois pode ser pego em flagrante.

"Tem certeza de que não quer que eu vá com você? Posso ajudar a descer com as coisas", Landon se oferece.

"Não, vou sozinha. São só algumas coisas, só uma viagem mesmo. Mas obrigada." Tudo isso é verdade, mas a verdade verdadeira é que quero me despedir de nosso antigo apartamento sozinha. Sozinha: parece mais natural assim agora.

Quando chego ao saguão do prédio, tento não permitir que velhas lembranças invadam minha mente. Não penso em nada: espaços vazios, flores vazias, carpete e paredes vazios. Não penso nele. Só espaços, flores e paredes, não nele.

Mas minha mente tem outros planos, e lentamente as paredes vazias e brancas são manchadas de preto, o carpete é tomado pela tinta preta e as flores apodrecem e ficam pretas com folhas pretas antes de desaparecerem. Só estou aqui para pegar algumas coisas, uma caixa de roupas e uma pasta da faculdade, só isso. Vou entrar e sair em cinco minutos. Cinco minutos não é tempo suficiente para ser sugada para a escuridão.

Já faz quatro dias, e estou ficando cada vez mais forte. Está mais fácil respirar a cada segundo que passo sem ele. Voltar aqui, a este lugar, poderia ser um atraso em meu progresso, mas preciso passar por isso se quiser seguir em frente sem olhar para trás. Vou para Nova York.

Vou deixar de lado as aulas de verão, como estava pensando, e vou conhecer a cidade que será meu lar, pelo menos por alguns anos. Quando chegar lá, só vou embora depois que me formar. Mais uma transferência no meu histórico não vai ser nada bom, então preciso ficar em um lugar até acabar. E esse lugar será Nova York. É assustador, e minha mãe não vai ficar feliz com a mudança, mas a escolha não é dela. É minha, e finalmente estou tomando decisões com base apenas nas minhas necessidades e no meu futuro. Meu pai já vai ter terminado o programa de reabilitação quando eu estiver estabelecida e, se for possível, eu adoraria que ele fosse nos visitar.

Começo a entrar em pânico só de pensar na falta de planejamento para essa mudança, mas Landon vai me ajudar a resolver todos os detalhes: passamos os últimos dois dias nos inscrevendo em todas as bolsas que encontramos. Ken escreveu e enviou uma carta de recomendação, e Karen tem me ajudado a procurar empregos de meio período. Sophia também esteve conosco todos os dias, dando dicas sobre os lugares mais interessantes e me alertando quanto aos riscos de viver em uma cidade tão grande. Ela foi gentil e se ofereceu para conversar com seu chefe para que ele me ajudasse a encontrar um emprego de atendente no restaurante onde vai trabalhar.

Ken, Karen e Landon me aconselharam a me transferir para a nova unidade da Vance Publishing que será aberta em Nova York nos próximos meses. Viver em Nova York sem renda não é uma opção, mas é igualmente impossível conseguir um estágio remunerado sem me formar antes. Ainda não conversei com Kimberly sobre minha mudança, mas ela está passando por uma série de coisas no momento e acabou de voltar de Londres. Mal falei com ela, só trocamos algumas mensagens de texto, mas ela prometeu que vai me ligar assim que tudo se acalmar.

Ao enfiar a chave na fechadura de nosso apartamento, percebo que uma raiva por este lugar tem crescido desde a última vez em que estive aqui, e custo a acreditar que já adorei estar aqui.

Ao entrar, vejo que a luz da sala de estar está acesa; é bem típico dele deixar a luz acesa antes de partir para uma viagem internacional.

Acho que faz só uma semana. O tempo é enganador quando estamos no inferno.

Vou diretamente ao quarto, aos armários, para pegar a pasta que vim buscar. Não tenho por que demorar mais do que o necessário. A pasta de papel pardo não está na estante onde me lembro de tê-la deixado, então começo a vasculhar pilhas do trabalho de Hardin. Ele provavelmente enfiou a pasta no armário enquanto tentava limpar o quarto bagunçado.

Aquela velha caixa de sapatos ainda está na estante, e minha curiosidade me domina. Eu a apanho e me sento com as pernas cruzadas no chão. Levanto a tampa e a ponho de lado. A caixa está cheia de páginas e mais páginas com a letra dele em linhas aleatórias, cobrindo a parte da frente e de trás das folhas. Percebo que algumas são impressas, e escolho uma para ler.

Você rasga minha alma. Sou meio dor, meio esperança. Não me diga que é tarde demais, que tais sentimentos preciosos acabaram para sempre. Eu me ofereço a você de novo com um coração ainda mais seu do que quando você quase o partiu, oito anos e meio atrás. Não ouse dizer que o homem esquece mais depressa que a mulher, que esse amor tem morte precoce. Não amei ninguém além de você.

Imediatamente reconheço as palavras de Austen. Leio algumas páginas, reconhecendo frases e mais frases, mentiras e mais mentiras, então pego uma das páginas escritas à mão.

Aquele dia, o dia cinco, foi quando o peso apareceu em meu peito. Um lembrete constante do que fiz, e que provavelmente perdi. Eu deveria ter ligado para ela naquele dia, enquanto olhava suas fotos. Ela olhava as minhas? Ela tem só uma até hoje, e ironicamente eu me peguei arrependido por não ter deixado que tirasse mais. O quinto dia foi quando joguei meu telefone contra a parede na esperança de destruí-lo, mas só consegui rachar a tela. O quinto dia foi quando desejei desesperadamente que ela me ligasse. Se ela me ligasse, tudo ficaria bem, tudo entraria nos eixos. Nós dois pediríamos desculpa e eu iria para casa.

Enquanto eu lia o parágrafo pela segunda vez, meus olhos ameaçaram jorrar lágrimas.

Por que estou me torturando lendo isso? Ele deve ter escrito isso há muito tempo, depois de voltar de Londres na última vez. Já mudou totalmente de ideia e não quer nada comigo, e finalmente aceito isso. Tenho que aceitar. Vou ler mais um parágrafo e depois tampar a caixa, só mais um, eu prometo a mim mesma.

No sexto dia, acordei com olhos inchados e vermelhos. Não acreditava na maneira como perdi a cabeça na noite anterior. O peso no meu peito havia aumentado muito e eu nem conseguia enxergar direito. Por que sou tão problemático? Por que continuei a tratá-la como se fosse merda? Ela é a primeira pessoa que conseguiu me ver por dentro, quem eu sou de verdade, e eu a tratei muito mal. Eu a culpei por tudo quando, na verdade, era eu. Sempre fui eu. Mesmo quando não estava fazendo nada de errado, eu estava errado. Era grosseiro quando ela tentava conversar comigo, gritava com ela quando me repreendia pelas bobagens que eu fazia, e menti para ela várias vezes. Ela me perdoou por tudo, sempre. Sempre pude contar com isso e talvez por isso eu a tratava daquele jeito, por saber que podia. Amassei meu telefone com um pisão no sexto dia.

Pronto. Não posso ler mais sem acabar com as forças que reuni desde que saí de Londres. Jogo as folhas de volta dentro da caixa e fecho a tampa. Lágrimas indesejadas rolam dos meus olhos traidores, e preciso sair daqui depressa. Prefiro ligar para a administração e conseguir reimpressões de todo meu histórico acadêmico do que passar mais um minuto neste apartamento.

Deixo a caixa de sapato no chão do armário e atravesso o corredor até o banheiro para ver como está minha maquiagem antes de descer e encarar Landon. Ao abrir a porta, eu acendo a luz e grito de susto quando meu pé bate em algo.

Alguém...

Meu sangue gela, e eu tento me concentrar no corpo no chão do banheiro. Isso não está acontecendo.

Por favor, Deus, não permita que seja...

E quando meus olhos se focam, metade da minha prece é atendida. Não é o cara que me abandonou que está deitado no chão aos meus pés. É o meu pai, com uma agulha enfiada no braço, o rosto pálido. O que quer dizer que metade dos meus pesadelos se tornou realidade.

20

HARDIN

Os óculos do médico gorducho estavam pendurados na ponta de seu nariz, e eu praticamente sinto o cheiro do preconceito que emana dele. Acho que ainda está puto porque me descontrolei quando ele perguntou: "Tem certeza de que bateu numa parede?", pela décima vez. Sei o que ele está pensando, e ele pode ir se foder.

"Você tem uma fratura no metacarpo", anuncia ele.

"Dá pra falar na minha língua, por favor?" murmuro. Eu me acalmei quase totalmente, mas ainda estou meio irritado com as perguntas e os olhares dele. Como trabalha na clínica mais movimentada de Londres, certamente já viu coisas piores do que eu, mas continua me olhando feio sempre que pode.

"Que-bra-da", ele diz com a voz lenta. "Sua mão está quebrada, e você vai ter que usar um gesso por algumas semanas. Vou passar um remédio para ajudar a aliviar a dor, mas você vai ter que esperar até que os ossos cicatrizem."

Não sei o que é mais risível: a ideia de usar um gesso ou o fato de ele achar que eu preciso de ajuda com a dor. Não existe nada que nenhum médico possa me dar que me ajude com essa dor. A menos que me prescrevam uma certa loira generosa de olhos cinza-azulados, eles não podem fazer nada por mim.

Uma hora depois, minha mão e meu pulso estão cobertos por um gesso denso. Tentei não rir na cara do sujeito quando ele perguntou a cor de gesso que eu queria. Eu me lembrei de que, quando era pequeno, queria ter um gesso para que todos os meus amigos pudessem assinar seus nomes e fazer desenhos idiotas nele; pena que não tinha amigo nenhum até conhecer Mark e James.

Os dois estão muito diferentes do que eram na adolescência. Quer dizer, Mark continua sendo um merda, só está com o cérebro queimado de tanto usar drogas. Nada vai reverter isso. Mas algumas mudanças nos dois são bem evidentes. James está apaixonado por uma estudante de medicina, algo que eu nunca teria esperado que acontecesse. Mark ainda é louco, ainda vive num mundo inconsequente, mas está mais tranquilo agora, mais relaxado, mais confortável vivendo como está. Em algum momento nos últimos três anos, os dois perderam a carapaça que costumava revesti-los como um cobertor. Não, como um escudo. Não sei o que causou essa mudança, mas, dada minha *situação* no momento, não estou gostando disso. Eu esperava encontrar os mesmos idiotas de três anos atrás, mas aqueles caras não existem mais.

Sim, eles continuam usando mais drogas do que é humanamente possível, mas não são os mesmos delinquentes maliciosos que deixei quando saí de Londres há alguns anos.

"É só passar na farmácia e pronto." O médico faz um aceno rápido para mim e me deixa sozinho no consultório.

"Puta merda." Bato na superfície dura da merda do gesso. Que bosta. Vou conseguir dirigir? Escrever?

Porra, eu não preciso escrever nada, mesmo. Essa merda precisa acabar agora; já durou muito tempo, e minha mente sóbria não para de me atrapalhar, trazendo lembranças e pensamentos quando estou abalado demais para mantê-los distantes.

O carma não para de me foder e, fazendo jus à sua reputação de ser implacável, continua a rir da minha cara quando pego meu telefone do bolso e vejo o número de Landon na tela. Ignoro a chamada e enfio o aparelho de novo no bolso da calça.

Que merda que eu fiz.

21

TESSA

"Por quanto tempo ela vai ficar assim?", pergunta Landon a alguém em algum lugar. Todo mundo está agindo como se eu não ouvisse, como se nem estivesse presente, mas não me importo. Não quero estar aqui, e é boa essa sensação de me sentir invisível.

"Não sei. Ela está em choque, querido." Ouço a voz doce de Karen respondendo ao filho.

Choque? Não estou em choque.

"Eu deveria ter entrado com ela!", Landon diz com a voz embargada.

Se eu pudesse desviar os olhos da parede cor de creme da sala de estar dos Scott, sei que o veria nos braços da mãe.

"Ela ficou lá em cima com o corpo dele por quase uma hora. Pensei que estivesse só pegando as coisas, e talvez se despedindo do apartamento, sei lá, mas eu a deixei lá em cima com o cadáver dele por uma hora!"

Landon está chorando muito, e eu deveria confortá-lo. Sei que deveria, e confortaria se conseguisse.

"Ah, Landon." Karen também está chorando.

Todo mundo, menos eu, parece estar chorando. O que há de errado comigo?

"Não é sua culpa. Você não teria como saber que ele estava lá; não tinha como saber que ele havia saído da reabilitação."

Em algum momento durante os sussurros e as tentativas de me tirar do lugar que estou ocupando no chão, o sol se põe, e as tentativas se tornam menos frequentes, até pararem totalmente, e sou deixada na sala de estar enorme com os joelhos encolhidos contra o peito e os olhos grudados na parede.

Pelas vozes e pedidos sussurrados dos paramédicos e dos policiais, soube que meu pai na verdade já estava morto. Eu percebi isso quando o vi, quando o toquei, mas eles confirmaram. Tornaram o fato oficial. Ele morreu por suas próprias mãos, por ter enfiado uma agulha na veia. Os papelotes de heroína encontrados no bolso de sua calça jeans indicavam sua intenção para o fim de semana. Seu rosto estava tão pálido que a imagem que ficou marcada em minha mente me lembra mais uma máscara do que um rosto humano. Ele estava sozinho no apartamento quando aconteceu, e já tinha morrido fazia horas quando encontrei seu corpo. Sua vida se esvaiu quando a heroína saiu da seringa, tornando aquele inferno disfarçado de apartamento ainda pior.

É isso o que aquele lugar é — desde o momento em que entrei nele. Estantes e uma parede de tijolos aparentes escondiam o demônio ali, ocultando o lugar amaldiçoado com detalhes bonitos, mascarando um mal a que todos os demônios de minha vida se voltam, aquele maldito apartamento. Se eu nunca tivesse entrado ali, ainda teria tudo.

Teria minha virtude; não a teria entregado a um homem que nunca me amaria o suficiente para ficar do meu lado.

Ainda teria a minha mãe; ela não é muito, mas é a única família que tenho agora.

Ainda teria um lugar para morar, e nunca teria reencontrado meu pai só para encontrar seu corpo sem vida no chão do banheiro dois meses depois.

Tenho consciência das trevas para onde meus pensamentos estão me arrastando, mas não tenho forças para lutar. Tenho lutado por algo, pelo que pensei ser tudo, por tempo demais, e simplesmente não consigo mais.

"Ela dormiu um pouco?" A voz de Ken está baixa e cuidadosa. O sol já nasceu, e não consigo encontrar a resposta para a pergunta de Ken. Eu *dormi*? Não me lembro de ter adormecido nem de ter levantado, mas não parece possível que uma noite toda tenha se passado enquanto só fiquei olhando para essa parede vazia.

"Não sei, ela não se mexeu muito desde ontem à noite." A tristeza na voz do meu melhor amigo é profunda e dolorosa.

"A mãe dela ligou de novo há uma hora. Alguma notícia do Hardin?"

Esse nome dito por Ken teria me matado... se eu já não estivesse morta.

"Não, ele não atende, e eu liguei para o número que você me deu para falar com Trish, mas ela também não atendeu. Acho que eles ainda estão em lua de mel. Não sei o que fazer, ela está tão..."

"Eu sei", Ken suspira. "Ela só precisa de tempo; aquilo deve ter sido traumatizante. Ainda estou tentando descobrir o que aconteceu e por que não fui informado de que ele saiu da clínica. Dei ordens claras a eles, além de uma boa grana, para que me ligassem se acontecesse alguma coisa."

Quero pedir a Ken e a Landon que parem de se culpar pelos erros de meu pai. Se tem algum culpado, sou eu. Eu nunca deveria ter ido para Londres. Deveria ter ficado de olho nele. Mas eu estava do outro lado do mundo lidando com outra perda, enquanto Richard Young lutava e perdia a guerra contra seus próprios demônios, totalmente sozinho.

A voz de Karen me desperta, ou me tira do transe. Ou o que quer que seja.

"Tessa, por favor, tome um pouco de água. Já faz dois dias, querida. Sua mãe está vindo buscar você, linda. Espero que não tenha problema", diz a pessoa que mais considero como uma mãe de verdade, tentando falar comigo.

Tento concordar, mas meu corpo não responde. Não sei o que há de errado comigo, mas estou gritando por dentro e ninguém consegue me ouvir.

Talvez eu esteja em choque mesmo. Mas o choque não é um lugar ruim. Gostaria de ficar aqui o máximo que pudesse. Dói menos.

22

HARDIN

O apartamento está cheio de novo, e estou preparando meu segundo drinque e o primeiro baseado. O ardor constante do destilado na boca e da fumaça nos pulmões está começando a me incomodar. Se estar sóbrio não doesse tanto, eu não tocaria nessas merdas de novo.

"Faz dois dias, e essa bosta já está coçando." Reclamo a quem quiser ouvir.

"É um saco, cara, mas da próxima vez é só não abrir buracos na parede, beleza?" Mark dá um sorrisinho.

"Ah, mas ele vai abrir", James e Janine dizem ao mesmo tempo.

Janine estende a mão para mim. "Me dá mais um comprimido para a dor." A maldita viciada já devorou metade do frasco em menos de dois dias. Não que eu me importe — não estou tomando o remédio, e com certeza não estou nem aí para o que ela enfia no corpo. No começo, pensei que os comprimidos me ajudariam, me deixariam mais doido do que o negócio que James me deu, mas não é o caso. Eles me deixam cansado, e quando me canso durmo, o que leva a pesadelos, nos quais ela sempre aparece.

Reviro os olhos e fico de pé. "Vou dar logo a merda do pote todo." Caminho até o quarto de Mark para pegar os comprimidos debaixo da minha pilha de roupas. Já faz quase uma semana, e só troquei de roupa uma vez. Antes de ela sair, Carla, a menina irritante com complexo de salvadora, costurou uns remendos pretos horrorosos em cima dos furos da minha calça jeans. Eu a teria xingado demais se James não fosse acabar comigo por fazer isso.

"Alô, Hardin Scott! Telefone!", a voz estridente de Janine ecoa da sala de estar.

Merda! Deixei meu celular na mesa da sala de estar.

Não respondo na hora, e ouço Janine dizer de modo sarcástico:

"O sr. Scott está ocupado no momento. Quem gostaria?"

"Me dá esse telefone, *agora*", digo, voltando para a sala de estar e jogando os comprimidos para que ela os pegue. Tento permanecer calmo quando ela mostra o dedo do meio para mim e continua falando, deixando o frasco cair no chão. Estou me cansando da babaquice dela.

"Oooh, Landon me parece um nome bem sensual, e você é americano. Adoro homens americanos..."

Sem paciência, pego o aparelho da mão dela e o pressiono contra a minha orelha.

"O que você quer, Landon, porra? Não acha que se eu quisesse falar com você teria atendido da última vez que... sei lá, uma das trinta vezes que você me ligou?", grito.

"Quer saber, Hardin?" A voz dele está tão alta quanto a minha. "Vai se foder. Você é um merda egoísta, e eu deveria saber que não adiantaria nada ligar para você. Ela vai passar por isso sem você, como sempre tem que fazer."

Ele desliga.

Passar pelo quê? Que diabos ele está falando? E por acaso eu quero saber?

Quem estou querendo enganar? Claro que quero saber. Imediatamente, começo a ligar, passo por algumas pessoas e vou até o corredor vazio para ter um pouco de privacidade. O pânico cresce dentro de mim, e minha mente perturbada cria a pior situação possível. Quando Janine aparece no corredor, claramente para ouvir a conversa, vou até o carro alugado com o qual ainda estou.

"O que é?", ele atende.

"Do que você está falando? O que aconteceu?" *Ela está bem, certo? Tem que estar.* "Landon, me diz que ela está bem." Não tenho paciência para esperar até que ele fale.

"É o Richard. Ele morreu."

Entre todas as coisas que eu esperava ouvir, essa não era uma delas. Apesar do torpor, eu sinto. Sinto a pontada da perda dentro de mim, e detesto isso. Eu não deveria sentir nada, mal conhecia o viciado... o cara.

"Onde está a Tessa?" Foi por isso que Landon ligou tantas vezes. Não para me dar uma bronca por ter deixado Tessa, mas para me contar que o pai dela morreu.

"Ela está aqui em casa, mas a mãe dela está vindo buscá-la. Está em choque, acho; não fala nada desde que encontrou o corpo."

A última parte da frase me deixa desesperado.

"Como assim, caralho? Foi ela que encontrou?"

"Sim." A voz de Landon fica embargada e percebo que ele está chorando. Isso não me irrita como costuma irritar.

"Porra!" *Por que isso aconteceu? Como pôde ter acontecido com ela logo depois de eu a mandar embora?* "Onde ele estava, onde estava o corpo?"

"No seu apartamento. Ela foi lá para pegar o resto das coisas dela e deixar o seu carro."

É claro que mesmo depois de tudo, mesmo depois de como eu a tratei, ela ainda pensaria no meu carro.

Forço as palavras que quero e que não quero dizer: "Me deixa falar com ela." Quero ouvir sua voz, e cheguei ao fundo do poço, adormecendo as duas últimas noites ouvindo a voz robótica me lembrando de que ela mudou o número de telefone.

"Você não está me ouvindo, Hardin?", Landon diz, irritado. "Ela não disse nada nem se mexeu em dois dias, só levantou para ir ao banheiro, e nem tenho certeza disso. Eu não a vi se mexer. Não bebe nada, não come nada."

Toda a merda que eu estava tentando deixar para trás, ignorar, toma conta de mim e me puxa para baixo. Não me importam quais vão ser as repercussões, não me importa se o resto de sanidade que tenho desapareça; preciso falar com ela. Chego até o carro e entro, sabendo exatamente o que preciso fazer.

"Tenta colocar o telefone perto da orelha dela. Ouve o que estou dizendo e faz isso", digo a Landon e ligo o carro, implorando em silêncio para quem estiver ouvindo lá em cima para não ser parado no caminho para o aeroporto.

"Estou com medo de que ela piore ouvindo sua voz", Landon diz. Aumento o volume no máximo e coloco o telefone no console.

"Pelo amor de Deus, Landon!" Bato o gesso no volante. É bem difícil dirigir assim. "Encosta o telefone na orelha dela, *agora*, por favor." Tento manter a voz calma, apesar do ciclone que me toma por dentro e me revira.

"Tudo bem, mas não diga nada que possa chateá-la. Ela já passou por muita coisa."

"Não fala comigo como se a conhecesse melhor do que eu!" Minha raiva pelo meu "irmão sabe-tudo" chegou a novos patamares, e eu quase bato o carro enquanto grito com ele.

"Posso não conhecer, mas sabe o que eu sei? Sei que você é um baita idiota pelo que fez com ela dessa vez, seja o que for, e quer saber o que mais eu sei? Que se você não fosse tão egoísta estaria aqui, e ela não estaria no estado em que está agora", ele diz. "Ah, e mais uma coisa..."

"*Chega!*" Bato o gesso no volante de novo. "Encosta o telefone na orelha dela... você dar uma de babaca não vai ajudar em nada. *Passa a porra do telefone pra ela!*"

Depois do silêncio, ouço Landon falando com toda a gentileza. "Tessa? Está me ouvindo? Claro que está." Ele dá uma risadinha. Consigo perceber a dor em sua voz quando tenta fazer com que ela fale. "O Hardin está ao telefone, e ele..."

Uma voz contínua aparece, e me esforço para tentar ouvir. *O que é isso?* Durante os segundos seguintes, ela continua, baixa e assustadora, e preciso de bastante tempo para perceber que é a voz de Tessa repetindo a mesma palavra, sem parar.

"Não, não, não", ela diz, sem parar, bem rápido. "Não, não, não, não, não, não..."

O que restava do meu coração se despedaça num monte de cacos.

"Não, por favor, não!", ela chora do outro lado.

Ai, meu Deus.

"Tudo bem, tudo bem. Você não precisa falar com ele..."

A linha fica muda e eu volto a ligar, sabendo que ninguém vai atender.

23

TESSA

"Vou levantar você agora", a voz familiar que não ouço há muito tempo diz, tentando me confortar enquanto braços fortes me erguem do chão e me aninham como se eu fosse uma criança.

Encosto a cabeça no peito firme de Noah e fecho os olhos.

A voz de minha mãe também está aqui. Não a vejo, mas consigo ouvi-la: "Qual é o problema dela? Por que não está falando?".

"Ela só está em choque", Ken começa a dizer. "Vai acordar em breve..."

"Ora, o que eu posso fazer se nem falar ela fala?", minha mãe pergunta.

Noah, que sabe lidar com a aspereza da minha mãe de um jeito que ninguém mais sabe, responde com delicadeza: "Carol, ela encontrou o corpo do pai há poucos dias. Tenha paciência com ela".

Nunca na minha vida toda me senti tão aliviada por estar perto de Noah. Por mais que eu ame Landon, e por mais grata que seja a sua família neste momento, preciso ser levada dessa casa. Preciso de alguém como meu amigo mais antigo agora. Alguém que me conhecia *antes*.

Estou enlouquecendo, sei que estou. Minha mente não tem funcionado direito desde que meu pé chutou o corpo rígido e inerte do meu pai. Não consegui concatenar uma ideia desde que gritei o nome dele e o chacoalhei com tanta força que sua mandíbula se abriu e a agulha saiu de seu braço, caindo no chão com um tilintar que ainda ecoa dentro de minha mente. Um som tão simples. Um som horroroso.

Eu senti algo dentro de mim despertar quando a mão de meu pai se contraiu na minha, um espasmo muscular involuntário que ainda não sei se aconteceu ou se foi minha mente criando uma sensação falsa de esperança. Essa esperança desapareceu bem depressa quando cheguei seu pulso de novo, mas não senti nada, só fiquei olhando em seus olhos mortos.

O caminhar de Noah me embala enquanto atravessamos a casa.

"Vou ligar mais tarde para ver como ela está. Por favor atenda, para eu poder saber dela", Landon pede com delicadeza. Quero saber como Landon está; espero que não tenha visto o que vi, não consigo me lembrar. Sei que eu estava segurando a cabeça de meu pai, e acho que estava gritando, chorando ou as duas coisas, quando ouvi Landon entrar no apartamento. Eu me lembro de ele ter tentado me puxar para que eu largasse o homem que estava começando a conhecer, mas depois disso minha mente pula direto para quando a ambulância chegou e se apaga de novo, até o momento em que me vi sentada no chão na casa dos Scott.

"Pode deixar", Noah diz a ele, e eu ouço a porta de tela se abrir. Gotas frias de chuva caem em meu rosto, levando embora dias de lágrimas e sujeira.

"Está tudo bem. Vamos para casa agora; vai ficar tudo bem", Noah sussurra para mim, afastando com a mão os cabelos molhados pela chuva da minha testa. Mantenho os olhos fechados e encosto o rosto contra seu peito; a batida forte de seu coração me faz lembrar de quando eu pressionei a orelha no peito de meu pai e não ouvi batimento nenhum, nenhuma respiração.

"Está tudo bem", Noah diz de novo. É como nos velhos tempos, o fato de ele me salvar depois de os vícios de meu pai levarem ao inferno. Mas não há estufas para me esconder, não desta vez. Desta vez, só há escuridão e não há escapatória à vista.

"Vamos para casa agora", Noah repete ao me colocar dentro do carro.

Noah é uma pessoa doce e querida, mas ele não sabe que não tenho casa?

Os ponteiros do meu relógio se movem lentamente. Quanto mais olho para eles, mais brincam comigo, diminuindo a cada clique. Meu antigo quarto é muito grande — eu podia ter jurado que era um quarto pequeno, mas agora parece gigante. Será que é porque me sinto pequena? Eu me sinto leve agora, mais leve do que na última vez em que dormi nesta cama. Sinto que poderia flutuar para longe e ninguém notaria.

Meus pensamentos não estão normais, sei disso. Noah me diz isso sempre que tenta me fazer voltar à realidade. Ele está aqui agora; não saiu desde que me deitei nesta cama, só Deus sabe há quanto tempo.

"Você vai ficar bem, Tessa. *O tempo cura tudo*. Nosso pastor sempre dizia isso." Os olhos azuis de Noah estavam preocupados comigo. Balanço a cabeça, concordando, mas fico em silêncio e olho para o relógio que me provoca, pendurado na parede.

Noah enfia um garfo no prato de comida intocado há horas.

"Sua mãe vai vir trazer o jantar. Está tarde, e você ainda não tocou no seu almoço."

Olho para a janela, percebendo a escuridão do lado de fora. *Quando o sol desapareceu? E por que não me levou com ele?*

As mãos suaves de Noah seguram as minhas, e ele me pede para encará-lo.

"Dá algumas garfadas para ela deixar você descansar."

Pego o prato, pois não quero tornar as coisas mais difíceis para ele, sabendo que só está fazendo o que minha mãe manda. Levo o pão duro à boca e tento não engasgar com a carne borrachuda enquanto mastigo. Conto o tempo que leva para me forçar a comer cinco garfadas e engolir tudo com a água em temperatura ambiente que ficou no criado-mudo hoje cedo.

"Preciso fechar os olhos", digo a Noah quando ele tenta oferecer algumas uvas do prato. "Chega." Cuidadosamente, afasto o prato. Ver a comida está me dando ânsia de vômito. Eu me deito e encosto os joelhos no peito. Noah, sendo como é, me faz lembrar do dia em que nos metemos em apuros por jogar uvas um no outro durante a missa de domingo, quando tínhamos doze anos.

"Aquela foi a coisa mais rebelde que fizemos, acho", ele diz com uma risadinha.

O som que ele emite me faz dormir.

"Você não vai entrar lá. Era só o que faltava, você aparecer para causar agitação. Ela está dormindo pela primeira vez em dias." Ouço a voz de minha mãe vinda do corredor.

Com quem ela está falando? Não estou dormindo, estou? Eu me apoio nos cotovelos e o sangue sobe para a minha cabeça. Estou cansada, muito cansada. Noah está aqui, na minha cama de infância, comigo. Tudo parece muito familiar, a cama, os cabelos loiros arrepiados na cabeça de Noah. Eu me sinto diferente, desorientada e deslocada.

"Não estou aqui para fazer nada contra ela, Carol. Você já deveria saber disso."

"Seu..." Minha mãe tenta responder, mas é interrompida.

"E também deveria saber que não dou a mínima para o que você diz." A porta de meu quarto se abre, e a última pessoa que pensei que veria passa pela minha mãe irada.

O braço de Noah pesa sobre mim, me prende na cama. Ele aperta minha cintura enquanto dorme, e minha garganta arde quando vejo Hardin. Seus olhos verdes estão furiosos com o que vê. Atravessa o quarto e tira o braço de Noah de cima de mim à força.

"O que..." Noah acorda assustado e se levanta num pulo. Quando Hardin dá mais um passo na minha direção, eu rastejo sobre a cama e minhas costas batem na parede, com força. Com força suficiente para perder o fôlego, mas ainda assim tento me livrar dele. Dou uma tossida, e os olhos de Hardin ficam mais calmos.

Por que ele está aqui? Ele não pode estar aqui, eu não o quero aqui. Ele já me fez muito mal, e não pode simplesmente aparecer aqui do nada.

"Porra! Você está bem?" Seu braço tatuado se estende na minha direção, e faço a primeira coisa que me vem à mente: grito.

24

HARDIN

Os gritos dela tomam meus ouvidos, meu peito vazio, meus pulmões, até finalmente pousarem em algum lugar dentro de mim que eu não sabia que podia ser alcançado de novo. Um lugar ao qual só ela tem acesso, e sempre vai ter.

"O que você está fazendo aqui?" Noah se levanta e se movimenta entre mim e a cama pequena como um maldito cavaleiro designado a protegê-la... de mim?

Ela ainda está gritando; por que está gritando?

"Tessa, por favor..." Não tenho certeza do que estou pedindo, mas os gritos dela se transformam em tosse, e a tosse se transforma em soluços, e o soluços se transformam em sons de engasgo com os quais simplesmente não consigo lidar. Dou um passo cuidadoso em sua direção, e ela finalmente para e respira.

Seus olhos assombrados ainda estão sobre mim, abrindo um buraco dentro do meu corpo que só ela pode preencher.

"Tess, você quer que ele fique aqui?", Noah pergunta.

Estou me controlando muito para ignorar o fato de ele estar aqui, para começo de conversa, mas o cara está dificultando as coisas.

"Dá um pouco de água para ela!", grito para a mãe dela. Ela me ignora.

E então, inacreditavelmente, Tessa mexe a cabeça de um lado para o outro, me rejeitando.

Isso faz com que seu protetorzinho de araque levante a mão para mim e fique corajoso. "Ela não quer você aqui."

"Ela não sabe o que quer! Olha só para ela!" Levanto as mãos e imediatamente sinto as unhas pintadas de Carol se afundando no meu braço.

Ela está maluca se pensa que vou sair. Será que ainda não percebeu que não pode me manter longe de Tessa? Só eu posso me manter longe dela... Uma ideia bem idiota que não consigo manter.

Noah se aproxima de mim. "Ela não quer ver você, é melhor sair daqui."

Não estou nem aí se o cara parece ter crescido em altura e em massa muscular desde que o vi pela última vez. Ele não é nada para mim. Em breve, vai aprender por que as pessoas sequer tentam se colocar entre mim e Tessa. Sabem que não conseguem, e ele também vai descobrir.

"Não vou sair." Eu me viro para Tessa. Ela ainda está tossindo, e ninguém parece se importar. "Alguém pega um pouco de água para ela, porra!", grito no quarto pequeno, e o barulho ecoa de parede a parede.

Tessa geme e puxa os joelhos contra o peito.

Sei que ela está sofrendo, e sei que eu não deveria estar aqui, mas também sei que sua mãe e Noah nunca vão ser capazes de cuidar dela. Eu conheço Tessa melhor do que os dois juntos, e nunca a vi desse jeito, então com certeza nenhum deles vai saber o que fazer enquanto ela estiver nesse estado.

"Vou chamar a polícia se você não sair, Hardin", Carol me ameaça em voz baixa. "Não sei o que você fez dessa vez, mas já cansei, e você aqui não é bem-vindo. Nunca foi e nunca vai ser."

Eu ignoro os dois intrometidos e me sento na beira da cama que Tessa ocupava quando criança.

Para meu horror, ela se afasta de novo, desta vez apoiada sobre as mãos — até chegar à beirada e cair no chão. Eu me levanto em segundos para pegá-la, mas o som que ela emite quando minha pele toca a dela é pior ainda do que os gritos aterrorizantes de momentos atrás. Não sei bem o que fazer a princípio, mas depois de segundos sem fim ela grita por entre os lábios: "Sai de perto de mim!". Isso me rasga por dentro. Suas mãos pequenas batem em meu peito e arranham meus braços, tentando se livrar do meu toque. É difícil tentar confortá-la com esse gesso. Tenho medo de machucá-la, é a última coisa que quero.

Por mais que acabe comigo vê-la tão desesperada para se livrar de mim, fico feliz pra caralho por vê-la reagir. A Tessa calada era a pior e, em vez de gritar comigo, como está fazendo agora, a mão dela deveria me agradecer por eu tê-la tirado daquela fase de seu luto.

"Sai!", Tessa grita de novo, e Noah começa a protestar atrás de mim. As mãos de Tessa batem em meu gesso, e ela grita de novo. "Odeio você!"

Suas palavras me magoam, mas eu ainda estou abraçado a seu corpo.

A voz grossa de Noah surge em meio aos gritos de Tessa. "Você está piorando as coisas!"

Então ela se cala de novo... e faz a pior coisa que poderia ao meu coração. Suas mãos se livram de meu abraço — é muito mais difícil abraçá-la só com uma mão —, e ela estende os braços para Noah.

Tessa procura Noah para ajudá-la, porque não suporta me ver.

Eu a solto imediatamente, e ela corre para os braços dele. Noah passa um dos braços pela cintura dela, e o outro atrás do pescoço, puxando a cabeça dela para seu peito. A fúria briga com a razão, e estou me controlando o máximo que consigo para ficar calmo, mesmo com as mãos dele sobre ela. Se eu tocar nele, ela vai me odiar ainda mais. Se eu não disser nada, vou enlouquecer vendo isso.

Porra... por que eu vim aqui, para começo de conversa? Eu deveria ter ficado longe, como planejado. Agora que estou aqui, não consigo forçar meus pés a sair deste maldito quarto, e seus gritos apenas aumentam minha necessidade de mantê-la por perto. Admitir a derrota não ajuda em nada, e isso está me deixando maluco.

"Tira ele daqui", Tessa chora com o rosto no peito de Noah.

A forte dor da rejeição toma conta de mim, e me deixa imóvel por alguns segundos. Noah se vira para mim, implorando silenciosamente da maneira mais civilizada possível que eu saia do quarto. Odeio saber que ele se tornou o conforto dela; uma de minhas maiores inseguranças me atinge, mas não posso pensar nisso. Tenho que pensar nela. Só no que é melhor para ela. Eu me afasto de modo desajeitado, ando em direção à porta e me atrapalho com a maçaneta. Quando saio, eu me recosto na porta e respiro. Como a nossa vida juntos decaiu tanto em tão pouco tempo?

Vou para a cozinha de Carol e encho um copo com água. É estranho, já que só posso usar uma das mãos e demoro ainda mais para encher o copo e fechar a torneira. Enquanto isso, a mulher chata está atrás de mim, me irritando.

Eu me viro para encará-la, esperando que me diga que chamou a polícia. Ela só fica me olhando, e eu digo: "Não me importo com as coisas triviais agora. Pode chamar a polícia ou fazer o que quiser, mas não vou sair desta merda de cidade enquanto ela não conversar comigo".

Tomo um gole do copo e atravesso a pequena mas imaculada cozinha para ficar na frente dela.

A voz de Carol é dura. "Como você chegou aqui? Estava em Londres."

"Em uma coisa chamada avião."

Ela revira os olhos. "Só porque você atravessa o mundo e aparece aqui antes de o sol nascer não quer dizer que tem lugar ao lado dela", ela diz, irada. "Ela deixou isso claro. Por que não a deixa em paz? Você só está piorando as coisas, e eu não vou permitir isso."

"Não preciso de sua aprovação."

"Ela não precisa de você", Carol rebate, pegando o copo de minha mão como se fosse uma arma carregada. Ela o bate em cima do balcão e olha nos meus olhos.

"Sei que você não gosta de mim, mas eu a amo. Cometi erros... muitos erros, demais... Mas, Carol, se você acha que vou deixá-la aqui depois de ela ter visto o que viu, de ter passado pelo que passou, então você é mais maluca do que pensei." Pego o copo de novo só para irritá-la e tomo mais um gole.

"Ela vai ficar bem", Carol afirma com frieza. Ela faz uma pausa, e algo dentro dela parece doer. "As pessoas morrem, ela vai superar isso!"

Ela diz isso bem alto. Alto demais; espero que Tessa não tenha ouvido o comentário frio da mãe.

"Está falando sério? Ela é a sua *filha*, porra, e ele foi seu marido..." Hesito um pouco, lembrando que os dois não eram legalmente casados. "Ela está sofrendo, e você está sendo uma megera sem coração, e é exatamente por isso que não vou deixá-la aqui. O Landon não deveria ter deixado você tirá-la de lá!"

Carol inclina a cabeça para trás, indignada. "*Deixado?* Ela é minha filha."

O copo na minha mão treme e a água cai pela lateral, no chão. "Então que tal agir como uma mãe e tentar dar apoio para ela!"

"Dar apoio? E quem está me apoiando?" Sua voz sem emoção fica embargada e, chocado, vejo a mulher que eu tinha certeza de que era feita de pedra se encolher e se recostar no balcão para não cair no chão. Lágrimas rolam pelo seu rosto, que está com uma maquiagem pesada, apesar de ser só cinco da manhã. "Não vi aquele homem durante anos...

Ele nos abandonou! Ele me deixou depois de prometer muitas vezes que me daria uma boa vida!" Ela passa as mãos pelo balcão, derrubando potes com talheres no chão. "Ele mentiu... ele mentiu para mim, e deixou a Tessa e acabou com a minha vida inteira! Nunca mais consegui olhar para outro homem depois de Richard Young, e ele nos deixou!", ela grita.

Quando segura meus ombros e encosta a cabeça em meu peito, chorando e gritando, por um instante ela se parece muito com a garota que eu amo, e por isso não consigo afastá-la. Sem saber o que fazer, eu a abraço e permaneço em silêncio.

"Eu desejei isso... desejei que ele morresse", ela admite em meio às lágrimas, e consigo ouvir a vergonha em sua voz. "Eu costumava esperar por ele, dizendo para mim mesma que voltaria para nós. Durante anos eu fiz isso, mas agora ele morreu e não posso mais nem fingir."

Ficamos desse jeito por muito tempo, ela chorando em meu peito, dizendo de diversas maneiras que odeia a si mesma por estar feliz por ele estar morto. Não consigo dizer nada para confortá-la, mas pela primeira vez desde que a conheci consigo ver a mulher despedaçada por trás da máscara.

25

TESSA

Depois de passar alguns minutos sentado comigo, Noah se levanta, se espreguiça e diz: "Vou pegar alguma coisa para você beber. E precisa comer também".

Seguro sua camisa com força, e balanço a cabeça para recusar, implorando para que não me deixe sozinha.

Ele suspira. "Você vai ficar doente se não comer alguma coisa logo", ele diz, mas eu sei que venci a batalha. Noah nunca soube se impor.

A última coisa que quero é ter que comer ou beber. Só quero uma coisa: que *ele* saia e nunca mais volte.

"Acho que sua mãe está dando uma bronca no Hardin." Noah tenta sorrir, mas não consegue.

Ouço os gritos dela, e algo vai ao chão, mas eu me recuso a permitir que Noah me deixe sozinha no quarto. Se eu ficar sozinha, ele vai entrar. É o que ele faz, dá o bote nas pessoas quando estão em seu momento mais vulnerável. Principalmente eu, que tenho sido fraca desde o dia em que o conheci. Deito a cabeça no travesseiro e bloqueio tudo — minha mãe gritando, a voz grave e com sotaque gritando de volta, e até os sussurros reconfortantes de Noah no meu ouvido. Fecho os olhos e fico entre os pesadelos e a realidade, tentando decidir o que é pior.

Quando acordo de novo, o sol está entrando pelas cortinas finas das janelas. Minha cabeça lateja, minha boca está seca e estou sozinha no quarto. Os tênis de Noah estão no chão e, depois de um momento de confusão e tranquilidade, o peso das últimas vinte horas tira meu fôlego. Eu escondo o rosto com as mãos.

Ele esteve aqui. Ele esteve aqui, mas Noah e minha mãe ajudaram...

"Tessa", ele diz, afastando meus pensamentos, e me sobressalto.

Quero fingir que é um fantasma, mas sei que não é. Consigo sentir sua presença aqui. Eu me recuso a olhar para ele quando percebo que está entrando no quarto. *Por que ele está aqui? Por que acha que pode me largar e voltar quando é conveniente?* Isso não vai mais acontecer. Já perdi Hardin e meu pai, não preciso que a perda seja esfregada na minha cara agora.

"Fora daqui", eu digo. O sol desaparece, escondendo-se atrás das nuvens. Nem o sol quer ficar perto dele.

Quando sinto o colchão se afundar sob seu peso, eu me mantenho firme e tento esconder o arrepio que domina meu corpo.

"Toma um pouco de água." Um copo frio é pressionado contra minha mão, mas eu dou um tapa nele. Nem pisco quando escuto o barulho do vidro no chão. "Tessa, olha para mim." Então ele me toca. Seu toque gelado é quase desconhecido, e eu me retraio.

Por mais que eu queira me deitar no colo dele e deixar que ele me conforte, não faço isso. Não vou fazer isso nunca mais. Mesmo com minha mente estando como está agora, sei que nunca mais vou permitir que ele tenha acesso a mim. Não posso, não vou.

"Toma." Hardin me entrega outro copo de água, do criado-mudo, e esse não está tão frio.

Por instinto, eu o pego. Não sei por que, mas o nome dele ecoa em minha mente. Não queria ouvir seu nome, não na minha cabeça, o único lugar onde me protejo dele.

"Você vai beber um pouco de água", ele exige em voz baixa.

Eu permaneço calada quando ele leva o copo a meus lábios. Não tenho energia para recusar só por capricho, e estou morrendo de sede. Bebo o copo todo em segundos, sem desviar os olhos da parede.

"Sei que está brava comigo, mas só quero ficar aqui com você", ele mente.

Tudo o que ele diz é mentira — sempre foi, sempre será. Fico em silêncio, e um rosnado baixo saindo de minha garganta é minha única resposta ao que ele diz.

"O jeito como você reagiu quando me viu ontem à noite...", ele começa. Consigo sentir seus olhos em mim, mas me recuso a olhar para ele. "O jeito como você gritou... Tessa, nunca senti uma dor como aquela..."

"Para", digo. Minha voz não parece minha, e começo a me perguntar se estou acordada mesmo ou se é só outro pesadelo.

"Só quero ter certeza que você não tem medo de mim. Não tem, certo?"

"Não tem nada a ver com *você*", respondo. E é verdade, totalmente verdade.

Ele tentou fazer com que tudo isso gire em torno de si mesmo, de sua dor, mas tem a ver com a morte de meu pai e com o fato de eu não aguentar mais sofrer.

"Porra." Ele suspira, e sei que está passando as mãos pelos cabelos. "Sei que não. Não foi o que eu quis dizer. Estou preocupado com você."

Fecho os olhos e ouço o trovão à distância. *Ele está preocupado comigo?* Se estivesse, talvez não devesse ter me mandado de volta para os Estados Unidos sozinha. Eu me arrependo de ter vindo para casa; gostaria que algo tivesse acontecido comigo na viagem de volta — para que *ele* me perdesse.

Mas provavelmente ele não se importaria. Estaria ocupado demais se drogando. Nem sequer notaria.

"Você não está normal, linda."

Começo a tremer ao ouvir o que ele diz.

"Você precisa falar sobre isso, sobre o que aconteceu com o seu pai. Assim você vai se sentir melhor." A voz dele está alta demais, e a chuva está batendo no telhado velho. Eu gostaria de me entregar à tempestade para que ela me levasse embora.

Quem é essa pessoa sentada comigo aqui? Eu é que não conheço, de jeito nenhum, e ele não sabe o que está falando. Eu deveria falar sobre meu pai? Quem diabos é ele para se sentar aqui e agir como alguém que se importa comigo, como se pudesse me ajudar? Não preciso de ajuda. Preciso de silêncio.

"Não quero você aqui."

"Quer, sim. Só está brava comigo agora porque eu agi como um escroto e estraguei tudo."

A dor que eu deveria sentir não está aqui, nada está. Nem mesmo quando minha mente é tomada por imagens da mão dele na minha coxa dentro do carro, seus lábios contra os meus, meus dedos passando por seus cabelos. Nada.

Não sinto nada quando as lembranças boas são substituídas pelas de socos na parede e daquela mulher usando a camiseta dele. Ele dormiu com ela dias atrás. Nada. Não sinto nada, e é ótimo não sentir nada, finalmente ter controle sobre minhas emoções. Estou percebendo, enquanto olho para a parede, que não tenho que sentir nada que não queira. Não tenho que me lembrar de nada que não queira. Posso me esquecer de tudo e não permitir que as lembranças me derrubem de novo.

"Não estou." Não esclareço minhas palavras, e ele tenta me tocar mais uma vez. Não me mexo. Mordo a boca por dentro, querendo gritar de novo, mas não quero dar a ele essa satisfação. A calma que toma conta de mim quando sinto os dedos dele nos meus prova como estou fraca, logo depois de estar num estado de perfeito entorpecimento.

"Sinto muito pelo Richard. Sei como..."

"Não." Recolho minha mão. "Não, você não vai fazer isso. Você não pode fingir que está aqui para me ajudar, sendo que é quem mais me machuca. É a última vez que vou dizer." Sei que minha voz está calma — estou ouvindo e sei que é inconvincente e vazia como me sinto por dentro. "Fora daqui."

Minha garganta dói por falar tanto; não quero mais falar. Só quero que ele vá embora, quero ficar sozinha. Eu me concentro na parede de novo, sem permitir que minha mente me assombre com imagens do cadáver do meu pai. Tudo está me perturbando, prejudicando minha mente e ameaçando tirar o restinho de razão que ainda existe em mim. Estou sofrendo por duas mortes no momento, e isso está acabando comigo.

A dor não é nada gentil nesse aspecto; a dor quer o corpo todo, milímetro por milímetro. Ela não sossega enquanto não deixa a pessoa vazia, uma casca sem nada dentro. A facada da traição e da rejeição dói, mas não se compara à dor de estar vazia. Nada dói mais do que não sentir dor, e o fato de isso não fazer sentido e ao mesmo tempo fazer me convence de que estou enlouquecendo.

E estou conformada.

"Quer que eu pegue alguma coisa para você comer?"

Será que ele não me ouviu? Ele não entende que não o quero aqui? É impossível pensar que ele não consegue ouvir o caos dentro da minha mente.

"Tessa", ele insiste em obter uma resposta. Preciso que ele saia de perto de mim. Não quero olhar nesses olhos, não quero mais ouvir promessas que serão quebradas quando ele começar a deixar o ódio que sente por si mesmo tomar conta dele mais uma vez.

Minha garganta arde, está doendo, mas eu grito para chamar a pessoa que se importa comigo de verdade: "Noah!".

Assim que grito, ele entra pela porta, parecendo determinado a ser a força da natureza que finalmente vai tirar Hardin do meu quarto, da minha vida. Noah fica parado na minha frente e olha para Hardin, para quem eu finalmente lanço um olhar.

"Eu falei que, se ela me chamasse, você sairia."

Passando de calmo a irado no mesmo momento, os gritos de Hardin se dirigem a Noah, e sei que ele está se esforçando para controlar a raiva.

Tem uma coisa na mão dele... um gesso? Olho de novo, e é mesmo um gesso preto cobrindo sua mão e seu pulso.

"Vamos esclarecer uma coisa", Hardin diz quando fica de pé e olha para Noah. "Estou tentando não chateá-la, e é só por isso que não quebrei a porra do seu pescoço ainda. Melhor não me irritar."

Na minha mente perturbada e caótica, vejo a cabeça do meu pai caindo para trás, com a boca aberta. Só quero silêncio. Quero silêncio nos meus ouvidos, e preciso de silêncio na minha mente.

Começo a sentir ânsia de vômito à medida que a imagem se multiplica enquanto as vozes se tornam mais altas, mais furiosas, e meu corpo me implora para soltar tudo, para tirar tudo de meu estômago. O problema é que não tem nada dentro dele além de água, então a acidez queima minha garganta quando vomito em cima de meu velho edredom.

"Porra!", Hardin exclama. "Sai daqui, cacete!" Ele empurra Noah pelo peito com uma das mãos, e Noah tomba para trás, segurando-se no batente da porta.

"Sai você! Ninguém quer você aqui!", Noah responde e parte para cima de Hardin, empurrando-o.

Nenhum dos dois percebe quando fico de pé e limpo o vômito dos lábios com uma manga. Como eles só conseguem ver a raiva e a infinita "lealdade" a mim, eu saio do quarto, atravesso o corredor e saio pela porta sem que nenhum dos dois perceba.

26

HARDIN

"Vai se foder!" Bato o gesso na cara de Noah, e ele dá um pulo para trás, cuspindo sangue.

Mas isso não o detém. Ele volta a me atacar e me derruba no chão. "Seu filho da puta!", ele grita.

Rolo para cima dele. Se eu não parar agora, Tessa vai me odiar ainda mais. Não suporto esse imbecil, mas ela gosta dele, e se eu causar algum dano mais grave ela nunca vai me perdoar. Consigo me levantar e abro uma certa distância entre mim e esse trouxa que acabou de começar a colocar as manguinhas de fora.

"Tessa...", eu digo e me viro para a cama, mas me assusto ao ver que ela não está lá. Uma mancha de vômito é a única evidência de que ela esteve aqui.

Sem olhar para Noah, parto pelo corredor, gritando o nome dela. *Como eu pude ser tão idiota? Quando vou parar de ser tão doente?*

"Onde ela está?", Noah pergunta atrás de mim, me seguindo como um cachorrinho perdido.

Carol ainda está dormindo no sofá. Ela não se mexeu e não saiu do lugar onde a deixei ontem à noite, quando dormiu em meus braços. A mulher pode me deixar puto da vida, mas não consegui me recusar a consolá-la quando precisou.

Para meu horror, a porta de tela está aberta e balançando de um lado a outro com o vento da tempestade. Há dois carros na frente da casa: o de Noah e o de Carol. A corrida de táxi de cem dólares que eu peguei até aqui vindo do aeroporto valeu o tempo que teria gastado indo à casa de Ken para pegar meu carro. Pelo menos Tessa não tentou ir para nenhum lugar dirigindo.

"Os sapatos dela estão aqui." Noah pega um dos sapatos de Tessa e o joga de novo no chão.

Seu queixo está sangrando, e os olhos azuis estão arregalados, tomados de preocupação. Tessa está andando sozinha no meio de uma baita tempestade porque eu deixei a bosta do meu ego dominar a situação.

Noah desaparece por um momento enquanto eu observo a paisagem do lado de fora, tentando ver minha menina. Quando Noah volta depois de procurar no quarto de novo, está segurando a bolsa dela. Ela está sem sapatos, sem dinheiro e sem telefone. Não pode ter ido longe — brigamos só por um minuto, no máximo. Como eu pude deixar minha impaciência me distrair?

"Vou pegar meu carro para dar a volta no quarteirão", Noah diz, pegando as chaves do bolso da calça jeans e saindo pela porta.

Ele tem a vantagem aqui. Cresceu nesta rua, conhece o lugar e eu não. Olho na sala de estar e então caminho até a cozinha. Olho pela janela e percebo que eu tenho a vantagem, não ele. Fico surpreso por ele não ter pensado nisso. Pode conhecer a cidade, mas eu conheço Tessa, e sei exatamente onde ela está.

A chuva ainda está caindo pesada, uma cascata implacável enquanto desço os degraus do quintal com um passo só e atravesso a grama até a estufa no canto, escondida entre árvores ao vento. A porta de metal está entreaberta, provando que meus instintos estão certos.

Encontro Tessa encolhida no chão, com terra cobrindo sua calça jeans e os pés descalços cheios de lama. Ela dobrou as pernas contra o peito, e as mãos trêmulas estão tapando as orelhas. É uma visão de cortar o coração, ver minha garota forte tão frágil. Vasos e mais vasos cheios de terra ocupam a estufa horrorosa; está claro que ninguém entrou aqui desde que Tessa saiu de casa. Há algumas rachaduras no teto, e a chuva escorre em pontos aleatórios pelo pequeno espaço.

Não digo nada, mas não quero assustá-la, e espero que ela ouça meus passos na lama que se espalha pelo chão. Quando olho para baixo de novo, vejo que não existe piso nenhum. Isso explica a lama. Tirando as mãos dela das orelhas, eu me inclino para forçá-la a olhar para mim. Ela se afasta como um animal acuado, e eu me retraio com sua reação, mas continuo segurando suas mãos.

Ela enfia as mãos na lama e usa as pernas para me chutar. Assim que eu solto seus braços, ela cobre as orelhas de novo, gemendo alto.

"Preciso de sossego", ela implora, balançando devagar para a frente e para trás.

Tenho muitas coisas a dizer, muitas palavras para dizer a ela na esperança de que me ouça e saia do esconderijo de dentro de si mesma, mas desisto ao ver seus olhos desesperados.

Se ela quer sossego, é isso que vai ter. Porra, nesse momento, sou capaz de dar a ela o que quiser, desde que não me force a sair.

Eu me aproximo dela e ficamos sentados no chão de lama da velha estufa. A estufa onde ela costumava se esconder do pai, a estufa que está usando agora para se esconder do mundo, para se esconder de mim.

Ficamos sentados ali enquanto a chuva bate no telhado de vidro. Ficamos ali enquanto seu choro se transforma em soluços baixos e ela olha fixamente para o espaço vazio a sua frente. Coloco minhas mãos sobre as delas, pequenas, que cobrem as orelhas, protegendo-a de todo o barulho ao nosso redor, dando a ela o silêncio de que precisa.

27

HARDIN

Enquanto permaneço ali, ouvindo os sons da tempestade que não para do lado de fora, não consigo deixar de fazer comparações com a bagunça que causei na minha própria vida. Sou um cuzão, o maior de todos, o pior tipo possível de otário.

Tessa finalmente parou de se mexer há alguns minutos; encostou o corpo no meu e soltou todo seu peso em busca de apoio físico. Os olhos inchados estão fechados, e agora ela está dormindo, apesar da chuva que bate forte na estufa.

Eu me remexo levemente, torcendo para que ela não acorde quando eu a deitar em meu colo. Preciso tirá-la daqui, da chuva e da lama, mas sei como ela vai reagir quando abrir os olhos. Vai me mandar embora, dizer que não me quer aqui e, porra, não estou pronto para ouvir essas palavras de novo.

Sei que mereço tudo isso e mais, mas ainda assim continuo sendo um baita de um covarde, e quero aproveitar o silêncio enquanto durar. Só aqui, nesse silêncio, posso fingir ser outra pessoa. Posso, por um minuto, fingir que sou Noah. Bem, uma versão bem menos irritante dele, mas se eu fosse ele, as coisas teriam sido muito diferentes. As coisas estariam diferentes agora. Eu teria conseguido usar as palavras e o afeto para conquistar Tessa desde o começo, e não com uma aposta idiota. Teria conseguido fazer com que ela risse mais do que chorasse. Ela teria confiado em mim total e completamente, e eu não teria destruído sua confiança e a soprado para longe. Teria aproveitado essa confiança e talvez até me tornasse digno dela.

Mas não sou Noah. Sou Hardin. E ser Hardin não vale nada.

Se eu não tivesse tantos assuntos tomando minha atenção dentro da cabeça, poderia tê-la feito feliz. Poderia ter trazido luz à sua vida, como ela fez comigo. Mas aqui está ela, acabada e totalmente perdida. A pele manchada de lama, a sujeira nas mãos começando a secar, e o rosto, mesmo dormindo, fechado em uma carranca de dor. Os cabelos estão molhados em algumas partes, secos e grudados em outras, e eu me pergunto se ela trocou de roupa desde que encontrou o corpo do pai no meu apartamento.

Quando penso no pai de Tessa e em sua morte, a confusão toma conta de mim. Meu instinto é encarar a situação como o fim esperado para um desajustado que jogou a vida fora, mas em pouco tempo sinto o peso da dor no peito. Não o conhecia há muito tempo, e mal tolerava o cara, mas ele era uma boa companhia. Eu não gostaria de admitir, mas meio que gostava dele. Era um chato, e sempre comia todo meu cereal, mas eu adorava ver seu amor por Tessa e sua visão otimista em relação à vida, apesar de sua própria vida ser uma grande porcaria.

E a ironia é que, assim que encontrou algo pelo qual valeria a pena viver, ele se foi. Como se não conseguisse lidar com tantas coisas boas. Meus olhos ardem para extravasar um pouco da emoção, do meu pesar, talvez. Meu pesar por perder um homem que eu mal conhecia ou gostava, meu pesar por perder o pai que imaginava ter, meu pesar por ter perdido Tessa, e só um pouquinho de esperança de que ela volte em si e não se perca para sempre.

Minhas lágrimas egoístas se misturam com as gotas que pingam de meus cabelos encharcados pela chuva, e abaixo a cabeça, lutando contra a vontade de esconder o rosto no pescoço dela para me confortar. Não mereço o conforto dela, não mereço o conforto de ninguém.

Mereço ficar aqui sentado sozinho e chorar como um coitado em meio ao silêncio e à desolação, meus amigos mais antigos e verdadeiros.

Os soluços patéticos que emito se perdem no barulho da chuva e fico feliz por essa garota que idolatro estar dormindo e não testemunhar meu descontrole. Minhas próprias atitudes são o motivo por trás de cada coisa horrível que está acontecendo agora, até a morte de Richard. Se eu não tivesse concordado em levar Tessa para a Inglaterra, nada dessa merda teria acontecido. Estaríamos mais felizes e fortes do que nunca, como há uma semana. *Porra, já faz tudo isso?* Parece impossível que tão poucos dias tenham se passado, mas parece que não a toco, que não a abraço e não sinto seu coração há uma vida inteira. Minhas mãos estão perto de seu coração, quero tocá-la, mas tenho receio de acordá-la.

Se eu puder tocá-la uma vez, sentir a batida constante de seu coração, o meu vai se acalmar. Vou sair dessa dor e parar de chorar. Meu peito oprimido também será aliviado.

"Tessa!", a voz grave de Noah surge em meio à chuva do lado de fora e reverbera. Passo a mão no rosto com fúria, rezando para desaparecer antes que ele apareça aqui dentro.

"Tessa!", ele chama de novo, dessa vez mais alto, e sei que está perto da estufa.

Cerro os dentes e espero que ele não grite o nome dela de novo, porque se acordá-la eu...

"Ah, graças a Deus! Eu deveria saber que ela estava aqui dentro!", ele exclama quando entra. Sua voz está exaltada, e sua expressão, tomada de alívio.

"Quer calar a boca? Ela acabou de dormir", sussurro e olho para Tessa dormindo. Ele é a última pessoa que eu queria encontrar assim, e sei que está vendo meus olhos vermelhos, a evidência clara da minha perda de controle, além do meu rosto corado.

Droga, acho que nem consigo odiar esse idiota, porque ele está tomando o cuidado de não olhar para mim, para não me deixar envergonhado. Isso faz com que uma parte de mim o odeie ainda mais, por ser *tão bondoso* assim.

"Ela..." Noah olha ao redor da estufa enlameada e de novo para Tessa. "Eu deveria saber que ela estaria aqui. Sempre vinha aqui quando..." Ele afasta os cabelos loiros da testa e me surpreende dando um passo em direção à porta.

"Vou voltar lá para dentro", ele anuncia. E então, encolhendo os ombros, ele sai, fechando a porta de tela.

28

TESSA

Ele está me perturbando há uma hora, olhando no espelho, me observando enquanto passo maquiagem e enrolo os cabelos, e me agarra em toda oportunidade que consegue.

"Tess, linda", Hardin geme pela segunda vez. "Amo você, mas é melhor se apressar ou vamos chegar atrasados na nossa própria festa."

"Eu sei, só quero estar bonita. Todo mundo vai estar lá." Sorrio para ele como se me desculpasse, sabendo que ele não vai se irritar por muito tempo e adorando secretamente sua expressão irritada. Adoro ver uma covinha aparecer na face direita quando ele franze a testa desse jeito tão lindo.

"*Bonita?* Você vai ser o centro das atenções", ele diz, deixando claro o ciúme que sente.

"Para que é essa festa, mesmo?" Passo uma camada fina de gloss nos lábios. Não consigo me lembrar do que está acontecendo, só sei que todo mundo está animado, e vamos nos atrasar se eu não terminar de me arrumar logo.

Hardin me envolve num abraço, e de repente lembro o que todo mundo está comemorando. É uma ideia tão horrorosa que jogo o frasco do gloss na pia e me assusto quando Hardin diz:

"O enterro do seu pai."

Quando me sento e me vejo nos braços de Hardin, logo me separo dele.

"O que foi? O que aconteceu?", ele pergunta.

Hardin está aqui, bem ao meu lado, e minhas pernas estão enroladas nas dele. Eu não deveria ter adormecido... por que fiz isso? Nem me lembro de ter dormido. A última coisa de que me lembro foi das mãos quentes de Hardin nas minhas, cobrindo minhas orelhas.

"Nada", respondo. Minha garganta arde, e observo o ambiente ao meu redor enquanto meu cérebro tenta tomar ciência da situação. Cambaleante, eu olho para Hardin.

O rosto dele está sério, e seus olhos estão vermelhos.

"Você teve um pesadelo?"

O vazio toma conta de mim bem depressa, vai para abaixo de minhas costelas e se aloja lá, no ponto mais profundo e mais oco.

"Senta." Ele me toca, mas seus dedos queimam minha pele e eu me afasto.

"Por favor, não", eu imploro baixinho. O Hardin mal-humorado e adorável de meu sonho era só isso, um sonho sem sentido, e agora estou vendo esse Hardin, o que sempre volta para me derrubar de novo. Sei por que ele faz isso, mas não estou disposta a lidar com isso no momento.

Ele abaixa a cabeça, derrotado, e apoia a mão no chão para se erguer. Seu joelho escorrega ainda mais na lama, e eu desvio o olhar enquanto ele se segura na grade.

"Não sei o que fazer", ele diz baixinho.

"Não precisa fazer nada", eu murmuro e tento reunir todas as forças para obrigar minhas pernas a me tirarem daqui e sair em direção à chuva.

Estou na metade do quintal quando ouço a aproximação dele atrás de mim. Ele está mantendo uma distância segura de mim, e acho isso bom. Preciso de espaço, preciso ficar longe dele, preciso de tempo para pensar e respirar, e preciso que ele vá embora.

Abro a porta dos fundos e entro na casa. A lama instantaneamente escorre no carpete, e faço uma careta pensando na reação da minha mãe ao ver isso. Em vez de esperar para ouvir as reclamações dela, eu tiro a roupa, fico só de calcinha e sutiã, deixo as peças amontoadas na varanda de trás e faço o melhor que posso para limpar os pés na chuva antes de pisar no chão limpo. Meus pés guincham a cada passo, e me encolho toda quando a porta dos fundos se abre e as botas de Hardin trazem lama com elas.

Estou mesmo me preocupando com algo tão banal como a lama? De todas as coisas em minha mente, a lama parece bem trivial, pequena. Sinto falta da época em que sujeira era uma preocupação. Uma voz interrompe minha reflexão.

"Tessa? Você me ouviu?"

Depois de uma breve hesitação, olho para a frente e vejo Noah no corredor com as roupas molhadas e descalço. "Desculpa, não ouvi."

Ele balança a cabeça, solidário. "Tudo bem. Você está bem? Precisa de um banho?"

Faço um gesto positivo com a cabeça e ele entra no banheiro para ligar o chuveiro. O barulho da água corrente me atrai, mas a voz séria de Hardin me detém.

"Ele não vai ajudar você a tomar banho."

Não respondo. Não tenho energia para isso. *É claro que não vai — por que ajudaria?*

Hardin passa por mim, deixando lama em suas pegadas. "Desculpa, mas não vai rolar."

Minha mente está desconectada de mim, ou talvez a sensação seja essa, mas dou risada da sujeira que ele fez. Não só na casa da minha mãe, mas em todos os lugares aonde vai ele causa confusão. Incluindo dentro de mim — sou a maior confusão de todas.

Ele entra no banheiro e diz a Noah: "Ela está seminua e você está preparando um banho para ela. Pode parar. Você não vai ficar aqui enquanto ela toma banho. Não, nem fodendo."

"Só estou tentando ajudar, e você aí fazendo escândalo..."

Entro no banheiro e passo pelos dois rapazes discutindo. "Fora daqui os dois." Minha voz está monótona, robótica e séria. "Vão brigar em outro lugar."

Eu os empurro para fora e fecho a porta. Quando passo a chave, torço para que Hardin não acrescente esta porta frágil a sua lista de destruição.

Tiro o resto da roupa e entro na água, que está quente, muito quente, em minhas costas. Estou imunda, e detesto isso. Detesto ver a lama acumulada embaixo das minhas unhas e nos meus cabelos. Detesto ver que, por mais que me esfregue, não consigo ficar limpa.

29

HARDIN

"Não posso fazer nada se ela está sem roupa. Tanta coisa acontecendo e você preocupado com eu ter visto o corpo dela?" O tom de crítica na voz de Noah me dá vontade de esganá-lo com minha mão boa.

"Não é só..." Respiro fundo. "Não é isso." É um monte de coisas que não vou dizer a ele. Cruzo as mãos no colo, e quando as coloco dentro dos bolsos percebo que o gesso não vai caber. Sem jeito, junto as mãos no colo de novo.

"Não sei o que aconteceu entre vocês dois, mas não pode me culpar por querer ajudar. A gente se conhece a vida toda, e nunca a vi desse jeito." Noah balança a cabeça em sinal de reprovação.

"Não vou discutir nada com você. Você e eu não estamos do mesmo lado aqui."

Ele suspira. "Também não precisamos ser inimigos. Quero o melhor para ela, e você também deveria. Não sou uma ameaça para você. Não sou idiota o suficiente para achar que ela vai me escolher. Já passei dessa fase. Eu ainda a amo porque, bom, acho que sempre vou amar, mas não do jeito que você a ama."

Essas palavras seriam muito mais aceitáveis se eu não tivesse detestado o cara nos últimos oito meses. Fico quieto, com as costas na parede na frente do banheiro enquanto espero o chuveiro ser desligado.

"Vocês dois terminaram de novo, certo?", ele pergunta com a voz alta. Não sabe calar a boca.

"Está na cara." Fecho os olhos e jogo a cabeça um pouco para trás.

"Não vou me meter na sua vida, mas queria que você me contasse sobre Richard e como ele acabou no seu apartamento. Ainda não entendi."

"Ele ficou na minha casa quando Tessa se mudou para Seattle. Ele não tinha para onde ir, então deixei que ficasse lá. Quando viajamos para

Londres, ele ia para a reabilitação, então imagina a surpresa quando acabou morrendo no chão do meu banheiro."

A porta do banheiro se abre. Tessa sai e passa por nós dois, vestindo apenas uma toalha. Noah nunca a viu nua antes — nenhum outro homem viu —, e por ser egoísta quero manter as coisas desse jeito. Sei que não deveria estar me preocupando com coisas assim, mas não consigo evitar.

Entro na cozinha para pegar água e estou aproveitando o silêncio quando ouço a voz tímida e suave de Carol.

"Hardin, posso falar com você um minuto?"

Já estou confuso com seu tom de voz, e ela ainda nem começou a falar.

"Hã, claro." Eu me afasto um pouco, mantendo uma distância segura. Estou encostado na parede da pequena cozinha quando paro de me mexer.

A expressão dela é séria, e sei que isso é tão esquisito para ela quanto para mim. "Só queria falar sobre ontem à noite."

Desvio os olhos e me volto para meus pés. Não sei como vai ser, mas ela já prendeu os cabelos e limpou a maquiagem borrada embaixo dos olhos.

"Não sei o que me deu", ela diz. "Eu não deveria ter agido daquele jeito na sua frente. Foi incrivelmente idiota, e eu..."

"Tudo bem", interrompo, esperando que ela pare.

"Não, não está tudo bem. Quero deixar claro que nada mudou aqui. Ainda acho que você precisa ficar longe da minha filha."

Levanto a cabeça para olhar nos olhos dela. Não esperava nada diferente. "Até queria dizer que vou obedecer, mas não posso. Sei que você não gosta de mim." Paro e dou risada das palavras leves que uso. "Você me odeia, sei disso, mas saiba que sua opinião não quer dizer merda nenhuma para mim. Estou falando da maneira mais educada que consigo. É assim que as coisas são."

Ela me pega desprevenido rindo comigo. Como a minha risada, a dela é tensa, baixa. "Você é como ele... fala comigo do mesmo jeito como ele falava com meus pais. Richard também nunca se preocupou com o que as pessoas pensavam dele, mas veja o que aconteceu."

"Não sou ele", digo. Estou tentando ser educado com ela, mas está difícil. Tessa está demorando muito, e estou me controlando para não ir atrás dela, ainda mais sabendo que Noah está por perto.

"Você precisa tentar ver tudo isso do meu ponto de vista, Hardin. Já estive no mesmo tipo de relacionamento tóxico, e sei como essas coisas terminam. Não quero isso para a Tessa, e se você a amasse como diz também não desejaria isso para ela." Ela olha para mim, parecendo esperar uma reação, mas continua: "Quero o melhor para ela. Pode ser que você não acredite em mim, mas sempre criei a Tessa para não depender de homem nenhum, como aconteceu comigo, e olhe para ela agora. Tem dezenove anos e fica arrasada sempre que você decide terminar com ela..."

"Eu..."

Ela levanta a mão. "Espere, vou terminar." Ela suspira. "Eu senti inveja dela, na verdade. É patético, mas uma parte de mim sente inveja por você sempre ter voltado para ela, como Richard nunca fez. Mas, quanto mais você se afasta, mais eu percebo que vocês dois vão ter o mesmo fim que nós tivemos, porque, apesar de você voltar, nunca fica. Se quiser que ela acabe como eu — sozinha e amarga —, continue fazendo isso, e posso garantir que é exatamente o que vai acontecer com ela."

Odeio o jeito como Carol me vê, porém, mais que isso, odeio saber que ela está certa. Sempre abandono Tessa e, apesar de voltar, espero até que ela se sinta à vontade e volto a deixá-la.

"Depende de você. Você é a única pessoa a quem ela parece ouvir, e minha filha ama você demais."

Sei que sim, ela me ama e, exatamente por isso, não vamos acabar como seus pais.

"Você não pode dar o que ela precisa; só a está impedindo de encontrar quem possa", ela diz, mas o que ouço é a porta do quarto antigo de Tessa se fechando, o que quer dizer que ela está pronta.

"Você vai ver, Carol, você vai ver...", digo e pego um copo vazio do armário. Ao enchê-lo com água para Tessa, prometo a mim mesmo que posso mudar nosso rumo e provar que todo mundo está errado, até mesmo eu. Sei que posso.

30

TESSA

Eu me sinto um pouco menos louca depois do banho, ou talvez depois do cochilo rápido na estufa, ou talvez depois do silêncio que finalmente consegui. Não sei, mas consigo ver o mundo com mais clareza, só um pouco mais, porém isso está me ajudando a não ter ilusões e a me dar um pouco de esperança de que a cada dia terei mais clareza, mais paz.

"Estou entrando", Hardin diz e abre a porta antes que eu possa responder. Visto uma camiseta limpa e me sento na cama. "Trouxe um pouco de água para você." Ele coloca um copo cheio no criado-mudo e me sento do outro lado da cama.

Pensei num discurso enquanto tomava banho, mas agora que ele está aqui na minha frente não consigo me lembrar de nada. "Obrigada", é tudo o que consigo pensar em dizer.

"Está se sentindo melhor?"

Ele está sendo cauteloso. Devo estar muito fragilizada, muito fraca para ele. Também me sinto assim. Eu deveria me sentir derrotada, furiosa, triste, confusa e perdida. Acontece que ainda não sinto nada. Sinto o latejar profundo do vazio, apesar de estar me acostumando com ele a cada minuto que se passa.

Durante cada longo minuto no chuveiro, enquanto a água esfriava, pensei nas coisas de um jeito diferente. Pensei sobre minha vida ter se transformado nesse buraco negro de vazio absoluto, e pensei no quanto detesto me sentir desse jeito, e pensei na solução perfeita, mas agora não consigo organizar essas palavras confusas numa frase articulada. Estar louca deve ser assim.

"Espero que esteja."

Ele espera que eu esteja o quê...?

"Se sentindo melhor", acrescenta, respondendo aos meus pensamentos. Odeio constatar que nós dois temos uma ligação, que ele sabe o que estou sentindo e pensando mesmo quando eu não sei.

Dou de ombros e me concentro na parede de novo. "Estou, um pouco."

É mais fácil olhar para a parede do que para os olhos verdes e brilhantes dele, o verde que sempre morri de medo de perder. Eu me lembro de que, quando nos deitávamos juntos na cama, eu torcia para sempre ter mais uma hora, mais uma semana, talvez até outro mês, com aqueles olhos. Rezava para ele se decidir e me querer de modo definitivo, como eu o queria. Não quero mais sentir isso, não quero esse desespero tomando conta de mim. Quero ficar aqui com meu nada e me sentir satisfeita, ficar quieta no meu canto e talvez um dia eu possa me tornar outra pessoa, a que pensei que seria antes de começar a faculdade. Se tiver sorte, eu poderia pelo menos voltar a ser a garota que era antes de sair de casa.

Aquela garota não existe mais há muito tempo. Ela comprou uma passagem diretamente para o inferno, e está lá, ardendo lentamente.

"Quero que saiba o quanto eu lamento muito por tudo, Tessa. Eu deveria ter voltado para cá com você. Não deveria ter terminado tudo por causa dos meus problemas. Deveria ter deixado você me ajudar como eu quero te ajudar. Agora sei como você deve se sentir, sempre tentando me ajudar enquanto eu me afasto."

"Hardin", sussurro, sem saber o que dizer em seguida.

"Não, Tessa, eu vou falar. Prometo que desta vez vai ser diferente. Nunca mais vou fazer isso. É uma pena que foi preciso seu pai morrer para eu perceber o quanto preciso de você, mas não vou fugir de novo, não vou abandonar você de novo, não vou me fechar de novo... eu juro." O desespero na voz dele é bem familiar: já ouvi esse tom e essas mesmas palavras muitas, muitas vezes.

"Não posso", falo sem perder calma. "Desculpa, Hardin, mas não posso mesmo."

Em pânico, ele se aproxima e cai de joelhos na minha frente, sujando o carpete. "Não pode o quê? Sei que vai demorar um tempo, mas estou preparado para esperar você sair dessa, desse sentimento de luto. Estou disposto a fazer qualquer coisa. Qualquer coisa *mesmo*."

"Não podemos. Nunca ia dar certo." Minha voz está seca de novo. Acho que a Tessa robótica chegou para ficar. Não tenho energia suficiente para colocar emoção em minhas palavras.

"A gente pode se casar...", ele diz, parecendo surpreso com as próprias palavras, mas não volta atrás. Segura meus punhos com os dedos compridos. "Tessa, a gente pode se casar. Amanhã mesmo, se você concordar. Uso terno e tudo."

As palavras pelas quais tenho esperado histericamente enfim são ditas por ele, mas não as sinto. Ouvi muito bem, mas não as sinto.

"Não podemos", digo sacudindo a cabeça.

Ele fica mais desesperado. "Eu tenho dinheiro, mais do que suficiente para pagar pelo casamento, Tessa, e podemos fazer tudo onde você quiser. Você pode ter o vestido e os enfeites mais caros, não vou reclamar de nada!" Ele está falando alto agora, e sua voz ecoa pelo quarto.

"Não é isso... não está certo." Gostaria de poder gravar o que ele diz no coração e transportar essas palavras e sua voz desesperada — até animada — para o passado. Um passado em que eu não via como nosso relacionamento era destrutivo, em que daria qualquer coisa para ouvi-lo dizer isso.

"O que é, então? Sei que você quer isso, Tessa; já me disse muitas vezes." Consigo ver a batalha nos olhos dele, e gostaria de poder fazer algo para acalmar sua dor, mas não posso.

"Não tenho mais nada dentro de mim, Hardin. Não tenho mais nada para dar. Você já levou tudo, sinto muito, mas não sobrou nada." O vazio dentro de mim cresce, toma todo meu corpo, e nunca me senti tão grata por não sentir nada. Se pudesse sentir o que quer que fosse, ainda que um pouco, morreria.

Certamente me mataria, e pouco tempo atrás decidi que ainda quero viver. Não sinto orgulho dos pensamentos sombrios que tomaram minha mente dentro daquela estufa, mas me orgulho por terem sido breves e por tê-los superado sozinha no chão do banheiro frio depois que a água quente acabou.

"Não quero tirar nada de você. Quero dar exatamente o que você quer!" Ele inspira profundamente, e o som é tão perturbador que quase concordo com tudo o que ele está dizendo para não ter que ouvir de novo.

"Casa comigo, Tessa. Por favor, casa comigo e eu juro que nunca mais vou fazer coisas assim de novo. Podemos ficar juntos para sempre, vamos ser marido e mulher. Sei que você é boa demais para mim, e sei que merece mais, mas agora também sei que nós não somos como todo mundo. Não somos como os seus pais nem como os meus. Somos diferentes e podemos fazer tudo dar certo, entendeu? Escuta o que eu tenho para dizer só mais uma vez..."

"Olhe só para a gente." Gesticulo sem força no espaço entre nós. "Dá uma olhada no que me transformei. Não quero mais essa vida."

"Não, não, não." Ele fica de pé e caminha de um lado a outro. "Você quer! Vou compensar tudo!", ele implora, puxando os cabelos com uma das mãos.

"Hardin, por favor, se acalma. Desculpa por tudo o que fiz para você e, mais do que tudo, desculpa por ter complicado a sua vida, por todas as brigas, mas você tem que aceitar que não ia dar certo. Eu pensei..." Abro um sorriso de dar dó. "Pensei que a gente ia dar um jeito. Pensei que nosso amor fosse como os dos romances, um amor que, por mais difícil, repentino e complicado que fosse, sobreviveria a tudo e a todos e que viveria para contar a história."

"Nós podemos, podemos sobreviver!", ele diz com a voz chorosa.

Não consigo olhar para ele porque sei o que veria.

"Aí é que está, Hardin: não quero sobreviver. Quero *viver*."

Minhas palavras despertam algo dentro dele, que para de andar e de puxar os cabelos. "Não posso deixar você me abandonar. Você sabe disso. Eu sempre volto para você... você tinha que saber que eu ia voltar. Eu ia voltar de Londres em algum momento e nós..."

"Não posso passar a vida esperando você voltar para mim, e seria muito egoísmo da minha parte querer que você passasse a sua fugindo de mim, de nós." Mas estou confusa de novo. Estou confusa porque não me lembro de já ter pensado isso; todos os meus pensamentos sempre se voltaram para Hardin e ao que eu poderia fazer para fazê-lo se sentir melhor, convencê-lo a ficar. Não sei de onde esses pensamentos e essas palavras estão vindo, mas não consigo ignorar a determinação que sinto quando as digo.

"Não consigo viver sem você", ele diz. Outra coisa que ele já disse mil vezes, mas ainda assim faz tudo o que pode para me manter longe, para se afastar.

"Consegue, sim. Vai ser mais feliz e menos confuso. Seria mais fácil, você mesmo disse." Estou sendo sincera. Ele vai ser mais feliz sem mim, sem nossas constantes idas e vindas. Pode se concentrar em si mesmo e em sua raiva em relação aos dois pais, e um dia pode ser feliz. Eu o amo o suficiente para querer sua felicidade, ainda que não seja comigo.

Ele leva os punhos cerrados à testa e cerra os dentes. "Não!"

Eu o amo, e sempre vou amar, mas estou vazia. Não posso continuar a ser o combustível de alguém que sempre volta com baldes e mais baldes de água fria para apagar esse fogo. "Nós tentamos muito, mas acho que está na hora de parar."

"Não! Não!" Ele olha ao redor, e até já sei o que ele vai fazer antes de acontecer. É por isso que não fico surpresa quando a pequena luminária sai voando pelo quarto e se espatifa na parede. Não me mexo. Nem pisco. É tudo familiar demais, e é por isso que estou tomando essa atitude.

Não posso confortá-lo. Não posso. Não consigo confortar nem a mim mesma, e não confio em mim o suficiente para abraçá-lo e sussurrar promessas em seu ouvido.

"É isso o que você queria, lembra? Volta para a sua vida, Hardin, tenta se lembrar por que não me queria. Por que me mandou de volta para casa sozinha."

"Não consigo viver sem você. Preciso de você na minha vida. Preciso de você na minha vida. *Preciso*. De *você*... na minha vida", ele repete.

"Posso continuar na sua vida, mas não assim."

"Sério que você está sugerindo que a gente seja amigo?", ele pergunta, irritado. O verde de seus olhos quase desaparece, substituído pelas sombras conforme a raiva se acumula. Antes que eu possa responder, ele continua: "Não podemos voltar a ser amigos depois de tudo. Eu jamais ia suportar estar no mesmo ambiente que você sem estarmos juntos. Você é tudo para mim, e agora vai me ofender sugerindo ser *minha amiga*? Você não quer isso. Você me ama, Tessa." Ele olha dentro de meus olhos. "Claro que ama. Não ama?"

O vazio começa a sumir, e eu luto desesperadamente para me agarrar nele. Se eu começar a sentir alguma coisa, vou desabar. "Sim", suspiro.

Ele volta a se ajoelhar na minha frente.

"Amo você, Hardin, mas não podemos continuar fazendo isso um com o outro."

Não quero brigar com ele, não quero magoá-lo, mas o peso da culpa está nas costas dele. Eu teria dado tudo a ele. Na verdade, eu dei tudo a ele, e ele não quis. Quando as coisas ficaram difíceis, não me amou o suficiente para lutar contra seus demônios por mim. Desistiu todas as vezes.

"Como vou sobreviver sem você?" Ele está chorando bem na minha frente, e eu afasto minhas lágrimas e engulo o nó em minha garganta. "Não consigo. Não vou. Você não pode jogar tudo fora só porque está passando por uma situação difícil. Quero estar do seu lado, não me afasta."

Mais uma vez, minha mente se separa de meu corpo, e dou risada. Não é uma risada de quem está se divertindo; é uma risada triste pela ironia do que ele disse. Está pedindo para mim o que eu pedia para ele, e nem se dá conta.

"Eu venho implorando a mesma coisa desde que conheci você", digo a ele. Eu o amo e não quero feri-lo, mas preciso colocar fim a esse ciclo de uma vez por todas. Se não fizer isso, não vou conseguir sair viva dessa.

"Eu sei." Ele apoia a cabeça em meus joelhos, e seu corpo treme contra o meu. "Me desculpa! Me desculpa!"

Ele está histérico, e o vazio está sumindo depressa demais, não consigo evitar. Não quero sentir isso, não quero senti-lo chorar perto de mim depois de prometer e oferecer as coisas que parece que espero ouvir há uma eternidade.

"Vamos ficar bem. Quando você sair dessa, vai ficar tudo bem." Acho que ele diz isso, mas não tenho certeza, e não posso pedir para que repita, porque não vou aguentar ouvir de novo. Odeio isso, odeio o fato de que, por mais que ele me faça mal, ainda encontro um jeito de me culpar por sua dor.

Pelo canto do olho, percebo um movimento na porta, e mexo a cabeça levemente, indicando a Noah que estou bem.

Não estou bem, mas já não ando bem há um tempo e, ao contrário de antes, não sinto necessidade disso. Noah olha para a luminária quebrada e faz cara de preocupado, mas balanço a cabeça de novo, pedindo silenciosamente para ele sair, para me deixar viver esse momento. O último momento para sentir o corpo de Hardin contra o meu, sentir sua cabeça no meu colo, memorizar as tatuagens escuras dos seus braços.

"Eu sinto muito por não ter conseguido consertar você", digo a ele com delicadeza, acariciando seus cabelos úmidos.

"Eu também sinto muito!", ele chora agarrado às minhas pernas.

31

TESSA

"Mãe, quem vai *pagar* o enterro?", pergunto.

Não quero parecer insensível nem grosseira, mas não tenho avós vivos, e meus pais não têm irmãos. Sei que minha mãe não pode pagar por um enterro, ainda mais para meu pai, e me preocupo que tenha assumido essa responsabilidade só para provar alguma coisa aos amigos da igreja.

Não quero usar esse vestido preto que minha mãe comprou para mim. Não quero usar esses sapatos pretos de salto alto que ela certamente não tem dinheiro para bancar e, principalmente, não quero ver meu pai enterrado.

Minha mãe hesita; o batom em sua mão flutua acima de seus lábios quando ela olha em meus olhos pelo espelho. "Não sei."

Eu me viro para ela com incredulidade — ou melhor, como se tivesse energia suficiente para sentir incredulidade. Talvez seja apenas curiosidade entorpecida. "Você não sabe?" Eu a observo. Seus olhos estão inchados, uma prova de que está sofrendo mais com a morte dele do que é capaz de admitir.

"Não precisamos discutir assuntos financeiros agora, Theresa", ela me repreende, pondo fim à conversa indo para a sala de estar.

Eu balanço a cabeça em sinal de concordância, pois não quero começar uma briga. Não hoje. Hoje já vai ser um dia bem difícil. Estou me sentindo egoísta e meio perdida por não conseguir entender o que ele pretendia quando enfiou aquela última agulha na veia. Sei que era viciado, e só repetiu o que passou anos fazendo, mas ainda assim não consigo entender por que fez isso sabendo como é perigoso.

Nos últimos três dias depois de ver Hardin, comecei a recuperar a sanidade. Não totalmente, e uma parte de mim morre de medo de que eu nunca mais volte a ser a mesma.

Ele está hospedado na casa dos Porter há três noites. Foi uma surpresa enorme para mim, e também para o sr. e a sra. Porter, tenho certeza. Eles nunca passaram muito tempo perto de alguém que não seja membro do clube de campo da cidade. Adoraria ver a expressão no rosto da sra. Porter quando Noah levou Hardin para dormir em sua casa. Não consigo imaginar Hardin e Noah se dando bem, ou qualquer coisa próxima disso, então sei que Hardin deve ter ficado magoado demais com minha rejeição para aceitar a hospitalidade de Noah.

O peso do meu luto ainda está presente, ainda se esconde atrás da barreira do vazio. Consigo senti-lo empurrando essa barreira, tentando me destruir e transbordar. Senti muito medo de que, depois da crise de Hardin, a dor vencesse, mas ainda bem que o contrário aconteceu.

É esquisito saber que ele está tão perto daqui, mas não tentou vir me ver. Preciso de espaço, e Hardin não costuma ser muito bom em concedê-lo. Mas eu também nunca quis isso antes. Não desse modo. Ouço uma batida na porta enquanto estou ajustando minha meia-calça preta, e me olho no espelho mais uma vez.

Eu me inclino para a frente, examinando meus olhos. Algo neles está diferente, mas não consigo descrever... parecem mais *sérios*? Mais *tristes*? Não sei ao certo, mas combinam com o sorriso fajuto que tento estampar. Se eu não estivesse meio maluca, certamente me preocuparia mais com a diferença em minha aparência.

"Theresa!", minha mãe grita, irritada, quando chego ao corredor.

Pelo som de sua voz, fico esperando encontrar Hardin. Ele me deu o espaço que pedi, mas suspeitei que ele apareceria hoje, no dia do enterro do meu pai. Mas, quando me viro, meu corpo se paralisa. Fico positivamente surpresa ao ver ninguém menos do que Zed na porta.

Quando olha nos meus olhos, parece meio hesitante, mas quando sinto que meus lábios sorriem, ele abre um sorrisão — aquele que eu adoro, no qual a língua aparece entre os dentes e os olhos dele brilham.

Eu o convido a entrar. "O que está fazendo aqui?", pergunto quando o abraço pelo pescoço. Ele me abraça também, forte demais, e começo a tossir exageradamente antes de ele me soltar.

Ele sorri. "Desculpa, mas é que faz tempo." Ele ri, e meu humor melhora muito com esse som. Não tenho pensado nele — quase me sinto culpada porque o rosto dele não apareceu em minha mente nenhuma vez nas últimas semanas —, mas fico feliz por estar aqui. Sua presença me faz lembrar que o mundo não parou desde a minha perda.

Minha perda... não quero admitir nem para mim mesma qual perda tem sido mais difícil de enfrentar.

"Verdade", digo. E então o motivo da distância entre mim e Zed surge na minha mente, interrompendo nossos cumprimentos, e cuidadosamente olho para a porta da frente. A última coisa que quero ver é uma briga no gramado perfeito da minha mãe.

"O Hardin está aqui. Bem, não aqui em casa, mas perto daqui."

"Eu sei." Zed não parece nem um pouco intimidado, apesar do histórico dos dois.

"Você sabe?"

Confusa, minha mãe olha para mim e então entra na cozinha para deixar Zed e eu a sós. Minha mente começa a entender que Zed está aqui. Eu não liguei para ele. Como sabia sobre meu pai? Acho que não é possível que tenha saído no noticiário nem na internet e, mesmo que tivesse, será que Zed teria visto?

"Ele me ligou." Quando Zed diz isso, levanto a cabeça, encarando-o bem nos olhos. "Foi ele quem me disse para vir aqui ver você. Como seu celular está desligado, tive que acreditar na palavra dele."

Não sei bem o que responder, por isso olho para Zed em silêncio, tentando entender o que está por trás disso tudo.

"Não tem problema, né?" Ele estende um braço, mas não me toca. "Você não se importa que eu tenha vindo, se importa? Posso ir embora, se for demais para você. Ele só disse que você precisava de um amigo, e percebi que era grave, para ele estar me ligando, justamente para mim." Zed termina de falar e dá uma risadinha, mas sei que é bem sério.

Por que Hardin ligaria para ele e não para Landon? Na verdade, Landon está vindo, então por que Hardin pediria a Zed para vir?

Não consigo afastar a sensação de que isso é um tipo de cilada, como se Hardin estivesse me testando de alguma maneira. Detesto pensar que ele faria esse tipo de coisa num momento como este, mas ele já fez pior. Não consigo esquecer que ele já fez coisas piores, e tem sempre algum motivo por trás de suas ações. Ele sempre arruma um ângulo, uma equação desconhecida para me surpreender.

Seu pedido de casamento me magoou muito. Ele tem me negado a chance de pensar em casamento desde o começo do nosso relacionamento, mas depois tocou no assunto duas vezes, e nas duas queria alguma coisa em troca. Uma vez, quando estava bêbado demais para saber o que dizia, e na outra como uma tentativa de me convencer a ficarmos juntos. Se eu tivesse acordado ao seu lado na manhã seguinte, ele teria retirado o que disse, como antes. Como sempre. Ele só tem feito promessas vazias desde que nos conhecemos, e a única coisa pior do que estar com alguém que não acredita em casamento é estar com alguém que se casaria comigo apenas para ter uma vitória momentânea, não por realmente querer ser meu marido.

Preciso me lembrar disso, ou sempre vou ter esses pensamentos ridículos. Esses pensamentos que invadem meus dias, com Hardin de terno. A imagem me faz rir, e o terno logo se transforma em jeans e botas, mesmo no casamento, mas acho que eu não me importaria com isso.

Não teria me importado. Tenho que parar com essas fantasias. Não estão ajudando minha sanidade. Mas logo surge outra. Desta vez, Hardin está rindo, segurando uma taça de vinho... e eu noto uma aliança prateada em seu dedo anelar. Ele está rindo alto, com a cabeça jogada para trás daquele jeito charmoso.

Eu afasto essa ideia.

O sorriso aparece de novo, com uma imagem dele derrubando vinho na camisa branca. Ele provavelmente insistiria em vestir branco em vez do preto de sempre, só para se divertir e horrorizar minha mãe. Delicadamente, ele afastaria minhas mãos enquanto eu tentasse limpar a mancha com um guardanapo. Diria algo como: "Eu não deveria ter vestido roupa branca". Ele daria risada e levaria meus dedos aos lábios, beijando cada um com toda a delicadeza. Seus olhos se demorariam na minha aliança, e um sorriso orgulhoso tomaria seu rosto.

"Você está bem?" A voz de Zed me tira dos meus pensamentos.

"Sim." Eu balanço a cabeça para me livrar da imagem perfeita de Hardin sorrindo quando me aproximo de Zed. "Desculpa, estou meio estranha ultimamente."

"Tudo bem. Ficaria preocupado se você não estivesse." Ele me abraça.

Pensando bem, não deveria ficar surpresa por Zed ter vindo me dar apoio. Quanto mais penso, mais me lembro. Ele sempre esteve próximo, mesmo quando eu não precisava. Sempre se manteve por perto, à sombra de Hardin.

32

HARDIN

Noah é irritante pra caramba. Não sei como Tessa conseguiu aguentá-lo por tantos anos. Estou começando a achar que ela se escondia *dele* naquela estufa, e não de Richard. Eu não a julgaria, se fosse o caso, porque estou a fim de fazer a mesma coisa.

"Acho que você não deveria ter ligado para aquele cara", Noah diz do sofá da sala de estar enorme da casa dos pais dele. "Não gosto dele. Não gosto de você também, mas ele é ainda pior."

"Cala a boca", resmungo e continuo olhando para uma almofada esquisita em uma poltrona enorme de veludo que ocupei nestes últimos dias.

"Só estou dizendo. Não entendo por que você chamou alguém que odeia tanto."

Ele não sabe quando ficar quieto. Odeio esta cidade por não ter um hotel perto da casa da mãe da Tessa.

"Porque...", respondo, bufando de tédio, "ela não odeia o cara. Confia nele, apesar de não dever, e precisa de um amigo no momento, já que não quer me ver."

"E eu? E o Landon?" Noah puxa o anel de uma lata de refrigerante, que abre fazendo barulho. Até o modo como ele abre uma lata é ridículo.

Não quero dizer a Noah que meu medo é que Tessa volte correndo para *ele*, querendo um relacionamento seguro em vez de me dar outra chance. E quanto a Landon, bom, nunca vou admitir, mas preciso dele como *meu* amigo. Não tenho nenhum, e meio que preciso agora, de certo modo. Um pouco.

Muito. Preciso dele pra caralho e, com exceção de Tessa, não tenho ninguém, e nem ela tenho, então não posso perder Landon também.

"Ainda não entendi. Se ele gosta dela, por que você ia querer o cara por perto? Está na cara que você é ciumento, e entende de roubar a namorada dos outros melhor do que ninguém."

"Ha, ha." Reviro os olhos e me viro para as janelas enormes da frente da casa. A residência dos Porter é a maior da cidade. Não quero que ele tenha a impressão errada. Eu ainda odeio Zed, e só permito que ele fique por perto porque preciso dar espaço para Tessa, mas não posso ir longe demais. "Que diferença faz para você? Por que de repente começou a ser bonzinho comigo? Sei que me odeia, assim como odeio você." Olho para ele, vestido com seu cardigã idiota e sapatos sociais marrons de engomadinho.

"Não estou preocupado com você, e sim com a Tessa. Só quero que ela seja feliz. Demorei muito para aceitar tudo o que aconteceu entre nós porque estava acostumado demais a estar com ela. Estava à vontade e condicionado a viver as coisas daquele jeito, por isso não entendia por que ela escolheria alguém como você. Eu não entendi, ainda não entendo, na verdade, mas vi o quanto ela mudou desde que conheceu você. Não que tenha sido ruim, foi uma mudança muito boa." Ele sorri para mim. "Com exceção desta semana, claro."

Como ele pode pensar assim? Não fiz nada além de magoar Tessa desde que entrei na vida dela.

"Bom..." Eu me ajeitei na poltrona. "Chega de papo por hoje. Obrigado por não ser um idiota."

Fico de pé e caminho em direção à cozinha, onde consigo ouvir a mãe de Noah mexendo no liquidificador. No tempo que passei aqui, me diverti muito com o jeito como ela se enrola com as palavras e passa as mãos em cima da cruz que fica pendurada em seu pescoço sempre que me aproximo.

"Deixa minha mãe em paz, ou ponho você para fora daqui", Noah me avisa, e quase dou risada. Se não estivesse sentindo tanta falta de Tessa, eu riria.

"Você vai ao enterro, certo? Pode ir com a gente se quiser; saímos daqui uma hora", ele diz, detendo meus passos.

Dou de ombros e levo a mão à borda do meu gesso. "Não, acho que não é uma boa ideia."

"Por que não? É você que está pagando tudo. E era amigo dele, de certa forma. Acho que você deveria ir."

"Pare de falar sobre isso, e não esquece do que eu disse sobre espalhar por aí que eu paguei essa merda", ameaço. "Ou seja, não faça isso."

Noah revira os olhos azuis idiotas, e eu saio da sala para atormentar a mãe dele e esquecer que Zed está na mesma casa que Tessa.

Onde eu estava com a cabeça?

33

HARDIN

Não consigo me lembrar da última vez em que fui a um enterro. Pensando bem, tenho quase certeza de que nunca fui a nenhum.

Quando a mãe da minha mãe morreu, simplesmente não senti vontade de ir. Tinha a bebida para me distrair e uma festa para ir que não podia perder. Nunca senti vontade de dizer adeus a uma mulher que mal conhecia. Mas uma coisa que eu sabia sobre a velha era que ela não gostava muito de mim. Mal suportava minha mãe, então por que eu passaria meu tempo sentado em um banco, fingindo estar triste por uma morte que na verdade não me afetava em nada?

Mesmo assim, aqui estou eu, seis anos depois, sentado no fundo de uma igreja minúscula, lamentando a morte do pai de Tessa. Tessa, Carol, Zed, e o que parecia ser metade da maldita paróquia enchiam as fileiras da frente. Só eu e uma velha, que com certeza não sabe nem onde está, estamos sentados no banco encostado na parede dos fundos.

Zed está sentado de um lado de Tessa e a mãe dela, do outro.

Não me arrependo de ter ligado para ele... Bom, até me arrependo, mas não posso ignorar o brilho de vida que parece ter sido reavivado desde a chegada dele. Ela ainda não voltou a ser a minha Tessa, mas está chegando lá e, se esse imbecil for a chave para essa melhora, que seja.

Já fiz muita merda na vida, muita. Eu sei disso, Tessa sabe disso, todo mundo nesta igreja provavelmente sabe disso graças à mãe dela, mas ainda vou me acertar com a minha menina. Não estou preocupado em consertar nada do meu passado nem do presente; só me importo em consertar o que quebrei... dentro dela.

Eu a quebrei... ela diz que não conseguiu me consertar... que nunca vai conseguir. Mas meu problema não foi causado por ela. Eu fui curado por ela e, enquanto me curava, destruía sua linda alma em pedacinhos. Na prática, eu a destruí sozinho, destruí seu maravilhoso espírito enquanto era curado. Quanto egoísmo. A pior parte desse massacre é que me recusei a ver como eu a magoava, quanto apaguei de sua luz. Eu sabia. Soube o tempo todo, mas não me importei, só me dei conta quando finalmente consegui. Quando ela me recusou de uma vez por todas, eu entendi. A percepção me acertou em cheio como um caminhão, e não conseguiria me esquivar nem tentando com todas as minhas forças.

O pai dela precisou morrer para eu perceber como tinha sido babaca meu plano de protegê-la de mim. Se eu tivesse pensado bem, se tivesse pensado direito, teria percebido o absurdo da situação. O que ela queria era *eu* — Tessa sempre me amou mais do que mereço, e como retribuí? Forcei e forcei até ela finalmente se cansar da minha babaquice. Agora ela não me quer; não quer nem pensar em me querer, e preciso encontrar uma maneira de fazer com que se lembre do quanto me ama.

Agora estou aqui, vendo Zed passar o braço pelos ombros dela e puxá-la para junto de si. Não consigo desviar o olhar. Só consigo olhar para eles. Talvez eu esteja me punindo, talvez não, mas não consigo parar de ver que ela se encosta nele e ele diz algo em seu ouvido. Vejo que a expressão compreensiva dele a acalma de alguma forma, e ela suspira, assentindo uma vez, e ele sorri.

Alguém se senta ao meu lado, interrompendo temporariamente minha autoflagelação.

"Quase chegamos atrasados... Hardin, por que está sentado aqui atrás?", Landon pergunta.

Meu pai... Ken, se senta ao lado dele, e Karen caminha até a parte da frente da igreja para falar com Tessa.

"Você pode ir lá para a frente também. A primeira fila é só para pessoas que a Tessa gosta", esbravejo, olhando para a fila de pessoas que, desde Carol até Noah, eu não suporto.

E, entre elas, está Tessa. Eu a amo, mas não aguento estar tão perto dela enquanto é consolada por Zed. Ele não a conhece como eu; não merece estar sentado do lado dela agora.

"Para com isso. Ela 'gosta' você", Landon diz. "É o velório do pai dela, tenta se lembrar disso."

166

Vejo meu pai — *porra* —, vejo Ken olhando para mim. Ele não é meu pai. Eu sabia disso, sei há uma semana, mas, agora que ele está na minha frente, parece que acabei de descobrir de novo. Eu deveria contar para ele agora, confirmar a dúvida com a qual viveu a vida toda, contar a verdade sobre a minha mãe e Vance. Deveria dizer aqui e agora e deixar que ele se sinta tão decepcionado quanto eu. Eu fiquei decepcionado? Não sei ao certo; fiquei revoltado. Ainda estou, mas foi só o que senti.

"Como está se sentindo, filho?" Ele estende o braço na frente de Landon e pousa a mão em meu ombro.

Contar para ele. É isso que eu deveria fazer. "Estou bem." Encolho os ombros e me pergunto por que minha boca não colabora com minha cabeça e simplesmente fala. Como eu sempre digo, a tristeza ama companhia, e estou muito triste.

"Lamento muito por tudo isso, eu deveria ter ligado ao centro de reabilitação com mais frequência. Juro que liguei para saber dele, Hardin. Mas só soube que ele tinha saído quando já era tarde demais. Sinto muito." O desapontamento nos olhos de Ken faz com que eu me cale e não o force a se entristecer comigo. "Me desculpe por sempre decepcionar você."

Olho nos olhos dele e meneio a cabeça, decidindo momentaneamente que ele não precisa saber. Não agora. "Não foi sua culpa", digo baixinho.

Percebo que Tessa está olhando para mim, chamando minha atenção a tantos metros dali. Ela vira a cabeça na minha direção, e o braço de Zed não está mais em seus ombros. Ela me olha como eu olhava para ela, e eu me agarro com força ao banco de madeira para me controlar e não sair correndo pela igreja até lá.

"Enfim, peço desculpas mesmo assim", Ken diz e tira a mão do meu ombro. Seus olhos castanhos estão marejados, como os de Landon.

"Tudo bem", murmuro, ainda concentrado nos olhos acinzentados que olham nos meus.

"Vai lá, ela precisa de você", Landon sugere com um tom de voz suave.

Eu o ignoro e espero por algum tipo de sinal, algum indício de emoção para ela me mostrar que realmente precisa de mim. Se fizer isso, estarei ao lado dela em segundos.

O padre sobe ao altar, e ela se vira sem fazer nenhum gesto, sem demonstrar sequer que realmente estava me vendo.

Mas, antes que eu comece a sentir muita pena de mim, Karen sorri para Zed, que desliza no banco, permitindo que ela se sente ao lado de Tessa.

34

TESSA

Abro mais um sorriso falso para outro desconhecido e passo ao próximo, agradecendo por ter vindo. O velório foi curto; parece que a igreja não se interessa muito em celebrar a vida de um viciado. Algumas palavras tensas e alguns elogios falsos foram feitos, e pronto.

Só mais algumas pessoas; só mais alguns agradecimentos simulados e emoções forçadas quando vierem oferecer condolências. Se ouvir que meu pai foi um grande homem de novo, vou berrar. Acho que vou gritar no meio da igreja, na frente de todas as amigas preconceituosas de minha mãe. Muitas delas nem sequer conheciam Richard Young. O que estão fazendo aqui? E quais mentiras minha mãe contou a elas para estarem elogiando meu pai?

Não que eu não ache que ele tenha sido um bom homem. Eu não o conheci o suficiente para julgar seu caráter. Mas conheço os fatos, e os fatos são que ele abandonou a mim e a minha mãe quando eu era criança, e que só voltou para a minha vida há alguns meses, por acaso. Se eu não o tivesse visto naquele estúdio de tatuagem com Hardin, é possível que nunca mais o visse.

Ele não quis fazer parte da minha vida. Não quis ser pai nem marido. Queria viver sua vida e tomar decisões que só diziam respeito a si mesmo. Tudo bem, mas não consigo entender. Não consigo entender por que ele fugiu de suas responsabilidades para viver como um drogado. Eu me lembro de como me senti quando Hardin me contou que meu pai usava drogas; não acreditei. Por que eu conseguia aceitar que ele fosse um alcoólatra, mas não um drogado? Simplesmente não conseguia compreender. Acho que estava tentando torná-lo melhor na minha mente. Aos poucos estou percebendo que, como Hardin sempre diz, sou ingênua. Sou ingênua e tonta por ficar tentando encontrar o lado bom de pessoas que só fazem provar que são ruins. Sempre acabam me provando que estou errada, e eu cansei disso.

"Minhas amigas querem ir à nossa casa quando sairmos daqui, então preciso que você me ajude a preparar tudo para recebê-las assim que chegarmos em casa", minha mãe diz quando o último abraço é dado.

"Quem são essas mulheres? Elas conheciam o meu pai?", pergunto. Não consigo controlar o tom ríspido de minha voz, e me sinto um pouco culpada quando minha mãe franze o cenho. A culpa é deixada de lado quando ela olha ao redor na igreja para ver se nenhuma de suas "amigas" percebeu meu tom desrespeitoso.

"Sim, Theresa. Algumas, sim."

"Bom, eu adoraria ajudar também", Karen interrompe enquanto saímos. "Se não houver problema, claro." Ela sorri.

Estou grata pela presença de Karen. Ela é sempre tão doce e prestativa; até minha mãe parece gostar dela.

"Seria ótimo." Minha mãe sorri para Karen e se afasta enquanto acena a uma mulher que não reconheço em meio às pessoas que estão no gramado da igreja.

"Você se importa se eu for junto? Se não quiser, eu entendo. Sei que Hardin está aqui e tal, mas como foi ele quem me ligou...", Zed diz.

"Não, claro que você pode ir. Veio dirigindo até aqui."

Não consigo me controlar e procuro Hardin com os olhos pelo estacionamento. Do outro lado, vejo Landon e o padrasto entrando no carro de Ken; até onde vejo, Hardin não está com eles. Queria ter tido a chance de conversar com Ken e Landon, mas eles estavam sentados com Hardin e eu não quis afastá-los dele.

Durante o velório, temi que Hardin pudesse contar a Ken a verdade sobre Christian Vance na frente de todo mundo. Hardin estava se sentindo mal, então talvez quisesse fazer outra pessoa se sentir assim também. Torço para que ele tenha a decência de esperar o momento certo para contar a verdade dolorosa. Sei que ele vai ter; no fundo, Hardin não é uma pessoa má. Mas faz mal para mim.

Eu me viro para Zed, que está tirando bolinhas de tecido de sua camisa vermelha de botões. "Quer voltar andando? Não é muito longe, vinte minutos, no máximo."

Ele concorda, e partimos antes que minha mãe possa me enfiar em seu carro. Não tolero a ideia de ficar presa em um espaço apertado com ela agora. Minha paciência com ela está no fim. Não quero ser grosseira, mas sinto minha frustração crescer a cada toque de suas mãos nos cabelos perfeitamente enrolados.

Zed rompe o silêncio dez minutos depois de começarmos a andar. "Quer conversar um pouco?"

"Não sei. Qualquer coisa que eu diga provavelmente não vai fazer nenhum sentido." Balanço a cabeça, sem querer que Zed saiba como enlouqueci na última semana. Ele não perguntou ainda sobre meu relacionamento com Hardin, ainda bem. Qualquer assunto que envolva minha relação com Hardin não está aberto à discussão.

"Tenta", Zed me desafia com um sorriso simpático.

"Estou maluca."

"Maluca de loucura ou de raiva?", ele provoca, encostando o ombro no meu de um jeito brincalhão enquanto esperamos um carro passar para podermos atravessar a rua.

"As duas coisas." Tento sorrir. "Mas mais louca de raiva. É errado eu me sentir meio brava com meu pai por ter morrido?" Odeio o que disse. Sei que é errado, mas parece certo. A raiva parece melhor do que nada, e é uma distração. Uma distração de que preciso desesperadamente.

"Não é errado se sentir assim. Quer dizer, é um pouco. Acho que você não deveria ter raiva dele. Não sei bem se ele sabia o que estava fazendo quando fez o que fez." Zed olha para mim, mas eu desvio o olhar.

"Ele sabia o que estava fazendo quando levou aquelas drogas para o apartamento. Claro, não sabia que ia morrer, mas sabia que existia a possibilidade, e só pensou em se drogar. Não pensou em ninguém, só em si mesmo e no barato que ia sentir, sabe?" Engulo a culpa que vem com as palavras. Eu amava meu pai, mas preciso ser sincera. Preciso dar vazão a meus sentimentos.

Zed franze o cenho. "Não sei, Tessa. Não acho que tenha sido assim. Acho que eu não ia ficar com raiva de alguém que morreu, ainda mais sendo meu pai."

"Ele não me criou nem nada do tipo. Foi embora quando eu era pequena."

Zed já sabia disso? Não sei. Estou tão acostumada a falar com Hardin, que sabe tudo sobre mim, que às vezes eu esqueço que as outras pessoas só sabem o que permito que saibam.

"E se ele tiver ido embora por saber que seria melhor para você e sua mãe?", Zed diz, tentando me confortar, mas não está dando certo. Só está me dando vontade de gritar. Estou cansada de ouvir essa mesma desculpa de todos. Quem diz isso afirma querer o melhor para mim, mas acaba criando desculpas para o meu pai, que me abandonou, como se ele tivesse feito isso pelo meu bem. Que homem bom, por largar a esposa e a filha.

"Não sei", suspiro. "Vamos parar de falar sobre isso."

E não falamos mais. Ficamos em silêncio até chegarmos à casa da minha mãe, e tento ignorar a irritação que percebo na voz dela quando me repreende por eu ter demorado tanto para chegar em casa.

"Ainda bem que a Karen está aqui para ajudar", ela diz quando entro na cozinha.

Zed fica meio desconfortável, sem saber se pode ajudar. Mas bem depressa minha mãe entrega a ele uma caixa de torradas, abre a parte de cima e aponta, sem dizer nada, para uma bandeja vazia. Ken e Landon já estão cortando legumes e organizando as frutas nas melhores bandejas da minha mãe. Aquelas que ela usa quando quer impressionar as pessoas.

"Sim, ainda bem", digo baixinho. Pensei que o ar da primavera me ajudaria a acalmar a raiva que sinto, mas não ajudou. A cozinha da minha mãe é pequena demais, apertada demais, e está se enchendo de mulheres arrumadas demais em busca de autoafirmação.

"Preciso tomar ar. Já volto, fica aqui", digo a Zed quando minha mãe parte pelo corredor para buscar alguma coisa. Por mais que eu me sinta grata por ele ter vindo até aqui me consolar, fico pensando na nossa conversa e me vejo incomodada com o que ele disse. Tenho certeza de que, assim que me acalmar, vou pensar de outro jeito, mas no momento só quero ficar sozinha.

A porta de trás se abre com um rangido, e eu xingo baixinho, torcendo para que a minha mãe não saia correndo no quintal para me arrastar de volta para dentro da casa. O sol fez maravilhas na lama densa que cobria o chão da estufa. Poças escuras ainda ocupam metade do espaço, mas consigo encontrar um lugar seco no qual ficar. A última coisa de que preciso é estragar esses sapatos de salto que minha mãe comprou para mim sem poder pagar.

Um movimento chama minha atenção, e começo a entrar em pânico até ver Hardin atrás de uma prateleira. Seus olhos estão claros, e abaixo deles há olheiras fortes. O brilho de sempre e o bronzeado de sua pele sumiram, substituídos por um tom frágil, pálido.

"Desculpa, não sabia que você estava aqui", digo e logo me afasto. "Vou sair."

"Não, tudo bem. Aqui era o *seu* esconderijo primeiro, lembra?"

Ele sorri para mim, e até mesmo o menor dos sorrisos dele parece mais real do que os inúmeros sorrisos falsos que recebi hoje.

"Verdade, mas preciso entrar, de qualquer modo."

Levo a mão à maçaneta da porta de tela, mas ele estende o braço para que eu não a abra. Eu me retraio assim que seus dedos tocam meu braço, e ele se assusta com a rejeição. Logo se recupera e passa por mim para segurar a maçaneta da porta, me impedindo de sair.

"Por que você veio aqui fora?", ele pergunta com delicadeza.

"Eu só..." Fico procurando as palavras. Depois de minha conversa com Zed, perdi a vontade de falar o que penso a respeito da morte do meu pai. "Por nada."

"Fala, Tessa." Ele me conhece o suficiente para saber que estou mentindo, e eu o conheço bem o bastante para saber que não vai me deixar sair da estufa se não contar a verdade.

Mas será que posso confiar nele?

Olho para ele, e não consigo desviar a atenção da nova camisa que está vestindo. Deve tê-la comprado só para o velório, porque eu conheço todas as suas camisas, e ele não entraria nas roupas de Noah de jeito nenhum. Nem aceitaria vesti-las...

A manga da camisa nova foi rasgada na lateral para abrir espaço para o gesso.

"Tessa", ele pressiona, interrompendo minha distração.

O primeiro botão da camisa está aberto, e a gola está torta. Dou um passo para trás.

"Acho melhor não."

"Não o quê? *Conversar?* Só quero saber do que você está se escondendo."

Um pedido simples, mas ainda assim carregado. Estou me escondendo de tudo. Estou me escondendo de coisas demais para enumerar, e ele é a principal delas. Quero extravasar meus sentimentos com Hardin, mas não é muito difícil voltarmos ao padrão de sempre, e não quero mais esse jogo. Não consigo sobreviver a mais uma rodada. Ele ganhou, e eu estou aprendendo a aceitar isso.

"Nós dois sabemos que você não vai sair desta estufa se não me contar, então economiza nosso tempo e nossa energia e me conta logo." Ele tenta dizer isso como uma piada, mas vejo o toque de desespero em seus olhos.

"Estou brava", digo finalmente.

Ele mexe a cabeça, concordando. "É claro que está."

"Mas estou muito, muito brava, tipo... puta da vida."

"E deveria."

Olho para ele. "Deveria?"

"Com certeza. Eu também ficaria."

Acho que ele não entende o que estou tentando dizer. "Estou brava com meu pai, Hardin. Muito brava", explico, e espero que a reação dele mude.

"Eu também estou."

"Está?"

"Claro que sim. E é normal você também estar; tem todo o direito de estar puta da vida com ele. Morto ou não."

Não consigo deixar de rir ao ver a expressão séria no rosto de Hardin enquanto ele diz essas palavras ridículas.

"Você não acha errado eu não ficar nem triste porque estou brava demais por ele ter se matado?" Mordo o lábio inferior e faço uma pausa antes de continuar. "Foi o que ele fez, ele se matou e nem pensou em como isso ia afetar as pessoas. Sei que é egoísmo da minha parte dizer isso, mas é assim que estou me sentindo."

Olho para o chão de terra. Estou com vergonha de dizer essas coisas e de estar sendo sincera, mas me sinto muito melhor agora que elas foram ditas aqui nesta estufa, e espero que, se meu pai estiver lá em cima em algum lugar, ele não possa me ouvir.

Hardin segura meu queixo e levanta minha cabeça. "Ei", ele diz, e eu não me retraio desta vez, mas fico contente quando ele afasta a mão. "Não precisa ficar com vergonha de se sentir desse jeito. Ele se matou, e isso não é culpa de ninguém além dele. Eu vi como você ficou animada quando seu pai voltou para a sua vida, e ele foi um idiota por jogar isso fora só para se drogar." O tom de Hardin é ríspido, mas o que ele diz é exatamente o que preciso ouvir neste momento.

Ele dá uma risadinha. "Mas quem sou eu para falar, né?" Ele fecha os olhos e balança a cabeça lentamente, de um lado para outro.

Eu me apresso em desviar a conversa para longe de nosso relacionamento. "Eu estou mal por me sentir assim. Não quero ser desrespeitosa com ele."

"Que se foda." Hardin faz um gesto com o braço coberto pelo gesso. "Você pode muito se sentir como quiser, e ninguém pode falar porra nenhuma."

"Queria que todo mundo pensasse assim", digo, suspirando. Sei que me abrir com Hardin não é saudável, e preciso ter cautela, mas sei que ele é o único que me entende.

"Estou falando sério, Tessa. Não deixa nenhum desses nojentos fazer você se sentir mal sobre como está se sentindo."

Queria que fosse tão simples. Gostaria de ser mais como o Hardin e não me importar com o que as pessoas pensam ou sentem sobre mim, mas não consigo. Não sou assim. Eu me preocupo com os outros, mesmo quando não deveria, e gostaria de pensar que um dia isso vai deixar de ser meu ponto fraco. Pensar nos outros é uma qualidade, mas muitas vezes magoa.

Nos poucos minutos que passei na estufa com Hardin, quase toda a minha raiva desapareceu. Não sei bem o que a substituiu, mas não sinto mais o calor da fúria, a combustão constante da dor que sei que será uma companheira de muito tempo.

"Theresa!", ouço a voz da minha mãe atravessando o quintal, e tanto eu como Hardin fazemos uma careta de incômodo com a interrupção.

"Não seria problema nenhum para mim mandar todos eles, inclusive ela, para o inferno. Você sabe disso, né?" Ele me observa, e eu balanço a cabeça indicando que sim. Sei que ele não tem dificuldade em fazer isso, e uma parte de mim até gostaria de soltá-lo no meio das mulheres faladeiras que não deveriam estar aqui.

"Eu sei. Desculpa por me abrir assim. Eu só..."

A porta de tela se abre, e minha mãe entra na estufa. "Theresa, por favor, vamos lá para dentro", ela diz com autoridade. Está fazendo o melhor que pode para esconder a raiva que está de mim, mas sua fachada está ruindo depressa.

Hardin olha para o rosto irado da minha mãe e para mim antes de se colocar entre nós duas. "Eu estava de saída mesmo."

Eu me lembro de quando minha mãe o encontrou no meu quarto na faculdade meses atrás. Ela ficou furiosa, e Hardin pareceu derrotado quando eu saí com ela e com Noah. Parece que faz tanto tempo, e aquele momento agora me parece tão banal. Eu não fazia ideia do que viria depois, nenhum de nós sabia.

"O que você está fazendo aqui fora, aliás?", ela pergunta quando a sigo pelo quintal e subimos os degraus da varanda.

Não é da conta dela o que eu estava fazendo. Ela não entenderia meus sentimentos egoístas, e eu nunca confiaria nela o bastante para revelá-los. Não entenderia por que eu estava falando com Hardin depois de evitá-lo por três dias. Não entenderia nada que eu pudesse dizer, porque ela simplesmente não me entende.

Então, em vez de responder à pergunta, fico calada e me arrependo de não ter perguntado a Hardin do que *ele* se escondia quando veio à minha estufa.

35

HARDIN

"Hardin, por favor. Preciso me aprontar", Tessa resmungou deitada no meu peito certo dia. Seu corpo nu estava espalhado sobre o meu, distraindo cada um de meus neurônios.

"Você não está me convencendo, mulher. Se quisesse sair mesmo, já não estaria mais na cama." Beijei sua orelha, e ela se remexeu contra mim. "Você certamente não estaria se esfregando no meu pau agora."

Ela riu e escorregou contra meu corpo, fazendo contato com minha ereção de propósito.

"Agora você conseguiu", resmunguei, passando os dedos pelas curvas de seu quadril. "Você não vai mais para a aula." Meus dedos escorregaram para a parte da frente de seu corpo e a penetraram, fazendo-a gemer.

Porra, ela sempre era muito apertada e quente em meus dedos, ainda mais no meu pau.

Sem nada dizer, ela rolou de lado e me envolveu com a mão, movimentando-a lentamente. Em seguida passou o polegar pela gota de umidade já presente, que contradizia meu sorriso tranquilo, enquanto gemia pedindo mais.

"Mais o quê?", provoquei, torcendo para que ela mordesse a isca. Eu sabia o que viria depois, mas adorava quando ela falava.

Seus desejos se tornavam mais substanciais, mais tangíveis, quando ela os expressava. O modo como ela gemia ou suspirava por mim não era só para a minha satisfação ou uma demonstração de tesão. Aquelas palavras significavam que ela confiava em mim; os movimentos do seu corpo marcavam sua lealdade a mim; e a promessa do seu amor por mim me preenchia, me arrebatava de corpo e alma.

Eu me sentia totalmente consumido por ela, perdido dentro dela, sempre que fazíamos amor, mesmo quando estava sendo desonesto. Dessa vez não era exceção.

Eu a havia pressionado para dizer o que eu queria. As palavras de que eu precisava. "Fala, Tessa."

"Mais *tudo*, só... tudo de você", ela gemeu, correndo os lábios pelo meu peito, e ergui uma de suas coxas para envolvê-la com as minhas. Seria mais difícil assim, porém muito mais profundo, e poderia observá-la com facilidade. Poderia ver o que só eu fazia com ela, e adoraria ver o modo como ela abriria a boca e gozaria, chamando apenas o meu nome.

Você já me tem por inteiro, eu deveria ter dito. Mas me estendi sobre ela e peguei um preservativo do criado-mudo, pressionando-a entre as pernas. Seu gemido de satisfação quase me fez gozar naquele momento mesmo, porém me controlei por tempo suficiente para fazer com que ela me acompanhasse. Ela sussurrou que me amava e que eu a fazia se sentir bem, e eu deveria ter dito que me sentia da mesma forma, ainda mais do que ela podia imaginar, mas só falei seu nome e gozei na camisinha.

Havia muitas coisas que eu deveria ter dito, poderia ter dito, e certamente teria falado se soubesse que meus dias no céu estavam contados. Se soubesse o que aconteceria em breve, eu a teria adorado como ela merece.

"Tem certeza de que não quer passar mais uma noite aqui? Eu ouvi a Tessa dizer para a Carol que ficaria mais uma noite", Noah diz, afastando meus pensamentos para me trazer à realidade com seu jeito sempre irritante de fazer isso. Depois de passar um minuto olhando para mim com aquela cara de certinho, ele pergunta: "Você está bem?".

"Estou." Eu deveria contar a ele o que estava se passando na minha mente, a lembrança deliciosa e triste de Tessa agarrada a mim, arranhando as minhas costas e gozando. Mas não quero essa imagem na cabeça dele.

Ele ergue uma sobrancelha para mim. "E então?"

"Vou embora. Preciso dar um pouco de espaço para ela." Fico me perguntando como foi que me enfiei nesta situação, para começo de conversa. Porque sou idiota, foi assim. Minha estupidez é incomparável. Só não é maior do que a do meu pai e a da minha mãe. Devo ter herdado essa burrice deles. Com os três, devo ter aprendido a precisar me sabotar, a destruir a única coisa boa da minha vida.

Eu poderia culpá-los.

Poderia, mas culpar os outros não me levou a lugar nenhum até agora. Talvez seja hora de fazer algo diferente.

"Espaço? Eu nem sabia que você conhecia essa palavra", Noah tenta brincar. Deve perceber que estou olhando feio, porque logo acrescenta: "Se precisar de alguma coisa — não sei o que poderia ser, mas qualquer coisa, de modo geral —, pode me ligar." Ele olha estranhamente ao redor da sala de estar grande da casa de sua família, e eu olho para a parede atrás dele para evitar encará-lo.

Depois de uma troca desconfortável de olhares com Noah e de vários olhares nervosos da sra. Porter, pego minha malinha e saio da casa. Não levo quase nada comigo, só uma bolsa pequena com algumas roupas sujas e o carregador do meu celular. Pior ainda, para minha irritação, só depois de sair na chuva eu me lembro de onde meu carro está. *Porra*.

Eu poderia ir para a casa da mãe de Tessa e pegar uma carona com Ken se ele ainda estiver lá, mas não acho uma boa ideia. Se eu me aproximar dela, se respirar o mesmo ar que a minha menina, ninguém vai conseguir me tirar de perto dela. Deixei Carol me expulsar da estufa com facilidade, mas isso não vai acontecer de novo. Eu estava bem perto de me reconectar com Tessa. Senti isso, e sei que ela também sentiu. Vi seu sorriso. Vi o sorriso triste e vazio da garota pelo garoto triste que a ama com toda a sua alma problemática.

Ela ainda tem amor suficiente por mim para me dar outro sorriso, e isso quer dizer muita coisa para mim. Ela é o meu mundo. Talvez, talvez, se eu der o espaço de que precisa por enquanto, ela pode continuar a me lançar migalhas, que eu vou aceitar com prazer. Um sorriso, uma mensagem de texto de uma palavra — porra, se ela não conseguir uma ordem judicial que me proíba me aproximar, vou aceitar qualquer coisa que puder me dar até conseguir fazer com que se lembre do que temos juntos.

Fazer com que ela se *lembre*? Acho que não é bem um lembrete, já que nunca mostrei como poderia ser. Só soube ser egoísta e medroso, deixando meu medo e o ódio que sinto por mim comandar o show, sempre tirando a atenção dela. Eu só conseguia me concentrar em mim mesmo e no meu hábito nojento de pegar todo o amor e confiança e jogá-los na cara dela.

A chuva está aumentando agora, mas tudo bem. A chuva normalmente me ajudaria a me envolver no ódio que sinto por mim, mas não hoje; hoje, ela não está tão ruim. Está quase purificadora.

Isso se eu não detestasse metáforas.

36

TESSA

A chuva voltou, caindo numa folha pesada, solitária no gramado. Estou recostada na janela agora, olhando para fora como se estivesse encantada por ela. Eu costumava gostar da chuva, era meio reconfortante quando eu era criança, e esse conforto se estendeu pela minha adolescência e a fase adulta, mas agora só reflete a solidão dentro de mim.

A casa está vazia agora. Até Landon e sua família voltaram para casa. Não consigo decidir se estou feliz por eles terem ido embora ou se estou triste por estar sozinha.

"Ei", ouço uma voz e uma batida fraca na porta do quarto, e me lembro de que não estou sozinha, afinal.

Zed se ofereceu para ficar na casa da minha mãe hoje, e não consegui dizer não. Eu me sento perto da cabeceira e espero que ele abra a porta.

Quando alguns segundos se passam sem que ele tenha entrado, eu aviso: "Pode entrar".

Acho que estou acostumada a ver alguém entrando antes mesmo que eu responda. Não que eu me importasse...

Zed entra no pequeno quarto, usando as mesmas roupas do velório, mas agora alguns botões de sua camisa estão abertos e o cabelo com gel está mais baixo, dando a ele uma aparência mais suave e relaxada.

Ele se senta na beira da cama e se vira na minha direção. "Como está se sentindo?"

"Bom, estou bem. Na verdade não sei como devo me sentir", respondo com sinceridade. Não posso dizer a ele que estou sofrendo pela perda de dois homens hoje, não só de um.

"Você quer ir a algum lugar? Ou então ver um filme ou coisa do tipo? Para se distrair um pouco?"

Paro um pouco para pensar nessa pergunta. Não quero ir a lugar nenhum nem fazer nada, apesar de saber que talvez devesse fazer alguma coisa. Eu estava bem perto da janela olhando sem parar para a chuva.

"Ou que tal só conversar? Nunca vi você assim, não está como costuma ser." Zed apoia a mão em meu ombro e me recosto nele. Foi injusto de minha parte ser tão grosseira com ele hoje. Só estava tentando me confortar; só disse o oposto do que eu queria ouvir. Não é culpa de Zed que recentemente eu tenha entrado na Malucolândia — é só minha. Dois habitantes: eu e meu vazio; foi só o que sobrou dentro de mim depois dessa batalha.

"Tessa?" Os dedos de Zed tocam meu rosto para ganhar minha atenção.

Envergonhada, balanço a cabeça, negando. "Desculpa. Como eu disse, estou meio puta da vida." Tento sorrir, e ele faz a mesma coisa. Está preocupado comigo; consigo ver no castanho-dourado de seus olhos. Consigo ver no sorriso fraco que ele abre com os lábios carnudos

"Tudo bem. Tem muita coisa acontecendo na sua vida. Vem cá." Ele dá um tapinha no espaço ao seu lado na cama e eu me aproximo. "Tenho uma coisa para perguntar." Seu rosto bronzeado fica corado, e eu meneio a cabeça para ele seguir em frente. Não faço ideia do que ele possa querer perguntar, mas tem sido um ótimo amigo, veio até aqui para me consolar.

"Certo, então..." Ele pausa, respirando fundo. "Eu queria saber o que aconteceu entre você e o Hardin." Ele morde o lábio inferior.

Desvio o olhar depressa. "Não sei se é uma boa falar sobre o Hardin e eu..."

"Não preciso dos detalhes. Só quero saber se dessa vez acabou mesmo."

Engulo em seco. É difícil dizer, mas respondo: "Acabou".

"Tem certeza?"

O quê? Eu me viro para olhar para ele. "Sim, mas não entendo o que..."

Sou interrompida por Zed me beijando. Ele leva as mãos aos meus cabelos, e sua língua pressiona minha boca fechada. Eu me surpreendo, e ele entende a reação como um convite para encostar o corpo contra o meu, me forçando a deitar no colchão.

Confusa e desprevenida, reajo depressa, e minhas mãos empurram seu peito. Ele hesita por um momento, ainda tentando me beijar.

"O que é isso?", pergunto assim que ele finalmente me solta.

"O quê?" Os olhos dele estão arregalados, e os lábios estão inchados pela pressão contra os meus.

"Por que você fez *isso*?" Eu me levanto, assustadíssima com esse gesto, e tentando desesperadamente não reagir com exagero.

"O quê? Beijar você?"

"É!" Grito com ele antes de cobrir meus lábios depressa. A última coisa de que preciso é que minha mãe entre no quarto.

"Você disse que terminou com Hardin! Acabou de dizer isso!" Sua voz está mais alta do que a minha, mas ele não tenta se silenciar como eu fiz.

Por que ele acha que isso é normal? Por que me beijaria?

Instintivamente, cruzo os braços sobre o peito, e percebo que estou tentando me cobrir. "Isso não foi um convite para você tentar alguma coisa. Pensei que estivesse aqui como amigo."

Ele ri. "Amigo? Você sabe muito bem o que eu sinto! Sempre soube o que sinto por você!"

Estou assustada com seu tom de voz grosseiro. Ele sempre foi tão compreensivo. O que mudou?

"Zed, você concordou em ser meu amigo, e sabe o que sinto por ele." Mantenho a voz mais calma e neutra que consigo, apesar do pânico dentro do peito. Não quero ferir os sentimentos de Zed, mas ele está fora de controle.

Ele revira os olhos. "Não, não sei o que você sente por ele, porque vocês sempre terminam e voltam, terminam e voltam. Você muda de ideia toda semana, e eu fico sempre esperando, esperando, esperando."

Eu me retraio. Mal reconheço esse Zed; quero o Zed de antes de volta. O Zed que tem minha amizade e confiança não está aqui.

"Eu sei disso. Sei que as coisas entre nós são assim, mas pensei ter sido bem clara sobre..."

"Ficar grudada em mim não deixa essa mensagem nada clara." A voz dele está séria e fria, e sinto arrepios na espinha ao ver a diferença em seu jeito de agir que apareceu nos últimos dois minutos.

Estou ofendida e confusa com a acusação dele. "Eu não ficava grudada em você." *Não é possível que ele pense assim!* "Você me abraçou no velório de meu pai. Achei que fosse um gesto de carinho. Não sabia que estava pensando em outra coisa. Eu com certeza não. O Hardin estava lá... como pode ter pensado que eu trocaria carinhos com você na frente dele?"

O eco de um armário se fechando ecoa pela casa pequena, e me sinto muito aliviada quando Zed se esforça para falar baixo.

"Por que não? Você já me usou para provocar ciúmes nele outras vezes", ele sussurra.

Eu quero me defender, mas sei que ele tem razão. Não em tudo, mas o que está dizendo não deixa de ser verdade. "Sei que já fiz isso antes, e sinto muito por isso. De verdade. Eu já pedi desculpas antes, e vou repetir o que disse: você sempre esteve do meu lado, e valorizo muito isso, mas pensei que já estivesse tudo resolvido. Pensei que tivesse entendido que eu e você só podemos ser amigos."

Ele faz um gesto com a mão. "Você está tão enfeitiçada por ele que nem percebe onde se enfiou." O brilho intenso de seus olhos diminui, e eles se tornam mais frios.

"Zed", suspiro, derrotada. Não queria brigar com ele, não depois da semana que tive. "Me desculpa, está bom? Sinto muito mesmo, mas você está sendo bem inconveniente. Pensei que fosse meu amigo."

"Não sou", ele diz. "Pensei que você só precisasse de mais tempo. Pensei que esta ia ser minha oportunidade de finalmente ter você, e acabei dispensado. De novo."

"Não posso dar o que você quer... você sabe que não. É impossível para mim. Certo ou errado, Hardin deixou uma marca em mim. Eu não consigo me entregar nem a você nem a ninguém, acho."

Assim que digo isso, me arrependo.

O olhar de Zed quando termino meu discurso patético me assusta, e eu procuro qualquer vestígio do esperançoso, porém inofensivo sr. Collins que imaginei conhecer. Em vez disso, estou de pé no quarto olhando para o falsário Wickham, ferido por Darcy no passado, que fingiu ser bonzinho e leal para conquistar a simpatia de todos, quando na verdade era um mentiroso.

Eu me levanto para andar até a porta. Como eu pude ser tão tonta? Elizabeth me chacoalharia pelos ombros para que eu acordasse. Passei tanto tempo defendendo Zed contra Hardin, dizendo que sua desconfiança em relação a Zed era um drama por causa do ciúme, mas Hardin estava certo o tempo todo.

"Tessa, espera! Me desculpa!", ele diz atrás de mim, mas já estou abrindo a porta da frente e correndo para a chuva quando a voz dele atravessa o corredor, chamando a atenção da minha mãe.

Mas eu já parti noite adentro.

37

TESSA

Meus pés descalços pisam no cimento molhado, e minhas roupas estão encharcadas quando chego à casa dos Porter. Não sei que horas são — nem conseguiria tentar adivinhar —, mas fico feliz ao ver as luzes do hall de entrada acesas. O alívio toma conta de mim como a chuva fria quando a mãe de Noah abre a porta.

"Tessa! Minha querida! Você está bem?" Ela me coloca para dentro, e eu faço uma careta ao ouvir a água pingando de meu corpo no chão reluzente de madeira.

"Desculpa. É só que..." Olho ao redor da sala de estar enorme e praticamente imaculada, e no mesmo instante me arrependo de ter vindo aqui. Hardin não ia querer me ver mesmo. Onde eu estava com a cabeça? Ele não é mais meu, não é o homem que imaginei ser.

O meu Hardin desapareceu na Inglaterra, o cenário de todos os meus contos de fadas, e um desconhecido tomou o lugar dele e acabou com nós dois. O meu Hardin nunca se drogaria nem tocaria outra mulher, nunca permitiria que outra mulher usasse suas roupas. O meu Hardin nunca riria de mim na frente dos amigos e me mandaria de volta para casa, me descartando como se eu não fosse nada. Eu não sou nada — para ele, pelo menos. Quanto mais ofensas acrescento à lista, mais me sinto idiota. A verdade é que o único Hardin que eu conheci fez todas essas coisas, muitas vezes, e até mesmo agora, falando sozinha, eu ainda o defendo.

Como sou ridícula.

"Desculpa, sra. Porter. Eu não deveria ter vindo aqui. Me desculpa." Peço desculpas de um jeito desesperado. "Por favor, não conta para ninguém que eu estive aqui." E, como seria de se esperar da pessoa instável que me tornei, corro de volta para a chuva antes que ela me impeça.

Quando paro de correr, estou perto da agência de correio. Sempre detestei esse lugar quando era criança. O pequeno prédio de tijolos aparentes fica isolado nos confins da cidade. Não tem nenhuma casa nem construção por perto, e em momentos assim, quando está escuro e chovendo, meus olhos me confundem, e o pequeno prédio se mistura às árvores. Sempre passo correndo por ali como se fosse uma criança.

Minha adrenalina diminuiu, e meus pés doem por pisarem no cimento sem nenhuma proteção. Não sei o que estava pensando quando vim até aqui. Acho que não estava pensando.

Minha sanidade já questionável fica em risco de novo quando uma sombra aparece por baixo do toldo do correio. Começo a me afastar lentamente, com medo de estar imaginando coisas.

"Tessa? O que você está fazendo aqui?", a sombra me pergunta com uma voz que parece a de Hardin.

Eu me viro para correr, mas ele é mais rápido do que eu. Seus braços envolvem minha cintura, e ele me puxa contra o peito antes que eu possa escapar. Uma mão grande me força a olhar para ele, e eu tento manter os olhos abertos e concentrados, apesar das gotas fortes de chuva que encobrem minha visão.

"Por que você está aqui sozinha no meio da chuva?", Hardin me repreende em meio ao barulho da tempestade.

Não sei como me sentir. Quero seguir o conselho de Hardin e ficar à vontade com o que sinto, mas não é tão simples. Não posso trair as poucas forças que me restam. Se eu me permitir o alívio da mão de Hardin no meu rosto, vou me decepcionar.

"Responde. Aconteceu alguma coisa?"

"Não." Balanço a cabeça, mentindo. Dou um passo para trás e tento recuperar o fôlego. "Por que você está na rua tão tarde, no meio do nada? Pensei que estivesse na casa dos Porter." Por um minuto, entro em pânico, pensando que a sra. Porter pode ter contado a ele sobre meu momento embaraçoso de falta de noção.

"Não, saí de lá há mais ou menos uma hora. Estou esperando um táxi. O idiota deveria ter chegado há vinte minutos." As roupas de Hardin estão molhadas, o cabelo está encharcado, e sua mão treme contra a minha pele. "Me diz por que você está aqui, com tão pouca roupa e descalça."

Percebo que ele está se esforçando para manter a calma, mas sua máscara não está intacta como imagina. Claro como o dia, consigo ver o pânico em seus olhos verdes. Mesmo no escuro, vejo a tempestade que se forma atrás deles. Ele sabe; parece que sempre sabe tudo.

"Não é nada. Nada de mais." Eu me afasto, mas ele não está acreditando. Dá um passo na minha direção, fica ainda mais perto do que antes. Ele sempre foi muito incisivo.

Faróis surgem em meio à chuva, e meu coração começa a bater com força dentro do peito quando vejo a forma de uma picape. Meu cérebro acompanha meu coração, e percebo que *conheço essa picape*.

Quando ela para, Zed sai e corre em minha direção, deixando o veículo ligado. Hardin se coloca entre nós, num alerta silencioso para que ele não se aproxime. Mais uma cena com a qual me acostumei e preferiria não ver de novo. Todos os aspectos da minha vida parecem ser um ciclo, um círculo vicioso, que leva um pedaço de mim todas as vezes em que a história se repete.

A voz de Hardin é alta e clara, mesmo em meio à chuva. "O que *você fez*?"

"O que ela falou?", Zed rebate.

Hardin se aproxima dele. "Tudo", ele mente.

Eu me esforço para entender a expressão de Zed. É impossível ver com clareza, mesmo com a ajuda dos faróis do carro dele nos iluminando.

"Então ela contou que me beijou?", Zed ri, e sua voz é uma mistura horrorosa de malícia e satisfação.

Antes que eu possa me defender da mentira de Zed, mais um par de faróis aparece para se unir ao caos.

"Ela *o quê*?", Hardin grita.

O corpo dele ainda está virado para Zed e, com os faróis do táxi iluminando tudo, consigo ver o sorrisinho de Zed. Como ele pode mentir desse jeito sobre mim para Hardin? Será que Hardin vai acreditar nele? Mais importante ainda, que diferença faz se ele acreditar ou não?

Alguma coisa aqui importa de fato?

"A questão aqui é a Sam, né?", Hardin pergunta.

"Não, não é!" Zed passa a mão no rosto, afastando a água.

Hardin aponta um dedo a ele.

"É, sim! Eu sabia! Eu sabia que você estava indo atrás da Tessa por causa daquela puta!"

"Ela não era uma puta! E a questão aqui não é só com ela. Eu gosto da Tessa! Assim como gostava da Samantha, e você tinha que estragar tudo! Você sempre estraga tudo na minha vida!", Zed grita.

Hardin se aproxima dele, mas fala comigo: "Entra no táxi, Tessa".

Fico parada, ignorando o que ele disse. *Quem é Samantha?* O nome me parece vagamente familiar, mas não consigo associá-lo a ninguém específico.

"Tessa, entra no táxi e me espera. Por favor", Hardin diz entredentes. Sua paciência está acabando e, pela cara de Zed, a dele já evaporou.

"Por favor, não briga com ele de novo, Hardin. De novo, não", imploro. Já estou cansada de brigas. Acho que não vou aguentar ver mais uma cena violenta depois de encontrar o corpo frio e sem vida do meu pai.

"Tessa...", ele começa, mas eu interrompo.

O resto da minha sanidade desaparece oficialmente, e imploro para Hardin partir comigo. "Por favor, a minha semana foi horrível, não vou conseguir ver isso. Por favor, Hardin, entra no táxi comigo. Me leva embora daqui, por favor."

38

HARDIN

Tessa não disse nada desde que eu entrei no táxi, e estou ocupado demais tentando controlar minha raiva para comentar. Vê-la aqui, no escuro e fugindo de algo — fugindo de Zed —, fez minha raiva aumentar, e teria sido muito fácil deixar rolar. Liberá-la.

Mas não posso fazer isso. Não desta vez. Desta vez, vou provar que consigo controlar minha boca e meus punhos também. Eu entrei no táxi com ela em vez de amassar o crânio de Zed no cimento, como ele merecia. Espero que ela reconheça isso; espero que isso conte a meu favor, ainda que só um pouco.

Tessa ainda não tentou fugir, e não disse nada quando pedi ao motorista para nos levar à casa da mãe dela para pegar suas coisas. É um bom sinal. Só pode ser. Suas roupas estão encharcadas, grudadas no corpo, e seus cabelos estão colados na testa. Ela os afasta com a mão, suspirando porque as mechas não param no lugar. Preciso de todo o meu autocontrole para não prender seus cabelos atrás das orelhas.

"Espera aqui enquanto vamos lá para dentro", digo ao motorista. "Voltamos em menos de cinco minutos, não vai embora."

Ele chegou atrasado para me pegar, então não deve se importar em esperar. Não que eu esteja reclamando; se não tivesse se atrasado, eu não teria encontrado Tessa andando sozinha na maldita chuva.

Tessa abre a porta e atravessa o quintal. Não se incomoda nem um pouco ao sentir a chuva sobre ela, cobrindo seu corpo e quase a tirando das minhas vistas. Depois de lembrar ao motorista, pela segunda vez, para esperar, parto atrás dela antes que a chuva nos separe ainda mais.

Prendo a respiração, me forçando a ignorar a picape vermelha estacionada na frente da casa. Zed conseguiu voltar primeiro, como se soubesse aonde eu a levaria. Mas não posso perder o controle. Tenho que mostrar a Tessa que consigo me controlar e colocar os sentimentos dela acima dos meus.

Ela entra na casa, e eu alguns segundos depois. Quando entro, porém, Carol já está falando com ela.

"Theresa, quantas vezes você ainda vai fazer isso? Está se arrastando de novo para o meio de uma coisa que sabe que não vai dar certo!"

Zed está de pé no meio da sala de estar, e a água pinga no chão. Tessa aperta o próprio nariz com os dedos, um sinal de puro estresse, e mais uma vez me esforço para ficar calado.

Só vai ser necessária uma única palavra errada dita por mim para fazer com que ela fique aqui, para mantê-la a horas de viagem de mim.

Tessa levanta uma das mãos, um gesto meio de comando e de pedido.

"Mãe, quer parar, por favor? Não estou fazendo nada. Só quero sair daqui. Ficar aqui não está ajudando em nada, e tenho um emprego e a faculdade em Seattle."

Seattle?

"Você vai voltar para Seattle hoje à noite?", Carol pergunta à filha.

"Não hoje à noite, amanhã. Amo você, mãe, e sei o que está querendo dizer, mas quero ficar perto do meu... bom..." Tessa olha para mim, com a incerteza estampada nos olhos acinzentados, "do Landon. Quero ver o Landon agora".

Ah...

Zed abre a maldita boca.

"Eu levo você."

Não consigo me controlar e me manifesto contra a sugestão. "Não leva, *não*."

Estou tentando ser paciente e tudo mais, só que isso já é demais. Deveria ter entrado sozinho, pegado a bolsa de Tessa e levado para o táxi antes que Zed tivesse a chance de olhar para ela.

O sorriso no rosto dele agora, o mesmo maldito sorriso que vi há alguns minutos, está me assombrando. Ele está tentando me pressionar, tentando fazer com que eu perca o controle na frente de Tessa e de sua mãe. Ele quer brincar comigo, como sempre faz.

Mas não hoje. Não darei a ele a satisfação de ser uma pecinha em sua mão.

"Tessa, pega sua bolsa", eu digo. Mas a carranca no rosto das duas faz com que eu reconsidere as palavras que escolhi. "Por favor, por favor, pode pegar sua bolsa?"

A expressão séria de Tessa fica mais suave, e ela atravessa o corredor e entra em seu antigo quarto.

Carol olha para Zed e para mim antes de falar: "O que aconteceu para ela sair correndo na chuva? Foi por causa de qual dos dois?" O olhar é de ódio, chega a ser quase engraçado.

"Dele", os dois respondem e apontam ao mesmo tempo, como crianças.

Carol revira os olhos e se vira para seguir a filha pelo corredor estreito.

Eu olho para Zed. "Pode ir agora."

Sei que Carol está me ouvindo, mas sinceramente não estou nem aí para isso no momento.

"A Tessa não queria que eu fosse embora; estava só confusa. Ela deu em cima de mim, implorou para que eu ficasse aqui com ela", ele diz. Balanço a cabeça, mas ele continua. "Ela não quer mais você. Você gastou suas últimas fichas com ela. Você viu como ela olha para mim, viu que ela me quer."

Cerro os punhos e respiro fundo para me acalmar. Se Tessa não andar logo com a bolsa, a sala de estar vai estar pintada de vermelho quando voltar. Aquele puto e o sorrisinho dele.

Ela não o beijaria. Não faria isso.

Visões dos meus pesadelos tomam minha mente, e me deixam um passo mais perto do meu limite. As mãos dele na barriga dela, as unhas dela descendo pelas costas dele. A mania dele de sempre mexer com a garota dos outros...

Ela não faria isso. Não o beijaria.

"Isso não vai funcionar", digo, forçando as palavras. "Você não vai conseguir me fazer brigar na frente dela. De novo, não."

Caralho, que vontade de arrebentar a cabeça dele e observar sua massa encefálica escorrer para fora do crânio. É o que eu mais quero.

Ele se senta no braço do sofá e sorri. "Você facilitou um bocado para mim. Ela me disse o quanto me quer, e menos de meia hora atrás." Ele olha para o pulso vazio como se estivesse consultando as horas em um relógio. O filho da puta adora um drama, sempre gostou.

"Tessa!", eu chamo para calcular quantos segundos ainda vou ter que tolerar a presença desse imbecil.

O silêncio toma a casa, seguido pelo murmúrio de Tessa e de sua mãe. Fecho os olhos por um momento, torcendo para que Carol não tenha convencido Tessa a ficar nesta merda de cidade mais uma noite.

"Isso deixa você maluco, não é?", Zed ri, continuando a me provocar. "Como acha que eu me senti quando você transou com a Sam? Foi mil vezes pior do que esse ciúme idiota que você sente agora."

Como se ele pudesse ter ideia do tamanho do sentimento que tenho por Tessa. Lanço a ele um olhar entediado. "Mandei você calar a boca e se mandar. Ninguém está nem aí para você e para a Sam. Ela foi fácil, fácil demais para o meu gosto, na verdade, ponto final." Zed dá um passo na minha direção, e eu aprumo as costas, fazendo com que se lembre que minha altura é uma das muitas vantagens que tenho contra ele. É minha vez de tirar sarro. "O que foi? Não gosta quando falam de sua preciosa Samantha?"

Os olhos dele ficam intensos, um alerta para que eu pare, mas me recuso. Ele tem a coragem de beijar Tessa e tentar usar os sentimentos dela como munição contra mim? Certamente não sabe que tenho um arsenal inteiro na manga.

"Cala a boca", ele diz, me pressionando mais. Pode ser que eu não use as mãos dessa vez, mas minhas palavras vão causar mais impacto ainda.

"Por quê?" Olho para o corredor para ter certeza de que Tessa ainda está dentro do quarto com a mãe enquanto torturo Zed com minhas palavras. "Não quer ouvir sobre a noite em que eu transei com ela? Na verdade, nem lembro direito, mas entendo que a experiência tenha sido algo tão novo para ela, a ponto de querer escrever os detalhes naquele diário. Ela não foi muito marcante, mas pelo menos era *dedicada*."

Eu sabia que ele estava muito a fim dela, e na época pensei que o relacionamento dos dois a tornaria um grande desafio para mim. Mas a ironia foi que ela acabou se tornando mais um problema do que uma diversão.

"Eu transei com ela até dizer chega, isso dá para dizer. Deve ser por isso que ela veio com aquela história de gravidez depois. Você se lembra disso, não é?"

Por um momento — um breve momento—, paro e penso como ele deve ter se sentido quando soube. Tento me lembrar do que estava passando pela minha mente quando decidi ir atrás dela. Eu sabia que eles estavam namorando. Tinha ouvido falar o nome dele na sala do almoxarifado da Vance, e fiquei intrigado no mesmo momento. Eu conhecia Zed fazia poucas semanas e pensei que seria divertido aprontar uma com ele.

"Pensei que você fosse meu amigo." As palavras ridículas dele pairam entre nós.

"Seu amigo? Nenhum daqueles degenerados era seu amigo. Eu mal conhecia você; não foi nada pessoal." Olho para o corredor para ter certeza de que Tessa não está por perto, e então me aproximo e o agarro pela gola da camisa. "Assim como não foi nada pessoal quando Stephanie apresentou a Rebecca para você, apesar de ela saber que Noah estava saindo com ela. Pessoal é o que você faz quando mexe com Tessa. Você sabe o que ela significa para mim... mais do que qualquer vaca de escritório poderia significar para você."

Sou pego desprevenido quando ele me empurra contra a parede. Quadros balançam e caem no chão, fazendo com que Tessa e a mãe apareçam no corredor.

"Vai se foder! Eu poderia ter comido a Tessa também... ela teria se entregado fácil para mim hoje se você não tivesse aparecido!" Ele me dá um soco na boca, e Tessa grita horrorizada. O gosto forte de cobre enche minha boca, e eu engulo o sangue antes de passar a manga da blusa pelos lábios e pelo queixo.

"Zed!", Tessa grita e corre para o meu lado. "Fora daqui! Agora!" Ela bate os punhos cerrados no peito dele e eu a seguro, abrindo espaço entre eles.

A simples experiência de Tessa ouvi-lo falar daquele jeito me deixa em êxtase. É isso o que tenho tentado mostrar a ela desde sempre. Ele nunca foi o cara bonzinho e inocente que ela foi manipulada a pensar que fosse.

Tudo bem, sei que ele tem alguns sentimentos por ela — não sou totalmente cego em relação a isso —, mas suas intenções nunca foram puras. Ele acabou de provar isso a ela, e eu não poderia estar mais feliz. Sou um idiota egoísta, mas nunca disse que não era.

Sem abrir a boca, Zed sai pela porta da frente e vai para a chuva. As lanternas iluminam as janelas da frente enquanto ele sai com o carro e se afasta pela rua.

"Hardin?" A voz de Tessa está calma e tomada pela exaustão. Estamos no banco de trás do táxi há quase uma hora sem trocarmos uma palavra.

"Sim?" Minha voz falha, e eu limpo a garganta.

"Quem é Samantha?"

Estou esperando Tessa fazer essa pergunta desde que saímos da casa da mãe dela. Eu posso mentir, inventar uma história para fazer Zed parecer um merda, ou então ser sincero logo de uma vez.

"É uma garota que fez um estágio na Vance. A gente trepou enquanto ela namorava o Zed." Decido não mentir, mas me arrependo das palavras que usei quando Tessa faz uma careta. "Desculpa, só quis ser sincero", acrescento, numa tentativa de suavizar as palavras.

"Você sabia que ela era namorada dele quando dormiram juntos?" Tessa olha no meu olho, como só ela consegue.

"Sim, sabia. Foi por isso que fiz isso." Dou de ombros, ignorando a pontada de remorso que ameaça aparecer.

"Por quê?" Ela observa meus olhos à procura de uma resposta decente, mas não tenho o que dizer. Só tenho a verdade. A verdade cruel.

"Não tenho desculpa, foi só um jogo para mim", suspiro, arrependido por ser tão cuzão. Não por Zed, nem por Samantha, mas por essa garota linda que não me julga enquanto olha para mim, sem querer mais explicações.

"Não esquece que eu não era a pessoa que sou depois de conhecer você. Eu não tinha nada a ver com quem sou hoje. Bom, sei que você me acha problemático agora, mas pode ter certeza de que me odiaria ainda mais se tivesse me conhecido antes." Desvio o olhar para a janela.

"Sei que não parece, mas você me ajudou muito, você me deu um propósito, Tess."

Ouço quando ela suspira e faço uma careta pensando no impacto que minhas palavras podem ter. Ridículas e falsas, é como devem parecer.

"E qual é esse propósito?", ela pergunta timidamente na calma repentina da noite.

"Ainda estou tentando descobrir. Mas vou descobrir, então tenta ficar por perto tempo suficiente para saber a resposta."

Ela olha para mim, mas se cala.

Ainda bem, porque acho que não saberia lidar com uma rejeição agora. Viro a cabeça e olho para a escuridão da paisagem ao nosso redor, feliz por nada arrasador e conclusivo ter saído de sua boca.

39

TESSA

Acordo com mãos na minha cintura enquanto sou retirada do carro. A luz branca em cima do táxi me lembra a noite que tive. Observo o ambiente que me cerca, entrando em pânico momentaneamente até perceber que estamos na frente da casa de Ken. Não, não...

"Eu jamais levaria você lá de novo", Hardin diz em meu ouvido, sabendo exatamente com o que eu me preocuparia antes mesmo de o pensamento se formar em minha mente.

Não protesto quando Hardin me leva até a casa. Karen está acordada, sentada numa cadeira ao lado da janela, com um livro de receitas no colo. Hardin me coloca no chão, e me sinto meio zonza.

Karen fica de pé, atravessa a sala e me abraça. "O que posso fazer por você, querida? Fiz uns bolinhos de doce de leite, você vai adorar." Ela sorri, envolve a minha mão com sua mão quente e me leva em direção à cozinha sem olhar para Hardin.

"Vou levar sua bolsa lá para cima", ele diz.

"Landon está dormindo?", pergunto à mãe dele.

"Acho que sim, mas tenho certeza de que ele não vai se incomodar se você acordá-lo. Ainda está cedo." Karen sorri e coloca um pedaço de bolo de doce de leite em um prato antes que eu possa dizer não.

"Não, tudo bem, posso falar com ele amanhã."

A mãe de Landon lança seu olhar suave para mim, com a gentileza de sempre. Seus dedos giram a aliança de casamento sem parar no dedo fino. "Sei que é terrível, e sinto muito, mas eu queria falar com você sobre uma coisa." Seus olhos castanhos brilham de preocupação, e ela acena para que eu coma um pedaço do doce enquanto serve dois copos de leite.

Faço um gesto com a cabeça para que ela continue, com a boca cheia de bolo. Não consegui comer mais cedo, estava abalada demais, e o dia foi muito comprido. Pego outro pedaço.

"Sei que tem muita coisa acontecendo, então se quiser que eu deixe você em paz é só me dizer. Prometo que vou entender, mas preciso muito da sua opinião sobre uma questão."

Faço outro aceno de cabeça, me deliciando com o doce.

"É sobre Hardin e Ken."

Meus olhos se arregalam. Imediatamente começo a me engasgar com o bolo e pego o copo de leite. *Ela sabe? Hardin disse alguma coisa?*

Karen dá um tapinha nas minhas costas enquanto eu bebo o leite frio, esfregando em círculos, e continua. "Ken está muito feliz por Hardin ter finalmente começado a tolerá-lo. Está contente por enfim estar construindo um relacionamento com o filho. É uma coisa que ele sempre quis. Hardin é o maior arrependimento dele, e me magoou durante anos vê-lo assim. Sei que ele cometeu erros — muitos, muitos erros —, e não quero inventar desculpas para esses erros." Seus olhos ficam cheios de lágrimas, e ela seca os cantos com os dedos. "Desculpa", ela diz, sorrindo. "Estou me descontrolando."

Depois de respirar fundo algumas vezes, ela diz: "Ele não é mais o mesmo homem que era antes. Viveu anos de sobriedade e terapia, anos de reflexão e remorso".

Ela sabe. Karen sabe sobre Trish e Christian. Meu peito está apertado, e meus olhos também ficam marejados. "Eu sei o que você vai dizer." Eu lamento muito por essa família que amo tanto quanto a minha, e sofro por todos dessa família cheia de segredos, vícios e arrependimentos.

"Você sabe?" Ela suspira de um modo a mostrar um pouco de seu alívio. "Landon contou sobre o bebê? Eu devia imaginar que contaria. Então, acho que o Hardin também sabe."

Começo a tossir de novo. Depois de um acesso de tosse, durante o qual Karen ficou observando minha expressão, finalmente falo: "*O quê? Um bebê?*"

"Então você não sabe." Ela ri baixinho. "Sei que sou muito mais velha do que se esperaria de uma grávida, mas tenho quarenta e poucos anos, e o médico garantiu que sou saudável..."

"Um bebê?" Fico aliviada por ela não saber que Christian é o pai de Hardin, mas isso é *mais* do que surpreendente.

"Sim", ela sorri. "Fiquei tão chocada quanto você. Ken também. Ele anda muito preocupado comigo. Landon quase teve um treco; ele sabia sobre todas as minhas consultas, mas não falei para ele o motivo, então o coitadinho pensou que eu estivesse doente. Eu me senti péssima e tive que esclarecer. Não foi nada planejado", ela me observa, "mas estamos felizes agora, que vencemos o choque inicial de ter outro filho tão tarde."

Eu a abraço, e pela primeira vez em dias sinto alegria. Onde antes não havia nada, agora existe alegria. Amo muito a Karen e estou empolgada por ela. Que sensação boa! Estava começando a achar que nunca mais me sentiria assim.

"Isso é incrível! Estou muito feliz por vocês dois!", eu quase grito, e ela me abraça com força.

"Obrigada, Tessa. Eu sabia que você ficaria feliz, e é um motivo de muita felicidade, e me sinto mais encantada a cada dia que passa." Ela me beija, e então olha em meus olhos. "Só estou pensando em como Hardin vai se sentir em relação a isso."

E, nesse momento, minha alegria por ela é interrompida e substituída pela preocupação que sinto por Hardin. Sua vida toda foi uma mentira, e ele não lidou muito bem com essa notícia. O homem que ele pensou ser seu pai vai ter outro filho, e Hardin vai ser esquecido. Independentemente de isso ser verdade ou não, eu o conheço bem o bastante para saber que é assim que ele vai pensar. E Karen também sabe, por isso está tão preocupada em tocar no assunto.

"Você se importa se eu contar para ele?", pergunto. "Se não quiser, eu entendo."

Não me permito pensar demais nisso. Sei que estou misturando as coisas aqui, mas, se vou me afastar de Hardin, preciso cuidar para não deixar uma bagunça pelo caminho.

Isso é uma desculpa, algo dentro de mim me alerta.

"Não, claro que não... para ser sincera, eu esperava que você quisesse contar. Sei que isso coloca você numa posição muito difícil, e não quero que você se sinta *obrigada* a se envolver, mas tenho *medo* de como Hardin vai reagir se o Ken contar. Você tem um jeito de lidar com ele que ninguém mais tem."

"Tudo bem, de verdade. Vou falar com ele amanhã."

Ela me abraça de novo. "Hoje foi um dia difícil para você, sinto muito por tocar nesse assunto. Deveria ter esperado... só quero evitar que a notícia seja uma surpresa para ele, principalmente porque acho que a barriga está começando a aparecer. Ele já teve uma vida bem difícil, e quero fazer o que puder para tornar as coisas mais fáceis. Quero que ele saiba que faz parte da família, e que todos o amamos muito, e que este bebê não vai mudar isso."

"Ele sabe", digo. Pode ser que não esteja pronto para aceitar ainda, mas ele sabe.

Ouvimos passos descendo a escada, e Karen e eu nos afastamos num reflexo. Secamos o rosto, e eu estou comendo mais um pedaço do bolo quando Hardin entra na cozinha. Ele tomou um banho e trocou de roupa. Está usando uma calça de moletom, com as pernas um pouco curtas; o logo da WCU bordado na coxa mostra que ele está usando roupas de Landon, porque Hardin não ostenta nada dessa maneira.

Se estivéssemos em outro momento, eu o provocaria por causa da calça. Mas não estamos. Estamos no pior momento, mas, ainda assim, o melhor para mim; é tudo muito confuso. Equilíbrio e ordem nunca foram as regras no nosso relacionamento; por que na separação seria diferente?

"Vou dormir. Você precisa de alguma coisa?", ele pergunta com a voz grave e baixa.

Olho para ele, mas está voltado para os pés descalços.

"Não, obrigada."

"Coloquei suas coisas no quarto de hóspedes, o seu quarto."

Faço que sim com a cabeça. A parte maluca e nada confiável que existe dentro de mim gostaria que Karen não estivesse na cozinha, mas a parte racional, amarga e muito maior está feliz por ela estar. Ele sobe a escada, e eu digo boa-noite a Karen antes de subir.

Em pouco tempo, me vejo na frente do quarto onde passei algumas das melhores noites da minha vida. Levo a mão à maçaneta, mas me retraio como se o metal frio pudesse queimar minha pele.

Esse ciclo tem que acabar e, se eu me render a cada impulso, às fibras do meu ser que desesperadamente me fazem querer ficar perto dele, nunca vou sair dessa repetição contínua de erros e mais erros, de brigas e mais brigas.

Finalmente, suspiro ao fechar a porta do quarto de hóspedes e virar a chave. Adormeço desejando que a Tessa mais jovem tivesse sabido como o amor pode ser perigoso. Se soubesse que doeria tanto assim, se soubesse que o amor me rasgaria e me costuraria em seguida só para me deixar em pedaços de novo, eu teria ficado bem longe de Hardin Scott.

40

TESSA

"Tessie! Estou aqui, entra!", meu pai chama do corredor, e a animação está clara em sua voz alta.

Saio da minha cama pequena e corro até ele. Os cordões desamarrados do meu roupão quase me fazem tropeçar na pressa, e procuro amarrá-los de novo quando entro na sala de estar... onde minha mãe e meu pai estão ao lado de uma árvore lindamente decorada e iluminada.

Sempre amei o Natal.

"Olha, Tessie, temos um presente para você. Sei que agora você é adulta, mas eu vi isso e tive que comprar para você." Meu pai sorri e minha mãe encosta nele.

Uma adulta? Olho para meus pés, tentando decifrar suas palavras. Não sou uma adulta, pelo menos não acho que sou.

Uma caixa pequena é colocada em minhas mãos e, sem pensar, puxo o laço brilhante do presente. Amo presentes. Não os recebo com frequência, então é uma ocasião muito especial para mim.

Quando rasgo o papel, olho para meus pais, mas a alegria da minha mãe me surpreende. Nunca a vi sorrir desse jeito, e meu pai, bem, tenho a impressão de que ele não deveria estar aqui, mas não lembro por quê.

"Vai! Abre!", meu pai me incentiva quando eu levanto a tampa da caixa."

Balanço a cabeça toda animada e enfio as mãos lá dentro... mas hesito quando sinto algo afiado espetar meu dedo. Quase solto um palavrão de dor e derrubo a caixa no chão. Uma agulha cai no carpete. Quando olho para meus pais, a pele do meu pai perdeu a cor, e seus olhos ficaram sem vida.

O sorriso da minha mãe está radiante de novo, como eu nunca vi — radiante como o sol, é o que parece de repente. Meu pai se inclina e pega a agulha do chão. Dá um passo na minha direção, segurando a agulha, e eu tento me afastar, mas meus pés não se mexem. Não se mexem por mais que eu tente. Impotente, solto um grito quando ele enfia o metal afiado no meu braço.

"Tessa!" A voz de Landon está desesperada, alta e assustadora quando ele chacoalha meus ombros.

Estou sentada, e minha camiseta está molhada de suor. Olho para ele, e então para o meu braço, procurando marcas de agulha, como uma louca.

"Você está *bem*?", ele pergunta.

Puxo o ar, meu peito está doendo enquanto tento encontrar fôlego e recuperar a voz. Balanço a cabeça, e Landon segura meus ombros com mais força.

"Ouvi você gritar, então..." Ele se cala quando Hardin entra no quarto.

O rosto de Hardin está vermelho, e seus olhos, arregalados. "O que aconteceu?" Ele afasta Landon de mim e se senta ao meu lado na cama. "Ouvi você gritar... o que aconteceu?" Ele leva as mãos ao meu rosto, passando os polegares sobre manchas de lágrimas que estão ali.

"Não sei. Tive um sonho", consigo dizer.

"Que tipo de sonho?" A voz de Hardin é quase um sussurro, e os polegares ainda estão em movimento, lentos, passando pela pele sob meus olhos.

"Daqueles que você tem", respondo, com a voz sussurrada.

Ele suspira e franze o cenho. "Desde quando? Desde quando você tem esses sonhos?"

Demoro um pouco para organizar meus pensamentos. "Desde que encontrei o corpo dele, e já foram duas vezes. Não sei de onde estão vindo."

Ele passa a mão pelos próprios cabelos, e meu coração fica apertado ao ver o gesto tão familiar. "Bom, acho que encontrar o pai morto faria qualquer um..." Ele se interrompe no meio da frase. "Desculpa. Porra, preciso de um filtro." Hardin suspira, frustrado.

Desviando os olhos dos meus, ele olha para o criado-mudo. "Precisa de alguma coisa? Água?" Ele tenta sorrir, mas é forçado, chega a parecer triste. "Parece que ofereci água a você mil vezes nos últimos dias."

"Só preciso voltar a dormir."

"E eu fico também?", ele pede, mas também parece exigir.

"Acho que não..." Olho para Landon. Quase me esqueci de que ele está no quarto conosco.

"Tudo bem." Hardin olha para a parede atrás de mim. "Eu entendo."

Quando ele encolhe os ombros, derrotado, preciso de todo o autocontrole e amor próprio para não abraçá-lo e implorar para que durma comigo. Preciso do conforto que ele me dá; preciso dos seus braços em minha cintura e da minha cabeça no peito dele para adormecer. Preciso que me dê a paz no sono que sempre dei a ele, mas Hardin não é mais a rede de proteção da qual eu dependia. Mas será que já foi algum dia? Ele se aproxima e se afasta, sai de perto, sempre foge de mim e do nosso amor. Não posso correr atrás dele de novo. Simplesmente não tenho forças para perseguir algo tão inalcançável, tão irreal.

Quando consigo me desligar de meus pensamentos, só Landon está comigo no quarto.

"Volta a dormir", ele diz baixinho.

Eu faço isso, me arrependendo de meus pensamentos anteriores, de desejar ter ficado longe de Hardin.

Mesmo na confusão da tragédia inevitável que foi nosso relacionamento, eu não abriria mão nem de um mísero segundo. Não quero viver tudo aquilo de novo, mas não me arrependo de nenhum momento passado com ele.

41

HARDIN

O clima daqui é muito melhor do que o de Seattle. Não está chovendo, e o sol resolveu fazer uma rara aparição. Estamos em abril; já era hora de o sol aparecer.

Tessa passou o dia todo na cozinha com Karen e aquela tal de Sophia. Estou tentando mostrar que sei dar espaço, que posso esperar até ela estar pronta para falar comigo, mas é mais difícil do que eu poderia imaginar. A noite passada foi difícil para mim, bem difícil mesmo, vê-la tão desesperada, tão assustada. Detesto saber que meus pesadelos passaram para ela. Meus horrores são contagiosos, e eu os tiraria dela se pudesse.

Quando Tessa era minha, sempre dormia em paz. Era minha âncora, meu conforto para a noite, afastando meus demônios quando eu estava fraco demais, distraído demais pela autopiedade para ajudá-la a vencê-los. Ela estava ali, escudo na mão, derrubando todas as imagens que ameaçavam minha cabeça problemática. Tessa aguentava o peso sozinha, e foi isso o que acabou com ela.

Então eu me lembro de que ela ainda é minha; mas ainda não está pronta para admitir de novo.

Ela tem que ser. Não tem outro jeito.

Estaciono o carro na frente da casa do meu pai. O cara da imobiliária me encheu o saco quando liguei para dizer que vou me mudar. Começou a falar que ia cobrar o aluguel de dois meses por rompimento de contrato, mas eu desliguei no meio da conversa. Não me importo se tiver que pagar, lá eu não moro mais. Sei que é uma decisão impulsiva, e que não tenho para onde ir, mas espero poder ficar na casa de Ken com Tessa por alguns dias até convencê-la a ir morar comigo em Seattle.

Estou pronto para isso. Estou pronto para viver em Seattle, se é o que ela quer, e não vou voltar atrás no pedido de casamento. Desta vez não. Vou me casar com aquela mulher e morar em Seattle até morrer, se for o que ela quer. Se isso a fizer feliz.

"Quanto tempo essa menina vai ficar aqui?", pergunto a Landon, apontando pela janela para o Prius estacionado ao lado do carro dele. Foi legal da parte dele se oferecer para me levar para pegar meu carro, principalmente depois de eu ter falado um monte na orelha dele por ter dormido no quarto com a Tessa. Ele disse que eu não teria conseguido destrancar a porta, mas teria até derrubado se tivesse energia para isso. Pensar nos dois dividindo uma cama tem me deixado louco desde que ouvi suas vozes sussurradas do lado de fora. Ignorei o olhar confuso dele quando me viu meio dormindo, sentado no chão do lado da porta.

Tentei dormir na cama vazia do meu quarto, mas não consegui. Tinha que ficar por perto para o caso de algo acontecer e ela gritar de novo. Pelo menos foi o que eu disse a mim mesmo enquanto me esforçava para ficar acordado no corredor durante toda a noite.

"Não sei. A Sophia vai sair para voltar para Nova York no fim da semana." A voz dele está aguda e esquisita demais.

O que está acontecendo? "O quê?" Eu o pressiono enquanto entramos na casa.

"Ah, nada."

Mas o rosto de Landon está corado, e eu o acompanho para dentro da sala de estar, onde Tessa está perto da janela, olhando para o nada enquanto Karen e a mini-Karen riem.

Por que a Tessa não está rindo? Por que não está nem participando da conversa?

A mulher sorri para Landon. "Você chegou!"

Ela é bem bonita — nem se compara à beleza de Tessa, mas agrada aos olhos, com certeza. Quando ela se aproxima, percebo que Landon está corado de novo... um salgado na mão... ela está sorrindo muito... e *me dou conta.*

Por que não vi isso antes? Ele está a fim dela! Um milhão de piadas e de comentários embaraçosos tomam minha mente, e eu literalmente tenho que morder a língua para me controlar e não torturá-lo com essa informação.

Ignoro o início da conversa e caminho diretamente até Tessa. Ela só percebe minha presença quando paro na frente dela.

"O que está rolando?", pergunto.

Há um limite tênue entre o espaço e... bom... meu comportamento normal, e estou fazendo o melhor que posso para encontrar um equilíbrio, mesmo que seja difícil mudar esse hábito.

Sei que, se der espaço demais, ela vai se afastar de mim, mas se eu sufocá-la vai fugir. Isso é novo para mim, um território totalmente inexplorado. Odeio admitir a mim mesmo, mas me acostumei um pouco a usá-la como saco de pancadas. Tenho raiva de mim mesmo pelo modo como a tratei, e sei que ela merece coisa melhor, mas preciso dessa última chance de me tornar alguém melhor para ela.

Não, preciso ser eu mesmo. Mas uma versão de mim que seja digno do amor dela.

"Nada, só estamos cozinhando. O de sempre. Bom, descansando um pouco de cozinhar, na verdade." Ela abre um sorriso fraco, e eu sorrio também. Esses pequenos gestos de afeto, essas minúsculas demonstrações de carinho comigo renovam minha esperança. Uma esperança nova e bem fora de minha zona de conforto, mas estou disposto a aprender a entender, e com prazer.

A garota dos sonhos de Landon e Karen se aproximam e fazem um sinal a Tessa, e em segundos elas voltam para a cozinha enquanto Landon e eu somos esquecidos e deixados na sala de estar.

Assim que tenho certeza de que as mulheres não podem me ouvir, um sorriso malicioso aparece em meu rosto. "Você está a fim dela", eu acuso Landon.

"Quantas vezes preciso dizer? Tessa e eu somos só amigos." Ele suspira de um jeito irritado e exageradamente dramático e faz cara feia para mim. "Pensei que já tivesse entendido isso depois de passar uma hora me xingando hoje de manhã."

Ergo as sobrancelhas. "Ah, mas não estou falando da Tessa. Estou falando da Sarah."

"O nome dela é Sophia."

Dou de ombros e continuo sorrindo. "Dá no mesmo."

"Não." Ele revira os olhos. "Não, não dá. Você age como se não conseguisse se lembrar do nome de ninguém, só o da Tess."

"Tessa", eu o corrijo com uma carranca. "E eu não preciso me lembrar do nome de nenhuma outra mulher."

"É falta de respeito. Você chamou a Sophia de todos os nomes que começam com S, menos o nome certo, e eu ficava louco da vida quando você chamava Dakota de *Danielle*."

"Como você é chato." Eu me sento no sofá, sorrindo para o meu irm... Na verdade, ele não é mais meu meio-irmão. Nunca foi. Ao perceber esse fato, não sei bem como me sinto em relação a isso.

Ele tenta segurar o riso. "Você também é."

Será que ele se importaria se soubesse? Provavelmente não, talvez ficasse aliviado por saber que não somos nada, mesmo que nossos pais tenham se casado.

"Sei que você está a fim dela, admite logo", digo.

"Não, não estou. A gente mal se conhece." E desvia o olhar. *Ele se entregou!*

"Mas ela vai estar em Nova York também, e vocês podem explorar as ruas juntos e ficar parados embaixo de algum toldo durante uma tempestade... que romântico!" Mordo o lábio para controlar uma risada ao ver a expressão horrorizada dele.

"Quer parar? Ela é bem mais velha do que eu, e muita areia para o meu caminhãozinho."

"Ela é gata demais para você, mas quem sabe? Algumas garotas não se importam com a aparência", provoco. "E de repente ela pode estar à procura de um cara mais jovem. Quantos anos tem essa senhora?"

"Vinte e quatro. Para com isso", ele implora, e eu decido concordar. Poderia continuar, mas tenho outras coisas em que me concentrar.

"Vou me mudar para Seattle." Eu me sinto quase animado ao dar a notícia. Quase.

"O quê?" Ele se inclina para a frente, um pouco surpreso demais.

"É, vou ver o que Ken pode fazer para me ajudar a terminar o semestre estudando à distância e vou alugar um apartamento em Seattle para a Tessa e para mim. Já desisti de participar da formatura, então não vai ser nada de mais."

"O quê?" Landon desvia o olhar do meu.

Ele não ouviu o que acabei de dizer? "Não vou repetir. Sei que me ouviu."

"Por que agora? Você e a Tessa não estão juntos, e ela..."

"Nós vamos ficar. Ela só precisa de um pouco de tempo para pensar, mas vai me perdoar. Sempre me perdoa. Você vai ver."

Quando essas palavras saem da minha boca, olho para a frente e vejo Tessa de pé na porta, franzindo o rosto bonito. Um rosto bonito que desaparece na mesma hora em que ela se vira e volta para a cozinha sem dizer nada.

"Porra." Fecho os olhos e jogo a cabeça para trás, na almofada do sofá, e me repreendo por ter dito aquilo no momento errado.

42

TESSA

"Nova York é a melhor cidade do mundo, Tessa... é incrível. Moro lá há cinco anos, e ainda não conheço tudo. Aposto que não dá para conhecer tudo nem numa vida inteira", Sophia diz enquanto esfrega uma forma que queimei quando assava uma fornada.

Eu não estava prestando atenção. Estava perdida demais nos meus pensamentos depois de ouvir as palavras arrogantes e egoístas de Hardin para notar a fumaça que saía do forno. Só quando Sophia e Karen vieram correndo para a cozinha vi a massa queimada. Nenhuma delas me repreendeu, e Sophia esfriou a forma com água da torneira e começou a esfregar.

"Seattle é a maior cidade onde já morei, mas estou pronta para Nova York. Preciso sair daqui", digo a elas. Não consigo parar de pensar em Hardin ao dizer isso.

Karen sorri enquanto serve um copo de leite a cada uma de nós.

"Bem, eu moro perto da NYU, então posso ajudá-la a se localizar, se quiser. É sempre bom conhecer alguém, principalmente numa cidade tão grande."

"Obrigada", digo a ela, sendo sincera. Landon também vai estar por lá, mas certamente tão perdido quanto eu, então nós dois precisamos de um amigo por lá. Pensar em viver em Nova York é algo que assusta tanto que quase me faz desistir, mas tenho certeza de que todo mundo se sente assim antes de se mudar para outro estado. Se Hardin fosse comigo...

Balanço a cabeça para tentar afastar aquele pensamento inútil. Não consegui nem convencê-lo a se mudar para Seattle por mim — ele riria se eu contasse sobre Nova York. E desrespeita meus planos, o que quero, a ponto de achar que vou perdoá-lo só porque já fiz isso antes.

"Bem...", Karen sorri, erguendo o copo para mim, "um brinde a Nova York e a novas aventuras!" Seu sorriso se alarga ainda mais. Sophia ergue o corpo, e eu repasso as palavras de Hardin na minha mente enquanto brindamos.

"*Ela vai me perdoar. Sempre me perdoa. Você vai ver*", ele disse a Landon.

O medo de me mudar para o outro lado do país diminui a cada palavra que volta a meus pensamentos, cada sílaba é um tapa na minha cara, que leva embora o resto de dignidade que tenho.

43

TESSA

Dizer que tenho evitado Hardin seria um eufemismo.

Conforme os dias se passam — só dois deles, apesar de ter a impressão de que foram quarenta —, eu o evito a qualquer custo. Sei que está aqui nesta casa, mas não quero vê-lo. Ele bateu à minha porta algumas vezes, mas só conseguiu uma desculpa esfarrapada sobre por que não estou atendendo.

Simplesmente não estava pronta.

No entanto, já posterguei o que preciso dizer a ele por muito tempo, e Karen está inquieta, sei disso. Está explodindo de felicidade, e sei que não quer manter a chegada do bebê em segredo por muito tempo. Não precisa fazer isso; deveria estar feliz, orgulhosa e animada. Não posso estragar isso sendo covarde.

Então, quando ouço o barulho dos passos com botas do lado de fora, espero em silêncio, de um jeito ridículo, que ele bata à porta, mas querendo que vá embora. Ainda estou aguardando o dia em que minha mente vai ficar mais clara. Quando meus pensamentos vão voltar a fazer sentido. Quanto mais o tempo passa, mais começo a me perguntar se meus pensamentos já foram claros algum dia. Será que sempre fui confusa desse jeito, tão insegura em relação a mim mesma e às minhas decisões?

Espero na cama, olhos fechados e lábio tremendo entre os dentes, antes que ele bata. Fico decepcionada, mas também aliviada, quando ouço a porta do quarto dele ser fechada do outro lado do corredor.

Reunindo toda a minha força e com o telefone na mão, confiro meu reflexo no espelho uma última vez e vou até lá. Assim que levanto a mão para bater, a porta se abre, e ali está Hardin, sem camisa e olhando para mim.

"O que foi?", ele pergunta imediatamente.

"Nada, eu..." Ignoro o nó em meu estômago quando vejo Hardin franzir o cenho, preocupado. Ele me toca, pressionando os polegares com delicadeza em minhas faces, e eu fico na porta, hesitante, sem nenhum pensamento coerente.

"Preciso conversar com você sobre uma coisa", digo finalmente. As palavras saem abafadas, e quando ele olha para mim vejo a confusão em seus olhos verdes reluzentes.

"Não estou gostando disso", ele diz com seriedade e abaixa as mãos. Sentando-se na beira da cama, faz um sinal para que eu me aproxime. Não confio na proximidade entre nós, e até o ar pesado no quarto abafado parece me incomodar.

"E então? O que é?" Hardin apoia as mãos atrás da cabeça e se deita. Seu short é justo; o cós está tão baixo que sei que ele não está usando cueca por baixo.

"Hardin, desculpa ter me distanciado. Você sabe que só preciso de um tempo para entender tudo", digo como uma forma de começar. Não era o que eu tinha planejado, mas parece que meus lábios têm planos diferentes da minha cabeça.

"Tudo bem. Ainda bem que você veio, porque nós dois sabemos que sou péssimo em dar espaço, isso está me deixando maluco." Ele parece aliviado agora que disse isso. Seus olhos pousam nos meus, e não consigo suportar sua intensidade.

"Eu sei." Não dá para negar o controle que ele parece ter ganhado sobre suas atitudes durante a última semana. Gosto do fato de ele ter se tornado um pouco menos imprevisível, mas a barreira que construí dentro de mim ainda está presente, pronta para ser posta em prática, só esperando que ele me ataque, como sempre faz.

"Você conversou com o Christian?", pergunto, pois preciso voltar ao assunto antes de me perder na bagunça sem fim entre nós.

Ele fica tenso no mesmo instante. "Não", responde, estreitando os olhos.

Isso não está indo muito bem. "Desculpa, não quero ser insensível. Só quero saber como está sua cabeça no momento."

Ele passa alguns instantes em silêncio, que se estende entre nós como uma estrada sem fim.

44

HARDIN

Tessa está me olhando. A preocupação em seus olhos cria uma aflição ainda maior em mim. Ela passou por muita coisa, muita mesmo, e boa parte nas minhas mãos, então se preocupar comigo deveria ser a última coisa a passar por sua cabeça. Quero que ela se concentre em si mesma, em ser quem ela é de novo, e não em mim. Adoro ver como a compaixão que ela sente pelos outros, principalmente por mim, ultrapassa seus próprios problemas.

"Você não está sendo insensível. Tenho sorte por você estar falando comigo." É a verdade, mas, independentemente do que vier a seguir nessa conversa, não tenho certeza.

Tessa assente devagar. E faz uma pausa antes de fazer a pergunta que tenho certeza ter sido seu principal motivo para vir aqui. "E então, você pretende contar para o Ken tudo o que aconteceu em Londres?"

Eu me deito na cama com os olhos fechados e penso na pergunta antes de responder. Tenho pensado muito nisso nos últimos dias, se devo contar a ele ou guardar a informação para mim. Ken *precisa* saber? E, se eu contar, estou disposto a aceitar as mudanças que virão com isso? Parece brincadeira que, no momento em que começo a tolerar e talvez até perdoar o cara, descubro que ele não é meu pai.

Abro os olhos e me sento. "Ainda estou decidindo. Na verdade, queria sua opinião sobre isso."

Os olhos cinza-azulados de minha garota não estão brilhando do modo como estou acostumado a ver, mas têm mais vida hoje do que da última vez. Foi uma baita tortura ficar sob o mesmo teto que ela sem poder me aproximar, não do jeito que eu precisava.

Tudo parecia ter mudado numa guinada irônica do destino, e agora estou implorando atenção, mendigando por qualquer coisa que ela possa me oferecer. Mesmo agora, a expressão cuidadosa em seu rosto é suficiente para aliviar a dor constante com a qual me recuso a aprender a viver, por mais que ela se afaste de mim.

"Você gostaria de ter um relacionamento com Christian?", ela pergunta delicadamente, os dedos pequenos passando pela borda franzida do edredom.

"Não", respondo depressa. "Porra, não sei", volto atrás. "Preciso que você me diga o que fazer."

Ela concorda, e olha em meus olhos. "Bom, eu acho que você só deve contar para o Ken se achar que isso vai ajudar a enfrentar um pouco do sofrimento da sua infância. Acho que não deve contar se o único motivo for raiva ou desforra; e, pelo que conheço do Christian, acho que você ainda vai ter um tempo para tomar essa decisão. Espera para ver o rumo que as coisas tomam, sabe como é?", ela sugere com aquele tom compreensivo só dela.

"Como você consegue fazer isso?"

Ela inclina o queixo, confusa. "Fazer o quê?"

"Sempre dizer a coisa certa."

"Não sei." Ela ri baixinho. "Não digo as coisas certas."

"Diz, sim." Estendo a minha mão, mas ela se afasta. "Você diz as coisas certas; sempre diz. É que antes eu não conseguia ouvir você."

Tessa desvia o olhar, mas tudo bem. Vai demorar um pouco para ela se acostumar a ouvir essas coisas sendo ditas por mim, mas nós chegamos lá. Já prometi dizer a ela como me sinto, parar de ser egoísta e esperar que ela decifre todas as minhas palavras e intenções.

O toque de seu celular interrompe o silêncio, e ela o pega do bolso da blusa de moletom. Eu me forço a fingir que ela comprou a blusa de moletom da wcu e que não está usando a roupa do Landon. Tive que me sujeitar a vestir todas as peças bordadas da wcu que existem no mundo, mas detesto pensar que as roupas dele estão em contato com a pele dela. É irracional e bem idiota, mas não consigo impedir que esses pensamentos criem raízes em minha mente.

Ela passa o polegar pela tela, e demoro um pouco para perceber o que estou vendo.

Arranco o telefone de suas mãos antes que ela possa me impedir. "Um iPhone? Não acredito!" Olho para o telefone novinho nas minhas mãos. "É seu?"

"Sim." Ela fica corada e tenta pegar o aparelho de volta, mas eu estendo os braços acima da cabeça, escapando de seu toque.

"Ah, então *agora* você tem um iPhone, mas quando eu queria que você comprasse um se recusava!", provoco. Os olhos dela estão arregalados, e ela solta um suspiro nervoso. "Por que mudou de ideia?" Sorrio para ela, diminuindo seu desconforto.

"Não sei, estava na hora, acho." Ela encolhe os ombros, ainda nervosa.

Não gosto de vê-la desse jeito, mas espero que um pouco de distração seja aquilo de que precisamos. "Qual é a senha?", pergunto enquanto teclo os números que acho que ela usou. Ha! — acertei na primeira tentativa e acesso a tela principal.

"Hardin!", ela grita, tentando pegar o telefone de mim. "Você não pode fuçar no meu telefone!" Ela se inclina para a frente e segura meu braço com uma das mãos e pega o celular com a outra.

"Posso, sim", dou risada. Qualquer toque dela já me deixa maluco, todas as células de meu corpo despertam quando sua pele entra em contato com a minha. Ela sorri e estende uma mão teimosa que combina com aquele sorrisinho do qual senti tanta saudade. "Tá, então me dá o seu."

"Não, foi mal." Continuo a provocá-la enquanto leio suas mensagens de texto.

"Me dá meu telefone!", ela resmunga e se aproxima de mim, mas seu sorriso desaparece. "Deve ter um monte de coisas no seu telefone que eu provavelmente não vou querer ver." E, com isso, sinto que suas barreiras estão sendo erguidas de novo.

"Não, não tem. Só mais de mil fotos suas e um álbum inteiro das músicas ruins que você gosta. E, se quer mesmo ver como sou ridículo, pode conferir os registros de chamada para ver quantas vezes liguei para seu número antigo só para ouvir aquela voz robótica me dizer que esse número de telefone não existe."

Ela olha para mim, obviamente sem acreditar. Mas não a julgo. Seus olhos ficam mais suaves, mas apenas momentaneamente, antes de ela dizer: "Nenhuma da Janine?". Sua voz sai tão baixa que quase não percebo a acusação.

"O quê? Não. Vai lá, pode olhar. Está na cômoda."

"Prefiro não olhar."

Eu me ajoelho e pressiono meu ombro no dela. "Tessa, ela não é nada para mim. Nunca vai ser."

Tessa está se esforçando bastante para não se importar. Está lutando consigo mesma para me mostrar que já superou o que fiz com ela, mas eu a conheço bem demais para saber que não é bem assim. Sei que ela não consegue parar de pensar em mim com outra mulher.

"Preciso ir." Ela se levanta para sair, mas eu a seguro. Meus dedos envolvem seu braço com delicadeza, pedindo para que ela volte para mim. Ela hesita a princípio, e eu não a forço. Espero por ela, passando os dedos em pequenos círculos de sua pele macia acima do punho.

"Eu sei o que você pensa que aconteceu, mas está enganada", tento convencê-la.

"Eu sei o que vi. Ela estava com a sua camisa", Tessa esbraveja. Ela afasta a mão de mim, mas fica onde está.

"Eu estava fora de mim, Tessa, mas não transei com ela." Não faria isso. Só deixar que ela me tocasse já foi bem ruim. Por um momento, me pergunto se deveria dizer a Tessa que não conseguia suportar o gosto de cigarro da boca de Janine na minha, mas acho que isso só a irritaria mais.

"Sei." Ela revira os olhos de modo desafiador.

"Sinto falta de você e do seu jeito bravinho." Tento suavizar o clima, mas ela só revira os olhos de novo. "Eu te amo."

Isso ganha sua atenção, e ela me empurra para abrir um pouco de espaço entre nós.

"Para com isso! Você não pode simplesmente decidir que me quer agora e esperar que eu venha correndo de volta."

Sinto vontade de dizer que ela vai voltar para mim porque *me pertence*, que nunca deixarei de tentar convencê-la disso. Mas, em vez disso, sorrio e balanço a cabeça. "Vamos mudar de assunto. Só queria que você soubesse que sinto sua falta, tá bom?"

"Tá bom", ela suspira. Ela leva os dedos a seus lábios e os morde, me fazendo esquecer sobre o que eu ia falar.

"Um iPhone", viro o telefone dela na mão de novo. "Não acredito que você comprou um iPhone e não ia me contar." Olho para ela e vejo sua carranca se transformar num meio sorriso.

"Não é nada de mais. É que me ajuda muito com meus compromissos, e o Landon vai me ensinar a baixar música e filmes."

"Eu posso ajudar você."

"Não precisa", ela diz, tentando recusar.

"Vou ajudar você. Posso mostrar agora mesmo." Entro no iTunes.

Passamos uma hora assim, eu percorrendo o catálogo, escolhendo todas as suas músicas preferidas, mostrando como fazer o download daquelas comédias românticas melosas com o Tom Hanks que ela parece adorar. Tessa fica em silêncio quase o tempo todo, só agradece e diz não para algumas músicas enquanto tento puxar papo.

Fui eu que fiz isso, eu a transformei em uma mulher calada e insegura, e é minha culpa ela não saber como agir agora. É por minha culpa que, sempre que me recosto nela, ela me afasta, levando um pedaço de mim consigo todas as vezes.

Parece impossível que eu ainda possa ter alguma coisa para dar, que ela ainda não seja dona de todo o meu ser, mas, de alguma forma, quando Tessa sorri para mim, meu corpo cria um pouco mais de mim mesmo para oferecer. É tudo para ela, e sempre vai ser assim.

"Quer que eu mostre como fazer download dos melhores vídeos pornô também?", brinco, e sou presenteado com o rosto corado dela.

"Ah, tenho certeza de que você sabe tudo sobre isso", ela rebate. Adoro isso. Adoro poder provocá-la como antes, e adoro ainda mais o fato de ela estar deixando.

"Não exatamente. Mas tenho muitas imagens aqui." Encosto na minha testa com o gesso, e ela sorri. "Só de você."

Ela não desfaz a carranca, mas me recuso a deixar que isso continue. É loucura pensar que me interessaria por alguém que não fosse ela. Estou começando a pensar que ela é tão maluca quanto eu. Talvez isso explique por que ficou comigo por tanto tempo.

"Estou falando sério, só penso em você. É sempre você." Meu tom é sério, bem sério mesmo, mas não me preocupo em mudá-lo. Tentei ser brincalhão e simpático, e feri os sentimentos dela.

Ela me surpreende ao perguntar: "Que tipo de coisas passam em sua cabeça quando pensa em mim?".

Mordo o lábio inferior conforme imagens dela aparecem na minha mente. "Você não quer que eu responda isso."

Tessa deitada na cama com as pernas abertas e os dedos agarrando os lençóis ao gozar na minha língua.

Tessa mexendo o quadril em movimentos circulares lentos e torturantes no meu pau, seus gemidos preenchendo o quarto.

Tessa ajoelhada na minha frente, com os lábios carnudos entreabertos enquanto me chupa com a boca quente.

Tessa inclinada para a frente, a pele nua brilhando sob a luz suave do quarto. Na minha frente, de costas para mim, enquanto desce pelo meu corpo. Eu a penetro enquanto ela diz meu nome...

"Acho que você tem razão", ela ri, depois suspira. "Sempre fazemos isso, sempre voltamos a isso." Ela balança a mão de um lado a outro entre nós.

Sei exatamente o que ela está dizendo. Estou passando pela pior semana da minha vida, e ela me faz rir e sorrir por causa de um maldito iPhone. "Nós somos assim, linda. Não tem jeito de evitar."

"Podemos evitar. Precisamos evitar. Eu tenho que evitar." Pode ser que essas palavras sejam convincentes para ela, mas ela não me engana.

"Para de pensar demais sobre as coisas. Você sabe que é assim que deve ser, nós dois provocando um ao outro com vídeos pornô, eu pensando em todas as coisas safadas que já fiz, e todas as outras que ainda quero fazer com você."

"Isso é maluquice. Não podemos fazer isso." Ela se inclina para mim.

"Fazer o quê?"

"Nem tudo se resume a sexo." Ela olha diretamente para meu pau, e percebo que está tentando desviar o olhar.

"Eu nunca disse isso, mas você poderia fazer o favor de parar de agir como se não estivesse pensando nas mesmas coisas que eu."

"Não podemos."

Mas então percebo nossa respiração sincronizada. E muito delicadamente ela passa a língua pelos lábios.

"Eu não pedi nada", digo a ela.

Não pedi, mas com certeza não negaria. Mas não sou tão sortudo, porque ela não vai me deixar tocá-la de jeito nenhum. Não tão cedo... certo?

"Você estava sugerindo", ela sorri.

"E quando não estou?"

"Verdade." Ela segura o riso. "Isso é muito confuso. A gente não deveria estar fazendo isso. Não confio em mim quando estou perto de você."

Porra, que bom ouvir isso. Eu não confio em mim metade do tempo. Mas digo: "O que poderia acontecer de pior?", e levo uma mão a seu ombro. Ela se retrai com o toque, mas não da mesma maneira como tem acontecido nesta última semana.

"Eu poderia continuar sendo uma idiota", ela sussurra, e eu passo a mão lentamente pelo seu braço, subindo e descendo.

"Para de pensar, desliga a mente, deixa seu corpo controlar tudo. Seu corpo me quer, Tessa, ele precisa de mim."

Ela balança a cabeça, negando a verdade mais elementar.

"Sim, sim, ele quer." Continuo a tocá-la, mais perto do peito, esperando que ela me impeça. Se me impedir, vou parar. Eu nunca a forçaria a nada. Já fiz muitas besteiras, mas essa não é uma delas.

"Acontece que... eu conheço todos os pontos certos para tocar você." Olho nos olhos dela esperando aprovação, e eles estão brilhando como uma placa de neon. Ela não vai me impedir; seu corpo ainda me deseja como sempre desejou. "Sei fazer você gozar até se esquecer de todo o resto."

Talvez, se eu puder satisfazer o corpo dela, sua mente acompanhe. Então, depois que eu passar pelo corpo e pela mente, posso alcançar o coração.

Nunca senti timidez em relação ao corpo dela e a satisfazê-la. Por que começaria agora?

Entendo seu silêncio e o fato de ela não tirar os olhos de mim como um sim, e levanto a barra de sua blusa. Droga, essa blusa é mais pesada do que deveria, e o cordão está preso aos cabelos dela. Ela dá um tapinha na minha mão desajeitada, tira a blusa e solta os cabelos.

"Não estou forçando você a fazer nada, estou?", me sinto obrigado a perguntar.

"Não", ela diz. "Sei que é uma péssima ideia, mas não quero parar. Preciso fugir de tudo; por favor, me distrai."

"Desliga sua mente. Para de pensar em todas as outras coisas e se concentra no que está acontecendo agora." Passo os dedos pela linha do pescoço dela, que estremece sob meu toque.

Ela me pega desprevenido e pressiona os lábios contra os meus. Em poucos segundos, o beijo lento e incerto desaparece e é substituído por nós. Os gestos tímidos evaporam, e de repente estamos onde gostamos de estar. Todas as outras coisas desaparecem, e ficam apenas Tessa, eu, e os lábios dela contra os meus, a língua dela passando na minha com vontade, suas mãos nos meus cabelos, puxando as raízes e me deixando maluco.

Eu a envolvo com os braços e pressiono meu quadril no dela até suas costas encostarem no colchão. O joelho dela está flexionado, na altura de minha virilha, e eu me esfrego contra ela. Ela se surpreende com meu desespero e tira uma mão de meus cabelos para levá-la a seu peito. Estou a ponto de explodir ao senti-la embaixo de mim de novo — é demais, mas ainda assim não o suficiente, e não consigo pensar em nada além dela.

Ela se toca, segurando um dos seios grandes, e eu olho para baixo como se tivesse me esquecido de como fazer qualquer coisa que não seja olhar para seu corpo perfeito e o fato de que ela finalmente está se entregando a mim. Ela precisa disso ainda mais do que eu. Precisa de uma distração do mundo real, e eu certamente vou proporcionar isso.

Nossos movimentos não são calculados — a paixão pura está tomando conta de nós. Sou o fogo, e ela é a gasolina, e não há sinal de que vamos parar ou diminuir o ritmo até algo explodir. Vou estar à espera quando isso acontecer, pronto para apagar as chamas, mantendo-a em segurança para que não se queime comigo de novo. Ela desce a mão pelo corpo e me segura, esfregando a mão em mim, e tenho que me concentrar para não gozar na sua mão. Remexo o quadril, posicionando-o entre as pernas separadas dela, que puxa o elástico da minha cueca. Arranco as roupas dela com uma das mãos até nós dois estarmos nus da cintura para baixo.

O gemido que escapa de seus lábios combina com o meu quando me esfrego nela, pele com pele. Eu me remexo de leve, penetrando-a parcialmente, e ela geme de novo. Dessa vez, pressiona a boca contra o meu ombro nu. Está sugando e lambendo a minha pele enquanto eu a penetro mais fundo. Minha visão fica borrada enquanto tento aproveitar cada segundo, cada momento que ela está disposta a passar comigo desse jeito.

"Amo você", digo a ela.

Ela para de movimentar os lábios e me segura com menos força.

"Hardin..."

"Casa comigo, Tessa. Por favor." Eu a penetro, eu a preencho, esperando pegá-la em um momento de fraqueza.

"Se você vai ficar falando essas coisas, então não podemos continuar", ela responde baixinho. Consigo ver a dor em seus olhos, sua falta de autocontrole em relação a mim, e neste momento me sinto culpado por falar de casamento enquanto transo com ela. *Hora errada, seu idiota egoísta.*

"Desculpa. Vou parar." Garanto isso a ela com um beijo. Vou dar um tempo para ela pensar, deixando de lado os assuntos pesados enquanto entro e saio dela, toda molhada...

"Ai, meu Deus", ela geme.

Em vez de confessar meu amor sem fim, só vou dizer o que ela quer ouvir. "Você é tão apertadinha no meu pau. Faz tanto tempo", digo contra seu pescoço, e uma das mãos dela aperta minhas costas, pressionando mais.

Ela fecha os olhos, e suas pernas começam a se contrair. Sei que ela está perto e, apesar de me odiar agora, adora minha boca suja. Não vou demorar muito, mas ela também não. Senti falta disso, não só da perfeição que é estar dentro dela, mas essa proximidade é algo de que eu preciso, e ela também.

"Goza, linda, goza no meu pau, quero sentir você", digo entredentes.

Ela obedece, segurando um dos meus braços e gemendo meu nome enquanto joga a cabeça para trás no colchão. Suas barreiras desabam uma a uma, e eu observo. Observo seus lábios lindos se abrirem quando ela geme meu nome. Observo o modo como seus olhos encontram os meus um pouco antes de se fecharem de prazer. É demais, a beleza de vê-la gozando para mim, permitindo que eu a tenha. Eu a penetro de novo, segurando seu quadril enquanto gozo dentro dela.

"Caralho." Desabo sobre os cotovelos ao seu lado, tomando o cuidado de não machucá-la com meu peso.

Os olhos dela estão fechados, com as pálpebras pesadas enquanto ela tenta abri-las. "Humm", ela concorda.

Eu me apoio no cotovelo e a observo sem que ela perceba. Sinto medo do que vai acontecer quando ela voltar a si, quando começar a se arrepender, e quando sua raiva em relação a mim aumentar.

"Você está bem?" Passo o dedo pelo contorno de seu quadril.

"Sim." Sua voz está grave.

Estou feliz por ela ter vindo à minha porta. Não sei quanto mais tempo aguentaria sem vê-la e sem ouvir sua voz.

"Tem certeza?", insisto. Preciso saber o que isso significou para ela.

"Sim." Ela abre um olho, e não consigo deixar de sorrir como um idiota.

"Certo." Eu balanço a cabeça. Enquanto olho para ela, sua postura relaxada, sinto felicidade por tê-la de novo, ainda que seja só por alguns minutos. Ela fecha os olhos de novo, e nesse momento eu me lembro de algo. "Por que você veio aqui, aliás?"

Imediatamente, o olhar calmo e sonolento deixa seu lindo rosto, e por um momento, ela abre os dois olhos antes de se recompor.

"O que foi?", pergunto, vendo o rosto de Zed em minha mente problemática. "Fala, por favor."

"É a Karen." Ela rola para o lado e forço meus olhos a se desviarem de seus seios perfeitos à mostra.

Por que diabos estamos falando da Karen enquanto estamos sem roupa? "Certo... o que tem ela?"

"Ela... bom..." Tessa para por um momento, e meu peito é tomado por um pânico inesperado por Karen, e também por Ken.

"Ela *o quê*?"

"Ela está grávida."

O quê? Como assim, caralho? "De quem?"

Minha falta de noção diverte Tessa, e ela ri. "Do seu pai", ela diz, mas logo se corrige: "Do Ken. De quem mais?"

Eu não sei o que estava esperando ouvir, mas certamente não pensei que ela me diria isso. "O quê?"

"Sei que é meio surpreendente, mas eles estão bem felizes."

Meio surpreendente? Isso é muito mais que meio surpreendente, porra.

"Karen e Ken vão ter um bebê?", repito as palavras absurdas.

"Sim." Tessa olha para mim com atenção. "Como você se sente sobre isso?"

Como me sinto em relação a isso? Não sei. Mal conheço o cara, estamos começando a nos entender, e agora ele vai ter um bebê? Um outro filho, que agora ele vai ajudar a criar de fato.

"Acho que não importa como me sinto, não é?", digo numa tentativa inútil de desviar o assunto. Deito de costas e fecho os olhos.

"Importa, sim. Importa para eles. Eles querem que você saiba que o bebê não vai mudar nada, Hardin. Querem que você seja parte da família. Você vai ser um *irmão mais velho* de novo."

Irmão mais velho?

Smith e sua personalidade estranha, de adulto, vêm à minha cabeça, e eu me sinto até tonto. Isso é demais para qualquer pessoa, e muito mais para alguém fodido como eu.

"Hardin, sei que é difícil imaginar, mas eu acho..."

"Estou bem, só preciso de um banho." Saio da cama e pego minha roupa do chão.

Tessa se senta, confusa e magoada, enquanto me visto.

"Estou aqui se quiser conversar sobre isso. Eu quis ser a pessoa que ia contar tudo para você."

É demais para mim. Ela nem me quer.

Ela se recusou a casar comigo.

Por que ela não consegue ver como somos? O que somos quando estamos juntos? Não podemos ficar separados. O nosso amor é como os dos romances, melhor do que qualquer Austen ou Brontë que ela tenha decorado.

Meu coração está batendo forte. Mal consigo respirar.

Ela tem a sensação de que não está vivendo? Não consigo entender isso. Não consigo. Só vivo quando ela está por perto. Ela é o único sopro de vida dentro de mim, e sem isso não sou nada. Não vou sobreviver nem viver.

Não desejaria viver nem se conseguisse.

Puta merda, os pensamentos sombrios estão tentando entrar na minha mente, e estou me esforçando para me agarrar à pouca luz que Tessa me devolveu.

Quando isso vai acabar? Quando essa merda vai parar de tomar conta da minha cabeça e eu finalmente vou conseguir controlar meus pensamentos?

45

TESSA

Aqui estou, aqui estamos, nesse movimento circular infinito de felicidade, desejo, paixão, amor e dor. A dor parece vencer, sempre vence, e estou cansada de lutar.

Eu observo, me forçando a não me importar, quando ele atravessa o quarto. Assim que a porta se fecha, bato a mão na testa e esfrego as têmporas. Qual é o meu problema para não conseguir ver nada além dele na minha frente? Por que acordei hoje pronta para enfrentar a vida sem Hardin, mas horas depois fui parar na cama com ele? Odeio que ele tenha esse poder sobre mim, mas não há nada que eu consiga fazer para impedir. Não posso culpá-lo pela minha fraqueza, mas, se pudesse, seria obrigada a dizer que ele dificulta que eu consiga ver os limites claros do certo e do errado. Quando ele sorri para mim, essas linhas se misturam e se borram, e é literalmente impossível lutar contra a sensação que pressiona meu corpo todo.

Ele me faz rir com a mesma frequência com que me faz chorar, e reavivou meus sentimentos quando tinha certeza de que meu destino era o vazio que me tomava por dentro. Acreditei piamente que nunca mais sentiria nada, mas Hardin me tirou disso; segurou minha mão quando ninguém mais parecia se importar o bastante para fazer isso, e me puxou para a superfície.

Não que isso mude o fato de não podermos ficar juntos. Simplesmente não somos funcionais, e não posso ter esperanças de novo, pois vão ser destruídas quando ele se afastar de novo, quando voltar atrás em tudo o que confessou, e eu me recuso a ser rasgada de novo e mais uma vez pela única mão que me ajuda.

Aqui estou, com as mãos no rosto, pensando sem parar nos erros cometidos — meus erros, os erros dele, os erros dos nossos pais —, e os meus parecem estar acabando comigo, sem permitir que eu tenha paz.

Senti um pouco de paz, um toque de serenidade e calma quando suas mãos me tocaram, quando seus lábios me beijaram, quando seus dedos encostaram na pele sensível que cobre meu quadril, mas, minutos depois de o fogo se apagar, estou sozinha. Estou sozinha, magoada e envergonhada, e é a mesma história, mas com um fim ainda mais ridículo do que o anterior.

Eu me levanto, visto o sutiã e a blusa de Landon. Não posso estar aqui quando Hardin voltar. Não posso passar os próximos dez minutos me preparando para quando Hardin decidir aparecer. Já fiz isso demais, e finalmente me coloquei numa posição em que meu desejo por ele não era tão forte. Em que ele não tomava todos os meus pensamentos, em que não era responsável por todas as minhas respirações, e enfim consegui enxergar uma vida depois dele.

Foi uma recaída. Só isso. Um lapso terrível, e o silêncio do quarto confirma essa conclusão.

Estou vestida e no meu quarto quando ouço Hardin abrir a porta do banheiro. Seus passos ficam mais altos quando ele passa, e em poucos segundos percebe que não estou mais em seu quarto.

Ele não bate — sabia que não bateria — antes de entrar em meu quarto.

Estou sentada na cama, pernas cruzadas à frente do corpo, e me protejo. Devo parecer ridícula para ele: olhos vermelhos com lágrimas de arrependimento, o corpo ainda com o cheiro dele.

"Por que você saiu?" Seus cabelos estão molhados, e a água escorre por sua testa. Ele apoia as mãos no quadril, com o short bem baixo.

"Eu não saí. Quem saiu foi você", digo com teimosia.

Ele olha para mim de modo inexpressivo por alguns segundos. "É, você tem razão. Volta?" Ele faz a exigência como se fosse uma pergunta, e eu me controlo para não levantar da cama.

"Não acho que seja uma boa ideia." Desvio o olhar, e ele atravessa o quarto e se senta de frente para mim na cama.

"Por quê? Me desculpa por ter perdido a cabeça, fiquei sem saber o que pensar e, sendo bem sincero, com medo de dizer a coisa errada, então achei melhor sair do quarto e esfriar a cabeça."

Por que ele nunca se comportou desse jeito antes? Por que não conseguiu ser sincero e controlado quando precisei que fosse? Por que eu tive que me afastar para ele querer mudar?

"Seria melhor ter me dado um sinal disso em vez de simplesmente sair de repente", respondo, reunindo o resto de força que existe dentro de mim. "Não é uma boa ideia nós ficarmos sozinhos."

Ele arregala os olhos. "Do que você está falando?", vocifera. Adeus, controle.

Mantenho os braços cruzados. "Quero estar do seu lado, e vou estar — se você quiser falar sobre qualquer coisa ou só resmungar, ou se quiser a companhia de alguém —, mas acho melhor que isso aconteça em público. Na sala de estar ou na cozinha."

"Você não pode estar falando sério", ele diz.

"Estou, sim."

"Em público? Com Landon como cão de guarda? Que ridículo, Tess. A gente pode muito bem ficar no mesmo ambiente sem ninguém vigiando."

"Eu não falei em cão de guarda nenhum. Só acho que, da maneira como as coisas estão agora", digo com um suspiro, "acho que vou voltar para Seattle por alguns dias." Eu não tinha tomado essa decisão antes, mas, agora que verbalizei essa intenção, ela passa a fazer sentido. Preciso ajeitar minhas coisas para a mudança para Nova York, e estou com saudade de Kimberly. Tenho uma consulta médica sobre a qual tenho tentado não pensar, e não vejo nada de bom em ficar brincando de casinha na residência dos Scott. De novo.

"Vou com você", ele diz como se fosse a solução mais simples do mundo.

"Hardin..."

Sem pedir permissão, ele se senta na cama, sem camisa e tudo.

"Eu ia esperar para tocar nesse assunto, mas vou sair daquele apartamento e me mudar para Seattle também. Era o que você queria desde o começo, e estou pronto para isso. Não sei por que demorei tanto." Ele passa a mão pelos cabelos, puxando as mechas para cima, fazendo com que elas sequem em ondas.

Balanço a cabeça, recusando. "Do que você está falando?" *Agora ele quer se mudar para Seattle?*

"Vou alugar uma casa legal para nós. Não vai ser uma mansão como a do Vance, mas vai ser mais legal do que qualquer lugar que você possa alugar sozinha."

Apesar de saber que a intenção por trás das palavras dele não é de insulto, é isso que me parece, e me coloco na defensiva no mesmo momento. "Você não está entendendo", acuso, levantando os braços. "Não está entendendo nada!"

"Não estou entendendo o quê? O que tem para ser entendido aqui?" Ele se aproxima um pouco mais. "Por que não podemos só viver, comigo mostrando quem posso ser com você? Sem precisar entender nada, e sem transformar tudo em tristeza porque você me ama, mas não quer estar comigo." Ele segura minha mão. Eu a recolho.

"Quero concordar com você, e adoraria entrar nesse mundo da fantasia onde tudo pode dar certo, mas já fizemos isso por muito tempo, e eu não consigo mais. Você tentou me alertar antes, e me deu muitas chances de ver o inevitável, mas eu estava em estado de negação. Consigo perceber agora — vejo que estávamos fadados ao fracasso desde sempre. Quantas vezes precisamos ter essa conversa?"

Ele olha para mim com aqueles olhos verdes penetrantes. "Quantas vezes forem necessárias para você mudar de ideia."

"Eu nunca consegui mudar a sua. Por que você acha que conseguiria mudar a minha?"

"O que acabou de acontecer entre nós não deixou tudo bem claro para você?"

"Quero que você seja parte da minha família, mas não desse jeito. Não como namorado."

"Como marido?" Os olhos dele estão cheios de humor e... *esperança?*

Olho para ele, surpresa com sua *cara de pau*... "Nós não estamos juntos, Hardin! E você não pode esfregar a ideia do casamento na minha cara só por achar que isso vai me fazer mudar de ideia... eu sempre quis que você *quisesse* se casar comigo, não que me oferecesse isso como último recurso!"

A respiração dele se acelera, mas sua voz sai tranquila. "Não é um último recurso. Não estou brincando com você... já aprendi minha lição aqui. Quero me casar com você porque não imagino minha vida de nenhuma outra maneira, e pode me dizer que estou errado, mas sabe que a gente pode se casar agora mesmo. A gente não vai ficar separado, e você sabe disso."

Ele parece tão certo de si mesmo, e tão certo de nosso relacionamento, que mais uma vez estou confusa e não consigo decidir se deveria ficar irritada ou feliz com as palavras dele.

O casamento não tem mais para mim o mesmo valor que tinha meses atrás. Meus pais não eram casados; não acreditei quando descobri que eles só fingiram ser para acalmar minha mãe e meus avós. Trish e Ken eram casados, e esse elo legal não salvou o relacionamento do naufrágio. *Para que se casar, afinal?* Quase nunca dá certo, e estou começando a ver que é uma ideia ridícula. É problemático o modo como esse conceito é enfiado na nossa cabeça a ponto de nos fazer entregar nossa vida a outra pessoa e depender dela como nossa fonte de felicidade. Para minha sorte, finalmente aprendi que não posso depender de ninguém mais para ser feliz. "Nem sei mais se quero me casar."

Hardin puxa o ar e leva a mão ao meu rosto. "O quê? Você não pode estar falando sério." Ele olha nos meus olhos.

"Sim, estou falando sério. Para quê? Nunca dá certo, e o divórcio não é barato." Encolho os ombros e ignoro a expressão de terror do rosto de Hardin.

"Que diabos você está dizendo? Desde quando é tão cínica?"

Cínica? Não me acho cínica. Só preciso ser realista e não me prender a uma história cujo final feliz nunca vai existir. Mas também não posso mais lidar com essas idas e vindas o tempo todo.

"Sei lá, desde que percebi como estava sendo boba. Não culpo você por terminar comigo. Eu estava obcecada em ter uma vida impossível, e isso uma hora ou outra ia te enlouquecer."

Hardin puxa os próprios cabelos, sua maneira de sempre expressar frustração. "Tessa, isso é loucura. Você não era obcecada com porra nenhuma. Eu que fui um babaca." Ele resmunga e se ajoelha na minha frente. "Caralho, olha o que eu fiz você pensar! Está tudo ao contrário."

Eu me levanto, com raiva de mim mesma por me sentir culpada por dizer a verdade a respeito de como me sinto. Estou num conflito interno muito grande, e ficar neste quarto fechado com Hardin não está ajudando. Com tanta proximidade, não consigo me concentrar nem manter minhas defesas quando ele olha para mim como se cada uma de minhas palavras fosse uma arma — por mais verdadeiras que sejam, eu sinto pena dele quando não deveria sentir.

Eu sempre julguei mulheres que eram desse jeito. Ao ver um relacionamento exageradamente dramático na tevê, eu sempre considerava a mulher "fraca", mas as coisas não são tão simples assim. Há muito a levar em consideração antes de rotular alguém, e admito que, antes de conhecer Hardin, eu fazia isso com frequência. Quem sou eu para julgar as pessoas com base no que elas sentem? Eu não sabia que essas emoções tolas podem ser fortes. Não compreendia esse tipo de atração magnética que é possível sentir. Não entendia que o amor vence o bom senso e a paixão domina a lógica, nem que é irritante ver que ninguém entende como você se sente — ninguém pode me julgar por ser fraca ou tola, ninguém pode me menosprezar pela maneira como me sinto.

Nunca vou dizer que sou perfeita, e estou me esforçando a cada segundo para me manter à tona, mas não é tão fácil quanto as pessoas acreditam. Não é tão fácil se afastar de alguém que invadiu todas as células de seu corpo, que dominou todos os pensamentos, e que tem sido o responsável pelos melhores e piores sentimentos que você tem. Ninguém, nem mesmo a parte mais cética que existe dentro de mim, pode fazer com que eu me sinta mal por amar com intensidade esperando desesperadamente poder ter aquele amor maravilhoso sobre o qual leio nos romances.

Quando termino de justificar minhas atitudes para mim mesma, meu subconsciente já se acalmou e fechou os olhos, aliviado por eu enfim ter parado de me punir pelo modo como minhas emoções vêm mexendo comigo.

"Tessa, eu vou para Seattle. Não vou tentar forçar você a viver comigo, mas quero estar onde você está. Vou manter distância até você se sentir pronta para mais, e vou ser legal com todo mundo, até mesmo com o Vance."

"Não é essa a questão", suspiro. A determinação dele é admirável, mas nunca dura muito. Ele vai se entediar em algum momento e seguir em frente com sua vida. Já fomos longe até demais.

"Como eu disse antes, vou tentar dar espaço para você, mas vou para Seattle. Se não quiser me ajudar a decidir qual apartamento alugar, vou ter que escolher sozinho, mas vou alugar um de que você também goste."

Ele não precisa saber dos meus planos. Uso meus pensamentos para abafar o que ele diz. Se eu ouvir suas palavras, se eu realmente escutar, elas vão acabar destruindo a barreira que construí. A superfície rachou apenas uma hora atrás, e eu deixei minhas emoções assumirem o controle do meu corpo, mas não posso permitir que volte a acontecer.

Hardin sai do quarto depois de mais dez minutos em que passei tentando ignorar suas promessas, e começo a fazer a mala para Seattle. Tenho ido de um lado para outro, viajando demais ultimamente, e espero com ansiedade o dia em que enfim vou ter um lugar para chamar de lar. Preciso de segurança, preciso de estabilidade.

Como pude passar a vida toda planejando estabilidade e acabar no mundo sem um lugar para chamar de meu, nenhuma rede de segurança, nada?

Quando chego ao final da escada, Landon está recostado na parede, e me para com uma mão em meu braço. "Ei, queria conversar um pouco antes de você ir."

Fico na frente dele esperando que fale. Espero que ele não tenha desistido de me levar para Nova York com ele.

"Só queria confirmar com você para saber se mudou de ideia sobre Nova York. Se mudou, tudo bem. Só preciso saber para poder falar com Ken sobre as passagens."

"Não, eu vou. Só preciso ir até Seattle me despedir da Kim e..." Quero contar a ele sobre minha consulta, mas acho que ainda não estou pronta para enfrentar isso. Nada ainda é certeza, e prefiro não pensar nisso agora.

"Tem certeza? Não quero que você se sinta obrigada a ir, vou entender se quiser ficar com ele." O tom de voz de Landon é muito gentil, muito compreensivo, e sinto vontade de abraçá-lo. E é o que faço.

"Você é incrível. Sabe disso, né?" Sorrio para ele. "Não mudei de ideia, não. Quero fazer isso. Tenho que fazer isso por mim."

"Quando vai contar para ele? O que acha que ele vai fazer?"

Não pensei muito no que Hardin vai fazer quando eu contar a ele sobre meus planos de me mudar para o outro lado do país. Não tenho tempo para permitir que a opinião dele influencie meus planos, pelo menos não mais.

"Não sei como ele vai reagir. Até o velório do meu pai, acho que ele não ia se importar nem um pouco."

Landon assente para mostrar que entende. E então barulhos vindos da cozinha interrompem nosso silêncio, e me lembro de que não o parabenizei pela novidade.

"Não acredito que você não me contou que sua mãe está grávida!", exclamo, feliz com a mudança de assunto.

"Eu sei, desculpa. Ela me contou faz pouco tempo, e você tem passado o tempo trancada naquele quarto." Ele sorri, me provocando de modo brincalhão.

"Você está triste por se mudar com um irmãozinho vindo aí?" Eu me pergunto se Landon gosta de ser filho único. Falamos sobre isso poucas vezes, mas ele sempre evita falar sobre o pai, então a atenção era sempre direcionada a mim.

"Um pouco. Só estou preocupado pensando como minha mãe vai ficar durante a gravidez, sozinha. Vou sentir saudades dela e do Ken, mas estou pronto para ir." Ele sorri para mim. "Pelo menos acho que estou."

Eu faço que sim com a cabeça, convicta. "Vamos ficar bem. Principalmente você, que já foi admitido. Estou me mudando para lá sem saber se vou entrar. Vou pousar em Nova York sem estar matriculada, sem emprego e..."

Landon tapa a minha boca com a mão e ri. "Eu sinto esse mesmo pânico quando penso na mudança, mas me forço a pensar no lado positivo."

"E qual é?" Murmuro contra a mão dele.

"Bom, é Nova York. É só o que tenho por enquanto", ele admite com uma risada, e eu me vejo sorrindo de orelha a orelha quando Karen se aproxima de nós no corredor.

"Vou sentir falta desse barulho quando vocês dois se mudarem", ela diz, com os olhos brilhando sob as luzes.

Ken se aproxima por trás dela e beija sua nuca. "Todos vamos sentir falta deles."

46

HARDIN

Quando atendo à batida na minha porta, não faço questão de esconder minha decepção quando sou recebido pelo sorriso esquisito de Ken e não pela garota que quero.

Ele fica ali parado, esperando permissão para entrar.

"Queria conversar com você sobre o bebê", ele diz meio hesitante.

Eu sabia que isso aconteceria e, para minha decepção, não tenho como evitar essa merda. "Entra aí, então." Saio da frente dele e me sento na cadeira perto da mesa. Não faço a menor ideia do que ele vai dizer, nem do que eu vou dizer, nem de como isso vai ser, mas não acho que vai dar muito certo.

Ken não se senta. Fica de pé perto da cômoda com as mãos enfiadas nos bolsos da calça social cinza. O fato de o cinza combinar com as faixas de sua gravata e de ele estar usando um colete preto anuncia: *Sou o reitor de uma universidade importante!* Mas, além disso, vejo a preocupação em seus olhos castanhos e suas sobrancelhas franzidas. Está mexendo as mãos de um jeito tão ridículo que me dá vontade de arrancá-lo de seu sofrimento.

"Está tudo bem. Sei que você provavelmente pensou que eu faria um escândalo e quebraria várias coisas, mas sinceramente não me importo se você vai ter um bebê", digo por fim.

Ele suspira, sem parecer aliviado como eu meio que esperava que fosse se sentir. "Tudo bem se você estiver um pouco chateado, sei que foi inesperado, e sei como você se sente em relação a mim. Só espero que isso não faça com que os sentimentos ruins que tem por mim piorem." Ele olha para o chão, e eu gostaria que Tessa estivesse aqui do meu lado, e não em outro lugar com Karen. Preciso vê-la antes de ela partir. Prometi que lhe daria espaço, mas não esperava que esse momento pai e filho acontecesse.

"Você não faz ideia do que eu sinto por você." Droga, acho que nem eu sei como me sinto em relação a ele.

Sua paciência comigo nunca termina, e ele diz: "Espero que isso não mude, nem mude o progresso que estamos fazendo. Eu sei que tenho muito o que compensar, mas espero que você me deixe continuar tentando."

Quando ouço isso, sinto uma ligação entre nós que nunca tinha sentido antes. Somos dois fodidos; nós dois fomos guiados por decisões idiotas e vícios, e estou puto por ter herdado esse traço por ter sido criado por ele. Se Vance tivesse me criado, eu não seria assim. Não seria tão estragado por dentro. Não teria sentido medo de meu pai voltar bêbado para casa, e não teria passado horas sentado no chão com minha mãe enquanto ela chorava, sangrava e tentava permanecer consciente depois da surra que levou por causa dos erros dele.

A raiva ferve dentro de mim, percorre minhas veias, e estou prestes a chamar Tessa. Preciso dela em momentos assim — na verdade, sempre preciso dela —, mas principalmente agora. Preciso de sua voz tranquila falando palavras de incentivo. Preciso de sua luz para afastar as sombras da minha mente.

"Quero que você faça parte da vida do bebê, Hardin. Acho que isso poderia ser muito bom para todos nós."

"*Nós?*", pergunto.

"Sim, *todos* nós. Você faz parte da família. Quando me casei com Karen e assumi o papel de pai de Landon, sei que achou que eu estava deixando você de lado, e não quero que se sinta assim por causa do bebê."

"Me *deixando de lado*? Você me deixou de lado muito antes de se casar com a Karen." Mas não sinto mais o mesmo barato ao esfregar as coisas na cara dele agora que sei a verdade sobre o passado da minha mãe com Christian. Lamento muito a merda que os outros dois fizeram, mas ao mesmo tempo estou puto da vida com ele por ter sido um pai tão ruim até o ano passado. Ainda que não fosse meu pai biológico, ele tinha que cuidar de nós — aceitou esse papel e então largou tudo para beber.

Então não consigo me controlar. Deveria, mas a raiva está dentro de mim, e preciso saber. Preciso saber por que ele tentaria resolver as coisas comigo se não tem certeza absoluta de que é meu pai.

"Quando você ficou sabendo que minha mãe estava transando com o Vance pelas suas costas?", pergunto, lançando as palavras como granadas.

O ar desaparece do quarto, e Ken parece prestes a desmaiar. "Como..." Ele para e passa uma das mãos pela barba por fazer. "Quem disse isso para você?"

"Corta essa. Sei tudo sobre eles. Foi isso o que aconteceu em Londres. Eu peguei os dois juntos. Ele estava com ela em cima do balcão da cozinha."

"*Meu Deus*", ele diz, a voz rouca e a respiração acelerada. "Antes ou depois do casamento?"

"Antes, mas ela se casou mesmo assim. Por que você ficou com ela se sabia que ela queria ficar com ele?"

Ele respira algumas vezes e olha ao redor. E então encolhe os ombros. "Eu era apaixonado por ela." Ele me olha nos olhos, e sua sinceridade clara parece diminuir a distância entre nós. "Não tenho outro motivo que não seja esse. Eu era apaixonado por ela, e amava você, e achava que um dia ela deixaria de gostar dele. Esse dia não veio... e isso estava me comendo vivo. Eu sabia o que ela estava fazendo e o que ele — meu *melhor* amigo — estava fazendo, mas tinha muita esperança em nós dois, e achava que acabaria sendo o escolhido."

"Mas não foi", comento. Ela poderia ter escolhido se casar e passar a vida com ele, mas nunca o escolheu de verdade.

"Pois é. E eu deveria ter desistido muito antes de recorrer ao álcool." A vergonha nos olhos dele é de dar pena.

"Deveria mesmo." Tudo teria sido muito diferente se ele tivesse feito isso.

"Sei que você não entende, e sei que minhas escolhas ruins e minhas falsas esperanças arruinaram sua infância, então não espero seu perdão nem compreensão." Ele junta as mãos como se fosse rezar e cobre a boca com elas.

Fico em silêncio porque não consigo pensar em nada para dizer. Minha mente está tomada de imagens horrorosas e com o fato de as três figuras paternas que tenho serem péssimas. Não sei nem como classificá-las.

"Acho que pensava que ela veria que ele não podia oferecer a mesma estabilidade que eu. Eu tinha um bom emprego, e não gostava de correr riscos, como o Christian." Ele faz uma pausa e respira fundo. Seu colete fica mais justo no peito, e ele olha para mim. "Acredito que, se a Tessa se casar com outro homem, você vai sentir a mesma coisa. Ele vai ser sempre seu rival e, ainda que você desista dela cem vezes, ainda vai competir com a sua lembrança." Ele está confiante no que diz, consigo ver por seu tom de voz e pelo modo como está me olhando diretamente nos olhos.

"Não vou desistir dela de novo", digo entredentes. Meus dedos seguram a beira da mesa com força.

"Ele dizia isso também." Ele suspira e se recosta na cômoda.

"Eu não sou ele."

"Sei que não. Não estou dizendo que você é o Christian ou que Tessa é como sua mãe, de forma nenhuma. Para sua sorte, Tessa só tem olhos para você. Se sua mãe não tivesse lutado contra o que sentia por ele, eles poderiam ter sido felizes juntos, mas os dois permitiram que um relacionamento tóxico destruísse a vida de todos ao redor." Ken passa a mão nos pelos do rosto de novo. Um hábito irritante.

Catherine e Heathcliff me vêm à mente, e sinto vontade de vomitar pela comparação fácil. Tessa e eu podemos ser um enorme desastre como dois personagens fictícios, mas não vou permitir que a gente sofra o mesmo destino.

Mas nada do que Ken está dizendo faz sentido para mim. Por que ele aguentaria tanta coisa ruim de mim se tivesse a menor desconfiança de que não sou problema dele?

"Então é verdade, não? Ele é seu pai?", ele pergunta como se perdesse uma força vital que o deixava de pé. O homem forte e assustador da minha infância desapareceu e foi substituído por um sujeito magoado prestes a chorar.

Sinto vontade de dizer que ele é um tremendo idiota por ter aguentado as merdas que fiz, que minha mãe e eu não conseguimos nos esquecer do inferno em que ele transformou minha vida na infância. Que é culpa dele o fato de eu me aliar aos demônios e lutar contra os anjos — que é culpa dele eu ter um lugar especial no inferno e não ser bem recebido no céu. Que é culpa dele Tessa não estar comigo. Que é culpa dele eu tê-la magoado inúmeras vezes, e que é culpa dele eu estar agora tentando corrigir vinte e um anos de cagadas.

Mas, em vez de falar tudo isso, não digo nada, e Ken suspira. "Eu soube desde o nosso primeiro contato que você era dele."

Essas palavras quase tiram meu fôlego e afastam meus pensamentos raivosos. "Eu sabia." Ele está tentando não chorar, mas não está conseguindo. Eu me retraio e desvio o olhar das lágrimas no rosto dele. "Eu sabia. Não tinha como não saber. Você era igualzinho a ele, e a cada ano que se passava sua mãe chorava mais, dava mais escapadas com ele. Eu sabia. Não queria admitir porque você era tudo o que eu tinha. Eu não tinha sua mãe; nunca tive. Desde que eu a conheci, ela era dele. Você era tudo o que eu tinha e, quando deixei minha raiva dominar, estraguei isso também." Ele se interrompe para recuperar o fôlego, e eu fico sentado, confuso, calado. "Você poderia ter vivido melhor com ele, sei disso, mas eu amava você — *ainda* amo como se fosse sangue do meu sangue — e só espero poder continuar fazendo parte de sua vida."

Ele ainda está chorando; muitas lágrimas rolam de seu rosto, e sinto pena dele. Uma parte do peso de meu peito foi suspensa, e consigo sentir anos de raiva se dissolvendo dentro de mim. Não sei o que é esse sentimento. É forte e libertador. Quando ele olha para mim, eu me sinto estranho. Não estou *normal* — essa é a única maneira de explicar o abraço que dou nele para confortá-lo.

Eu o abraço e sinto seu corpo tremer, e então ele começa a chorar de soluçar, com o corpo todo.

47

TESSA

O trajeto foi tão terrível quanto eu previa. A estrada parecia não ter fim; cada linha amarela era um dos sorrisos dele, uma de suas caretas. Cada fila interminável de trânsito parecia estar rindo de todos os erros que cometi, e cada carro na estrada era mais um desconhecido, outra pessoa com seus próprios problemas. Eu me senti sozinha demais no meu carro pequeno enquanto me afastava cada vez mais de onde queria estar.

Sou uma tonta por lutar contra isso? Eu teria força suficiente para nadar contra a corrente desta vez? É isso o que quero?

Quais são as chances de que dessa vez, depois de tantas centenas de outras, seja diferente? Ele só está usando as palavras que sempre quis ouvir por desespero, porque sabe que me desapeguei?

Minha cabeça mais parece um romance de duas mil páginas cheias de pensamentos profundos, papo furado e um monte de perguntas idiotas para as quais não tenho resposta.

Quando parei na frente da casa de Kimberly e de Christian, alguns minutos antes, a tensão em meus ombros estava quase insuportável. Eu conseguia sentir os músculos por baixo de minha pele se contraindo a ponto de doerem, e agora, de pé na sala de estar, esperando Kimberly descer, isso só parece aumentar.

Smith desce a escada, com o nariz franzido de nojo. "Ela disse que vai descer assim que terminar de esfregar a perna do meu pai."

Acabo dando risada do menininho de covinhas. "Está bem. Obrigada." Ele não disse nada quando abriu a porta para mim minutos antes. Só me olhou de cima a baixo e balançou a mão para que eu entrasse, dando um leve sorriso. Fiquei impressionada com o sorriso, por menor que tenha sido.

Ele se senta à beira do sofá sem dizer nada. Concentra-se em um aparelho que está segurando enquanto eu o observo. O irmãozinho de Hardin. É muito estranho pensar que esse menininho adorável que parece não gostar de mim por algum motivo seja o irmão biológico de Hardin. Faz sentido, de certo modo; ele sempre teve muita curiosidade em relação a Hardin, e parecia gostar da companhia dele, enquanto a maioria das pessoas não gosta.

Ele se vira e me pega olhando para ele. "Onde está seu Hardin?"

Seu Hardin. Parece que, todas as vezes em que ele faz essa pergunta, *meu Hardin* está longe. Mais longe do que nunca, desta vez. "Ele..."

E então Kimberly entra na sala, caminhando na minha direção com os braços abertos. É claro que estaria usando salto e maquiagem. Pelo jeito, o mundo ainda está girando, apesar de o meu ter parado.

"Tessa!", ela grita, e me abraça com tanta força que chego a tossir. "Nossa! Quanto tempo!" Ela me aperta mais um pouco antes de se afastar e me puxar pelo braço para a cozinha.

"Como estão as coisas?", pergunto e me sento no mesmo banco de sempre.

Ela fica na frente da mesa de café da manhã e passa as mãos pelos cabelos loiros na altura do ombro, puxando-os para trás e prendendo-os num coque no topo da cabeça. "Bom, todo mundo sobreviveu àquela maldita viagem a Londres." Ela faz uma careta, e eu faço a mesma coisa. "Foi por pouco, mas sobrevivemos."

"Como está a perna do sr. Vance?"

"Sr. Vance?" Ela ri. "Não. As coisas não vão regredir por causa de toda aquela loucura. Pode continuar falando Christian, ou Vance. A perna dele está melhorando; felizmente, o fogo queimou mais as roupas dele, não a pele." Ela franze o cenho e estremece.

"Ele está com problemas? Problemas jurídicos?", pergunto, tentando não forçar a barra.

"Não. Ele inventou uma história de que um grupo de delinquentes invadiu a casa para vandalizar e pôs fogo no lugar. Agora é um caso de incêndio criminoso sem pistas." Ela balança a cabeça e revira os olhos. Passa as mãos no vestido e olha para mim. "Mas como você está, Tessa? Sinto muito pelo seu pai. Eu deveria ter ligado mais vezes, mas ando ocupada, tentando resolver tudo isso." Kimberly estende o braço sobre o granito e pousa a mão sobre a minha. "Apesar de não ser uma boa desculpa..."

"Não, não. Não precisa se desculpar. Você tinha muita coisa para resolver, e eu não tenho sido uma boa companhia mesmo. Se você tivesse ligado, talvez nem tivesse conseguido atender, porque ando meio fora do ar." Tento rir, mas até eu percebo como é estranha e falsa a tentativa que faço.

"Imagino." Ela olha para mim, em dúvida. "E isso, como você explica?" Ela balança a mão à minha frente, e olho para a minha blusa e para a calça jeans suja.

"Não sei. Foram duas semanas bem longas." Encolho os ombros e prendo uma mecha de cabelos despenteados atrás da orelha.

"Está na cara que você está passando por uma situação difícil de novo. Hardin aprontou mais alguma ou ainda está em Londres?" Kimberly arqueia uma sobrancelha, e eu lembro que as minhas devem estar disformes. Usar a pinça é a última coisa a me passar pela cabeça, mas Kimberly é uma daquelas mulheres que fazem você querer estar bonita o tempo todo para acompanhá-la.

"Não exatamente. Bom, ele só fez o que sempre faz em Londres, mas finalmente terminei tudo." Ao ver dúvida nos olhos azuis dela, acrescento: "Estou falando sério. Estou pensando em me mudar para Nova York".

"*Nova York?* Como assim? Com o Hardin?" Ela fica boquiaberta. "Ah, esquece... você acabou de falar que terminou tudo." Ela bate a mão na testa num gesto dramático.

"Com o Landon, na verdade. Ele vai estudar na NYU e me chamou para ir junto. Vou aproveitar o verão e espero conseguir entrar na NYU no outono."

Ela ri. "Nossa! Preciso de um minuto."

"É uma grande mudança. Eu sei. É que eu... bom, eu preciso sair daqui e, com o Landon indo para lá, faz sentido." É loucura, uma loucura completa, mudar-se para o outro lado do país, e a reação de Kimberly prova isso.

"Não precisa se explicar para mim. Eu acho que é uma ótima ideia... só estou surpresa." Kim nem tenta controlar uma risadinha. "Você, mudando para o outro lado do país sem planejamento, sem esperar um ano para se preparar."

"É uma burrice, não? Não é?", pergunto, sem saber o que espero ouvir.

"Não! Desde quando você tem tão pouca confiança em si mesma? Menina, sei que você passou por muita coisa, mas precisa se recompor. Você é jovem, inteligente e linda. A vida não é tão ruim! Poxa! Tenta limpar os ferimentos de queimaduras do seu noivo depois de ele assumir ter traído você com o", ela faz aspas com as mãos no ar, revirando os olhos, "'grande amor da vida dele' e ter que cuidar dele quando sua vontade é enforcá-lo."

Não sei se ela pretendia ser engraçada, mas tenho que morder a língua para não rir da imagem que surge em minha mente. Mas quando ela ri, eu também dou risada.

"É sério, não tem problema nenhum ficar triste, mas se deixar a tristeza controlar sua vida nunca vai ter uma vida." Suas palavras me fazem pensar na minha reclamação egoísta e no meu nervosismo com a mudança para Nova York sem ter um plano em mente.

Ela está certa; passei por muitas coisas neste último ano, mas de que me adianta ficar assim? Sentir tristeza e uma pontada de perda a cada pensamento? Apesar de ter gostado de não sentir nada, eu estava estranha. Parecia que minha essência desaparecia a cada pensamento negativo, e estava começando a temer nunca mais voltar a ser quem era. Ainda não me sinto normal. Talvez um dia...

"Sei que você está certa, Kim. Só não sei como parar. Eu me sinto com raiva o tempo todo." Cerro os punhos, e ela assente. "Ou triste. Muita tristeza e muita dor. Não sei como separar, e agora isso está me corroendo, dominando a minha mente."

"Bom, não é tão fácil quanto pareceu como eu falei, mas, antes de qualquer coisa, você precisa se animar. Você vai se mudar para Nova York, garota! Aja de acordo. Se ficar chorando pelas ruas de Nova York, nunca vai conseguir nenhum amigo." Ela sorri, amenizando suas palavras.

"E se eu não conseguir? Tipo, e se eu sempre me sentir assim?"

"Então sempre vai se sentir assim. É isso, mas você não pode pensar assim no momento. Aprendi na minha época", ela sorri, "Não faz *muito* tempo, tá? Mas aprendi que as merdas acontecem e seguimos em frente. É horrível e, pode acreditar, eu sei que isso tudo tem que ver com Hardin. Sempre tem, mas você precisa aceitar o fato de que ele não vai dar o que você quer e precisa, e se esforçar ao máximo para fingir que está avançando. Se você conseguir enganar Hardin e todo mundo, vai acabar acreditando, e no fim vai virar realidade."

"Você acha que eu conseguiria? Acha que eu posso virar a página?" Torço os dedos no meu colo.

"Vou dizer uma coisa, porque é o que você precisa ouvir neste momento." Kimberly vai até o armário e tira duas taças de vinho. "Você precisa ouvir muita besteira e elogios neste momento. Sempre vamos ter tempo para enfrentar a verdade, mas agora..." Ela procura na gaveta embaixo da pia e pega um saca-rolhas. "Pronto, vamos beber um vinho, e vou contar para você muitas histórias de rompimentos que vão fazer o seu parecer brincadeira de criança."

"Tipo um filme de terror?", pergunto, brincando.

"Não, engraçadinha." Ela me dá um tapa na coxa. "Estou falando de mulheres que eram casadas por anos, e com maridos que transavam com as irmãs delas. Esse tipo de coisa maluca que faz você perceber que a sua situação não está tão ruim."

Uma taça cheia de vinho é colocada na minha frente e, quando penso em recusar, Kimberly a apanha e a pressiona contra meus lábios.

Uma garrafa e meia depois, estou rindo e me encostando no balcão para me apoiar. Kimberly já teve uma série de relacionamentos malucos, e finalmente parei de olhar para meu telefone a cada dez segundos. Hardin não tem meu número mesmo, é o que sempre digo a mim mesma. Mas estamos falando de Hardin; se ele quiser o número, vai obviamente encontrar um modo de conseguir.

Algumas das histórias que Kimberly me contou na última hora parecem loucas demais para ser verdade. Estou convencida de que o vinho fez com que ela exagerasse cada uma delas só para torná-las piores.

A mulher que chegou em casa e encontrou o marido nu na cama com a vizinha... e o marido dela.

A história cheia de detalhes a respeito da mulher que tentou matar o marido, mas deu a foto errada ao matador de aluguel, que tentou assassinar o irmão dela. O marido acabou tendo uma vida muito melhor do que a dela.

E também teve a do homem que deixou a esposa com quem estava casado havia vinte anos por uma mulher com metade de sua idade e descobriu que ela era sua sobrinha-neta. Eca. (Sim, eles ficaram juntos.)

Uma garota estava dormindo com seu professor da faculdade e se gabou disso com sua manicure, que (surpresa) era a esposa dele. A menina levou bomba naquele semestre.

O homem que se casou com a francesa sensual que conheceu no mercado e descobriu que ela não era francesa. Era de Detroit, e uma vigarista das boas.

A da mulher que, por mais de um ano, traiu o marido com um homem que conheceu pela internet. Quando finalmente conheceu o homem, ficou surpresa ao ver que ele era seu marido. Não é possível que uma mulher tenha flagrado o marido dormindo com a irmã dela, depois com a mãe, e depois com a advogada dela. Também não é possível que tenha corrido atrás dele pelo escritório da advogada jogando os sapatos de salto na cabeça do sujeito, sem fôlego, e depois pelos corredores.

Estou rindo, rindo muito, e Kimberly está com as mãos na barriga, dizendo que viu o homem alguns dias depois, com a marca do salto da futura ex-mulher no meio de sua testa.

"Não estou brincando! Foi uma confusão! A melhor parte da história toda é que eles voltaram a se casar!" Ela bate a mão no balcão, e eu balanço a cabeça de rir do volume de sua voz agora que está bêbada. Fico feliz ao ver que Smith subiu e deixou as mulheres barulhentas e beberronas sozinhas, e não tenho que me sentir mal pelo mau exemplo de rir da desgraça alheia.

"Os homens são idiotas. Todos eles." Kimberly ergue a taça que encheu de novo para junto da minha, que está vazia. "Mas, verdade seja dita, as mulheres também são idiotas, então a única maneira de isso dar certo é você encontrar um idiota com quem consiga lidar. Um que torne você um pouco menos idiota."

Christian escolhe esse momento para entrar na cozinha. "Toda essa conversa sobre idiotas está atravessando o corredor." Eu havia me esquecido de que ele estava por perto. Preciso de um momento para perceber que está em uma cadeira de rodas. Eu me assusto, e Kimberly olha para mim com um sorrisinho nos lábios.

"Ele vai ficar bem", ela me garante.

Ele sorri para a noiva, e ela ri como sempre faz quando é olhada desse jeito. Fico surpresa. Eu sabia que ela o estava perdoando; só não sabia que já era uma certeza, ou que ela pudesse parecer feliz ao fazer isso.

"Desculpa." Ela sorri para ele, que segura seu quadril, puxando-a para seu colo. Ele faz uma careta quando a coxa dela encosta em sua perna machucada, e ela logo se ajeita na outra.

"Parece pior do que na verdade está", ele me diz quando percebe que estou olhando para a cadeira de metal e a queimadura em sua perna.

"É verdade. Ele está se aproveitando da situação." Kimberly provoca, enfiando o dedo na covinha do lado esquerdo do rosto dele.

Eu desvio o olhar.

"Você veio sozinha?", Vance pergunta, ignorando o olhar que Kimberly lança a ele quando morde o dedo dela. Não consigo parar de observá-los, apesar de saber que não estarei como eles no futuro próximo, ou nunca.

"Sim, Hardin está de novo na casa do p..." Eu paro e me corrijo: "Na casa do Ken".

Christian parece decepcionado, e Kimberly parou de olhar para ele, mas eu tenho a impressão de que meus sentimentos, que ficaram ocultos na última hora, estão começando a se revelar com a menção do nome de Hardin.

"Como ele está? Gostaria muito que ele atendesse os telefonemas, aquele pentelho", Christian murmura.

Ponho a culpa no vinho, mas esbravejo com ele: "Tem muita coisa acontecendo agora". O tom ríspido fica evidente e na mesma hora eu me sinto uma idiota. "Desculpa. Não queria falar desse jeito. Só sei que ele está passando por poucas e boas no momento. Não quis ser mal-educada."

Decido ignorar o sorrisinho de Kimberly ao me ver defendendo Hardin.

Christian sacode a cabeça e ri. "Tudo bem, eu mereço tudo. Sei que ele está tendo que lidar com muita coisa. Só quero falar com ele, mas sei que vai aparecer quando estiver pronto. Vou deixar vocês conversarem. Só queria ver por que estavam rindo tanto. Queria ter certeza de que não era da minha cara."

Depois de dizer isso, ele dá um beijo rápido mas carinhoso em Kimberly e sai da sala. Levanto a taça, pedindo mais vinho.

"Espera. Isso quer dizer que você não vai mais trabalhar comigo?", Kimberly pergunta. "Você não pode me deixar com todas aquelas reclamonas? Você é a única que suporto, além da nova namorada do Trevor."

"Trevor está namorando?", pergunto e beberico o vinho frio. Kimberly tinha razão; o vinho e as risadas estão ajudando. Consigo me ver saindo do casulo, tentando voltar à vida; a cada piada e a cada história absurda, isso vai ficando mais fácil.

"Sim! A ruiva! Aquela que cuida das mídias sociais, sabe?"

Tento pensar na mulher, mas não consigo me lembrar, por causa do vinho. "Não conheço. Há quanto tempo eles namoram?"

"Algumas semanas. Mas olha só..." Os olhos de Kimberly brilham com a atividade preferida dela: contar fofocas do trabalho. "Christian ouviu os dois juntos."

Tomo mais um gole, esperando que ela explique.

"Juntos, *juntos*. Eles estavam transando no escritório! E o mais maluco é que as coisas que ele ouviu..." Ela para e dá risada. "Eles estavam sendo ousados, falando baixaria, essas coisas. Trevor tem pegada! Teve tapinhas, palavrões e tudo mais."

Começo a rir como uma garotinha. Uma garotinha que bebeu muito vinho. "Não acredito!"

Não consigo imaginar o fofo do Trevor batendo em ninguém. A imagem por si só me faz rir ainda mais, e eu balanço a cabeça tentando não pensar demais na cena. Trevor é bonito, muito bonito, mas é muito educado e meigo.

"Eu juro! Christian tem quase certeza de que ela estava amarrada na mesa ou sei lá o quê, porque, quando entrou, Trevor estava desamarrando uma coisa nos cantos!" Kimberly balança a mão no ar, e espirro vinho pelo nariz.

Depois dessa taça, vou parar. Onde está Hardin, o corta-barato do álcool, quando preciso dele?

Hardin.

Meu coração se acelera, e meu riso perde o rumo até Kimberly acrescentar outro detalhe sórdido à história.

"Fiquei sabendo que ele deixa um chicote na sala."

"Não acredito. Ele é muito meigo e bonzinho. Não *amarraria* uma mulher à mesa para fazer o que quisesse." Não consigo imaginar. Minha mente traidora e controlada pelo vinho começa a imaginar Hardin, mesas, amarras e palmada.

"Quem faz isso no escritório? Meu Deus, aquelas paredes são finas como papel!"

Estou boquiaberta. Imagens reais, lembranças de Hardin me deitando na mesa surgem em minha mente, e minha pele já quente começa a corar e arder.

Kimberly lança um sorriso cúmplice e joga a cabeça para trás. "Acho que as mesmas pessoas que fazem nas salas de ginástica", ela me acusa com uma risada.

Eu a ignoro, apesar da vergonha. "Voltando ao Trevor", digo, escondendo meu rosto atrás da taça da melhor maneira que consigo.

"Eu sabia que ele era esquisito. Homens que usam ternos todos os dias sempre são esquisitos."

"Só naqueles romances melosos", digo, pensando em um livro que estou planejando ler, mas que ainda não consegui.

"Essas histórias têm que vir de algum lugar, não é?" Ela pisca para mim. "Sempre passo pelo escritório de Trevor esperando alguma coisa, mas não tive essa sorte... ainda."

O absurdo desta noite faz com que eu me sinta leve como não ficava há muito tempo. Tento entender esse sentimento, e o prendo ao peito o mais forte que consigo — não quero que desapareça.

"Quem poderia imaginar que Trevor era bizarro assim, né?" Ela ergue as sobrancelhas, e eu balanço a cabeça.

"O babaca do Trevor!", eu digo, e espero em silêncio até Kimberly começar a rir alto.

"O *babaca* do Trevor!", ela grita, e eu me junto a ela, pensando na origem do apelido enquanto nos revezamos e o repetimos, imitando o jeito de Hardin falar.

48

HARDIN

O dia de hoje foi bem longo. Longo demais, e estou pronto para dormir. Depois de conversar com Ken, estou exausto. E depois ainda tive que encarar Sarah, Sonya, Sei Lá — seja lá qual for o nome dela — e Landon se olhando sem parar à mesa de jantar, o que me deixou entediado demais.

Mesmo pensando que gostaria que Tessa não tivesse ido embora sem me contar, não posso dizer isso em voz alta, porque ela não me deve nenhum tipo de explicação.

Eu peguei leve, como prometi a Tessa que faria, e jantei em silêncio enquanto Karen e meu pai, ou seja lá quem ele é, me observavam com cuidado, esperando que eu explodisse ou arruinasse o jantar deles de alguma forma.

Mas não estraguei. Fiquei calado mastigando cada garfada. Deixei até de apoiar os cotovelos na toalha de mesa horrorosa que Karen acha que dá um toque bacana de tom pastel ou coisa assim, mas não dá, não. É horrorosa, e alguém deveria queimá-la quando ela não estiver olhando.

Eu me senti um pouco melhor — apesar de esquisito pra cacete —, só um pouco melhor, depois de conversar com meu pai. Acho divertido o fato de continuar a chamar Ken de meu pai agora, apesar de, na adolescência, não conseguir dizer o nome dele sem fazer careta ou sentir vontade de dar um soco nele. Agora que compreendo — pelo menos um pouco — como ele se sentiu e por que fez o que fez, uma parte da raiva que guardei dentro de mim por muito tempo desapareceu.

Mas foi estranho sentir essa mudança em meu corpo. Já vi explicações para isso na ficção — dizem que é perdão —, mas nunca havia sentido nada parecido antes. Não sei bem se gosto da sensação, mas admito que ajuda a me distrair da dor constante de estar longe de Tessa. Ou quase.

Eu me sinto melhor... mais feliz? Não sei, mas não consigo parar de pensar no futuro agora. Um futuro no qual Tessa e eu compramos tapetes e estantes, ou qualquer outra coisa que casados compram. As únicas pessoas casadas que conheço capazes de se tolerar são Ken e Karen, e não tenho ideia do que fazem juntos. Além de fazer bebês com quarenta e poucos anos. Imaturamente, eu faço uma careta ao me lembrar disso, e finjo que não estava pensando na vida sexual deles.

Para dizer a verdade, pensar no futuro é muito mais divertido do que pensei. Nunca esperei nada do futuro antes, nem do presente. Sempre soube que eu ficaria sozinho, então não me dei o trabalho de pensar em planos ou desejos idiotas. Até oito meses atrás, eu não sabia que poderia existir alguém como Tessa. Eu não fazia a menor ideia de que aquela loira toda certinha estava por aí esperando para virar minha vida toda de cabeça para baixo ao me deixar totalmente louco e fazer com que eu a amasse mais do que amo respirar.

Porra, se eu soubesse que ela existia, não teria desperdiçado meu tempo fodendo todas as garotas que podia. Eu não tinha motivação nenhuma antes; não havia nenhuma força motriz de olhos azuis-acinzentados me ajudando, me guiando pela minha vida fodida, então cometi erros demais, e agora tenho que me esforçar mais do que a maioria das pessoas tentando corrigi-los.

Se pudesse voltar atrás, eu não teria tocado nenhuma outra garota. Nenhuma. E, se soubesse como seria bom tocar Tessa, eu teria me preparado, contado os dias até ela entrar no meu quarto naquela fraternidade, mexendo em todos os meus livros e nas minhas coisas mesmo depois de eu proibi-la de fazer isso.

A única coisa que está me mantendo no controle é a esperança de que ela vai acabar mudando de ideia. Vai ver que desta vez não vou voltar atrás. Vou me casar com ela, mesmo que tenha que arrastá-la até o altar.

Este é outro de nossos problemas, essas ideias. Por mais que eu insista em negar, não consigo parar de sorrir quando penso em Tessa num vestido branco, gritando comigo enquanto eu a arrasto até o altar enquanto alguma canção estiver sendo tocada na harpa ou algum outro instrumento que ninguém usa fora de casamentos e velórios.

Se eu tivesse o número novo dela, enviaria uma mensagem de texto só para ter certeza de que ela está bem. Ela não quer me dar o número. Precisei me controlar muito para não pegar o telefone de Landon do bolso dele e roubá-lo depois do jantar.

Estou deitado na cama quando deveria estar dirigindo para Seattle. Deveria, poderia, preciso, mas não posso. Preciso dar um pouco de espaço para Tessa, ou ela vai se afastar ainda mais de mim. Pego meu telefone no escuro e repasso as fotos dela. Se imagens e lembranças forem tudo o que posso ter por um tempo, vou precisar de mais fotos. Setecentas e vinte e duas não bastam. Em vez de continuar no caminho da obsessão, saio da cama e visto uma calça. Acho que Landon e Karen, que está grávida, não gostariam de me ver sem roupa. Bem, talvez gostassem. Sorrio ao pensar isso e demoro um pouco para armar um plano. Landon vai dar uma de teimoso, eu sei, mas ele é fácil de dobrar. Na segunda piada embaraçosa que eu fizer sobre a garota de quem está gostando, ele vai me dar o número de Tessa e corar como um menininho do jardim de infância.

Bato duas vezes à porta, dando ao cara um tempo e um alerta antes de abrir a porta. Ele está dormindo, deitado de costas com um livro no peito. Porra, é *Harry Potter*. Eu deveria saber...

Ouço um barulho e vejo um leve flash. Como se fosse um sinal dos céus, a tela do telefone dele se ilumina, e eu o pego da mesa. O nome de Tessa e o início de uma mensagem de texto: **Oi, Landon, você está acordado? Porque...**

A mensagem de alerta não mostra o resto. Preciso ver o resto.

Estalo o pescoço, tentando não permitir que o ciúme me domine. *Por que ela está escrevendo tão tarde para ele?*

Tento adivinhar a senha, mas ele é mais difícil de decifrar do que Tessa. A dela era muito óbvia e cômica. Sabia que, como eu, ela teria medo de esquecer o número, por isso escolheu 1234. Essa é a nossa senha para tudo. Senhas, código do pay-per-view da TV a cabo, qualquer coisa que envolva algarismos, é o que sempre usamos.

Viu? Estamos praticamente casados, porra. Poderíamos nos casar no mesmo momento em que um hacker rouba nossas identidades... ha!

Bato em Landon com um travesseiro da cama dele, e ele resmunga. "Acorda, besta."

"Vai embora."

"Preciso do número da Tessa." Dou outra travesseirada.

"Não."

Travesseirada. Travesseirada. Travesseirada mais forte.

"Ai!", ele geme e se senta. "Beleza. Eu dou o número."

Ele pede o telefone, que eu coloco em sua mão e observo os números que ele digita, só para garantir. Ele me entrega o telefone quando o destrava. Agradeço e digito o número dela nos meus contatos. O alívio que sinto ao clicar em salvar é ridículo, mas não me importo.

Bato em Landon de novo com o travesseiro, só para encher o saco, e saio do quarto.

Acho que ele me xinga enquanto fecho a porta, rindo. Eu poderia me acostumar com essa sensação — essa sensação parecida com a esperança enquanto digito uma mensagem simples de boa-noite para a minha garota e espero ansiosamente por sua resposta. Tudo parece estar melhorando para mim, finalmente, e o último passo é o perdão de Tessa. Só preciso de um pouco da esperança que ela sempre foi capaz de me dar.

Harrrdin? É a mensagem de resposta. Porra, eu estava começando a achar que ela ia me ignorar.

Não, não é o Harrrrdin, só Hardin. Decido começar a conversa com uma provocação, apesar de querer implorar para ela voltar de Seattle ou não se assustar se eu aparecer lá na madrugada.

Desculpa, não consigo digitar neste teclado. É delicado demais.

Consigo imaginá-la deitada na cama em Seattle, semicerrando os olhos e franzindo o cenho enquanto usa o indicador para digitar cada letra.

É. iPhone, né? O seu antigo teclado era enorme, então dá para entender por que você está tendo dificuldade.

Ela responde com um sorrisinho, e fico impressionado e me divirto ao ver que já usa emojis. Eu sempre detestei isso e sempre me recusei a usar, mas agora vou baixar o aplicativo para poder responder com um sorrisinho também.

Você ainda está aí? Ela perguntou quando envio a carinha.

Sim, por que está acordada tão tarde? Vi que você enviou uma mensagem pro Landon. Eu não deveria ter enviado isso.

Alguns segundos se passam, e ela envia uma imagem de uma tacinha de vinho. Eu deveria saber que estava conversando com a Kim.

Vinho, é? Envio, acompanhado por algo que parece uma carinha surpresa, acho. *Pra que tantas carinhas? Quando alguém precisaria enviar uma imagem de um tigre, cacete?*

Por estar curioso e um pouco animado com a atenção que ela está me dando, envio o maldito tigre e rio sozinho quando ela responde com um camelo. Dou risada todas as vezes em que ela me manda uma imagem idiota que ninguém poderia pensar em usar.

Adoro que ela tenha entrado no clima, que saiba que mandei o tigre por não fazer o menor sentido, e agora estamos brincando de "envie o emoji mais nada a ver com nada", e estou sozinho no escuro, rindo tanto que minha barriga chega a doer.

Não tenho mais nenhum, ela diz depois de cerca de cinco minutos de brincadeira.

Nem eu. Está cansada?

Sim. Bebi vinho demais.

Foi legal? Fico surpreso por esperar que ela diga sim, que se divertiu, apesar de eu não ter feito parte de sua noite.

Sim, eu me diverti. Você tá bem? Espero que tudo tenha dado certo com seu pai.

Deu, que tal conversarmos sobre isso quando eu chegar em Seattle? Envio a mensagem insistente com um coração e a imagem do que parece ser um prédio alto.

Talvez.

Sinto muito por ter sido um namorado tão ruim. Você merece alguém melhor, mas eu amo você. Envio a mensagem antes de conseguir me controlar. É verdade, e não posso deixar de dizer isso agora. Cometi o erro de manter meus sentimentos em segredo, e é por isso que ela duvida de minhas promessas agora.

Bebi muito vinho para ter essa conversanta. Christian ouviu Trevor transando no escritório.

Reviro os olhos ao ler o nome dele na tela. O babaca do Trevor.

O babaca do Trevor.

Foi o que eut disse. Eu idsse a Kim isos aí.

250

Erros demais para ler. Vai dormir, escreve amanhã. Envio, e então começo uma nova mensagem. **Por favor. Por favor, me escreve amanhã.**

Abro um sorriso quando ela manda um desenho de um telefone celular, uma carinha de sono e aquele maldito tigre.

49

HARDIN

A voz familiar de Nate ecoa pelo corredor estreito:
"Scott!"

Porra. Eu sabia que não passaria por essa merda de lugar sem ver um deles. Vim até o campus conversar com meus professores. Queria confirmar se meu pai podia entregar meus últimos trabalhos a eles. Ter amigos, ou pais, em posições importantes ajuda muito, e recebo permissão para faltar no restante das aulas do semestre. Já tenho faltado a muitas, mesmo, não vai fazer muita diferença.

Os cabelos loiros de Nate estão mais claros agora, arrepiados na frente.

"Ei, cara, estou com a impressão de que você estava tentando me evitar", ele diz, olhando diretamente na minha cara.

"Você é perspicaz, hein?" Dou de ombros, não tenho motivo para mentir.

"Sempre odiei suas palavras difíceis." Ele ri.

Eu poderia ter passado o dia sem vê-lo, não queria vê-lo nunca mais. Nada contra Nate; sempre meio que gostei dele mais do que de qualquer um dos outros amigos, mas já deu.

Ele interpreta meu silêncio como uma abertura para falar.

"Faz muito tempo que não vejo você por aqui. Você não está para se formar?"

"Sim, no mês que vem."

Ele caminha ao meu lado num ritmo lento.

"Logan também. Você vai à cerimônia, certo?"

"Nem fodendo." Dou risada. "Sério que está me perguntando isso?"

A imagem de Tessa aparece na minha mente, fazendo cara feia, e eu mordo o lábio para não sorrir. Sei que ela quer que eu participe da minha formatura, mas não vou fazer isso de jeito nenhum.

Será que não é melhor pelo menos pensar a respeito?

"Certo...", ele diz. E então aponta a minha mão. "E por que esse gesso?"

Levanto um pouco o braço e olho para a atadura. "Longa história." *Que não vou contar a você.*

Viu, Tessa? Aprendi a ter um pouco de autocontrole.

Apesar de estar falando com você dentro da minha mente e você não estar aqui.

Certo, então talvez eu seja louco, mas estou sendo bacaninha com as pessoas... Você ficaria orgulhosa.

Porra, estou pirando.

Nate balança a cabeça e segura a porta aberta quando saímos do prédio da administração. "E aí, como estão as coisas?", ele pergunta, já que sempre foi o mais falante da turma.

"Bem."

"Como ela está?"

Paro de andar na calçada de cimento, e ele dá um passo para trás, erguendo as mãos em defesa.

"Só estou perguntando como amigo. Não tenho visto vocês dois, e você não atende mais o celular faz tempo. Zed é o único que fala com a Tessa."

Ele está tentando me irritar? "Zed não fala com ela", rebato, irritado por ter deixado Nate e a menção a Zed me irritarem tão facilmente.

Nate leva as mãos à testa, um gesto de nervosismo. "Não foi isso que eu quis dizer, mas ele contou sobre o pai dela, e disse que foi ao velório, então..."

"Então nada. Ele não é nada para ela. Sai fora." Essa conversa não está indo a lugar nenhum, e me faz lembrar por que não perco mais meu tempo andando com nenhum deles.

"Beleza." Se olhar para ele, sei que vai estar revirando os olhos. Mas então me surpreendo quando ele diz algo com um toque de emoção: "Eu nunca fiz nada para você, sabia?" Quando me viro para ele, vejo que sua expressão combina com seu tom de voz.

"Estou tentando não ser escroto", digo a ele, me sentindo um pouco culpado. Ele é um cara legal, mais legal do que eu e da maioria dos nossos amigos. Amigos dele, não mais meus.

Ele desvia um pouco os olhos de mim. "Não está conseguindo."

"Mas estou tentando. Só estou de saco cheio de bobagens, entende?" Olho para ele. "Estou de saco cheio de todas essas bobagens. Das festas, das bebedeiras, dos baseados, da pegação... cansei de tudo isso. Estou mesmo tentando não ser babaca com você, não é nada pessoal, mas já cansei de todas essas merdas."

Nate pega um cigarro do bolso, e o único som entre nós é o clique do isqueiro. A época em que eu andava pelo campus com ele e com o resto do grupo parece um passado distante. Assim como o tempo em que falar mal das pessoas e cuidar de gente de ressaca era a minha rotina matinal. Parece que faz muito tempo que minha vida não gira mais ao redor de nada além dela.

"Entendo o que você está dizendo", ele diz depois de uma longa tragada. "Não acredito que estou ouvindo isso, mas entendo, e quero que saiba que me arrependo do papel que fiz naquele lance com a Steph e o Dan. Eu sabia que eles estavam aprontando alguma, mas não fazia ideia do que era."

A última coisa que quero agora é falar sobre Steph e Dan e as merdas que eles fizeram. "Bom, a gente pode passar horas e horas nisso, mas o resultado ia ser o mesmo. Eles nunca mais vão ter a cara de pau de tentar respirar o mesmo ar que a Tessa."

"A Steph se mudou, aliás."

"Para onde?"

"Louisiana."

Ótimo. Quero que ela fique o mais distante possível de Tessa.

Espero que Tessa me mande uma mensagem de texto logo; a gente meio que combinou isso, e estou esperando que ela cumpra. Se ela não escrever logo, com certeza não vou me segurar e vou acabar enviando uma mensagem primeiro. Estou tentando manter um pouco de distância, mas a nossa conversa com emojis ontem à noite foi a mais divertida que tive desde... bom, desde que transamos, algumas horas atrás. Ainda não acredito na minha sorte por ela ter permitido que eu me aproximasse. Fui um idiota depois, mas isso não é novidade.

"O Tristan foi com ela", Nate me conta.

O vento está ficando mais forte, e o campus todo parece ter se tornado um lugar melhor agora que eu sei que Steph se mudou para outro estado.

"Ele é um idiota", respondo.

"Não, não é", Nate diz, defendendo o amigo. "Ele gosta muito dela. Acho que está apaixonado".

Solto um risinho de deboche. "Como eu disse, ele é um idiota."

"De repente ele vê alguma coisa nela que nós não vemos."

Essas palavras me fazem rir, uma risada silenciosa de irritação. "O que mais tem para ver? Ela é uma louca." Não acredito que ele está defendendo Steph — bom, na verdade Tristan, que está namorando a Steph de novo apesar de ela ser uma louca varrida que tentou machucar Tessa.

"Não sei, cara, mas o Tristan é como um irmão para mim, então não julgo o que ele faz", Nate diz, e então olha para mim com tranquilidade. "A maioria das pessoas provavelmente ia dizer a mesma coisa sobre você e a Tessa."

"Acho bom que você esteja comparando Steph e eu, não Tessa e Steph."

"Óbvio." Ele revira os olhos e bate as cinzas do cigarro. "Você bem que podia dar uma passada lá em casa. Pelos velhos tempos. Não vai ter muita gente. Só algumas pessoas."

"Dan?" Meu telefone vibra no bolso, e vejo o nome de Tessa na tela.

"Não sei, mas posso dar um jeito para que ele não esteja lá quando você for."

Estamos no estacionamento agora. Meu carro está a poucos metros, e a moto dele, estacionada na fileira da frente. Não consigo acreditar que ele ainda não acabou com essa moto. Ele a derrubou pelo menos cinco vezes no dia em que tirou a carteira, e sei que ele não usa capacete enquanto acelera pela cidade.

"Não dá, já tenho planos", minto enquanto mando um "oi" para a Tessa. Gostaria que meus planos fossem conversar com Tessa durante horas. Quase concordei em ir àquela maldita fraternidade, mas o fato de meus antigos "amigos" ainda andarem com Dan faz com que eu me lembre exatamente por que me afastei deles para começo de conversa.

"Tem certeza? Podemos fazer uma última balada antes de você se formar e ter filhos com sua garota. Você sabe que é o que vai acontecer, certo?", ele provoca. Sua língua brilha ao sol, e eu puxo o braço dele para trás.

"Você colocou um piercing na língua?", pergunto, passando o dedo distraidamente por cima da pequena cicatriz ao lado da minha sobrancelha.

"Sim, tipo um mês atrás. Ainda não acredito que você tirou os seus. E essa foi uma boa tentativa de não responder à minha pergunta." Ele ri, e eu tento me lembrar do que ele disse. Algo sobre minha garota... e grávida.

"Ah, não, porra. Nada de gravidez. Vai tomar no cu, para de ficar rogando praga desse jeito." Dou um empurrão nele, que ri ainda mais.

Casamento é uma coisa. Bebês são outra totalmente diferente. Olho para meu telefone. Por mais divertido que seja conversar com Nate, quero me concentrar em Tessa e suas mensagens, principalmente porque ela escreveu algo a respeito de ir ao médico. Teclo uma resposta rápida.

"Logan está ali." Nate chama minha atenção, e ergo a cabeça e vejo Logan vindo em nossa direção. "Merda", Nate acrescenta, e olho para a garota que está ao lado dele. Parece familiar, mas não muito...

Molly. É Molly, mas seus cabelos estão pretos agora, e não cor-de-rosa. Estou com muita sorte hoje, é inacreditável.

"Bom, essa foi minha deixa. Tenho coisas para fazer", digo, tentando evitar o desastre em potencial que está vindo na minha direção. Quando me viro, Molly se encosta em Logan, e ele passa o braço ao redor da cintura dela.

Como assim, caralho? "Esses dois?", pergunto. "Os dois? Transando?"

Olho para Nate; o idiota nem sequer tenta esconder que está achando a maior graça. "Pois é, já tem um tempo. Eles só contaram há umas três semanas. Mas me liguei antes disso. Percebi que alguma coisa estava rolando quando ela parou de ser uma chata o tempo todo."

Molly joga os cabelos pretos para trás e sorri para Logan. Nem sequer me lembro de já tê-la visto sorrir. Não suporto essa garota, mas não a odeio como antes. Ela ajudou Tessa...

"Nem pensa em ir embora sem contar por que anda evitando a gente!" A voz de Logan pode ser ouvida do outro lado do estacionamento.

"Tenho coisa melhor para fazer!", respondo, conferindo meu telefone de novo. Quero saber por que Tessa está no médico. A última mensagem de texto dela contornava a questão, mas eu preciso saber. Tenho certeza de que ela está bem, só estou sendo enxerido.

Molly esboça um sorriso. "Coisa melhor? Tipo comer a Tessa até cansar em Seattle?"

E, como nos velhos tempos, mostro o dedo do meio para ela. "Vai se foder."

"Para de ser chato. Todo mundo sabe que vocês não pararam de trepar desde que se conheceram", ela me provoca.

Olho para Logan como se dissesse "faça ela calar a boca ou eu vou fazer", mas ele dá de ombros.

"Vocês dois formam um ótimo casal." Ergo uma sobrancelha para meu antigo amigo, e é a vez dele de mostrar o dedo para mim.

"Pelo menos ela está deixando você em paz agora, não é?" Logan rebate, e dou risada. Ele não deixa de ter razão.

"Cadê ela, afinal?", Molly pergunta. "Não que eu me importe, porque não gosto dela."

"Todo mundo sabe disso", Nate rebate, e Molly revira os olhos.

"Ela também não gosta de você. Ninguém gosta, na verdade", digo em tom de brincadeira.

"Bem colocado." Ela sorri e se recosta no ombro de Logan.

Talvez Nate tenha razão; ela parece menos chata. Um pouco.

"Bom, foi muito bom ver vocês, de verdade", comento com sarcasmo e me viro para ir embora. "Mas tenho coisas mais legais para fazer, então divirtam-se. E, Logan, é melhor você continuar comendo a Molly. Parece estar dando certo." Faço um aceno de cabeça para eles e entro no carro.

Assim que fecho a porta, ouço uma mistura de "Ele está mais bem humorado" e "Domado" e "Bom para ele".

O mais estranho foi que a última parte foi dita pela vaca do mal.

50

TESSA

Estou desconfortável, nervosa e com um pouco de frio, sentada aqui com um avental fino de hospital, dentro de uma pequena sala de exames idêntica a todas as outras no corredor. Eles deveriam acrescentar um pouco de cor nas salas — um quadrinho na parede já ajudaria, ou mesmo uma foto emoldurada, como em outras salas de exame nas quais já entrei. Mas esta não. Esta não tem nada além de branco. Paredes brancas, mesa branca, chão branco.

Eu deveria ter deixado Kimberly me acompanhar hoje, como ela sugeriu. Estou me sentindo à vontade sozinha, mas ter um pouco de apoio hoje, ainda que só um pouco do bom humor de Kimberly, teria ajudado a acalmar meus nervos. Acordei de manhã me sentindo muito melhor do que mereço, sem nenhum traço de ressaca. Eu me senti bem, até certo ponto. Adormeci com o vinho e o sorriso influenciado por Hardin, e dormi em paz como não acontecia em semanas.

Não consigo parar de pensar em Hardin, como sempre. Ler e reler nossa conversa brincalhona de ontem à noite me faz sorrir, independentemente de quantas vezes eu releia as mensagens.

Gosto desse Hardin bonzinho, paciente, brincalhão. Eu adoraria conhecê-lo melhor, mas infelizmente acho que ele não vai estar por perto com frequência suficiente para isso. Eu também não. Estou indo para Nova York com Landon e, quanto mais a data se aproxima, mais me sinto inquieta. Não sei dizer se a sensação é boa ou não, mas está fora de controle hoje, e agora se multiplicou.

Meus pés balançam na maca desconfortável de exame, e não consigo decidir se quero cruzar as pernas ou não. É uma decisão trivial, mas consegue me distrair do frio e do estranho nervosismo que me ataca por dentro.

Pego o telefone da bolsa e envio uma mensagem para Hardin...

Só para me manter ocupada enquanto espero, claro.

Mando um simples "oi" e espero enquanto cruzo e descruzo as pernas.

Que bom que você me escreveu, porque eu só ia esperar mais uma hora para escrever para você, ele responde.

Sorrio para a tela. Sei que não deveria gostar do tom de exigência das palavras dele, mas gosto. Ele tem sido muito sincero ultimamente, e estou adorando isso.

Estou no médico e preciso esperar um pouco. Como você está?

Ele responde depressa. **Para de ser tão formal. Por que está no médico? Você está bem? Você não me contou que ia. Está tudo bem comigo, não se preocupa, apesar de estar aqui com Nate, que está tentando me convencer a sair mais tarde. Até parece.**

Odeio sentir o peito apertado ao pensar em Hardin com seus antigos amigos. Não é da minha conta o que ele faz nem com quem passa seu tempo, mas não consigo afastar a sensação ruim que toma conta de mim quando penso nas lembranças associadas a eles.

Segundos depois: **Não que você tivesse obrigação, mas poderia ter contado, assim eu iria com você.**

Tudo bem. Estou bem sozinha. E de repente eu me arrependo por não ter dado essa chance a ele.

Você andou sozinha demais desde que me conheceu.

Nem tanto. Não sei mais o que dizer, porque estou confusa, e estou me sentindo meio feliz por ele estar preocupado comigo e por estar sendo tão receptivo.

A palavra **Mentirosa** vem com o desenho de um bonequinho com nariz de Pinóquio. Cubro a boca com a mão para conter o riso quando o médico entra na sala de exame.

O médico chegou. Escrevo depois.

Me avisa se ele não se comportar.

Guardo o telefone e tento tirar o sorrisinho bobo do rosto quando o dr. West calça um par de luvas descartáveis. "Como você está?"

Como eu estou? Ele não quer saber a resposta para isso, nem tem tempo de ouvir. Ele é médico do corpo, não da cabeça.

"Bem", respondo, um pouco desconfortável em pensar que vou trocar amenidades com ele enquanto me posiciono para o exame.

"Analisei a amostra de sangue que você fez na nossa última consulta, mas não tem nada ali que desperte preocupação."

Solto um suspiro de alívio.

"Mas", ele diz de modo assustador e para.

Eu devia saber que haveria um "mas".

"Pelo que vi nas imagens de seu exame, concluí que o colo de seu útero é muito estreito e, pelo que consigo ver, muito curto. Inclusive posso mostrar o que estou dizendo, se você concordar."

O dr. West ajusta os óculos e eu concordo. Colo curto e estreito. Fiz muitas pesquisas na internet para saber o que isso quer dizer.

Dez longos minutos depois, ele me mostrou, com muitos detalhes, as coisas que eu já sabia. Eu já sabia qual seria a conclusão. Soube assim que saí do consultório dele há duas semanas e meia. Enquanto me visto, suas palavras se repetem na minha mente.

"Não impossível, mas muito improvável."

"Existem outras opções... a adoção é um caminho que muitas pessoas escolhem."

"Você ainda é muito jovem. Conforme for envelhecendo, você e seu parceiro podem estudar as melhores opções para vocês."

"Sinto muito, srta. Young."

Sem pensar, ligo para Hardin a caminho do carro. A ligação cai na caixa de mensagem três vezes, e me vejo forçada a guardar o telefone.

Não preciso dele nem de ninguém no momento. Consigo lidar com isso sozinha. Eu já sabia. Já lidei com isso na minha mente e virei a página.

Não importa que Hardin não atendeu o telefone. Estou bem. Quem se importa se não posso engravidar? Só tenho dezenove anos, e todos os outros planos que fiz caíram por terra mesmo. Não é de surpreender que esse último plano também seja derrubado.

O caminho de volta para a casa de Kimberly é demorado por causa do trânsito. Odeio dirigir, foi o que concluí. Odeio pessoas mal-educadas no trânsito. Odeio essa chuva que sempre cai aqui. Odeio ver garotas ouvindo música alta com o vidro abaixado, até mesmo na chuva. Fechem as janelas!

Odeio minha tentativa de ser otimista e não me transformar na Tessa ridícula da semana passada. Odeio que seja tão difícil pensar em qualquer outra coisa que não seja o fato de meu corpo ter me traído do modo mais íntimo e definitivo que existe.

Eu nasci assim, o dr. West disse. Claro que nasci. Assim como a minha mãe, por mais perfeita que eu tente ser, nunca vai acontecer. Há um lado bom nisso, por mais horrível que seja, e é o fato de que não vou passar adiante nenhum dos traços que herdei dela. Não posso culpar minha mãe pelo meu colo uterino defeituoso, mas é o que quero fazer. Quero culpar alguém, ou alguma coisa, mas não posso.

O mundo funciona assim: quando você quer muito alguma coisa, essa coisa fica fora de seu alcance. Assim como Hardin. Não tenho Hardin e não vou ter filhos. Os dois nunca teriam se misturado, mas era bom fingir que eu poderia ter as duas coisas.

Quando entro na casa de Christian, fico aliviada por ver que estou sozinha. Não é minha casa, mas é aqui que estou. Sem checar meu telefone, tiro a roupa e entro no banho. Não sei quanto tempo fico ali, observando a água descer pelo ralo sem parar. A água está fria quando finalmente saio e me visto com a camiseta que Hardin deixou na minha bolsa quando me mandou embora de Londres.

Estou deitada na cama agora e, quando começo a desejar a presença de Kimberly, recebo uma mensagem de texto dela dizendo que vai passar a noite com Christian no centro da cidade, e Smith vai dormir na casa da babá. Tenho a casa toda só para mim e nada para fazer, ninguém com quem conversar. Ninguém agora, e nem um bebezinho para cuidar e amar no futuro.

Continuo sentindo pena de mim mesma e sei que é ridículo, mas não consigo parar.

Bebe um pouco de vinho e aluga um filme, por nossa conta!, Kimberly responde à minha mensagem de texto em que eu dizia para eles se divertirem.

Meu telefone começa a tocar assim que agradeço. O número de Hardin aparece na tela, e não sei se atendo ou não.

Quando pego o vinho na cozinha, a ligação dele já foi direcionada para a caixa de mensagens, e eu já reservei uma passagem para a Terra dos Infelizes.

* * *

Uma garrafa de vinho depois, estou na sala de estar vendo um filme péssimo de ação que aluguei on-line, sobre um fuzileiro naval que virou babá e depois caçador de alienígenas. Parecia ser o único filme da lista que não tinha nada que ver com amor, bebês ou qualquer coisa feliz.

Desde quando sou tão baixo astral? Tomo mais um gole de vinho, direto da garrafa. Desisti da taça há cinco espaçonaves explodidas.

Meu telefone toca de novo, e dessa vez, ao olhar para a tela, meus polegares bêbados atendem por mim, por acidente.

51

∞

HARDIN

"Tess?", digo ao telefone, tentando esconder meu pânico. Ela me ignorou a noite toda, e estou enlouquecendo pensando no que pode ter acontecido — no que *mais* eu poderia ter feito de errado desta vez.

"Sim?" A voz dela está confusa, lenta, distante. Com só uma palavra, percebo que ela andou bebendo.

"Vinho de novo?", dou risada. "Já posso dar bronca em você?", eu a provoco, mas o silêncio é a resposta que recebo. "Tessa?"

"Sim?"

"O que foi?"

"Nada, só estou vendo um filme."

"Com a Kimberly?" Meu estômago se revira com a possibilidade de ela estar acompanhada por outra pessoa.

"Sozinha. Estou sozinha nesta casa *enoooooorme*." A voz dela está séria, apesar de exagerar nas palavras.

"Onde estão Kimberly e Vance?" Eu não deveria estar preocupado, mas o tom dela me deixa tenso.

"Vão passar a noite fora. Smith também. Estou aqui assistindo a um filme sozinha. É a história da minha vida, né?" Ela ri, mas não há nada por trás da risada. Nenhuma emoção.

"Tessa, o que está acontecendo? Quanto você bebeu?"

Ela suspira ao telefone, e posso jurar que quase consigo ouvi-la engolindo mais vinho.

"Tessa, me responde."

"Estou bem. Posso beber, não é, *papai*?", ela tenta brincar, mas o modo como ela diz a última palavra me deixa arrepiado.

"Na verdade, teoricamente você não pode beber. É o que diz a lei, pelo menos." Sou a última pessoa que pode dar bronca nela; é culpa minha ela ter começado a beber, mas a paranoia está formando um nó no meu estômago. Ela está bebendo sozinha, e parece bem triste, então tenho que pegar leve.

"Pois é."

"Quanto você bebeu?" Envio uma mensagem de texto para Vance, esperando que ele responda.

"Não muito. Estou bem. Quer saber o que é esquisiiiito?", Tessa pergunta.

Pego minhas chaves. Maldita Seattle, por que precisa ser tão longe?

"O quê?" Calço meus tênis. As botas tomam muito tempo, e tempo é algo que não tenho no momento.

"É esquisito que alguém possa ser uma boa pessoa, mas coisas ruins não pararem de acontecer com ela. Sabe?"

Porra. Envio outra mensagem de texto para Vance, dessa vez pedindo para ele ir para casa... *agora.*

"Sim, eu sei. Não é justo como as coisas acontecem." Odeio saber que ela está se sentindo desse jeito. Tessa é uma boa pessoa, a melhor que conheço, e de certo modo acabou cercada por um monte de idiotas, e eu me incluo nisso. Quem estou querendo enganar? Sou o pior de todos.

"Talvez eu não devesse mais ser uma pe-pessoa boa."

O quê? Não, não, não. Ela não deveria estar falando assim, pensando assim.

"Não, não fala isso." Faço um aceno impaciente na direção de Karen, que está de pé na porta da cozinha — deve estar se perguntando aonde estou indo tão tarde, com certeza.

"Eu tento não ser, mas não consigo. Não sei parar."

"O que aconteceu hoje?" É difícil acreditar que estou falando com a minha Tessa, a mesma garota que sempre vê o melhor em todo mundo — inclusive em si mesma. Ela sempre foi muito positiva, muito feliz, mas agora não está.

Parece desanimada, derrotada.

Está parecida comigo.

Sinto meu sangue gelar nas veias. Eu sabia que isso aconteceria; sabia que ela não seria mais a mesma depois que eu colocasse as garras nela. De certo modo, sempre soube que, depois de mim, ela ficaria diferente.

Queria que não fosse verdade, mas hoje com certeza parece que é.

"Nada de mais", ela mente.

Vance ainda não respondeu. Espero que esteja indo para casa.

"Tessa, me conta o que aconteceu, por favor."

"Nada. Só o carma me pegando, acho", ela murmura, e o som de uma rolha sendo puxada ecoa pelo silêncio na linha.

"Carma pelo quê? Está maluca? Você nunca fez nada para merecer o que quer que seja."

Ela não diz nada.

"Tessa, acho melhor você parar de beber por hoje. Estou indo para Seattle. Sei que você precisa de espaço, mas estou ficando preocupado e... bom, não consigo ficar longe. Nunca consegui."

"Tá..." Ela não está nem ouvindo.

"Não gosto de saber que você está bebendo tanto", digo, sabendo que ela não vai me escutar.

"É..."

"Estou indo. Pega uma garrafa de água. Certo?"

"É... uma garrafinha..."

O trajeto até Seattle nunca foi tão longo e, por causa da distância entre nós, finalmente vejo o ciclo do qual Tessa sempre reclama. É um ciclo que termina aqui — esta é a última vez que vou dirigir até outra cidade para estar perto dela. Chega dessa besteira sem fim. Chega de atravessar o maldito estado de Washington porque eu estou sempre fugindo para longe.

52

HARDIN

Liguei quarenta e nove vezes.

Quarenta e nove vezes, porra.

Quarenta e nove.

Sabe quantos toques são?

Uma porrada.

Inúmeros, e não estou em condições de contar. Mas, se conseguisse, seria uma quantidade *gigantesca* de toques.

Se eu conseguir sobreviver aos próximos três minutos, pretendo derrubar a porta da casa e jogar o telefone de Tessa — aquele que, aparentemente, ela não sabe atender — na parede. Certo, talvez não seja uma boa jogar o telefone dela na parede. Talvez eu pise nele por acidente algumas vezes até a tela rachar com o meu peso.

Talvez.

Ela vai ouvir um belo sermão, isso é certo.

Não tive notícias suas nas últimas duas horas, e ela não faz ideia de como essas horas foram torturantes, as horas que passei dirigindo. Vou acima do limite de velocidade permitida para chegar a Seattle o mais rápido possível.

Quando me aproximo da casa, são três da madrugada, e Tessa, Vance e Kimberly estão todos na minha lista negra. Talvez eu devesse quebrar os telefones dos três, porque está claro que eles se esqueceram de dar atenção à merda do aparelho.

Quando chego ao portão, começo a entrar em pânico, ainda mais do que já estava. *E se eles decidiram travar o portão de segurança? E se eles mudaram o código?*

Eu me lembro da merda da senha? Claro que não. Eles vão atender quando eu ligar para perguntar qual é a senha? Claro que não.

E se não estiverem atendendo porque algo aconteceu com Tessa e eles a levaram ao hospital e ela não está bem e eles estão sem serviço e...

Mas então vejo o portão aberto, e fico meio irritado com isso também. *Por que Tessa não aciona o sistema de segurança se está sozinha aqui?*

Enquanto subo a alameda ampla, vejo que o carro dela é o único estacionado na frente da casa enorme. Bom saber que Vance está aqui quando preciso dele... Belo amigo ele é. Pai, não amigo. Porra... no momento, ele não é nem uma coisa nem outra, para ser sincero.

Quando saio do carro e chego até a porta da frente, minha raiva e minha ansiedade aumentam. O jeito como ela estava falando, a maneira como disse o que disse... parecia que ela não estava no controle de suas ações. A porta está destrancada — claro! —, e eu entro na sala de estar e atravesso o corredor. Com as mãos trêmulas, empurro a porta do quarto dela e sinto um aperto no peito ao ver a cama vazia. Não está só vazia, mas intocada — perfeitamente arrumada, com os cantos das cobertas dobrados de um jeito impossível de recriar. Já tentei, e é impossível arrumar a cama do jeito que a Tessa faz.

"Tessa!", grito quando entro no banheiro do outro lado do corredor. Mantenho os olhos fechados quando acendo a luz. Não ouço nada. Abro os olhos.

Nada.

Solto um suspiro forte e vou para o próximo cômodo. *Onde ela está, porra?*

"Tess!", grito de novo, mais alto desta vez.

Depois de procurar em quase toda a maldita mansão, quase não consigo respirar. Onde ela está? Os únicos cômodos que restam são o quarto de Vance e um cômodo trancado no andar de cima. Não sei bem se quero abrir aquela porta...

Vou olhar no quintal e no jardim e, se ela não estiver lá, não faço a menor ideia do que posso fazer.

"Theresa! Cadê você, porra? Isso não tem graça, eu juro..." Paro de gritar e vejo uma pessoa encolhida em uma cadeira do quintal.

Ao me aproximar, vejo que as pernas de Tessa estão encolhidas contra o peito, e ela abraça os joelhos como se tivesse adormecido enquanto procurava uma posição mais reconfortante.

Toda a minha raiva desaparece quando me agacho ao lado dela. Afasto os cabelos loiros de seu rosto e me controlo para não deixar a histeria tomar conta de mim agora que sei que ela está bem. Porra, eu me preocupei muito com ela.

Com o coração acelerado, eu me recosto nela e passo o polegar por seu lábio inferior. Não sei por que fiz isso, na verdade; meio que aconteceu, mas não me arrependo quando ela abre os olhos e resmunga.

"Por que você está aqui fora?", pergunto com a voz alta e estridente.

Ela faz uma careta, claramente assustada com o volume de minha voz.

Por que não está dentro de casa? Fiquei muito preocupado com você, imaginei todas as piores coisas por horas. É isso que quero dizer.

"Graças a Deus você estava dormindo", é o que digo. "Eu fiquei ligando, estava preocupado com você."

Ela se senta, segurando o pescoço como se sua cabeça pudesse cair. "Hardin?"

"Sim, Hardin."

Ela estreita os olhos no escuro e esfrega o pescoço. Quando se mexe para ficar de pé, uma garrafa vazia de vinho cai no cimento e se quebra ao meio.

"Desculpa", ela diz, inclinando-se para pegar o vidro quebrado.

Com delicadeza, afasto a mão dela e a envolvo com meus dedos.

"Não encosta nisso. Eu recolho depois. Vamos entrar." Eu a ajudo a ficar de pé.

"Como você... chegou aqui?" Sua fala está afetada, e não quero nem saber quanto vinho ela bebeu depois de falar comigo. Vi pelo menos quatro garrafas vazias na cozinha.

"Vim dirigindo. De que outro jeito viria?"

"Até aqui? Que horas são?"

Meus olhos descem pelo corpo dela, corpo que está coberto apenas com uma camiseta. A minha camiseta.

Ela nota meu olhar e começa a puxar a barra da camiseta para cobrir as coxas nuas.

"Eu só estou u-usando isto...", ela diz, gaguejando. "Só estou usando isto agora, só agora", ela diz, sem fazer nenhum sentido.

"Tudo bem, quero que você use. Vamos entrar."

"Gosto daqui de fora", ela diz baixinho, olhando para a escuridão.

"Está frio. Vamos entrar." Seguro a mão dela, que se afasta. "Tudo bem, tudo bem. Se você quer ficar aqui, tudo bem. Mas vou ficar também", digo, redirecionando minha ordem. Ela concorda e se recosta na grade; seus joelhos tremem, e seu rosto está pálido.

"O que aconteceu hoje?"

Ela permanece em silêncio, ainda olhando fixamente para mim.

Depois de um momento, ela diz: "Você nunca sentiu que sua vida se tornou uma grande piada?"

"Todos os dias." Encolho os ombros, sem saber onde diabos essa conversa está indo, mas detestando a tristeza nos olhos dela. Mesmo no escuro, é possível notar a melancolia profunda que aterroriza os olhos lindos que amo tanto.

"É, eu também."

"Não, você é a otimista aqui. A pessoa feliz. Eu sou o cínico imbecil, não você."

"Ser feliz cansa, sabia?"

"Não exatamente." Dou um passo mais para perto dela. "Não sou um exemplo de alegria e otimismo, caso você não tenha notado", respondo, tentando amenizar o clima, e ela me lança um sorriso meio embriagado, meio divertido.

Gostaria que ela me contasse o que está acontecendo ultimamente. Não sei quanto posso fazer por ela, mas isso é minha culpa — tudo isso é minha culpa. A infelicidade dentro dela é um fardo que eu devo carregar, não ela.

Ela levanta o braço para apoiá-lo na placa de madeira à sua frente, mas erra e quase cai de cara no guarda-sol preso a uma das mesas do quintal.

Eu a seguro pelo cotovelo para estabilizá-la, e ela começa a se recostar em mim. "Podemos entrar agora? Você precisa dormir para se livrar do efeito de todo o vinho que bebeu."

"Não me lembro de ter dormido."

"Provavelmente porque você deve ter apagado, e não dormido", digo e aponto a garrafa de vinho quebrada a alguns metros.

"Nem tenta me repreender", ela diz, e se afasta.

"Não estou fazendo isso." Levanto as mãos de modo inocente, passado com a ironia da situação. Tessa está bêbada e eu sou o sóbrio, a voz da razão.

"Desculpa", ela sussurra. "Não consigo pensar." Observo quando ela se abaixa e puxa os joelhos contra o peito de novo. Ela levanta a cabeça para me olhar. "Posso conversar com você sobre uma coisa?"

"Claro que pode."

"Você vai ser totalmente sincero?"

"Vou tentar."

Ela parece concordar, e eu me acomodo na beira da cadeira, mais perto do local onde ela está sentada no chão. Sinto um pouco de receio em relação ao rumo da conversa, mas preciso saber o que está acontecendo, então espero calado até ela falar.

"Às vezes, fico com a impressão de que todas as outras pessoas têm o que eu quero", ela murmura, envergonhada.

Tessa se sentiria *culpada* por dizer como se sente...

Quase não consigo entender quando ela diz: "Não é que eu não me sinta feliz por elas...". Vejo com clareza as lágrimas que enchem seus olhos. Mas não consigo entender sobre o que ela está falando, apesar de pensar no noivado de Kimberly e de Vance. "Você está falando da Kimberly e do Vance? Porque, se estiver, você não deveria querer o que eles têm. Ele é um mentiroso enganador e..." Eu me interrompo antes de dizer algo terrível.

"Mas ele é apaixonado por ela. Muito", Tessa diz. Os dedos dela percorrem o chão de cimento.

"Eu sou mais ainda por você", respondo sem pensar.

Minhas palavras têm o efeito oposto do que eu gostaria, e Tessa choraminga e abraça as pernas.

"É verdade, sou, sim."

"Você só me ama às vezes", ela diz, como se isso fosse a única coisa que soubesse no mundo.

"Mentira, você sabe que não é verdade."

"Mas *parece* que é", ela sussurra, olhando na direção do mar. Gostaria que fosse dia, para que a paisagem ajudasse a acalmá-la, porque eu claramente não estou conseguindo.

"Eu sei. Eu sei que é isso que parece." Admito que provavelmente seja isso que ela está sentindo no momento.

"Você vai amar alguém o tempo todo algum dia."

O quê? "Do que você está falando?"

"Da próxima vez, você vai amar sua namorada o tempo todo."

Nesse momento, tenho uma estranha visão de mim mesmo me lembrando desse exato instante, daqui a cinquenta anos, revivendo a dor aguda que acompanha as palavras dela. A sensação é forte, e tudo se torna claro — mais claro do que nunca.

Ela desistiu de mim. De nós.

"Não vai ter próxima vez!" Não consigo controlar minha voz, meu sangue ferve sob a pele, ameaçando me rasgar bem no meio deste maldito quintal.

"Vai, sim. Eu sou sua Trish."

Do que ela está falando? Sei que está bêbada, mas o que a minha mãe tem que ver com isso?

"Sua Trish. Sou eu. Você vai encontrar uma Karen também, e vai poder ter um bebê com ela." Tessa seca os olhos, e eu desço da cadeira e me ajoelho ao lado dela no chão.

"Não sei do que você está falando, mas está errada." Eu a abraço quando ela começa a soluçar.

Não consigo entender o que ela diz, mas ouço "... bebê... Karen... Trish... Ken..."

Porra, Kimberly, para que tanto vinho em casa?

"Não sei o que Karen, Trish ou qualquer outra pessoa tem que ver com nós dois."

Ela me empurra pelo ombro, mas eu a seguro com mais firmeza. Pode ser que ela não me queira, mas precisa de mim neste momento. "Você é a Tessa, e eu sou o Hardin. Fim de..."

"A Karen está grávida", Tessa chora em meu peito. "Ela vai ter um bebê."

"E daí?" Passo a mão engessada pelas costas dela, sem saber o que dizer ou fazer com essa versão de Tessa.

"Fui ao médico", ela chora, e eu fico paralisado.

Puta que pariu.

"E?" Tento não entrar em pânico.

Ela não responde direito. Sua resposta vem na forma de choro, e eu demoro um pouco para pensar com clareza. Com certeza não está grávida; se estivesse, não ia beber. Conheço bem Tessa, e sei que ela nunca faria algo assim, de jeito nenhum. Ela tem obsessão pela ideia de ser mãe um dia; não colocaria seu bebê em perigo.

Ela me deixa abraçá-la enquanto se acalma.

"Você gostaria de ter?", Tessa pergunta, minutos depois. Seu corpo ainda treme em meus braços, mas as lágrimas pararam.

"O quê?"

"Um bebê?" Ela esfrega os olhos, e eu faço uma careta.

"Hã, não." Balanço a cabeça. "Não quero um filho com você."

Ela fecha os olhos e choraminga de novo. Repasso as palavras em minha mente e percebo o que disse. "Não foi o que eu quis dizer. Só não quero ter filhos... você sabe disso."

Ela funga e assente, ainda calada.

"Sua Karen vai poder ter um bebê", ela diz, com os olhos ainda fechados, e se recosta no meu peito.

Ainda estou muito confuso. Faço uma ligação entre Karen e meu pai, mas não quero pensar que Tessa acredita ser meu começo, mas não meu final.

Eu a enlaço pela cintura e a levanto do chão, dizendo: "Certo, está na hora de ir para a cama".

Ela não resiste desta vez.

"É verdade. Você mesmo já disse isso", ela murmura e envolve minha cintura com as pernas, facilitando as coisas para mim, e entro com ela pelas portas de correr e atravesso o corredor.

"O que eu disse?"

"'Não existe final feliz'", ela repete o texto que citei uma vez.

Maldito Hemingway e seu jeito negativo de ver a vida. "Isso que eu disse foi muito idiota. Não era o que eu queria dizer de verdade", garanto.

"'Amo você o suficiente agora. O que você quer fazer? Acabar comigo?'", ela continua citando o idiota. Tessa tem uma memória muito boa para quem está bêbada demais até para ficar de pé.

"Shhh, podemos citar Hemingway quando você estiver sóbria."

"'Todas as coisas verdadeiramente ruins começam na inocência'", ela diz, encostada no meu pescoço, apertando minhas costas com os braços enquanto abro a porta do quarto.

Eu adorava essa frase, apesar de nunca ter entendido. Pensei que entendesse, mas só agora, quando estou vivendo seu maldito sentido, compreendo de fato.

Minha mente está sendo tomada pela culpa, e eu a deito na cama e jogo os travesseiros no chão, deixando só um para sua cabeça. "Se ajeita aí", digo com delicadeza.

Ela não abre os olhos, e percebo que está quase pegando no sono, finalmente. Deixo a luz apagada, esperando que ela durma pelo resto da noite.

"Vai ficaaar?", ela pergunta, arrastando a palavra.

"Você quer que eu fique? Posso dormir no outro quarto", respondo, apesar de não querer. Ela está tão mal, tão fora de si, que estou até com medo de deixá-la sozinha.

"Hummm", ela murmura, pegando o cobertor, puxando a ponta e soltando um resmungo de frustração por não conseguir soltá-lo para cobrir seu corpo.

Depois que a ajudo a se cobrir, tiro os sapatos e me deito na cama, ao seu lado. Enquanto tento decidir quanto espaço deixar entre nossos corpos, ela passa uma coxa nua pela minha cintura e me puxa para mais perto.

Consigo respirar. Finalmente, porra, estou conseguindo respirar.

"Fiquei com medo, achei que você não estava bem", admito no silêncio do quarto escuro.

"Eu também", ela concorda com a voz arrastada.

Passo o braço por baixo da cabeça dela, e ela ergue o quadril, virando-se para mim e envolvendo meu corpo com mais força.

Não sei o que fazer agora; não sei o que fiz para deixá-la desse jeito.

Sim, eu sei, sim. Eu a tratei muito mal e tirei vantagem de sua gentileza. Usei todas as chances que tive, como se a fonte nunca fosse se esgotar. Peguei a confiança que Tessa depositou em mim, destruí como se não significasse nada e me voltei contra ela sempre que sentia que não era bom o suficiente ser seu namorado.

Se eu tivesse aceitado seu amor desde o começo, se tivesse aceitado sua confiança e valorizado a vida que ela tentou incutir dentro de mim, ela não estaria assim agora. Não estaria deitada ao meu lado, bêbada e triste, derrotada e destruída por mim.

Ela me consertou; colou pedacinho por pedacinho da minha alma problemática e a transformou em algo impossível, quase bela. Ela me transformou em algo — quase me deixou normal —, mas cada gota da cola que colocou em mim foi arrancada de si mesma, e eu, por ser o merda que sou, não tinha nada a oferecer em troca.

Tudo o que eu temia aconteceu e, por mais que tenha tentado evitar, percebo agora que só piorei as coisas. Eu acabei com ela, assim como prometi que faria meses atrás.

Parece loucura.

"Sinto muito por ter acabado com você", sussurro entre os cabelos dela quando sua respiração começa a se acalmar.

"Eu também", ela diz, e o arrependimento toma os pequenos espaços entre nós enquanto ela adormece.

53

TESSA

Zumbido. Só consigo ouvir um zumbido constante, e minha cabeça parece prestes a explodir a qualquer momento. Está quente. Bem quente. O corpo de Hardin é pesado; o gesso dele pressiona minha barriga, e eu preciso fazer xixi.

Hardin.

Levanto o braço dele e literalmente me movo por baixo de seu corpo. A primeira coisa que faço é pegar o telefone do criado-mudo para interromper o zumbido. Mensagens de texto e ligações de Christian enchem a tela. Respondo com um simples "*Estamos bem*" e coloco o telefone no silencioso antes de caminhar até o banheiro.

Sinto o coração pesado no peito, e os restos do excesso de álcool de ontem percorrem minhas veias. Eu não deveria ter bebido tanto; deveria ter parado depois da primeira garrafa. Ou da segunda. Ou da terceira.

Não me lembro de ter adormecido, nem de como Hardin veio parar aqui. Uma lembrança atordoada da voz dele ao telefone aparece, mas é difícil entender, e não estou totalmente convencida de que de fato aconteceu. Mas ele está aqui agora, dormindo na minha cama, então acho que os detalhes não importam muito.

Encosto o quadril na pia e abro a torneira. Jogo um pouco de água fria no rosto, como vejo nos filmes, mas não funciona. Não me faz despertar nem clareia meus pensamentos; só faz o rímel de ontem escorrer ainda mais pela minha cara.

"Tessa?" Ouço a voz de Hardin.

Fecho a torneira e o encontro no corredor.

"Oi", digo, evitando os olhos dele.

"Por que está acordada? Faz só duas horas que dormiu."

"Não consegui dormir, acho." Encolho os ombros, detestando a tensão estranha que sinto na presença dele.

"Como está se sentindo? Você bebeu muito ontem à noite."

Volto com ele para o quarto e fecho a porta. Ele se senta na beira da cama, e eu volto para debaixo dos cobertores. Não quero encarar o dia agora; mas tudo bem, já que o sol ainda nem decidiu aparecer.

"Estou com dor de cabeça", digo.

"Claro. Você vomitou metade da noite, linda."

Faço uma careta ao me lembrar de Hardin segurando meus cabelos, passando a mão pelos meus ombros para me confortar enquanto eu esvaziava o estômago na privada.

A voz do dr. West dando a má notícia, a pior de todas, surge na minha cabeça latejante. Enquanto estava bêbada, eu contei a Hardin? *Ai, não*. Espero que não.

"O que... o que eu disse ontem à noite?", pergunto com cautela. Ele suspira e passa a mão pelos cabelos.

"Você ficou falando sobre Karen e sobre a minha mãe. Não quero nem saber o sentido daquilo." Ele faz uma careta, e acho que isso combina com a minha expressão.

"Só isso?" Espero que sim.

"Basicamente. Ah, sim, e ficou citando Hemingway." Ele sorri um pouco, e me lembro de como ele consegue ser charmoso.

"Não fiquei, *não*." Cubro o rosto com as mãos, envergonhada.

"Ficou, sim." Ele ri, e eu espio entre as mãos e olho para ele quando diz: "Você também falou que aceita meu pedido de desculpas e que vai me dar outra chance".

Ele olha nos meus olhos em meio aos meus dedos, e não consigo desviar o olhar. *Ele é bom. Muito bom.*

"Mentiroso." Não sei bem se quero rir ou chorar. Aqui estamos nós de novo, no meio do nosso vaivém de sempre, nossa indecisão. Não posso ignorar que parece diferente desta vez, mas também sei que não estou em condições de julgar de forma apropriada. Sempre pareceu diferente quando ele prometia algo e depois não cumpria.

"Você quer falar sobre o que aconteceu ontem à noite? Porque detestei ver você daquele jeito. Não estava normal. Me assustei de verdade enquanto falava com você ao telefone."

"Estou bem."

"Você estava péssima. Bebeu até apagar no quintal, e tinha garrafas vazias espalhadas pela casa toda."

"Não é nada divertido ver alguém assim, né?" Eu me sinto horrível assim que digo isso.

Os ombros dele desabam. "Não. Realmente não é."

Eu me lembro das noites (e às vezes, até dos dias) em que encontrei Hardin bêbado. O Hardin bêbado sempre quebrava abajures, socava paredes e dizia palavras cruéis que me magoavam muito.

"Isso não vai acontecer de novo", ele diz, respondendo aos meus pensamentos.

"Eu não estava...", começo a mentir, mas ele me conhece bem demais.

"Estava, sim. Tudo bem, eu mereço."

"De qualquer maneira, não foi justo da minha parte jogar isso na sua cara." Preciso aprender a perdoar Hardin, caso contrário nenhum de nós vai ter paz na vida.

Não percebi que estava vibrando, mas ele pega o telefone do criado-mudo e o pressiona contra a orelha. Fecho os olhos para diminuir um pouco do latejar enquanto ele xinga Christian. Faço um aceno com a mão, tentando pedir que ele pare, mas Hardin me ignora e se apressa em dizer a Christian como ele é imbecil.

"Bom, mas deveria ter atendido, porra. Se alguma coisa tivesse acontecido com ela, a culpa seria toda sua", Hardin vocifera ao telefone, e eu tento bloquear a voz dele.

Estou bem, bebi um pouco demais porque tive um dia difícil, mas estou bem agora. Qual é o problema?

Quando ele desliga, sinto o colchão ao meu lado afundar, e ele afasta minha mão dos meus olhos. "Ele pediu desculpas por não ter vindo para casa para ver como você estava", Hardin diz, a centímetros de meu rosto.

Consigo ver a barba rala em seu rosto e queixo. Não sei se é porque ainda estou um pouco embriagada ou só louca mesmo, mas estendo o braço e passo o dedo pelo contorno de sua mandíbula. Minha atitude me surpreende, e os olhos dele ficam vidrados, quase vesgos, enquanto acaricio seu rosto.

"O que está fazendo?" Ele se aproxima mais.

"Não sei." Respondo com a única verdade que conheço. Não faço ideia do que estamos fazendo, não respondo por mim quando o assunto é Hardin. Nunca consigo.

Por dentro, me sinto triste e magoada, além de traída pelo meu próprio corpo e pela essência do carma e da vida em geral, mas por fora sei que Hardin pode fazer tudo sumir. Ainda que temporariamente, ele pode me fazer esquecer todas as preocupações. Pode tirar todo o caos da minha mente, como eu costumava fazer por ele. Agora eu entendo. Entendo o que ele quis dizer quando falou que precisava de mim todas aquelas vezes. Entendo por que ele me usava.

"Não quero usar você."

"O quê?", ele pergunta, confuso.

"Quero que você me faça esquecer de tudo, mas não quero usar você. Quero ficar perto de você agora, mas não mudei de opinião sobre o resto", digo, esperando que ele entenda o que eu não sei explicar.

Ele se apoia em um cotovelo e olha para mim.

"Não me importa como nem por quê. Se você me quiser de qualquer jeito que seja, não precisa explicar. Já sou seu."

Os lábios dele estão tão próximos dos meus que eu poderia erguer a cabeça e tocá-los com a minha boca.

"Me desculpa." Viro a cabeça. Não posso usá-lo desse jeito, mas, acima de tudo, não posso fingir que não significaria nada. Isso jamais seria apenas uma distração física para esquecer meus problemas — seria mais, muito mais. Eu ainda o amo, apesar de às vezes não querer. Gostaria de ser mais forte, de poder dizer que tudo é só atração, que não existem sentimentos envolvidos, que não quero nada além de sexo.

Mas meu coração e minha consciência não deixam. Por mais magoada que possa estar ao ver que meu futuro está sendo arrancado de mim, não posso usá-lo desse modo, principalmente agora, quando parece que ele está fazendo um grande esforço. Isso o magoaria demais.

Enquanto luto contra mim mesma, ele rola o corpo para perto do meu e segura meus dois punhos com uma das mãos. "O que você..."

Ele levanta minhas mãos acima da cabeça. "Sei o que você está pensando." Hardin beija meu pescoço, e meu corpo assume o comando. Viro a cabeça para o lado, dando acesso mais fácil à pele sensível dessa região.

"Não é justo com você", digo enquanto ele me morde logo abaixo da orelha. Ele solta meus braços, mas apenas por tempo suficiente para tirar minha camiseta e jogá-la no chão.

"Não é justo para você. Até permitir que eu me aproxime depois de tudo que fiz não é justo para você, mas eu quero mesmo assim. Quero você, sempre quero, e sei que está tentando resistir, mas quer que eu distraia você. Vou fazer isso." Ele pressiona o corpo contra o meu, me prendendo no colchão de um jeito dominador que me deixa mais zonza do que o vinho de ontem à noite.

Ele escorrega o joelho entre minhas coxas e as abre. "Não pensa em mim. Pensa só no que você quer."

"Certo", concordo, gemendo quando o joelho dele se esfrega entre minhas pernas.

"Eu amo você... não precisa se sentir mal por deixar que eu mostre isso." Ele diz palavras muito delicadas, mas suas mãos são fortes, e uma delas está mantendo meus braços presos à cama; a outra coloca minha calcinha de lado. "Tão molhada", ele geme, passando o dedo em mim. Tento ficar parada quando ele leva o dedo à minha boca, por entre meus lábios. "Bom, né?"

Ele não me deixa responder, pois solta minhas mãos e coloca a cabeça entre minhas pernas. A língua passeia por mim, e agarro seus cabelos com os dedos. A cada toque de sua língua em meu clitóris, eu me perco com ele. Não estou mais cercada pela escuridão, não estou mais irritada — não estou me concentrando em arrependimentos e erros. Só estou concentrada no meu corpo e no dele. No jeito como ele geme quando puxo seus cabelos. Nas minhas unhas deixando marcas nos seus ombros quando ele enfia dois dedos em mim. Só consigo me concentrar no seu toque em todo o meu corpo, dentro e fora, de um jeito com que ninguém nunca poderia me tocar.

Eu me concentro em sua respiração ofegante quando imploro para ele se virar e deixar que eu retribua o prazer. Na maneira como ele joga a calça no chão e quase rasga a camiseta na pressa de me tocar de novo. No jeito como ele me puxa para cima dele, meu rosto contra seu pau. Lembro que nunca fizemos isso antes, mas adoro ouvi-lo gemer meu nome quando o coloco em minha boca. Eu me concentro em seus dedos apertando meu quadril enquanto ele me lambe e eu o chupo. Na pressão crescente que sinto dentro de mim, nas coisas que ele está dizendo para me deixar maluca.

Gozo primeiro, e logo depois ele enche minha boca. Quase desmaio com o alívio que meu corpo sente depois do orgasmo. Procuro não me concentrar na culpa que sinto por permitir que ele me toque para me fazer esquecer da dor.

"Obrigada", digo contra seu peito quando ele me puxa para si.

"Não, *eu* é que agradeço." Ele sorri para mim e beija meu ombro nu. "Agora vai me contar o que anda incomodando você?"

"Não." Passo o dedo pelo contorno da árvore no peito dele.

"Tudo bem. Vai se casar comigo?" Ele ri com o corpo colado ao meu.

"Não." Dou um tapinha nele, torcendo para que esteja apenas brincando.

"Tudo bem. Vai se mudar para uma casa comigo?"

"Não." Passo o dedo em outro grupo de tatuagens, contornando o coração em um dos lados do símbolo do infinito.

"Vou entender isso como um talvez." Ele ri e me abraça. "Vai me deixar levar você para jantar hoje?"

"Não", respondo rápido demais.

Ele ri. "Vou entender isso como um sim." Sua risada é interrompida pelo som da porta da frente se abrindo e vozes enchendo o corredor.

"Merda", nós dois dizemos ao mesmo tempo.

Ele olha para mim, confuso com meu linguajar, e eu dou de ombros e procuro roupas para me vestir.

54

TESSA

A tensão no ar é tão pesada, que posso jurar que Kimberly abriu a janela só por isso. Do outro lado da sala de estar, trocamos olhares solidários.

"Não é tão difícil assim atender o telefone ou pelo menos responder uma mensagem de texto. Vim dirigindo até aqui, e você só me ligou de volta uma hora atrás", Hardin diz furioso, repreendendo Christian.

Solto um suspiro, assim como Kimberly. Tenho certeza de que ele também está se perguntando quantas vezes Hardin vai repetir que veio dirigindo até aqui.

"Eu já pedi desculpas. Estávamos na cidade, e parece que meu telefone decidiu ficar sem sinal." Christian passa com a cadeira de rodas por Hardin. "Isso acontece, Hardin. É tudo imprevisível, você sabe como é..."

Hardin lança a Christian um de seus olhares furiosos, dá a volta no balcão e vem ficar ao meu lado.

"Acho que ele já entendeu", sussurro.

"É bom que tenha mesmo", Hardin olha feio, e seu pai biológico faz uma careta de irritação.

"Você está mal-humorado demais hoje, considerando o que acabamos de fazer", eu provoco na esperança de diminuir sua raiva.

Ele se inclina para mim, e a esperança toma o lugar da raiva em seus olhos. "Que horas você quer sair para jantar?"

"Jantar?", Kimberly interrompe.

Eu me viro para ela, sabendo exatamente o que está pensando. "Não é nada disso."

"É, sim", Hardin retruca.

Entre a intromissão dela e o sorrisinho dele, sinto vontade de estapear os dois. É claro que quero jantar com Hardin. Desde que o conheci, quero ficar perto dele.

Mas não vou ceder; não vou me jogar de novo no ciclo destrutivo do nosso relacionamento. Precisamos conversar, de verdade, a respeito de tudo o que aconteceu e sobre meus planos para o futuro. Meu futuro em Nova York daqui a três semanas com Landon.

Há muitos segredos entre nós, e muitas explosões poderiam ter sido evitadas quando tais segredos foram revelados das piores maneiras, e não quero que a mesma coisa aconteça agora. Está na hora de ser madura, ter estrutura e contar a ele o que pretendo fazer.

É minha vida, minha escolha. Ele não tem que aprovar — ninguém tem que aprovar. Mas devo a ele pelo menos a verdade antes que descubra por outra pessoa.

"Podemos ir quando você quiser", respondo baixinho, ignorando o sorrisinho de Kimberly.

Ele sorri olhando para a minha camiseta amassada e calça larga. "Você vai assim, né?"

Não tive tempo para prestar atenção ao que estava vestindo, estava ocupada demais pensando que Kimberly poderia abrir a porta e encontrar nós dois pelados.

"Fica quieto." Reviro os olhos e me afasto dele. Percebo que está me seguindo, mas fecho a porta do banheiro quando entro, e passo a chave. Ele tenta abrir a maçaneta, e eu ouço sua risada antes de dar uma batidinha na madeira. Pensar nele batendo a cabeça na porta me faz sorrir.

Sem nada dizer, eu abro o chuveiro, tiro as roupas e entro antes de a água esquentar.

55

HARDIN

Kimberly está na cozinha com a mão na cintura. Fazendo charme. "Jantarzinho, hein?"

"Hein?", eu a imito, passando por ela como se estivesse na minha casa. "Não olha para mim desse jeito."

Ouço seus sapatos de salto atrás de mim. "Eu deveria ter apostado que você estaria aqui." Ela abre a porta da geladeira. "Falei para o Christian enquanto vínhamos para casa que seu carro estaria aqui na frente."

"Sei, sei. Já entendi." Olho para o corredor, torcendo para que Tessa tome um banho rápido, e pensando que gostaria de estar no banho com ela. Porra, eu ficaria feliz se ela me deixasse ficar sentado no banheiro, no chão, ouvindo-a falar enquanto se lava. Sinto saudade de tomar banho com ela, de vê-la fechar os olhos com força e mantê-los fechados enquanto lava os cabelos — "só por precaução", para o xampu não escorrer em seus olhos. Eu a provoquei por isso uma vez, e ela abriu os olhos, mas um monte de espuma escorreu para dentro deles. Ela só parou de reclamar horas depois, quando os olhos não estavam mais vermelhos.

"O que isso tem de tão engraçado?" Kimberly coloca uma caixa de ovos no balcão à minha frente.

Não percebi que estava rindo; estava distraído demais me lembrando de Tessa olhando para mim com os olhos vermelhos e inchados.

"Nada." Faço um aceno de mão para Kimberly parar de encher.

O balcão está cheio de comida, e Kimberly chega até a colocar uma xícara de café puro na minha frente.

"O que você tem? Está sendo legal comigo para eu parar de lembrar para o seu noivo que ele é um cretino?" Levanto a xícara de café.

Ela ri. "Não. Eu sempre sou legal com você. Não sou como todo mundo que tolera suas grosseiras, mas sempre sou legal com você."

Balanço a cabeça confirmando, sem saber o que dizer em seguida. *É isso o que está acontecendo aqui? Estou conversando com a amiga mais chata de Tessa? A mesma mulher que por acaso vai se casar com meu doador de esperma?*

Ela racha um ovo na borda de uma tigela de vidro. "Não sou tão ruim desde que você parou com essa coisa de 'odeio o mundo'."

Olho para ela. Ela é irritante, mas é muito leal, admito. Lealdade é difícil de encontrar, ainda mais hoje em dia, e estranhamente me pego pensando em Landon, que parece ser a única pessoa além de Tessa que é leal comigo. Ele ficou do meu lado de um jeito que eu não esperava, e definitivamente não esperava gostar disso — nem mesmo contar com isso.

Com tudo o que está acontecendo na minha vida, a luta para me manter no caminho certo, o caminho dos arco-íris, das flores e de todas as coisas que levam a uma vida com Tessa, é bom saber que Landon está por perto se eu precisar dele. Ele vai embora em breve, e isso é muito ruim, mas sei que mesmo em Nova York ele vai continuar leal. Pode ser que ele fique do lado da Tessa a maior parte do tempo, mas é sempre sincero comigo. Não esconde as coisas de mim como todo mundo.

"Além disso", Kimberly começa, mas morde o lábio para não rir, "somos da mesma família!"

E assim, do nada, ela volta a me irritar.

"Engraçadinha." Reviro os olhos. Teria sido engraçado se eu tivesse dito isso, mas ela só perturbou o silêncio.

Kimberly se vira de costas para mim para despejar os ovos batidos em uma frigideira no fogão. "Sou conhecida pelo meu senso de humor."

Na verdade, você é conhecida por falar demais, mas, se fica feliz se achando engraçada, beleza.

"Falando sério agora." Ela olha para trás, para mim. "Espero que você esteja pensando em conversar com o Christian antes de ir embora. Ele anda muito triste e preocupado com a relação entre vocês, achando que tudo foi arruinado para sempre. Se tiver mesmo, eu entendo. Só queria que você soubesse." Ela desvia o olhar e continua cozinhando, e assim tenho tempo de pensar numa resposta.

Preciso mesmo responder? "Não estou pronto para conversar... ainda", digo por fim. Por um momento não sei se ela me ouviu, mas então ela balança a cabeça, e consigo ver que está esboçando um sorriso. Ela se vira para pegar outro ingrediente.

Depois do que parecem ser três horas, Tessa finalmente sai do banheiro. Os cabelos estão secos e presos para trás com uma faixa de cabeça. Não demoro muito a perceber que ela passou maquiagem. Poderia ter ficado sem, mas acho que é um sinal de que ela está tentando voltar ao normal.

Olho para ela por bastante tempo, vendo-a andar de um lado a outro sob meu olhar. Adoro a roupa que ela está usando hoje: sapatilhas, uma blusinha cor-de-rosa e uma saia cheia de flores. Linda pra caralho, é o que ela é.

"Quer almoçar em vez de jantar?", pergunto, pois não quero ficar longe dela hoje.

"Kimberly preparou café da manhã", ela sussurra para mim.

"E daí? Deve estar uma merda mesmo." Aponto para a comida em cima do balcão. Não parece ruim. Mas ela não é nenhuma Karen.

"Não fala isso." Tessa sorri, e eu quase repito a frase para ganhar outro sorriso.

"Tudo bem. Podemos levar um prato e jogar tudo no lixo quando sairmos?", sugiro.

Ela me ignora, mas ouço quando ela pede a Kimberly para guardar o que sobrar para comermos depois.

Hardin um.

Kimberly, sua comida ruim e suas perguntas irritantes zero.

O trânsito no centro de Seattle não está ruim como de costume. Tessa está calada, como eu sabia que ficaria. Sinto seus olhos em mim a cada poucos minutos, mas, sempre que olho de volta, ela se vira depressa.

No almoço, escolho um restaurante pequeno e de estilo moderno, e quando paro em um estacionamento quase vazio sei que isso só pode significar que está aberto há poucos minutos e os clientes ainda não chegaram ou que a comida é péssima e ninguém quer comer aqui. Esperando que seja a primeira opção, passamos pelas portas de vidro, e Tessa observa o local. A decoração é bacana, caprichada, e ela parece gostar, o que me faz lembrar de que adoro a reação dela às coisas mais banais.

Hardin 2.

Não que eu esteja contando, nem nada...

Mas se estivesse... estaria ganhando.

Nós nos sentamos em silêncio enquanto esperamos para fazer os pedidos. O garçom é um jovem universitário todo tenso, que não consegue olhar nos olhos das pessoas. Parece que não quer olhar em meus olhos, o idiota.

Tessa pede algo do qual nunca ouvi falar, e eu, a primeira coisa que vejo no cardápio. Tem uma mulher grávida sentada à mesa ao nosso lado, e Tessa está olhando para ela com uma atenção um pouco exagerada.

"Ei." Dou uma tossida para chamar sua atenção. "Não sei se você se lembra do que eu disse ontem à noite, mas, se por acaso lembrar, me desculpa. Quando eu disse que não queria ter um filho com você, só quis dizer que não quero ter filhos de jeito nenhum. Mas vai saber..." Meu coração começa a bater forte dentro do peito. "Talvez um dia, quem sabe?"

Não acredito que disse isso e, pela expressão de Tessa, ela também não. Está boquiaberta, com o copo de água suspenso na mão.

"O quê?" Ela hesita. "O que você acabou de dizer?"

Por que eu disse isso? Bom, fui sincero. Acho. Talvez eu pudesse pensar a respeito. Não gosto de crianças, de bebês, nem de adolescentes, mas também não gosto de adultos. No geral, só gosto de Tessa, então, talvez, uma versão pequena dela não fosse tão ruim.

"Só estou dizendo que talvez não seja tão ruim." Dou de ombros, escondendo o pânico que me toma por dentro.

Ela ainda está boquiaberta. Estou começando a pensar que deveria me inclinar e segurar seu queixo para ela.

"Claro que não para já. Não sou idiota. Sei que você tem que terminar a faculdade e tudo mais."

"Mas você..." Eu a deixei chocada com minhas palavras, pelo que parece.

"Sei o que dizia antes, mas também nunca namorei ninguém, nunca amei ninguém, nunca me importei com ninguém, então acho que isso de repente pode acontecer da mesma maneira. Acho que, depois de um tempo, eu poderia mudar de ideia. Se você me der uma chance."

Espero alguns segundos para se recuperar, mas ela continua de boca aberta, olhos arregalados.

"Ainda tenho muito o que mostrar. Você ainda não confia em mim, sei disso. Precisamos acabar a faculdade, e eu ainda tenho que convencer você a se casar comigo primeiro." Estou falando sem parar, procurando algo que possa conquistá-la. "Não que seja preciso casar primeiro. Não sou um cavalheiro." Dou uma risada nervosa, e isso finalmente parece trazer Tessa à realidade.

"Não tem como", ela diz, totalmente pálida.

"Tem, sim."

"Não..."

Levanto a mão para que ela se cale. "Tem, *sim*. Amo você e quero ter uma vida ao seu lado. Não estou nem aí se você é jovem e eu também, ou se sou errado demais e você certinha demais. Eu amo você, porra. Sei que cometi erros..." Passo a mão nos meus cabelos.

Olho ao redor no restaurante e percebo que a mulher grávida está olhando fixamente para mim. *Será que ela não tem nada para fazer? Comer por dois? Coletar leite materno?* Não faço ideia, mas ela está me deixando nervoso por algum motivo, como se estivesse me julgando, e está grávida, e tudo isso é bem esquisito. Por que escolhi um lugar público para falar sobre isso?

"E eu também sei que já disse essas mesmas coisas mais ou menos... umas trinta vezes, mas você precisa saber que não estou mais sendo leviano. Quero você, e para sempre. Com brigas, reconciliações. Porra, você pode até terminar comigo e sair da nossa casa uma vez por semana se prometer que volta, eu não vou reclamar." Respiro fundo algumas vezes e olho para ela do outro lado da mesa. "Bom, não vou reclamar *muito*."

"Hardin, não acredito que você está dizendo tudo isso." Ela se inclina, sussurrando. "Eu... é tudo o que eu queria." Seus olhos estão cheios de lágrimas. Lágrimas de felicidade, espero. "Mas não podemos ter filhos. Não estamos nem..."

"Eu sei." Não consigo deixar de interrompê-la. "Eu sei que você não me perdoou ainda, e vou ser paciente. Eu juro, não vou ser muito insistente. Só quero mostrar que posso ser o que você precisa que eu seja, posso dar o que você quer, e não só porque você quer, mas porque eu também quero."

Ela abre a boca para responder, mas o maldito garçom volta com nossa comida. Ele coloca o prato fumegante com o que Tessa pediu e meu hambúrguer na nossa frente e fica lá, meio sem graça.

"Pois não?", pergunto a ele. Não é culpa do cara eu estar despejando minhas esperanças de futuro sobre essa mulher e ele estar interrompendo, mas sua presença aqui está desperdiçando meu tempo com ela.

"Faltou alguma coisa?", ele pergunta, corado.

"Não, obrigada por perguntar." Tessa sorri para ele, aliviando seu embaraço e compensando meu jeito grosseiro. Ele sorri para ela e finalmente desaparece.

"Enfim, basicamente eu estava dizendo tudo o que deveria ter falado há muito tempo. Às vezes esqueço que você não consegue ler minha mente, que não sabe tudo o que penso a seu respeito. Gostaria que soubesse; você me amaria mais se soubesse."

"Acho que não seria possível amar você mais do que amo." Ela torce os dedos das mãos.

"É mesmo?" Sorrio para ela, que confirma com um aceno de cabeça.

"Mas preciso dizer uma coisa. Não sei como você vai receber isso." Sua voz fica mais fina no fim, e me faz entrar em pânico. Sei que ela desistiu de nós, mas posso fazê-la mudar de ideia; sei que posso. Sinto uma determinação que nunca notei antes, que nunca nem existiu.

"Pode falar", eu me forço a dizer da maneira mais neutra possível, e então mordo o hambúrguer. É a única maneira de me manter calado.

"Você sabe que fui ao médico."

Imagens dela chorando enquanto falava sobre o médico surgem na minha mente.

"Está tudo bem aqui?", o maldito garçom pergunta, aparecendo do nada. "A comida está boa? Aceita mais água, senhorita?"

Ele está *zoando com a minha cara*?

"Está tudo bem", rosno literalmente, como um cão raivoso. Ele sai de perto e Tessa ergue o dedo indicando o copo vazio.

"Merda. Aqui está." Passo o meu para ela, e ela sorri antes de beber. "O que você ia dizer?"

"Podemos falar sobre isso depois." Ela começa a comer, já que o prato ainda está à sua frente.

"Ah, não, senhora. Conheço esse truque, fui eu que inventei. Depois que você comer um pouco, vai me contar. Por favor."

Ela come mais uma garfada, tentando me distrair, mas não, não vai dar certo. Quero saber o que o médico disse e por que ela está agindo de um jeito tão esquisito. Se não estivéssemos em público, seria muito mais fácil fazê-la falar. Não me importo se tiver que fazer uma cena, mas sei que ela vai sentir vergonha, então vou me controlar. Consigo fazer isso. Consigo ser legal e cooperativo sem me sentir um bobalhão.

Fico mais cinco minutos em silêncio, e logo ela começa a comer mais devagar.

"Já terminou?"

"É que..." Ela olha para o prato cheio de comida.

"O que foi?"

"Não está muito bom", ela sussurra, olhando ao redor para ter certeza de que não tem ninguém olhando.

Dou risada.

"É por isso que você está toda vermelha e falando baixinho?"

"Shhh." Ela dá um tapinha no ar entre nós. "Estou com muita fome, mas a comida está *horrível*. Nem sei o que é. Pedi qualquer coisa porque estava nervosa."

"Vou dizer que você quer outra coisa."

Eu fico de pé, e ela me segura pelo braço. "Não, tudo bem. Podemos ir embora."

"Beleza. Vamos passar num drive-thru e comprar alguma coisa, assim você pode me contar o que está acontecendo nessa sua cabecinha. Estou enlouquecendo tentando adivinhar."

Ela concorda, parecendo meio fora de si.

56

HARDIN

Depois de comprarmos uns tacos no drive-thru, Tessa está satisfeita, e minha paciência vai ficando menor a cada momento de silêncio entre nós.

"Eu assustei você falando de filhos, né? Sei que estou despejando um monte de coisas nas suas costas de uma vez, mas passei os últimos oito meses escondendo o que sinto, e não quero mais fazer isso."

Quero contar a ela as coisas malucas de dentro da minha cabeça — sinto vontade contar a ela que quero ficar olhando o sol reluzir em seus cabelos no assento do passageiro, essas coisas melosas, até cansar. Quero ouvir seu gemido de prazer e ver seus olhos se fechando quando ela dá uma mordida em um taco — que eu juro ter gosto de papelão, mas ela adora — até cansar. Quero provocá-la por causa do ponto logo abaixo do joelho — no qual ela sempre esquece de passar o depilador — até ficar sem voz.

"Não é isso", ela me interrompe, e olho para seu rosto depois de ficar observando suas pernas.

"Então o que é? Vou tentar adivinhar: você já está questionando o casamento, e agora não quer mais ter filhos?"

"Não, não é isso."

"Espero que não mesmo, porque você sabe muito bem que vai ser uma mãe maravilhosa."

Ela chora baixinho, levando as mãos à barriga. "Não posso."

"Pode, sim."

"Não, Hardin, eu *não posso*." O modo com que ela olha para a barriga e para as mãos me deixa feliz por estarmos com o carro parado. Eu teria perdido o controle da direção se estivéssemos na rua.

O médico, o choro, o vinho, o escândalo por causa de Karen e do bebê, o constante "não posso" de hoje.

"Você não pode..." Compreendo exatamente o que ela quer dizer. "Por minha causa, não é? Foi alguma coisa que eu fiz, né?" Não sei o que eu poderia ter feito, mas é isso mesmo: alguma coisa ruim acontece com Tessa por causa de algo que eu fiz, sempre.

"Não, não. Você não fez nada. É dentro de mim que as coisas não estão muito bem." Os lábios dela tremem.

"Ah." Gostaria de poder dizer outra coisa, algo melhor, qualquer coisa, na verdade.

"Pois é." Ela passa a mão no ventre, e consigo sentir o ar desaparecer de dentro do carro.

Por mais absurdo que isso seja, por mais absurdo que eu seja, sinto um aperto no peito, e menininhas de cabelos castanhos com olhos azuis-acinzentados, menininhos loiros com olhos verdes, bonezinhos e meinhas e animaizinhos — todas as merdas que sempre costumavam me dar vontade de vomitar — dançam pela minha mente, e me sinto zonzo conforme vão desaparecendo, explodindo no ar, levadas para onde os futuros arruinados vão para morrer.

"É possível, quer dizer, tem uma chance muito pequena. E um risco grande de aborto, e meus níveis de hormônios são todos bagunçados, então acho que não poderia me torturar tentando. Eu não aguentaria perder um bebê ou passar anos tentando sem resultado. Ser mãe não está no meu destino, pelo jeito." Ela está falando sem parar, tentando fazer com que eu me sinta melhor, mas não está me convencendo, não está fazendo com que pareça que está tudo sob controle quando obviamente não está.

Ela está olhando para mim, esperando que eu diga alguma coisa, mas não consigo. Não sei o que dizer, e não consigo controlar a raiva que sinto por ela. É bem idiota, egoísta e totalmente errado, mas nem por isso deixa de existir, e estou morrendo de medo de abrir a boca e dizer o que não deveria.

Se não fosse tão idiota, eu a confortaria. Eu a abraçaria e diria que tudo vai ficar bem, que não precisamos ter filhos, que podemos adotar ou coisa do tipo, qualquer merda.

Mas a realidade é outra: os homens não são os mocinhos dos romances no mundo real. Não sou Darcy, e ela não é Elizabeth.

Está prestes a começar a chorar, e diz: "Fala alguma coisa!".

"Não sei o que falar." Minha voz quase não sai, e minha garganta está apertada. Parece que estou engasgado.

"Você não queria filhos mesmo, certo? Não pensei que fosse fazer diferença..." Se me virar para ela, vou vê-la chorando.

"Achava que não, mas agora que a possibilidade foi descartada..."

"*Ah*."

Fico feliz por ela interromper, porque só Deus sabe o que poderia vir depois.

"Pode me levar de volta para..."

Concordo e dou a partida no carro. É inacreditável que algo que eu nunca quis possa doer desse jeito.

"Sinto muito, eu..." Acabo me interrompendo. Nenhum de nós parece capaz de terminar uma frase.

"Tudo bem, eu entendo." Ela se recosta na janela. Acho que está tentando se afastar de mim o máximo que consegue.

Meu lado emocional me pede para confortá-la, para pensar nela e em como isso a está afetando, como está se sentindo.

Mas minha cabeça é forte, muito forte, e estou irritado. Não com ela, mas com seu corpo e com a mãe dela, por tê-la feito nascer com uma parte que não funciona direito. Estou puto com o mundo por me dar mais esse tapa na cara, e comigo mesmo por não conseguir dizer nada a ela enquanto atravessamos a cidade.

Alguns minutos depois, percebo que o silêncio está tão incômodo que chega a doer.

Tessa está tentando ficar quieta em seu canto, mas consigo ouvir sua respiração, o modo como está tentando controlá-la, controlar as emoções.

Meu peito está muito apertado, e ela está sentada ali, deixando minhas palavras borbulhando em sua mente. Por que sempre faço esse tipo de merda com ela? Sempre digo as coisas erradas, por mais que prometa não fazer isso. Por mais que eu prometa que vou mudar, sempre acabo agindo da mesma forma. Eu me afasto e a deixo sozinha com seus problemas.

Tessa não olha para mim quando viro o volante e paro no acostamento da via expressa. Ligo o pisca-alerta e espero que nenhum maldito policial apareça para encher o saco.

"Tessa." Tento chamar a atenção dela enquanto organizo meus pensamentos. Ela não desvia o olhar das mãos em seu colo. "Tessa, por favor, olha para mim." Estendo o braço para tocá-la, mas ela se afasta e bate a mão contra a porta com força.

"Ei." Tiro o cinto de segurança e me viro para ela, segurando seus dois punhos com uma das mãos, como costumo fazer.

"Estou bem." Ela ergue o queixo para provar o que diz, mas seus olhos marejados indicam outra coisa. "É melhor não parar aqui; tem muito movimento."

"Não estou nem aí para isso. Não estou bem, minha cabeça está toda bagunçada." Procuro palavras que façam sentido. "Me desculpa. Eu não deveria ter agido assim."

Depois de alguns instantes, ela olha para mim, encarando meu rosto, evitando meus olhos.

"Tess, não se fecha de novo, por favor. Desculpa, eu não sei o que estava pensando. Nunca nem pensei em ter filhos, e aqui estou eu, fazendo você se sentir mal por isso." A confissão parece ainda pior à medida que as palavras pairam entre nós.

"Você tem o direito de ficar chateado também", ela responde baixinho. "Só precisava que você dissesse algo, *qualquer coisa...*" A última palavra sai tão baixa que quase não dá para ouvir.

"Não estou nem aí que você não pode ter filhos", digo. *Puta que pariu.* "Quero dizer, não faz diferença se podemos ou não ter filhos."

Tento estancar a ferida que eu mesmo abri, mas sua expressão me mostra que estou fazendo o contrário.

"O que estou tentando dizer — e fracassando totalmente — é que amo você, e que sou um idiota insensível por não conseguir demonstrar isso como se deve. Eu ponho a mim mesmo em primeiro lugar, como sempre, e me arrependo muito." Minhas palavras parecem fazê-la reagir, e ela olha para mim.

"Obrigada." Ela puxa uma das mãos, e eu hesito em soltá-la, mas fico aliviado quando ela a usa apenas para secar os olhos. "Me desculpa se ficou a sensação de que eu tirei algo de você."

Mas percebo que ela tem mais a dizer. "Não precisa se segurar. Conheço você; pode falar o que for preciso."

"Odiei o jeito com que você reagiu", ela dispara.

"Eu sei, eu sou..."

Ela levanta uma das mãos. "Não terminei." Tessa dá uma tossida. "Quero ser mãe desde que me entendo por gente. Eu era como qualquer outra menina com minhas bonecas, talvez até mais obcecada. Ser mãe era tão importante para mim que nunca, em momento algum, duvidei ou me preocupei com a possibilidade de não poder ter filhos."

"Eu sei, eu..."

"Por favor, me deixa *falar*." Ela trava os dentes.

É melhor eu calar a boca, para variar. Em vez de responder, eu mexo a cabeça, assentindo, e fico em silêncio.

"Estou sentindo uma perda horrorosa agora. E não tenho energia para me preocupar se você vai me culpar. Quero que você seja sempre sincero sobre seus sentimentos, mas não foi você que acabou de ter *seus* sonhos destruídos. Você não queria filhos até dez minutos atrás, por isso não acho justo que esteja desse jeito."

Espero alguns segundos e levanto uma sobrancelha para ela, pedindo permissão para falar. Ela assente, mas um caminhão passa buzinando alto e ela quase pula do carro.

"Vou voltar para a casa do Vance", aviso. "Mas queria poder entrar e ficar com você."

Tessa se vira para a janela, mas concorda, mexendo a cabeça discretamente.

"Para confortar você, como eu deveria ter feito."

Num gesto tão discreto quanto o meneio de cabeça, vejo que ela revira os olhos.

57

TESSA

Hardin olha de um jeito esquisito para Vance quando passamos por ele no corredor. É estranho ter Hardin aqui comigo depois de tudo o que aconteceu. Não posso ignorar o esforço e o controle que ele está demonstrando aqui na casa de Vance.

É difícil me concentrar em apenas um dos muitos problemas que apareceram ultimamente: o comportamento de Hardin em Londres, Vance e Trish, a morte do meu pai, meus problemas de fertilidade.

É coisa demais, e parece que não vai acabar.

De certo modo, o alívio que sinto depois de contar a Hardin sobre a infertilidade é enorme, gigantesco. Mas sempre tem algo mais esperando ser revelado ou esfregado na cara de um de nós dois.

E Nova York é a próxima revelação.

Não sei se deveria simplesmente dizer agora que já temos um problema entre nós. Odiei sua reação, mas estou grata por ele ter demonstrado remorso depois de ignorar meus sentimentos. Se não tivesse parado o carro e pedido desculpas, não falaria com ele nunca mais.

Mas já perdi as contas de quantas vezes disse, pensei e jurei que faria isso desde que o conheci. Devo para mim mesma imaginar que estou falando sério desta vez.

"Em que você está pensando?", ele pergunta, fechando a porta do quarto depois de entrar.

Sem hesitar, respondo sinceramente: "Que eu não ia mais falar com você."

"O quê?" Ele dá um passo na minha direção, e eu me afasto.

"Se você não tivesse se desculpado, eu não teria mais nada a dizer para você."

Ele suspira, passando as mãos nos cabelos. "Eu sei."

Não consigo parar de pensar no que ele disse: *"Achava que não, mas agora que a possibilidade foi descartada..."*

Ainda estou em choque, com certeza. Não esperava ouvir essas palavras dele. Não parecia possível que mudasse de ideia; mas na verdade, seguindo o padrão disfuncional de nosso relacionamento, ele só mudou de ideia depois da tragédia.

"Venha aqui." Hardin abre os braços para mim, e eu hesito. "Por favor, me deixa consolar você como deveria. Me deixa falar e ouvir você. Me desculpa."

Como sempre, estou em seus braços. Eles parecem diferentes agora, mais firmes, mais reais do que antes. Ele me abraça com mais força, repousando o rosto no topo de minha cabeça. Seus cabelos, compridos demais agora, fazem cócegas na minha pele, e eu sinto quando ele beija meus cabelos. "Conta como está se sentindo com tudo isso. Conta tudo o que não me contou", ele pede, e me puxa para me sentar ao seu lado na cama. Cruzo as pernas, e ele se encosta na cabeceira.

Conto tudo a ele. Conto sobre a primeira consulta para pedir a pílula anticoncepcional. Conto que sei sobre a possibilidade de ter um problema desde que fomos para Londres. Ele fica tenso quando digo que não queria que ele soubesse, e que tive medo de que ficasse feliz. Ele fica calado e balança a cabeça até eu dizer que pretendia esconder isso para sempre.

Ele se apoia em seus cotovelos para se aproximar de mim. "Por quê? Por que faria isso?"

"Pensei que você ficaria feliz, e não queria ouvir você dizendo isso." Dou de ombros. "Preferiria guardar segredo a saber que você estava aliviado."

"Se você tivesse me contado antes de Londres, as coisas poderiam ter sido diferentes."

Olho bem para ele. "Sim, piores, com certeza." Espero que ele não leve isso aonde acho que vai levar; é melhor que não esteja tentando colocar a culpa por Londres em mim.

Ele parece estar pensando antes de falar, outro avanço de sua parte. "Você tem razão. E sabe que está certa."

"Ainda bem que não disse nada, principalmente porque não tinha certeza."

"Fico feliz por você ter contado para mim antes de qualquer outra pessoa." Ele olha para mim.

"Contei para a Kim." Eu me sinto um pouco culpada por Hardin ter pensado que foi o primeiro a ficar sabendo, mas ele não estava comigo para me dar apoio.

Hardin franze o cenho. "Como assim? Quando?"

"Contei a ela que existia a possibilidade, um tempo atrás."

"Então a Kim sabia e eu não?"

"É."

"E o Landon? O Landon também sabe? A Karen? O Vance?"

"Por que o Vance saberia?", esbravejo. Ele está voltando a dar uma de ridículo.

"A Kimberly provavelmente contou. Você também contou para o Landon?"

"Não, Hardin, só para a Kimberly. Eu tinha que contar para alguém, e não podia contar com você para isso."

"Ai, essa doeu." Seu tom de voz é ríspido, e ele continua franzindo o cenho.

"É verdade", digo baixinho. "Sei que você não quer ouvir, mas é verdade. Parece que você esqueceu que não queria nem saber de mim até meu pai morrer."

58

HARDIN

Não queria saber dela? Amo essa garota com todas as fibras do meu ser há muito tempo. Odeio saber que ela se sente assim, que tenha se esquecido de como meu amor por ela é grande e que o tenha reduzido a um dos meus erros idiotas. Não posso ficar bravo. É minha culpa ela se sentir desse jeito. "Sempre quis você; você sabe disso. Só não consegui parar com as minhas tentativas de estragar a única coisa boa da minha vida, e peço desculpas por isso. Sei que é uma merda eu ter demorado tanto, e odeio saber que foi preciso seu pai morrer para que eu me ligasse, mas estou aqui agora — e amo você mais do que nunca, e não faz diferença se a gente não puder ter filhos." Desesperado, detestando o olhar dela, acrescento num impulso: "Casa comigo?".

Ela olha feio para mim. "Hardin, você não pode enfiar esse assunto em qualquer conversa desse jeito, para de dizer isso!" Ela leva os braços ao peito como se estivesse se protegendo das minhas palavras.

"Tudo bem, vou comprar uma aliança primei..."

"Hardin", ela avisa, contraindo os lábios.

"Tudo bem." Reviro os olhos, e sinto que ela quer me dar um tapa.

"Amo muito você", digo e estendo o braço.

"Sim, agora você me ama." Ela se afasta, e me desafia.

"Amo você há muito tempo."

"Claro que sim", ela murmura. Como consegue ser tão linda e tão chata ao mesmo tempo?

"Eu amava você mesmo quando estava sendo um idiota em Londres."

"Mas não demonstrou, e não importa quantas vezes você diga isso se não puder mostrar ou se não fizer com que eu sinta que essas palavras são verdadeiras."

"Eu sei, estava fora de mim." Mexo no tecido irritante da ponta do meu gesso. *Por quantas semanas ainda vou ter que usar essa coisa?*

"Você deixou que ela usasse sua camiseta depois de transarem." Tessa desvia o olhar de mim, concentrando-se na parede mais atrás.

O quê? "Que conversa é essa?" Levo o polegar ao queixo dela para forçá-la a olhar para mim.

"Aquela garota, a irmã do Mark. Janine, certo?"

Eu fico boquiaberto. "Você acha que eu transei com ela? Eu já disse que não transei. Não toquei ninguém em Londres."

"Você diz isso, mas praticamente esfregou a camisinha na minha cara."

"Não transei com ela, Tessa. Olha para mim." Tento convencê-la, mas ela se vira de novo. "Eu sei que parecia..."

"Parecia que ela estava *usando a sua camiseta*."

Odeio me lembrar de Janine com a minha camiseta, mas ela simplesmente não calava a boca, então tive que entregar a ela.

"Sei que estava, mas não transei com ela. Você está tão maluca assim a ponto de achar que sim?" Meu coração se acelera ao pensar que eu deixei Tessa passar as últimas semanas com essa merda na cabeça. Eu deveria ter percebido que nossa última conversa não pôs fim a essa ideia.

"Ela estava grudada em você, Hardin... na minha frente!"

"Ela me beijou e tentou me chupar, mas foi só isso."

Tessa emite um grunhido e fecha os olhos.

"Eu nem fiquei duro para ela, só fico para você", digo para tentar explicar melhor, mas ela balança a cabeça e levanta uma das mãos para que eu pare.

"Para de falar sobre ela, vou vomitar." Sei que ela está falando sério.

"Eu fiquei com nojo também. Vomitei muito depois que ela me tocou."

"Você *o quê?*" Tessa olha para mim.

"Vomitei, literalmente, tive que correr ao banheiro porque fiquei com nojo quando ela me tocou. Não aguentei."

"Você vomitou?" Fico me perguntando se devo me preocupar com o sorrisinho que ela esboça enquanto conto sobre o vômito.

"Sim, vomitei." Sorrio para ela, tentando diminuir a tensão. "Não precisa ficar tão feliz assim", digo, mas, se ela ficar, vou gostar.

"Bom, espero *mesmo* que tenha vomitado." Está sorrindo abertamente agora.

Somos o casal mais maluco do mundo.

Malucos, mas perfeitos.

"Vomitei!", confirmo, aproveitando o momento. "Vomitei muito. Desculpa ter feito você pensar sobre isso por esse tempo todo. Não é à toa que estava tão brava comigo." Tudo faz sentido agora; mas nos últimos tempos ela vive brava comigo. "Agora que sabe que não saí transando com ninguém nas suas costas...", levanto uma sobrancelha com sarcasmo, "pode me aceitar de volta e deixar que eu me case com você?"

Ela inclina a cabeça para mim. "Você prometeu que ia parar com isso."

"Não prometi. A palavra *prometo* não foi usada."

Ela vai me bater a qualquer momento.

"Você vai contar para mais alguém sobre o lance do bebê?" Pergunto para mudar de assunto, mais ou menos.

"Não." Ela morde o lábio inferior. "Acho que não. Não num futuro próximo."

"Ninguém precisa saber até a gente adotar uma criança daqui a alguns anos. Aposto que tem uma porrada de bebês esperando por pais que os comprem. Vamos ficar bem."

Sei que ela não aceitou meu pedido de casamento, nem de ter um relacionamento comigo, mas espero que não use essa oportunidade para me lembrar disso.

Ela ri baixinho. "Uma porrada de bebês? Por favor, me diz que você não acha que existe uma loja na cidade em que as pessoas compram bebês." Ela leva a mão aos lábios para não rir de mim.

"Não tem?", brinco. "O que é aquela Babies 'R' Us, então?"

"Ai, meu Deus!" Ela joga a cabeça para trás para rir.

Estendo o braço no pequeno espaço entre nós e seguro sua mão. "Se não tem um monte de bebês nas prateleiras daquela loja, prontos para ser comprados, vou abrir um processo por propaganda enganosa."

Consigo fazer com que ela sorria, e ela suspira, aliviada por estar rindo. Sei como é. Sei exatamente em que está pensando.

"Você precisa se tratar." Ela afasta a mão da minha e fica de pé.

"Pois é." Observo seu sorriso sumir. "Preciso mesmo."

59

HARDIN

"Vocês dois gostam de atravessar o estado de Washington mais do que qualquer um que eu conheço", Landon comenta, olhando para mim do sofá da sala de estar do meu pai.

Depois de rirmos e ficarmos em silêncio, convenci Tessa de que era melhor voltar para o leste e passar um tempo com Landon antes de ele ir embora para sempre. Pensei que a ideia seria aceita imediatamente — afinal, ela adora ficar com o Landon —, mas ela ficou em silêncio por alguns momentos e só então concordou.

Esperei na cama enquanto, por algum motivo, ela empacotava todas as suas coisas, e então esperei no carro enquanto demorava tempo demais para se despedir de Kimberly e Vance.

Eu encaro Landon com seriedade. "Você não conhece muita gente, então não sei se isso é muito relevante", provoco.

Ele olha para a mãe dele, sentada na cadeira, e sei que quer fazer algum comentário engraçadinho para mim, e faria, caso ela não estivesse sentada ali. Ele anda melhorando muito nas respostas.

Em vez disso, ele só revira os olhos e diz: "Ha, ha", e volta a ler o livro que está em seu colo.

"Que bom que vocês chegaram bem. A chuva está pesada, e vai piorar até o fim da noite." A voz de Karen é gentil, e ela sorri para mim, o que me faz desviar o olhar. "O jantar está no forno; vai ficar pronto daqui a pouco."

"Vou trocar de roupa", Tessa diz atrás de mim. "Obrigada por me deixarem ficar aqui de novo." Ela sobe a escada.

Fico na ponta da escada durante alguns segundos e então a sigo, como um cachorrinho. Quando entro no quarto dela, está só de calcinha e sutiã.

"Cheguei na hora certa", murmuro quando ela olha para mim.

Ela usa as mãos para cobrir os seios, e então as passa para o quadril e eu não consigo controlar um sorriso. "Está meio tarde demais para isso, não acha?"

"Para", ela me repreende e veste uma camisa por sobre os cabelos úmidos de chuva.

"Você sabe que parar não é bem meu ponto forte."

"E qual é exatamente seu ponto forte?", ela me provoca, remexendo o quadril enquanto veste uma calça. *Aquela* calça.

"Já faz um tempo que você não veste essa calça de ginástica..." Esfrego a barba no meu rosto e olho para a peça preta e justa que ela preenche perfeitamente.

"Não comece a falar dessa calça." Ela mostra o dedo para mim. "Você escondeu, por isso não pude usá-la." Ela sorri, mas parece surpresa com a facilidade com que consegue se divertir comigo. Ela me olha com seriedade e endireita as costas.

"Não fiz nada disso", minto, tentando imaginar quando ela encontrou a calça dentro de nosso armário naquele maldito apartamento. Olhando para a bunda dela dentro da calça, consigo me lembrar por que a escondi. "Estava no armário."

Assim que digo isso, penso em Tessa vasculhando o armário procurando a calça e dou risada, até me lembrar de outra coisa que havia ali e que eu não queria que ela encontrasse.

Olho para ela, analisando seu rosto para encontrar algum sinal de que achou aquela maldita caixa.

"O que foi?", ela pergunta, vestindo um par de meias cor-de-rosa. Umas coisas horrorosas, com bolinhas cobrindo a parte de cima de seus pés.

"Nada", minto, dando de ombros.

"Sei..." Ela se afasta.

Desço a escada com ela, de novo como um cachorrinho, e me sento ao seu lado à mesa enorme de jantar. A garota do nome que começa com S está aqui de novo, olhando fixamente para Landon como se ele fosse uma joia rara ou coisa do tipo. Isso definitivamente faz com que ela seja classificada como estranha.

Tessa sorri para a moça. "Oi, Sophia."

Sophia desvia o olhar de Landon por tempo suficiente para sorrir para Tessa e acenar para mim.

"Sophia me ajudou com o tender", Karen diz, orgulhosa. Um banquete foi disposto na mesa de jantar, com velas e arranjos de flores. Trocamos amenidades enquanto esperamos Karen e Sophia fatiarem a carne.

"Hum, que delícia. O molho está ótimo", Tessa geme na primeira garfada.

Essas mulheres e a bendita comida.

"Parece que vocês estão falando sobre pornografia", digo, meio alto demais.

Tessa chuta meu pé embaixo da mesa, e Karen cobre a boca com a mão e tosse, engasgada com a comida. Todo mundo se surpreende quando Sophia ri. Landon parece sem graça, mas sua expressão fica mais suave quando vê o quanto ela está rindo.

"Quem pode *pensar* numa coisa dessas?", ela ri.

Landon está olhando fixamente para ela, como um bobo, e Tessa está sorrindo.

"O Hardin. O Hardin diz coisas assim." Karen sorri com os olhos bem-humorados.

Quanta esquisitice.

"Você se acostuma com ele", Landon olha para mim por um momento antes de voltar a se concentrar em sua nova paixão. "Quer dizer, se vier sempre aqui. Não que queira vir." O rosto dele está muito vermelho. "Se quisesse vir, é o que estou dizendo. Não que você tenha que querer."

"Ela já entendeu." Eu acabo com o sofrimento dele, que parece prestes a se mijar.

"Eu quero." Ela sorri para Landon, e juro que o rosto dele passa do vermelho para o roxo. Coitadinho.

"Sophia, quanto tempo vai ficar na cidade?", Tessa pergunta, mudando de assunto de um jeito meigo para ajudar seu amigo.

"Só mais alguns dias. Volto para Nova York na próxima segunda-feira. Minhas colegas de apartamento estão loucas esperando a minha volta."

"Com quantas pessoas você mora?", Tessa pergunta.

"Três, todas dançarinas."

Dou risada.

Tessa sorri de um jeito forçado. "Ah, nossa."

"Não! Bailarinas, não strippers!", Sarah começa a rir, e eu dou risada com ela, aproveitando para rir do alívio e da expressão de embaraço de Tessa.

Tessa comanda a maior parte da conversa, fazendo perguntas aleatórias sobre a garota, e eu me concentro apenas na curva dos lábios de Tessa enquanto fala. Adoro o jeito como ela para de vez em quando e passa um guardanapo nos lábios, para o caso de estarem sujos.

O jantar continua assim até eu ficar entediado, e até o rosto de Landon quase voltar ao normal.

"Hardin, você decidiu participar da formatura? Sei que não queria a festa, mas pensou mais no assunto?", Ken pergunta enquanto Karen, Tessa e Sarah tiram a mesa.

"Não, não mudei de ideia." Limpo os dentes com a unha. Ele não para de fazer isso, toca nesse assunto na frente de Tessa para me convencer a entrar em um auditório lotado com milhares de pessoas espremidas nos bancos, suando em bicas e gritando como animais.

"Ah, não?", Tessa pergunta. Olho para ela e para o meu pai. "Pensei que você fosse reconsiderar." Ela sabe muito bem o que está fazendo.

Landon está sorrindo como o idiota que é, e Karen e a moça do nome com S estão batendo papo na cozinha.

"Eu...", começo. *Puta que pariu*. Os olhos de Tessa ainda estão cheios de esperança, quase me desafiando a rejeitar a ideia. "Sim, claro, tudo bem. Vou participar da droga da formatura", digo. Que palhaçada.

"Obrigado", Ken diz. Quando estou prestes a responder de um jeito malcriado, percebo que ele está agradecendo a Tessa, não a mim.

"Vocês dois são tão...", começo, mas sou silenciado pela expressão de Tessa. "Vocês dois são tão maravilhosos", é o que escolho dizer.

Vocês dois são uns trapaceiros de merda, penso muitas vezes enquanto eles sorriem.

60

TESSA

Todas as vezes em que Sophia falou sobre Nova York durante o jantar, comecei a entrar em pânico. Sei que fui eu quem tocou no assunto. Mas estava só tentando tirar a atenção de Landon. Sabia que ele estava com vergonha, e disse a primeira coisa que veio à minha mente. E no fim era o único assunto que eu não deveria ter mencionado na presença de Hardin.

Preciso contar para ele hoje mesmo. Estou sendo ridícula, imatura e covarde guardando segredo. O progresso que ele tem feito vai ajudá-lo a lidar com as notícias de um modo mais tranquilo, mas sempre existe o risco de uma explosão. Nunca sei o que esperar dele; as duas coisas podem acontecer. Mas sei que não sou responsável por suas reações emocionais, e a única coisa que devo a ele é permitir que receba a notícia da minha boca.

Recostada na porta da sala de estar, no corredor, observo Karen limpar o fogão com um pano molhado. Ken foi para a poltrona na sala de estar e agora está cochilando. Landon e Sophia estão sentados à mesa da sala de jantar em silêncio. Landon tenta espiá-la e, quando ela olha para ele e vê que está sendo observada, abre seu lindo sorriso.

Não sei bem como me sinto em relação a isso, com o fato de ele ter acabado de sair de um relacionamento e já estar interessado em outra pessoa. Mas quem sou eu para julgar os relacionamentos dos outros? Está bem claro que não sei nem cuidar do meu.

Do lugar onde estou no corredor que liga a sala de estar, a de jantar e a cozinha, tenho a imagem mais perfeita das pessoas mais importantes para mim no mundo. Entre elas, está a mais importante, Hardin, sentado em silêncio no sofá da sala de estar, olhando para a parede.

Sorrio ao pensar que ele vai participar da formatura em junho. Não consigo imaginá-lo de beca, mas certamente estou ansiosa para vê-lo paramentado, e sei que foi muito importante para Ken ele ter aceitado participar. Ken já deixou claro, em várias ocasiões, que não pensou que Hardin fosse terminar a faculdade e, agora que a verdade do passado foi exposta, tenho certeza de que Ken nunca pensou que Hardin poderia mudar de ideia e concordar com o ritual de formatura. Hardin Scott não tem nada de previsível.

Pressiono os dedos na testa, incentivando meu cérebro a funcionar direito. *Como abordar o assunto? E se ele se oferecer para ir comigo para Nova York? Será que faria isso? E, se fizer, devo concordar?*

De repente, tenho a impressão de que ele está olhando para mim na sala de estar, e acerto, porque Hardin está me observando, os olhos verdes curiosos, os lábios macios contraídos. Lanço para ele meu melhor sorriso de "tudo bem, só estou pensando", e vejo quando ele franze o cenho e se levanta. Com alguns passos, cruza a sala e apoia uma das mãos na parede ao meu lado.

"O que foi?", ele pergunta.

Landon desvia o olhar de Sophia e se vira na nossa direção quando ouve a voz de Hardin.

"Preciso conversar com você sobre uma coisa", digo baixinho. Ele não parece preocupado, não tanto quanto deveria estar.

"Tá bom. O que é?" Ele se aproxima, se aproxima demais, e tento me afastar, mas me lembro de que estou encurralada. Hardin levanta o outro braço e me bloqueia totalmente. Quando olho para ele, um sorriso obviamente presunçoso toma o seu rosto. "E então?", ele insiste.

Olho para ele em silêncio. Minha boca está seca; quando vou falar, começo a tossir. É sempre assim, ao que parece, em um cinema, na igreja, ou quando converso com alguém importante. Basicamente, nas situações em que não poderia tossir. Como agora, por exemplo, e começo a entrar em conflito sobre tossir enquanto tusso, e enquanto Hardin olha para mim como se eu estivesse morrendo à sua frente.

Ele se afasta e entra na cozinha. Desvia de Karen e volta com um copo de água, o trigésimo que me traz nas últimas duas semanas. Eu aceito, e fico aliviada quando a água fria acalma minha garganta irritada.

Percebo que até mesmo meu corpo está tentando evitar que eu dê a notícia a Hardin, e sinto vontade de me parabenizar e de me repreender ao mesmo tempo. Se fizesse isso, acho que Hardin sentiria um pouco de pena de mim por causa do comportamento insano e provavelmente mudaria de assunto.

"O que está acontecendo? Sua cabeça está a mil." Ele olha para mim, e estende a mão para pegar o copo vazio. Quando começo a negar, ele insiste. "Não, não, está na cara."

"Podemos ir lá fora?" Eu me viro na direção da porta do quintal, tentando deixar claro que essa conversa não pode ter plateia. Droga, acho que seria melhor voltar para Seattle para falar sobre isso. Ou mais longe. Quanto mais longe melhor.

"Lá fora? Por quê?"

"Quero falar com você sobre uma coisa. Em particular."

"Claro, vamos."

Dou um passo à frente dele para manter o equilíbrio. Se eu sair primeiro, posso ter mais chance de comandar a conversa. Se eu fizer isso, posso ter uma chance maior de não permitir que Hardin deixe a raiva dominá-lo. Talvez.

Não afasto a mão quando sinto os dedos de Hardin envolverem os meus. Está tudo tão silencioso — só ouvimos o som baixo das vozes do programa de investigação criminal que Ken adormeceu assistindo, e o burburinho discreto da lava-louças na cozinha.

Quando chegamos ao deque do quintal, esses sons desaparecem, e fico sozinha com meus pensamentos caóticos e o sussurrar de Hardin. Fico feliz por ouvi-lo cantarolando uma música, apesar de não saber qual é, mas isso me distrai e me ajuda a pensar em outra coisa que não seja o baque que está por vir. Com um pouco de sorte, vou ter alguns minutos para explicar a minha decisão antes que ele enlouqueça.

"Desembucha", Hardin diz quando arrasta uma das cadeiras sobre a madeira do deque.

Minha chance de mantê-lo calmo por alguns minutos desaparece; ele não está a fim de esperar. Ele se senta e apoia os cotovelos na mesa entre nós. Eu me acomodo na frente dele e não sei onde enfiar as mãos. Eu as tiro de cima da mesa e as apoio em meu colo, nos joelhos e as levo de novo à mesa, até ele estender o braço e cobrir meus dedos inquietos com a palma de sua mão.

"Relaxa", ele diz baixinho. Sua mão está quente e cobre a minha completamente, o que me dá uma certa clareza, ainda que momentânea.

"Estou escondendo uma coisa de você, e isso está me enlouquecendo. Preciso contar agora, e sei que não é a hora, mas você precisa saber antes que acabe descobrindo de outro jeito."

Ele tira a mão da minha e se recosta na cadeira. "O que você fez?" Consigo perceber a ansiedade em sua voz, a desconfiança em sua respiração controlada.

"Nada", digo depressa. "Nada do que você está pensando."

"Você não..." Ele pisca algumas vezes. "Você não ficou... com ninguém mais, né?"

"Não!" Minha voz sai estridente, e balanço a cabeça para reforçar o que digo. "Não, nada disso. Só tomei uma decisão e não contei para você. Não tem nada a ver com outra pessoa."

Não tenho certeza se me sinto aliviada ou ofendida por ele ter pensado isso logo de cara. Por um lado, estou aliviada, porque me mudar para Nova York pode não ser tão doloroso para ele quanto eu ficar com outro homem, mas me sinto um pouco ofendida, sim, porque Hardin deveria saber que não sou assim. Já fiz coisas irresponsáveis e dolorosas para ele, envolvendo Zed, principalmente, mas nunca dormiria com outro cara.

"Certo." Ele passa a mão pelos cabelos e pousa a mão curvada na nuca, massageando os músculos. "Então não pode ser tão ruim."

Respiro fundo, decidindo jogar tudo na mesa. Chega de enrolação. "Bom..."

Ele levanta uma mão para me interromper. "Espera. O que acha de, antes de me contar o que é, me explicar o porquê?"

"Por que o quê?" Inclino a cabeça, confusa.

Ele levanta uma sobrancelha para mim. "Por que você tomou a decisão sobre isso que vai me contar."

"Certo", concordo. Organizo meus pensamentos enquanto ele me observa com olhos pacientes. Por onde começar? Isso é muito mais difícil do que simplesmente comunicar a ele que vou me mudar, mas é uma forma muito melhor de dar a notícia.

Pensando bem, acho que nunca fizemos isso. Sempre que algo importante e dramático aconteceu, sempre descobrimos por outras fontes, de um jeito igualmente dramático.

Olho para ele mais uma vez antes de começar a falar. Quero memorizar seu rosto inteiro, lembrar e analisar o modo como seus olhos verdes podem parecer tão pacientes às vezes. Percebo que o cor-de-rosa claro de seus lábios estão muito convidativos agora, mas também me lembro das vezes em que os vi cortados nos cantos, até o meio, com sangue escorrendo dos ferimentos depois de alguma briga. Eu me lembro do piercing que ele usava ali e de como me conquistou tão depressa.

Relembro a sensação do metal frio resvalando no meu lábio. Lembro que ele o prendia entre os lábios quando estava concentrado, e de como isso era tentador.

Recordo da noite em que ele me levou para patinar no gelo numa tentativa de provar que poderia ser um namorado "normal". Ele estava nervoso e brincalhão, e havia retirado os dois piercings. Disse que tirou porque quis, mas até hoje acho que foi para provar algo para si mesmo e para mim. Eu senti falta deles por um tempo — às vezes ainda sinto —, mas adorei o que a ausência deles representava, por mais que Hardin ficasse inegavelmente sexy com eles.

"Hardin chamando Tessa: Está na escuta?", ele provoca, inclina-se para a frente e apoia o queixo na palma de uma das mãos.

"Sim", sorrio com nervosismo. "Bem, tomei a decisão porque precisamos dar um tempo, e me pareceu a única maneira de fazer com que isso aconteça."

"Dar um tempo? Ainda?" Ele olha em meus olhos, me pressionando.

"Sim, dar um tempo. Está tudo uma grande bagunça entre nós, e eu precisava abrir uma distância de verdade desta vez. Sei que sempre dizemos isso, e sempre acabamos em um vaivém, indo e voltando de Seattle para cá e daqui para lá, e Londres entrou na parada; basicamente, estamos espalhando nosso relacionamento confuso pelo mundo." Paro para ver a reação dele e, ao receber apenas uma expressão indecifrável, finalmente desvio os olhos.

"Será que está tão confuso assim?" A voz dele está calma.

"A gente passa mais tempo brigando do que se dando bem."

"Não é verdade." Ele puxa a gola da camiseta preta. "Técnica e literalmente, isso não é verdade, Tess. Pode até parecer, mas, pensando bem em todas as coisas que aconteceram, passamos mais tempo rindo e conversando, lendo, brincando e na cama, claro. *Muito* tempo na cama." Ele abre um sorriso contido, e percebo que minha decisão não é mais tão resoluta.

"Resolvemos tudo com sexo, e isso não é saudável", respondo, já entrando no próximo assunto.

"Sexo não é saudável?", ele ri. "Estamos fazendo sexo consensual, cheio de amor e confiança mútua." Ele me lança um olhar intenso. "Sim, é um sexo incrível, de arrepiar, mas não se esqueça do porquê. Não transo com você só para me aliviar. Transo com você por amor, e adoro essa sua confiança de me permitir tocar você dessa maneira."

Tudo o que ele está dizendo faz sentido, mas não deveria. Concordo com ele, por mais cuidadosa que tento ser.

Sinto Nova York cada vez mais distante, então decido lançar a bomba de uma vez. "Você já parou para analisar os sinais de um relacionamento abusivo?"

"*Abusivo*?" Parece que ele está perdendo o fôlego. "Você me considera *abusivo*? Nunca encostei a mão em você, e nunca encostaria!"

Olho para as minhas mãos e continuo com sinceridade. "Não, não é isso que estou dizendo. A questão são as coisas que fazemos de propósito para magoar um ao outro. Eu não estou acusando você de ser fisicamente abusivo."

Ele suspira e passa a mão nos cabelos, um sinal claro de que está começando a entrar em pânico. "Certo, então o assunto é muito mais importante do que uma decisão banal como não morar comigo em Seattle ou coisa assim." Ele para e olha para mim com uma seriedade de matar. "Tessa, vou perguntar uma coisa e quero sua resposta mais sincera — sem mentiras, sem pensar. Só diz o que vier à cabeça quando eu perguntar, está bem?"

Concordo, sem saber onde isso vai dar.

"Qual é a pior coisa que fiz para você? Qual foi a coisa mais nojenta e terrível que fiz você passar desde que nos conhecemos?"

Começo a pensar nos últimos oito meses, mas ele tosse, o que me faz lembrar que queria a primeira coisa que viesse à minha mente.

Eu me remexo na cadeira, não quero abrir essa porta agora nem no futuro, sinceramente. Mas finalmente respondo: "A aposta. Ter me enganado enquanto eu me apaixonava por você".

Hardin parece pensativo, perdido por um momento. "Você voltaria atrás? Eliminaria esse meu erro, se pudesse?"

Demoro um pouco para pensar bem antes de responder. Já encarei essa pergunta antes, muitas vezes, e mudei muito de ideia, mas agora a resposta parece bem... definitiva. Parece muito definitiva e certa, e mais importante agora do que nunca antes.

O sol está descendo no céu, escondendo-se atrás das árvores frondosas que circundam a propriedade dos Scott, ativando as luzes automáticas do deque.

"Não, eu não voltaria atrás", digo, mais para mim mesma.

Hardin balança a cabeça como se soubesse exatamente qual seria minha resposta.

"Certo, e em segundo lugar, qual foi a pior coisa que fiz?"

"Quando você estragou o negócio do apartamento que eu ia alugar em Seattle", respondo com facilidade.

"É mesmo?" Ele parece surpreso com minha resposta.

"Sim."

"Por quê? Por que aquilo irritou você?"

"Porque você interferiu em uma decisão que era minha, e ainda escondeu isso de mim."

Ele assente, e em seguida encolhe os ombros.

"Não vou tentar justificar essa merda porque sei que foi terrível."

"E?" Imagino que ele tenha mais a dizer sobre isso.

"Entendo o que você sente. Eu não deveria ter feito isso; deveria ter falado com você em vez de tentar impedir que fosse morar em Seattle. Eu era bem problemático na época, ainda sou, mas estou tentando, e isso já é uma mudança em relação a antes."

Não sei bem como responder. Concordo que ele não deveria ter feito nada disso; e concordo que está se esforçando mais agora. Olho em seus olhos verdes reluzentes e sinceros, e fica difícil me lembrar do propósito desta conversa.

"Você está com uma ideia na cabeça, linda, uma ideia que alguém plantou aí, ou talvez tenha visto em algum programa vagabundo da tevê, ou talvez em um de seus livros, não sei. Mas a vida real é bem complicada. Nenhum relacionamento é perfeito, e nenhum homem vai tratar uma mulher exatamente como deveria." Ele levanta uma das mãos para evitar que eu interrompa. "Não estou dizendo que é certo, está bem? Então escuta: só acho que, se você e talvez algumas outras pessoas neste mundo crítico e louco prestassem mais atenção à merda que acontece por trás dos panos, veriam as coisas de outro jeito. Não somos perfeitos, Tessa. Eu não sou perfeito, porra, e amo você, mas você também está longe de ser perfeita." Ele faz uma careta ao dizer isso, para me mostrar que sua intenção é a menos terrível possível. "Já fiz muita merda para você, e sei que já fiz este mesmo discurso mil vezes, mas alguma coisa dentro de mim mudou... você *sabe* que é verdade."

Quando Hardin para de falar, eu olho para o céu atrás dele por alguns segundos. O sol está se pondo logo abaixo da copa das árvores, e espero que desapareça antes de responder:

"Acho que já fomos longe demais. Nós dois cometemos erros demais."

"Seria um desperdício desistir em vez de consertar esses erros, e você sabe disso muito bem."

"Desperdício do quê? *De tempo?* Não temos mais tanto tempo a perder agora", digo, e me aproximo do inevitável choque.

"Temos todo o tempo do mundo. Ainda somos jovens! Estou prestes a me formar, e vamos viver em Seattle. Sei que você está cansada dos meus erros, mas estou contando com seu amor para eu conseguir convencê-la de que eu mereço mais uma chance."

"E todas as coisas que fiz para você? Já xinguei, já fiz tudo aquilo com o Zed..." Mordo o lábio e desvio o olhar ao falar de Zed.

Hardin tamborila os dedos no tampo de vidro da mesa.

"Para começar, o Zed não tem vez aqui nesta conversa. Você fez coisas idiotas; eu também. Nenhum de nós sabia o que era um relacionamento. Você pode ter achado que sabia porque passou muito tempo com o Noah, mas vamos ser sinceros: vocês dois eram praticamente primos que se beijavam. Aquilo não era um namoro de verdade."

Arregalo os olhos para Hardin, esperando que ele continue abrindo o buraco que está cavando.

"E, quanto a você ter me xingado, o que raramente acontece", ele sorri, e eu começo a me perguntar quem é esse homem que está à minha frente, "todo mundo se xinga. Desculpa, mas até a esposa do pastor da sua mãe chama o marido de cuzão de vez em quando. Provavelmente não na cara dele, mas é a mesma merda." Ele encolhe os ombros. "E prefiro mil vezes que você me chame de cuzão na minha cara."

"Você tem uma explicação para tudo, né?"

"Não, para tudo não. Para poucas coisas, na verdade, mas sei que você está aqui procurando um jeito de escapar de nós dois, e vou fazer o melhor que puder para que tenha certeza do que está dizendo."

"Desde quando a gente se comunica tão bem assim?" Fico surpresa diante da ausência de gritos e berros de nós dois.

Hardin cruza os braços diante do peito, leva a mão ao tecido por baixo do gesso e dá de ombros.

"Desde agora. Desde... sei lá, desde que ficou claro que não estava dando certo. Então por que não tentamos desse jeito?"

Estou boquiaberta com a empáfia com que ele diz isso. "Por que você faz tudo parecer tão fácil? Se fosse assim, a gente teria conseguido antes."

"Não. Eu não era o mesmo antes, nem você." Ele olha para mim, esperando que eu fale de novo.

"Não é assim tão simples: o tempo que demoramos para chegar até aqui *faz diferença*, Hardin. Fez diferença passarmos por tudo aquilo, e eu preciso de um tempo para mim agora. Preciso de tempo para descobrir quem sou, o que quero fazer da vida e como vou chegar lá, e preciso fazer isso sozinha." Digo essas palavras com determinação, mas elas saem dos meus lábios muito ácidas.

"Então você decidiu? Não quer morar comigo em Seattle? É por isso que está tão fechada e indisposta a ouvir o que estou dizendo?"

"Estou ouvindo, mas já me decidi... não posso mais continuar nesse vaivém, nessas idas e vindas. Não só com você, mas comigo."

"Não estou acreditando, principalmente porque você não parece acreditar em si mesma." Ele se recosta na almofada da cadeira e apoia as pernas na mesa. "Então, onde vai ser a sua casa? Em qual bairro de Seattle?"

"Não é em Seattle", digo de uma vez. De repente, sinto como se a minha língua estivesse inchada, não consigo mais falar.

"Ah, onde é, então? Fora da cidade?", ele pergunta.

"É em Nova York, Hardin. Quero ir..."

Isso faz com que ele acredite. "*Nova York?*" Ele tira os pés da mesa e fica de pé. "Está falando sobre Nova York *mesmo*? Ou Nova York é um bairro hipster em Seattle que ainda não conheço?"

"A cidade de Nova York", explico enquanto ele anda de um lado a outro. "Daqui uma semana."

Hardin está em silêncio. O único ruído é o de seus pés em contato com a madeira enquanto ele caminha de um lado a outro.

"Quando você decidiu isso?", ele pergunta por fim.

"Depois de Londres e depois que meu pai morreu." Eu fico de pé.

"Então eu ter dado uma de idiota fez você sentir vontade de pegar suas coisas e ir para Nova York? Você nunca nem saiu do estado de Washington... por que acha que vai conseguir viver em um lugar como aquele?"

A resposta dele desperta meu lado defensivo.

"Posso viver onde eu bem entender! Não tenta me diminuir."

"Diminuir você? Tessa, você é mil vezes melhor em tudo em comparação a mim, não estou tentando diminuir ninguém. Só quero saber por que você acha que pode viver em Nova York. Onde iria morar?"

"Com o Landon."

Hardin arregala os olhos. "*Landon?*"

Esse é o olhar que esperava, que queria não ver, mas, agora que apareceu, infelizmente eu me sinto um pouco mais tranquila. Hardin estava encarando tudo muito bem; estava sendo compreensivo, calmo e cuidadoso com as palavras como nunca. Estava me deixando desconfiada.

Esse olhar eu conheço bem. É Hardin tentando controlar a raiva que sente.

"*Landon*. Você e o Landon vão se mudar para Nova York."

"Sim, ele já estava indo, e eu..."

"De quem foi a ideia: sua ou dele?" A voz de Hardin está baixa, e percebo que está muito menos furiosa do que eu esperava. Tem algo pior do que a raiva em seu tom, no entanto, e é a mágoa. Hardin está magoado, e consigo sentir meu estômago e meu peito apertados diante da reação surpresa, traída e contida que o domina.

Não quero contar a Hardin que Landon me chamou para ir para Nova York. Não quero contar a Hardin que Landon e Ken têm me ajudado com cartas de recomendação e histórico acadêmico, papéis de admissão e inscrições.

"Vou ficar um semestre sem estudar quando chegar lá", conto a ele, na esperança de fazer com que esqueça sua pergunta.

Ele se vira para mim com o rosto vermelho sob a luz do deque, com os olhos arregalados e os punhos cerrados ao lado do corpo.

"Foi ideia dele, não foi? Ele sabia disso desde o começo, e enquanto me convencia de que a gente era... sei lá... amigos, talvez até *irmãos*, ele estava agindo pelas minhas costas."

"Hardin, não é assim", digo para defender Landon.

"Não o cacete. Vocês dois são *inacreditáveis*", ele grita, balançando as mãos sem parar na frente do corpo. "Vocês se juntaram e me deixaram fazer papel de tonto, pedindo você em casamento, falando de adoção e de todas essas coisas, e você sabia — *você sabia, porra* — que ia embora mesmo assim?" Ele puxa os cabelos e muda de direção. Está caminhando em direção à casa, e eu tento impedi-lo.

"Não entra desse jeito, por favor. Fique aqui para podermos terminar de conversar sobre isso. Ainda temos muito sobre o que conversar."

"*Para! Para com isso, caralho!*" Ele tira minha mão de seu ombro quando tento tocá-lo.

Hardin leva a mão à maçaneta da porta de tela, e tenho certeza de que o barulho que ouço é o da porta sendo arrancada. Sigo atrás dele, esperando que não faça exatamente o que estou pensando, exatamente o que sempre faz quando alguma coisa ruim acontece na vida dele, na nossa vida.

"*Landon!*", Hardin grita assim que entra na cozinha. Fico feliz por Ken e Karen aparentemente terem subido para dormir.

"O quê?", Landon grita de volta.

Sigo Hardin para a sala de jantar, onde Landon e Sophia ainda estão sentados à mesa, com pratos de sobremesa quase vazios entre eles.

Quando Hardin entra na sala, mandíbula tensa, punhos cerrados, a expressão de Landon muda.

"O que está acontecendo?", ele pergunta, olhando cautelosamente para Hardin e depois para mim.

"Não olha para ela, olha para *mim*", Hardin diz.

Sophia tem um sobressalto, mas logo se recupera e olha para mim, atrás de Hardin.

"Hardin, ele não fez nada de errado. Ele é meu melhor amigo e só estava tentando ajudar", argumento. Sei do que Hardin é capaz, e pensar que Landon pode se machucar por minha causa me deixa enojada.

Hardin não se vira, mas diz: "Fica fora disso, Tessa".

"Do que vocês estão falando?", Landon pergunta, apesar de eu saber que ele já entendeu o que deixou Hardin tão bravo. "Ah, já sei. É sobre Nova York, não?"

"*Óbvio que é sobre Nova York, caralho!*", Hardin grita com ele.

Landon se levanta, e Sophia lança a Hardin um olhar de alerta, furiosa. Nesse momento, decido que vou gostar se ela e Landon se tornarem mais do que amigos e vizinhos.

"Eu só estava pensando na Tessa quando a convidei para ir comigo! Você terminou com ela e ela estava arrasada, totalmente arrasada. Nova York é o melhor para ela", Landon explica com calma.

"Você não percebe o quanto é filho da puta? Fingiu ser meu amigo só para depois fazer uma *merda* dessas?" Hardin começa a andar de um lado a outro de novo, dessa vez num círculo menor, pelo espaço vazio da sala de jantar.

"Eu não estava fingindo! Você estragou tudo de novo, e eu estava tentando ajudar!", Landon grita com Hardin. "Sou amigo *dos dois!*"

Meu coração se acelera quando Hardin atravessa a sala e segura Landon pela camisa.

"Ajudar como, tirando a Tessa de mim?" Hardin empurra Landon contra a parede.

"Você estava chapado demais para se importar com isso!", Landon grita na cara de Hardin.

Sophia e eu só observamos tudo, paralisadas. Conheço Hardin e Landon muito melhor que ela, e mesmo assim não sei o que dizer nem fazer. É caos puro: dois homens gritando um com o outro, o barulho de Ken e Karen descendo a escada, os pratos e copos tilintando por causa do modo como Hardin pegou e arrastou Landon até a parede.

"Você sabia muito bem o que estava fazendo! Eu confiei em você, seu cretino!"

"Vai em frente, então! Pode me bater!", Landon exclama.

Hardin levanta o punho, mas Landon nem pisca. Grito o nome de Hardin e acho que Ken faz a mesma coisa. Pelo canto do olho, vejo Karen se agarrar a Ken, impedindo que ele se coloque na frente dos dois.

"Pode me bater, Hardin! Se você é tão durão e violento, vai em frente e me bate!", Landon grita de novo.

"Vou mesmo! Eu vou..." Hardin abaixa o braço, e o levanta de novo.

O rosto de Landon está vermelho de raiva, e sua respiração está ofegante, mas não parece sentir nem um pouco de medo de Hardin. Parece muito irritado, mas muito contido ao mesmo tempo. Eu sou o oposto: sinto que, se as duas pessoas mais importantes para mim começarem a brigar agora, não sei o que vou fazer.

Olho para Karen e para Ken de novo. Eles não parecem preocupados com a segurança de Landon. Estão bem calmos, enquanto Hardin e Landon gritam sem parar.

"Você não vai me bater!", Landon diz.

"Vou, sim! Vou meter essa merda de gesso..." Mas Hardin para. Olha para Landon, se vira para mim e então para Landon de novo. "Vai se foder!", ele grita.

Em seguida abaixa o braço e se vira para sair da sala. Landon ainda está encostado na parede, com cara de que está prestes a quebrar alguma coisa. Sophia está de pé, começando a se mover para ir confortá-lo. Karen e Ken estão conversando baixinho, caminhando em direção a Landon, e eu... bom, estou no meio da sala de jantar tentando entender o que acabou de acontecer.

Landon mandou Hardin bater nele. A paciência de Hardin já tinha acabado; ele se sentia traído e enganado de novo, mas mesmo assim não fez nada. Hardin Scott evitou a violência, mesmo no calor do momento.

61

∞

HARDIN

Continuo andando até chegar lá fora, e só então percebo que Ken e Karen estavam lá. Por que não tentaram me impedir? Será que sabiam que eu não bateria nele?

Não sei bem o que pensar sobre isso.

O vento da primavera não está fresco, agradável, perfumado, nem nada que possa me ajudar a sair dessa merda. Vou voltar lá. Ainda estou puto, e não quero estar. Não quero voltar para trás e perder tudo que venho batalhando para conseguir. Não quero perder essa versão nova e muito menos complicada de mim mesmo. Se tivesse batido nele, se tivesse quebrado os malditos dentes de Landon e o feito engolir um por um, eu teria perdido. Teria perdido tudo, incluindo Tessa.

Mas eu não a tenho de verdade. Não a tenho mais desde que a mandei embora de Londres. Ela está planejando essa fuga não é de hoje. Junto com Landon. Os dois estão tramando pelas minhas costas, planejando me deixar para trás em Washington enquanto viajam o mundo juntos. Ela ficou em silêncio enquanto eu me abria, permitiu que eu fizesse papel de otário.

Landon me enganou esse tempo todo, me deixando pensar que se importava comigo. Todo mundo ao meu redor continua me ferrando e mentindo para mim, e estou de saco bem cheio. Hardin, o Hardin imbecil e idiota, o cara de que ninguém gosta, sempre o último a saber de tudo. Sou eu. Sempre fui, sempre vou ser.

Tessa é a única pessoa na minha vida inteira que se deu ao trabalho de se dedicar a mim, a cuidar de mim e fazer com que me sentisse digno da atenção de alguém.

Concordo que nosso relacionamento não é dos mais fáceis. Errei e errei muito, e poderia ter feito muita coisa diferente —, mas jamais seria abusivo. Se ela me vê assim, se é assim que encara nosso relacionamento, não existe mais esperança para nós.

Acho que a coisa mais difícil de explicar é que existe uma grande diferença entre nosso relacionamento não ser saudável e ser abusivo. Acho que muita gente se apressa em julgar sem se colocar no lugar da pessoa que está passando pela situação.

Caminho pela grama em direção à fileira de árvores no fim do terreno. Não sei aonde estou indo nem o que vou fazer lá, mas preciso acalmar minha respiração e me concentrar antes que acabe estourando.

O porra do Landon tinha que me provocar; ele precisava me irritar e me dar motivo para partir para a ignorância. Mas a adrenalina não tomou conta de mim, meu sangue não ferveu nas veias, minha boca não ficou salivando ao pensar em uma briga, pela primeira vez.

Por que diabos ele me pediria para bater nele? Porque é um idiota, só por isso.

Um filho da puta é o que ele é.
Imbecil.
Cuzão.
Idiota, imbecil, cuzão e filho da puta.

"Hardin?" A voz de Tessa surge na escuridão silenciosa, e tento decidir rapidamente se devo conversar como ela. Estou muito puto para falar com ela e ainda ser repreendido por ter tirado satisfação com Landon.

"Foi ele que começou essa merda", digo, e me coloco no espaço aberto entre duas árvores grandes.

Não adianta me esconder. *Nem isso eu sei fazer direito.*

"Você está bem?", ela pergunta com a voz baixa e nervosa.

"O que você acha?", rebato, olhando além dela, para a escuridão.

"Eu..."

"Me poupa. Por favor. Já sei o que você vai dizer: você está certa, eu estou errado, e não deveria ter empurrado o Landon contra a parede."

Ela dá um passo na minha direção, e noto que dou um passo na direção dela ao mesmo tempo. Por mais irritado que esteja, eu me sinto atraído por ela — sempre foi assim, e sempre vai ser.

"Na verdade, eu vim pedir desculpas. Sei que foi muito errado não contar para você. Quero assumir meu erro, não culpar você", ela diz delicadamente.

O quê? "Desde quando?"

Eu me lembro que estou puto. Mas é difícil me lembrar disso quando só quero que ela me abrace, que me faça lembrar que não sou tão idiota quanto penso ser.

"Podemos conversar de novo? Como fizemos lá no deque?" Os olhos dela estão arregalados e esperançosos, consigo ver mesmo no escuro, mesmo depois da minha explosão.

Quero dizer que não, que ela teve essa chance de conversar comigo todos os dias desde que decidiu se mudar para o outro lado do país para pôr uma distância entre nós. Mas acabo bufando e concordando. Não dou a ela a satisfação de uma resposta, mas concordo balançando a cabeça e me encosto no tronco da árvore.

Pela expressão em seu rosto, sei que ela não pensou que eu fosse concordar com tanta facilidade. O merdinha infantil que existe dentro de mim sorri por pegá-la desprevenida.

Ela se ajoelha e se senta com as pernas cruzadas na grama, apoiando as mãos nos pés descalços. "Estou orgulhosa de você", ela diz, olhando para mim. As luzes do deque clareiam seu rosto o bastante para eu perceber um sorriso, a satisfação em seus olhos.

"Por quê?" Cutuco a casca da árvore, esperando que ela responda.

"Por ter se afastado daquele jeito. Sei que Landon estava provocando, mas você virou as costas e saiu andando, Hardin. Foi um passo enorme para você. Espero que saiba o quanto é importante para ele que você tenha decidido não fazer aquilo."

Como se ele se importasse. Está tramando contra mim há pelo menos três semanas.

"Isso não significa nada."

"Significa, sim. Significa muito para ele."

Arranco um pedaço grande do casco e o jogo no chão perto de meus pés. "E para você, o que significa?", pergunto, olhando para a árvore.

"Muito mais." Ela passa a mão pela grama. "Significa muito mais para mim."

"O suficiente para fazer você não se mudar? Ou 'muito mais' no sentido de você estar muito orgulhosa de mim, por eu ser bonzinho, mas ainda assim ir embora?" Não consigo disfarçar o choramingo ridículo na minha voz.

"Hardin..." Ela balança a cabeça — tentando pensar numa desculpa, com certeza.

"Mais do que qualquer pessoa, o Landon sabe exatamente o que você representa para mim. Ele sabe que você é a minha vida, e ele não se importou. Vai levar você para o outro lado do país, arrancando a minha vida de mim, e isso dói, tá?"

Ela suspira, mordendo o lábio inferior. "Quando você diz coisas assim, eu esqueço por que estou lutando para resistir a você."

"O quê?" Afasto meus cabelos e me sento no chão, com as costas apoiadas na árvore.

"Quando você diz que sou sua vida, e quando admite que algo machuca, eu me lembro por que amo tanto você."

Olho para Tessa e percebo que ela parece muito firme, apesar de dizer que está insegura em relação ao nosso relacionamento. "Você sabe muito bem que é a minha vida. Sabe muito bem que não sou nada sem você." Talvez eu deveria ter dito *não sou nada sem você, por favor, não deixa de me amar*, mas já disse a minha versão.

"Você é, sim." Ela sorri com hesitação. "Você é uma boa pessoa, mesmo nos piores momentos. Eu tenho o péssimo hábito de fazer você se lembrar de seus erros e se prender a isso, quando na verdade errei tanto quanto. Tive a mesma parcela de culpa na destruição do nosso relacionamento."

"Destruição?" Já ouvi isso vezes demais.

"Por arruinar tudo, é o que quero dizer. Foi tanto culpa minha quanto sua."

"Por que está tudo arruinado? Por que não podemos resolver nossos problemas?"

Ela respira fundo de novo e inclina a cabeça para trás para olhar para o céu. "Não sei!", ela responde, parecendo tão surpresa quanto eu.

"Você não sabe?", repito, sorrindo. *Porra, como somos loucos.*

"Não sei. Eu estava decidida, mas agora estou confusa porque você está tentando de verdade, dá para ver."

"Dá mesmo?" Tento não parecer interessado demais, mas é claro que minha voz fica estridente, e mais pareço um ratinho falando.

"Sim, Hardin, estou vendo. Só não sei bem o que fazer em relação a isso."

"Nova York não vai ajudar em nada. Nova York não vai ser esse recomeço de vida, ou o que quer que você esteja esperando. Você e eu sabemos que só está usando essa mudança como uma fuga", digo, balançando a mão e apontando para nós dois.

"Eu sei." Ela puxa um punhado de grama pela raiz, fico contente por estarmos juntos por tempo suficiente para eu saber que ela faz isso sempre que se senta na grama.

"Quanto tempo?"

"Não sei. Quero muito ir para Nova York agora. Washington não tem sido muito legal comigo até aqui." Ela franze o cenho, e eu a observo enquanto se afasta de mim e se fecha em seus próprios pensamentos.

"Você está aqui desde que nasceu."

Ela pisca uma vez, respira fundo e joga os pedacinhos amassados de grama no pé. "Pois é."

62

TESSA

"Está pronto para entrar?" Minha voz é um sussurro, rompendo o silêncio entre nós. Hardin não falou nada, e eu não consegui pensar em nada que valesse a pena ser dito nos últimos vinte minutos.

"Você está?" Ele se ergue usando a árvore e bate a poeira da calça jeans.

"Se você estiver, sim."

"Estou." Ele abre um sorriso sarcástico. "Mas, se quiser continuar só *falando* sobre entrar, podemos fazer isso também."

"Ha, ha." Reviro os olhos, e ele estica a mão para me ajudar a ficar de pé. Segurando meu pulso com delicadeza, ele me puxa para me levantar. Em seguida não me solta, só escorrega a mão para segurar a minha. Não comento o toque gentil, nem que ele está olhando para mim de um modo familiar, do jeito como faz quando sua raiva está escondida, até dominada, por seu amor por mim. Esse olhar sério e inesperado me faz lembrar que uma parte de mim precisa desse homem e o ama mais do que estou disposta a admitir.

Não há intenção nenhuma por trás de seu toque; não é um gesto calculado quando ele passa a mão pela minha cintura e me puxa para si enquanto caminhamos pelo gramado até o deque.

Dentro de casa, nenhuma palavra é dita — só recebemos um olhar preocupado de Karen. Ela apoia a mão no braço do marido, que se abaixa, falando baixo com Landon, sentado na sala de jantar. Sophie não está mais por perto, e acho que ela se mandou depois do caos. Dá para entender por quê.

"Você está bem?", Karen volta sua atenção a Hardin quando ele se aproxima.

Landon ergue a cabeça ao mesmo tempo que Ken, e eu cutuco Hardin com cuidado.

"Quem, eu?", Hardin pergunta, confuso. Ele para na frente da escada, e eu trombo nele.

"Sim, querido, você está bem?", Karen repete. Ela prende os cabelos castanhos atrás das orelhas e dá um passo em nossa direção, levando a mão à barriga.

"Você está perguntando...", Hardin tosse, "se vou enlouquecer e atacar o Landon? Não, não vou", ele responde. Karen balança a cabeça, com a paciência estampada em seu rosto suave.

"Não, estou perguntando se *você* está bem. Precisa de alguma coisa? Foi isso que eu quis saber."

Ele pisca uma vez, recompondo-se. "Sim, estou bem."

"Se a resposta para essa pergunta mudar, quero saber. Está bem?"

Ele assente uma vez e me puxa escada acima. Dou uma olhada lá para baixo para que Landon me acompanhe, mas ele fecha os olhos, virando o rosto.

"Preciso falar com o Landon", eu digo a Hardin quando ele abre a porta do quarto.

Ele acende a luz e solta meu braço. "Agora?"

"Sim, agora."

"Agora mesmo?"

"Sim."

Assim que digo isso, Hardin me coloca contra a parede. "Neste exato momento?" Ele se inclina para mim, com a respiração quente em meu pescoço. "Você tem certeza?"

Não tenho certeza de mais nada, pra falar a verdade.

"O quê?" Minha voz está grossa, minha cabeça, zonza.

"Pensei que você fosse me beijar." Ele pressiona os lábios contra os meus, e eu sorrio com a maluquice da situação, com o alívio de seu afeto. Seus lábios não estão macios; estão secos e rachados, mas ainda perfeitos, e adoro o modo como sua língua passa pela minha, entra na minha boca sem me dar a chance de pensar ou me afastar.

Suas mãos estão na minha cintura, seus dedos pressionam minha pele quando ele posiciona o joelho entre minhas coxas e as separa.

"Não acredito que você vai mudar para tão longe." Ele passa a boca pela minha mandíbula logo embaixo da orelha. "Tão longe de mim."

"Desculpa", sussurro, sem conseguir dizer mais do que isso quando suas mãos passam do meu quadril para minha barriga, puxando o tecido da minha camiseta e a arrastando para cima.

"Sempre tem um de nós dois fugindo." A voz dele está calma, apesar de suas mãos se moverem depressa em direção ao meu peito. Minhas costas estão pressionadas contra a parede, e minha camiseta está no chão.

"Pois é."

"Só mais uma frase de Hemingway e logo vou ocupar minha boca em outro lugar." Ele sorri enquanto me beija, e suas mãos me esfregam e me provocam acima da cintura.

Eu concordo, querendo que ele cumpra a promessa.

"'Não se pode fugir de si mesmo indo de um lugar a outro.'" Ele enfia a mão na minha calça.

Solto um gemido, igualmente encantada por suas palavras e por seu toque. Suas palavras seguem um fluxo sem fim dentro de minha mente quando ele me toca, e eu estendo os braços. Ele está se esforçando para baixar o zíper, e geme meu nome bem baixinho enquanto tento abrir o botão.

"Não vai para Nova York com Landon, fica comigo em Seattle."

Landon. Viro a cabeça e tiro a mão do zíper de Hardin. "Preciso falar com o Landon, é importante. Ele parecia chateado."

"E daí? Também estou chateado."

"Eu sei", suspiro. "Mas dá para perceber que você não está mais tão chateado assim." Olho para o pau dele, que a cueca mal cobre.

"Bom, é porque estou me distraindo da minha raiva, e do Landon", ele acrescenta sem ânimo.

"Não vai demorar nada." Eu me afasto dele e pego a camiseta do chão, apertando-a contra minha barriga.

"Certo, estou precisando de uns minutinhos também." Hardin puxa os cabelos e solta sobre o pescoço. Desde que o conheci, seu cabelo nunca esteve tão comprido. Gosto assim, mas meio que sinto falta de ver as tatuagens que sobem por seu pescoço.

"De uns minutinhos sem mim?", pergunto antes de pensar como essa pergunta parece desesperada.

"É. Você acabou de me contar que vai se mudar para o outro lado do país, e eu perdi as estribeiras com o Landon. Preciso de um tempo para entender tudo o que está rolando na minha cabeça."

"Certo, eu entendo." E entendo mesmo. Hardin está lidando com isso muito melhor do que pensei, e a última coisa que eu devo fazer é pular na cama com ele e esquecer de acertar as contas com Landon.

"Vou tomar um banho", ele diz quando entro no corredor.

Minha mente ainda está no quarto com Hardin, pressionada contra a parede, distraída, enquanto desço a escada. A cada passo, a lembrança de seu toque diminui e, quando eu entro na sala de jantar, Karen sai do lado de Landon, e Ken faz um gesto para que ela saia da sala com ele. Ela sorri para mim e aperta minha mão com delicadeza quando passa.

"Oi." Puxo uma cadeira e me sento ao lado de Landon, mas ele se levanta imediatamente.

"Agora não, Tessa", ele esbraveja e vai para a sala de estar.

Confusa com seu tom áspero, sinto meu coração disparar. E não é apenas isso que sinto.

"Landon..." Fico de pé e o sigo até a sala de estar. "Espera!" Grito atrás dele.

Ele detém o passo. "Desculpa, mas isso não está mais dando certo."

"O que não está dando certo?" Puxo sua camisa de manga comprida para impedir que ele se afaste de mim.

Sem se virar, ele diz: "Essa coisa entre você e o Hardin. Estava tudo bem enquanto afetava só os dois, mas agora vocês estão arrastando todo mundo também, e não é justo".

A raiva na voz dele mexe comigo, e preciso de um momento para me lembrar de que é ele mesmo que está falando comigo. Landon sempre foi compreensivo e gentil, nunca pensei que ouviria isso dele.

"Desculpa, Tessa, mas você sabe que estou certo. Vocês não podem continuar trazendo tudo isso para cá. Minha mãe está grávida, e aquela cena poderia ter feito mal para ela, para os nervos dela. Vocês ficam nesse vaivém entre Seattle e aqui, brigando nas duas cidades e em todos os outros lugares."

Ai.

Busco palavras, mas nenhuma que preste me vem à mente. "Eu sei, me desculpa pelo que acabou de acontecer. Não foi de propósito, Landon. Eu tinha que contar para ele sobre Nova York. Não podia esconder. Achei que ele lidou bem com a situação." Paro quando minha voz fica embargada. Estou confusa e em pânico porque Landon está chateado comigo. Eu sabia que ele não tinha ficado feliz com o ataque de Hardin, mas não esperava por *isso*.

Landon se vira e olha para mim. "Ele lidou bem com a situação? Ele *me jogou contra a parede...*" Landon suspira e arregaça as mangas da camisa até os cotovelos, respirando algumas vezes. "É, talvez sim. Mas isso não quer dizer que ele não está se tornando um problema cada vez maior. Vocês não podem viajar o mundo terminando e reatando o namoro. Se não der certo em uma cidade, por que daria em outra?"

"Eu sei. É por isso que estou indo para Nova York com você. Precisava descobrir sozinha. Bom, sem o Hardin. Era esse o objetivo por trás de tudo."

Landon balança negativamente a cabeça. "Sem o Hardin? Você acha que o Hardin vai deixar você ir para Nova York sem ele? Ele vai com você, ou então você vai ficar aqui, brigando desse jeito."

Essas palavras, e as que vêm depois, fazem meu coração afundar no peito.

Todo mundo sempre diz as mesmas coisas sobre meu relacionamento com Hardin. Até eu digo essas mesmas coisas, droga. Já ouvi tudo isso antes, muitas vezes, mas com Landon jogando as coisas na minha cara, uma depois da outra, é diferente. É diferente, significa mais, machuca mais, e me faz duvidar mais.

"Desculpa, Landon." Sinto vontade de chorar. "Sei que arrasto todo mundo para essa bagunça, e sinto muito por isso. Não é minha intenção... não quero nada disso, muito menos com você. Você é meu melhor amigo. Não quero que se sinta desse jeito."

"Pois é, mas eu me sinto assim, e muitas outras pessoas também, Tessa." Suas palavras são duras e me atingem bem no único ponto não tocado que ainda restava em mim, meu último lugar intacto, que era reservado a Landon e sua amizade carinhosa. Aquele lugarzinho sagrado era, basicamente, tudo o que eu ainda tinha em relação às pessoas que me cercam. Era meu ponto de segurança, e agora está escuro, como o ambiente ao meu redor.

"Me desculpa." Minha voz sai parecendo um choramingo, e eu me convenço de que minha mente não parece ter captado que é Landon quem me diz tudo isso.

"É que... pensei que você estivesse do nosso lado", continuo, porque tenho que saber se realmente a situação é tão desanimadora assim.

Ele respira fundo e solta o ar. "Me desculpa também, mas hoje foi demais. Minha mãe grávida, Ken tentando resolver as coisas com Hardin, eu me mudando, é coisa demais. A nossa família precisa se unir. Vocês não estão ajudando nisso."

"Me desculpa", repito, porque não sei mais o que dizer. Não posso brigar com ele, não posso nem mesmo discordar, porque tem razão. Essa é a família deles, não a minha. Por mais que eu tente fazer parecer que é a minha família, sou descartável aqui. Eu me tornei dispensável em todos os lugares em que tentei me enfiar desde que saí da casa da minha mãe.

Ele olha para seus pés, e não consigo deixar de encará-lo quando ele diz: "Sei que você não está gostando disso. Me desculpa a falta de jeito, mas eu tinha que falar".

"Sim, eu entendo." Ele continua não olhando para mim. "Não vai ser assim em Nova York, prometo. Só preciso de um pouco de tempo. Estou muito confusa em relação a tudo na vida, e não consigo entender nada."

A sensação de não ser benquista em algum lugar quando você não sabe bem como sair é uma das piores. É incrivelmente esquisito, e é melhor refletir alguns segundos para tentar avaliar a situação e ter certeza de que não está sendo paranoica. Mas quando meu melhor amigo não olha para mim depois de me dizer que estou causando problemas para sua família, a única família que tenho, percebo que é verdade. Landon não quer falar comigo agora, mas é bacana o suficiente para dizer isso.

"Nova York." Engulo o nó em minha garganta. "Você não quer mais que eu vá, certo?"

"Não é isso. Só pensei que Nova York ia ser um novo começo para vocês dois, Tessa. Não só mais um lugar para você e Hardin brigarem."

"Entendo." Encolho os ombros e aperto os dedos nas palmas das mãos para não chorar. Entendo mesmo. Compreendo totalmente que Landon não quer que eu vá para Nova York com ele. E eu não tinha um plano definido, de qualquer forma. Não tenho muito dinheiro, não fui admitida na NYU ainda, e nem sei se vou ser. Até agora, não tinha percebido como estava disposta a me mudar para Nova York. Precisava disso. Precisava pelo menos tentar algo espontâneo e diferente, sair deste mundo e andar com minhas próprias pernas.

"Me desculpa", ele diz, dando um chutezinho na perna da cadeira para mudar o foco de suas palavras.

"Tudo bem, eu entendo." Forço um sorriso para o meu melhor amigo e consigo subir a escada antes de as lágrimas escorrerem livremente pelo meu rosto.

No quarto de hóspedes, a cama parece dura, e me mantém no lugar enquanto meus erros são dispostos à frente de meus olhos.

Tenho sido muito egoísta, e só percebi agora que estraguei tantos relacionamentos nos últimos oito meses. Comecei a faculdade apaixonada por Noah, meu namorado de infância, mas então o traí, mais de uma vez, com Hardin.

Fiz amizade com Steph, que me traiu e tentou me machucar. Julguei Molly quando, na verdade, não deveria nem sequer ter me preocupado com ela. Eu me forcei a acreditar que poderia me encaixar nessa faculdade — que esse grupo de pessoas era composto por amigos meus, quando na verdade eu era uma piada para eles.

Lutei muito para manter Hardin do meu lado; lutei por sua aceitação desde o começo. Quando ele não me quis, eu só o quis mais. Briguei com minha mãe para defender Hardin; briguei comigo mesma para defender Hardin; briguei com o Hardin para defender Hardin.

Entreguei minha virgindade a ele como parte de uma aposta. Eu o amava e idolatrava naquele momento, e ele escondendo suas intenções de mim o tempo todo. Mesmo depois disso eu fiquei, e ele sempre arrumava uma desculpa maior que a anterior. Mas nem sempre foi ele; apesar de seus erros serem mais profundos, mais dolorosos, os meus eram igualmente frequentes.

Por puro egoísmo, usei Zed para preencher o vazio quase todas as vezes em que Hardin me deixou. Eu o beijei, passei um tempo com ele e o iludi. Mantive a amizade com ele contra a vontade de Hardin, sabendo o tempo todo da aposta que os dois tinham começado meses antes.

Perdoei Hardin inúmeras vezes, mas os erros dele foram jogados na minha cara de novo. Sempre esperei demais dele, apesar de seus erros

— ele é uma boa pessoa e merece ser feliz. Merece tudo. Merece dias tranquilos com uma esposa linda que não tenha dificuldade de engravidar. Não merece joguinhos e lembranças ruins. Não deveria tentar viver de acordo com uma expectativa absurda e quase impossível de satisfazer que estabeleci para ele.

Passei pelo inferno nos últimos oito meses, e agora estou aqui, nesta casa. Passei a vida inteira planejando e organizando, ajeitando e ansiando, mas ainda assim não tenho nada além de um rosto com mancha de rímel e planos destruídos. Nem despedaçados estão, já que nenhum deles conseguiu sequer tomar forma para se despedaçar. Não faço ideia do caminho que minha vida tomou. Não tenho onde estudar, não tenho um lugar que chame de lar, nem mesmo a visão romântica do amor que aprendi nos livros que sempre adorei e nos quais costumava acreditar. Não tenho ideia do que estou fazendo com a minha vida.

Tantos rompimentos, tantas perdas. Meu pai voltou para a minha vida, mas foi morto por seus demônios. Vi a vida toda de Hardin ser revelada como uma enorme mentira, e o responsável era na verdade seu pai biológico, cujo longo histórico com sua mãe levou o homem que o criou a começar a beber. Sua infância foi um tormento por nada; ele viveu anos tendo que lidar com um pai alcoólatra e testemunhou acontecimentos quando era criança que nem um adulto deveria testemunhar. Observei desde o começo as tentativas de Hardin de se ligar a Ken, desde que vi o homem pela primeira vez na frente de uma sorveteria até me tornar parte dessa família e ver Hardin lutar para perdoar seus erros. Ele está aprendendo a aceitar seu passado e a perdoar Ken, algo incrível de ver. Ele passou a vida toda muito revoltado, e agora está finalmente conseguindo um pouco de paz, dá para ver isso. Hardin precisa de paz. Precisa de um final feliz. Não precisa de brigas e tumultos constantes. Não precisa de dúvidas e discussões; precisa de família.

Precisa de sua amizade com Landon e de seu relacionamento com o pai. Precisa aceitar seu lugar na família e aproveitar a alegria de vê-la crescer. Precisa de ceias de Natal cheias de amor e riso, não lágrimas e tensão. Eu o vi mudar muito desde o dia em que conheci aquele garoto grosseiro e tatuado, com seus piercings e o cabelo mais despenteado que já vi. Ele não é mais aquele garoto; é um homem agora, um homem em recuperação. Não bebe mais como antes. Não quebra coisas com a mesma frequência. E se deteve *antes* de machucar Landon. Ele conseguiu começar uma vida cheia de pessoas que o amam e admiram, enquanto eu destruí todos os relacionamentos que pensava ter. Lutamos e brigamos, vencemos e perdemos, e agora minha amizade com Landon se tornou só mais uma vítima de Hardin e Tessa.

Assim que penso no nome dele, como se fosse um gênio da lâmpada, Hardin abre a porta e entra calmamente, esfregando uma toalha nos cabelos molhados.

"O que está acontecendo?", ele pergunta. Assim que vê meu estado, porém, a toalha é logo descartada, e ele atravessa o quarto para se ajoelhar à minha frente.

Não tento esconder minhas lágrimas. Não vejo por quê. "Somos Catherine e Heathcliff", digo, arrasada ao constatar a verdade.

Hardin franze o cenho. "O quê? O que aconteceu?"

"Deixamos todos ao nosso redor infelizes, e não sei se eu simplesmente não percebi ou se era egoísta demais para ver, mas aconteceu. Até o Landon... até o Landon foi afetado por nós."

"De onde você tirou isso?" Hardin fica de pé. "Ele disse alguma coisa para você?"

"Não." Puxo Hardin com força pelo braço, implorando para que ele não desça.

"Ele só disse a verdade. Estou vendo tudo agora, estava forçando a mim mesma a não ver, mas agora entendi tudo." Passo os dedos sob os olhos e respiro fundo antes de continuar. "Você não estava me destruindo. Eu mesma fiz isso. Eu mudei, e você mudou. Mas você mudou para melhor. Eu não."

Dizer isso em voz alta torna mais fácil a aceitação. Não sou perfeita e nunca vou ser. E tudo bem, mas não posso arrastar Hardin comigo. Preciso consertar o que há de errado dentro de mim — não é justo querer isso de Hardin sem fazer comigo mesma.

Ele balança a cabeça e olha para mim com aqueles lindos olhos verdes. "Isso é loucura. Não faz o menor sentido."

"Faz, sim." Fico de pé e prendo os cabelos atrás das orelhas. "Está totalmente claro para mim."

Estou tentando manter a calma, mas é difícil, porque ele não entende e está tão na cara — *como ele pode não entender?*

"Preciso que você faça uma coisa por mim. Preciso que me prometa agora mesmo", eu imploro.

"O que é? Não, droga, não vou prometer nada, Tessa... do que você está falando?" Ele leva a mão ao meu queixo e levanta minha cabeça com delicadeza. A outra mão seca as lágrimas do meu rosto.

"Por favor, me promete uma coisa. Para termos uma chance de futuro juntos, você precisa fazer isso por mim."

"Tudo bem, tudo bem", ele concorda, finalmente.

"Estou implorando, se você me ama, você vai me ouvir e vai fazer isso por mim. Se não puder, nunca vamos ter um futuro, Hardin."

Não uso essas palavras como uma ameaça. São um apelo. Preciso que ele faça isso. Preciso que ele compreenda e viva sua vida enquanto eu tento consertar a minha.

Ele engole em seco; seus olhos encontram os meus, e sei que ele não quer concordar, mas concorda mesmo assim.

"Certo, prometo."

"Não vai atrás de mim dessa vez, Hardin. Fica aqui com sua família e..."

"Tessa", ele leva as mãos ao meu rosto com as mãos no meu queixo. "Não, para com isso. Vamos resolver esse lance de Nova York, não exagera."

Faço que não com a cabeça. "Não vou para Nova York, e juro que não estou exagerando. Sei que isso parece dramático e impulsivo, mas juro que não é. Nós dois passamos por muita coisa no último ano e, se não tirarmos um tempinho para ter certeza do que queremos, vamos acabar arrastando todo mundo para baixo junto, ainda mais do que já arrastamos." Tento fazer com que ele entenda. Ele tem que entender.

"Quanto tempo?" Seus ombros se encolhem e seus dedos passam pelos cabelos.

"Até sabermos que estamos prontos." Eu me sinto determinada como nunca.

"Saber o quê? Eu já sei o que quero com você."

"Preciso disso, Hardin. Se não conseguir me recompor, ficaria ressentida comigo e com você. Preciso disso."

"Tudo bem, você pode ter isso. Vou dar isso para você, não porque quero, mas porque é a última dúvida que vou tolerar da sua parte. Depois que tiver esse tempo e voltar para mim, pronto. Não vai embora de novo, e vai se casar comigo. É isso que eu quero em troca do tempo de que você precisa."

"Certo." Se conseguirmos passar por isso, eu me caso com esse homem.

63

TESSA

Hardin beija minha testa e fecha a porta do passageiro do carro. Minhas malas foram feitas pela milésima e última vez, e ele está recostado no carro, me puxando contra seu peito.

"Eu amo você. Por favor, não se esquece disso", ele diz. "E me liga assim que chegar."

Ele não está feliz com isso, mas vai ficar. Sei que é o certo; precisamos desse tempo para nós mesmos. Somos muito jovens, confusos, e precisamos desse tempo para reparar alguns erros causados na vida das pessoas ao nosso redor.

"Pode deixar. Fala para eles que eu mandei um tchau, certo?" Eu me recosto em seu peito e fecho os olhos. Não sei bem como isso vai acabar, mas sei que é necessário.

"Pode deixar. Mas entra no carro, por favor. Não posso mentir e fingir que estou feliz. Sou uma pessoa diferente agora e consigo cooperar, mas se passar mais tempo aqui vou querer arrastar você de volta para aquele quarto para sempre."

Abraço Hardin, e ele apoia os braços nos meus ombros. "Eu sei disso. Obrigada."

"Amo você, Tessa, pra caralho. Não se esquece disso, tá bom?", ele diz com os lábios nos meus cabelos. Ouço sua voz embargada, e a necessidade de protegê-lo começa a invadir meu coração de novo.

"Amo você, Hardin. Sempre." Pressiono as mãos abertas no peito dele e me aproximo para beijá-lo. Fecho os olhos, desejando, querendo, esperando que esta não seja a última vez que sentirei os lábios dele contra os meus, que esta seja a última vez em que me sentirei assim. Mesmo agora, com a tristeza e a dor de deixá-lo aqui, sinto uma onda de eletricidade entre nós. Sinto a curva suave de seus lábios e o desejo por ele, e então a vontade de mudar de ideia e continuar vivendo no círculo vicioso. Sinto a compulsão que ele tem por mim, e eu por ele.

Sou a primeira a me afastar, memorizando o grunhido que ele emite quando faço isso, e beijo seu rosto. "Eu ligo quando chegar." Eu o beijo mais uma vez, só um beijinho leve e rápido, e ele passa as mãos pelos cabelos quando se afasta do meu carro.

"Se cuida, Tess", Hardin diz quando entro no carro e fecho a porta.

Não tenho coragem de falar nada, mas finalmente, quando meu carro se afasta da casa, eu sussurro: "Adeus, Hardin".

64

TESSA

Junho

"Estou bonita?" Eu me viro na frente do espelho de corpo inteiro, segurando o vestido, que chega até os joelhos. A seda cor de vinho traz uma sensação de nostalgia nos meus dedos. Assim que experimentei o vestido, me apaixonei pelo modo como o material e a cor me lembravam de meu passado, de um tempo em que eu era outra pessoa. "Estou bonita?"

O vestido é diferente do anterior. Aquele era largo e com uma gola alta, mangas três quartos. Este é justo, com um pouco de decote e não tem mangas. Sempre vou adorar aquele vestido, mas fico feliz ao ver o caimento deste.

"Claro que está, Theresa." Minha mãe se recosta no batente com um sorriso.

Tentei acalmar os nervos enquanto me preparava para hoje, mas bebi quatro xícaras de café, comi meio saco de pipoca e andei pela casa da minha mãe como uma louca.

A formatura de Hardin. Sinto uma leve paranoia achando que minha presença não será bem-vinda, que o convite foi feito por educação, sendo silenciosamente retirado no tempo que passamos separados. Os minutos e as horas passaram da mesma maneira com que sempre passam e sempre vão passar, mas dessa vez não estou tentando esquecê-lo. Dessa vez estou me lembrando e me curando, pensando nos meus momentos com Hardin com um sorriso.

Naquela noite em abril, a noite em que Landon me chamou à realidade, voltei diretamente para a casa de minha mãe. Telefonei para Kimberly e chorei ao telefone até ela me mandar engolir o choro, secar as lágrimas e fazer algo a respeito da direção que minha vida estava tomando.

Só percebi a escuridão na minha vida quando comecei a ver a luz de novo. Passei a primeira semana totalmente sozinha, quase não saí do meu quarto e me forçava a comer. Tudo o que eu pensava girava ao redor de Hardin e do quanto eu sentia saudade dele, precisava dele e o amava.

A semana seguinte foi menos dolorosa, como em outros tempos quando terminávamos, mas dessa vez foi diferente. Dessa vez, tive que lembrar a mim mesma que Hardin estava em um lugar melhor com sua família se precisasse de algo. Os telefonemas de Karen eram a única coisa que me impedia de voltar dirigindo para lá para ver como ele estava. Precisava organizar minha vida, mas também ter certeza de que não estava causando mais danos à vida de Hardin ou das pessoas ao meu redor.

Eu havia me tornado o tipo de garota que atormenta todos ao redor, e não percebi, porque só via Hardin. A opinião que ele tinha sobre mim parecia ser a única que importava, e eu passava dias e noites tentando consertá-lo, consertar a nós, enquanto quebrava todo o resto, inclusive a mim mesma.

Hardin foi persistente nas três primeiras semanas, mas, assim como as ligações diárias de Karen, as dele foram diminuindo e diminuindo de frequência até eu começar a receber dois telefonemas por semana, um de cada um. Karen garante que Hardin está feliz, então não consigo ficar triste por ele não manter um contato tão frequente quanto eu queria ou torcia para que mantivesse.

Com Landon eu mantenho. Ele se sentiu péssimo no dia seguinte àquele em que me disse tudo aquilo. Foi ao quarto de Hardin para se desculpar comigo, mas o encontrou sozinho e irritado.

Landon me ligou na mesma hora, implorando para que eu voltasse e permitisse que se explicasse, mas eu disse que ele estava certo e que precisava ficar longe por um tempo. Por mais que eu quisesse ir para Nova York com ele, precisava voltar para o ponto de partida da destruição de minha vida e recomeçar. Sozinha.

O fato de Landon dizer que eu não fazia parte da família deles foi o que mais doeu. Fez com que eu me sentisse malquista, sem amor e sem proximidade com ninguém, com nada. Senti que estava sozinha, desapegada, flutuando e tentando me prender a quem me aceitasse. Eu havia me tornado muito dependente dos outros e estava perdida em um ciclo de querer ser amada. Odiava essa sensação mais do que qualquer coisa, e sei que Landon só falou isso por causa da raiva, mas não estava errado. Às vezes, a raiva ajuda a extravasar nossos verdadeiros sentimentos.

"Sonhar acordada não vai ajudar você a sair mais depressa." Minha mãe caminha na minha direção e abre a primeira gaveta da caixa de joias. Colocando dois brincos pequenos de diamante na palma da minha mão, ela fecha a mão sobre a minha.

"Use isto aqui. Não vai ser tão ruim quanto você pensa. Mantenha o controle e não demonstre fraqueza."

Dou risada de sua tentativa de me tranquilizar e fecho o segundo brinco. "Obrigada." Sorrio para o reflexo dela no espelho.

E ela, por ser Carol Young, sugere que eu prenda os cabelos, passe mais batom, use sapatos de saltos mais altos. Agradeço pelo conselho com simpatia, apesar de não segui-lo, e silenciosamente agradeço de novo quando ela para de fazer sugestões. Minha mãe e eu estamos no caminho do relacionamento que sempre sonhei que teríamos. Ela está entendendo que sou uma jovem capaz de fazer minhas escolhas. E estou entendendo que ela nunca quis se tornar a mulher que é agora. Ficou arrasada por causa do meu pai muitos anos atrás, e não se recuperou. Está cuidando disso agora, meio que paralelamente a mim.

Fiquei surpresa quando ela me disse que havia conhecido alguém e estava namorando havia algumas semanas. A maior surpresa de todas foi que o homem, chamado David, não é advogado, nem médico e não tem um carro de luxo. É dono de uma padaria na cidade, e ri mais do que qualquer pessoa que eu conheço. Tem uma filha de dez anos, que gosta muito de experimentar minhas roupas, que são meio grandes demais para seu corpo pequeno, e me deixa praticar nela as habilidades de maquiagem e penteado que aos poucos estou desenvolvendo. É um doce de menina, chamada Heather, e perdeu a mãe aos sete anos. A maior surpresa de todas é o carinho com que minha mãe trata essa menina. David desperta algo em minha mãe que nunca vi, e adoro o modo como ela ri e sorri quando ele está por perto.

"Quanto tempo ainda tenho?" Eu me viro para a minha mãe e calço meus sapatos, ignorando o modo como ela revira os olhos quando escolho os calçados de saltos mais baixos do armário. Já estou uma pilha de nervos; a última coisa de que preciso é aumentar minha ansiedade andando com saltos enormes.

"Cinco minutos, se quiser chegar cedo, o que eu sei que você quer." Ela balança a cabeça e puxa os cabelos loiros e compridos sobre um dos ombros. É uma experiência incrível e emocionante observar a mudança em minha mãe, ver a superfície de pedra rachar, vê-la se tornar uma versão melhor de si mesma. É bom ter seu apoio hoje — principalmente hoje —, e fico feliz por ela ter guardado para si o que pensa sobre minha ida à cerimônia.

"Espero que o trânsito não esteja ruim. E se tiver algum acidente? A viagem de duas horas pode levar quatro, e meu vestido vai ficar amassado, meu cabelo vai despentear e..."

Minha mãe inclina a cabeça para o lado. "Vai dar tudo *certo*. Está pensando demais. Agora, passe um pouco de batom e vá."

Solto um suspiro e faço exatamente o que ela diz, esperando que tudo saia como o planejado. Pelo menos uma vez.

65

HARDIN

Resmungo ao olhar para a roupa preta horrorosa no espelho. Nunca vou entender por que estou sendo forçado a usar essa droga. Por que não posso usar roupas normais durante a cerimônia? Minhas roupas comuns já serviriam, porque são pretas mesmo.

"A roupa mais ridícula que já vesti na vida, sem comparação."

Karen revira os olhos para mim. "Ah, para com isso. Usa logo e pronto."

"A gravidez está deixando você bem menos tolerante", digo a ela de modo brincalhão, e me esquivo quando ela tenta me dar um tapa no braço.

"Ken está no Coliseu desde as nove da manhã. Vai ficar muito orgulhoso por ver você no palco com essa roupa." Ela sorri, e seus olhos ficam marejados. Se ela chorar, vou precisar cair fora daqui. Vou sair de fininho da sala e torcer para que a visão dela esteja bem borrada, para que não consiga me seguir.

"Quem vê pensa que estou indo a um baile", comento, ajustando o tecido idiota que está cobrindo meu corpo todo.

Meus ombros estão tensos, minha cabeça lateja, meu peito está ardendo de ansiedade. Não por causa da cerimônia nem do diploma, porque não estou nem aí para nenhum dos dois. A ansiedade absurda vem da possibilidade de ela estar lá. É por Tessa que estou fazendo essa palhaçada na frente de todo mundo; foi ela quem me convenceu (na verdade *coagiu*) a participar. E, se eu a conheço tão bem quanto sei que conheço, ela vai estar presente para testemunhar seu triunfo.

Apesar de seus telefonemas estarem cada vez menos frequentes, e de suas mensagens de texto praticamente não chegarem mais, ela vai vir hoje.

Uma hora depois, entramos no estacionamento do Coliseu, onde a formatura será realizada. Concordo em ir com Karen depois de ela pedir vinte vezes. Acharia melhor ir sozinho, mas ela anda muito apegada ultimamente. Sei que está tentando compensar a partida de Tessa, mas nada é capaz de preencher esse vazio.

Nada nem ninguém poderia me dar o que Tessa dá; sempre vou precisar dela. Tudo o que faço, cada dia desde que ela me deixou, é só para ficar melhor para Tessa. Fiz novas amizades — certo, só duas. Luke e a namorada dele, Kaci, são a coisa mais próxima que tenho de amigos, e são boas companhias. Nenhum dos dois bebe muito nem tem interesse em passar o tempo em festas idiotas ou fazendo apostas. Conheci Luke, que é alguns anos mais velho do que eu e está sendo arrastado para a terapia de casais uma vez por semana, durante minha sessão semanal com o dr. Tran, um profissional especializado na mente humana.

Certo, não é bem assim; ele é um charlatão a quem pago cem dólares por hora para me ouvir falar sobre Tessa durante duas horas por semana... mas me sinto melhor conversando com alguém a respeito de toda a merda que existe na minha cabeça, e ele sabe me ouvir.

"Landon pediu para lembrar que está muito chateado por não ter vindo. Ele anda muito ocupado em Nova York", Karen me diz quando para no estacionamento. "Prometi que ia tirar um monte de fotos para ele hoje."

"Oba." Sorrio para Karen e saio do carro.

O prédio está lotado, os assentos estilo arquibancada estão tomados por pais, parentes e amigos orgulhosos. Balanço a cabeça a Karen quando ela acena para mim da primeira fileira. Ser esposa do reitor tem suas vantagens, acho. Como ganhar lugar privilegiado em uma formatura animadíssima.

Não consigo evitar, fico procurando Tessa na multidão. É impossível ver os rostos, porque as malditas luzes estão muito fortes, chegam a cegar. Odiaria saber quanto essa cerimônia pomposa está custando à faculdade. Ao encontrar meu nome na lista de formandos, sorrio para a mulher mal-humorada responsável pela disposição dos participantes nas cadeiras. Está irritada, acho, porque faltei ao ensaio. Mas, falando sério, essa merda toda não deve ser muito complicada. Você se senta. Seu nome é chamado. Você anda. Pega um papel que não serve para nada. Anda. Volta a se sentar.

Claro, quando me sento no meu lugar, a cadeira de plástico é desconfortável, e o cara do meu lado está mais nervoso que prostituta na igreja. Está inquieto, murmura consigo mesmo e treme o joelho. Sinto vontade de dizer alguma coisa, mas percebo que estou fazendo o mesmo, mas não estou tão suado.

Não sei bem quantas horas se passaram — parecem horas — quando meu nome finalmente é chamado. É esquisito, e dá vontade de vomitar ao ver como todo mundo está olhando para mim, e saio correndo do palco assim que os olhos de Ken começam a se encher de lágrimas.

Só preciso esperar o resto do alfabeto até poder procurá-la. Na letra V, sinto vontade de ficar de pé na cadeira e interromper a coisa toda. Quantas pessoas têm nomes que começa com V?

Aparentemente, um monte.

Por fim, depois de atravessar vários estados de tédio e depois de as demonstrações de alegria acabarem, podemos sair de onde estamos sentados. Praticamente saio correndo, mas Karen se aproxima para me abraçar. Depois do que parece ser bastante tempo de tolerância, peço licença do discurso choroso dela e corro para encontrar Tessa.

Sei que ela está aqui, de alguma forma consigo sentir.

Não a vejo há dois meses — dois meses longos pra caralho —, e estou maluco, louco com a adrenalina quando finalmente a vejo perto da saída. Eu tinha a sensação de que ela faria isso, viria aqui e tentaria escapar antes de falar comigo, mas não vou permitir que isso aconteça. Vou correr atrás do carro dela, se for preciso.

"Tessa!" Passo em meio às famílias aglomeradas para chegar a ela, e ela se vira assim que tiro um menino do meio do caminho.

Faz tanto tempo que não a vejo que o alívio é enorme. Enorme mesmo. Está linda como sempre. Sua pele está bronzeada agora, diferente de antes, e os olhos estão mais brilhantes, felizes, e a casca vazia na qual ela havia se transformado foi preenchida de vida. Consigo perceber tudo isso só olhando para ela.

"Oi." Ela sorri e prende os cabelos atrás da orelha, como faz quando está nervosa.

"Oi", repito o cumprimento e passo um tempo só observando. Ela está ainda mais angelical do que me lembrava.

Parece estar fazendo a mesma coisa que eu, e noto que me olha de cima a baixo. Gostaria de não estar usando essa maldita beca. Assim ela veria como tenho malhado.

Ela é a primeira a falar: "Seus cabelos estão bem compridos".

Dou risada e passo os dedos pelos fios. Provavelmente estão todos bagunçados por causa do chapéu. Nesse momento, percebo que não sei onde o maldito chapéu está. Mas quem se importa?

"É, os seus também", digo sem pensar. Ela ri e leva os dedos à boca. "Quer dizer, os seus cabelos estão compridos. Mas sempre foram." Tento me recuperar, mas isso só faz com que ela dê risada de novo.

Calma, Scott. Se acalma, caralho.

"E então, a cerimônia foi tão ruim quanto você pensou que seria?", ela pergunta. Está a pouco mais de um metro de mim, e eu gostaria que estivéssemos sentados ou algo assim. Preciso me sentar. *Por que estou tão ansioso?*

"Pior. Você viu como demora? O cara que lia os nomes era um ancião." Espero que ela sorria de novo. Quando faz isso, eu retribuo o sorriso e afasto os cabelos do rosto. Preciso cortar os cabelos, mas acho que posso mantê-los assim por um tempo.

"Estou muito orgulhosa de você por ter participado. Com certeza, o Ken está muito feliz."

"Você está feliz?"

Ela entorta a sobrancelha. "Por você? Sim, claro. Estou muito feliz por você ter participado. Tudo bem eu ter vindo, não é?" Ela olha para baixo por um segundo, e depois para mim.

Alguma coisa nela está diferente, está mais confiante, mais... não sei. *Forte?* Suas costas estão eretas, os olhos estão límpidos e focados e, apesar de eu saber que ela está nervosa, não está intimidada como antes.

"Claro que sim. Eu teria ficado bem puto se tivesse vindo aqui por nada." Sorrio para ela, e também pelo fato de nós dois estarmos só sorrindo e remexendo as mãos. "Como você está? Desculpa não ter ligado muito. Ando bem ocupado..."

Ela balança a cabeça. "Tudo bem, sei que você tinha muito o que fazer, com a formatura, o planejamento para seu futuro, essas coisas." Ela sorri de modo muito contido. "Eu estou bem. Tentando vaga em todas as faculdades num raio de cem quilômetros de Nova York."

"Você ainda quer ir para lá? O Landon disse que você não tinha certeza, ontem."

"Ainda não tenho. Quero receber resposta de pelo menos uma faculdade antes de me mudar. A transferência para o campus de Seattle manchou meu currículo. O departamento de admissões da NYU disse que isso me faz parecer instável e despreparada, então espero que pelo menos uma das universidades veja a coisa de outra forma. Caso contrário, vou fazer aulas numa faculdade com cursos de dois anos até poder me transferir de novo para uma universidade maior." Ela respira fundo. "Nossa, que explicação mais comprida para uma pergunta simples." Ela ri e sai do caminho para que uma mulher chorosa de mãos dadas com a filha paramentada passem. "Já decidiu o que quer fazer a partir de agora?"

"Bom, tenho algumas entrevistas marcadas para as próximas semanas."

"Que bom. Fico muito feliz por você."

"Mas nenhuma delas é aqui." Observo seu rosto com atenção enquanto ela assimila minhas palavras.

"Aqui na *cidade*?"

"Não, no estado."

"Onde são, então? Se não se importa de eu perguntar." Ela está calma e está sendo educada, e sua voz está tão suave e doce que tenho que me aproximar mais um passo para ouvi-la.

"Uma em Chicago, três em Londres."

"Londres?" Ela tenta esconder a surpresa em sua voz, e eu confirmo.

Não queria ter que dizer isso a ela, mas aproveitei todas as oportunidades que apareceram. Provavelmente não me mudaria para lá de novo, só estou explorando minhas opções. "Eu não tinha certeza do que ia acontecer com nós dois, sabe?", tento explicar.

"Não, eu entendo. Só estou surpresa."

Sei o que está pensando só de olhar para ela. Consigo praticamente ouvir seus pensamentos.

"Tenho conversado com minha mãe um pouco ultimamente." Parece estranho ouvir isso da minha própria boca, e foi ainda mais estranho finalmente pegar o telefone e atender quando minha mãe ligou. Eu a estava evitando até duas semanas atrás. Eu não a perdoei, exatamente, mas estou tentando não me irritar tanto com essa confusão toda. Não me leva a lugar nenhum.

"É mesmo? Que bom, Hardin." Ela para de franzir o cenho, e está sorrindo tanto que meu peito chega a doer de tão lindo que é ver essa cena.

"Sim, um pouco." Dou de ombros.

Ela ainda está sorrindo para mim como se eu tivesse dito que ganhei na loteria. "Fico muito feliz por tudo estar dando certo. Você merece tudo de bom na vida."

Não sei bem o que dizer em relação a isso, mas senti tanta saudade da gentileza dela que acabo segurando-a pelo braço e puxando-a para um abraço. Ela me abraça pelos ombros, e encosta a cabeça no meu peito. Juro ter ouvido um suspiro. Se estiver enganado, vou fingir que ouvi e pronto.

"Hardin!", alguém chama, e Tessa se afasta e se coloca ao meu lado. Ela está vermelha, e parece nervosa de novo. Luke se aproxima com Kaci, segurando um buquê de flores.

"Com *certeza* essas flores não são para mim", resmungo, sabendo que deve ter sido ideia da mulher dele.

Tessa está do meu lado com os olhos arregalados para Luke e para a morena baixinha ao lado dele.

"Sabe como é, eu sei como você adora margaridas", Luke diz de modo brincalhão enquanto Kaci acena para Tessa.

Tessa se vira para mim, confusa, mas abre o sorriso mais lindo que vejo nos últimos dois meses.

"Que bom finalmente conhecer você." Kaci abraça Tessa, e Luke tenta me entregar o buquê horroroso. Deixo as flores caírem no chão, e ele me xinga enquanto observa uma multidão de pais muito orgulhosos pisarem nelas ao passarem.

"Sou a Kaci, amiga do Hardin. Ouvi muitas coisas a seu respeito, Tessa." A mulher se afasta um pouco para apoiar um braço em Tessa, e fico surpreso ao ver que ela sorri e, em vez de olhar para mim para pedir ajuda, começa a conversar a respeito das flores.

"Hardin é o tipo de cara que gosta de flores, né?", Kaci pergunta, rindo, e Tessa ri junto. "Por isso ele fez aquelas folhas ridículas nas tatuagens."

Tessa ergue uma sobrancelha de modo questionador. "Folhas?"

"Não são bem folhas; ela só está me enchendo o saco, mas fiz algumas tatuagens novas desde a última vez em que a gente se viu." Não sei bem por que me sinto um pouco culpado por isso, mas me sinto.

"Ah." Tessa tenta sorrir, mas não é um sorriso autêntico. "Que legal."

O clima mudou um pouco, ficou meio esquisito. Luke conta a Tessa a respeito das novas tatuagens que fiz na parte de baixo da barriga e comete um grande erro. "Falei para ele não fazer. Nós quatro saímos, e Kaci ficou animada com as tatuagens do Hardin e decidiu que queria fazer uma."

"Quatro?" Tessa pergunta, e consigo ver o arrependimento em seus olhos logo depois.

Olho feio para Luke ao mesmo tempo em que Kaci dá uma cotovelada nele.

"A irmã da Kaci", Luke diz a Tessa, tentando consertar a merda, mas só piora.

Na primeira vez em que saí com Luke, encontramos Kaci para jantar. Naquele fim de semana, fomos ao cinema, e Kaci levou a irmã. Depois de algumas saídas, percebi que a garota estava meio caidinha por mim e pedi a eles para não chamá-la de novo. Não queria e continuo não querendo nenhuma distração enquanto espero Tessa voltar para mim.

"Ah." Tessa sorri sem vontade para Luke e olha ao redor.

Porra, odeio essa cara que ela está fazendo agora.

Antes que eu possa mandar Luke e Kaci para a puta que pariu e explicar essa merda a Tessa, Ken se aproxima e diz: "Hardin, quero apresentar uma pessoa a você".

Luke e Kaci se mandam, e Tessa dá um passo para o lado. Eu encosto nela, mas ela sai de perto.

"Preciso ir ao banheiro." Ela sorri e se afasta depois de cumprimentar meu pai.

"Este é o Chris, sobre quem falei. Ele é diretor de propaganda na Gabber, em Chicago, e veio até aqui falar com você." Ken abre um sorriso e apoia a mão no ombro do cara, mas eu fico procurando Tessa na multidão.

"Sim, obrigado." Aperto a mão do baixote, e ele começa a falar. Entre pensar nas coisas que Ken teve que conseguir para trazer esse cara aqui e me preocupar com a possibilidade de Tessa não encontrar o banheiro, mal consigo prestar atenção à proposta dele.

Depois de passar em todos os banheiros e ligar duas vezes para o telefone dela, percebo que Tessa foi embora sem se despedir.

66

TESSA

Setembro

O apartamento de Landon é pequeno, com um closet minúsculo, mas é o suficiente para ele. Bom, para nós. Sempre que lembro Landon de que este é o apartamento dele, não o meu, ele me diz que estou morando aqui agora, neste apartamento, em Nova York.

"Você está bem aqui mesmo, né? A Sophia disse que você poderia ficar com ela no fim de semana se não estiver à vontade", ele diz, colocando uma pilha de toalhas limpas e dobradas no cubículo que chama de closet.

Faço que sim com a cabeça, disfarçando a ansiedade pela espera do fim de semana. "Tudo bem, de verdade. Preciso trabalhar durante a maior parte do fim de semana, mesmo."

É a segunda sexta-feira de setembro, e o avião de Hardin vai pousar a qualquer minuto. Não perguntei por que ele está vindo — não consegui —, e quando Landon, sem jeito, avisou que ele queria ficar no nosso apartamento, só concordei e forcei um sorriso.

"Ele vai pegar um táxi em Newark, deve chegar aqui em uma hora, por causa do trânsito." Landon passa a mão sobre o queixo e esconde o rosto nas mãos. "Estou com a sensação de que isso não vai dar certo. Não deveria ter concordado."

Eu puxo as mãos dele de cima do rosto. "Tudo bem. Já sou crescidinha. Sei lidar com Hardin Scott", respondo. Estou muito nervosa, mas o conforto do trabalho e de saber que Sophia mora a um quarteirão de distância vai me ajudar a sobreviver ao fim de semana.

"O você-sabe-quem vai estar por aqui no fim de semana também? Não sei como vai ser..." Landon parece em pânico, como se fosse chorar ou gritar a qualquer momento.

"Não, ele vai trabalhar no fim de semana também." Eu me aproximo do sofá e pego o avental da pilha de roupas limpas. Viver com Landon é fácil, apesar dos problemas recentes de relacionamento que teve, e ele adora faxina e arrumação, então nos damos muito bem.

Nossa amizade logo voltou ao normal, sem nenhuma situação desagradável desde que cheguei, há quatro semanas. Passei o verão com minha mãe, o namorado dela, David, e a filha dele, Heather. Até aprendi a usar o Skype com Landon e passei dias planejando a mudança. Foi um daqueles verões em que parece que você dorme numa noite de junho e acorda numa manhã de agosto. Passou muito depressa, e boa parte do meu tempo foi ocupada por lembranças de Hardin. David alugou um chalé por uma semana em julho, e acabamos a poucos quilômetros do chalé dos Scott, e vi aquele bar onde nos embebedamos enquanto passeávamos por lá.

Andei pelas mesmas ruas, dessa vez com a filha de David, e ela parava em todos os quarteirões para pegar uma flor para mim. Comemos no mesmo restaurante onde vivi uma das noites mais tensas de minha vida, e fomos atendidos até pelo mesmo garçom, Robert. Fiquei surpresa quando ele me disse que também estava prestes a se mudar para Nova York, para estudar medicina. Conseguiu uma oportunidade de estudar na New York University, bem melhor que sua opção anterior, em Seattle, por isso aceitou. Trocamos números de telefone e mensagens de texto durante o verão, e nos mudamos para a cidade na mesma época. Ele chegou uma semana antes de mim, e agora está trabalhando no mesmo lugar que eu. Também vai trabalhar quase tanto quanto eu nas próximas duas semanas até começar a cursar medicina em tempo integral. Eu faria a mesma coisa, mas infelizmente cheguei tarde demais para conseguir uma vaga no segundo semestre na NYU.

Ken me aconselhou a esperar, pelo menos até o próximo semestre, antes de entrar em outra universidade. Ele disse que eu não deveria entrar para depois acabar tendo que sair; isso só atrapalharia meu histórico, e a New York University não vê isso com bons olhos. Não vejo problema em dar um tempo, apesar de saber que vou ter que me esforçar mais quando voltar para a universidade, porque vou passar todo o tempo trabalhando e vivendo experiências inéditas nesta cidade que é tão encantadora quanto bizarra.

Hardin e eu só conversamos algumas vezes desde que ele foi embora da formatura sem se despedir de mim. Ele mandou algumas mensagens de texto e alguns e-mails, que foram frios, distantes e formais, por isso só respondi a alguns.

"Vocês estão planejando alguma coisa para o fim de semana?", pergunto a Landon enquanto amarro as faixas do meu avental na cintura.

"Não que eu saiba. Acho que ele só vai dormir aqui e vai embora na segunda-feira à tarde."

"Certo. Vou trabalhar dois turnos hoje, então não precisa me esperar acordado. Só chego em casa às duas, no mínimo."

Landon suspira. "Queria que você não trabalhasse tanto. Você não precisa ajudar com nenhuma despesa, tenho dinheiro suficiente das bolsas, e você sabe que o Ken não me deixa pagar quase nada."

Abro para Landon meu sorriso mais gentil e prendo os cabelos em um rabo de cavalo que para logo acima da gola de minha camisa preta de botões. "Não vou discutir com você sobre isso de novo." Balanço a cabeça e enfio a camisa dentro da calça.

O uniforme do trabalho não chega a ser horrível: uma camisa preta de botões, calça e sapatos pretos. A única parte que me incomoda é a gravata verde-neon que preciso usar. Demorei duas semanas para me acostumar com o visual, mas fiquei tão feliz por Sophia ter me ajudado a conseguir um emprego de garçonete em um restaurante tão badalado que a cor da gravata não importou. Ela é a chef de massas do Lookout, um restaurante moderno, e bem caro, que abriu recentemente em Manhattan. Eu não me meto na... *amizade* entre ela e Landon, principalmente depois de conhecer as amigas com quem ela mora — uma delas eu já tinha conhecido em Washington, inclusive. Landon e eu parecemos ter o mesmo tipo de sorte; para nós, o mundo é pequeno mesmo!

"Manda uma mensagem quando estiver livre, então." Landon pega as minhas chaves no gancho e as coloca em minha mão. Faço que sim com a cabeça, garantindo a ele que a chegada de Hardin não vai me chatear, e com isso, saio para trabalhar.

Não me incomoda a caminhada de vinte minutos para ir e vinte para voltar. Ainda estou aprendendo a me virar nesta cidade gigantesca e, sempre que me perco em meio às pessoas ocupadas, acabo me sentindo mais conectada a seu ritmo. O burburinho das ruas, o barulho constante de sirenes e buzinas só não me deixaram dormir na primeira semana. Agora é até calmante o modo como consigo me misturar às massas.

Observar as pessoas em Nova York é diferente de qualquer coisa que eu já tenha feito. Todo mundo parece tão importante, tão ocupado, e adoro tentar adivinhar as histórias de vida das pessoas, de onde elas vieram, por que estão aqui. Não sei quanto tempo pretendo ficar; não para sempre, mas por enquanto estou curtindo. Só estou com saudade dele, e bastante.

Para com isso. Preciso parar de pensar assim; estou feliz agora, e ele claramente já deu um rumo à sua vida, uma vida na qual não tenho lugar. Eu aceito isso. Quero que ele seja feliz, só isso. Adorei vê-lo com seus novos amigos na formatura; adorei ver como estava calmo, muito... feliz.

Só não gostei de ele ter ido embora quando demorei demais para voltar do banheiro. Eu havia deixado meu telefone no balcão ao lado da pia, mas, quando me lembrei e voltei, não estava mais lá. Então passei meia hora tentando encontrar os achados e perdidos, ou um segurança que me ajudasse a encontrá-lo. No fim, encontrei o aparelho em cima de uma lata de lixo, como se alguém tivesse percebido que era o celular de outra pessoa, mas não se deu ao trabalho de colocá-lo onde havia encontrado. De qualquer forma, já estava sem bateria. Tentei encontrar Hardin no lugar onde eu o havia deixado, mas ele não estava mais lá. Ken contou que ele tinha ido embora com os amigos, e então me dei conta: estava tudo acabado. De vez.

Eu gostaria que ele tivesse voltado para me encontrar? Claro. Mas ele não voltou, e não posso passar a vida desejando que tivesse sido diferente.

De caso pensado, peguei turnos extras no fim de semana, para me manter ocupada o máximo possível e passar o menor tempo que puder no apartamento. Com a tensão e os conflitos entre Sophia e suas colegas de apartamento, vou evitar ao máximo aparecer por lá, mas certamente vou aparecer se as coisas estiverem muito pesadas com Hardin. Sophia e eu nos aproximamos, mas procuro não me meter muito. Não sou uma ouvinte imparcial, por causa da amizade que tenho com Landon, e prefiro não saber dos detalhes. Principalmente se ela começar a se sentir à vontade para falar sobre sexo. Eu estremeço só de lembrar de Kimberly narrando as aventuras do meigo e reservado Trevor no escritório.

A dois quarteirões do Lookout, olho para o telefone para ver que horas são e quase trombo com Robert. Ele estende os braços e me impede de me chocar contra ele.

"*Cuidado!*", ele diz fazendo um trocadilho com o nome do restaurante, e eu dou risada. "Sacou? É hilário, porque trabalhamos num lugar que tem um nome que manda a gente tomar cuidado, e..." Ele sorri e ajusta a gravata chamativa de um jeito engraçado.

A gravata fica muito melhor nele, com seus cabelos loiros despenteados e arrepiados em algumas partes. Não sei se devo falar sobre Hardin, mas fico em silêncio enquanto atravessamos a rua com um grupo de meninas de colégio, todas rindo e sorrindo para ele. Não tenho como julgá-las, porque ele é bonito mesmo.

"Estava um pouco distraída", digo quando dobramos a esquina.

"Ele chega hoje, né?" Robert segura a porta aberta para mim, e entro na semipenumbra do restaurante. O interior do Lookout é tão escuro que meus olhos demoram alguns segundos para se ajustarem à diferença de luminosidade sempre que entro, inclusive agora, no início da tarde. Eu o acompanho até a sala de descanso, onde coloco minha bolsa em um pequeno armário e ele guarda o celular na estante de cima.

"Sim." Fecho a porta do armário e me recosto nela.

Robert estende o braço e toca meu cotovelo. "Você sabe que não me incomodo de falar sobre ele. Não morro de amores pelo cara, mas você pode conversar comigo sobre qualquer coisa."

"Eu sei." Solto um suspiro. "E agradeço muito. Só não acho que seja uma boa ideia abrir essa caixa. Ela ficou fechada por bastante tempo." Dou uma risadinha, e espero que pareça mais autêntica do que de fato é. Saio da sala, e Robert me segue. Ele sorri e olha para o relógio na parede. Se não fosse bem vermelho e com números azuis, acho que eu não conseguiria ver o horário no corredor. Os corredores são a parte mais escura do restaurante, e a cozinha e a sala de descanso são as únicas áreas com iluminação normal.

Meu turno começa normalmente, e as horas se passam depressa à medida que as pessoas que vieram almoçar saem e os clientes que vêm jantar chegam. Tinha até quase me esquecido da chegada de Hardin por cinco minutos seguidos quando Robert entra com a preocupação estampada no rosto.

"Eles estão aqui, Landon e Hardin." Robert segura a barra do avental com força, e passa o pano na testa. "Estão pedindo uma mesa na sua seção."

Não entro em pânico, como pensei que entraria. Em vez disso, só balanço a cabeça para mostrar que entendi e caminho em direção à entrada, procurando Landon. Forço os olhos para procurar Landon e sua camisa xadrez, não Hardin. Com nervosismo, olho ao redor, analisando rosto a rosto, e nenhum deles é de Landon.

"Tess." Alguém toca meu braço, e dou um pulo para trás.

É aquela voz, aquela voz grave, bonita, com sotaque britânico que repassei em minha mente por meses e meses.

"Tessa?" Hardin me toca de novo, desta vez segurando meu pulso, como sempre fazia.

Não quero me virar e olhar para ele — na verdade quero, mas estou morrendo de medo. Estou com medo de vê-lo, ver o rosto que ficou gravado para sempre em minha mente, que nunca foi alterado nem diluído pelo tempo como pensei que aconteceria. Seu rosto, mal-humorado e sempre fazendo cara feia, vai ter sempre o mesmo impacto da primeira vez em que o vi.

Saio depressa do meu transe e me viro. Nos poucos segundos que tenho para planejar, tento me concentrar em encontrar os olhos de Landon antes dos de Hardin, mas para quê?

É impossível não ver aqueles olhos, aqueles lindos olhos verdes inigualáveis.

Hardin sorri para mim, e fico sem conseguir falar por alguns segundos. Preciso me recompor. "Oi", ele diz.

"Oi."

"Hardin queria vir aqui." Ouço a voz de Landon, mas meus olhos parecem não cooperar com minha mente. Hardin está olhando para mim da mesma maneira, os dedos ainda pressionando a pele do meu punho. Eu deveria me afastar antes que as batidas do meu coração acabem sendo ouvidas e mostrem minha reação ao vê-lo depois de três meses.

"Não precisamos comer aqui, se você estiver ocupada", Landon acrescenta.

"Não, tudo bem, sério mesmo", garanto a meu melhor amigo. Sei o que ele está pensando; sei que se sente culpado e preocupado, achando que o fato de ter trazido Hardin aqui vai acabar com a nova Tessa. A Tessa que ri e faz piadas, a Tessa que se tornou quem ela é, talvez até com certa teimosia. Isso não vai acontecer. Tenho que me controlar, me cuidar, permanecer calma. Totalmente.

Delicadamente, afasto meu braço da mão de Hardin e pego dois cardápios da mesa. Faço um gesto de cabeça para Kelsey, a hostess, que parece bem confusa, indicando que levarei os dois a uma mesa.

"Há quanto tempo você trabalha aqui?", Hardin pergunta, andando ao meu lado. Ele está vestido da maneira de sempre, a mesma camiseta preta, o mesmo par de botas, um jeans preto justo com um pequeno rasgo no joelho. Tenho que me lembrar que faz apenas alguns meses que fui morar na casa de minha mãe. Parece muito mais — anos, até.

"Só três semanas", respondo.

"Landon disse que você está aqui desde o meio-dia hoje."

Confirmo com um gesto de cabeça e aponto para uma mesa encostada na parede dos fundos. Hardin se senta de um lado e Landon do outro.

"A que horas você fica livre?"

Fica livre? Será que ele quer dizer alguma coisa com isso? Não dá para saber depois de tanto tempo. *Eu quero que ele faça esse tipo de trocadilho para mim?* Também não sei.

"Fechamos à uma, então costumo chegar em casa às duas quando ajudo a fechar."

"Duas da manhã?" Ele fica boquiaberto.

Coloco o cardápio na frente dos dois, e Hardin leva a mão ao meu pulso de novo. Eu me retraio dessa vez, fingindo não notar suas intenções.

"Sim, isso mesmo. Ela trabalha até essa hora quase todos os dias", Landon diz.

Olho feio para ele, preferindo que tivesse ficado quieto, mas em seguida me pergunto por que me sinto assim. Não interessa para Hardin quantas horas passo aqui.

Hardin não diz muita coisa depois disso; examina o menu, pede ravióli de cordeiro e uma água. Landon avisa que vai querer o de sempre, pergunta se Sophia está ocupada na cozinha e sorri mais do que o necessário para se desculpar.

A mesa seguinte a que atendo me mantém ocupada. A mulher está bêbada e não consegue decidir o que quer comer; o marido está ocupado demais ao telefone para prestar atenção. Fico feliz porque a mulher manda a comida de volta três vezes; assim fica mais fácil passar pela mesa de Landon e de Hardin só uma vez para repor as bebidas e outra vez para pegar os pratos.

Sophia, por ser como é, diminui o valor da conta. Hardin, por ser como é, deixa uma gorjeta absurda. E eu, por ser como sou, forço Landon a pegar o dinheiro de volta e devolver a Hardin quando voltarem ao apartamento.

67

HARDIN

Solto um palavrão quando piso em algo plástico, mas bem baixinho, pois tenho certeza de que dá para ouvir tudo neste apartamento — um apartamento que, por quase não ter janelas, é escuro demais para que se veja alguma coisa.

E aqui estou eu, tentando me lembrar do caminho de volta ao sofá depois de sair do minúsculo banheiro. É o que ganho por beber toda a água do restaurante na esperança de que Tessa tivesse que parar na nossa mesa com mais frequência. Não deu certo, e outro garçom acabou enchendo minha taça várias vezes. E isso ainda me fez ter que levantar para mijar a noite toda.

Dormir no sofá enquanto sei que o quartinho do tamanho de um closet de Tessa está vazio me deixa louco. Detesto pensar que ela vai andar pela cidade sozinha no meio da noite. Repreendi Landon por ter dado a ela o menor dos dois "quartos", mas ele jura que Tessa não quis o outro.

Não me surpreende que ela ainda seja tão teimosa. Outro exemplo: ela trabalha até duas da madrugada e volta para casa sozinha.

Eu deveria ter pensado nisso antes. Deveria ter esperado do lado de fora daquele restaurante ridículo para levá-la para casa. Pego o telefone no sofá e confiro as horas.

É só uma da madrugada. Posso pegar um táxi e chegar lá em menos de cinco minutos.

Quinze minutos depois, graças à quase possibilidade quase inexistente de conseguir um táxi numa noite de sexta, estou na frente do local de trabalho de Tessa, esperando por ela. Eu deveria mandar pelo menos uma mensagem, mas não quero dar a ela a chance de dizer não para mim — principalmente porque já estou aqui.

As pessoas circulam pelas ruas — principalmente homens, o que só aumenta meu desconforto com a ideia de ela sair sozinha do trabalho tão tarde. Enquanto analiso sua segurança, ouço sua risada. Ela está rindo.

As portas do restaurante se abrem e ela sai, sorrindo e cobrindo a boca com a mão. Um homem está ao lado dela, segurando a porta para ela. Ele parece familiar, familiar demais... *Quem diabos é esse cara?* Juro que já o vi, mas não consigo me lembrar...

O garçom. O garçom daquele lugar perto do chalé.

Como isso é possível? O que esse cara está fazendo em Nova York?

Tessa se recosta nele, ainda rindo, e quando dou um passo à frente para sair do escuro seus olhos encontram os meus imediatamente.

"Hardin! O que está fazendo aqui?", ela exclama alto. "Você me deu um susto!"

Olho para ele, e então para ela. Meses de exercícios físicos para aliviar a raiva e meses de conversa com o dr. Tran para controlar minhas emoções não me prepararam, e não poderiam me preparar, para isto. Cogitei algumas vezes que Tessa pudesse estar namorando, mas não esperava nem me preparei de fato para lidar com isso.

Do modo mais casual que consigo, encolho os ombros e digo: "Só queria ter certeza de que você chegaria bem em casa".

Tessa e o cara se entreolham, e ele assente e dá de ombros. "Me manda uma mensagem quando chegar em casa", ele diz, passando a mão na dela ao se despedir.

Tessa observa enquanto ele se afasta, e em seguida se vira para mim com um sorriso simpático.

"Vou chamar um táxi", digo, ainda me acalmando internamente.

O que eu pensei? Que ela ainda estaria pensando no que aconteceu?

É, acho que foi isso o que pensei.

"Eu costumo ir andando."

"Andando? Sozinha?" Eu me arrependo de fazer a segunda parte da pergunta assim que as palavras saem da porra da minha boca. Depois de um instante, concluo: "Ele leva vocês para casa".

Ela se retrai. "Só nos turnos em que trabalhamos juntos."

"Há quanto tempo vocês estão namorando?"

"O quê?" Ela para antes mesmo de chegarmos à primeira esquina. "Não estamos namorando." Ela franze a testa.

"Pareceu que sim." Dou de ombros, fazendo o melhor que posso para não agir como um idiota.

"Não estamos. Fazemos companhia um para o outro, mas não estamos namorando nem nada do tipo."

Olhando para ela, tento determinar se está falando a verdade. "Ele quer. Deu para ver pelo jeito como pegou na sua mão."

"Bom, mas eu não. Ainda não." Ela olha para o chão enquanto atravessamos a rua. Não tem tanta gente como mais cedo, mas as ruas ainda estão longe de ficarem desertas.

"Ainda não? Você não ficou com ninguém?" Observo um vendedor de frutas guardar suas coisas enquanto torço para ouvir a resposta que quero.

"Não, e nem pretendo por um tempo." Sinto os olhos dela em mim quando acrescenta: "E você? Está namorando?".

O alívio que sinto ao descobrir que ela não ficou com ninguém não pode ser expressado com palavras. Eu me viro e sorrio para ela. "Não, eu não namoro." Espero que ela entenda a piada.

E, como esperado, ela sorri. "Já ouvi isso antes."

"Sou um cara conservador, lembra?"

Ela ri, mas não acrescenta nenhum comentário enquanto andamos. Preciso falar com ela sobre voltar caminhando para casa tão tarde. Passei noites e semanas tentando imaginar como ela está vivendo aqui. Não pensei que ela trabalhasse várias horas como garçonete e andasse sozinha de madrugada pelas ruas escuras de Nova York.

"Por que você está trabalhando em um restaurante?"

"Sophia conseguiu esse emprego para mim. É um lugar muito legal, e eu ganho mais do que você imagina."

"Mais do que você na Vance?", pergunto, já sabendo a resposta.

"Eu não ligo. E assim me mantenho ocupada."

"Vance me disse que você nem pediu uma carta de recomendação, e sabe que ele está planejando abrir um escritório aqui também."

Ela está olhando mais à frente agora, observando o trânsito. "Eu sei, mas quero me virar sozinha. Gosto do que estou fazendo por enquanto, até conseguir entrar na NYU."

"Você ainda não entrou na NYU?", pergunto, sem conseguir esconder minha surpresa. *Por que ninguém me disse nada disso?* Eu forço Landon a me manter informado sobre a vida de Tessa, mas parece que ele gosta de deixar de fora as coisas realmente importantes.

"Não, mas espero conseguir no próximo semestre." Ela enfia a mão na bolsa e tira um molho de chaves. "Os prazos já tinham acabado."

"E tudo bem para você?" Fico surpreso com a calma em sua voz.

"Sim, eu só tenho dezenove anos. Vai dar tudo certo." Ela dá de ombros, e eu tenho a impressão de que meu coração parou. "Não é o ideal, mas ainda tenho tempo de sobra. Posso fazer uma jornada dupla e até me formar mais cedo, como você."

Não sei o que dizer a esse respeito... Tessa calma, sem pânico, Tessa sem um plano, mas estou muito feliz do lado dela.

"Sim, acho que daria mesmo..."

Antes que eu consiga terminar, um homem aparece na nossa frente. O rosto dele está coberto pela sujeira e a barba. Instintivamente, dou um passo e me coloco à frente dela.

"Oi, moça", o homem diz.

Minha postura muda de paranoica a protetor, e endireito as costas, esperando esse idiota tentar alguma coisa.

"Oi, Joe. Tudo bem?" Tessa me empurra com delicadeza para o lado e pega uma sacola pequena de dentro da bolsa.

"Estou bem, minha querida." O homem sorri e estende a mão para pegar a sacola. "O que trouxe desta vez?"

Eu me forço a dar um passo para trás, mas sem me afastar muito.

"Um pouco de batata frita e aqueles sanduíches que você adora." Ela sorri, e o homem retribui o sorriso antes de abrir o saco de papel para cheirar o conteúdo.

"Você é muito generosa comigo." Ele enfia a mão suja, tira um punhado de batatas fritas e enfia na boca. "Quer um pouco?" Ele olha para nós dois com uma batata pendurada nos lábios.

"Não." Tessa dá uma risadinha, fazendo um gesto com a mão na frente do rosto. "Bom apetite, Joe. Até amanhã." Ela acena para que eu a acompanhe para dobrar a esquina, onde digita o código para entrar no prédio de Landon.

"De onde você conhece esse cara?"

Ela para na frente de uma fileira de caixas de correspondência no saguão e abre uma delas com a chave enquanto espero sua resposta.

"Ele mora aqui na esquina. Fica aqui todas as noites, então sempre tento trazer umas sobras da cozinha para ele."

"Isso é seguro?" Olho para trás enquanto descemos o corredor vazio.

"Dar comida para as pessoas? É." Ela ri. "Não sou tão frágil quanto antes." O sorriso dela é sincero, não ofendido, e não sei o que dizer.

Dentro do apartamento, Tessa tira os sapatos e puxa a gravata do pescoço. Não me permiti olhar muito para seu corpo. Estou tentando olhar mais para seu rosto, seus cabelos, até suas orelhas, mas agora, enquanto ela desabotoa a camisa preta, revelando só uma blusinha por baixo, eu me distraio e não consigo me lembrar por que estava evitando admirar uma coisa tão linda. Seu corpo é o mais perfeito, mais atraente, e a curva de seu quadril é algo com que sonho todos os dias.

Ela vai para a cozinha e diz, olhando para trás. "Estou indo para a cama. Tenho que entrar cedo amanhã."

Eu caminho na direção dela e espero que termine de beber o copo de água. "Você vai trabalhar amanhã também?"

"Sim, o dia todo."

"Por quê?"

Ela suspira. "Bom, tenho contas a pagar."

É mentira. "E?", pressiono.

Ela passa a mão no balcão por um instante. "E talvez eu esteja tentando evitar você."

"Você já está me evitando há tempo demais, não acha?" Ergo uma sobrancelha para ela.

Ela engole em seco. "Eu não estava evitando você. Mas você mal fala comigo agora."

"Porque você me evita."

Ela passa por mim, soltando o rabo de cavalo. "Não tinha nada para dizer. Fiquei bem magoada por você ter ido embora sem dizer nada da formatura e..."

"Foi *você* que foi embora, não eu."

"O quê?" Ela para e se vira.

"Você foi embora da formatura. Só saí depois de ficar procurando você por meia hora."

Ela parece ofendida. "*Eu* procurei você. Procurei mesmo. Jamais teria ido embora da sua formatura sem me despedir."

"Bom, eu me lembro de uma história diferente, mas não temos que brigar por causa disso agora."

Ela desvia o olhar e parece concordar comigo. "Tem razão." Volta a encher o copo vazio. E toma um golinho.

"Quem diria nós dois, abrindo mão de uma boa briga", provoco.

Ela apoia o cotovelo no balcão e fecha a torneira. "Quem diria", ela repete com um sorriso.

"Quem diria."

Nós dois rimos e continuamos a olhar um para o outro.

"Não está tão esquisito quanto pensei que seria", ela comenta. Quando desamarra o avental, seus dedos ficam presos no nó.

"Precisa de ajuda?"

"Não." A resposta vem depressa, e ela puxa os cordões de novo.

"Tem certeza?"

Depois de mais alguns minutos de esforço, ela finalmente faz uma cara feia e se vira para me dar acesso a suas costas. Em segundos, desamarro o avental, e ela começa a contar o dinheiro das gorjetas no balcão.

"Por que você não tenta outro estágio? Você é mais do que uma garçonete."

"Não tem nada de errado em ser garçonete, e não é uma coisa para a vida toda. Eu não ligo, e..."

"E não quer pedir ajuda a Vance." Ela arregala os olhos. Balanço a cabeça, afastando os cabelos. "Está agindo como se eu não conhecesse você, Tess."

"Não é só isso. Mas gosto de saber que esse emprego é *meu* por merecimento. Vance ia ter que se esforçar muito para conseguir um estágio para mim aqui — nem estudando eu estou, e já tem alguns meses."

"Sophia ajudou você a conseguir o emprego", digo. Não para ser cruel, mas só quero ouvir a verdade. "Você queria uma coisa que não tivesse ligação comigo. Certo?"

Ela respira fundo algumas vezes, olhando para todos os cantos da sala, menos para mim. "Sim, é isso."

Ficamos em silêncio, perto demais um do outro e ao mesmo tempo longe demais na cozinha minúscula. Depois de alguns segundos, ela se endireita, pega o avental e o copo de água. "Preciso dormir. Tenho que trabalhar o dia todo amanhã, e está tarde."

"Liga para pedir uma folga", sugiro casualmente, apesar de querer exigir.

"Não posso fazer isso do nada", ela mente.

"Pode, sim."

"Nunca faltei nem um dia."

"Você só está lá há semanas. Não teve tempo de perder nenhum dia e, sinceramente, é isso o que as pessoas fazem aos sábados em Nova York. Eles faltam ao trabalho e passam o tempo com uma companhia melhor."

Ela esboça um sorriso brincalhão. "E você seria essa tal companhia melhor?"

"Claro." Balanço as mãos à frente do peito para enfatizar.

Ela me observa por um momento, e sei que está pensando em faltar amanhã. Mas no fim responde: "Não, não posso, desculpa. Não posso correr o risco de não ter gente suficiente no turno da manhã. Vai queimar meu filme, e preciso desse emprego." Ela franze o cenho. Não está mais descontraída, e está começando a pensar demais. Quase digo que ela não precisa do emprego, que precisa arrumar as malas e voltar para Seattle comigo, mas consigo me conter. O dr. Tran diz que meu temperamento controlador é um fator negativo do nosso relacionamento, e que preciso "encontrar o equilíbrio entre orientar e querer controlar".

O dr. Tran me deixa puto da vida.

"Eu entendo." Dou de ombros, xingando mentalmente o bom doutor por uns instantes, e então sorrio para Tessa. "Vou deixar você dormir, então."

Depois disso, ela se vira e vai para o quartinho, me deixando sozinho na cozinha, e então sozinho no sofá, e sozinho nos sonhos que virão.

68

TESSA

Nos meus sonhos, a voz de Hardin soa alta e clara, implorando para que eu pare.

Implorando para que eu pare? O que é...

Meus olhos se abrem, e eu me sento na cama.

"Para", ele diz de novo.

Preciso de um instante para perceber que não estou sonhando; é mesmo a voz do Hardin.

Saio correndo do quarto e corro para a sala, onde Hardin está dormindo no sofá. Ele não está gritando nem se debatendo como costumava fazer, mas seu tom é de súplica, e sinto o coração apertado quando ele diz: "Por favor, para".

"Hardin, acorda. Por favor, acorda", digo com calma, passando os dedos pelo seu ombro suado.

Ele abre os olhos e ergue a mão até o meu rosto. Está desorientado quando se senta e me puxa para seu colo. Não resisto. Não poderia.

Segundos silenciosos se passam, e ele encosta a cabeça no meu peito.

"Está acontecendo muito?" Meu coração se contorce de pena por ele.

"Só uma vez por semana, mais ou menos. Agora tomo remédio para dormir, mas não quando vou dormir muito tarde, como hoje."

"Sinto muito." Eu me forço para esquecer que não nos vemos há meses. Não penso no fato de estarmos nos tocando de novo. Mas não me importa; eu nunca deixaria de confortá-lo, independentemente da circunstância.

"Não se preocupa, está tudo bem." Ele se aconchega ainda mais com o rosto em meu pescoço e passa os dois braços pela minha cintura. "Me desculpa por ter acordado você."

"Não tem problema." Eu me recosto no sofá.

"Senti muitas saudades." Ele boceja, puxando meu corpo para seu peito. Ele se deita, me levando consigo, e eu permito.

"Eu também."

Sinto seus lábios pressionarem minha testa e estremeço, aproveitando o calor e a familiaridade de sua boca na minha pele. Para mim, não faz sentido como pode ser tão fácil, tão natural, me ver nos braços de Hardin de novo.

"Eu adoro sentir que tudo isso é real", ele sussurra. "Não vai passar nunca, você sabe disso, né?"

Procurando um pouco de lógica, digo: "Temos vidas diferentes agora".

"Só quero que você admita, mais nada."

"Admita o quê?" Ele não responde e, quando eu olho para ele, vejo seus olhos fechados, os lábios levemente entreabertos. Ele dormiu.

Acordo com o som da cafeteira apitando na cozinha. O rosto de Hardin é a primeira coisa que vejo quando meus olhos se abrem, e não sei bem como me sinto com isso.

Afasto meu corpo do dele, tiro seus braços da minha cintura e me levanto. Landon sai da cozinha segurando uma xícara de café. Um sorriso inconfundível está estampado em seu rosto.

"O que foi?", pergunto, alongando os braços. Não dividi cama nem sofá com ninguém desde Hardin. Robert passou uma noite no nosso apartamento porque tinha esquecido sua chave, mas ele dormiu no sofá e eu, na minha cama.

"Naaaada." O sorriso se abre ainda mais, e ele tenta escondê-lo tomando um gole do café fumegante.

Reviro os olhos para ele, segurando o riso, e caminho até meu quarto para pegar meu celular. Entro em pânico quando vejo que são onze e meia. Não durmo até tarde assim desde que me mudei para cá, e agora não tenho tempo para tomar banho antes de sair para o trabalho.

Encho uma xícara de café e a enfio no freezer para gelar enquanto escovo os dentes, lavo o rosto e me visto. Comecei a adorar café gelado, mas odeio pagar o preço cobrado nas cafeterias para apenas enfiarem gelo no copo. O meu tem o mesmo gosto. Landon concorda.

Hardin ainda está dormindo quando saio, e me pego inclinada sobre ele, pronta para lhe dar um beijo de despedida. Felizmente, Landon entra na sala no momento certo, interrompendo meu momento de loucura. *Qual é o meu problema?*

A caminhada até o trabalho é tomada por pensamentos envolvendo Hardin: como foi dormir nos seus braços, como é confortável acordar sobre seu peito. Estou confusa, como sempre fico quando o encontro, e corro para chegar a tempo.

Quando entro na sala de descanso, Robert já está lá e abre o armário para mim quando me vê entrar.

"Estou atrasada, eles notaram?" Corro para jogar minha bolsa lá dentro e fecho a porta.

"Não, você está atrasada só cinco minutos. Como foi sua noite?" Seus olhos azuis brilham com uma curiosidade velada.

Eu encolho os ombros. "Foi boa." Sei o que Robert sente por mim, e não é justo falar sobre Hardin com ele, mesmo que me incentive a fazer isso.

"Boa, né?" Ele sorri.

"Melhor do que pensei." Decido dar respostas curtas.

"Tudo bem, Tessa. Sei o que você sente por ele." Ele põe a mão no meu ombro. "Desde a primeira vez em que vi você."

Estou ficando com vontade de chorar. Queria que Robert não fosse tão gentil, queria que Hardin não estivesse passando o fim de semana em Nova York. Em seguida pensei melhor e passei a querer que ele ficasse mais tempo. Robert não faz mais nenhuma pergunta, e ficamos tão ocupados no trabalho que não tenho nem tempo para pensar em qualquer coisa que não seja servir comida e bebidas até uma da madrugada. Até mesmo os intervalos passam depressa, e só tenho tempo para comer um prato de almôndegas com queijo.

Quando fechamos, sou a última a sair. Eu garanti a Robert que ficaria bem se ele fosse embora mais cedo para beber com os outros garçons. Estou com a sensação de que, quando sair do restaurante, Hardin vai estar me esperando do lado de fora.

69

TESSA

E estou certa. Recostado na parede com o grafite falso de Banksy, lá está Hardin.

"Você não me contou que a Delilah e a Samantha moram na mesma casa", é a primeira frase que sai de sua boca. Ele está sorrindo, um sorriso que até ergue seu nariz de tão largo.

"Pois é, maior confusão." Balanço a cabeça, revirando os olhos. "Principalmente porque elas não se chamam assim, e você sabe disso."

Hardin ri. "Mas é engraçado. Quais eram as chances de isso acontecer?" Ele leva a mão ao peito, rindo de estremecer. "Parece coisa de novela."

"E eu não sei? Tenho que lidar com isso. Coitado do Landon, você tinha que ter visto a cara dele quando encontramos Sophia e as amigas dela para beber na noite em que descobriu. Ele quase caiu da cadeira."

"Isso é demais." Hardin dá mais uma risadinha.

"Não é para rir na frente do Landon; não está sendo fácil para ele lidar com as duas."

"Sim, sim, eu sei." Hardin revira os olhos.

E então, o vento sopra forte, e os cabelos compridos de Hardin começam a esvoaçar ao redor de sua cabeça. Eu aponto para eles e dou risada. É mais seguro do que a outra opção: perguntar a Hardin por que ele está em Nova York.

"Meus cabelos ficam melhor assim, e as mulheres têm mais o que puxar", ele brinca, mas suas palavras me atingem.

"Ah", digo, mas dou risada, pois não quero que saiba que minha cabeça está girando e meu peito está apertado só de pensar em outra pessoa com as mãos nele.

"Ei." Ele segura meu braço e me vira para encará-lo, como se estivéssemos sozinhos na calçada. "Eu tava só brincando. Foi uma brincadeira de merda, bem sem graça, idiota e babaca."

"Tudo bem, tudo bem." Sorrio para ele, prendendo meus cabelos esvoaçantes atrás das orelhas.

"Você pode estar toda independente e destemida para fazer amizade com moradores de rua, mas continua mentindo muito mal", ele comenta, me repreendendo.

Tento manter o clima leve. "Ei, não fale sobre Joe. Ele é meu amigo." Mostro a língua para ele quando passamos por um casal que está dando uns amassos num banco.

Alto o suficiente para eles ouvirem, Hardin diz: "Aposto cinco contos que ele vai enfiar a mão por baixo da saia dela em menos de dois minutos".

Dou um tapa de brincadeira em seu ombro, e ele passa um braço pela minha cintura. "Não começa a me pegar... o Joe não vai gostar!" Ergo as sobrancelhas para Hardin, que cai na risada.

"Qual é o lance entre você e moradores de rua?"

Penso no meu pai, e paro de rir por um instante.

"Merda. Não quis dizer isso."

Levanto a mão e sorrio. "Não, tudo bem, de verdade, vamos só torcer para que o Joe não seja meu tio." Hardin olha para mim como se eu estivesse louca, e caio na risada. "Estou bem! Eu sei levar as coisas na brincadeira agora. Aprendi a não me levar muito a sério."

Ele parece contente com isso, e até sorri para Joe quando eu entrego a ele peixe e os bolinhos.

O apartamento está às escuras quando voltamos. Landon provavelmente já está dormindo há algumas horas.

"Você comeu?", pergunto a Hardin quando ele entra na cozinha comigo.

Hardin se senta à mesa para dois e apoia os cotovelos. "Na verdade, não. Eu ia roubar aquele saco de comida, mas o Joe foi mais rápido."

"Quer que eu faça alguma coisa? Também estou com fome."

Vinte minutos depois, estou enfiando o dedo no molho de vodca, testando o sabor.

"Posso provar também?", Hardin pergunta atrás de mim. "Não seria a primeira vez que eu lamberia seu dedo", ele provoca sorrindo. "A cobertura de bolo era um dos meus sabores preferidos de Tessa."

"Você lembra daquilo?" Ofereço a ele um pouco de molho numa colher.

"Eu lembro de tudo, Tessa. Bom, tudo que a bebedeira não me impediu de lembrar." Ele franze o cenho, e eu enfio o dedo na colher e o ofereço a ele. Funciona, e ele volta a sorrir.

Sua língua está quente no meu dedo, e seus olhos se voltam para os meus quando ele lambe o molho da ponta. Tirando meu dedo dos seus lábios, ele chupa de novo e continua por muito tempo depois de o molho já ter saído.

Com o dedo ainda nos seus lábios, ele diz: "Eu queria falar com você. Tem a ver com o que você disse sobre eu lembrar das coisas".

Mas o modo como seus lábios macios se movem sobre a minha pele me distrai. "Agora?"

"Não precisa ser hoje", ele sussurra, com a língua umedecendo a ponta do meu dedo do meio também.

"O que estamos fazendo?"

"Você já me perguntou isso vezes demais." Ele sorri e se levanta.

"A gente não se vê há muito tempo. Não é uma boa ideia", digo, mas não estou sendo sincera.

"Senti saudade, e estou esperando *você* sentir saudade de si mesma também." A mão dele está no meu quadril, pressionada contra o tecido de minha camisa de trabalho. "Não gosto de ver você toda de preto. Não combina com você." Ele abaixa a cabeça e encosta o nariz no meu queixo.

Meus dedos se atrapalham com os botões da camisa, escorregando sem jeito sobre as pecinhas de plástico. "Que bom que *você* não veio com outra cor."

Ele sorri encostado no meu rosto. "Não mudei muito, Tess. Só vou ao médico e à academia com mais frequência."

"Você continua não bebendo?" Jogo minha camisa no chão atrás de nós, e ele me encosta no balcão.

"Um pouco, sim. Normalmente, só vinho ou cerveja. Mas não, nunca mais vou secar uma garrafa de vodca."

Minha pele está em chamas, e meu cérebro está tentando entender como chegamos aqui, tantos meses depois, com minhas mãos esperando permissão para tirar a camisa dele. Ele parece ler meus pensamentos e leva minhas mãos ao tecido fino.

"É o mês do nosso aniversário de namoro, sabia?", ele diz quando arranco a camisa e observo seu peito nu.

Meus olhos o percorrem, procurando novos desenhos, e fico feliz quando encontro só as folhas — de *samambaia*, acho que foi o que Hardin disse. São folhas de formato esquisito, com laterais irregulares e um cabo comprido vindo por baixo. "Não temos mês de aniversário de namoro, seu maluco." Eu me vejo tentando olhar as costas dele, mas fico envergonhada quando ele percebe e se vira.

"Temos, sim", ele discorda. "Nas costas ainda tenho só a sua", ele explica brevemente enquanto olho os músculos recém-fortalecidos em seus ombros e suas costas.

"Que bom", admito baixinho com a boca seca.

Ele olha para mim de um jeito divertido. "Você já enlouqueceu e fez uma tatuagem?"

"Não." Dou um tapa nele, que se vira e me segura.

"Tudo bem eu tocar você desse jeito?"

"Sim", minha boca confessa antes que meu cérebro tenha tempo de concordar.

Ele usa uma das mãos para passar os dedos pelo tecido de meu sutiã. "E assim?"

Faço que sim com a cabeça.

Meu coração está disparado no peito a ponto de eu me convencer que ele consegue ouvir. Estou me sentindo em harmonia, viva e desperta, e faminta por seu toque. Já faz tanto tempo, e agora ele está aqui na minha frente, dizendo e fazendo as coisas que eu adorava tanto. Mas desta vez ele está sendo um pouco mais cuidadoso, mais paciente.

"Estou precisando tanto de você, Tess." Sua boca está a menos de cinco centímetros da minha; seus dedos traçam círculos lentos na pele nua dos meus ombros. Eu me sinto inebriada, minha cabeça está entorpecida.

Quando seus lábios tocam os meus, sou arrastada de volta. Sou levada para aquele lugar onde só o Hardin existe, onde só seus dedos na minha pele existem, seus lábios acariciando os meus, seus dentes mordiscando os cantos da minha boca, os gemidos baixos emitidos enquanto eu desabotoo sua calça jeans.

"Está tentando me usar de novo?" Ele sorri enquanto me beija, cobrindo a minha língua com a dele e me impedindo de responder. "Estou só te enchendo", ele acrescenta e pressiona o corpo totalmente contra o meu. Meus braços envolvem o seu pescoço, e meus dedos se afundam nos seus cabelos.

"Se eu não fosse um cavalheiro, comeria você bem aqui neste balcão." Ele segura meus seios, passando os dedos por baixo das faixas de meu sutiã. "Colocaria você aqui em cima, escorregaria essa calça horrorosa pelas suas pernas, afastaria suas coxas e pegaria você bem aqui."

"Você disse que não era cavalheiro", sussurro, sem fôlego.

"Mudei de ideia. Sou meio cavalheiro agora", ele provoca.

Estou tão quente que começo a pensar que posso entrar em combustão e fazer uma bagunça na cozinha. Desço a mão pela sua cueca, e fico louca quando ele diz: "Porra, Tessa".

"*Meio*? Como assim?" Pergunto quando os dedos dele escorregam facilmente pelo elástico da minha calcinha.

"Isso quer dizer que, por mais que deseje você, por mais que eu queira foder você neste balcão e fazer você gritar meu nome para o quarteirão todo saber quem está fazendo você gozar", ele chupa a pele de meu pescoço, "só vou fazer isso quando você se casar comigo."

Minhas mãos congelam, uma dentro da cueca dele e a outra em suas costas. "O quê?", pergunto, limpando a garganta.

"Você me ouviu. Só vou comer você quando se casar comigo."

"Não está falando sério, né?" *Por favor, que ele não esteja falando sério. Não pode ser; mal conversamos há meses. Ele só pode estar brincando. Não é?*

"Eu jamais brincaria com isso. É sério." Seus olhos se deliciam de divertimento, e eu literalmente bato o pé no piso frio.

"Mas não estamos... nem estamos..." Seguro os cabelos em uma mão e tento entender o que ele está dizendo.

"Ah, você não pensou que eu desistiria fácil, né?" Ele se recosta no balcão e toca meu rosto quente com os lábios. "Você não me conhece?" O sorriso dele me dá vontade de estapeá-lo e beijá-lo ao mesmo tempo.

"Mas *você* desistiu."

"Não, só estou dando um tempo, como você me forçou a fazer. Confio no seu amor por mim para devolver seu juízo." Ele ergue uma sobrancelha e abre aquele sorriso com aquelas covinhas. "Mas está demorando pra cacete."

Como assim? "Mas..." Literalmente, estou sem palavras.

"Você vai se machucar." Ele ri e leva as mãos ao meu rosto. "Você vai dormir comigo de novo no sofá? Ou é tentação demais pra você?"

Reviro os olhos e vou com ele para a sala, tentando entender como isso pode fazer sentido para ele ou para mim. Há muito sobre o que conversar, há muitas perguntas, muitas respostas.

Mas, por enquanto, vou adormecer no sofá com Hardin e fingir que tudo poderia estar bem no meu mundo, para variar.

70

TESSA

"Bom dia, linda", ouço de algum ponto próximo a mim. Quando abro os olhos, vejo uma forma de andorinha desenhada em tinta preta. A pele de Hardin está mais bronzeada do que nunca, e seus peitorais estão muito mais proeminentes do que eram quando o vi pela última vez. Ele sempre foi incrivelmente bonito, mas está melhor do que nunca agora, e é uma tortura deliciosa estar deitada em seu peito nu, com um dos seus braços nas minhas costas enquanto ele afasta os cabelos de meu rosto.

"Bom dia." Apoio o queixo no seu peito e tenho o ângulo perfeito para admirar seu rosto.

"Dormiu bem?" Seus dedos acariciam delicadamente meus cabelos, e o sorriso perfeito continua ali.

"Sim." Fecho os olhos por um momento para clarear meu cérebro, que de repente se liquefez ao som de sua voz rouca e ensonada. Até mesmo o sotaque parece mais intenso, mais nítido. Caramba. Sem dizer mais nada, ele pousa a ponta do polegar nos meus lábios.

Abro os olhos quando ouço a porta do quarto de Landon sendo aberta. Quando me movimento para me sentar, Hardin envolve meu corpo com mais força.

"Não, não levanta." Ele ri. Hardin se ergue do sofá e ergue o corpo, levando o meu junto.

Landon entra na sala de estar sem camisa, com Sophia logo atrás. Ela está usando as roupas do trabalho de ontem à noite — o uniforme preto acompanhado com seu sorriso simpático combina com ela.

"Oi." Landon fica vermelho, e Sophia segura a mão dele e sorri para mim. Acho que ela me lançou uma piscadinha, mas ainda estou inebriada por ter acordado com Hardin.

Ela se inclina e beija o rosto de Landon. "Ligo para você quando sair do trabalho."

A barba no rosto de Landon é algo com que ainda estou me acostumando, mas fica bem nele. Ele sorri para Sophia e abre a porta para ela.

"Bom, agora sabemos por que Landon não saiu do quarto dele ontem à noite", Hardin sussurra no meu ouvido, e sinto sua respiração quente no meu corpo. Com os sentidos aguçados, tento me afastar dele de novo.

"Preciso de café", digo.

Devem ser palavras mágicas, porque ele concorda e me deixa sair de seu colo. A perda de contato causa um efeito imediato no meu corpo, mas eu me forço a chegar à cafeteira.

Ignoro Landon balançando a cabeça e sorrindo quando entro na cozinha. A panela da noite passada, cheia de molho de vodca, ainda está no fogão, e quando abro o forno encontro a travessa de peito de frango lá dentro.

Não me lembro se liguei ou desliguei o forno, mas eu não estava pensando muito ontem à noite. Meu cérebro parecia não querer considerar nada além de Hardin e da sensação de seus lábios contra os meus depois de meses de ausência. Minha pele arde só de lembrar do modo delicado como ele me tocou, reverenciando meu corpo.

"Ainda bem que eu desliguei o fogo, né?", Hardin entra na cozinha com a calça de moletom bem baixa no quadril. Suas novas tatuagens enfatizam a barriga malhada, chamando minha atenção para a parte baixa do abdome esculpido.

"Hum, é." Limpo a garganta e tento entender por que, de repente, estou tão afetada pelos hormônios. Estou como me senti quando o conheci, e isso me preocupa. É sempre muito fácil voltar ao padrão disfuncional do meu relacionamento com ele, mas preciso manter a cabeça no lugar.

"Que horas você vai trabalhar hoje?" Hardin se recosta no balcão à minha frente e observa quando começo a limpar a bagunça.

"Meio-dia." Viro o molho que não comemos na pia. "Só um turno. Devo estar em casa às cinco."

"Vou levar você para jantar." Ele sorri, cruzando os braços na frente do peito. Inclino a cabeça, erguendo uma sobrancelha para ele, e aciono o triturador de lixo. "Você está pensando em enfiar minha mão aí dentro, não está?" Ele aponta para o mecanismo barulhento. Sua risada baixa e charmosa me deixa meio zonza.

"Talvez." Abro um sorriso. "Para você refazer seu convite na forma de uma pergunta."

"Essa é a Theresa espertinha que conheço e amo", ele brinca, passando as mãos em cima do balcão.

"Theresa de novo?" Tento olhar feio para ele, mas um sorriso me trai.

"Sim, de novo." Ele balança a cabeça e faz algo muito incomum. Pega o cestinho de lixo embaixo da pia e começa a me ajudar a descartar o que está sobre o balcão. "Então, pode me conceder a honra de um tempo para dividir uma refeição com você hoje à noite?"

O sarcasmo divertido me faz rir e, quando Landon entra na cozinha, ele nos observa e se recosta no balcão.

"Você está bem?", pergunto.

Landon vê Hardin limpando e olha para mim de novo, surpreso. "Sim, só estou cansado." Ele passa as mãos fechadas sobre os olhos.

"Imagino." Hardin ergue as sobrancelhas, e Landon dá um soquinho em seu ombro.

Eu observo a cena como se estivesse em um universo paralelo, no qual Landon pode dar um soquinho no ombro de Hardin, que ri e o chama de idiota, em vez de olhar feio para ele e ameaçá-lo.

Gosto desse universo. Acho que adoraria passar um tempo nele.

"Não é nada disso. Cala a boca." Landon coloca pó de café na cafeteira e pega três xícaras do armário, colocando-as sobre o balcão.

"Sei, sei." Hardin revira os olhos.

Landon imita seu sotaque, brincando: "Sei, sei."

Ouço os dois brincando e fazendo comentários engraçados enquanto pego uma caixa de cereal do armário mais alto. Fico na ponta dos pés e sinto os dedos de Hardin puxando meu short para cima, para cobrir um pouco mais minha pele exposta. Por um lado, sinto vontade de puxá-lo mais para baixo ou tirá-lo totalmente, só para ver a expressão que viria, mas, pelo bem de Landon, não faço isso.

Em vez disso, acho o gesto de Hardin engraçado e reviro os olhos para ele enquanto tiro o saco de cereal de dentro da caixa.

"Tem Sucrilhos?", Hardin pergunta.

"No armário", Landon responde.

De repente, eu me lembro de Hardin e meu pai discutindo por causa dos cereais. Sorrio com a lembrança e a deixo passar. Não penso mais no meu pai com dor no peito; aprendi a sorrir com o bom humor dele e a admitir a atitude positiva que demonstrou no curto tempo em que o conheci.

Vou ao banheiro para tomar um banho e ir trabalhar. Landon está contando a Hardin a respeito do mais novo jogador de hóquei contratado pelo time rival do deles, e Hardin me surpreende quando fica sentado à mesa da cozinha com Landon e não sai atrás de mim.

Uma hora depois, estou vestida e pronta para a caminhada até o restaurante. Hardin está sentado no sofá calçando as botas quando entro na sala de estar.

Ele olha para mim sorrindo. "Pronta?"

"Para quê?" Pego meu avental das costas da cadeira e enfio o telefone no bolso.

"Para ir para o trabalho, claro", ele diz como se fosse a coisa mais óbvia.

Adorando o gesto, fazendo um gesto de concordância e sorrindo como uma idiota, eu o acompanho porta afora.

Andar pelas ruas de Nova York com Hardin é meio estranho. Ele combina com a cidade, seu estilo e o modo de se vestir, mas ao mesmo tempo parece preencher o ambiente com sua voz, suas expressões animadas iluminando o dia nublado.

"O problema, ou melhor, um dos problemas que tenho com esta cidade é este..." Ele balança a mão. Espero um segundo para que ele explique melhor. "O sol fica escondido", ele diz por fim.

Suas botas batem com força no chão enquanto caminhamos, e percebo que adoro esse som. Senti saudade dele. É um dos menores detalhes sobre ele que eu não tinha percebido que amava até deixá-lo. Eu me via sozinha, andando pelas ruas barulhentas da cidade, e sentia o modo estrondoso como Hardin pisoteava o chão.

"Você mora em Washington, um estado dos mais chuvosos, não tem como reclamar da falta de sol de Nova York", rebato.

Ele ri e muda de assunto, fazendo perguntas aleatórias a respeito de como é ser garçonete. O restante do trajeto para o trabalho é agradável; Hardin faz muitas perguntas a respeito do que tenho feito nos últimos cinco meses, e eu conto a ele sobre minha mãe, David e a filha dele. Falo também sobre a vaga que Noah conseguiu no time de futebol de sua faculdade na Califórnia, e que minha mãe e David me levaram à mesma cidade a que fui com a família de Hardin.

Conto a ele sobre minhas duas primeiras noites em Nova York, digo que não consegui dormir por causa do barulho e que, na terceira noite, saí da cama e dei uma volta no quarteirão, e foi quando conheci Joe. Confesso para ele que o morador de rua bonzinho me lembra meu pai, de certo modo, e gosto de pensar que levar comida a ele é ajudá-lo de um jeito que não consegui com alguém que era sangue do meu sangue. Essa confissão faz Hardin segurar minha mão, e não tento me afastar.

Conto que estava muito preocupada com a ideia de me mudar, e também que estou feliz por ele estar ali. Ele não fala sobre ter se recusado a transar comigo e depois ter me provocado até eu finalmente dormir em seus braços. Não fala da proposta de casamento, mas não acho ruim. Ainda estou tentando entender isso, e também como me sinto desde que ele apareceu na minha vida, um ano atrás.

Quando Robert me encontra na esquina, como faz quando trabalhamos juntos, Hardin se aproxima e segura minha mão com um pouco mais de intensidade. Nenhum dos dois diz nada; só se encaram, e reviro os olhos com o comportamento dos dois na presença de uma mulher.

"Vou estar aqui quando você sair." Hardin se inclina para beijar meu rosto e, com os dedos, prende meus cabelos atrás da orelha. "Vê se não trabalha demais", ele sussurra. Consigo perceber o sorriso em sua voz, mas também sei que está falando sério.

Claro que as palavras de Hardin atrapalham meu turno inteiro. Ficamos lotados, com mesas e mais mesas de homens e mulheres bebendo vinho ou conhaque demais e pagando caro por pequenas porções de comida em pratos decorados. Uma criança decide que meu uniforme precisa de uma transformação: um prato de espaguete, para ser exata. Não tenho nem tempo de fazer uma pausa, e meus pés estão me matando quando finalmente saio, cinco horas depois.

Conforme o prometido, Hardin está esperando por mim na recepção. Sophia está de pé ao lado do banco onde ele está sentado. Seus cabelos pretos estão presos num coque, destacando seu lindo rosto. Ela tem uma aparência exótica, com maçãs do rosto proeminentes e lábios carnudos. Olho para meu uniforme sujo e faço uma careta, sentindo o cheiro de alho e tomate que mancham minha camisa. Hardin não parece notar minhas roupas sujas, mas tira um pedaço de alguma coisa de meu rabo de cavalo quando saímos.

"Nem quero saber o que é isso", dou risada. Ele sorri e tira um guardanapo — não, um lenço de papel — do bolso e o entrega a mim.

Uso o lenço para secar embaixo dos olhos; o rímel manchado por causa do suor não deve estar nem um pouco bom no momento. Hardin direciona a conversa, fazendo perguntas simples a respeito do meu turno, e voltamos ao apartamento em um instante.

"Meus pés estão me matando", resmungo, tirando os sapatos e jogando-os de lado. Hardin acompanha o meu gesto com o olhar, e praticamente consigo ver os comentários sarcásticos se formando dentro da cabeça dele sobre a bagunça que estou fazendo na casa. "É claro que vou guardá-los daqui a pouco."

"Foi o que pensei." Ele sorri e se senta ao meu lado na cama. "Vem cá." Ele segura meus tornozelos, e eu viro para olhar para ele quando apoia meus pés no colo. Ele começa a massagear meus pés doloridos, e eu me deito no colchão, tentando ignorar que ficaram esmagados nos sapatos por horas.

"Obrigada", eu praticamente gemo. Meus olhos querem se fechar quando sinto o relaxamento proporcionado pelas mãos de Hardin, mas quero olhar para ele. Sofri meses sem vê-lo, e agora não quero desviar o olhar.

"Tudo bem. Consigo suportar o cheiro se for para ver esse olhar relaxado e sonhador." Levanto a mão, dando um tapa no ar, e ele ri e continua a massagem. Suas mãos sobem aos meus tornozelos e então até minhas coxas. Não me preocupo em emitir sons; é muito relaxante e calmante sentir seu toque, cuidando dos músculos tensos do meu corpo.

"Vem se sentar aqui na minha frente", ele diz, e delicadamente tira meus pés do colo. Eu me levanto e me acomodo entre as pernas dele.

Primeiro, ele leva as mãos aos meus ombros; pressiona as pontas dos dedos nos músculos enrijecidos e elimina a tensão de cada um.

"Se você não estivesse de camisa, seria muito melhor", Hardin comenta.

Dou risada por um momento, mas me calo ao lembrar da provocação que ele me fez na cozinha ontem à noite. Inclinando-se para a frente, seguro a parte de baixo da camisa e a tiro de dentro da calça. Ouço Hardin suspirar quando a tiro e arranco também a blusinha de baixo.

"O que foi? A ideia foi sua", digo, recostando-me nele. Seus movimentos ficam mais intensos, massageando minha pele com vontade, e minha cabeça cai, se apoiando no seu peito.

Ele murmura algo baixinho, e eu me cumprimento mentalmente por estar usando um sutiã decente. Tudo bem, é um dos únicos dois sutiãs decentes que tenho, mas ninguém vê além de mim mesma, e Landon, quando lavo roupa.

"Este é novo." O dedo de Hardin passa por baixo da alça sobre um de meus ombros. Ele levanta a alça e a solta de lado.

Não digo nada. Só me afasto um pouco, pressionando o corpo no meio de suas pernas abertas. Ele geme, envolvendo minha nuca com a mão, os dedos delicadamente passando pelo meu queixo e descendo pelo ponto sensível embaixo da minha orelha.

"Está bom?", ele pergunta, mas já sabe a resposta.

"Hummm", é a única resposta coerente que consigo dar. Ele ri, e eu me aproximo ainda mais, esfregando meu corpo em sua virilha, levando a mão à alça do sutiã e deslizando pelo ombro.

A mão dele aperta minha garganta. "Não me provoca", ele avisa, colocando a alça no lugar com a mão que massageava meus ombros.

"Olha só quem fala, o mestre na arte da provocação", reclamo, e desço a alça de novo. Ficar sem camisa na frente dele, tirando o sutiã enquanto sua mão mantém a peça no lugar, está me deixando maluca. Estou excitada, e Hardin só está esquentando as coisas ainda mais respirando forte e se esfregando em mim.

"Não me provoca", eu imito suas palavras. Não consigo rir, pois logo ele coloca as mãos em meus ombros e vira minha cabeça.

"Não transo há cinco meses, Theresa. Você está acabando com todo o meu autocontrole", ele sussurra, um pouco acima dos meus lábios. Faço o primeiro movimento, pressionando minha boca à dele, e me lembro da primeira vez em que nos beijamos, no quarto de Hardin naquela maldita fraternidade.

"Não transou?" Estou boquiaberta, agradecendo aos céus por ele não ter ficado com ninguém durante nossa separação. Sinto que já sabia disso, sabia que ele não tinha transado. Ou isso, ou me forcei a me convencer que ele nunca tocaria outra mulher.

Ele não é mais a mesma pessoa que era há um ano. Não usa o desejo e as palavras ásperas para atingir as pessoas. Não precisa de uma mulher diferente por noite, está mais forte... É o mesmo Hardin que eu conheço, mas muito mais forte.

"Eu não tinha notado como seus olhos são acinzentados", ele disse para mim. Foi só o que precisamos. Entre o álcool e sua gentileza repentina, não consegui me controlar e o beijei. Os lábios dele tinham gosto de quê? De menta, claro, e o piercing de seu lábio estava frio contra os meus. Foi estranho e parecia perigoso, mas adorei.

Subo no colo de Hardin, como fiz há muito tempo, e ele leva as mãos à minha cintura e me puxa devagar para descer por seu corpo quando se deita na cama. "Tess", ele geme, como na minha lembrança. Isso me deixa mais excitada, me faz mergulhar na paixão enorme que existe entre nós. Estou perdida aqui, e com certeza não quero encontrar a saída.

Minhas coxas envolvem seu corpo, e afundo as mãos em seus cabelos. Estou carente, desesperada e excitada, e só consigo pensar no modo como os dedos dele descem delicadamente por minha coluna.

71

HARDIN

Meu plano todo foi por água abaixo. De jeito nenhum vou pedir que ela pare. Eu deveria saber que não tinha chance. Eu a amo — eu a amo pelo que me parece ser minha vida toda, e morri de saudade de estar com ela desse jeito.

Senti saudade daqueles sons absurdamente sensuais que saem daqueles lábios provocantes. Senti saudade do modo como ela move o quadril, esfregando-se em mim, me deixando tão duro que só consigo pensar em amá-la, em mostrar como ela faz com que eu me sinta bem, emocional e fisicamente.

"Desejei você todos os segundos de todos os dias", digo enquanto a beijo. Sua língua roça na minha, e eu a envolvo com os lábios, chupando-a de modo provocante. Sua respiração se acelera. Ela leva as mãos à barra da minha camisa e a puxa para os meus braços. Eu me sento, trazendo o corpo seminu dela comigo, facilitando para que ela tire minha camisa.

"Você não faz ideia de quantas vezes pensei em você, quantas vezes esfreguei meu pau lembrando do seu toque e da sua boca em mim."

"Ai, meu Deus."

Seus gemidos só incentivam minhas palavras. "Você sentiu saudade disso, né? O jeito como você se sente ouvindo minhas palavras, ficando toda molhadinha."

Ela balança a cabeça e geme de novo quando minha língua desce pelo seu pescoço, beijando lentamente e sugando sua pele salgada. Senti muita falta dessa sensação, o jeito como ela consegue me dominar total e completamente, me puxar para baixo e então para cima, de volta à superfície, com seu toque.

Envolvo sua cintura com os braços e viro nossos corpos para ficar em cima dela. Meus dedos desabotoam sua calça, e minhas mãos a puxam até os tornozelos, depois para o chão.

"Tira a sua", ela manda. Seu rosto está corado; suas mãos tremem, apoiadas na parte inferior das minhas costas. Eu a amo, eu a amo pra caralho, e também amo saber que ela ainda me ama depois de todo esse tempo.

Nosso amor é inevitável, de verdade; nem o tempo consegue nos afastar.

Faço o que ela manda e volto para cima de Tessa, tirando sua calcinha enquanto ela arqueia as costas.

"Porra." Admiro a curvatura de seu quadril e suas coxas que parecem desesperadas para ser agarradas por mim. Faço isso, e ela olha fixamente para mim com aqueles olhos lindos azuis-acinzentados que me fizeram falar horas com o dr. Tran. Esses olhos até me fizeram ligar para Vance algumas vezes nos últimos meses.

"Por favor, Hardin", Tessa geme, erguendo o traseiro do colchão.

"Eu sei, linda." Levo os dedos ao meio das coxas dela e esfrego o dedo indicador em sua vagina, sentindo sua umidade. Meu pau pulsa, e ela suspira, querendo mais. Penetro um dedo e uso o polegar para esfregar seu clitóris, fazendo com que ela se contorça embaixo de mim, emitindo o som mais sensual que já ouvi enquanto penetro mais um dedo.

Caralho.

Caralho.

"É bom demais", ela diz, sem fôlego, apertando os lençóis de estampa de flores na cama pequena.

"É?", pergunto, movimentando meu polegar mais depressa em cima do ponto que a deixa maluca. Ela balança a cabeça sem parar, e leva a mão ao meu pau, descendo e subindo num ritmo lento, mas firme.

"Queria sentir seu gosto, já faz tanto tempo... Mas, se não enfiar meu pau em você agora, vou acabar gozando em cima dos seus lençóis."

Ela arregala ainda mais os olhos, e eu movimento os dedos algumas vezes dentro dela antes de alinhar nossos corpos. Ela ainda está me segurando, guiando meu pau para dentro dela, e fecha os olhos quando a penetro.

"Eu amo você, amo você pra caralho", digo a ela e me apoio nos cotovelos, pressionando e me retraindo, pressionando e me retraindo. Ela arranha minhas costas com uma das mãos e, com os dedos da outra, segura meus cabelos. Ela os puxa quando movimento o quadril, abrindo as pernas ainda mais.

Depois de meses aprimorando a mim mesmo, vendo o lado bom das coisas e tudo mais, é bom pra cacete estar com ela. Tudo na minha vida gira ao redor dessa mulher, e algumas pessoas podem dizer que não é saudável ou que é obsessão, até loucura, mas quer saber de uma coisa? Não ligo, estou pouco me fodendo. Eu a amo, e ela é tudo para mim. Se as pessoas querem falar merda, podem enfiar seu julgamento no rabo, porque ninguém é perfeito, porra, e Tessa me deixa perto da perfeição, o máximo que sou capaz de alcançar.

"Amo você, Hardin, sempre amei." As palavras dela me fazem parar, e mais uma parte de mim volta para o lugar. Tessa é tudo para mim, e ouvi-la dizendo essas coisas, e vendo a cara que ela está fazendo, é tudo para mim.

"Você precisa saber que eu sempre amaria você. Você me fez... você me fez quem *sou*, e nunca vou me esquecer disso." Volto a penetrá-la, torcendo para não acabar chorando igual um idiota enquanto transo com ela.

"Você também me fez quem *sou*", ela responde, sorrindo para mim como se estivéssemos em um romance. Dois amantes separados por meses, mas que se reencontram de um jeito maravilhoso na cidade grande. Sorrisos, risadas e muito sexo. Todo mundo já leu algo assim.

"Só nós dois mesmo para ter uma conversa sentimental em momentos como este", eu provoco, beijando a testa dela. "Mas, pensando bem, existe momento melhor para nossos sentimentos aparecerem?" Beijo seus lábios, seu sorriso, e ela envolve minha cintura com as coxas.

Estou quase lá agora. Minha coluna está formigando, e consigo sentir que estou cada vez mais perto do orgasmo à medida que sua respiração se torna mais profunda, mais acelerada, e ela aperta as pernas.

"Você vai gozar", digo, ofegante, no ouvido dela. Ela agarra meus cabelos, o que faz com que eu quase exploda. "Você vai gozar agora, comigo, e vou preencher você", prometo, sabendo que ela adora minha boca suja. Posso ter ficado menos escroto, mas nunca vou perder esse meu lado ousado.

Tessa começa a dizer meu nome e goza no meu pau. Eu a acompanho, e sinto um alívio, uma sensação mágica e inigualável. Foi o máximo de tempo que passei sem transar, e teria passado mais um ano se tivesse que esperar por ela.

"Sabe", começo a dizer quando saio de cima dela e me deito a seu lado, "enquanto fazia amor comigo, você acabou de concordar em se casar comigo."

"Shhh." Ela enruga o nariz. "Você está estragando o momento."

Dou risada. "Do jeito como você gozou, duvido que alguma coisa seria capaz de estragar seu momento."

"*Nosso* momento", ela corrige, sorrindo como uma maluca com os olhos bem fechados.

"Mas, falando sério, você concordou, então quando você vai comprar seu vestido?", eu insisto.

Ela rola na cama, pondo os mamilos bem na minha cara, e preciso de toda a minha força para não me inclinar e lambê-los. Ela não poderia me culpar; estou sem sexo há um tempão.

"Você continua maluco como sempre. Não vou me casar com você de jeito nenhum."

"A terapia só funciona com a minha raiva, não com a minha obsessão de ter você para sempre."

Ela revira os olhos e levanta o braço para cobrir o rosto.

"É verdade." Dou risada e a arrasto para sair da cama.

"O que você está fazendo?", ela grita quando a jogo por cima de um ombro. "Você vai se machucar me erguendo desse jeito!" Ela tenta me afastar, mas seguro com mais força a parte de trás de suas pernas.

Não sei se Landon está aqui ou não, então dou um grito de aviso para garantir. A última coisa que quero é que ele me veja carregando Tessa nua por este apartamento minúsculo.

"Landon, se você estiver aqui, fica dentro do seu quarto!"

"Me solta!" Ela bate as pernas de novo.

"Você precisa tomar um banho." Bato a palma da mão no traseiro dela e ela grita, batendo no meu também.

"Consigo ir andando até o banheiro!" Ela está rindo e se debatendo, e eu adoro isso. Adoro saber que ainda consigo fazer com que ela dê risada, que ela ainda me presenteie com sons tão lindos.

Finalmente, com muito cuidado, eu a coloco no chão do banheiro e abro o chuveiro.

"Estava morrendo de saudade." Ela olha para mim.

Sinto o peito apertado. Preciso passar minha vida com essa mulher. Preciso contar a ela tudo o que tenho feito desde que ela me deixou, mas agora não é o momento. Amanhã. Vou contar amanhã.

Hoje vou aproveitar seus comentários divertidos, vou me deliciar com suas risadas e tentar ganhar o máximo de formas de carinho que conseguir.

72

TESSA

Quando acordo na manhã de segunda-feira, Hardin não está na minha cama. Sei que ele tem alguma entrevista ou reunião, mas não disse exatamente o que é nem em qual parte da cidade seria. Não tenho ideia se vai voltar antes de eu sair para trabalhar.

Rolo para o lado e me agarro aos lençóis que ainda guardam o cheiro dele, e pressiono o rosto contra o colchão. A noite passada... bom, a noite passada foi incrível. Hardin foi incrível; nós dois fomos incríveis. A química explosiva que existe entre nós ainda é inegável, e agora finalmente estamos em um ponto da vida no qual podemos ver nossos próprios erros, os erros um do outro, aceitamos todos eles e resolvemos tudo de um modo que antes não éramos capazes.

Precisávamos desse tempo separados. Precisávamos conseguir ficar sozinhos até sermos capazes de ficar juntos, e estou muito feliz por termos atravessado a escuridão, as brigas, a dor, e por termos saído dessa de mãos dadas, mais fortes do que nunca.

Sou apaixonada por ele, Deus sabe o quanto amo esse homem; ao longo de todas as separações, de todo o caos, ele entrou na minha alma e a marcou para nunca mais ser esquecido. Eu não teria conseguido esquecê-lo se quisesse, e olha que eu tentei. Tentei me afastar durante meses, dia a dia, e me mantive ocupada tentando esquecê-lo.

Claro que não deu certo, e nunca consegui parar de pensar nele. Agora que concordei em resolver as coisas, a nosso modo, finalmente acho que tudo pode dar certo para nós. Podemos fazer o que eu já quis mais do que qualquer coisa.

"*Você precisa saber que eu sempre amaria você. Você me fez... você me fez quem* sou, *e nunca vou me esquecer disso*", ele disse ao me penetrar.

Estava sem fôlego, carinhoso e intenso. Eu me entreguei ao seu toque, ao modo com o qual seus dedos percorriam a extensão de minha coluna.

O som da porta da frente se abrindo finalmente me tira de meus pensamentos e, ao me lembrar de ontem à noite, saio da cama, pego meu short do chão e o visto. Meus cabelos estão molhados; deixá-los secando ao natural depois do banho com Hardin foi uma péssima ideia. Estão embaraçados e frisados, mas passo os dedos sobre eles da melhor maneira que consigo para prendê-los em um rabo de cavalo.

Hardin está de pé na sala, com o telefone pressionado contra a orelha, quando chego lá. Está vestido com as roupas pretas de sempre, e os cabelos compridos estão todos despenteados, como os meus, mas nele isso é perfeito.

"Sim, eu sei. O Ben vai saber o que eu decidir", ele diz ao me ver de pé perto do sofá. "Eu volto a ligar."

Ele fala brevemente, quase com impaciência, e termina a ligação. A expressão irritada desaparece quando ele dá um passo na minha direção.

"Está tudo bem?"

"Sim." Hardin balança a cabeça, olhando para o telefone de novo. Ele passa a mão pelos cabelos, e eu seguro seu punho.

"Tem certeza?" Não quero ser insistente, mas ele está meio esquisito. O celular toca, e ele olha para a tela.

"Preciso atender." Ele suspira. "Já volto." Depois de beijar minha testa, ele vai para o corredor e fecha a porta.

Olho para o fichário sobre a mesa. Está aberto, e as bordas de um maço de folhas estão expostas. É o fichário que comprei para ele, e sorrio ao ver que ainda o usa.

A curiosidade me vence, e eu me vejo abrindo a capa. Na primeira página dentro do fichário, leio:

AFTER — DE HARDIN SCOTT

Viro a folha.

Era outono quando ele a conheceu. A maioria das pessoas estava obcecada com as folhas mudando de cor e o cheiro da madeira queimada que sempre parecia pairar no ar durante essa época do ano; não ele, que só se preocupava com uma coisa: ele próprio.

O quê? Vou virando as páginas, procurando uma explicação para acalmar os pensamentos caóticos e a confusão. Isso não pode ser o que penso que é...

As reclamações dela eram demais para ele, que não queria ouvir a pior parte de si jogada em sua cara. Ele queria que ela o considerasse perfeito, como ela era para ele.

Lágrimas enchem meus olhos, e me assusto quando algumas das folhas caem no chão.

Em um gesto inspirado em Darcy, ele pagou o velório do pai dela, como Darcy pagou o casamento de Lydia. Em seu caso, ele tentava esconder uma vergonha de família causada por um viciado em drogas, não um casamento espontâneo de uma irmã menor de idade, mas o fim era o mesmo. Se a vida dele se tornasse como algo saído dos romances, seu gesto gentil traria sua Elizabeth de volta a seus braços.

Sinto a sala rodando ao meu redor. Eu sequer imaginava que Hardin havia pagado o enterro de meu pai. A pequena possibilidade de isso ter acontecido chegou a me ocorrer no passado, mas pensei que a igreja da minha mãe tivesse ajudado com as despesas.

Apesar de ela não poder ter filhos biológicos, não conseguia abandonar o sonho de ser mãe. Ele sabia disso, e a amava mesmo assim. Tentou ao máximo não ser egoísta, mas não conseguia deixar de pensar nas pequenas versões de si mesmo que ela não poderia dar a ele. Lamentava por ela mais do que por si mesmo, mas ainda assim chorou, durante muitas noites, pela perda.

Quando decido que não aguento mais, a porta da frente se abre e Hardin entra. Ele olha diretamente para a bagunça de papéis brancos impressos com palavras pretas repulsivas, e seu telefone cai no chão, aumentando a bagunça.

73

HARDIN

Complicações.

A vida é cheia delas; a minha parece estar abarrotada delas, transbordando e vazando sem parar. Onda após onda de complicações entram em choque com os momentos e as coisas mais importantes da minha vida, e esse momento é um dos em que não posso me afogar.

Se eu ficar calmo, se mantiver a cabeça fria e tentar me explicar, posso controlar o maremoto que está para invadir esta pequena sala de estar a qualquer momento.

Consigo vê-lo se formar atrás do azul-acinzentado dos olhos dela. Consigo ver a confusão misturada à raiva, criando uma forte tempestade, como o mar sob raios e trovões. A água está calma, parada, apenas sendo soprada na superfície, mas consigo ver o que está vindo.

Uma folha branca entre as mãos trêmulas e a expressão ameaçadora de Tessa me alertam quanto ao perigo que se aproxima.

Não faço a menor ideia do que dizer a ela, nem por onde começar. É uma história muito complicada, e sou um lixo na hora de resolver problemas. Preciso me controlar. Preciso fazer mais do que um simples esforço para escolher minhas palavras. Concatenar uma explicação que a impeça de fugir de novo.

"O que é isso?" Os olhos dela se movimentam sobre uma página antes de ela jogá-la no ar com uma das mãos e amassar as pontas do pequeno maço com a outra.

"Tessa." Dou um passo cuidadoso em sua direção.

Ela olha fixamente para mim. Seu rosto está sério, contido de um jeito com o qual não estou acostumado, e ela dá um passo para trás.

"Preciso que você me ouça", imploro, observando seu rosto confuso. Eu me sinto um lixo, uma bosta completa. Tínhamos acabado de voltar ao que éramos, e eu finalmente a havia reconquistado, e agora isso, depois de tão pouco tempo juntos.

"Ah, sim, estou ouvindo." A voz dela está aguda, e o tom é sarcástico.
"Não sei por onde começar; me dá um minutinho para eu explicar."

Passo os dedos pelos cabelos, puxando as pontas, desejando poder tirar a dor de dentro dela e colocá-la em mim, além de arrancar meus cabelos do couro cabeludo. É, estou péssimo.

Tessa permanece de pé, impacientemente paciente, passando os olhos de página a página. Ela ergue as sobrancelhas e as abaixa, seus olhos se semicerram e se arregalam, enquanto começo.

"Para de ler isso." Dou um passo e tiro o manuscrito das mãos dela. As páginas caem ao chão, misturando-se às outras já espalhadas aos seus pés.

"Trata de explicar isso. Já", ela diz, os olhos frios, de um cinza forte que me assusta.

"Tudo bem, tudo bem. Certo. Eu ando escrevendo."

"Há quanto tempo?" Ela dá um passo na minha direção. Fico surpreso pela maneira como meu corpo se retrai, como se eu sentisse medo dela.

"Há muito tempo." Evito a verdade.

"Você vai me contar, e vai me contar agora."

"Tess..."

"Não venha me chamar de *Tess*, seu desgraçado. Não sou mais a mesma menininha que você conheceu há um ano. Você vai me contar agora ou vai cair fora daqui." De propósito, ela pisa numa folha, e não consigo censurá-la por isso. "Bom, não posso mandá-lo embora porque aqui é a casa do Landon, mas vou embora se você não explicar essa merda. Agora", ela acrescenta, mostrando que, apesar da raiva, continua sendo meiga.

"Estou escrevendo há muito tempo, desde o início do nosso relacionamento, mas não tinha intenção nenhuma de fazer nada com os textos. Era só um modo de desabafar, usava o papel para tentar entender o que estava acontecendo na minha cabeça, mas então tive uma ideia."

"Quando?" Seu dedo pressiona meu peito, me cutucando de um jeito que ela deve considerar imperioso, mas está muito enganada. Não vou dizer isso a ela, não agora.

"Começou depois que nos beijamos."

"Na primeira vez?" Ela abre as mãos, me dando um empurrão no peito, e eu as seguro com os dedos enquanto ela continua me empurrando. "Você estava me enganando." Ela afasta as mãos das minhas e passa as mãos abertas pelos cabelos compridos.

"Não estava, não! Não foi nada disso!", digo, tentando não elevar a voz. É difícil, mas consigo manter um tom razoavelmente controlado.

Ela caminha pela pequena sala de estar, louca de raiva.

Em seguida cerra os punhos nas laterais do corpo e os levanta de novo. "Tantos segredos, segredos demais. Chega."

"Chega?" Olho para ela. Ela ainda anda sem parar pela sala. "Conversa comigo, fala como se sente sobre tudo isso."

"Como me sinto?" Ela balança a cabeça, os olhos arregalados. "Eu sinto que isso foi um despertar, a cordinha que me puxou de volta à realidade, para longe das esperanças absurdas dos últimos dias. Nós somos isto." Ela mexe a mão de um lado a outro. "Sempre tem uma bomba esperando explodir, e não sou tonta o bastante para esperar ser destruída. Não mais."

"Não é uma bomba, Tessa. Não estou escrevendo isso para magoar você de propósito!"

Ela abre a boca para falar e a fecha de novo, pois não sabe o que dizer, tenho certeza. Quando se recupera, diz: "E como você pensou que eu me sentiria quando visse isso? Você sabia que eu acabaria descobrindo; por que simplesmente não me contou? Odeio essa sensação."

"Que sensação?", pergunto com cautela.

"Essa sensação, como se tivesse alguma coisa queimando no meu peito quando você faz coisas assim, e detesto. Há muito tempo não me sinto assim, e não queria sentir de novo, mas aqui estamos nós." O tom de derrota fica claro em sua voz delicada, e sinto arrepios quando ela se vira de costas para mim.

"Vem aqui." Seguro seu braço e a puxo até onde ela permite. Ela cruza os braços no peito, e eu a aperto contra mim. Ela não me afasta, mas também não me abraça. Fica só parada, e não sei se o pior passou.

"O que você está sentindo?" Minha voz sai esquisita e seca. "O que está pensando?"

Ela empurra meu peito de novo, com menos força dessa vez, e eu a solto. Ela se abaixa e pega mais folhas.

Eu havia começado a escrever como uma forma de me expressar e, sinceramente, porque não tinha mais o que ler. Eu estava no intervalo entre um livro e outro, e Tessa, Theresa Young, na época, havia começado a me intrigar. Começado a me irritar e a me perturbar, e eu me pegava pensando nela cada vez mais.

Quando ela entrava na minha cabeça, não sobrava espaço para mais nada. Ela se tornou uma obsessão, e me convenci de que isso era uma parte do jogo, mas sabia que não era bem assim, só não estava pronto para admitir. Eu me lembro de como me senti na primeira vez em que a vi, de seus lábios contorcidos, e de como detestei suas roupas.

A saia que ela vestia chegava ao chão, e os sapatos sem salto faziam a barra da peça se arrastar. Ela olhou para o chão na primeira vez em que disse seu nome — "Hã, sim... meu nome é Tessa" — e eu me lembro de ter pensado que era um nome esquisito. Depois disso, não prestei muita atenção.

Nate foi bacana com ela, e fiquei irritado com o modo como ela me olhava, me julgando com aqueles olhos acinzentados.

Ela me importunava todos os dias, mesmo quando não falava comigo, principalmente nesses momentos.

"Você está me ouvindo?" Sua voz afasta a lembrança, e quando olho para ela a vejo irritada de novo.

"Eu estava..." Hesito.

"Você não estava nem ouvindo", ela acusa, com razão. "Não acredito que você fez isso. Era o que você estava fazendo todas as vezes em que eu voltava para casa e você guardava o fichário. Foi o que encontrei no armário um pouco antes de encontrar meu pai..."

"Não vou inventar desculpas, mas metade das merdas que estão aí foram escritas com a minha mente intoxicada."

"'Merdas'?" Ela observa a folha que está segurando. "'Ela não sabia beber, atravessou a sala aos tropeços, como as meninas sem graça andam quando bebem demais para impressionar os outros.'"

"Para de ler essa merda, essa parte não é sobre você. Eu juro, e você sabe." Pego a folha de sua mão, mas ela rapidamente a recupera.

"Não! Você não pode escrever a minha história e depois me proibir de lê-la. Você ainda não explicou nada." Ela atravessa a sala de estar, erguendo um sapato do tapete perto da porta, calça os dois pés e ajeita o short.

"Aonde você vai?" Estou preparado para acompanhá-la.

"Vou andar. Preciso de ar. Preciso sair daqui." Percebo que, por dentro, ela está se repreendendo por ter me falado o que ia fazer.

"Vou com você."

"Não vai, não." Ela segura as chaves e prende os cabelos despenteados no topo da cabeça, girando e prendendo-os para controlá-los.

"Você não está vestida direito", comento.

Ela me lança um olhar matador. Sem nada dizer, ela sai do apartamento e bate a porta.

Não consegui nada, não resolvi nada. O plano que eu tinha para controlar as complicações acabou se tornando um puta desastre, e agora a merda toda se complicou muito mais. Eu me ajoelho no chão e me forço a não segui-la, não pegá-la no colo sob gritos e protestos e trancá-la em seu quarto até que esteja pronta para falar comigo.

Não, não posso fazer isso. Seria anular todo o "progresso" que tenho feito. Pego algumas folhas do chão e leio alguns trechos, tentando me lembrar por que decidi tentar fazer algo com esse texto horroroso, para começo de conversa.

"O que você está tentando esconder aí?", Nate se inclinou sobre mim, enxerido como sempre.

"Nada, cara, cuida da sua vida." Hardin franziu o cenho, olhando para o outro lado do pátio. Ele não sabia por que havia começado a se sentar ali todos os dias, no mesmo horário. Não tinha nada a ver com o fato de Tessa e o irritante Landon se encontrarem no café toda manhã. Nada a ver com isso mesmo.

Ele não queria ver aquela menina chata. Não mesmo.

"Ouvi você e a Molly no corredor ontem à noite, seu doente." Nate bateu as cinzas do cigarro e fez uma careta.

"Bom, eu não queria que ela entrasse no meu quarto, mas ela não aceitou um não como resposta." Hardin riu, orgulhoso por ela se mostrar tão disposta a chupá-lo a qualquer momento, mesmo no corredor do quarto dele.

O que ele não contou foi que a havia dispensado e se masturbado enquanto pensava numa certa loira.

"Você é um babaca", Nate disse balançando a cabeça. "Ele não é um babaca?", ele perguntou a Logan quando o outro se aproximou da mesa velha de piquenique.

"Ele é, sim." Logan estendeu a mão para pegar um cigarro de Nate, e Hardin tentava não olhar para a garota com a saia parecida com um saco de batatas que esperava do outro lado da rua.

"Um dia desses, você vai se apaixonar, e eu vou rir pra caralho. Vai ser você quem vai dar chupadas no corredor, e a garota não vai deixar você entrar no quarto dela." Nate se divertia fazendo provocações desse tipo, mas Hardin mal o ouvia.

Por que ela se veste desse jeito?, ele se pegou pensando enquanto ela enrolava as mangas da camisa.

Hardin observou, com caneta na mão, quando ela se aproximou, os olhos concentrados na calçada à sua frente, e ela se desculpou vezes demais quando trombou com um garoto, que acabou derrubando um livro.

Ela se abaixou para ajudar e sorriu para ele, e Hardin não conseguia parar de se lembrar de como os lábios dela estavam macios quando ela se jogou em cima dele na noite anterior. Ele se surpreendeu muito, porque ela não parecia ser do tipo que tomava iniciativa, e além disso tinha certeza de que ela só havia beijado aquele bunda-mole do namorado que tinha. A respiração ofegante e o modo como suas mãos o agarraram deixava isso bem claro.

"E aí, como está a aposta?", Logan apontou com o queixo para Tessa quando ela abriu um sorrisão ao ver Landon, todo nerd, com mochila e tudo.

"Nenhuma novidade", Hardin respondeu na hora, cobrindo o papel com um braço. Como poderia saber o que estava acontecendo com a garota mal vestida? Ele mal havia conversado com ela desde que sua mãe louca e o namorado idiota apareceram batendo na porta na manhã de sábado.

Por que o nome dela estava escrito nesse papel? E por que Hardin se sentia como se fosse ter um treco se Logan não parasse de olhar para ele como se soubesse de algo?

"Ela é irritante, mas parece gostar mais de mim do que do Zed, pelo menos."

"Ela é gostosa", os dois disseram ao mesmo tempo.

"*Se eu fosse um babaca, apostaria contra vocês. Sou mais bonito*", Nate provocou, e ele e Logan deram risada.

"*Não quero me envolver nessa história. É bem idiota, você não deveria ter comido a namorada dele*", Logan repreendeu Hardin, que só riu.

"*Valeu a pena*", ele disse, voltando a olhar para a calçada. Ela havia desaparecido, e ele mudou de assunto, perguntando sobre a festa que aconteceria no fim de semana.

Enquanto os dois conversavam para decidir quantas garrafas comprar, Hardin se viu escrevendo como ela parecera assustada na sexta-feira, quando quase derrubou a porta de seu quarto para se livrar daquele escroto do Neil, que tentou agarrá-la. Ele é um cretino, e certamente continuaria puto com Hardin pelo frasco de água sanitária que ele despejou em sua cama no sábado à noite. Não que se importasse com ela; era questão de princípios.

Depois disso, as palavras fluíram com facilidade. Eu não tinha controle sobre elas, e a cada interação que tinha com Tessa, mais havia a dizer a seu respeito. Escrevi sobre como ela torceu o nariz ao me contar que detestava ketchup. Tipo... *quem* detesta ketchup?

A cada detalhezinho sobre ela, meus sentimentos cresciam. Eu ainda negaria por um tempo, mas eles existiam.

Quando fomos morar juntos, ficou mais difícil escrever. Acabei fazendo isso com menos frequência, mas, quando escrevia, escondia os últimos textos no armário, em uma caixa de sapatos. Só descobri agora que Tessa já tinha encontrado aquela merda, e agora estou aqui, me perguntando quando vou parar de complicar minha maldita vida.

Mais lembranças tomam minha mente, e eu gostaria de plugá-la no meu cérebro para que ela possa ler meus pensamentos e decifrar minhas intenções.

Se ela lesse minha mente, poderia ver a conversa que me levou a Nova York para me encontrar com os editores. Não foi algo que eu pretendia fazer. Aconteceu simplesmente. Eu havia escrito tantos momentos, tantos momentos memoráveis entre nós. A primeira vez em que disse que a amava, e a segunda, quando não voltei atrás. Pensar em todas essas lembranças enquanto organizo essa bagunça é demais para mim, e não consigo evitar que as lembranças dominem a minha cabeça.

Ele estava encostado na trave, irritado e machucado. Por que havia brigado com aqueles caras no meio de uma festa idiota da fogueira? Ah, sim, porque Tessa foi embora com Zed, que desligou na cara de Hardin, deixando-o com nada além de um tom sarcástico e a informação de que estava com Tessa no apartamento dele.

Hardin ficou mais maluco do que deveria. Queria se esquecer disso, bloquear tudo, e sentir dor física em vez da dor insuportável do ciúme. Ela transaria com Zed?, era só o que ele conseguia pensar. Ele ganharia?

Ganhar ou não ganhar ainda importava? Ele não sabia.

Os limites tinham se confundido em algum momento, e Hardin não sabia exatamente dizer quando isso havia acontecido, mas tinha consciência disso, em certa medida.

Ele havia se sentado na grama e estava limpando o sangue da boca quando Tessa se aproximou. A visão de Hardin estava um pouco borrada, mas ele a viu claramente, lembrava-se disso. Durante o trajeto de volta à casa de Ken, ela estava inquieta, nervosa, agindo como se ele fosse um animal raivoso.

Concentrando-se na estrada, ela perguntou: "Você me ama?".

Hardin ficou surpreso — porra, estava muito surpreso e despreparado para responder à pergunta. Já havia declarado seu amor por ela, mas voltou atrás, e ela estava lá, mais maluca do que nunca, perguntando se ele a amava enquanto o rosto dele inchava e se enchia de hematomas.

Claro que ele a amava, a quem queria enganar?

Hardin evitou responder à pergunta por um tempo, mas foi impossível se controlar, e ele começou a falar. "É você. Você é a pessoa que mais amo no mundo." Era verdade, por mais embaraçoso e desconfortável que fosse admitir. Ele a amava, e soube a partir daquele momento que sua vida nunca seria a mesma depois dela.

Se ela o abandonasse, se ela passasse o resto de sua vida longe, ele nunca seria o mesmo. Ela o havia alterado, e lá estava ele, com a mão ensanguentada e tudo, desejando ser uma pessoa melhor para ela.

No dia seguinte, eu me vi dando um título à pilha de papel amassado e manchado de café: *After*.

Eu ainda não estava pronto e nem sequer pensava em publicar o texto, mas cometi o erro de levá-lo a uma de minhas sessões de terapia em grupo, meses antes. Luke pegou o fichário debaixo da cadeira de plástico enquanto eu contava a história do incêndio da casa da minha mãe. As palavras saíram forçadas — detesto falar sobre aquela merda —, mas mantive os olhos distantes dos olhares curiosos voltados para mim e fingi que Tessa estava ali, sorrindo e orgulhosa de mim por compartilhar meu momento mais obscuro a um grupo de desconhecidos tão problemáticos quanto eu sou... era.

Eu me abaixei para pegar o fichário quando o dr. Tran dispensou o grupo. Meu pânico durou pouco, porque olhei para Luke e o vi com a pasta nas mãos.

"O que é tudo isto?", ele perguntou, passando os olhos sobre uma página.

"Se você tivesse me conhecido há um mês, estaria engolindo seus dentes agora." Olhei feio para ele e peguei meu fichário de suas mãos.

"Desculpa, cara, não tenho muito traquejo social." Ele abriu um sorriso sem graça e, por algum motivo, senti que podia confiar nele.

"Está na cara." Revirei os olhos, enfiando todas as folhas soltas dentro do fichário de novo.

Ele riu.

"Se me disser o que é, pago uma cerveja para você no bar da esquina."

"Somos ridículos. Alcoólatras em recuperação, negociando para ler uma história de vida." Balanço a cabeça, me perguntando como cheguei a esse ponto com tão pouca idade, mas sou muito grato a Tessa. Se não fosse por ela, eu ainda estaria me escondendo na escuridão, apodrecendo.

"Bom, um refrigerante não vai fazer você incendiar casa nenhuma, nem me fazer falar um monte de besteiras para a Kaci."

"Beleza. Refrigerante, tudo bem." Eu sabia que ele estava se tratando com o dr. Tran além de fazer a terapia de casais, mas decidi não ser um imbecil e não comentar sobre isso.

Andamos até o restaurante ao lado. Pedi muita comida por conta dele, e acabei deixando que lesse algumas páginas das minhas confissões.

Vinte minutos depois, tive que pôr um fim à história. Ele teria lido tudo se eu deixasse.

"Isso é incrível, cara, de verdade. Isso é... problemático em algumas partes, mas eu entendo. Não era você falando, eram os demônios."

"Demônios, é?" Dei um longo gole, terminando de beber o refrigerante que estava no meu copo.

"Sim, demônios. Quando a gente bebe, fica cheio deles." Ele sorriu. "Uma parte do que acabei de ler, sei que não foi escrita por você. Foram os demônios."

Sacudi a cabeça em negação. Ele tinha razão, claro, mas eu fiquei imaginando um dragãozinho vermelho e assustador no ombro, escrevendo as merdas que estavam em algumas das páginas.

"Você vai permitir que ela leia quando terminar, certo?"

Enfiei um palitinho de queijo no molho e tentei não xingá-lo por estragar meus pensamento sobre os demônios. "De jeito nenhum. Jamais deixaria que ela lesse essa merda." Bati com o dedo na encadernação de couro, lembrando de como Tessa estava animada para me ver usando o fichário quando o comprou. Fui contra, claro, mas passei a adorá-lo.

"Pois deveria. Sei lá, tira as partes zoadas, principalmente a respeito de ela ser infértil. Aquilo não está certo."

"Eu sei." Não olhei para ele. Olhei para a mesa e me retraí, pensando no que podia estar rolando na minha cabeça quando escrevi aquela merda.

"Você deveria pensar em fazer alguma coisa com isso. Não sou especialista em literatura nem em Heningsway, mas sei que o que acabei de ler é muito, muito bom."

Engulo o refrigerante, tentando ignorar o nome errado. "Publicar isso?" Dei risada. "De jeito nenhum, porra." Terminei a conversa ali.

Mas, depois de passar por muitas e muitas entrevistas de emprego, fiquei entediado, entediado demais — e saía de todas elas cada vez menos motivado, e não conseguia me imaginar dentro de nenhum daqueles escritórios de merda. Queria trabalhar em uma editora, sim, mas acabei relendo as páginas com os meus pensamentos caóticos e, quanto mais lia e me lembrava, mais queria — não, precisava — fazer algo com eles.

Aquelas folhas me imploravam para pelo menos tentar, e eu acreditava que, se ela desse uma olhada, depois que eu cortasse as partes mais pesadas, acabaria adorando. Isso virou uma obsessão, e eu fiquei surpreso com o interesse que as pessoas pareciam ter em ver o caminho de alguém rumo à superação.

Um puta caminho tortuoso, mas as pessoas gostavam. Enviei um e-mail a cada editora que poderia se interessar, contatos da época em que trabalhei na Vance, e mandando junto uma cópia do texto. Pelo jeito a época de entregar um calhamaço escrito à mão já passou.

Não ia dar em nada, ou assim pensei. Pensei que esse livro seria o grande gesto de que ela precisava para me aceitar de volta em sua vida. Tudo bem que imaginei que só aconteceria daqui a uns meses, quando o livro estivesse impresso, e ela já teria tido mais tempo para fazer o que veio fazer em Nova York.

Não posso mais ficar aqui. Minha paciência recém-conquistada tem limite, e já foi ultrapassado. Eu odeio, detesto com todas as forças, pensar que Tessa está andando por aí, sozinha nesta cidade enorme, brava comigo. Ela saiu há bastante tempo, e eu preciso me explicar, tenho muito o que explicar.

Pego a última folha do livro e enfio no bolso, sem me dar ao trabalho de dobrá-la. Em seguida envio uma mensagem de texto a Landon e peço a ele para deixar a porta destrancada se entrar ou sair, e vou atrás dela.

Não preciso ir muito longe. Quando saio, eu a encontro sentada nas escadas na frente do prédio. Está olhando para o nada, os olhos concentrados e sérios. Ela não me vê quando me aproximo. Só quando me sento ao seu lado ela olha para mim, ainda distante. Observo com atenção quando seus olhos se suavizam lentamente.

"Precisamos conversar."

Ela concorda balançando a cabeça e desvia o olhar, esperando uma explicação.

74

HARDIN

"Precisamos conversar", repito e olho para ela, forçando minhas mãos a ficarem paradas no colo.

"É, acho que sim." Ela força um sorriso. Seus joelhos estão sujos, marcados por arranhões vermelhos

"O que aconteceu? Você está bem?" Meu plano de me conter vai por água abaixo quando toco as pernas dela, examinando os ferimentos de perto.

Ela se vira, com o rosto vermelho e os olhos também. "Tropecei, só isso."

"Nada disso deveria ter acontecido."

"Você escreveu um livro sobre nós e saiu oferecendo para as editoras. Como pode não ter sido intencional?"

"Não, estou falando de tudo. Você e eu, tudo." O ar está úmido, e falar está sendo mais difícil do que esperava. "Este ano foi uma vida inteira para mim. Aprendi muito sobre mim mesmo e sobre a vida, e também sobre como a vida deve ser. Eu tinha uma visão bem errada de tudo. Eu me odiava, odiava todo mundo ao meu redor."

Tessa fica em silêncio, mas consigo perceber que seu lábio inferior está tremendo, e ela está fazendo o melhor que consegue para ficar concentrada.

"Sei que você não entende, poucas pessoas entendem, mas o pior sentimento do mundo é odiar a si mesmo, e eu lidei com isso todos os dias. Não era uma desculpa para as merdas que fiz. Eu não deveria ter tratado você daquela maneira, você tinha todo direito de me abandonar. Só espero que você leia o livro inteiro antes de tomar sua decisão. Não dá para julgar um livro sem ler inteiro."

"Estou tentando não julgar, Hardin, estou mesmo, mas isso é demais. Eu saí daquele ciclo, mas por essa não esperava, e ainda não consigo acreditar." Ela balança a cabeça como se estivesse tentando clarear os pensamentos que vejo surgirem por trás daqueles olhos lindos.

"Eu sei, linda. Eu sei." Quando tento pegar uma de suas mãos, ela se retrai, e eu viro a mão dela na minha para analisar os ferimentos da palma. "Você está bem?"

Ela faz que sim com a cabeça, permitindo que eu passe o dedo sobre o ferimento.

"Quem se interessaria em ler o livro? Não acredito que muitos editores vão se interessar." Tessa desvia o olhar, concentrando-se na cidade que não para de se mover ao nosso redor, movimentada como sempre.

"Um monte de gente." Dou de ombros, dizendo a verdade.

"Por quê? Não é... uma história de amor comum. Li só um pouco e dá para ver como é pesada."

"Até os malditos precisam contar suas histórias, Tess."

"Você não é maldito, Hardin", ela diz, apesar de claramente ainda estar se sentindo traída.

Solto um suspiro e concordo com ela, ainda que não totalmente. "Com esperança de redenção, então? Sei lá, talvez algumas pessoas só queiram ler sobre felicidade e histórias de amor clichê, mas existem milhões de pessoas que não são perfeitas e que passaram por muita merda na vida, e talvez queiram se identificar com essa história. Talvez elas se vejam em mim e, porra..." Passo a mão trêmula pela nuca. "Talvez alguém possa aprender algo com meus erros, e com os seus."

Ela está olhando para mim enquanto vomito as palavras na escada de concreto. A incerteza continua clara em seus olhos, me incentivando a falar mais.

"Sei lá, às vezes nem tudo é tão claro, e talvez nem todo mundo seja perfeito. Fiz muitas coisas na vida, com você, com outras pessoas, de que me arrependo e que nunca, de jeito nenhum, repetiria ou aprovaria agora. Mas não é essa a questão. Esse livro foi uma válvula de escape para mim. Foi outra forma de terapia. Um lugar onde escrever todas as merdas que eu queria e o que sentia. Sou eu e a minha vida, e não sou a única pessoa que cometeu erros, um livro cheinho deles e, se as pessoas me julgarem pelo conteúdo pesado da minha história, azar delas. Não tenho como agradar todo mundo, e sei que existem mais pessoas, pessoas como nós, Tessa, que se identificam com esse livro e querem ver alguém admitir seus problemas e lidar com eles de um jeito real."

Ela esboça um sorriso e suspira, sacudindo um pouco a cabeça. "E se as pessoas não gostarem? E se nem sequer se derem ao trabalho de ler a história, mas nos detestarem por ela? Não estou preparada para esse tipo de exposição. Não quero ver ninguém falando sobre a minha vida e me julgando."

"Que odeiem a gente, então. Quem se importa com o que os outros pensam? Principalmente quem nem se der ao trabalho de ler."

"Isso é... Não sei como me sinto em relação a isso. Que tipo de história de amor é essa?" A voz dela está trêmula e incerta.

"É o tipo de história de amor que lida com problemas de verdade. Não é uma história sobre perdão e amor incondicional, e mostra quanto uma pessoa consegue mudar, mudar de verdade, se tentar bastante. É o tipo de história que prova que qualquer coisa é possível quando se trata de superação. Mostra que, se você tem alguém com quem contar, alguém que ame você e não desista de você, pode encontrar o caminho para sair da escuridão. Mostra que, apesar dos pais que tivemos, ou dos vícios que adquirimos, é possível lidar com qualquer coisa que atrapalhe, e superar tudo para se tornar uma pessoa melhor. É esse o tipo de história que o *After* é."

"'*After*'?" Ela inclina a cabeça, usando a mão para proteger os olhos do sol.

"Foi o nome que dei." Desvio o olhar, e penso no nome. "Porque tem a ver com o meu caminho depois de conhecer você."

"Quanto dele é ruim? Meu Deus, Hardin, por que não me contou?"

"Não sei", respondo com sinceridade. "Não tanto quanto você pensa. Você leu a pior parte. As páginas que você não viu, a verdadeira essência da história, são sobre o quanto amo você, sobre como você me deu propósito na vida, e sobre como conhecer você foi a melhor coisa que me aconteceu. Nas páginas que você não leu, conto sobre nossas risadas e também sobre minhas lutas, nossas lutas."

Ela cobre o rosto com as mãos, frustrada. "Você deveria ter me dito que estava escrevendo isso. Foram tantas pistas, como eu não percebi nada?"

Eu me recosto nos degraus. "Sei que deveria ter contado, mas quando entendi o que estava fazendo de errado, queria que estivesse perfeito antes de mostrar a você. Desculpa, Tessa. Eu te amo, e sinto muito por você ter descoberto desse jeito. Minha intenção não era te magoar nem te enganar, e sinto muito por você ter se sentido assim. Não sou o mesmo cara que era quando você me deixou, Tessa. Você sabe que não."

A voz dela não passa de um sussurro quando ela responde. "Não sei o que dizer."

"É só ler. Pode ler o livro todo antes de tirar conclusões? É só isso que estou pedindo, para você ler."

Ela fecha os olhos e muda a posição do corpo, encostando o joelho no ombro. "Sim, vou ler."

Um pouco de ar volta a meus pulmões, e uma parte de seu peso sai de meu peito. Não conseguiria descrever meu alívio nem com muito esforço.

Ela se levanta, passando as mãos pelos joelhos ralados.

"Vou pegar alguma coisa para você passar nos joelhos."

"Está tudo bem."

"Quando vai parar de brigar comigo?" Tento deixar o clima mais leve.

Funciona, e ela se esforça para segurar o sorriso. "Nunca." Ela começa a subir a escada, e eu me levanto para acompanhá-la. Quero entrar no apartamento e me sentar ao seu lado enquanto lê o romance inteiro, mas sei que não devo. Uso o pouco bom senso que me resta e decido andar pela cidade.

"Espera!", digo quando ela chega ao topo. Enfio a mão no bolso e pego uma folha amassada de papel. "Leia esta por último, por favor. É a última página."

Ela abre a mão e a estende à frente do corpo.

Subo os degraus depressa, dois por vez, e coloco o papel em sua mão. "Por favor, sem espiar", peço a ela.

"Não vou." Tessa me dá as costas, e eu observo o modo com que ela vira a cabeça para sorrir para mim.

Um dos meus maiores desejos na vida seria que ela entendesse, entendesse de verdade, que é uma pessoa rara. É uma das poucas pessoas neste mundo que conhecem o perdão e, apesar de saber que muitos a chamariam de fraca, ela é na verdade o contrário. É forte, tem a força de permanecer ao lado de alguém que odiava a si mesmo. Tem a força de mostrar a mim que não sou um maldito, que sou digno de amor também, apesar de ter crescido pensando o contrário. Teve força suficiente para se afastar de mim quando precisou, e força o bastante para amar de modo incondicional. Tessa é mais forte do que a maioria, e espero que saiba disso.

75

TESSA

Quando entro no apartamento, demoro para concatenar meus pensamentos, que estão descontrolados. Quando pego o fichário em cima da mesa, todas as folhas estão enfiadas ali dentro, fora de ordem.

Pego a primeira e prendo a respiração enquanto me preparo para ler. *As palavras dele vão mudar o que penso? Vão me machucar?* Não tenho certeza de que estou pronta para descobrir, mas sei que preciso fazer isso por mim. Preciso ler as palavras e os sentimentos dele para entender o que estava se passando na sua mente todas as vezes em que não conseguia entendê-lo.

Foi quando ele soube. Naquele momento ele soube que queria passar a vida com ela, que sua vida não teria sentido e seria vazia sem a luz que Tessa traz. Ela dava esperança a ele. Fazia com que tivesse a sensação de que talvez, quem sabe, ele pudesse ser mais do que seu passado.

Jogo a folha no chão e começo outra.

Ele vivia sua vida para si mesmo e então tudo mudou, tornou-se muito mais do que acordar e dormir. Ela dava tudo que ele sabia que precisava.

Ele não conseguia acreditar nas merdas que dizia. Era repulsivo. Magoava as pessoas que o amavam e não conseguia parar. "Por que essas pessoas me amam?", sempre se perguntava. "Por que alguém me amaria? Não sou digno desse amor." Esses pensamentos tomavam sua mente o assombravam por mais que ele se escondesse; sempre voltavam.

Ele queria secar as lágrimas dela com beijos, queria dizer que estava arrependido e que era um homem arruinado, mas não conseguia. Era um covarde, não tinha mais conserto, e tratá-la desse modo fazia com que ele se detestasse ainda mais.

A risada dela, a risada era o som que o tirava da escuridão e o levava à luz. A risada dela o arrastava pelo colarinho, por meio de toda a bagunça que tomava sua mente e infestava seus pensamentos. Ele não era um homem como seu pai, e decidiu, enquanto ela caminhava para longe, que nunca permitiria que os erros de seus pais controlassem sua vida de novo. Decidiu então que aquela mulher merecia mais do que um homem problemático poderia oferecer, e fez tudo o que estava em seu poder para compensar as coisas.

Página após página, confissão após confissão, continuo lendo. Minhas lágrimas já mancharam meu rosto, e também algumas das páginas dessa história bonita, apesar de maluca.

Ele precisava dizer a ela, precisava dizer que estava muito arrependido por ter sido capaz de esfregar a questão dos filhos na sua cara. Ele era egoísta, só pensava em como podia feri-la, e não estava pronto para admitir o que de fato queria da vida com ela. Não estava pronto para dizer que ela seria uma mãe excelente, que não seria nada parecida com a mulher que a criou. Não estava pronto para dizer a ela que faria o máximo para ajudá-la a criar um filho. Ele não estava pronto para dizer a ela que sentia muito medo de cometer os mesmos erros de seu pai, e não estava pronto para admitir que tinha medo de fracassar. Não sabia as palavras certas para expressar que não queria chegar bêbado em casa, e não queria que seus filhos se escondessem dele, como ele fazia com seu pai.

Queria se casar com ela, passar o resto da vida ao seu lado, feliz com sua gentileza e seu calor. Não conseguia imaginar uma vida sem ela, e estava tentando encontrar uma maneira de dizer isso, mostrar que realmente poderia mudar, e que poderia ser digno de tê-la.

O tempo passa e, em pouco tempo, há centenas de folhas espalhadas no chão. Não sei quanto tempo passou, e não poderia contar as lágrimas que caíram de meus olhos nem os soluços que escaparam de meus lábios. Mas continuo. Leio cada página, fora de ordem, espalhada e desorganizada, mas tomo o cuidado de mergulhar de cabeça em cada confissão do homem que amo, do único homem, além do meu pai, que já amei, e quando chego ao fim das páginas o apartamento está escuro, e o sol começou a se pôr.

Olho para a bagunça que fiz e tento absorver tudo. Meus olhos passam pelo chão, parando no papel amassado sobre a mesa. Hardin disse que era a última página, o desfecho dessa história, nossa história, e eu tento me acalmar antes de pegá-la.

Minhas mãos tremem quando eu a pego, desamasso a folha e leio as palavras escritas ali.

Ele espera que ela leia isto um dia e que entenda como ele era problemático. Ele não pede sua piedade nem perdão; só pede que ela veja quanto afetou a vida dele. Que ela, a bela desconhecida de coração generoso, acabou se tornando sua salvação e o transformou no homem que é hoje. Ele espera que, com essas palavras, por mais duras que algumas delas sejam, ela sinta orgulho de si mesma por ter arrastado um pecador do inferno e o levado ao céu, proporcionando a ele a redenção e a libertação dos demônios do passado. Torce para que ela assimile cada palavra com o coração, e que talvez, quem sabe, ainda o ame depois de tudo pelo que passaram. Espera que ela seja capaz de lembrar por que o amava, por que lutou tanto por ele.

Por fim, ele espera que, independentemente de onde esteja quando ler o livro que escreveu para ela, que ela o leia com coração leve e que o procure, ainda que essas palavras sejam lidas daqui a muitos anos. Ela tem que saber que ele não desistiu. Tessa tem que saber que esse homem sempre vai amá-la, e que ficará à sua espera pelo resto da vida, ela voltando ou não. Ele quer que ela saiba que o salvou, e que nunca poderia retribuir tudo o que ela fez por ele, e que a ama com toda a sua alma e que nada vai mudar isso.

Ele quer que ela se lembre de que, do que quer que sejam feitas, as almas dos dois é a mesma. O romance preferido dos dois dizia isso da melhor maneira.

Junto todas as minhas forças e deixo as folhas espalhadas no chão do apartamento, ainda segurando a última página do livro.

76

TESSA

Dois anos depois

"Você está absolutamente deslumbrante, uma noiva maravilhosa", Karen diz.

Concordo com ela. Ajusto as alças do meu vestido e me olho no espelho. "Ele vai ficar boquiaberto. Ainda não consigo acreditar que esse dia chegou." Eu sorrio, enfiando um último grampo nos cabelos ondulados presos em cachos e brilhando sob as luzes fortes na sala dos fundos da igreja.

Pode ser que eu tenha espalhado glitter demais nos cabelos dela.

"E se eu tropeçar? E se ele não estiver no altar?" A linda noiva de Landon tem uma voz suave, tomada de nervosismo, como se estivesse prestes a perder o controle.

"Ele vai estar. Ken o levou à igreja hoje cedo." Karen ri, acalmando nós duas. "Meu marido já teria avisado se tivesse acontecido alguma coisa."

"Landon não perderia isto por nada no mundo", digo. Sei que não perderia, porque vi seu rosto e sequei as lágrimas que escorreram de seus olhos quando ele me mostrou a aliança que havia escolhido para ela.

"Espero que não. Eu ia ficar puta da vida." Ela dá uma risada de nervosismo. Seu sorriso é lindo, até mesmo com a ansiedade que crescia em seu belo rosto; ela está se controlando muito bem.

Meus dedos passam delicadamente sobre os cachos escuros, ajustando o véu em sua cabeça. Olho para seu belo rosto no espelho e levanto a mão para tocar seu ombro. Seus olhos castanhos estão cheios de lágrimas, ela está mordendo o lábio inferior com nervosismo.

"Vai dar tudo certo, vai dar tudo certo", prometo. O tecido prateado do meu vestido brilha sob a luz, e admiro a beleza de cada detalhe por trás deste casamento.

"Ainda está muito cedo? Voltamos a namorar há poucos meses. Você acha cedo demais, Tessa?", ela me pergunta.

Eu me aproximei muito dela nos últimos dois anos, consegui sentir sua preocupação quando seus dedos começaram a tremer enquanto ela me ajudava a subir o zíper do meu vestido de madrinha.

Sorrio. "Não está cedo, não. Vocês dois passaram por muita coisa nos últimos anos. Você está se preocupando demais. Disso eu entendo."

"Está nervosa por saber que *ele* vai estar aqui?", ela pergunta, observando meu rosto.

Sim. Aterrorizada. Talvez meio em pânico. "Não, só faz alguns meses."

"Tempo demais", a mãe de Landon diz baixinho.

Sinto o coração apertar, e deixo de lado a dor que acompanha cada pensamento que envolve Hardin. Engulo as palavras que poderia e talvez devesse dizer. "Dá para acreditar que seu filho vai se casar hoje?", mudo depressa de assunto.

Minha tática de distração faz milagre, e Karen sorri, grita e começa a chorar, tudo ao mesmo tempo. "Ai, minha maquiagem vai ficar um horror." Ela bate as pontas dos dedos embaixo dos olhos, e seus cabelos castanho-claros se movimentam enquanto balança a cabeça.

Uma batida à porta silencia nós três. "Querida?" A voz de Ken é suave e cautelosa. Aproximar-se de uma sala cheia de mulheres emocionadas faz isso com um homem. "Abby acabou de acordar do cochilo", ele diz à esposa ao abrir a porta, com a filha no colo. Os cabelos e olhos castanhos dela iluminam todos os lugares onde ela entra. "Não estou encontrando a bolsa de fraldas."

"Está ali, ao lado daquela cadeira", Karen aponta. "Pode dar a comida para ela? Tenho medo de que ela derrube purê de ervilha em meu vestido." Karen ri, pegando Abby. "A fase de travessuras dos dois anos chegou um pouco cedo para nós."

A menininha sorri, mostrando uma fileira inteira de dentinhos. "Mamãe", a gorduchinha diz, estendendo os dois bracinhos para puxar a alça do vestido de Karen.

Meu coração derrete sempre que ouço Abby falar. "Oi, senhorita Abby." Toco o rosto dela, que ri. É um som lindo. Ignoro o modo como Karen e a futura esposa de Landon olham para mim com pena.

"Oi." Abby esconde o rosto no ombro da mãe.

"Vocês estão quase prontas? Faltam só dez minutos para a música começar, e Landon está cada vez mais ansioso", Ken avisa.

"Ele está bem, certo? Ainda quer se casar comigo?" A noiva preocupada pergunta ao futuro sogro.

Ken sorri, semicerrando os olhos. "Sim, querida, claro que ele quer. Landon está muito nervoso, mas Hardin está ajudando." Todo mundo, e eu também, rimos disso.

A noiva revira os olhos, ri e balança a cabeça. "Se o Hardin está 'ajudando', acho melhor cancelar a lua de mel agora."

"Vamos lá. Vou dar alguma coisinha para Abby comer para aguentar até a hora da festa." Ken beija a esposa na boca, pega a menininha no colo e sai da sala.

"Sim, vão. Por favor, não se preocupem comigo. Estou bem", digo às duas. Estou mesmo. Tenho me virado bem com esse relacionamento à distância com Hardin. Sinto saudade dele o tempo todo, é verdade, mas esse espaço tem sido bom para nós.

A pior parte de estar bem é que isso é bem diferente de estar feliz. É um espaço cinzento no meio do qual você pode acordar um dia e seguir com sua vida, até rir e sorrir com frequência, mas não é felicidade. Não é esperar ansiosamente por cada segundo do dia, e não é aproveitar a vida ao máximo. A maioria das pessoas se contenta em estar bem, inclusive eu, e fingimos que isso é bom, quando na verdade detestamos, e passamos a maior parte do tempo esperando sair desse "estar bem".

Ele me deu uma ideia de como a vida pode ser ótima longe do "estar bem", e desde então é do que mais sinto saudade.

Estou bem há muito tempo, e não sei bem como sair disso agora, mas espero o dia em que possa dizer que estou *ótima* em vez de *bem*.

"Está pronta, sra. Gibson?" Eu sorrio para a mulher sortuda na minha frente.

"Não", ela responde. "Mas vou ficar assim que vir o Landon."

77

HARDIN

"Última chance de cair fora", digo a Landon enquanto o ajudo a ajustar a gravata.

"Valeu, idiota", ele responde, afastando minhas mãos para mexer na gravata torta. "Já fiz o nó em centenas de gravatas na vida, mas esta está se recusando a ficar reta."

Ele está nervoso, e quero ajudar. Mais ou menos.

"Não usa gravata, então."

"Não posso ir sem gravata, vou me casar." Ele revira os olhos.

"É exatamente por isso que você não tem que usar uma gravata. É o seu dia, e é você quem está gastando toda essa grana. Se não quiser usar gravata, não usa gravata, porra. Se eu fosse me casar hoje, as pessoas teriam sorte se eu fosse de calça."

Meu melhor amigo ri. Ele aperta e ajeita a gravata ao redor de seu pescoço. "Que bom que não vai se casar, então. *Esse* espetáculo eu não ia querer ver."

"Nós dois sabemos que nunca vou me casar." Olho para mim mesmo no espelho.

"Talvez." Landon me encara pelo espelho. "Você está bem, né? Ela está aqui. Seu pai a viu."

Claro que não estou bem. "Sim, tudo bem. Você age como se eu não soubesse que ela ia vir, ou como se a gente não se visse há dois anos." Eu não a vejo há muito tempo, mas ela precisava se distanciar de mim. "Ela é sua melhor amiga e a madrinha da noiva. Não é nenhuma surpresa para mim." Tiro a gravata do pescoço e a entrego a ele. "Aqui está, já que a sua é uma porcaria, pode ficar com a minha."

"Você precisa usar gravata... combina com seu terno."

"Você sabe muito bem que tem sorte por eu estar usando isto, para começo de conversa." Puxo o tecido pesado que cobre meu corpo.

Landon fecha os olhos brevemente, e suspira aliviado e frustrado.

"Acho que você tem razão." Ele sorri. "Obrigado."

"E quanto a usar roupas no seu casamento?"

"Cala a boca." Ele revira os olhos e passa as mãos pelas mangas do terno preto. "E se ela não aparecer no altar?"

"Vai aparecer."

"Mas e se não aparecer? Estou dando uma de louco por me casar tão depressa?"

"Sim."

"Poxa, obrigado."

Dou de ombros. "Louco nem sempre é ruim."

Ele olha para mim, observando meu rosto em busca de algum sinal de que eu possa perder as estribeiras a qualquer momento. "Você vai tentar falar com ela?"

"Sim, claro." Tentei conversar com ela no jantar de ensaio, mas Karen e a noiva de Landon não deram brecha. O fato de Tessa ajudar a planejar o casamento foi uma surpresa para mim; não sabia que ela curtia essas coisas, mas parece que é muito boa nisso.

"Ela está feliz agora; não totalmente, mas em grande parte."

Sua felicidade é a coisa mais importante, e não só para mim. O mundo simplesmente não é o mesmo quando Tessa Young não está feliz. Sei disso porque passei um ano todo sugando a vida que existe nela enquanto, ao mesmo tempo, eu a fiz brilhar. É uma loucura, e não faz sentido para quem está de fora, mas nunca me importei e nunca vou me importar com os outros quando o assunto for aquela mulher.

"Cinco minutos, pessoal", Ken avisa do outro lado da porta. O quarto é pequeno e tem cheiro de couro e naftalina, mas é o dia do casamento do Landon. Vou esperar a festa terminar para reclamar.

Talvez leve minhas reclamações diretamente a Ken. Suspeito que ele esteja pagando essa merda, considerando a condição dos pais da noiva e tudo mais.

"Está pronto, seu maluco?", pergunto a Landon pela última vez.

"Não, mas vou ficar assim que a vir."

78

TESSA

"Onde está o Robert?" Karen olha ao redor na festa de casamento. "Tessa, você sabe aonde ele foi?", ela pergunta, com pânico na voz.

Robert havia assumido a tarefa de olhar a bebê enquanto as mulheres cuidavam dos cabelos e da maquiagem. Agora que a festa está começando, ele reassumiu a tarefa, mas não está em lugar nenhum, e Karen não pode ficar com Abby no colo enquanto ajuda com a primeira parte do casamento.

"Vou ligar para ele de novo." Olho ao redor procurando por ele. Abby se remexe no colo de Karen, que parece em pânico de novo.

"A, espera. Ali está ele..."

Não ouço o resto da frase de Karen. Sou totalmente distraída pela voz de Hardin. Ele está saindo do corredor à minha esquerda, com os lábios se movendo daquele jeito lento de sempre, enquanto fala com Landon.

Os cabelos estão mais compridos do que pareciam nas fotos que vi dele recentemente. Não consigo parar de ler todas as suas entrevistas, todo artigo sobre ele, verdadeiro ou não, e talvez, apenas talvez, tenha enviado e-mails irados com reclamações a blogueiros que publicaram coisas terríveis sobre Hardin e sobre sua história. Nossa história.

Ver o piercing no lábio dele me surpreende, apesar de saber que ele havia recolocado. Tinha me esquecido de como combina com ele. Fico totalmente sem reação ao vê-lo de novo, volto para um mundo onde lutei muito e perdi quase todas as batalhas que apareceram, e saí sem a coisa por que brigava: ele.

"Precisamos de alguém que entre com a Tessa; o namorado dela não apareceu", alguém diz. Ao ouvir a menção ao meu nome, Hardin olha para a frente; seus olhos procuram por meio segundo até me encontrarem. Eu desfaço o contato primeiro, olhando para os saltos altos que mal aparecem por baixo do vestido que desce até o chão.

"Quem vai entrar com a dama de honra?", a irmã da noiva pergunta a todos que estão próximos. "Tem coisa demais acontecendo", ela diz, bufando ao passar por mim. Fiz mais do que ela por esse casamento, mas seu nível de estresse dá a impressão de que não.

"Eu vou", Hardin diz, erguendo a mão.

Ele parece muito controlado, incrivelmente lindo com um terno preto sem gravata. A tinta preta aparece logo acima da gola branca, e sinto um toque suave no braço. Pisco algumas vezes, tentando não pensar que mal conversamos ontem à noite e que não treinamos a entrada na igreja juntos como deveríamos. Meneio a cabeça, limpo a garganta e desvio o olhar de Hardin.

"Certo, vamos lá", ordena a irmã. "Noivo no altar, por favor." Ela bate palmas, e Landon passa e aperta minha mão no caminho.

Respirar. Expirar. São só alguns minutos, menos do que isso, na verdade. Não é um nada muito difícil. Somos amigos. Posso fazer isso.

Pelo casamento de Landon, claro. Por um momento, tento não pensar em como seria chegar ao altar e encontrá-lo para o nosso dia especial.

Hardin fica do meu lado sem nada dizer, e a música começa a tocar. Está olhando fixamente para mim — sei que está —, mas não consigo olhar para ele. Com esses sapatos, tenho quase sua altura, e ele está tão perto que consigo sentir o cheiro de colônia em seu terno.

A igreja pequena foi transformada em um local lindo, porém simples, e os convidados ocuparam quase todas as fileiras, em silêncio. Flores belíssimas, de cores tão fortes que parecem neon, cobrem os velhos bancos de madeira, e um tecido branco perpassa fileira por fileira.

"Está meio colorido demais, não acha? Acho que lírios vermelhos e brancos seriam suficientes", Hardin diz e me surpreende. Ele envolve meu braço com o dele quando a irmã chata faz um gesto para que comecemos a caminhar em direção ao altar.

"Sim, os lírios ficariam lindos. Mas estas também estão bonitas, para eles", digo, tropeçando nas palavras.

"Seu namorado médico é apresentável", Hardin me provoca. Olho para ele e o vejo sorrindo, com um olhar de provocação. Sua mandíbula está ainda mais definida do que antes, e seus olhos mais profundos, não tão sérios como sempre foram.

"Ele estuda medicina, mas ainda não é médico. E, sim, é apresentável. Você sabe que ele não é meu namorado, então para com isso." Durante os últimos dois anos, cansei de falar sobre isso com Hardin. Robert tem sido um amigo muito presente na minha vida, nada mais. Tentamos namorar uma vez, cerca de um ano depois de eu encontrar o texto de Hardin no meu apartamento em Nova York, mas simplesmente não deu certo. Uma pessoa não deve namorar ninguém se seu coração já tem dono. Não dá certo, pode acreditar.

"Como vocês estão? Já faz um ano, né?" Sua voz revela o sentimento que ele tenta esconder.

"E você? Você e aquela loira. Como é o nome dela mesmo?" O caminho até o altar é muito mais comprido do que parecia. "Ah, sim, Eliza, ou coisa do tipo."

Ele ri. "Ha, ha."

Gosto de provocá-lo com a história de uma fã que ficou obcecada e passou a persegui-lo, uma menina chamada Eliza. Sei que Hardin não dormiu com ela, mas é divertido tirar um sarrinho dele quando o vejo.

"Linda, a última loira que tive na cama foi você." Ele sorri. Eu tropeço, e Hardin me segura pelo cotovelo e me equilibra antes que eu caia de cara na seda branca que cobre o altar.

"É mesmo?"

"É." Ele olha para a frente, onde Landon está.

"Você voltou a usar o piercing no lábio." Mudo de assunto antes que acabe me envergonhando ainda mais. Passamos pela minha mãe, que está sentada ao lado de seu marido, David. Parece levemente preocupada, mas fico feliz quando ela sorri para Hardin e para mim quando passamos. David se inclina para ela, sussurra algo, e ela sorri de novo, balançando a cabeça.

"Ela parece muito mais feliz agora", Hardin sussurra. Provavelmente não deveríamos estar conversando a caminho do altar, mas Hardin e eu temos o costume de fazer coisas que não deveríamos.

Senti mais falta dele do que demonstro. Só o vi seis vezes nos últimos dois anos, e a cada vez passei a desejá-lo mais.

"Está. O David é uma influência incrível para ela."

"Eu sei, ela me contou."

Detenho o passo de novo. Dessa vez, Hardin sorri quando me ajuda a continuar pelo caminho que não termina mais. "Como assim?"

"Conversei com sua mãe algumas vezes. Você sabe."

Não faço ideia do que ele está falando.

"Ela foi a uma sessão de autógrafos mês passado, no lançamento do meu segundo livro."

O quê? "O que ela disse?" Minha voz sai bem estridente, e alguns convidados olham para nós com interesse demais.

"A gente conversa depois. Prometi para o Landon que não estragaria o casamento dele."

Hardin sorri para mim quando chegamos ao altar, e eu tento, tento muito, me concentrar no casamento do meu melhor amigo.

Mas não consigo desviar os olhos nem os pensamentos do padrinho.

79

HARDIN

A festa de um casamento é a parte mais tolerável. Todo mundo relaxa um pouco e fica mais soltinho com algumas taças de bebida grátis e comida cara.

O casamento estava impecável: o noivo chorou mais que a noiva, e eu me sinto orgulhoso de mim mesmo por ter olhado fixamente para Tessa apenas noventa e nove por cento do tempo. Ouvi algumas partes, juro que ouvi. Mas só. A julgar pelo modo como Landon passa o braço pela cintura da esposa e pela maneira como ela está rindo de algo que ele diz enquanto eles dançam na frente de todos, posso dizer que a cerimônia foi boa.

"Quero um club soda, se tiver", digo à mulher ao balcão.

"Com vodca ou gim?", ela pergunta, apontando a fileira de garrafas diferentes de bebida.

"Nem um nem outro. Só a água com gás."

Ela olha para a minha cara por um momento, e então assente e enche um copo transparente com gelo e club soda.

"Aqui está você", alguém diz ao pousar a mão no meu ombro. Vance está atrás de mim, com sua esposa grávida ao lado.

"Está me procurando?", pergunto com sarcasmo.

"Não", Kimberly sorri, pousando a mão na barriga enorme.

"Você está bem? Parece que vai tombar com essa coisa." Olho para seus pés inchados, e então vejo sua expressão azeda.

"Essa coisa é o meu bebê. Estou grávida de nove meses, mas ainda assim posso dar uns bons *tapas* em você."

Bom, acho que o atrevimento dela continua intacto.

"Isso se você conseguir estender a mão por cima dessa barriga, né?", provoco.

Ela prova que estou errado; acabo levando um tapa de uma mulher grávida em uma festa de casamento.

Esfrego o braço como se ela tivesse me machucado de verdade, e ela ri quando Vance me chama de idiota por perturbar sua esposa.

"Você estava bonito ao lado de Tessa", ele diz, erguendo uma sobrancelha de modo sugestivo.

Prendo a respiração e limpo a garganta, procurando pelos cabelos loiros e compridos e aquele vestido de cetim do pecado.

"É, eu não ia fazer nada além de ser padrinho de Landon, mas não foi tão ruim."

"Aquele outro cara está aqui", Kim diz. "Mas ele não é namorado dela. Você não acreditou naquela bobagem, não é? Ela anda com ele, mas dá para perceber, pelo jeito como os dois se comportam, que não é nada sério. Não como é com vocês dois."

"*Era*."

Kim sorri para mim, lança um olhar atento e meneia a cabeça para me direcionar para a mesa mais próxima do bar. Tessa está sentada lá, com seu vestido de cetim brilhando sob as luzes que se movimentam. Ela olha para mim, ou talvez para Kimberly. Não, ela olha para mim, e logo desvia o olhar.

"Viu, como eu disse, como *é* com vocês." Grávida e atrevida, Kimberly ri à minha custa, e eu viro meu club soda e jogo o copo no lixo antes de pedir uma água pura. Meu estômago está se revirando, e estou agindo como uma criança agora, tentando não encarar a moça linda que roubou meu coração tantos anos antes.

Ela não só roubou meu coração. Ela o encontrou; foi ela quem descobriu que eu tinha um coração, para começo de conversa, e o trouxe à tona. Dificuldade após dificuldade, ela nunca desistiu. Encontrou meu coração e o manteve em segurança. Ela o protegeu de um mundo todo fodido. Mais importante ainda, ela o escondeu de mim, até eu estar pronto para cuidar dele sozinho. Tentou devolvê-lo a mim dois anos atrás, mas meu coração se recusou a sair de perto dela. Nunca, de jeito nenhum, ele vai sair de perto dela.

"Vocês dois são as pessoas mais teimosas que já conheci", Vance comenta enquanto pede uma água para Kimberly e uma taça de vinho para si. "Você viu seu irmão?"

Olho ao redor à procura de Smith e o vejo sentado a algumas mesas de onde Tessa está, sozinho. Aponto para ele, e Vance pede para que eu pergunte se ele quer beber alguma coisa. O menino já tem tamanho para pegar o que quiser beber, mas prefiro não ficar aqui conversando com a Chata e com o Mais Chato, então caminho até a mesa vazia e me sento ao lado do meu irmãozinho.

"Você estava certo", Smith diz, olhando para mim.

"Sobre o que, desta vez?" Eu me recosto na cadeira decorada e me pergunto como Landon e Tessa conseguem chamar este casamento de "íntimo e simples", mesmo com esses tecidos parecidos com cortinas cobrindo todas as cadeiras do lugar.

"Quando disse que casamentos são chatos", Smith sorri. Ele não tem alguns dentes, um deles é um da frente. Ele é bem simpático para um menino gênio que não está nem aí para quase ninguém.

"A gente deveria ter apostado", digo e dou risada, olhando para Tessa de novo.

Smith também olha para ela. "Ela está bonita hoje."

"Já avisei você para tirar os olhos dela, cara. Não me faz provocar um velório no meio de um casamento." Eu toco seu ombro com delicadeza, e ele abre um sorriso torto com dentes faltando.

Quero me aproximar da mesa dela e empurrar o amigo-quase-médico dela da cadeira para poder me sentar ao seu lado. Quero dizer que ela está linda e que me orgulho muito por saber que está se saindo bem na NYU. Quero vê-la vencer o nervosismo, quero ouvir sua risada e observar quando seu sorriso iluminar o salão.

Eu me inclino para perto de Smith. "Me faz um favor."

"Que tipo de favor?"

"Preciso que você vá até lá e comece a falar com a Tessa."

Ele fica corado e balança a cabeça depressa. "De jeito nenhum."

"Vai lá. É simples."

"Não."

Moleque teimoso.

"Sabe aquele trem customizado que você queria e que seu pai não vai comprar?"

"Sei." Seu interesse cresce.

"Eu compro para você."

"Está me subornando para ir conversar com ela?"

"Com certeza."

O menino olha para mim de canto de olho. "Quando você vai comprar?"

"Se conseguir fazer com que ela dance com você, compro na semana que vem."

Ele negocia. "Não, se dançar, tem que ser amanhã."

"Beleza." Caramba, ele é muito bom nisso.

Ele olha na direção da mesa de Tessa, e então para mim de novo. "Fechado." Ele se levanta. Puxa, essa foi fácil.

Observo quando ele se aproxima dela. O sorriso que ela abre, mesmo a duas mesas dali, tira meu fôlego. Espero cerca de trinta segundos, e então me levanto e caminho até a mesa. Ignoro o cara sentado ao lado dela, e me alegro com o modo como seu rosto se ilumina quando me sento ao lado de Smith.

"Você está aqui." Apoio as mãos nos ombros do menino.

"Dança comigo, Tessa?", meu irmãozinho pergunta.

Ela fica surpresa. Sua face brilha de vergonha sob a luz, mas eu a conheço, e sei que não vai dizer não.

"Claro." Ela sorri para Smith, e o cara cujo nome esqueci fica de pé e a ajuda a se levantar. Almofadinha idiota.

Observo Tessa acompanhando Smith até a pista, e me sinto grato pelo amor de Landon e de sua esposa e pelas músicas lentas e melosas. Smith parece desanimado, e Tessa nervosa quando eles começam a dançar.

"Como você está?" O doutorzinho me pergunta enquanto observamos a mesma mulher.

"Bem, e você?" Melhor ser legal com o cara — *ele* está namorando a mulher que vou amar pelo resto da vida.

"Bem, estou no segundo ano de medicina agora."

"Então agora faltam só dez?" Dou risada, sendo o mais legal que consigo com um cara que sei que tem sentimentos por Tessa.

Eu peço licença e saio andando na direção de Tessa e Smith. Ela me vê e fica paralisada, com os olhos grudados nos meus.

"Posso interromper?", pergunto, puxando a parte de trás da camisa social de Smith antes que um dos dois possa dizer não. Levo as mãos imediatamente à cintura dela, e as desço até o quadril. Sigo seu movimento e paro, me sentindo maluco por estar tocando seu corpo. Faz muito, muito tempo que não a toco. Ela foi para Chicago há alguns meses para o casamento de uma amiga, mas não me convidou. Foi sozinha, mas nós nos encontramos depois e jantamos. Foi bom; ela tomou uma taça de vinho e dividimos uma quantidade enorme de sorvete, coberto com confeitos de chocolate e muita calda quente. Ela me chamou para ir com ela para o hotel e beber mais alguma coisa — vinho para ela, club soda para mim —, e dormimos depois de fazer amor no chão do quarto.

"Pensei em poupar você de ter que dançar com ele, que é meio baixinho. Um péssimo par." Digo, finalmente, quando consigo criar coragem.

"Ele me contou sobre o seu suborno." Ela sorri para mim, balançando a cabeça.

"Moleque desgraçado." Olho fixamente para o traidor, que se senta a uma mesa, sozinho de novo.

"Vocês dois estão bem mais próximos, mais ainda do que da última vez", ela diz com admiração, e eu fico vermelho, sem conseguir me controlar.

"Sim, acho que sim." Dou de ombros. Ela pressiona os dedos nos meus ombros, e suspiro. Literalmente solto um suspiro, e sei que ela consegue ouvir.

"Você está muito lindo." Ela olha para a minha boca sem parar. Decidi voltar a usar o piercing no lábio dias depois de vê-la em Chicago.

"É mesmo? Não sei se isso é bom." Eu a puxo para mais perto, e ela deixa.

"Muito bonito. Muito gostoso." As últimas palavras saem de sua boca sem querer. Percebo por causa do modo como ela arregala os olhos e morde o lábio inferior.

"Você é a mulher mais sexy da festa; sempre foi."

Ela abaixa a cabeça, tentando se esconder em meio aos cachos loiros e compridos.

"Não se esconde, não de mim", digo baixinho. A nostalgia me invade ao falar essas palavras tão familiares, e consigo perceber, pela expressão dela, que está sentindo a mesma coisa.

Ela muda de assunto depressa. "Quando sairá seu próximo livro?"

"Mês que vem... você leu? Enviei uma cópia para você."

"Sim, li." Aproveito a oportunidade para puxá-la mais para perto. "Leio todos eles, lembra?"

"O que você achou?" A música termina e outra começa. Quando uma voz feminina toma o salão, nós nos entreolhamos.

"Essa música", Tessa diz e ri baixinho. "Claro que eles tocariam essa música."

Afasto um cacho solto da frente dos olhos dela, que hesita, piscando lentamente.

"Estou muito feliz por você, Hardin. Você é um escritor incrível, um ativista da reabilitação e da luta contra o alcoolismo. Vi a entrevista que você deu para o *Times* falando sobre os abusos que sofreu na infância." Os olhos dela ficam marejados, e tenho certeza de que, se começar a chorar, vou perder toda a compostura.

"Não foi nada." Dou de ombros, adorando saber que ela sente orgulho de mim, mas me sentindo culpado por tudo que causei. "Nunca esperei nada disso. Você precisa saber. Não queria que você se sentisse exposta publicamente com aquele livro." Já disse isso muitas vezes, e ela sempre tem a mesma resposta positiva.

"Não se preocupa com isso." Ela sorri para mim. "Não foi tão ruim e, sabe como é, você ajudou muita gente, e muitos leitores adoram seus livros. Eu, inclusive." Tessa fica corada, e eu também.

"Este deveria ter sido o *nosso* casamento", digo de repente.

Ela para de mexer os pés, e um pouco do brilho desaparece de sua pele linda. "Hardin." Ela olha feio para mim.

"Theresa", provoco. Não estou brincando, e ela sabe disso. "Pensei que aquela última página faria você mudar de ideia. Pensei mesmo."

"Um minuto de sua atenção, por favor?", a irmã da noiva diz ao microfone. Que mulher irritante! Está sobre o palco no meio do salão, mas mal consigo vê-la por cima da mesa à sua frente, porque ela é bem baixinha.

"Preciso me preparar para meu discurso", resmungo, passando a mão pelos cabelos.

"Você vai fazer um discurso?" Tessa me acompanha até a minha mesa. Deve ter se esquecido do médico, e não posso dizer que me importo. Estou adorando, na verdade.

"Sim, sou o padrinho, lembra?"

"Eu sei." Delicadamente, ela me empurra pelo ombro, e eu seguro seu braço. Planejava levá-lo aos lábios e beijá-lo, mas me assusto ao ver um pequeno círculo preto tatuado ali.

"Que porra é essa?" Aproximo o pulso dela do meu rosto.

"Perdi uma aposta no meu aniversário de vinte e um anos." Ela ri.

"Você fez uma tatuagem de smiley? Porra." Não consigo não rir. A carinha sorridente é tão ridícula, e tão mal feita, que chega a ser engraçada. Mas gostaria de ter estado presente para ver a tatuagem sendo feita, e para o aniversário dela.

"Fiz, sim." Ela balança a cabeça com orgulho, passando o dedo indicador sobre a tinta.

"Você tem mais alguma?" Espero que não.

"De jeito nenhum. Só essa."

"Hardin!" A mulher baixinha me chama, e eu sigo em frente com minha intenção de beijar o braço de Tessa. Ela afasta a mão, não por nojo, mas por susto, espero, enquanto caminho até o palco.

Landon e a esposa estão sentados à ponta da mesa, e ele passa o braço pelas costas dela, e as mãos dela estão pousadas sobre a dele. Ah, recém-casados. Mal posso esperar para ver os dois querendo devorar o fígado um do outro daqui a um ano.

Mas talvez eles sejam diferentes.

Pego o microfone da mão da mulher e dou uma tossida. "Oi." Minha voz sai bem estranha e, pela cara de Landon, vejo que ele vai gostar disso. "Não gosto de falar na frente de muita gente. Pô, não gosto nem de estar no meio de muita gente, então vou ser bem rápido", prometo ao salão repleto de convidados. "A maioria de vocês deve estar bêbada ou morrendo de tédio mesmo, então podem ficar à vontade para ignorar o que eu vou falar."

"Vai direto ao ponto." A esposa de Landon ri, erguendo uma taça de champanhe. Landon concorda, e eu mostro o dedo do meio para os dois na frente de todo mundo. Tessa, na primeira fila, ri e cobre a boca com a mão. "Escrevi o que quero dizer para não esquecer."

Puxo um guardanapo amassado do bolso e o desdobro. "Quando conheci o Landon, eu o odiei no mesmo instante." Todo mundo ri como se eu estivesse brincando, mas não estou. Eu o odiei mesmo, mas só porque odiava a mim mesmo também.

"Ele tinha tudo que eu queria na vida: uma família, uma namorada, um plano para o futuro." Quando olho para Landon, ele está sorrindo, levemente corado. Digamos que por culpa do champanhe. "Enfim, ao longo dos anos desde que nos conhecemos, nós nos tornamos amigos, até irmãos, e ele me ensinou muito sobre como ser um homem decente, principalmente nos últimos dois anos, com as dificuldades que esses dois tiveram que enfrentar." Sorrio para Landon e para a noiva dele, sem querer dizer coisas muito deprimentes. "Vou acabar com esse discurso logo. Basicamente, o que quero dizer é obrigado, Landon, por ser um cara honesto, e por ter me dado uma lição quando mais precisei. Eu admiro você de um jeito doido, e quero que saiba que merece ser feliz e se casar com o amor da sua vida, apesar da pressa com que fizeram isso."

Os convidados caem na risada de novo.

"Uma pessoa só sabe como tem sorte de poder passar a vida com a outra metade da sua alma quando é obrigada a viver sem ela." Abaixo o microfone e o coloco sobre a mesa enquanto olho a multidão de relance, e saio correndo do palco para ir atrás da minha garota enquanto o pessoal bebe depois do brinde.

Quando finalmente alcanço Tessa, ela está abrindo a porta do banheiro das mulheres. Eu nem me preocupo em olhar ao redor; entro com ela. Quando chego lá dentro, ela está recostada na pia, com as mãos dos dois lados do mármore.

Ela olha no espelho com os olhos vermelhos e o rosto manchado pelas lágrimas, e se vira para mim quando percebe que eu a segui.

"Você não pode falar sobre nós desse jeito. Sobre a nossa alma." Ela termina a frase com um choramingo.

"Por que não?"

"Porque..." Ela não encontra uma explicação.

"Porque sabe que estou certo?", pergunto.

"Porque você não pode dizer coisas assim em público. Você faz isso nas entrevistas também." Ela apoia as mãos na cintura.

"Estou tentando chamar sua atenção." Dou um passo na direção dela.

Ela respira fundo e, por um momento, acho que vai bater o pé no chão.

"Você me irrita." Sua voz está mais suave, e o olhar em seu rosto é irrefutável.

"Sei, sei." Estendo os braços a ela. "Vem cá", imploro.

Ela obedece e se coloca entre meus braços abertos, e eu a abraço. Tê-la nos braços desse jeito é mais recompensante do que o sexo. Só de tê-la aqui, ainda atraída por mim do modo como só nós dois entendemos, já me sinto o filho da puta mais feliz do mundo.

"Senti tanto a sua falta", digo com a boca em seus cabelos.

Ela leva as mãos aos meus ombros, tirando o paletó pesado de mim, e o tecido caro cai no chão.

"Tem certeza?" Seguro seu rosto lindo entre minhas mãos.

"Sempre tenho certeza com você." Consigo sentir a vulnerabilidade e o alívio quando ela pressiona os lábios nos meus, lábios trêmulos, com uma respiração lenta e profunda.

Em pouco tempo, eu me afasto e ela desce as mãos pela minha calça.

"Vou travar a porta." Fico contente com as cadeiras que sempre deixam nos locais onde mulheres se encontram, e coloco duas contra a porta para impedir que alguém entre.

"Vamos mesmo fazer isso?" Tessa pergunta quando me abaixo para erguer seu vestido comprido até a cintura.

"Qual é a surpresa?" Dou risada enquanto a beijo. Senti falta dessa familiaridade de seus lábios vivendo sozinho em Chicago por tanto tempo. Tive apenas poucas doses dela nos últimos anos.

"Não." Seus dedos se apressam em abrir meu zíper, e eu respiro fundo quando ela pega no meu pau dentro da cueca.

Faz muito tempo, muito, demais.

"Quando foi a última vez que você..."

"Com você, em Chicago", respondo. "E você?"

"Também."

Eu me afasto, olhando em seus olhos, e vejo que é verdade. "Mesmo?", pergunto, apesar de seu rosto deixar tudo muito claro.

"Sim, ninguém mais. Só você." Ela puxa minha cueca para baixo, e eu a coloco em cima da pia, abrindo suas pernas grossas com as duas mãos.

"Porra." Mordo a língua quando vejo que ela está sem calcinha.

Ela olha para baixo, corada. "Meu vestido ia marcar a costura da calcinha."

"Você vai acabar comigo, mulher." Estou duro como uma rocha quando ela me toca, e suas duas mãos pequenas sobem e descem pela extensão do meu pau.

"Precisamos ir depressa", ela geme, desesperada e encharcada quando deslizo meu dedo sobre seu clitóris. Ela solta um grunhido, joga a cabeça para trás, encostando-a no espelho, e abre as pernas ainda mais.

"Camisinha?", pergunto, quase sem conseguir pensar direito.

Ela não responde, então enfio um dedo nela e passo minha língua na sua. Cada beijo guarda uma confissão: *amo você*, tento mostrar a ela; *preciso de você*; e chupo seu lábio inferior; *não posso perder você de novo*, enfio meu pau nela e nós dois gememos.

"Apertada pra cacete", digo. Vou passar vergonha gozando em segundos, mas isso não tem nada a ver com satisfação sexual para mim, e sim com mostrar para ela e para mim que ficarmos juntos é realmente inevitável. Somos uma força que não podemos conter, por mais que tentemos — ou por mais que outra pessoa tente — lutar contra.

Pertencemos um ao outro, e isso é inegável.

"Ai, Deus." Ela arranha minhas costas quando saio de seu corpo quente e a penetro de novo, dessa vez completamente. Ela se abre para mim, seu corpo se ajusta para me acomodar como sempre fez.

"Hardin", Tessa geme em meu pescoço. Consigo sentir seus dentes pressionando minha pele e sinto um arrepio na espinha. Levo uma das mãos às suas costas, puxando-a para mais perto de mim, e a levanto um pouco para alcançar um ângulo mais profundo, usando a outra mão para segurar seus seios. Ela os tira do vestido, e eu chupo a pele deles, prendendo os mamilos rígidos dela com os lábios, gemendo e rosnando o nome dela enquanto gozo.

Meu nome é dito com a respiração ofegante quando esfrego seu clitóris enquanto a penetro. O som de suas coxas batendo no meu corpo e no balcão é o suficiente para me deixar duro de novo. Faz tempo demais, e ela é perfeita para mim. Seu corpo pede o meu, e me tem por completo.

"Amo você", ela diz quando goza, a voz rouca enquanto ela se entrega a mim. O orgasmo de Tessa parece não terminar, e eu adoro isso. Seu corpo fica mole, recostado no meu, e ela apoia a mão no meu peito enquanto recupera o fôlego.

"Ouvi isso, sabia?" Dou um beijo em sua testa suada, e ela sorri de modo deslumbrante.

"Estamos um trapo", ela sussurra, erguendo a cabeça para que seus olhos se encontrem com os meus.

"Um trapo lindamente caótico."

"Não vem dar uma de escritor para mim", ela provoca, sem fôlego.

"Não fica fugindo de mim. Sei que você também sente minha falta."

"Sim, sim." Ela passa os braços pela minha cintura, e eu afasto os seus cabelos da testa.

Estou feliz, em êxtase por ela estar aqui comigo depois de tanto tempo, nos meus braços, sorrindo, provocando e rindo, e não vou estragar isso. Aprendi com a dor que a vida não precisa ser uma batalha. Às vezes, você recebe coisas ruins desde o começo, e às vezes você estraga tudo no caminho, mas sempre há esperança.

Sempre há outro dia, sempre há uma maneira de compensar a merda que você fez e as pessoas que magoou, e sempre tem alguém que ama você, mesmo quando pensa que está totalmente sozinho e vagando por aí, perdido, esperando a próxima decepção. Sempre existe algo melhor por vir.

É difícil ver, mas existe. Por baixo de todas as bobagens e da raiva que eu sentia de mim mesmo, havia Tessa. Por baixo do meu vício, da pena que eu sentia de mim mesmo e de minhas escolhas ruins, havia Tessa. Enquanto eu saía do buraco, ela segurou minha mão o tempo todo; mesmo depois que me deixou, continuou por perto e me ajudou.

Nunca perdi a esperança porque Tessa é minha esperança.

Sempre foi e sempre vai ser.

"Vai ficar comigo hoje? Podemos sair daqui agora. Só fica comigo", imploro.

Ela se inclina na pia, ajeita os seios dentro do vestido e olha para mim. A maquiagem dos seus olhos está manchada e seu rosto está vermelho.

"Posso dizer uma coisa?"

"Desde quando você precisa perguntar?" Toco a ponta do nariz dela com o dedo indicador.

"Verdade." Ela sorri. "Odeio que você não tenha tentado com mais vontade."

"Tentei, mas..."

Ela levanta um dedo para me silenciar. "Odeio que você não tenha tentado com mais vontade, mas é injusto da minha parte dizer isso, porque nós dois sabemos que eu me afastei. Fui me afastando, esperando demais de você, e fiquei tão brava com o livro e com toda a atenção indesejada que deixei isso dominar minha mente. Senti que não podia perdoar você por causa da opinião dos outros, mas agora estou irritada comigo por ter me deixado levar desse jeito. Não me importo com o que as pessoas dizem de nós ou de mim. Só me importa o que as pessoas que amo pensam de mim, e elas me amam e me apoiam. Só queria dizer que lamento muito por ter ouvido vozes que não tinham nada a ver comigo."

Fico na frente da pia, com Tessa ainda sentada a minha frente, em silêncio. Não estava esperando isso. Não esperava uma virada como essa. Vim para este casamento esperando, no máximo, um sorriso.

"Não sei o que dizer."

"Me perdoa?", ela sussurra com nervosismo.

"Perdoo, claro." Dou risada. Ela está louca? Claro que perdoo. "Você me perdoa? Por tudo? Ou quase tudo?"

"Sim." Ela assente e segura minha mão.

"Agora não sei mesmo o que dizer." Passo a mão pelos cabelos.

"Talvez que ainda quer se casar comigo?" Os olhos dela estão arregalados, e os meus parecem prestes a saltar das órbitas.

"O quê?"

Ela fica corada. "Você me ouviu."

"Casar com você? Você me odiava há dez minutos!" Ela realmente vai acabar comigo.

"Na verdade, estávamos fazendo sexo aqui há dez minutos."

"Está falando sério? Quer se casar comigo?" Não acredito que ela está dizendo isso. Não é possível que esteja dizendo isso. "Você bebeu?" Tento lembrar se senti gosto de álcool em sua boca.

"Não, tomei uma taça de champanhe há mais de uma hora. Não estou bêbada, só cansada de lutar contra isso. Nós ficarmos juntos é inevitável, lembra?", ela diz, com um sotaque inglês horroroso.

Beijo seus lábios para silenciá-la.

"Somos o casal menos romântico que já existiu; você sabe disso, né?" Passo a língua pelos seus lábios macios.

"'O romantismo é uma coisa superestimada, o realismo é o que há'", ela cita uma frase do meu livro mais recente.

Eu sou apaixonado por ela. Porra, amo demais essa mulher.

"Você quer se casar de verdade? Quer mesmo?"

"Não precisa ser hoje, mas claro, vou pensar." Ela desce do balcão, ajustando o vestido.

Também sorrio. "Sei que vai pensar." Ajusto minha roupa, tentando entender tudo que está acontecendo neste banheiro. Tessa está concordando em se casar comigo. Porra, minha nossa.

Ela dá de ombros de um jeito brincalhão.

"Vegas, vamos para Las Vegas agora." Procuro dentro do bolso e pego minhas chaves.

"De jeito nenhum. Não vou me casar em Las Vegas, você está louco."

"Somos dois loucos, quem se importa?"

"De jeito nenhum, Hardin."

"Por que não?", peço, segurando seu rosto com minhas mãos.

"Vegas fica a quinze horas de carro daqui." Ela olha para mim, e então para seu reflexo no espelho.

"Você não acha que um trajeto de quinze horas é tempo suficiente para pensarmos no assunto?", brinco, afastando as cadeiras da porta.

Então, Tessa me surpreende inclinando a cabeça e dizendo: "É, acho que sim."

Epílogo
∞
HARDIN

O trajeto até Vegas foi assustador. As primeiras duas horas foram passadas fantasiando a respeito do casamento perfeito. Tessa brincava com as pontas dos cabelos, olhava para mim com o rosto corado e uma felicidade no sorriso que fazia muito tempo que eu não via.

"Será que é tão fácil mesmo se casar em Vegas? De uma hora para outra? Como Ross e Rachel?", ela perguntou, olhando para a tela do telefone.

"Você está procurando no Google, né?", perguntei a ela. Pousei a mão em seu colo e desci o vidro do meu carro alugado.

Em algum lugar perto de Boise, Idaho, paramos para comer e abastecer. Tessa estava ficando com sono, sua cabeça pendia para a frente e seus olhos estavam pesados. Parei numa loja de conveniência lotada e toquei seu ombro com delicadeza para despertá-la.

"Já chegamos?", ela disse brincando, sabendo que ainda não estávamos nem na metade do caminho.

Saímos do carro, e eu a acompanhei até o banheiro. Sempre gostei de postos de gasolina assim; bem iluminados, com estacionamento cheio. Menos chance de sermos assassinados, ou algo parecido.

Quando saí do banheiro, Tessa estava em um dos muitos corredores de salgadinhos. Já estava com os braços cheios de pacotes de batata frita e chocolates, além de energéticos, coisas demais para suas mãos pequenas carregarem.

Passei um tempo só olhando a mulher à minha frente. A mulher que seria minha esposa em apenas algumas horas. Minha esposa. Depois de tudo pelo que havíamos passado, depois de todas as brigas por causa de um casamento que, sinceramente, nenhum de nós acreditava que aconteceria, estávamos indo para Las Vegas formalizar a situação em uma pequena capela. Aos vinte e três anos, eu me tornaria o marido de alguém — o marido de Tessa —, e não conseguia imaginar nada que me deixasse mais feliz.

Mesmo sendo o idiota que eu fui, estava tendo um final feliz com ela. Ela estaria sorrindo para mim, os olhos marejados, e eu faria algum comentário estúpido sobre o sósia de Elvis que passasse por nós durante o casamento.

"Olha só quanta coisa, Hardin." Tessa usou o cotovelo para apontar o número enorme de salgadinhos. Estava vestindo aquela calça — é, você sabe qual. A calça de ginástica e um moletom de zíper da NYU era o que ela vestia a caminho de seu casamento. Mas estava pensando em trocar de roupa quando chegássemos ao hotel. Ela não usaria um vestido de noiva, como sempre imaginei.

"Tudo bem para você não usar vestido de noiva?", perguntei.

Ela arregalou os olhos um pouco e sorriu, balançou a cabeça e disse: "De onde você tirou isso?".

"Estava pensando. Estava pensando que você não vai poder ter... tipo, o casamento com que as mulheres sempre sonham. Não vai ter flores nem nada."

Ela me deu um saco de salgadinho de milho de cor laranja. Um senhor passou por nós e sorriu para ela. Seus olhos encontraram os meus, e ele logo desviou o olhar.

"Flores? Sério?", ela perguntou, revirando os olhos e passando por mim, ignorando o modo como revirei os olhos em resposta. Eu a segui, quase tropecei em uma criança com tênis com luzinhas que andava segurando a mão de sua mãe.

"E o Landon? Sua mãe e o David? Você não quer a presença deles?", perguntei.

Ela se virou para me encarar, e vi que ela estava começando a pensar duas vezes. Durante a viagem, nossas mentes estiveram tão ocupadas com a animação de nossa decisão de nos casarmos em Vegas que nos esquecemos da realidade.

"Ah", ela suspirou quando me aproximei. Caminhamos até o caixa, e eu percebi no que ela estava pensando: Landon e sua mãe precisam estar presentes quando nos casarmos. Precisam. E Karen — Karen ficaria arrasada se não visse Tessa se tornando minha esposa.

Pagamos pelos salgadinhos e pelo café. Bom, ela brigou comigo e pagou tudo. Eu deixei.

"Você ainda quer ir? Sabe que pode me falar se não quiser, linda. Podemos esperar", disse a ela enquanto prendia o cinto de segurança. Ela abriu o saco de salgadinhos cor de laranja e enfiou um na boca.

"Sim, quero", ela insistiu.

Mas não parecia ser o mais certo. Eu sabia que ela queria se casar comigo, e que eu queria passar a vida com ela, mas não que tudo começasse assim. Queria que nossas famílias estivessem presentes. Queria que meu irmãozinho e a pequena Abby participassem, andando até o altar, jogando flores e arroz e fazendo as coisas bregas que as pessoas obrigam os membros mais novos da família a fazerem durante casamentos. Vi como seus olhos se iluminaram quando ela me contou, orgulhosa, que tinha ajudado a planejar o casamento de Landon.

Eu queria que tudo fosse perfeito para a minha Tessa, então, quando ela dormiu, trinta minutos depois, fiz o retorno e a levei de volta para a casa do Ken. Quando ela acordou, surpresa, mas não me xingando, soltou o cinto, subiu no meu colo e me beijou, com lágrimas quentes descendo pelo rosto.

"Nossa, como eu amo você, Hardin", ela disse encostada no meu pescoço. Ficamos no carro por mais uma hora. Eu a aconcheguei no meu colo e, quando disse que queria que o Smith jogasse arroz em nosso casamento, ela riu, dizendo que ele provavelmente faria isso de um jeito bem metódico, grão por grão.

DOIS ANOS DEPOIS
TESSA

No dia em que me formei na faculdade, eu estava muito orgulhosa de mim mesma. Estava muito feliz em todos os aspectos da minha vida, mas não queria mais trabalhar com editoras. Sim, Theresa Young, planejadora obsessiva de todos os detalhes de seu futuro, mudou de ideia no meio do curso.

Tudo começou quando a noiva de Landon não quis pagar alguém

para organizar seu casamento. Estava decidida a não contratar ninguém, apesar de não fazer ideia nem de como começar a planejar um evento. Landon a ajudou; foi o noivo perfeito, pois ficava até tarde olhando revistas conosco, perdeu aulas para experimentar dez bolos diferentes em dois dias. Adorei a sensação de estar no controle de um acontecimento tão importante para tantas pessoas. Era minha especialidade: planejar e ajudar os outros.

Durante o casamento, fiquei pensando que adoraria fazer isso com mais frequência, como passatempo, mas, conforme os meses foram passando, comecei a visitar eventos para noivas e, quando me dei conta, era a responsável por organizar o casamento de Kimberly e Christian.

Mantive meu emprego na Vance de Nova York porque precisava do salário. Hardin se mudou para Nova York comigo, e me recusei a permitir que ele pagasse todas as minhas contas enquanto eu tentava decidir o que fazer, porque, apesar de sentir orgulho de meu diploma, não queria mais trabalhar na área. Sempre vou amar ler — os livros estarão para sempre presos à minha alma —, mas simplesmente mudei de ideia. Simples assim.

Hardin falou um monte, já que sempre tive muita certeza da carreira que escolheria. Mas, conforme os anos se passaram, percebi que não sabia quem eu era quando entrei na WCU. Como as pessoas podem escolher o que querem fazer pelo resto da vida quando estão apenas começando a viver?

Landon já tinha um emprego: professor de quinto ano em uma escola pública no Brooklyn. Hardin, um escritor de best-sellers da lista do *New York Times* com apenas vinte e cinco anos, tinha quatro livros publicados, e eu, bom, ainda estava tentando decidir, mas não sofria com isso. Não me sentia pressionada como antes. Queria agir com calma e ter a certeza de que todas as decisões que tomasse seriam para me fazer feliz. Pela primeira vez, estava colocando a minha felicidade na frente de qualquer outra pessoa, o que era ótimo.

Olhei para meu reflexo no espelho. Muitas vezes nos últimos quatro anos, não tive certeza de que conseguiria sobreviver à faculdade, mas agora eu era uma formanda. Hardin aplaudia enquanto minha mãe chorava. Os dois até se sentaram juntos.

Minha mãe entrou no banheiro e se posicionou do meu lado. "Estou muito orgulhosa de você, Tessa."

Estava usando um vestido de festa; não era muito adequado para uma formatura, mas ela queria se vestir para impressionar, como sempre. Seus cabelos loiros estavam enrolados e perfeitamente arrumados, e as unhas combinavam com minha beca e meu capelo. Era um exagero, mas ela estava se sentindo orgulhosa, e eu não quis tirar isso dela. Ela havia me preparado para ter sucesso na vida e para ser tudo o que ela não pôde ser, e agora, depois de adulta, eu entendia isso.

"Obrigada", respondi quando ela me entregou seu brilho labial. Eu o aceitei de bom grado, apesar de não querer nem precisar retocar a maquiagem, e ela pareceu satisfeita quando não reclamei por isso.

"Hardin ainda está lá fora?", perguntei. O brilho labial era pegajoso e escuro demais para o meu gosto, mas sorri mesmo assim.

"Está conversando com David." Ela sorriu para mim, e meu coração ficou ainda mais feliz. Minha mãe passou os dedos pelas pontas dos cachos. "Ele o convidou para ir ao evento beneficente no qual vai palestrar."

"Que bacana." As coisas não estavam mais tão estranhas entre minha mãe e Hardin como antes. Ele nunca seria sua pessoa favorita no mundo, mas, nos últimos anos, passou a ter um respeito por ele que nunca pensei que seria possível existir.

Também passei a respeitar Hardin Scott de um jeito diferente. É doloroso pensar nos últimos quatro anos de minha vida e me lembrar de como ele era. Eu também não era perfeita, mas ele se prendeu a seu passado com tanta força que me arrastou junto no processo. Cometeu erros — erros enormes e destruidores —, mas pagou por eles. Ele nunca seria o homem mais paciente, doce e simpático do mundo, mas era meu. Sempre tinha sido.

Ainda assim, precisei me distanciar dele depois de me mudar para Nova York para morar com Landon. Nós nos víamos "casualmente", na medida do possível entre mim e Hardin. Ele não me pressionou para me mudar para Chicago, e não implorei a ele para ir morar em Nova York. Foi cerca de um ano depois do casamento de Landon que ele finalmente se mudou, mas fizemos as coisas funcionarem visitando um ao outro quando podíamos enquanto isso, e Hardin se deslocava mais para me ver do que eu para vê-lo. Eu desconfiava de suas repentinas "viagens a trabalho" a Nova York, mas sempre ficava feliz quando ele vinha, e queria que ficasse mais tempo quando chegava a hora de ir embora.

Nosso apartamento no Brooklyn era bacana. Apesar de estar ganhando um bom dinheiro, Hardin se dispôs a morar em um lugar pelo qual eu pudesse ajudar a pagar. Eu trabalhava no restaurante, organizava casamentos e frequentava as aulas, e ele reclamava só um pouco.

Ainda não tínhamos nos casado, o que o deixava louco. Eu vivia mudando de ideia sobre isso. Sim, queria ser sua esposa, mas estava cansada de ter que rotular as coisas. Não precisava desse rótulo como sempre imaginei.

Como se estivesse lendo minha mente, minha mãe se inclinou e ajustou meu colar. "Vocês já marcaram a data?", ela perguntou pela terceira vez na mesma semana. Eu adorava quando minha mãe, David e a filha dele vinham me visitar, mas ela estava me deixando louca com sua nova obsessão: meu casamento, ou melhor, o fato de eu não ser casada.

"Mãe", alertei. Eu aguentaria que ela me arrumasse, e até permiti que escolhesse minhas joias para usar hoje, mas não toleraria aquele assunto.

Ela levantou as mãos e sorriu. "Tudo bem."

Sua rendição foi fácil demais, e eu sabia que havia algo acontecendo quando ela beijou meu rosto. Eu a segui até o banheiro, e minha irritação desapareceu quando vi Hardin encostado na parede. Estava juntando os cabelos com as mãos e passando um elástico pelas mechas compridas. Eu adorava seus cabelos compridos. Minha mãe franziu o nariz quando Hardin prendeu os cabelos num coque, e eu ri ao ver sua reação.

"Eu estava perguntando a Tessa se vocês dois já escolheram a data para o casamento", minha mãe perguntou enquanto Hardin me envolvia pela cintura e encostava o rosto em meu pescoço. Senti sua respiração contra minha pele quando ele riu.

"Gostaria de ter uma data", ele disse ao levantar a cabeça. "Mas você sabe que ela é teimosa."

Minha mãe balançou a cabeça em concordância, e eu me senti irritada e ao mesmo tempo orgulhosa por ver os dois unidos contra mim.

"Sei como é. Aprendeu com você", minha mãe acusou.

David segurou a mão dela e a levou aos lábios. "Já chega, vocês. Ela acabou de se formar na faculdade, vamos dar um tempinho a ela."

Abri um sorriso de gratidão para David, que deu uma piscadinha, beijando a mão da minha mãe de novo. Ele era muito delicado com ela, e eu gostava disso.

DOIS ANOS MAIS TARDE
HARDIN

Estávamos tentando engravidar há mais de um ano. Tessa sabia das chances. Eu sabia que eram pequenas, como sempre, mas ainda assim tínhamos confiança. Passamos por consultas com especialistas em fertilidade e monitoramos a ovulação. Transávamos, trepávamos e fazíamos amor o tempo todo. Ela testou as teorias mais ridículas, e eu bebi umas misturas amargas que Tessa jurava ter funcionado com o marido de uma amiga.

Landon e a esposa estavam esperando uma menininha que nasceria em três meses, e nós éramos os padrinhos da pequena Addelyn Rose. Sequei as lágrimas de Tessa enquanto ela ajudava a organizar o chá de bebê do melhor amigo, e eu fingia não me entristecer por nós enquanto ajudávamos a pintar o quartinho de Addy.

Era uma manhã normal. Eu havia acabado de falar ao telefone com Christian. Estávamos planejando uma viagem para que Smith viesse passar algumas semanas conosco, no verão. Ele ligou com essa desculpa, mas na verdade estava tentando me dar uma ideia. Queria que eu publicasse outro livro com a Vance, uma ideia de que gostei, mas fingi que não. Eu só queria tirar uma com a cara dele e fingir que estava à espera de uma proposta melhor.

Tessa entrou correndo pela porta, ainda com a calça de ginástica. Seu rosto estava vermelho por causa do ar frio de março, e os cabelos estavam despenteados. Estava voltando do apartamento de Landon, mas parecia assustada — em pânico —, o que fez meu peito ficar apertado.

"Hardin!", ela exclamou ao atravessar a sala de estar e entrar na cozinha. Seus olhos estavam vermelhos, e meu coração foi parar na boca.

Fiquei de pé, e ela levantou uma das mãos, fazendo um gesto para que eu esperasse um momento.

"Olha", ela disse, enfiando a mão no bolso da jaqueta. Esperei em silêncio e impacientemente até ela abrir a mão. Havia uma pequena haste ali. Eu já tinha visto muitos falsos positivos no último ano para me animar, mas pelo jeito como sua mão tremia e sua voz hesitou quando ela tentou falar, eu soube imediatamente.

"É?", foi só o que consegui.

"É." Ela balançou a cabeça, a voz contida, mas cheia de vida. Olhei para ela, e ela levantou as mãos ao meu rosto. Eu não tinha nem sentido as lágrimas em meu rosto até ela secá-las.

"Tem certeza?", perguntei como um idiota.

"Sim, claro." Ela tentou rir, mas começou a chorar de felicidade, e eu também. Eu a abracei e a coloquei em cima do balcão. Encostei a cabeça em sua barriga e prometi ao bebê que eu seria um pai melhor do que os meus tinham sido. Melhor do que qualquer outra pessoa já tinha sido.

Tessa estava se arrumando para sairmos com Landon e sua esposa, e eu folheava uma das muitas revistas de noivas que Tessa deixava espalhadas pelo apartamento quando ouvi o som. Um som quase inumano.

Vinha do banheiro do nosso quarto, e eu me levantei e corri em direção à porta.

"Hardin!", Tessa disse. Eu estava na porta, e a angústia na voz dela só aumentava. Abri a porta e a encontrei sentada no chão ao lado do vaso sanitário.

"Aconteceu alguma coisa!", ela gritou, com as mãos pequenas sobre a barriga. A calcinha estava no chão, coberta de sangue, e eu me assustei, sem conseguir dizer nada.

Em segundos, sentei no chão ao lado dela, segurando seu rosto nas mãos.

"Vai ficar tudo bem", menti para ela, procurando meu telefone dentro do bolso.

O tom de voz do nosso médico do outro lado da linha e o olhar de Tessa confirmaram meu pior pesadelo. Levei minha noiva até o carro e morri um pouco a cada vez que ela soluçou no longo trajeto ao hospital.

Trinta minutos depois, tivemos a resposta. Eles foram delicados ao nos dizer que Tessa havia perdido o bebê, mas isso não me impediu de sentir a dor aguda que tomava conta de mim sempre que eu via a tristeza profunda nos olhos de Tessa.

"Desculpa, desculpa", ela chorava em meu peito depois que a enfermeira nos deixou sozinhos na sala.

Segurei seu queixo com a mão e a forcei a olhar para mim. "Não, linda, não precisa se desculpar", eu disse a ela muitas vezes. Afastei seus cabelos do rosto com cuidado e tentei não pensar na perda da coisa mais importante da nossa vida.

Quando chegamos em casa naquela noite, eu disse a Tessa o quanto a amava, que ela seria uma mãe maravilhosa um dia, e ela chorou nos meus braços até dormir.

Andei pelo corredor quando percebi que ela não acordaria. Abri o armário do quarto do bebê e caí de joelhos. Ainda era cedo demais para saber o sexo, mas eu vinha comprando coisinhas nos últimos três meses. Eu as mantinha ali em caixas e sacolas, e precisava vê-las uma vez mais antes de me desfazer delas. Não podia deixar que ela visse aquilo. Queria protegê-la para que não visse os sapatinhos amarelos que Karen havia enviado pelo correio. Eu me livraria de tudo e desmontaria o berço antes que ela acordasse.

Na manhã seguinte, Tessa me acordou me abraçando. Eu estava no chão do quarto vazio. Ela não disse nada a respeito da retirada da mobília nem do armário vazio. Só ficou ali, no chão comigo, a cabeça encostada no meu ombro e os dedos contornando as tatuagens dos meus braços.

Dez minutos depois, meu telefone vibrou no bolso. Li a mensagem e não sabia bem como Tessa reagiria à notícia. Ela espiou, os olhos voltados para a mensagem à sua frente.

"Addy está chegando", ela leu em voz alta. Eu a abracei com mais força, e ela sorriu, um sorriso triste, e saiu dos meus braços para se sentar.

Olhei para ela por muito tempo — pelo menos, pareceu muito tempo — e pensamos a mesma coisa. Nós nos levantamos do chão do quarto que seria do nosso bebê e sorrimos para podermos apoiar nossos melhores amigos.

"Ainda vamos ser pais um dia", prometi à minha menina enquanto dirigíamos até o hospital para receber nossa afilhada.

UM ANO DEPOIS
HARDIN

Havíamos acabado de decidir parar de tentar engravidar. Era inverno, eu me lembro bem, quando Tessa entrou saltitante na cozinha. Os cabelos estavam presos em um coque elegante, e ela usava um vestido cor-de-rosa de renda. A maquiagem estava diferente naquele dia — eu não sabia exatamente o quê. Ela sorria ao se aproximar de mim, e desci do banquinho em que estava sentado e fiz um gesto para que se sentasse no meu colo. Ela se recostou em mim; seus cabelos cheiravam a baunilha e menta, e seu corpo estava muito macio contra o meu. Beijei seu pescoço, e ela suspirou, apoiando as mãos nos joelhos separados.

"Oi, linda", eu disse.

"Oi, *meu amor*", ela respondeu.

Ergui uma sobrancelha para ela; o modo como disse *meu amor* fez meu pau latejar, e ela subiu as mãos lentamente pelas minhas coxas.

"*Meu amor*, é?" Minha voz ficou até rouca, e ela riu, uma risada boba e meio estranha.

"Pode tirar o cavalinho da chuva, seu tarado." Ela deu um tapinha no volume dentro de minha calça, e eu apoiei as mãos nos seus ombros para virá-la para mim.

Ela estava sorrindo de novo — um sorriso aberto —, e não consegui entender ao certo o que dizia.

"Olha." Ela enfiou a mão no bolso da frente do vestido e tirou algo. Era um pedaço de papel. Eu não entendi, claro, mas sempre fui meio lerdo para sacar coisas importantes logo de cara. Ela abriu o papel e o colocou na minha mão.

"O que é *isso*?" Olhei para o texto borrado na página.

"Você está arruinando o momento", ela me repreendeu.

Ri e levantei o papel para ver.

"Teste de urina positivo", li. "Porra." Fiquei boquiaberto, segurando o papel com força.

"Porra?", ela riu, com a animação estampada em seus olhos azul-acinzentados.

"Estou com medo de ficar empolgada demais", ela logo admitiu. Segurei sua mão, amassando o papel entre nós.

"Não precisa ter medo." Beijei sua testa. "Não sabemos o que vai acontecer, mas antes podemos ficar tão empolgados quanto quisermos." Beijei sua cabeça de novo.

"Precisamos de um milagre." Ela balançou a cabeça, tentando parecer brincalhona, mas sua voz estava séria.

Sete meses depois, tivemos nosso pequeno milagre loiro, uma menina chamada Emery.

SEIS ANOS DEPOIS
TESSA

Eu estava sentada à mesa da cozinha do nosso apartamento novo, escrevendo no laptop. Organizava três casamentos de uma vez, e estava grávida de nosso segundo filho. Um menininho. Seu nome seria Auden.

Auden ia ser bem grande — minha barriga estava bem crescida, minha pele se esticava mais uma vez com a gravidez. Estava muito cansada pelo fim da gestação, mas determinada a me manter ativa. O primeiro dos três casamentos aconteceria em uma semana, então afirmar que eu estava ocupada era muito pouco. Meus pés estavam inchados, e Hardin me repreendia por trabalhar tanto, mas sabia que era melhor não insistir demais. Finalmente, eu estava ganhando um bom dinheiro e fazendo meu nome. Nova York é um lugar difícil para ter sucesso no mercado de casamentos, mas finalmente eu tinha conseguido. Com a ajuda de uma amiga, minha empresa estava se expandindo, e eu recebia muitas consultas por telefone e e-mail.

Uma das noivas estava em pânico; sua mãe decidiu, no último minuto, levar o novo marido ao casamento, e agora tínhamos que ajustar a disposição dos assentos. Fácil.

A porta da frente se abriu, e Emery passou correndo por mim e pelo corredor. Tinha seis anos agora. Seus cabelos, num tom ainda mais claro de loiro do que o meu, estavam presos em um coque meio frouxo; Hardin havia arrumado os cabelos dela para ir à escola hoje cedo, enquanto eu estava na consulta médica.

"Emery?" Chamei quando ela bateu a porta do quarto. O fato de Landon ser professor na escola frequentada por Addy e Emery tornava a vida mais fácil, principalmente agora que estava trabalhando tanto.

"Me deixa em paz!", ela gritou. Eu me levantei com a barriga tocando o balcão. Hardin saiu do quarto sem camisa e a calça jeans preta descendo pelo quadril.

"O que ela tem?", ele perguntou.

Dei de ombros. Nossa pequena Emery parecia boazinha como a mãe, mas tinha o temperamento do pai. Era uma combinação que tornava nossa vida muito interessante.

Hardin riu quando a pequena gritou: "Estou ouvindo!" Ela tinha seis anos e já era um furacão.

"Vou falar com ela", ele disse e entrou de novo no quarto. Voltou com uma camiseta preta nas mãos. Observando enquanto ele passava a camiseta pela cabeça, eu me lembrei do garoto que conheci na primeira semana da faculdade. Quando ele bateu à porta de Emery, ela bufou e reclamou, mas Hardin entrou mesmo assim.

Quando fechou a porta, eu me aproximei e encostei a orelha na madeira.

"O que está acontecendo com você, pequena?" A voz de Hardin ecoou pela sala. Emery era jogo duro, mas idolatrava Hardin, e eu adorava o modo com que eles se relacionavam. Ele era um pai muito paciente e divertido.

Levei a mão à barriga e a esfreguei, dizendo ao menininho que estava ali dentro: "Você vai gostar mais de mim do que do seu pai".

Hardin já tinha Emery; Auden era meu. Eu dizia isso a Hardin com frequência, mas ele só ria e dizia que sou firme demais com Emery, e por isso ela gosta mais dele.

"Addy está sendo uma chata", a versão em miniatura de Hardin falou. Imaginei que ela estivesse andando pelo quarto, afastando os cabelos loiros do rosto, como o pai.

"É *mesmo*? Por quê?" O tom de Hardin era sarcástico, mas duvidei que Emery percebesse.

"Porque está. Não quero mais ser amiga dela."

"Bom, linda, ela é da sua família. Não vai ter jeito." Hardin provavelmente estava sorrindo, apreciando o mundo dramático de uma menina de seis anos.

"Não posso ter uma família nova?"

"Não." Ele riu e eu cobri a boca com a mão para rir baixinho. "Quando eu era pequeno, queria muito uma família nova, mas as coisas não são assim. Você deve tentar ser feliz com o que tem. Se tivesse uma família nova, teria um papai e uma mamãe diferentes e..."

"Não!" Emery parecia detestar tanto a ideia que não permitiu que ele terminasse de falar.

"Viu?", Hardin perguntou. "Você precisa aprender a aceitar Addy e a chatice dela de vez em quando, assim como a mamãe aceitou a chatice do papai."

"Você também é chato?", ela perguntou.

Senti o coração cheio de amor. *Porra, e como é*, foi o que senti vontade de dizer.

"Porra, e como sou", ele disse por mim. Revirei os olhos e tentei me lembrar que precisava falar com ele sobre palavrões na frente dela. Ele não faz isso com a mesma frequência de antes, mas mesmo assim.

Emery começou a contar que Addy falou que elas não são mais melhores amigas, e Hardin, como o pai maravilhoso que é, tinha um comentário a fazer sobre cada frase. Quando terminaram, eu havia me apaixonado pelo meu garoto mal-humorado de novo.

Estava encostada na parede quando ele saiu do quarto dela e fechou a porta. Sorriu quando me viu.

"A vida no primeiro ano não é fácil", ele riu e eu passei os braços por sua cintura.

"Você é muito bom com ela." Eu me recostei nele, e a barriga me impediu de chegar muito perto.

Ele me virou de lado e me beijou com força.

DEZ ANOS DEPOIS
HARDIN

"Sério, pai?", Emery olhou para mim do outro lado do balcão da cozinha. Estava batendo as unhas pintadas no granito e revirando os olhos, como a mãe.

"Sim, já falei... você é nova demais para ir a um passeio desses." Mexi no curativo de meu braço. Eu havia retocado algumas das minhas tatuagens na noite anterior. É de surpreender como desbotam com os anos.

"Tenho dezessete anos. É a viagem dos formandos. O tio Landon deixou a Addy ir ano passado!", minha linda filha exclamou. Seus cabelos loiros eram lisos, passavam dos ombros. Ela mexia neles enquanto falava. Seus olhos verdes ficaram um pouco dramáticos enquanto falava que sou o pior pai, *blá-blá-blá.*

"Isso é tão injusto. Eu só tirei notas boas, e você disse..."

"Chega, querida." Empurrei seu café da manhã no balcão para ela, que olhou para os ovos como se estivessem tão envolvidos na destruição de sua vida quanto eu. "Desculpa, mas você não vai. Só se me deixar ir também."

"Não. Sem chance." Ela balançou a cabeça com determinação. "Isso não vai rolar."

"Então a excursão também não vai rolar para você."

Ela saiu batendo os pés pelo corredor e, em poucos segundos, Tessa estava andando na minha frente, com Emery atrás dela.

Droga.

"Hardin, já falamos sobre isso. Ela vai na viagem. Já até pagamos." Tessa me lembrou na frente de Emery. Eu sabia que esse era seu modo de mostrar quem manda aqui.

Tínhamos uma regra, só uma regra em casa: não brigávamos na frente das crianças. Meus filhos nunca me ouviriam gritar com a mãe deles. Nunca.

Isso não queria dizer que Tessa não me enlouquecia. Era teimosa e abusada, duas características adoráveis que só se intensificaram com a idade.

Auden entrou na sala com a mochila nas costas e os fones nos ouvidos. Era obcecado por música e arte, e eu adorava isso.

"Lá vem meu filho preferido", eu disse. Tessa e Emery resmungaram e olharam para mim com os olhos arregalados. Dei risada, e Auden fez um aceno de cabeça, o jeito adolescente de dizer "oi". O que posso dizer? O sarcasmo dele era avançado para a idade, como o meu.

Auden beijou a mãe no rosto e pegou uma maçã em cima do balcão. Tessa sorriu, os olhos mais calmos. Auden era carinhoso, e Emery era mais arisca. Ele era paciente e falava com calma; ela tinha opinião para tudo e era teimosa. Nenhum era melhor do que o outro; só eram diferentes das melhores maneiras. Surpreendentemente, os dois se davam muito bem. Emery passava grande parte do tempo livre com o irmão, dava carona para ele aos ensaios da banda e o acompanhava nas exposições de arte.

"Tudo certo, então, vou me divertir demais nessa viagem!"

Emery bateu palmas e correu para a porta. Auden se despediu e seguiu a irmã a caminho da escola.

"Como viramos pais de dois filhos assim?", Tessa perguntou enquanto balançava a cabeça.

"Não faço a menor ideia." Dei risada e abri os braços para ela.

"Vem aqui." Minha linda garota caminhou na minha direção e se acomodou nos meus braços.

"A estrada foi longa." Ela suspirou, e eu apoiei as mãos nos seus ombros e os massageei.

Ela se encostou e relaxou na mesma hora. Virou-se para mim, os olhos azul-acinzentados ainda cheios de amor depois de tantos anos.

Depois de tudo, conseguimos. Seja lá qual for a matéria de que nossas almas são feitas, a minha e a dela são iguais.

Agradecimentos

Buáá, chegamos! FIM. O final maluco dessa viagem maluca que tem sido *After*. Estes agradecimentos serão os mais curtos porque já disse tudo nos outros.

A meus leitores, vocês ficaram comigo ao longo de todo o caminho e agora estamos mais próximos do que nunca. Vocês todos são meus amigos, e adoro o modo como apoiam a mim e a meus livros. Somos uma grande família mesmo. Pegamos algo que para mim começou como uma brincadeira e o transformamos em uma série de vários livros. Que loucura! Amo todos vocês, e nunca vou parar de dizer quanto valorizo e me importo com cada um.

Adam Wilson, o melhor editor do universo inteiro (sei que digo uma variação disso em cada livro), você ajudou a transformar esses livros no que eles são, e foi um grande professor e amigo. Enviei mensagens de texto a você com frequência demais, fiz comentários demais, mas você sempre respondeu e nunca reclamou! (Você merece um prêmio, ou trinta prêmios, por isso.) Quero muito trabalhar com você de novo!

À equipe de produção e aos revisores, principalmente Steve Breslin e Steven Boldt, e à equipe de vendas da S&S — vocês são demais por trabalhar com tanta vontade nessa série!

Kristin Dwyer, você é incrível, moça! Obrigada por tudo e espero que trabalhemos juntas pelo resto da vida, haha! (E digo isso com um jeito levemente assustador.)

A todos do Wattpad, obrigada por sempre me darem um lar ao qual voltar.

Ao meu marido, por ser minha cara-metade e por sempre me incentivar em todos os aspectos da minha vida. E a Asher, por ser a melhor coisa que aconteceu comigo.

Conecte-se com Anna Todd no Wattpad

Anna Todd, a autora deste livro, começou sua carreira sendo uma leitora, assim como você. Ela entrou no Wattpad para ler histórias como esta e para se conectar com as pessoas que as criaram.

Faça hoje mesmo o download do Wattpad para se conectar com a Anna:
W imaginator1D

www.wattpad.com

TIPOGRAFIA Adriane por Marconi Lima
DIAGRAMAÇÃO Osmane Garcia Filho
PAPEL Pólen Soft, Suzano S.A.
IMPRESSÃO Gráfica Santa Marta, abril de 2021

A marca FSC® é a garantia de que a madeira utilizada na fabricação do papel deste livro provém de florestas que foram gerenciadas de maneira ambientalmente correta, socialmente justa e economicamente viável, além de outras fontes de origem controlada.